Newton Compton Editores

Título original: *Sisters of Fortune*

© 2024, Anna Aycock. Publicado gracias al acuerdo con Sandra Bruna Agencia
Literaria, SL.
© 2025, de la traducción por Silvia Guillén Macías
© 2025, de esta edición por Antonio Vallardi Editore S.u.r.l., Milán

Todos los derechos reservados

Primera edición: abril de 2025

Newton Compton Editores es un sello de Antonio Vallardi Editore S.u.r.l.
Pl. Urquinaona, 11, 3.º 1.ª izq. Barcelona, 08010 (España)
www.newtoncomptoneditores.com

Gruppo editoriale Mauri Spagnol S.p.A.
www.maurispagnol.it

ISBN: 978-84-10359-18-5
Código IBIC: FA
DL: B 22.683-2024

Diseño de interiores:
David Pablo

Composición:
Kim Amate

Impreso en abril de 2025 en Puntoweb s.r.l., Ariccia (Roma), en Italia.

Anna Lee Huber

Las hermanas del destino

Traducción de Silvia Guillén Macías

Newton Compton Editores
Barcelona, 2025

Para mi prima Jackie.
Gracias por inspirarme y por ser
una amiga extraordinaria y leal.

Personalidades a bordo de esta historia

La familia Fortune de Winnipeg, Canadá

- Mark Fortune: sesenta y cuatro años. Millonario artífice de su éxito.
- Mary: sesenta años. Madre de seis hijos.
- Flora: veintiocho años. Está prometida con el banquero Crawford Campbell.
- Alice: veinticuatro años. Está prometida con el corredor de seguros Holden Allen.
- Mabel: veintitrés años. Tiene una relación con Harrison Driscoll, un músico de Minnesota.
- Charlie: diecinueve años.
- Robert: treinta y cuatro años. Está casado con Alma. Vive en Vancouver.
- Clara: treinta años. Está casada con Herbert Hutton.

Chess Kinsey: estrella del tenis y abogado de Nueva York.
William Sloper: joven afable de Connecticut que la familia Fortune conoció mientras viajaba a Europa.

Los Tres Mosqueteros
Tres solteros simpáticos que viajan con los Fortune desde Winnipeg

- Thomson Beattie: amigo de Flora.
- Thomas McCaffry: nació en Irlanda.
- John Hugo Ross: cae enfermo de disentería en Egipto.

Thomas Andrews: constructor de buques y arquitecto naval que diseñó el Titanic.

J. Bruce Ismay: director de la naviera White Star Line.

Oficiales y otros miembros de la tripulación del Titanic

- Capitán: E. J. Smith.
- Primer oficial: el escocés William Murdoch.
- Segundo oficial: Charles H. Lightoller, también conocido como Lights.
- Quinto oficial: el galés Harold G. Lowe.
- Cirujano del barco: doctor William O'Loughlin.
- Camareros: Ryan, Bennett y Mary Sloan.

Coronel Archibald Gracie: simpático autor de un libro de historia acerca de la guerra civil estadounidense.

El señor y la señora Straus: excongresista y copropietario de los grandes almacenes Macy's, y su esposa.

Jacques y May Futrelle: autor de misterio de *La máquina pensante*. Su esposa también es escritora.

Charlotte Drake Cardeza: viuda adinerada que reservó una de las *suites* de lujo del Titanic.

Thomas Cardeza: el hijo de treinta y seis años de Charlotte.

Coronel John Jacob «Jack» Astor y su segunda esposa, Madeleine: el hombre más rico a bordo del Titanic.

Karl Behr: estrella del tenis que viaja a Europa con la intención de seguir a la señorita Helen Newsom y pedirle matrimonio.

Sir Cosmo Duff-Gordon: terrateniente y deportista escocés.

Lady Duff-Gordon: diseñadora de moda de la marca Lucile.

Helen Churchill Candee: autora, decoradora de interiores y sufragista.

Margaret Brown: dama de la alta sociedad y filántropa de Denver.

Helen Newsom: amiga de diecinueve años de la hermana de Karl Behr.

El señor y la señora Beckwith: el padrastro y la madre de Helen.

El señor y la señora Ryerson, y sus hijos: viajan con la intención de volver a su hogar tras enterarse de la trágica muerte de su hijo mayor.

El señor y la señora Thayer, y su hijo Jack: vicepresidente de la compañía de ferrocarriles Pennsylvania Railroad; su esposa, Marian; y su hijo de diecisiete años.

Quigg Baxter: exjugador de *hockey* de Montreal, Canadá, que viaja con su madre y con su hermana desde Europa con la intención de volver a su hogar. Lleva en secreto a su amante, Berthe Mayné, para casarse con ella.

La señora Hélène Baxter: viuda adinerada de Montreal.

Zette Baxter Douglas: hermana de Quigg.

El señor Charles Melville Hays y la señora Hays: el presidente de la compañía ferroviaria Canadian National Railway, y su esposa.

Orian y Thornton Davidson: la hija del señor Hays, y su esposo.

Francis Browne: fotógrafo aficionado que viaja a bordo del Titanic desde Southampton a Queenstown.

El comandante Arthur Peuchen: presidente de la empresa Standard Chemical Company y oficial comisionado de Queen's Own Rifles, el regimiento de infantería de las Fuerzas Armadas canadienses. Vive en Toronto.

La doctora Alice Leader: tiene una consulta médica en Nueva York.

La señora Margaret Swift: estudió Derecho y es amiga de la doctora Leader.

Marie Young: dama de compañía de la señora White. Antigua profesora de música de los niños de Roosevelt.

Ella White: viuda adinerada que viaja con la señorita Young.

El señor Hudson Allison y su familia: un joven millonario artífice de su éxito que viaja con su esposa, Bessie; su hija de dos años, Lorraine; y su hijo de once meses, Trevor.

Alice Cheaver: la nueva niñera de Trevor.

Henry B. y René «Harry» Harris: dos productores y directores de teatro de Nueva York.

Hugh Woolner: un hombre de negocios inglés. Un gran admirador de la señora Candee.

Harry Widener: bibliófilo y hombre de negocios. Hijo de George y Eleanor Widener.

El doctor Washington Dodge: un médico y banquero de San Francisco.

Harry Markland Molson: el canadiense más pudiente a bordo del Titanic. Sobrevivió a dos naufragios anteriores.

Dorothy Gibson: modelo y estrella de cine.

Michel y Edmond Navratil: dos niños que viajan con su padre en el Titanic con documentación falsa bajo el apellido Hoffman.

Neshan Kreckorian: armenio que emigra a Canadá en tercera clase.

Prólogo

Alice Fortune estaba embelesada. Con las hojas verdes de las diminutas palmeras que habían colocado en unas macetas de piedra a lo largo de las escaleras anchas; con las baldosas de colores vivos que cubrían el suelo de la terraza y en los que predominaban los tonos azules, verdes y naranjas; y con la brisa que arrastraba a su paso un olor a jazmín e higo, y que, en ese instante, jugaba con los mechones de pelo que se le habían soltado del recogido, haciéndole cosquillas en la nuca. Quería guardarse la imagen para siempre en la retina.

Nunca había sentido algo así. El deseo de observar y hacer, el deseo de disfrutar de todo aquello que le resultaba nuevo. Era la primera vez que se alejaba tanto de su hogar; no había tenido la oportunidad de ver qué había más allá de Toronto y eso había hecho que aumentaran sus ganas de explorar.

No obstante, su madre había querido aprovechar las horas más calurosas del día para descansar y el resto de su familia había decidido hacer lo mismo. Pero Alice estaba demasiado emocionada como para acostarse. No podía; no cuando aún quedaba tanto por descubrir. Sabía que no le estaba permitido salir del hotel, así que, cuando un amigo y compañero de viaje de la familia apareció por casualidad en el salón principal –que parecía un templo–, justo después de que regresaran de su excursión matutina, Alice aprovechó la oportunidad que él le brindó para escapar del castigo que le esperaba en la habitación: mirar por la ventana mientras sus hermanas dormían la siesta.

Y por eso ahora se encontraba tomando el té en la terraza del Hotel Shepheard, en el corazón de El Cairo, con el rubio y atractivo William Sloper, de Connecticut. Él le dedicó una sonrisa amable cuando ella se llevó a los labios el vaso de té de hibisco frío y se giró para mirarlo, quizá por primera vez desde que se habían sentado en una de las mesas de mimbre. Cualquier otro hombre podría haberse ofendido al ver su falta de interés, pero William no era así. Era de esos que no perdían la oportunidad de cortejar a una mujer, pero en el fondo era inofensivo y lo suficientemente despreocupado como para tomarse a sí mismo demasiado en serio. Alice se echó a reír, un sonido agradable que contrastó con el murmullo refinado de las voces que se distinguían a su alrededor y con el zumbido de los carros y los automóviles que pasaban por la calle.

—Imagino que no sueles disfrutar de una taza de té en la terraza de tu casa en Winnipeg durante esta época del año… —comentó él.

—Santo cielo, por supuesto que no —le confirmó ella—. A menos que quisiese que el té se congelara en cuestión de minutos. Aunque el invierno de Winnipeg también tiene sus ventajas. —Se sintió obligada a seguir hablando, como si tuviese que defender a capa y espada su ciudad, aunque le costó entender el porqué.

William murmuró a modo de respuesta y asintió con la cabeza.

—Al menos te ahorras el tener que comprarte un refrigerador.

Alice sonrió.

—Supongo que en Connecticut el clima es mucho más cálido.

—Y por eso estoy aquí y no allí.

Ella volvió a darle un sorbo al té. Le habían puesto azúcar para endulzarlo, pero no la suficiente como para disimular el sabor ácido del hibisco.

–Pensé que habías querido acompañarnos porque nunca le decías que no a una aventura.

–Así es, pero prefiero viajar en invierno. –Los ojos azul claro de William brillaban bajo el ala de su sombrero de panamá–. Y regresar a Nueva Inglaterra justo cuando los narcisos anuncian la llegada de la primavera.

Alice no se lo discutió porque era evidente que esa también había sido la idea que su padre, Mark Fortune, había tenido en mente cuando había sorprendido a toda la familia con este viaje: una gran gira por Europa y el Mediterráneo. En realidad, era el regalo de graduación de su hermano Charlie, pero su padre había acabado invitándolos a todos. No le había costado mucho convencer a sus cuatro hijos más pequeños para que lo acompañasen, sobre todo, al saber que estarían rodeados de lujo. Incluso Flora –la hermana mayor de Alice, que era cuatro años mayor que ella– se había mostrado dispuesta a posponer su boda, que en principio iba a tener lugar en primavera, para acompañar a su familia y hacer de carabina a sus tres hermanos menores. Pero, por supuesto, Flora nunca le decía que no a sus padres. Daba igual lo que le pidiesen, ella siempre accedía sin rechistar.

La familia Fortune había cogido un tren desde Winnipeg unos días después del comienzo del nuevo año y luego, había zarpado de Nueva York a la ciudad italiana de Trieste en el Franconia, el transatlántico operado por la compañía naviera Cunard Line. Fue ahí donde les presentaron a William Sloper y donde se encontraron con varios conocidos canadienses, todos ellos disfrutando de sus respectivas vacaciones. De hecho, muchos parecían estar siguiendo la misma ruta que los Fortune, porque, al igual que ellos, habían viajado a Italia y habían acabado en Egipto. Además, también habían reservado una habitación en el Hotel Shepheard de El Cairo. Todas las personas de renombre se alojaban en ese hotel cuando viajaban a la capital egipcia o, al menos, aprovechaban para cenar en su ilustre restaurante.

—¿Cuándo os marcharéis? —indagó William.

Alice sabía que le estaba preguntando por el viaje en barco que su familia iba a hacer por el Nilo hasta Lúxor y Tebas porque ella se había pasado la última media hora hablando de templos y pirámides.

—Dentro de unos días —respondió ella a la vez que se giraba para observar a los otros clientes que, al igual que ellos, habían decidido sentarse en la mesa de la terraza de la entrada principal del hotel.

La mayoría se había cobijado bajo el toldo, a la sombra de los molestos rayos de sol, pero un par de damas con vestidos largos de gasa habían optado por resguardarse bajo las hojas de una de las palmeras que se encontraban más allá de la terraza y desde las que se colaba algún que otro resquicio de luz.

—Esta tarde iremos al Museo de Antigüedades Egipcias. Puedes acompañarnos, si así lo deseas —añadió ella.

—Tal vez lo haga.

Justo en ese momento, varios huéspedes salieron del hotel y se detuvieron al notar la luz cegadora. Aunque hiciese sombra en la terraza, les fue inevitable parpadear para adaptarse a la luz después de haber salido del interior del lujoso hotel oscuro, con sus pilares de alabastro cubiertos de loto y sus muebles de mármol y ébano. Una pareja que iba vestida con prendas elegantes parpadeó varias veces antes de seguir avanzando por el suelo de baldosas y bajar los escalones hasta la calle, donde les esperaba un automóvil.

William volvió a retomar el tema del clima sofocante, pero Alice apenas le estaba prestando atención, se había quedado con la mirada fija en el hombrecillo que estaba de pie al otro lado de la barandilla, hablando con la pareja, y que llevaba puesto un fez de color granate sobre la cabeza. No sabía qué les estaba diciendo, pero el hombre elegante se mostró reacio a escucharlo y se dio la vuelta con firmeza para ayudar a su esposa a subir al vehículo.

De repente, Alice se distrajo al oír la bocina de un camión.

Siguió la dirección del sonido y vio a unos burros tirando de un carro y a un hombre encima levantando el brazo y gritando en respuesta. Sin embargo, cuando volvió a mirar hacia el lugar en el que antes había estado la pareja, descubrió al hombrecillo del fez observándola con interés. El señor esbozó una pequeña sonrisa y deslizó la mano por uno de los barrotes de la barandilla de hierro forjado para hacerle un gesto. Al principio, Alice pensó que aquel hombre tendría que ser uno de esos vendedores ambulantes que de vez en cuando oía gritar para hacer que los transeúntes se acercaran a ver su mercancía, pero no llevaba nada en las manos. Además, sabía que, de ser así, ya lo habrían echado de la entrada del hotel.

–¿Qué crees que querrá? –le preguntó Alice a William con cierta indiferencia.

William siguió la dirección de su mirada y el hombrecillo volvió a hacerle señas.

–Diría con total seguridad que quiere leerte la mano. ¿Te la han leído alguna vez?

–No. Pero… –Alice no creía que sus padres aprobaran que hiciese algo así ni tampoco su hermana mayor, Flora, pero, al final, habían decidido hacer aquel viaje para conocer otros continentes y culturas, ¿no?–. Bueno…, no veo por qué no probarlo.

–Quédate aquí. Iré a buscarlo –dijo William con una sonrisa.

Alice se alisó las arrugas de la falda de color azul aciano con las manos y tuvo cuidado para que no se le cayesen al suelo los guantes que antes había dejado sobre su regazo. Después, se ajustó la pamela de ala ancha. Estaba nerviosa, pero también emocionada por lo que estaba a punto de pasar.

El adivino egipcio tenía la piel oscura llena de arrugas y la ropa llena de polvo, pero sus ojos brillaban con calidez y con cierta alegría. Se inclinó para saludarla antes de hablar con un tono de voz melódico:

–¿Desea la señorita que le lea la mano?

Alice alargó el brazo en su dirección y observó con gran interés cómo el hombrecillo le giraba la mano para examinarla, trazándole las líneas de la palma con sus dedos diminutos. William se ajustó la chaqueta gris del traje de lino y se volvió a sentar en la silla, guiñándole un ojo a Alice.

—Corre peligro cada vez que viaja por el mar.

Alice volvió a fijarse en la expresión del adivino; ya apenas quedaba rastro del buen humor que en un primer momento sintió que desprendía el hombre.

—La veo en un bote a la deriva en medio del océano —continuó él, casi como si le hablase desde otra realidad lejana—. Lo perderá todo menos la vida. Se salvará, pero otros no correrán la misma suerte.

El silencio los envolvió de repente, tan solo se oía de fondo el tintineo de la cristalería y el golpeteo de los cascos de los burros contra el suelo. Alice se sintió como si una brisa fría le hubiese soplado la nuca, consiguiendo que se le erizase la piel de la zona y que se le extendiese el cosquilleo por los brazos. No sabía cómo reaccionar ante aquella declaración.

Por suerte, a William no parecieron afectarle las palabras del adivino. De hecho, soltó una risa seca y añadió:

—Demasiado alarmante, ¿no cree? Le daré un consejo, amigo mío. —De pronto, bajó la voz—. Le pagarán mejor si hace predicciones menos dramáticas. La gente prefiere escuchar que tendrán un futuro en el que sonarán campanas de boda, en el que verán puestas de sol o en el que conseguirán aumentar la familia.

Al oír esas palabras, Alice se apresuró a coger su monedero. Le dio propina al adivino, que seguía teniendo los ojos fijos en ella y que había decidido ignorar las sugerencias de William. El hombrecillo asintió; luego se dio la vuelta y bajó con rapidez los escalones hasta que finalmente desapareció entre la multitud que se aglomeraba en la calle.

—Qué cosas tienen… —musitó William, sacudiendo la cabeza.

Alice alzó la mano para tocarse el elegante collar de perlas que llevaba en el cuello, sin poder dejar de mirar en dirección al lugar en el que el adivino había desaparecido. En ese momento, deseó que su prometido, Holden, estuviese allí con ella. Él la habría tranquilizado. Aunque en el fondo ella se consideraba una persona lógica, una que no solía caer con facilidad en el mundo de las supersticiones y la fantasía, no podía negar que las palabras del adivino –y la forma en que las había pronunciado– habían despertado cierto malestar en su interior. No era miedo, era más bien inquietud.

Un sentimiento que, al parecer, no pasó desapercibido, ya que William le lanzó una mirada de lástima e incredulidad a partes iguales.

–No te habrás creído las palabras de ese faquir, ¿verdad?

–No… –Alice vaciló.

–Probablemente haya usado esa misma frase con cientos de turistas. Saben perfectamente cuándo tienen delante a un estadounidense, un británico o un canadiense. –William hizo un gesto hacia ella–. Son conscientes de que en cualquiera de los tres casos se necesita viajar por mar para llegar hasta aquí y que es la única vía que tenemos para volver a casa. Además, sabe dónde encontrarnos. –Miró a su alrededor, recordándole a ella el hotel en el que estaban.

–Cierto –reconoció Alice, y la opresión en las costillas que le impedía respirar disminuyó.

El Hotel Shepheard estaba en el centro de El Cairo, justo donde se concentraba la mayor parte de los turistas británicos y de habla inglesa. Era el lugar donde se reunían las personalidades más pudientes y distinguidas de esas naciones.

–Vio a una hermosa joven sentada en esta terraza, protegiéndose de los fuertes rayos del sol, y escogió la frase que sabía que le causaría el mayor impacto.

–¿Es así como funciona todo esto? –preguntó ella; no podía negar que la explicación de William la había tranquilizado. En el fondo sabía que era imposible que el hombrecillo fuese capaz de adivinar su futuro simplemente leyéndole la mano, pero ver la despreocupación en su compañero de viaje, que había visto más mundo que ella, la calmó.

—Eso me temo, querida. —William adoptó una expresión que parecía más bien complaciente.

Alice asintió, un poco molesta por su ingenuidad, y volvió a coger el vaso. Frunció el ceño al ver el líquido de color rosa intenso.

—Aun así, no veo la necesidad de predecir un destino tan espantoso. Ha sido cruel.

—Puede que tengas razón, pero entiendo que es así como se ganan la vida. Además, hasta cierto punto, creo que es lo que los turistas quieren escuchar. Nadie quiere que le digan que le espera un futuro aburrido y predecible. A veces es mejor optar por una opción que haga que te recorra un escalofrío por todo el cuerpo que aburrirte con complacencia.

Alice pensó que seguramente William estaba en lo cierto. Aunque, a decir verdad, si le hubiese dicho que iba a casarse, que iba a tener seis hijos o que esta iba a ser la última vez que vería lo que existía más allá de las cuatro paredes de su cómodo hogar —es decir, lo que ella esperaba que inevitablemente sucediera en el futuro—, probablemente se hubiese puesto igual de nerviosa. Todavía no estaba lista para aceptar esa realidad, sobre todo cuando le quedaban tantas cosas por vivir en aquel viaje familiar. Dentro de un mes o dos, su deseo de explorar lo desconocido se evaporaría y estaría más que contenta de aceptar lo que la vida de casada le tuviese preparado. Sin embargo, no podía negar que, si se lo hubiese escuchado decir al faquir, aquello le hubiese parecido desalentador.

¿Y pensar eso no la convertía en la prometida más desdichada de la historia, sobre todo después de recibir la última carta que le había enviado Holden? Él la adoraba y era atento con ella, y ella lo echaba muchísimo de menos. Pero eso no iba a hacer que renunciara a disfrutar de la oportunidad que le había brindado su padre de ver mundo. Más que nada porque sabía que tal vez nunca más volvería a vivir algo así.

Una parte de ella hizo todo lo posible por olvidar las palabras que le había dedicado el faquir. Aunque se le habían quedado grabadas en el fondo de la mente, como si fuese un hués-ped molesto que no parecía tener intenciones de marcharse de allí. Lo único que podía hacer era esperar a que el tiempo y los recuerdos felices consiguiesen desalojarlo. Hasta entonces, fin-giría que todo iba bien. Se bebió un trago del té con decisión para demostrarle a William y a sí misma que así era.

The New York Times - 10 de abril de 1912

EL TITANIC ZARPARÁ HOY

El buque más grande del mundo se encargará de traer a las personalidades más destacadas del panorama actual a nuestra ciudad.

Telegrama especial enviado a esta redacción.

9 de abril, Londres. El Titanic de la naviera White Star Line, el transatlántico más grande del mundo, zarpará al mediodía.

Aunque aparentemente se asemeja en diseño y construcción a su buque hermano, el Olympic, el Titanic es una versión mejorada. El capitán Smith, con anterioridad a cargo del Olympic, asumirá el mando del Titanic. Habrá dos sobrecargos: H. W. McElroy y R. L. Baker.

Entre los pasajeros que embarcarán en el Titanic se encuentran: la señora y el señor H. J. Allison, la señora Aubert, el mayor Archibald Butt, la señora Cardeza, la señora y el señor W. E. Carter, la señora y el señor Herbert Chaffee, Norman Craig, la señora y el señor Washington Dodge, la señora y el señor Mark Fortune, la señora y el señor W. D. Douglas, el coronel Gracie, Benjamin Guggenheim, la señora y el señor Henry Harper, la señora y el señor Frederick Hoyt, la señora y el señor Isidor Straus, la señora y el señor J. B. Thayer, y la señora y el señor George Widener.

Capítulo 1

Miércoles, 10 de abril de 1912

Flora Fortune agradeció la firmeza con la que su amigo, el señor Beattie, la agarraba del brazo mientras corrían por el andén de la estación londinense de Waterloo, mezclándose entre la multitud que los separaba del tren de primera clase que los dejaría en las nuevas instalaciones de la compañía ferroviaria London & South Western Railway, en concreto, en el muelle 44 del puerto de Southampton. Los ruidos se mezclaban y resonaban en el altísimo techo de la estación: algún que otro silbato, el sonido del vapor, los trenes frenando, los portazos, los murmullos y las pisadas. Flora ni siquiera se atrevió a pronunciar palabra en medio de aquel caos.

De todas formas, hacerlo la haría quedarse sin aliento y eso le impediría seguirles el ritmo a los maleteros que se apresuraban unos pasos por delante de ellos, llevando al pobre señor Ross en una camilla. El hombre estaba tan débil por la disentería que ni siquiera era capaz de caminar por su propio pie hasta el compartimento del tren en el que se encontraba su asiento. Sin embargo, su deseo era regresar a su hogar, a Winnipeg. Flora lo entendía. Caer enfermo ya de por sí era un fastidio, pero el estar tan lejos de las comodidades de tu hogar empeoraba aún más la situación.

Flora se encogió al sentir la brisa helada que corría por la estación. El día había amanecido frío en la capital, pero esperaba que el tiempo estuviese mejor en la costa de Southampton.

Después de haber pasado meses disfrutando del sol del Mediterráneo y del sur de Europa, les iba a costar volver a acostumbrarse al frío, así que no les quedaría más remedio que sacar los abrigos y los sombreros del fondo de sus baúles. Su padre incluso les había comentado con tono burlón que tal vez así podría ponerse su abrigo de piel de búfalo, a pesar de estar enmarañado y raído, pero, sobre todo, lejos de hacerle parecer elegante. Por suerte, su madre había logrado convencerlo para que se pusiera en su lugar un abrigo oscuro de lana. Aunque él aun así había querido hacerle un hueco a la prenda a la que tanto cariño le tenía en uno de los baúles que dejarían en sus correspondientes camarotes del barco, en lugar de meterlo en los que se quedarían en las bodegas hasta que llegaran a Nueva York.

Flora soltó un suspiro de alivio al ver el abrigo marrón del señor McCaffry en la puerta del compartimento que tenían justo delante. Era el último hombre que formaba el trío de los Tres Mosqueteros que habían decidido acompañar a la familia Fortune en su gran gira. El señor Beattie, el señor McCaffry y el señor Ross, quien, para su desgracia, había acabado en una camilla. Un compañero de viaje les puso en su día aquel apodo y, aunque fuese ridículo, ahora ya todo el mundo se refería a ellos así. A ninguno de los tres solteros parecía importarle. Al final, estaban más que acostumbrados a que se les metiese siempre en el mismo saco.

El señor McCaffry se había adelantado para ir haciéndole espacio a su amigo enfermo en el compartimento, mientras que el señor Beattie y ella esperaban a que los maleteros se llevasen al señor Ross. El señor McCaffry se hizo a un lado, peinándose su pequeño bigote con los dedos mientras observaba cómo los hombres se las ingeniaban para meter con delicadeza a su amigo en el tren.

—Ya casi estás, Hugo —lo animó el señor McCaffry—. Thomson, ¿por qué no llevas a la señorita Fortune con su familia? —sugirió—. Me quedaré aquí hasta que instalen a Hugo.

El señor Beattie asintió y se giró.

–Por aquí –le informó a Flora.

Ella sabía que no podía hacer más para ayudar al señor Ross, así que siguió a su amigo y entró con cuidado por la puerta con su pamela de ala ancha. Sabía que el sombrero lleno de seda, cintas y plumas estaba a la moda, al igual que las delicadas prendas de color ciruela y crema que había elegido para hacer el viaje, pero eso no significaba que estuviese la mar de cómoda.

Fueron saludando a los pasajeros con los que se cruzaban con un movimiento de cabeza y caminaron por el pasillo en dirección al compartimento de su familia. No les fue difícil encontrarlo. Los Fortune no se caracterizaban por ser personas serias y tranquilas. Incluso aunque no estuviese la familia al completo –los dos hijos mayores no se habían apuntado al viaje–, siempre había hueco para el debate y la broma. Además, la presencia del señor William Sloper ayudaba a que no hubiese cabida para el silencio. Había coincidido con su familia en la estación, y su madre lo había invitado a sentarse con ellos en su compartimento. De hecho, cuando el señor Beattie abrió la puerta para que Flora pasara, fue su voz lo primero que oyó.

–Mis amigos se morirán de envidia cuando se enteren de que he vuelto a casa en el Titanic. Sospecho que seré la comidilla del grupo durante semanas –habló el señor Sloper, riéndose de su propio comentario.

Para ser sinceros, ninguno de ellos sabía que iba a volver a casa el día en el que se inauguraría el viaje del nuevo buque insignia de la naviera White Star Line. Había sido la última sorpresa que les había dado su padre. En un principio, la idea era terminar el viaje durante la tercera semana de abril y montarse en el Mauretania, pero la mayoría había manifestado su agotamiento y su deseo de regresar a su hogar lo antes posible, sobre todo, el pobre Hugo Ross.

Flora se sentó al lado de su hermano de diecinueve años, Charlie.

–Dicen que llegó a alcanzar los 21,5 nudos en las pruebas

que hicieron –intervino él, con los ojos azules brillando de emoción–. Y dicen que una vez que esté en el mar, con todas las calderas encendidas, podrá incluso alcanzar los veinticuatro nudos.

–Puede ser –replicó el señor Sloper–, pero dudo que busquen impresionar a la gente con su velocidad. La White Star Line se caracteriza por el tamaño y el lujo de sus barcos, no por su rapidez. El Titanic es un cincuenta por ciento más grande que el Mauretania. Así que no le será fácil ir más rápido que el transatlántico de la Cunard.

–La velocidad no es lo importante, lo es que nos haga llegar sanos y salvos –anunció la señora Fortune a la vez que abría el libro que tenía en el regazo.

La señora Fortune se vestía siempre buscando la elegancia, pero también la comodidad. Se había criado en las llanuras de Manitoba junto con sus otros trece hermanos y sus padres escoceses. Y siempre decía que, cuando una nace sabiendo lo que es vivir en un lugar en el que el frío te cala los huesos, nunca lo olvida. Por esa misma razón, había decidido renunciar a su pamela para ponerse algo más práctico: un gorro de terciopelo negro que tenía una banda de piel de chinchilla y un broche dorado con dos plumas de avestruz.

–Y así será –le aseguró el señor Sloper, mirando a Alice, la hermana mediana de los Fortune, que estaba sentada a su derecha con un vestido de un tono similar al de las frambuesas frescas bajo su abrigo de color berenjena–. No hay de qué preocuparse. Dicen que es insumergible, que es el barco más seguro que ha surcado el mar.

–No estoy preocupada –se defendió Alice, que, en realidad, no parecía estar demasiado alterada, aunque ahora tal vez estaba un poco molesta por el comentario de William.

El señor Sloper se había separado de los Fortune desde que se fueron de El Cairo; su itinerario era diferente al de la familia, pero aun así coincidieron de nuevo en Londres, y fue allí donde manifestó que tenía intención de volver a casa en el Mauritania. Sin embargo, cuando Alice le mencionó que los Fortune habían reservado un pasaje a bordo del Titanic, él no tardó en cambiar el suyo. Cuando le comentó la decisión que había tomado, Alice volvió a sacar el tema del adivino egipcio, pero enseguida intentó quitarle hierro al asunto, utilizando un tono de burla para recordarle que tal vez corría peligro viajando en el mismo barco que ella.

Su hermano Charlie volvió a intervenir en la conversación:

–En septiembre, cuando el Olympic, el hermano del Titanic, tuvo un incidente con el buque de guerra Hawke, acabó con una brecha enorme en un costado y con las palas de las hélices de estribor dañadas. Y, aun así, ni siquiera estuvo cerca de hundirse.

Seguramente Charlie había soltado aquella información para tranquilizar a su hermana, así que Alice volvió a añadir:

–Acabo de decir que no estoy preocupada.

Justo en ese momento, se oyó el sonido del silbato del tren que señalaba su inminente partida. Un mar de emociones se arremolinó en el interior de Flora. Estaba emocionada, por supuesto. ¿Cómo no se le iba a pegar el entusiasmo que transmitían sus hermanos? Sobre todo, al saber que la gente aseguraba que el Titanic era un barco magnífico y que ella había tenido la oportunidad de convertirse en uno de los primeros pasajeros en navegar a bordo. Además, le resultaba difícil ignorar ese familiar aleteo de nervios que se le instalaba en la boca del estómago cada vez que iniciaba un nuevo viaje. También sentía cierta tristeza al saber que estaban a punto de terminar su gran gira en familia.

Y, en medio de todo ese revoltijo de emociones, había una sensación desconcertante que le infundía cierto temor. Aunque no por su seguridad. Flora no era supersticiosa y nunca había creído en las chorradas que soltaban los adivinos ni tampoco en las sesiones de espiritismo, así que no iba a empezar a hacerlo ahora. No, este temor venía más bien por lo que le esperaba en su hogar. Había intentado no pensar mucho en ello, enterrar aquella preocupación en el fondo de su mente, pero ahora que estaban cada vez más cerca de Winnipeg, la presión que sentía en el pecho la estaba haciendo volver a la realidad.

Flora colocó las manos en su regazo y entrelazó los dedos en un intento de tranquilizarse. Su padre no tardó en regresar al compartimento tras haber hablado con el señor Beattie y se sentó a su lado. El señor Fortune se hundió en el elegante asiento de cuero y soltó un suspiro que hizo que ella recordase que su padre ya tenía una edad. Sin duda, para un hombre de sesenta y cuatro años, aquel viaje le tendría que haber dejado más agotado que a la mayoría de los presentes, que eran décadas más jóvenes que él.

—El señor Beattie y el señor McCaffry van a intentar cambiar su camarote por uno que esté más próximo al del señor Ross —le confió el señor Fortune a su hija Flora, mientras Charlie y el señor Sloper seguían alabando las características del Titanic—. Dadas las circunstancias, supongo que el sobrecargo no mostrará inconveniente alguno.

—¿El barco va lleno? —quiso saber Flora.

—Lo descubriremos en cuanto lleguemos. —El señor Fortune se acercó más a su hija y le acarició la mano que descansaba en su regazo—. Tus hermanas y tú podréis visitar al señor Ross si así lo deseáis. Estoy seguro de que veros la cara le alegrará el día. Pero no quiero que ninguna juegue a ser su niñera, ¿entendido? —Su voz y su mirada eran firmes—. Para eso ya están Beattie y McCaffry, además de los camareros y el cirujano del barco, así que no hay necesidad. Quiero que os divirtáis; me niego a que paséis los últimos días del viaje atrapadas en un camarote con un hombre que está en estado crítico.

Flora asintió y enseguida entendió por qué su padre había decidido darle la charla a ella y no al resto de sus hermanas. Alice había tenido problemas de salud en el pasado, así que no le convenía acercarse demasiado al señor Ross; y su hermana menor, Mabel, nunca se ofrecería voluntaria para hacer algo así.

—Bien —añadió él, y le dio unas palmaditas en la mano antes

de quitarse el sombrero y apoyar la cabeza en el respaldo del asiento. A los lados y en la parte de atrás de la cabeza le quedaban unos pocos pelos castaños mezclados con algunos mechones canosos, a juego con su poblado bigote, pero estaba calvo por la parte de arriba.

Al verlo así, con su figura corpulenta, era difícil imaginárselo como el hombre joven, ágil y aventurero que había viajado a California en busca de oro. Y que, dos años más tarde, acabó por casualidad en Manitoba y se hizo con más de cuatrocientas hectáreas de terreno a lo largo del río Assiniboine, donde, unos años más tarde se terminó construyendo Portage Avenue, la vía principal de Winnipeg. Con tan solo treinta años, Mark Fortune no solo se convirtió en un hombre rico, sino también en uno muy respetado. Fue miembro de la masonería y de la organización St. Andrew's Society. Se convirtió en el concejal de la ciudad y en el fideicomisario de la Iglesia Presbiteriana Knox. Y justo el año anterior, le construyó a su familia una casa de treinta y seis habitaciones de estilo Tudor en uno de los mejores barrios de Winnipeg. Sin embargo, a pesar del evidente desgaste físico, Flora seguía viendo en los ojos de su padre la determinación y la descarada confianza que tenía en sí mismo, esa que había hecho que un joven que apenas tenía dos centavos se ganase, con el sudor de su frente, ser un millonario.

–Sé que tal vez fue egoísta por nuestra parte pedirte que pospusieras la boda para que así pudieses cuidar de tus hermanos en este viaje, pero espero que haya merecido la pena –volvió a hablar su padre.

–Lo ha hecho –le aseguró Flora.

Él cerró los ojos y añadió:

–Una vez que regresemos, Campbell y tú podréis fijar la fecha que queráis. Me encargaré personalmente de que así sea.

En ese instante, Flora sintió que debía decir algo, pero se le atascaron las palabras en la garganta. Por suerte para ella, su padre no pareció echarlas en falta.

En otoño, cuando le informó a su prometido, Crawford Campbell, que quería retrasar la boda para poder recorrer Europa y el Mediterráneo con su familia, a él no pareció importarle lo más mínimo su decisión. Pero lo peor de todo era que a ella tampoco. De hecho, vio aquella oportunidad como una vía de escape. Aunque que ella misma pensara eso, hizo que sintiera un atisbo de tristeza.

No era que no le gustase Crawford. Su prometido era atractivo y atento, y un banquero a punto de ganarse un ascenso en Toronto. Sus padres aprobaron su relación sin rechistar. De hecho, fue su padre la persona que los presentó y que hizo todo lo que estaba en su mano para que se produjese un acercamiento entre ellos. Quizá porque, a sus veintiocho años, Flora seguía sin encontrar un marido. Así, al menos podría tener un matrimonio tranquilo, uno que le diera estabilidad.

El problema era que no estaba enamorada de Crawford y estaba bastante segura de que a él le pasaba lo mismo con ella. Había llegado a esa conclusión por la forma en la que él se comportaba con ella y por las pocas cartas suyas que había recibido durante el viaje. Si se suponía que el estar separados iba a hacer que los sentimientos entre ellos cambiaran, no había funcionado para ninguna de las dos partes.

A diferencia de ella, Alice y su prometido Holden Allen sí que habían intercambiado cientos de cartas, incluso aunque en algunos casos les resultara complicado hacérselas llegar al otro. Más de una vez, las cartas de Holden llegaban cuando ellos ya se habían ido del lugar que aparecía en el remitente y tenía que volver a enviarlas, o se quedaban retenidas en la oficina a la espera de la llegada de los Fortune. Crawford, en cambio, solo le había escrito a Flora una nota a lo largo de todo el viaje, una demasiado escueta. Ella lo entendía; por lo general, sabía que los hombres no se esforzaban demasiado en esas cosas, pero, a su vez, no podía negar que aquella falta de interés la había decepcionado y molestado.

Alzó la vista al oír la dulce risa de Alice y vio a su hermana con la cabeza inclinada en dirección al señor Sloper para escuchar lo que fuese que le había hecho tanta gracia. Se volvió a oír el ruido sordo del silbato, y el tren dio una pequeña sacudida cuando finalmente soltaron los frenos y enseguida se puso en marcha, avanzando hacia su destino.

–¿Crees que Sloper es un problema? –le murmuró su padre.

Flora se giró y se lo encontró mirándola de reojo. La desconcertó pensar que su padre podría haber estado observándola todo este tiempo.

–No –respondió ella con honestidad–. Alice adora a Holden.

La hija pequeña de los Fortune, Mabel, por otro lado, parecía tener siempre en la boca el nombre del músico de *ragtime* de Minnesota del que se había encaprichado como si fuese una melodía que se tenía bien aprendida, sobre todo cuando sus padres estaban cerca. Mabel sabía perfectamente que su familia tenía la esperanza de que separarla de Harrison Driscoll hiciese que se olvidara de él, pero estaba empeñada en hacerles creer siempre que no lo habían conseguido. Sin embargo, a Flora no le había costado darse cuenta de que su hermana nunca nombraba al músico a menos que estuviesen sus padres delante.

–Al señor Sloper le gusta que las mujeres le presten atención, nada más. Y Alice simplemente le está dando el gusto –añadió Flora.

–Por lo que veo, a tu hermana no parece molestarle –comentó su padre con una sonrisa–. Pero estoy de acuerdo contigo –añadió, antes de acomodarse mejor en el asiento y entrelazar los dedos de las manos que seguían descansando en su regazo–. En cualquier caso, Sloper no tiene lo que se necesita para merecerse a tu hermana. Pero entiendo perfectamente por qué la admira.

Flora también lo entendía. Ella sería la primera en admitir, sin dudar, lo hermosa que era Alice, con sus rasgos delicados de porcelana, sus ojos azules y su cabello rubio pomposo. Su rostro alegre y su grácil figura despertaban interés en la mayoría, que suspiraba cada vez que tenía ante sus ojos la imagen de una chica que parecía irreal. Lo mismo le sucedía a su hermano Charlie, que siempre se ganaba alguna que otra sonrisa gracias a que, al igual que Alice, gozaba de un buen porte y una cara bonita. Mabel tampoco se quedaba atrás. Pero ella era la que buscaba llamar la atención. No había más que ver los colores cantosos de las prendas que elegía ponerse; en esta ocasión, una falda y chaqueta de color azul eléctrico con ribetes de cardamomo. Una elección que le favorecía –sobre todo porque tenía el pelo de color caoba oscuro y los ojos grandes y grises– y que le suavizaba los rasgos, en concreto, la boca ancha y la barbilla pronunciada. De todas las hijas, Mabel era la que más se parecía a su madre, lo que podría ser la razón por la que chocaban con tanta frecuencia.

Flora ya estaba más que acostumbrada a que la compararan constantemente con sus despampanantes hermanas, algo que podría haber hecho que la gente la mirara con pena o que no la mirara directamente. Sin embargo, ella tenía dos cualidades buenas: su altura y su figura. Era difícil ignorar a una mujer que era incluso más alta que algunos hombres y que además tenía una silueta curvilínea. Una joven con menos seguridad en sí misma podría haberse venido abajo enseguida o haberse avergonzado, pero Flora había aprendido que la clave era mantener la cabeza bien alta y utilizar prendas elegantes hechas a medida que le favoreciesen.

El camino hacia el sudoeste en tren se les hizo eterno. Las vistas del campo eran preciosas, pero apenas les prestaron la atención que se merecían; tenían la cabeza en otra parte, en concreto, en la maravilla de la arquitectura naval hacia la que se dirigían. Incluso Flora, a pesar de que tenía sentimientos encontrados con la idea de volver a casa, no podía dejar de mirar el reloj de bolsillo que se guardaba en el corpiño al ver que cada vez les quedaban menos paradas para llegar a su destino. La emoción les dejó sin aliento cuando finalmente entraron en Southampton y el tren comenzó a reducir la velocidad.

No tardaron en apiñarse en la ventana, incapaces de aguantar hasta llegar al muelle para observar por primera vez el Titanic.

Charlie fue el primero en verlo.

–¡Ahí! –soltó el más pequeño de los Fortune–. Entre los edificios. ¡Mirad!

Apenas se veía, pero Charlie tenía razón; ahí estaba. A lo lejos, el casco de color negro del transatlántico parecía una montaña que iba creciendo cada vez más, con sus cuatro chimeneas de color negro y dorado ocupando la mayor parte del cielo gris lleno de nubes. Flora se quedó boquiabierta. El resto manifestó su impresión con palabras, pero ella estaba demasiado impactada para abrir la boca. El Titanic era enorme. ¿No había dicho Charlie que era el objeto móvil más grande que había construido el hombre hasta la fecha? Pues parecía que estaba en lo cierto. Cuando el tren finalmente se detuvo en las vías que se encontraban paralelas al costado del barco, Flora tuvo la necesidad de mirar por encima de las cabezas de los miembros de su familia que se habían amontonado en la ventana.

Pero no había tiempo para quedarse ensimismado con su gran tamaño. No cuando todavía había que facturar el equipaje, recoger los billetes y comprobar que estaban todos. No tardaron en mezclarse con el resto de los pasajeros que, al igual que ellos, se dirigían hacia el enorme cobertizo que estaba junto a las vías y que medía más de doscientos metros de largo. Un ejército de maleteros iba y venía, pasando por debajo de las claraboyas mientras se encargaban de trasladar el cargamento y los baúles al barco, y de guiar a los pasajeros hacia unas escaleras.

Flora vio al señor Beattie hablando con uno de los maleteros, probablemente para pedir que ayudaran al enfermo señor Ross. Estuvo a punto de acercarse a echarle una mano, pero enseguida recordó la orden que le había dado su padre, así que decidió dejar el asunto en manos del señor Beattie y del señor McCaffry. Flora se había quedado atrás, así que caminó a paso ligero para poder seguirle el ritmo a su familia y al señor Sloper, que ya habían empezado a subir un tramo de escaleras que conducía a una especie de balcón cubierto. Allí se pusieron en la cola para presentar los billetes, y después los guiaron por una pasarela que los haría pisar por fin el Titanic.

En el filo del balcón, justo antes de salir al aire libre, Flora vaciló; se sentía como si estuviese al borde del precipicio, a punto de dar el paso hacia algo que haría historia. La fresca brisa marina le acarició las mejillas y jugueteó con los mechones de pelo castaño cobrizo que se le habían soltado del recogido y que, en ese instante, le rozaban la nuca. Entrecerró los ojos al sentir el repentino resplandor que despedía la brillante superestructura blanca del barco que tenía delante, y fue entonces cuando se dio cuenta de que los rayos del sol se habían hecho un hueco entre las nubes espesas, como si tampoco quisiesen perderse la oportunidad de contemplar boquiabiertos aquel acontecimiento. Giró la cabeza hacia un lado y sintió una sensación vertiginosa al descubrir la altura a la que se encontraban, y eso que ni siquiera habían llegado a la cubierta superior, que estaba dos plantas por encima.

Abajo, en el muelle, los transeúntes se apiñaban para ver el Titanic. La mayoría señalaba el casco remachado o saludaba a la gente que se alzaba por encima de ellos en las cubiertas del barco. Una gran cantidad de personas se había agrupado cerca de una pasarela que conducía a la popa, seguramente pasajeros de tercera clase. A unos ciento cincuenta metros, había otra pasarela, así que Flora supuso que estaba destinada a los de segunda clase. El frío punzante que habían notado cuando pisaron Londres seguía acompañándolos, aunque se hubiesen movido a una zona más hacia el sur. De hecho, el viento ondeaba las banderas que habían colocado en los mástiles del barco: una de color azul –que normalmente se ponía en las embarcaciones registradas en el Reino Unido–, la bandera estadounidense con sus cuarenta y seis estrellas, y la mítica bandera de la White Star Line. Las gaviotas revoloteaban alrededor de ellas y sus graznidos le hacían la competencia al rugido de los motores de las grúas que alzaban sin parar la carga a ambos lados del barco.

Tal vez fue por la altura a la que se encontraba. Tal vez fue por las dimensiones de la propia nave. O tal vez fue por el torbellino de emociones que se había despertado en ella al ser consciente de que en nada volvería a casa, lo que significaba que, una vez que subiera a bordo, una vez que soltaran las amarras, ya no habría vuelta atrás.

Cualquiera que fuese la razón, poco importaba ya. Flora se permitió aquel momento de vacilación, pero enseguida se obligó a respirar hondo y avanzó hacia delante, agarrándose a los lados de la pasarela y manteniendo la vista fija en las puertas que la llevarían al interior del Titanic, para así no caer en la tentación de mirar hacia abajo.

Lo primero que notó al entrar en el barco fue el olor a flores frescas. Era como estar en una floristería o en medio de un jardín verde, algo que la pilló por sorpresa, sobre todo después del característico olor a mar que se respiraba en el exterior. Tras dar unos cuantos pasos más, entendió el porqué de las flores: el olor a pintura era penetrante y no tardó en mezclarse con el de las gardenias y los jacintos. Era evidente que la tripulación había apurado los últimos preparativos para poder darles la bienvenida a los primeros pasajeros.

Los camareros del barco, con sus uniformes recién estrenados, esperaban en el vestíbulo de paneles blancos más allá de las puertas con marcos de madera de teca, al igual que varios de los oficiales al mando. El señor Fortune se detuvo para saludarlos y estrecharles la mano, mientras que Charlie y el señor Sloper cogían encantados la flor que una joven y bonita camarera les había regalado para que se la colocasen en la chaqueta. Delante de ellos había una pareja que llevaba un perro con correa y enseguida un miembro de la tripulación los guio hasta la cubierta en la que se encontraba la perrera. Las uñas del animal chocaron con el suelo de color blanco y negro, que era tan brillante que al principio Flora pensó que tendría que ser de mármol.

Uno de los camareros rompió la fila para escoltar a sus padres a través de las puertas que daban al vestíbulo principal en el que se encontraba la gran escalinata de proa. Estaba hecha de roble macizo y contaba con paneles de madera tallados a mano, unas barandillas que le daban un toque sofisticado y unas columnas robustas características del estilo toscano.

Justo en un rincón de la sala había una orquesta formada por unos cuatro o cinco hombres, tocando una melodía animada que Flora no supo identificar, pero que, aun así, le dio la sensación de que encajaba a la perfección con la alegría que se respiraba en el ambiente.

Enfrente de la escalera había tres ascensores, con sus respectivos ascensoristas, que ya estaban listos para acompañar a los pasajeros a las cubiertas que les hubiesen sido asignadas. De hecho, ya se había formado una cola y la gente esperaba para poder subirse, pero el camarero de los Fortune les informó de que sus camarotes estaban en la cubierta C, solo un piso por debajo de donde se encontraban en ese momento, es decir, de la cubierta B, así que decidieron usar las escaleras. Se despidieron del señor Sloper, dado que su camarote estaba en la cubierta A, y la familia al completo siguió al camarero. Flora no pudo evitarlo; sintió la necesidad de tocar el acabado liso de la madera. Estaba asombrada, no solo por el tamaño del barco, sino también por la intensidad con la que brillaba todo. Se le escapó una sonrisa estúpida y, cuando miró a sus hermanos, se dio cuenta de que ellos también habían tenido una reacción similar.

Al llegar a la cubierta C, descubrieron un vestíbulo muy parecido al de arriba y la oficina del sobrecargo a la izquierda, en el lado de estribor del barco, justo donde estaba amontonado un grupo de pasajeros. La oficina solía estar a rebosar, sobre todo durante el primer día de navegación. Era allí donde la gente ponía sus objetos de valor a buen recaudo, donde se les hacía el cambio de divisas, donde podían alquilar tumbonas o mantas, y donde se fijaba la asignación de mesas del comedor principal, entre otras cosas. Cuando pasaron por delante de la cola de gente y giraron para meterse en el pasillo de estribor que los llevaría hacia la proa, Flora oyó a una mujer que llevaba puesta una estola de piel exigiendo que le devolvieran el dinero porque le habían asignado una mesa en el comedor cuando en realidad lo que ella quería era comer en el restaurante À la Carte que había en la cubierta de paseo.

–Que les gusta a los ricos un derroche –bromeó Mabel en voz baja. Los pasajeros más pudientes eran los únicos que podían permitirse cenar en aquel restaurante, dado que había que pagar una tarifa adicional para poder entrar.

–Esos modales –la regañó Flora.

–No he dicho nada que el resto no piense –comentó su hermana menor sin el más mínimo signo de arrepentimiento–. Pero soy la única que se atreve a decirlo.

Flora estaba a punto de soltar que algunas cosas era mejor no manifestarlas en voz alta, pero se contuvo. Sabía que su hermana no le haría caso. Mabel consideraba que la franqueza era una virtud, pero a menudo confundía la sinceridad con la insolencia.

Los Fortune no tuvieron que caminar mucho más porque enseguida encontraron sus camarotes: el C-23, C-25 y C-27; todos ellos conectados como si fuese una única *suite* con baño privado. El camarero se detuvo en un pequeño pasillo que conducía a estribor y, antes de guiar al señor y la señora Fortune hasta su camarote, les explicó que las puertas que daban a las habitaciones de sus hijos estaban cerca, justo en el siguiente pasillo. Siguiendo las indicaciones del hombre, Charlie no tardó en encontrar la puerta C-23, un camarote interior; y sus hermanas fueron directas a la C-25, que daba al exterior.

La habitación superó las expectativas de Flora, tanto que le dio la sensación de que se encontraba en un palacio flotante. La estancia estaba iluminada por una pequeña lámpara de araña. Había dos camas de latón a las que les habían puesto un edredón de color rosa, dos armarios de caoba en esquinas opuestas, un tocador y un pequeño lavabo. También había candelabros de tres brazos por toda la habitación y cuadros con imágenes pastorales en las paredes. La cama que estaba más cerca de la puerta la habían colocado con el cabecero pegado a la pared, en la que había una portilla con cortinas. La otra en realidad era una litera con una cama abatible en la parte superior. Mabel se acercó decidida a la primera cama, pero Flora se adelantó y se dejó caer sobre el firme colchón.

–Me he visto obligada en estos últimos tres meses a compartir habitación con vosotras, así que creo que ahora me merezco este privilegio por ser la hermana mayor.

Mabel miró a Flora con el ceño fruncido.

–Tiene razón –coincidió Alice, toqueteando las margaritas blancas y los crisantemos de color lavanda que sobresalían del jarrón que decoraba la mesa central del camarote. Después, consiguiendo enfadar a Mabel aún más, añadió–: Todas las camas serán igual de cómodas. Me quedaré con la litera de arriba, si así lo prefieres.

–¿Para que madre me fulmine con la mirada por haber hecho que la delicada constitución de su hija corriera peligro? –replicó Mabel–. Oh, no. Me niego. Yo dormiré arriba.

–Como quieras –volvió a hablar Alice mientras veía cómo Mabel avanzaba hacia la litera, lo que provocó que se le dibujase una sonrisa en los labios; un gesto involuntario que hizo que Flora llegase a la conclusión de que esa había sido la intención de Alice desde el principio.

A Flora en realidad le daba igual qué cama eligiesen sus hermanas, siempre y cuando no fuera en la que ella estaba acostada, claro. Alargó el brazo y abrió las cortinas para observar el mar de color azul oscuro a través de la portilla. Descubrió que a su alrededor tenían varios remolcadores que en ese instante permanecían inactivos, aunque les salía humo de la chimenea, como si estuviesen a la espera de una señal que les indicara que había llegado la hora de ayudar al Titanic a salir del puerto.

De repente, alguien tocó con suavidad la puerta del camarote por la que habían entrado las hermanas Fortune.

–Adelante –gritó Flora.

El camarero de pelo oscuro que había acompañado a sus padres al camarote que les habían asignado abrió la puerta.

–Con su permiso, señoritas. ¿Está todo a su gusto? ¿Necesitan alguna cosa más? –les preguntó el hombre con un acento ligeramente marcado, y después les dedicó una sonrisa amable que hizo que las Fortune descubrieran que tenía las paletas separadas y que era un poco más joven de lo que aparentaba–. Encontrarán el baño en esta dirección –añadió, señalando un punto a su espalda.

En ese instante, Charlie apareció a su lado, con las manos metidas en los bolsillos.

–Tendréis que pasar por mi camarote para ir.

–Sí, o pueden salir y rodear el camarote hasta llegar a la puerta del pasillo que da al interior –les explicó el camarero. Después, hizo un gesto con la cabeza hacia los baúles que estaban en el suelo, es decir, hacia el equipaje que habían decidido utilizar durante el viaje. El resto de sus pertenencias ya estaban guardadas en la bodega–. En unos minutos llegará la camarera que se encargará de deshacerles el equipaje.

El señor Fortune había decidido que no los acompañase al viaje ninguna de sus sirvientas; no había necesidad, no cuando sus propias hijas podían ayudarse las unas a las otras y ayudar a su esposa, sobre todo a la hora de vestirse. Además, cada barco y hotel que habían reservado contaba con personal dispuesto a atender sus necesidades básicas, como la colada y la tarea de deshacerles la maleta.

Las tres hermanas y Charlie escucharon atentamente las explicaciones que el camarero les dio para que supieran cómo funcionaban algunos elementos del camarote, como el calentador eléctrico y el panel de control con botones que había en la pared y que podían utilizar para llamarlo a él, entre otras cosas.

–¿Y esto para qué es? –quiso saber Alice, señalando una especie de bolsa de malla de color verde que colgaba de la pared que estaba junto a su cama.

–Ahí puede usted guardar sus objetos de valor, señorita –respondió el hombre con un gruñido a la vez que bajaba la cama superior de la litera, tal y como le había pedido Mabel–. Todo lo que no quiera dejar en la oficina del sobrecargo, claro. Pueden meter cualquier cosa que no quieran que se pierda o que se caiga al suelo por la noche, como los relojes, por ejemplo.

Estaba ofreciéndoles una solución por si el mar estaba agitado, y eso hizo que Flora se preguntase si en aquel barco tan descomunal era posible sentir el movimiento de las olas.

Cuando Mabel se subió a su cama, el camarero dio un paso atrás y escudriñó el camarote, como si estuviese comprobando si se había dejado algún detalle sin explicar.

–¿Puedo hacer algo más por ustedes? –preguntó él al final.

–¿No se suponía que el Titanic era insumergible? –se mofó Mabel–. Entonces, ¿por qué diantres hay chalecos salvavidas encima de los armarios? –añadió, al descubrir que era la única que podía verlos desde la posición en la que se encontraba.

El camarero volvió a sonreír.

–Están ahí por mera precaución. El barco debería cumplir las mismas normas que el resto de las embarcaciones, ¿no cree? Pero no se preocupen. El diseño del Titanic incluye compartimentos estancos. Así que, tal y como usted ha dicho, es insumergible. –Abrió la puerta del camarote para volver a salir al pasillo, y Flora se levantó enseguida para despedirlo–. Me retiro entonces, señoritas. Soy Ryan, por cierto. No duden en llamarme si necesitan algo más.

–Eso haremos. Muchas gracias.

El hombre inclinó la cabeza para despedirse y cerró la puerta tras de sí.

Flora se giró y vio a su hermano Charlie con la espalda encorvada mientras miraba por la portilla que había encima de su cama. Su cabello castaño claro parecía casi grisáceo a la luz del sol.

–¿Ya habrán terminado padre y madre de instalarse?

–Madre me comentó que antes de partir quería escribir una carta y que después descansaría un rato.

Charlie se enderezó, lo que obligó a Flora a alzar la barbilla para mirarlo a los ojos; todavía no se había acostumbrado al cambio físico que había experimentado su hermano, y eso que ya habían pasado seis meses desde su graduación. Durante toda su vida, su hermano pequeño había sido…, bueno, eso, más pequeño que ella. Pero en algún momento, durante sus últimos dos años en la escuela privada Bishop's College School a la que iba en Quebec, había pegado el estirón, en concreto, más de quince centímetros. De hecho, casi había superado ya la altura de su hermano mayor, Robert.

–Voy a subir a cubierta para verlo partir.

–Te acompaño –declaró Mabel con entusiasmo, bajando de la litera de un salto.

Flora miró a Alice y se dio cuenta, por la expresión de su hermana, que ella tampoco quería perdérselo.

–¿Por qué no subimos todos? –sugirió ella mientras Mabel sacaba casi todas las flores que había en el jarrón.

–Quiero lanzárselas a los transeúntes que nos verán partir desde el muelle –aclaró Mabel al ver que su hermana mayor arqueaba las cejas.

Alice le sonrió y se acercó para hacerse ella también con algunas flores.

Capítulo 2

A Alice le llegó un sonido parecido al de unas campanas mientras sus hermanos y ella volvían a mezclarse entre la multitud que hacía cola para montarse en el ascensor y subían las escaleras hasta la cubierta de botes. Fue observándolo todo a su paso, con los ruidos que emitía el prestigioso transatlántico de fondo. Ya estaba bastante impresionada con lo poco que había visto, pero aun así se le escapó un grito ahogado cuando pisaron el vestíbulo de la cubierta A. Había una figura de un ángel, justo en el centro de la gran escalinata de proa, con una lámpara en la mano que apuntaba hacia arriba, en concreto, hacia la cúpula de hierro forjado y cristal esmerilado que se alzaba sobre sus cabezas y desde la que se filtraban los rayos del sol. El espacio estaba bañado por una luz cálida, al igual que la recargada talla de madera –la *Honour and Glory Crowning Time*– que había en el rellano y que contaba con varias figuras alegóricas y con un reloj insertado justo en el centro.

–Todos los relojes a bordo, incluido este, funcionan con un sistema de encendido por magneto –les informó Charlie; al parecer, todavía le quedaban datos curiosos del Titanic para dar y regalar–. Hay dos relojes en la sala de navegación. Están metidos en cajas herméticas y están diseñados para sincronizar los casi cincuenta relojes restantes que hay en el barco. A medida que nos vayamos acercando al oeste, tan solo tendrán que preocuparse por cambiar dos relojes, porque el resto se ajustará de manera simultánea. –Era evidente, por su tono de voz, que aquello le parecía fascinante.

–¿De dónde sacas toda esa información? –quiso saber su hermana Mabel con cierto recelo.

–De diarios de navegación y periódicos. –Charlie entrecerró los ojos–. Hay gente que prefiere aprovechar el tiempo haciendo cosas productivas, como ir a la biblioteca, en vez de pasarse el día haciendo turismo y yendo de compras por Londres.

–¡Serás mezquino! –replicó Mabel–. ¿Quién crees que fue la que sugirió que fuésemos al Museo Británico?

–Por favor, niños, no empecéis –les reprendió Flora mientras subían los últimos escalones que conducían a la cubierta de botes, una advertencia que sabía que calaría en ellos. Detestaban que los tratasen como niños, aunque en ocasiones actuaran como tal.

Alice se quedó con la vista clavada en la cúpula que tenían encima, examinando con interés la lámpara que habían instalado justo en el centro. El día estaba nublado, pero, aun así, la luz se colaba por la estructura de metal dorada, haciendo que los paneles con cuentas de cristal brillasen. Estaba tan absorta que casi se chocó con un miembro de la tripulación que bajaba. El hombre le dedicó una sonrisa amable y después continuó avanzando hasta el rellano, donde gritó: «¡Estamos a punto de zarpar!».

Mientras cruzaban el vestíbulo de la entrada que daba a la cubierta de botes, notaron un leve zumbido bajo los pies. Alice se giró para mirar a su hermano.

–Las máquinas –le explicó él.

A ella se le formó un nudo en la garganta, aunque la emoción hizo que también sintiese un cosquilleo por todo el cuerpo. Un nudo que se tensó aún más cuando vio los botes salvavidas colgados de los nuevos y eficientes pescantes, o al menos así los había descrito Charlie hacía unos días. Se suponía que estaban preparados para sacar los botes del costado del barco y subirlos y bajarlos con mucha más rapidez que la que proporcionaban los pescantes que había en otros barcos más antiguos. A simple vista, sí que parecían firmes y eficientes. Justo en ese instante, se dio cuenta de que no solo había una hilera de botes en proa, sino también en popa. Sin embargo, aunque en realidad no eran pequeñas, a ella le dio la sensación de que las embarcaciones estaban hechas de un material endeble, sobre todo, si las comparaba con las grandiosas dimensiones y características del Titanic.

«La veo en un bote a la deriva en medio del océano…».

Casi le resultó imposible no acordarse del adivino. Durante los últimos dos meses, había conseguido olvidarse de las palabras de aquel hombrecillo. Además, se negaba a dejar que un adivino, que solo se dedicaba a hacer el paripé para ganarse a los turistas, le arruinara esta última etapa del viaje. No cuando apenas quedaban días para que se acabase la aventura.

La última carta que había recibido de su prometido Holden parecía hacer que el bolso bordado con cuentas que le colgaba del codo le pesase más de lo normal. Le consolaba leer las declaraciones de amor que le había escrito, al igual que sus palabras de admiración, ya que ambas cosas hacían evidente que la estaba echando mucho de menos. Sin embargo, sentía una punzada en el corazón cada vez que él prometía darle una vida fácil, llena de comodidades, en Toronto una vez que se casasen. Una vida en la que no tendría la necesidad de poner un pie fuera de Rosedale, el barrio donde él había planeado que vivirían.

Alice sabía que debía estar agradecida de tener al lado a un hombre que se preocupaba por ella. Era plenamente consciente de que eran pocas las mujeres a las que se les presentaba tal oportunidad. Pero, aun así, le decepcionaba y, hasta cierto punto, también le atemorizaba la idea de regresar a su hogar.

No, no podía seguir así. Adoraba a Holden. Quería casarse con él. Estaba siendo egoísta; seguro que tan solo se trataba de una preocupación pasajera.

Observó cómo Flora se acercaba a la barandilla para mirar por encima del costado del barco. En ese instante, deseó ser igual de independiente que su hermana mayor. Toda la familia había persuadido a Flora para que pospusiera su boda, y ella había aceptado sin armar ningún escándalo. Seguramente se estaba muriendo de ganas de llegar a Winnipeg, aunque en realidad no se le notaba la emoción en la cara, al igual que no se le notó nada cuando partieron el primer día. No era la primera vez que Alice envidiaba la serenidad con la que aceptaba su hermana las cosas, así que intentó hacer lo mismo y se acercó a ella.

Al parecer, habían acabado saliendo por el lado de estribor del barco, porque, en lugar del muelle, se encontraron con unos seis remolcadores, cada uno de ellos asegurando sus cabos al barco y esperando la orden de sacar al Titanic del muelle para que así pudiese incorporarse sin problema en las aguas profundas del río Test. A la izquierda, había un hombre vestido con un traje oscuro que no paraba de sacarle fotos a la escena que tenían delante. Alice lo observó mientras deslizaba la cámara por el costado del barco para poder captar mejor la imagen de los remolcadores.

No tardó en llegarle el olor a carbón, que estaban expulsando los barcos de abajo y las propias chimeneas del Titanic. A estas alturas, ya habrían empezado a poner en marcha las máquinas de vapor que se encontraban a tan solo unas plantas por debajo de ellos, dejando a su paso una humareda.

O eso es lo que supuso Alice. De hecho, hubo un momento en el que deseó que su hermano las animara a escabullirse a las salas de calderas para así poder ver con sus propios ojos cómo era el procedimiento, pero tal vez Charlie estaba guardando la sugerencia para más adelante.

–¡Caray! –exclamó Charlie a sus espaldas–. ¡Pero si hay hasta un gimnasio!

Alice y sus hermanas lo siguieron hasta el interior de una sala llena de ventanales con arcos que hacían que la luz natural iluminara el piso de madera. El espacio estaba equipado con todo tipo de artilugios: máquinas de remo, bicicletas estáticas y unos aparatos que un hombre robusto, con un bigote impresionante, les explicó que eran camellos y caballos mecánicos. Varios pasajeros ya se habían atrevido a probarlos, aunque algunos sin demasiado éxito. Había un par de damas sentadas encima del camello, riéndose a carcajadas. El instructor, que iba vestido con un uniforme de franela de color blanco, se movía de un lado a otro, ayudando y animando a los más deportistas y ofreciendo alguna que otra demostración si así se lo pedían.

Flora parecía más interesada en el mapa enorme que había en la pared que en las maquinitas. En él, se mostraba la ubicación actual del Titanic con una pequeña bandera. Fue entonces cuando Alice se preguntó si la tripulación lo utilizaría para ir actualizando el progreso del barco por el Atlántico. Su hermano seguía fascinado con la instalación, pero ellas ya habían visto todo lo que querían ver, así que decidieron marcharse. Charlie las alcanzó cuando estaban atravesando las puertas que daban a babor y que eran exclusivas para los de primera clase.

En ese lado de la cubierta había mucha más gente y se oían los gritos de aquellos que se habían amontonado en el muelle. Los cuatro se las arreglaron para hacerse un hueco en la barandilla. Justo detrás había una hilera de tumbonas vacías; las habían colocado al lado de aquellas paredes blancas en las que no obstaculizaban las entradas al interior del barco.

Alice tenía a su derecha a dos caballeros que estaban enfrascados en una intensa conversación. A juzgar por las partes que logró captar, llegó a la conclusión de que estaban hablando sobre algo relacionado con una batalla. Una antigua, o al menos eso esperaba.

Uno de ellos –en concreto, el hombre de pelo canoso y acento marcado– no tardó en girarse para saludarlas.

–Buenos días, señoritas. Aunque… –hizo una pausa para coger su reloj de bolsillo y comprobar qué hora era– creo que ya puedo desearles una buena tarde. –Inclinó la cabeza y les dedicó una sonrisa que hizo que se le torciese el bigote–. Una tarde que se presenta espléndida, me atrevería a decir. Con su permiso, me gustaría presentarme. El coronel Archibald Gracie, a su servicio. –Hizo un gesto con la cabeza hacia su compañero–. Y este de aquí es Isidor Straus.

«¿El dueño de los grandes almacenes Macy's de Nueva York?», se preguntó Alice mientras observaba al hombre que estaba con el coronel Gracie; un señor mayor, calvo y con una barba blanca bien cuidada.

–Encantado –se limitó a decir el señor Straus cuando las tres jóvenes de la familia Fortune lo saludaron.

Como era la mayor, Flora fue la que se encargó de hacer las presentaciones, pronunciando el nombre de sus hermanas primero. Después, se giró para ver dónde estaba Charlie, que, seguramente, se había separado de ellas para examinar alguna cosa del barco que le había vuelto a llamar la atención.

–No viajarán solas, ¿verdad? –quiso saber el coronel Gracie antes de desviar la mirada hacia su amigo–. Veo que es algo que se está poniendo de moda… Ya le he ofrecido mis servicios como acompañante a otro trío de hermanas que viajan juntas; todas amigas de mi querida esposa, por supuesto. Detesto ver a una dama sin la protección que se merece.

Alice ya estaba empezando a hacerse una idea de lo charlatán que era el coronel en comparación con la tranquilidad y la condescendencia que transmitía su amigo.

–No, también encontrarán a nuestro hermano y a nuestros padres a bordo. Somos las hijas de la señora y el señor Fortune –intervino Flora cuando el coronel por fin dejó de hablar.

–Ah…, la familia de Winnipeg, sí –respondió el coronel Gracie, entrelazando las manos en la espalda–. Conozco a su padre. Aquí donde me ven, yo también estoy empezando a interesarme por los bienes raíces –les explicó–. Un buen hombre, sin duda.

De pronto, el sonido ensordecedor del silbato de tres tonos que salía de las dos chimeneas que estaban más cerca de la proa se adueñó del espacio, haciendo que todos se sobresaltaran y se estremecieran. Después, volvió a sonar dos veces más para hacerle saber a la tripulación y a los pasajeros que ya había llegado la hora de partir. Charlie se volvió a unir a sus hermanas en la barandilla, justo a tiempo para presenciar un altercado entre alguien del barco y un grupo de fogoneros que corría hacia la última pasarela que conectaba el Titanic con el muelle, con la intención de saltar antes de que la retiraran. Sin embargo, la separación entre la pasarela y el suelo del muelle se fue haciendo cada vez más grande, y al final no lograron llegar a tiempo. Los fogoneros estaban demasiado lejos, así que era imposible deducir lo que decían desde la cubierta, sobre todo, por el ruido que estaba haciendo la multitud que se había acercado al muelle y la que se concentraba en el barco, pero por las expresiones de enfado y la forma en la que uno de los hombres tiró su equipo al suelo, Alice dedujo que los fogoneros no estaban muy contentos con el trato que se les había dado y menos aún con que los hubiesen dejado en tierra.

—¿No les faltará personal? —se preocupó Alice.

—No, siempre tienen trabajadores de sobra por si alguno les falla —respondió Charlie, demostrando una vez más que contaba con información que el resto no esperaba que tuviera—. Pero entiendo que estén enfadados; al final, acaban de perder la oportunidad de recibir un buen salario. Sobre todo, teniendo en cuenta que cada vez salen menos buques del puerto. Apenas hay suministro por la huelga de carbón. —Hizo un gesto con la cabeza hacia los muelles que estaban abarrotados de gente y en los que había unos dos o tres barcos.

El coronel Gracie intervino en la conversación, alzando la voz para que se le oyera:

—Me comentaron que a la White Star Line y a la International Mercantile Marine —añadió él, refiriéndose a la compañía fiduciaria operada por J. P. Morgan, propietario de la naviera del Titanic— no les quedó más remedio que utilizar el carbón de los barcos que tenían inoperativos en Southampton y en Liverpool para poder tener suficiente suministro para el viaje inaugural del Titanic.

Cuando estuvieron en Londres, Alice oyó algo sobre la huelga de carbón. Le hubiera resultado imposible no hacerlo, ya que había sido la causa de las innumerables interrupciones que se habían producido en los trayectos en tren y en barco, entre otros problemas, claro. Aunque hacía apenas unos días que había terminado la huelga, tendrían que esperar semanas e incluso meses para poder recuperar el ritmo y las reservas de las que disponían antes. Sin embargo, el viaje inaugural del nuevo buque insignia de la White Star Line se convirtió en un asunto de máxima prioridad, así que la naviera se vio obligada a atracar el resto de sus barcos para conseguir la máxima cantidad de carbón posible.

En ese instante, volvieron a sentir movimiento bajo sus pies, y a Alice le recorrió un pequeño escalofrío por el cuerpo cuando se dio cuenta de que el barco se estaba alejando del muelle. La orquesta también había subido a cubierta, pero apenas se oía la melodía animada con la que les estaban deleitando, sobre todo, por los vítores de los pasajeros y las personas que se habían reunido a lo largo del puerto para ver zarpar al Titanic. Todos los hermanos Fortune –incluso la propia Flora– se quedaron sin palabras. Alice y Mabel les lanzaron las flores que habían cogido del decorado del camarote a los transeúntes que se encontraban en tierra, y Flora levantó su pañuelo por encima de la cabeza y lo agitó.

Se palpaba la felicidad en el ambiente. La mayoría de los pasajeros se asomaron por la barandilla para despedirse de aquellos amigos que se habían quedado en el muelle y que no los acompañarían en esta aventura, y, en respuesta, estos aplaudieron con más fuerza. Los remolcadores y otros buques de vapor que había alrededor también quisieron decirle adiós al Titanic con pitidos y silbidos. A Alice se le dibujó una sonrisa de oreja a oreja, con la duda de si alguna vez se habría visto una despedida de tal calibre.

El barco fue avanzando poco a poco río abajo, moviéndose casi en paralelo al punto de atraque y siguiendo de cerca el camino marcado por la estructura de los muelles. Alice asumió que tendrían que haber dragado la parte más profunda del canal para que barcos tan grandes como el Titanic pudiesen entrar y salir del puerto sin problema. Había otros transatlánticos atracados justo delante de ellos. El que tenían más cerca era un buque de vapor viejo de la White Star que solo contaba con dos chimeneas.

–El Oceanic –les informó el coronel Gracie.

Y justo al lado del Oceanic, optimizando el uso del embarcadero y flotando aún más cerca del Titanic a medida que el barco avanzaba, estaba el New York.

El Titanic hizo un cambio de velocidad casi imperceptible, pero más que evidente si te fijabas en la fuerte corriente que se había creado a lo largo de toda la longitud del barco.

–Ahora sí; acaban de poner en funcionamiento las máquinas –anunció Charlie con entusiasmo, inclinándose más sobre la barandilla para observar el efecto que se estaba creando en el agua.

De repente, se oyó un ruido agudo que hizo que Alice se sobresaltase y que Charlie se resbalase. Alice alargó el brazo para agarrar a su hermano y evitar que se cayese al mar. Después, resonaron en el aire una serie de estallidos, como el sonido seco de los disparos de un revólver. Alice se giró a tiempo para ver unas cuerdas gruesas con una forma sinuosa, como la de una serpiente, alzándose en el aire por encima del grupo de personas que se había subido al New York para observar de cerca el Titanic.

Los pasajeros del New York gritaron, presas del pánico, y enseguida corrieron para evitar que se les cayesen las cuerdas encima. A Alice se le paró el corazón y deseó con todas sus fuerzas que lograsen ponerse a salvo. Pero, por desgracia, no fue así, ya que varias personas tuvieron que volver corriendo sobre sus pasos y acabaron de rodillas en el suelo de la cubierta para ayudar a una señora con falda que se había caído.

Los pasajeros a bordo del Titanic empezaron a murmurar, preocupados, y Alice enseguida entendió el porqué: los cabos que retenían al New York se habían roto y la popa del barco tembló y empezó a moverse en dirección al río, hacia el Titanic. La tripulación del New York empezó a correr de un lado a otro, soltando las cuerdas y colocando esteras en el lateral del barco.

—¡Las máquinas del Titanic tienen demasiada fuerza! —exclamó el coronel Gracie.

Alice miró a su alrededor y luego hacia el puente de mando, preguntándose por qué los oficiales del Titanic no hacían nada. ¿Acaso no estaban viendo que corrían peligro?

—¡Agárrense fuerte! ¡Estamos a punto de chocar! —gritó un hombre corpulento y algo desaliñado al otro lado de la cubierta.

Alice se aferró a la barandilla, con el corazón en la garganta.

De repente, la vibración casi imperceptible que antes habían sentido bajo sus pies se detuvo. Acababan de parar las máquinas del Titanic. Todos los pasajeros se inclinaron hacia delante para observar con cierto nerviosismo cómo se iba acercando cada vez más la popa del New York al transatlántico. El Titanic se había visto obligado a detener su marcha, pero fue en vano. El pequeño buque de vapor siguió aproximándose cada vez más al costado de babor del Titanic.

Alice volvió a sentir un ligero movimiento sobre la cubierta de madera y enseguida miró con los ojos muy abiertos a su hermano.

—Diría que están utilizando el motor de babor para dar marcha atrás y así evitar que el New York siga avanzando —habló el coronel Gracie, respondiendo a la pregunta implícita de Alice.

Sin embargo, eso tampoco detuvo al New York, que siguió acercándose a ellos con lentitud.

La tripulación de uno de los remolcadores, que no había dudado en acercarse a ayudar, cogió la cuerda que le habían lanzado desde la aleta de babor del New York. Después, amarró el cabo y el capitán aceleró el motor al máximo. Varios pasajeros del Titanic soltaron un grito ahogado cuando la cuerda se partió casi de inmediato por la tensión. Volvieron a lanzar otra, que, con suerte, sería un poco más resistente, y el remolcador empezó a moverse con la máxima potencia para poder así por fin detener el avance del New York.

–Ves; te dije que subirse en un barco en su viaje inaugural nunca es buena idea –le reprochó con firmeza la mujer al hombre desaliñado.

Alice se giró hacia ellos y estudió a la señora con detenimiento; le sorprendió descubrir que a alguien más le preocupaba el destino del Titanic, uno que estaba envuelto en supersticiones que auguraban un final dramático. Alice se fijó en la cara de la mujer: tenía las mejillas redondas, la piel pálida y unas ojeras pronunciadas que resaltaban al lado de aquellos ojos inquietos que se ocultaban bajo una pamela grande con un lazo enorme de color crema.

La pareja despertó cierto interés en ella, pero antes de que pudiese averiguar quiénes eran, alguien que estaba detrás de ellos soltó un comentario desafortunado:

–Apuesto lo que quieran a que nos chocamos.

Alice desvió la mirada y volvió a fijarse en el New York. El hombre con la cámara que había visto antes en la cubierta de estribor había decidido, al igual que ellos, acercarse a la de babor. Alice observó cómo se inclinaba cada vez más hacia la borda para conseguir captar la mejor fotografía. Si el New York finalmente chocaba con el Titanic a la velocidad actual, le sería difícil causar un accidente grave, pero eso haría que los dos barcos se viesen obligados a atracar, al menos de manera temporal, para evaluar los daños y reparar los desperfectos. Es decir, que eso haría que el esperadísimo viaje inaugural del buque insignia de la White Star Line –que ya había recibido el apodo de «El buque de los sueños»– terminase mucho antes de lo esperado. Eso también retrasaría el regreso de los Fortune a Winnipeg, algo que a Alice no le parecía del todo mal, aunque estaba segura de que para sus hermanos aquello supondría un fastidio y una decepción; por no hablar del señor Ross, al que sí que se le complicarían las cosas si se diera el caso.

Y entonces, justo cuando la colisión parecía inevitable, el New York dejó de avanzar y comenzó a retroceder muy despacio. Todos suspiraron, aliviados. Alice no sabía si el incidente se había conseguido evitar gracias a las maniobras de la tripulación del Titanic o a la respuesta rápida y eficaz del remolcador. Pero lo importante era que se habían salvado, aunque por los pelos.

Capítulo 3

—¡Menos mal que todo ha quedado en un susto! —le dijo a su esposa con una sonrisa el estadounidense corpulento y despeinado que en ese instante se encontraba de pie justo al lado de Mabel.

Bueno, fue Mabel la que asumió que aquella señora era su mujer. Ya tenían una edad y parecían una pareja respetable, aunque los pelos del hombre le recordaban a los de un perro peludo.

—Futrelle, amigo mío —lo saludó el coronel Gracie, alargando las palabras, aunque no tanto como Futrelle—. Me alegro de verle —añadió a la vez que le estrechaba la mano, aunque a Mabel le dio la sensación de que al hombre no le hacía tanta gracia devolverle el gesto al coronel—. Me encantaría que me diera su opinión sobre mi libro. He escrito uno, ¿sabe? *The truth about Chickamauga*. En él hablo sobre la batalla. Mi padre estuvo al mando de una brigada en el ejército de Bragg y pensé que ya era hora de que alguien contara la verdad de los hechos. Siendo usted escritor…, me vendrá bien saber su opinión.

—¿Es usted Jacques Futrelle? —Flora se acercó a preguntar—. ¿El autor de *La máquina pensante*?

El señor Futrelle se sonrojó, apartándose el pelo largo que le caía sobre la frente y le tapaba un poco los ojos para poder ver mejor a Flora a través de sus quevedos, unas gafas sin patillas que tenían un cordel que iba desde el costado de uno de los cristales hasta el lóbulo de la oreja para evitar que se le cayesen.

—Así es —le respondió él.

Hasta Mabel sabía quién era el autor de la famosa colección de novelas de misterio que tenían como protagonista al profesor Augustus S. F. X. Van Dusen, un brillante detective aficionado. Miró a Futrelle con interés. Al final, la gente lo consideraba el Conan Doyle estadounidense por algo. Aunque, a juzgar por las fotos que ella había visto en los periódicos, Futrelle no se parecía para nada al arreglado, alto y bigotudo escritor británico que le había dado vida al personaje de Sherlock Holmes.

–Un placer conocerle. Me encantan sus libros –le confesó Flora con sinceridad–. Y esta debe ser su esposa –añadió, dirigiendo su atención a la mujer de cara redonda que se encontraba justo a su lado–. Usted también es escritora, ¿o me equivoco?

–No se equivoca –le contestó ella con regocijo.

Flora miró a su hermana Alice.

–La señora Futrelle es la autora de *Secretary of frivolous affairs*.

Alice abrió los ojos de par en par al reconocerla.

–Ay, ¡qué maravilla! –soltó ella antes de mirar a sus dos hermanas, aunque se quedó más tiempo observando a Mabel–. Creo que hablo por todas cuando digo que disfruté mucho de su lectura.

El coronel Gracie soltó una risita al lado de su compañero, el señor Straus.

–Sí, a las damas les encantan ese tipo de historias…

Mabel fulminó al coronel con la mirada, pero antes de que pudiese soltar un comentario sarcástico, Alice se volvió a acercar a la barandilla y preguntó:

–¿Qué están haciendo los remolcadores? ¿Tirar del New York para que rodee el muelle?

–En efecto –habló el señor Straus–. Parece que su intención es transportarlo a un embarcadero que esté más alejado del canal y del Titanic para evitarnos así nuevos percances.

Aunque el señor Straus no era un hombre especialmente alto, su presencia imponía respeto. Sobre todo, cuando se enderezaba con las manos entrelazadas detrás de la espalda. Hizo un gesto con la cabeza hacia el barco que estaba justo detrás del New York y añadió:

–Y parece que están atando más cabos al Oceanic; querrán asegurarse de que no se suelte del muelle. No querrán arriesgarse a que suceda lo mismo que con el New York.

Fue un alivio para todos escuchar sus palabras.

Las maniobras no duraron mucho, y el Titanic no tardó en reanudar su viaje río abajo. Sin embargo, aunque hubiesen conseguido salir por fin del puerto, todavía les quedaban varios kilómetros por recorrer para poder llegar a mar abierto. A Mabel no le entusiasmaba demasiado la idea de quedarse allí de pie bajo la brisa helada, mirando el horizonte nublado; y cuando se fue a dar la vuelta para decírselo a sus hermanos, el corneta del barco empezó a tocar *The Roast Beef of Old England*, la pieza musical que se solía utilizar a bordo para comunicarle a los pasajeros que estaban a punto de servir el almuerzo o la cena.

El estómago de Mabel respondió con un rugido.

–Mabes, no te habrás tragado un oso, ¿verdad? –bromeó su hermano Charlie con una sonrisa amplia e infantil.

Ella entrelazó el brazo con el suyo.

–No, pero tal vez me convierta en uno si no me llevo algo a la boca pronto.

Con una carcajada, todos se dirigieron a la cubierta D, donde se encontraba el comedor principal.

Salieron del ascensor, rodearon las escaleras y enseguida se encontraron con la sala de recepción de los pasajeros de primera clase, que ocupaba todo el ancho del barco. El suelo estaba cubierto por una alfombra oscura de Axminster, hecha con materiales de calidad, algunas palmeras y varias sillas y sofás de mimbre blanco con unos cojines acolchados de color verde. El estilo era parecido al de las salas de estar de los ingleses. Incluso el tapiz –que estaba colgado en la pared opuesta a la escalera y que representaba una partida de caza, seguramente una reproducción de alguna pieza de arte famosa– seguía respetando la misma estética que el resto de los objetos que decoraban el espacio. Mientras cruzaban la lujosa alfombra, Mabel se dio cuenta de que había un piano de cola Steinway justo en una de las esquinas y llegó a la conclusión de que estaba ahí para uso exclusivo de la banda.

Se pusieron en la cola, al igual que el resto de los pasajeros, y fueron avanzando con lentitud hasta que finalmente entraron por las puertas dobles que daban al comedor. La primera comida a bordo siempre era un poco caótica, dado que cada pasajero tenía que buscar la mesa que se le había asignado. Sin embargo, en este caso, la situación fue aún peor porque la sala era inmensa, y ni la ayuda de los camareros sirvió para agilizar el proceso. Mabel calculó que el comedor debía medir más de treinta metros de largo, porque estaba equipado con más de cien mesas de diferentes tamaños: en las más pequeñas cabían dos comensales y en las más grandes, unos doce. No había muchas mesas grandes, ya que la mayoría de los pasajeros prefería sentarse exclusivamente con el grupo con el que viajaban para así no tener que compartir las comidas con un desconocido aburrido o con un charlatán molesto o, peor aún, con alguien que no cuidaba los modales y masticaba con la boca abierta.

A la familia Fortune se le había asignado una mesa para seis cerca de una pared con tres portillas que contaban con una composición de cristales de diferentes colores.

Predominaba el estilo jacobino, con volutas en forma de rosas Tudor en el techo y las columnas. Era innegable que el lugar era acogedor, pero no tan llamativo como cabría esperar en un barco de tal calibre.

Lo que más le gustó a Mabel fueron las sillas resistentes de roble acolchadas con cuero: no estaban fijadas al suelo como la mayoría de las sillas de otros transatlánticos, ya que eran lo suficientemente pesadas como para quedarse fijas en el lugar. Eso hizo que pudiese disfrutar de la comida sin tener que preocuparse por la distancia que había entre la silla y la mesa, en lugar de verse obligada a sentarse en el borde del cojín, como le había sucedido en otras ocasiones.

Se notaba que los manteles de lino blanco y las servilletas de tela eran nuevas porque brillaban, al igual que lo hacían los delicados platos de porcelana, que tenían los bordes de oro de veintidós quilates y el logotipo de la White Star en el centro. Y, aun así, eso no le robó protagonismo a la comida, sino que hizo que esta se viera aún más apetecible. Rodaballo en salsa de langosta, chuletas de cordero con guisantes, solomillo de ternera con patatas torneadas, pato asado con salsa de manzana, entre otras opciones. Todos coincidieron en que estaba exquisita, y Mabel se recostó en la silla con la tripa llena, como si fuera un pavo en Acción de Gracias.

No tardaron en marcharse, dado que la señora Fortune quería terminar de una vez por todas de deshacer las maletas —una tarea que Mabel y sus hermanas estaban felices de haber dejado en manos del personal del servicio a bordo—, y Charlie y sus hermanas querían salir a cubierta para ver cómo el barco navegaba por el Solent —la vía fluvial entre Inglaterra y la isla de Wight— y entraba en el canal de la Mancha.

Sin embargo, Mabel se aburrió enseguida y contempló con impaciencia las costas de la isla, que brillaban alrededor del follaje verde primaveral; una pequeña mancha brillante a lo lejos que contrastaba con los colores apagados que se extendían a su alrededor.

—¿Cuánto tiempo tendremos que esperar para que llegue a mar abierto? —quiso saber ella. No podían quedarse allí perdiendo el tiempo cuando aún les quedaba un barco entero por explorar.

—¿Ves esa estructura que está a lo lejos? —le respondió su hermano Charlie, señalando hacia un punto en el horizonte que iba creciendo a medida que el Titanic avanzaba, aunque apenas era visible desde la proa, en el paseo de la cubierta A. Justo por encima de ellos, estaba el puente de mando en el que en esos instantes estaría el práctico de puerto, el contramaestre y los oficiales de guardia–. Es una especie de faro. Una vez que lo pasemos, entraremos en el canal.

Mabel pensaba que ya habían entrado en el canal, pero sabía que, aunque pareciese sencillo, en ocasiones resultaba difícil identificar las fronteras marítimas. Un pequeño remolcador a su derecha, que también tenía la bandera de la White Star, se mecía sobre las olas que Mabel y el resto de los pasajeros a bordo del transatlántico apenas sentían. El remolcador tocó la bocina para saludar a la tripulación del Titanic, y estos le devolvieron el saludo. A lo lejos, varios buques de guerra salpicaban el horizonte con sus característicos destructores negros, que los acompañaban como centinelas del puerto.

Mabel tiró de la manga de la camisa de su hermano para llamar su atención.

–Todavía faltan horas para llegar a Cherburgo y quiero ver todos los rincones del barco, así que me niego a quedarme aquí de brazos cruzados –le informó ella.

Después, sin esperar a ver si los demás la seguían, Mabel se giró y caminó a paso ligero por la cubierta en dirección a la popa, asintiendo de vez en cuando con la cabeza cuando se cruzaba con alguien. Había bastante gente en esa parte del barco, sobre todo porque la tarde fresca llamaba a ello, ya que la cubierta de paseo estaba rodeada de paredes y ventanas que servían para proteger de la brisa marina a aquellos pasajeros que habían decidido pasear o pasar el rato sentados en las tumbonas.

–Tampoco tenemos por qué verlo todo el primer día. Hay tiempo –la reprendió Flora, alcanzando a su hermana sin esfuerzo gracias a sus piernas largas.

Mabel sintió una punzada de rabia, pero cuando se giró para replicar, percibió cierta diversión en los ojos azul grisáceo de su hermana mayor.

–Y no vayas tan rápido. ¿O es que quieres perderte las explicaciones de nuestro instructor náutico particular? –volvió a hablar Flora.

Mabel miró por encima del hombro.

—Creo que lo de Charlie y el Titanic fue amor a primera vista.

A Flora se le iluminó el rostro con una sonrisa.

—Yo también lo creo. Tal vez se convierta en constructor naval.

—¿En constructor naval? ¿En Winnipeg?

Su hermana mayor se echó a reír.

—Bueno, tendría que mudarse a la costa. Quizá a Columbia Británica o a Nueva Escocia.

—Le conviene más la primera opción —dijo Mabel—. Sobre todo, porque Robert y Alma viven allí —añadió, mencionando a su hermano mayor y a su esposa.

—Cierto. Pues a Columbia Británica, entonces.

—¿Le vas a comentar que acabamos de decidir su futuro por él o tendré que hacerlo yo?

Flora volvió a reírse, un sonido alegre y tintineante.

—Ya se dará cuenta él solo.

Los hermanos Fortune exploraron el barco de arriba abajo, tal y como Mabel quería. En la cubierta A descubrieron la acogedora sala de lectura y escritura, cuyo suelo estaba cubierto por una gruesa alfombra roja y cuya decoración era delicada y femenina. También entraron en el salón principal; sin duda, una de las zonas comunes más llamativas del barco. Parecían haberse inspirado en el Palacio de Versalles, aunque también había algún que otro toque acogedor más propio del estilo inglés. Más allá del salón principal, tras avanzar por un pasillo largo, se encontraron con la escalera y el vestíbulo de popa, y, después, con la sala de fumadores. Los hombres eran los únicos que tenían acceso a esta última habitación, así que salieron de nuevo a la cubierta de paseo y la rodearon para entrar por el lado de estribor que daba al Verandah Café y al Palm Court. La cafetería de estribor estaba destinada a los no fumadores, mientras que la que daba a babor era casi una especie de extensión de la sala de fumadores; de hecho, lo único que las separaba era una puerta giratoria. Las paredes estaban cubiertas de espalderas llenas de enredaderas y desde los grandes ventanales se veía el mar.

Bajaron a la cubierta B por las escaleras de popa para ver cómo era el restaurante À la Carte: una opción más sofisticada para aquellos pasajeros de primera clase que no quisiesen cenar en el comedor, aunque tenían que pagar una tarifa adicional. Mabel no abrigaba ninguna esperanza de cenar allí, pues sabía que a su padre le parecía ridículo pagarla cuando el servicio y las comidas que servían en el comedor ya de por sí rozaban la perfección. Sin embargo, sí que esperaba poder pasarse un día por el Café Parisien, la cafetería que se extendía a lo largo del lado de estribor y que comunicaba con el restaurante. Su diseño era similar al de las cafeterías de París, dándole así un toque más europeo. Aunque lo que más le gustaba a Mabel era que desprendía un olor intenso a café y a azúcar, su mezcla de ingredientes favorita. Si la hubiesen dejado, se habría quedado allí en ese mismo instante.

El resto del espacio que conformaba la cubierta B, al igual que la cubierta C y E –a excepción de los vestíbulos de la escalera y la oficina de información del sobrecargo–, estaba lleno de camarotes y salas privadas. Después de haber visto la sala de recepción y el comedor –las únicas zonas comunes de la cubierta D–, bajaron hasta la cubierta F por unas escaleras secundarias que estaban al pie de la gran escalinata de proa. Allí descubrieron una piscina climatizada de agua salada de unos diez metros de largo. Justo al lado estaban los baños turcos y eléctricos, que, según los rumores que les habían llegado, eran bastante ostentosos y contaban con una decoración de estilo morisco. Sin embargo, para poder entrar tenían que pagar y esperar a que llegara su turno porque los hombres y las mujeres tenían acceso a la sala a diferentes horas. Charlie se quedó anonadado con la pista de *squash* de dos plantas –la de arriba estaba destinada a aquellos pasajeros que quisiesen ver desde lo alto las jugadas– y reservó una clase con el monitor para usar las instalaciones a la mañana siguiente.

Cuando terminaron la visita, ya era media tarde y la banda estaba tocando en la sala de recepción de la cubierta D, justo donde se estaba sirviendo el té. Los cuatro hermanos decidieron quedarse allí y sentarse a descansar en un sofá y un sillón contiguo. Mabel advirtió que Flora no paraba de mirar de reojo las escaleras.

—Espero que madre se las esté apañando sin nosotras —se preocupó la hija mayor de los Fortune.

—Oh, bueno, ya sabes cómo es —habló Mabel, apartando uno de los cojines y hundiéndose aún más en su rincón del sofá—. Es capaz de oler el aroma de una taza de té, aunque esté a kilómetros de distancia. Estoy segura de que se unirá a nosotros en breve.

Y justo en ese momento, vieron a su madre cogida del brazo de su padre y ambos bajaron las escaleras con parsimonia. La señora Fortune llevaba un sobrio atuendo de color azul, y su cabello blanco brillaba a la luz del candelabro que estaba al pie de la barandilla central. Sus padres se detuvieron cuando un hombre alto de cabello castaño oscuro se acercó a ellos.

—¿Quién es ese señor que está con padre? —indagó Mabel.

Charlie giró la cabeza para ver a quién se refería.

—¡Santo cielo! Creo que ese es el mismísimo Thomas Andrews, el constructor y arquitecto naval que diseñó el Titanic.

Mabel y Flora se miraron. Ni siquiera les sorprendió que Charlie supiese ese dato.

—Según tengo entendido —continuó hablando el menor de los Fortune—, suele subirse a bordo con un grupo de hombres de la empresa de construcción naval en cada viaje inaugural de uno de sus diseños para revisar que todo está en orden y para solucionar cualquier problema que se presente.

—Creía que era el señor Ismay el que estaba al mando —confesó Flora, bajando la mirada para disimular la emoción mientras se ajustaba la caída de la falda. Durante el almuerzo, les habían llegado rumores de que el director de la White Star Line estaba a bordo.

—No, en realidad los asuntos de la empresa Harland and Wolff le competen al tío del señor Andrews, lord Pirrie. Pero supongo que en el fondo tienes razón, sobre todo porque ahora el Titanic está en manos de su naviera. –Charlie ladeó la cabeza–. Aunque se supone que, una vez en el mar, todos debemos responder ante el capitán porque es él quien tiene la última palabra. De todas formas, Andrews se conoce el barco como la palma de su mano. ¡Es un genio!

Sus padres y el señor Andrews no tardaron en sumarse a ellos, y el señor Fortune hizo las debidas presentaciones.

–Bueno, no voy a negar que ha sido un día fantástico –pronunció Flora–. Supongo que para usted aún más.

–En efecto, y eso que el día aún no ha terminado. –Se le notaba un ligero cansancio en la voz, aunque enseguida lo ocultó con una sonrisa amplia–. ¿Les está gustando la experiencia?

–Desde luego –respondió Charlie–. El Titanic es una maravilla; una auténtica maravilla, mejor dicho.

Mabel escuchó divertida cómo su hermano alababa con entusiasmo el diseño del señor Andrews, soltándole de vez en cuando un dato estadístico.

–Veo que han inspeccionado a fondo el barco –intervino el señor Andrews una vez que Charlie dejó de hablar.

Flora asintió con la cabeza, bajando la taza de té que se había llevado a los labios para darle un sorbo.

–Sí, de proa a popa.

–Bueno, en realidad solo aquellas salas en las que se nos permite entrar… –añadió Mabel sin poder contenerse.

–Iba a ofrecerme a enseñarles las instalaciones, pero si…

Charlie se sobresaltó y estuvo a punto de caerse de la silla por la emoción.

–¿Lo haría? ¡Diantres, eso sería estupendo! –lo interrumpió él.

La señora Fortune frunció el ceño; era evidente que no aprobaba la forma de hablar que se le había pegado a su hijo al haber estado en una escuela privada rodeado de otros muchos jóvenes. Y eran momentos como ese los que hacían que Mabel recordara que su hermano seguía siendo un crío de diecinueve años al que todavía había que poner firme.

El señor Andrews soltó una carcajada antes de preguntar con su dulce acento del norte de Irlanda:

–¿Les viene bien el viernes por la mañana?

Mabel se giró para observar a la banda mientras Charlie y su padre acordaban la hora de la visita con el señor Andrews que tendría lugar pasado mañana. Estaban tocando una melodía de *ragtime*; seguramente alguna de Scott Joplin. La última vez que la escuchó fue cuando la banda de Harrison la interpretó en una velada poco antes de comenzar el viaje familiar.

Había conocido a Harrison Driscoll el verano pasado y se había quedado cautivada con sus ojos oscuros y el ritmo sincopado de su música. Le parecía un hombre apuesto y le gustaba que le prestase atención, pero no estaba enamorada de él. Sin embargo, le venía bien hacerle creer a su familia que sí lo estaba.

Esperó a que el señor Andrews se marchara y, cuando lo hizo, dejó escapar un suspiro dramático.

–Harrison me dedicó esta canción la última vez que nos vimos. Ay, cómo lo echo de menos…

Por el rabillo del ojo, vio a sus padres intercambiando una mirada, pero, aun así, ella continuó observando con cierta tristeza a los músicos que se encontraban tocando en la esquina. Uno de los violinistas –un tipo joven y atractivo– debió pensar que ella lo miraba con interés porque le dedicó una sonrisa pícara. Ella no le devolvió el gesto; le resultó difícil no hacerlo, pero sabía perfectamente de qué pie cojeaban los hombres así. De hecho, estaba completamente segura de que él no sería la excepción.

Más tarde, cuando regresaron al camarote, se dieron cuenta de que la mujer que se encargaba de deshacerles el equipaje seguía allí, aunque ya estaba colgando las últimas prendas en el armario.

–Les ruego que me perdonen –habló la bonita mujer de cabello castaño–. Sé que ya tendría que haber acabado, pero todavía me estoy haciendo al barco y he tenido que atender a otros pasajeros que han requerido de mi presencia. Y, bueno, se me ha echado un poco el tiempo encima.

–No se preocupe –la tranquilizó Flora–. Sabemos que el primer día a bordo es uno de los más tediosos para el personal.

–Así es. Soy Bennett, por cierto.

Al ver la barbilla afilada y la sonrisa alegre de la joven, Mabel decidió que esa era su oportunidad de sacar información. Se había pasado la mayor parte del día distraída, dejándose llevar por la emoción que sentía al saber que estaba a bordo del Titanic. Pero ya era suficiente; necesitaba volver a centrarse en su objetivo y en su mayor deseo: convencer a su padre de que la dejase ir a la universidad, al igual que había hecho su hermano mayor.

Una vez que estuviesen en Winnipeg, la familia volvería a estar rodeada de su círculo de amistades más íntimo, es decir, de personas que conocían de toda la vida. Ella sabía que la mayoría de ellos no apoyaría la idea de permitir que una mujer consiguiese un título universitario. De hecho, muchos pensaban que hacer que una mujer persiguiese el destino que le correspondía a un hombre, la haría perder por completo su feminidad. Algunos incluso estaban convencidos de que el simple hecho de permitírselo la dejaría infértil.

Pensamientos que ella sabía que eran absurdos, pero aun así no le quedaba más remedio que encargarse de la tediosa tarea de demostrarles a los demás que se equivocaban. Estaba segura de que habría al menos una o dos mujeres progresistas a bordo que pudiesen darle consejos; mujeres que tal vez estarían dispuestas a ayudarla a hacer que su padre entrase en razón. Pero, claro, primero tenía que encontrarlas.

–Se rumorea que en Cherburgo se subirán a bordo varias personalidades importantes… –habló Mabel, dejándose caer en un sillón que estaba situado cerca de los pies de la cama de Flora–. Y que muchos de ellos son terriblemente ricos.

–Así es, señorita. De hecho, calculo que dentro de una hora ya estaremos acercándonos al puerto. Yo, al igual que otros miembros del servicio, me encargaré personalmente de darles la bienvenida –admitió Bennett, colgando el último vestido en el armario antes de cerrar la puerta.

–Y… ¿por casualidad no sabrá quiénes son? –la presionó Mabel, con la esperanza de que la mujer estuviese dispuesta a compartir con ella esa información.

Alice le lanzó a Mabel una mirada llena de comprensión; pensaba que su hermana hacía esas preguntas porque le ilusionaba saber que estaban a punto de compartir espacio con personas importantes. Sin embargo, enseguida volvió a desviar la mirada hacia la pila de correspondencia que tenía en el regazo y que estaba atada con una cinta amarilla.

–Pues… –empezó a hablar Bennett, alargando el momento para darle un toque más misterioso–, he oído que el coronel John Jacob Astor y su nueva esposa se unirán a nosotros.

Sus palabras captaron la atención de las tres hermanas.

–¿No es el coronel el hombre más rico del mundo? –preguntó Alice.

–O uno de los más ricos –respondió Flora.

Alice dejó a un lado las cartas y se quitó el sombrero.

–Seguro que regresan de su luna de miel. ¡Qué romántico!

–Tal vez, aunque creo que lo que buscaban era alejarse de los cotilleos –añadió Mabel al saber que la prensa y la alta sociedad habían sido crueles con la segunda esposa del señor Astor. Sobre todo, porque el coronel se había buscado una mujer casi treinta años más joven que él, y tan solo dos años después de su escandaloso divorcio. La noticia había llegado hasta Winnipeg, aunque los detalles más jugosos los habían leído en los recortes de algunas revistas norteamericanas del corazón, como la *Town Topics*, que les habían enviado algunos amigos y familiares del norte.

Alice frunció el ceño, preocupada.

–Oh, vaya. En ese caso, espero que nadie los moleste a bordo.

–A la gente le resultará complicado no sacar el tema. –Mabel miró a su hermana con descaro–. Y a mí no me da pena ninguna. Esa mujer sabía perfectamente lo que se le venía encima cuando aceptó casarse con él. Además, ya la trataban así cuando todavía no eran marido y mujer. Y él tampoco se queda atrás...; su mala reputación lo precede –añadió al recordar los innumerables artículos que la prensa había escrito sobre él cuando habían llegado rumores de que abusaba de las mujeres y era propenso a montar escándalos–. Y si piensa que el dinero da la felicidad, se está equivocando.

Alice se llevó las manos a las caderas.

–Esa mujer no se casó con él por dinero. Es evidente. ¿Quién habría aceptado algo así sabiendo lo que se le venía encima? –replicó ella, repitiendo las palabras de Mabel–. Tuvo que haberlo hecho por amor; no hay otra explicación lógica.

–Por su propio bien, espero que haya sido así. –Mabel fingió un escalofrío.

Flora le lanzó a su hermana una mirada de advertencia. Pero, siendo sincera, a Mabel no le importaba absolutamente nada cuánto dinero tuviese el coronel. Ella nunca permitiría que un hombre treinta años mayor que ella la tocase y mucho menos que se casara con ella. En especial, si ese hombre era el coronel Astor. Algunas damas lo consideraban apuesto, pero para ella era todo lo contrario: demasiado alto, demasiado delgado y con un bigote demasiado grande para su cara.

Bennett, que seguía allí de pie, había presenciado el intercambio de opiniones de las hermanas Fortune con ávido interés, disfrutando de las pullas que se lanzaban las unas a las otras. De hecho, estaba deseando compartir lo que habían dicho sobre el coronel con algunos de sus compañeros de la tripulación. Mabel se dio cuenta de sus intenciones enseguida y, a juzgar por el ceño fruncido de desaprobación, Flora también. Así que, antes de que su hermana mayor echase a Bennett, Mabel volvió a hablar:

–¿Quién más se subirá a bordo?

–Pues... varios empresarios adinerados de Pensilvania. Algunos artistas y escritores... Dos estrellas del tenis. –Bennett esbozó una sonrisa maliciosa–. Nunca los he visto, pero algunas compañeras me han asegurado que tener cerca a Karl Behr y a Chess Kinsey nos alegrará la vista.

Era evidente que había soltado eso último con la esperanza de conseguir una reacción por parte de las hermanas Fortune, pero, para su desgracia, Alice estaba enamorada de su prometido; Flora era demasiado prudente como para comentar en público el atractivo de un hombre, se fijara en ellos o no; y Mabel tenía la cabeza en otra parte, así que evitaba a toda costa todo lo que tuviese que ver con hombres apuestos y líos amorosos.

A Bennett la invadió la decepción al ver que no había conseguido lo que quería, pero de pronto se le abrieron los ojos de par en par al recordar otro nombre importante.

–Ah, se me olvidaba. Se rumorea que sir Cosmo Duff-Gordon y su esposa, lady Duff-Gordon, también se subirán al barco. Puede que la conozcan. Es la modista de Lucile, una de las marcas más sofisticadas y atractivas del momento.

–Paseamos por delante de su tienda nueva cuando estuvimos en París –dijo Mabel–. Quería entrar, pero madre se mostró reacia.

Mabel estaba de espaldas a Flora, pero aun así sabía que su hermana mayor la estaba fulminando con la mirada. Sin embargo, pensaba que Bennett se merecía algo a cambio de la información que estaba compartiendo con ella. De todas formas, la señora Fortune no era la única mujer que desaprobaba la lencería que diseñaba lady Duff-Gordon, al igual que sus vestidos, que los podías usar sin necesidad de ponerte un corsé incómodo. A Mabel le parecía un estilo de moda innovador.

–¿Y su hermana? ¿También se subirá en Cherburgo? –preguntó ella.

Bennett torció los labios; sabía perfectamente quién era Elinor Glyn, o más bien las novelas subidas de tono que escribía.

–Me temo que no, señorita.

–Qué lástima –soltó Mabel con un suspiro. Nunca había leído una de las novelas de la señora Glyn, aunque no por falta de interés.

Bennett abrió los ojos como platos.

–También encontrarán a bordo a algunos corresponsales.

Tal vez coincidan con la señorita Edith Rosenbaum. Si no me equivoco, es una de las escritoras de la revista de moda *Women's Wear Daily*. Y con la señora Helen Churchill Candee, otra columnista, aunque también es decoradora de interiores.

Mabel se enderezó de repente, pero enseguida hizo todo lo posible por ocultar su reacción. Aun así, las demás se dieron cuenta.

–Me encantan los relatos que ha escrito sobre la historia del diseño… –añadió ella, al verse obligada a dar explicaciones. Después, hizo una mueca; era evidente que sus hermanas no se creerían semejante estupidez.

La verdad era que no le interesaban sus libros sobre alfombras y tapices, pero sí que lo hacía, y mucho, su libro *How women may earn a living*. Título que la señora Candee había escrito después de divorciarse de su esposo por malos tratos. También era sufragista. Así que Mabel tal vez podría recurrir a ella para pedirle consejo. A pesar de ser una mujer divorciada y de haberse visto en la obligación de buscarse la vida, la señora Candee seguía siendo una de las mujeres más respetadas de la alta sociedad; de hecho, había decorado las viviendas de varias figuras importantes de Washington D. C., incluida la del expresidente Roosevelt.

Mabel sintió un atisbo de esperanza, uno que hizo que se le acelerara el corazón. Sí, estaba decidido: se acercaría a la señora Candee.

Capítulo 4

En la estación de Cherburgo hacía un calor insoportable y había mucho ruido. Por décima vez, Chester Kinsey –más conocido como Chess– comprobó qué hora era en su reloj de bolsillo y se preguntó si tendrían que esperar mucho más para que llegase el Titanic. El gerente de la oficina de la White Star en París, que les había dado la bienvenida cuando se habían bajado del tren de esa hermosa ciudad, les había comentado que el transatlántico había tenido un contratiempo al salir de Southampton, pero que ya se encontraba cruzando el canal de la Mancha y que, dentro de una hora u hora y media, ya todos se estarían montando en las embarcaciones auxiliares que los llevarían por fin a su encuentro. Pues, bueno, esa hora y media ya casi había pasado y, sin embargo, allí seguían sentados.

Chess sabía que no era culpa del gerente, pero aun así le costó empatizar con él cuando vio cómo se las arreglaba para tranquilizar a los pasajeros más impacientes. Sobre todo, a Jack Astor, que estaba echando chispas. A su nueva y joven esposa se la veía pálida y enferma, y Chess sabía que el calor no ayudaba. Al menos había venido con una enfermera y una doncella que se estaban encargando de cuidarla, y el perro Airedale terrier del coronel Astor parecía haberle cogido cariño a la muchacha. Estaba claro que, a pesar de su aspecto, no le faltaba de nada. Cualquier otra persona en su situación se habría tenido que buscar la vida sola. Pero ella ya no era una cualquiera; era una Astor, así que podía gozar de ese privilegio.

Chess desvió la mirada del pálido rostro de la señora Astor al de la señora Margaret Brown, que estaba sentada a su lado. La alegre mujer de Denver y esposa del millonario James. J. Brown lo había estado observando mientras caminaba de un lado a otro frente a las ventanas que daban al muelle. O mejor dicho, lo había estado observando mientras analizaba a Madeleine Astor.

A la señora Brown se la veía apagada, algo raro en ella. Tal vez estaba verdaderamente preocupada por la joven o tal vez lo estaba por otra razón completamente diferente. Pero lo que sí que sabía Chess era que la señora Brown no se andaba con tonterías. Así que, si ella pensaba que la señora Astor merecía ese trato especial, sin duda eso significaba que se lo merecía y que él no tendría que haber juzgado a la joven por ello. Algo que demostró lo que él ya sabía. Que estaba enfadado y de mal humor.

Le dedicó a la señora Brown una sonrisa de arrepentimiento. Una que ella aceptó con un leve movimiento de cabeza antes de volverse hacia su amiga. Chess giró sobre sus talones y volvió a acercarse a su asiento, aunque antes se lo había cedido a una mujer que parecía estar agobiada. Justo a su lado, estaba sentado su amigo –y, en ocasiones, rival– Karl Behr. Tenía una expresión tranquila en el rostro, pero no paraba de mover la pierna: el único indicio en su comportamiento que hacía evidente que a él también se le estaba empezando a agotar la paciencia.

Hacía una semana que se había topado con él en una calle de París, momento que Karl aprovechó para confesarle que había cruzado el Atlántico para seguir a una chica. Lo primero que pensó Chess fue que le estaba tomando el pelo. Pero cuanto más hablaba Karl –tras haberle contado que estaba utilizando la excusa de que en realidad eran sus negocios los que le habían llevado a coincidir con la chica en varias ciudades de Europa–, más le creía él. Aunque, después de haberse visto obligado a pasarse el trayecto interminable de seis horas en tren desde París escuchándolo enumerar todo lo que le gustaba de Helen Newsom, ya no tenía ninguna duda: su amigo estaba completamente enamorado de la joven.

Chess no había visto nunca a la señorita Newsom, pero ahora sabía que tenía los labios de un tono rosado y un cabello tan suave como la seda. O eso es lo que le había dicho Karl. Aunque Chess estaba convencido de que la chica tenía que ser un bombón. Sobre todo porque su amigo era encantador y apuesto, lo que hacía que tuviese todo un séquito de admiradoras a sus pies, al igual que él. Además, Karl nunca salía con mujeres que no le pareciesen atractivas. Aunque le daba la sensación de que lo que buscaba con esta chica era diferente.

En primer lugar, porque la señorita Newsom era amiga de su hermana, y todo caballero sabía que uno nunca debía jugar con los sentimientos de las amigas de su hermana, a menos que sus intenciones fuesen buenas. En segundo lugar, porque la señorita Newsom era muy joven, tan solo tenía diecinueve años; razón de peso para que su madre y su padrastro –la señora y el señor Beckwith– decidiesen que lo mejor para frenar aquel noviazgo era llevarse a su hija de viaje por Europa. Chess podría haber llegado a la conclusión de que Karl había visto aquel movimiento como un desafío y simplemente la perseguía para hacerles saber que podía ganarlo. Al fin y al cabo, era un buen jugador de tenis. No tan bueno como él, pero casi. Y era muy competitivo. Sin embargo, sabía que su amigo nunca hubiese llegado tan lejos si no hubiera habido sentimientos de por medio.

Karl tenía la cabeza rubia girada hacia las ventanas de la estación marítima, con la vista clavada en el largo muelle, con su antigua torre de piedra al fondo. Chess se detuvo a observar cómo metían el equipaje y los sacos de correspondencia en las embarcaciones auxiliares de la White Star: el Traffic y el Nomadic. Los nuevos transatlánticos de la White Star eran demasiado grandes para entrar en el puerto de Cherburgo, por lo que tendrían que anclar el Titanic en altamar y esperar hasta que las embarcaciones auxiliares trajesen a los pasajeros. El día no había amanecido frío, pero sí nublado. Apenas se vislumbraba un rayo de sol, así que a todos les dio la sensación de que ya estaba empezando a anochecer. Y, aun así, todavía no había ni rastro del Titanic.

De repente, empezaron a oírse murmullos de emoción entre los pasajeros de primera y segunda clase que se encontraban justo detrás de Chess. Él se giró de inmediato y vio a muchos de ellos poniéndose de pie. El hombre al mando de la oficina de la White Star en París estaba rodeado de pasajeros; al parecer, les estaba dando vía libre para que empezasen a subir a bordo del Nomadic con la intención de acelerar el proceso.

Chess notó el frío en la piel mientras caminaba con Karl por la pasarela. Siguieron al resto hasta la sala de estar del barco en la que había unos bancos anchos con respaldos que estaban hechos de listones. Las paredes estaban revestidas con paneles de color blanco y decoradas con alguna que otra floritura, pero, aparte de eso, no había nada más que llamase la atención. Sobre todo cuando los pasajeros ya llevaban noventa minutos observándose los unos a los otros en una habitación en la que, al igual que en esa, no corría el aire.

Unos minutos después de subirse a bordo, el suelo comenzó a vibrar y el barco se fue alejando poco a poco del muelle.

–¡Ya no queda nada! –comentó Karl con nerviosismo.

Chess no dijo nada, no estaba del todo seguro de que eso fuese cierto. En ese instante, deseó tener a mano el ejemplar de *El corazón de la Antártida*; el libro de sir Ernest Shackleton que había empezado a hojear en el tren. Al menos así podría haber tenido algo para matar el tiempo. Pero ya era demasiado tarde. Se cruzó de brazos y cerró los ojos, con la esperanza de que el resto del viaje transcurriera sin incidentes.

Pero de nada sirvieron sus plegarias.

En el momento en el que el Nomadic dejó atrás las aguas tranquilas del puerto, el barco empezó a balancearse de un lado a otro. Chess oyó a alguien pidiendo ayuda y abrió los ojos de inmediato. Enseguida descubrió que había más de un pasajero con el rostro pálido. A él no le afectaba que el mar estuviese agitado; tenía el estómago de acero. Pero era evidente que a muchas de las personas que tenía alrededor sí. Al ver el percal y al sentir que el calor lo estaba sofocando, decidió abandonar la calidez de la sala de estar y salir a cubierta. Karl no tardó en seguir sus pasos.

Allí, se abrochó el abrigo de lana y se bajó un poco el sombrero para protegerse del viento. La chimenea de la embarcación soltaba humo mientras se aproximaban al rompeolas, donde esperarían a que aparecieran a lo lejos las cuatro chimeneas del Titanic. No eran las únicas personas en cubierta. En más de una ocasión, los pasajeros gritaron, señalando algo en el horizonte y haciendo que el resto recuperase las esperanzas. Sin embargo, tan solo eran falsas alarmas.

Chess empezó a preguntarse por qué había dejado que Karl lo convenciera para acompañarlo en el viaje inaugural del transatlántico. Aunque, a decir verdad, su amigo tampoco había tenido que esforzarse mucho para que él aceptase. Le encantaban las aventuras tanto como a Karl, e incluso puede que más que a él. Además, este era exactamente el tipo de escapada a la que su familia y el resto del mundo esperaban que se apuntase. Al fin y al cabo, era el segundo hijo varón de los Kinsey. Todos los hombres de la familia eran agraciados y encantadores, pero sabía que el primogénito no podía permitirse el lujo de cometer alguna que otra locura, algo que él sí, dado que todo el mundo esperaba que fuese uno de esos granujas adorables un poco irresponsables. O al menos así había sido desde que su tío abuelo lejano Daniel Kinsey cruzó el Atlántico para llegar a América como escolta de las dos hijas de un conde británico. Acabó casándose con una de ellas, algo por lo que casi lo fusilan; y todo por querer heredar los bienes del conde. Así que puede que los hijos segundos de la familia Kinsey fuesen encantadores, pero nadie se tomaba en serio las decisiones que tomaban.

Chess había mantenido más o menos ese papel. Al menos en apariencia. Había ido a la Universidad de Yale y había terminado Derecho. Y ahora trabajaba como abogado para uno de los muchos negocios que tenía su familia, en concreto, donde nunca le asignaban tareas importantes. Ni siquiera los suyos confiaban en él.

Sin embargo, nadie esperaba que se le diera bien el tenis y menos aún que pudiese acabar convirtiéndose en uno de los mejores jugadores del país. Le decían que era una estrella, que poseía un talento innato. Que era uno de esos tipos que, por caprichos del destino o por pura suerte, había acabado demostrando tener una habilidad excepcional en algo. Chess sabía que su éxito no era fruto de la casualidad, sino del trabajo duro; pero aun así decidió no corregirlos ni a ellos ni a los periodistas que parecían optar por creerse la misma estupidez. Puede que las destrezas físicas que poseía lo hubiesen empujado a hacerse un hueco en la pista, y que el amor que sentía por el deporte lo hubiese animado a seguir jugando, pero la suerte no había hecho que llegase hasta donde había llegado.

Era consciente de que nadie lo veía así. Seguramente nadie quería hacerlo. Siempre es más sencillo pensar que el éxito de una persona se debe a una mera virtud antinatural que a la constancia y al esfuerzo.

En un intento por entretenerse, se pasó un rato observando un barco de pesca, pero enseguida se cansó. Incluso Karl, que no había dudado en manifestar su entusiasmo en innumerables ocasiones, comenzó a ponerse de mal humor. Y finalmente, a lo lejos y con el sol de fondo, divisaron las chimeneas del Titanic.

El enfado y el disgusto que lo habían acompañado durante las últimas horas empezaron a desvanecerse a medida que el barco avanzaba, acercándose cada vez más y haciéndose más grande. Chess no era de los que se impresionaban con facilidad, pero aun así le resultó imposible no sorprenderse al ver que un objeto enorme fuese capaz de deslizarse sin problema por el agua, sobre todo porque sabía que estaba a punto de subirse a él. Ya era de noche cuando el Titanic echó el ancla y el Nomadic y el Traffic hicieron lo mismo a su lado. El transatlántico se alzaba por encima de ellos, con sus once hileras de luces iluminando el elegante acabado brillante del barco. Era imposible no reaccionar al verlo.

–¡Esto sí que es un barco! –exclamó Karl–. Veo que no exageraban cuando decían que era el buque más grande del mundo. Y encima la señorita Newsom está a bordo.

Chess se giró para mirar a su amigo y se lo encontró observando el transatlántico con una sonrisa bobalicona. Estaba de mejor humor, así que le dio una palmadita en la espalda y le dijo:

–¿A qué esperas? Vamos a buscarla.

La tripulación unió la pasarela inestable de la embarcación auxiliar al barco y dejaron que las damas –en especial, aquellas que no se encontraban bien, como la señora Astor– pasasen primero con la ayuda de sus acompañantes y del personal del Titanic. El embarque estaba transcurriendo con normalidad, hasta que una mujer robusta se tropezó y se cayó, y tuvieron que cogerla en brazos. Al parecer se había torcido el tobillo, pero era al médico del barco al que le correspondía determinar la gravedad de la lesión.

Finalmente llegó su turno, y Karl y él lograron cruzar la pasarela con agilidad. Entraron en una especie de vestíbulo con paneles blancos y un suelo con motivos geométricos de color blanco y negro. Desde allí se dirigieron hacia una sala de recepción en la que había una alfombra oscura de Axminster y varios miembros del personal de servicio que se encargaron de darles la bienvenida. La habitación tenía un estilo tropical y acogedor: había varias sillas y sofás, la mayoría de mimbre; además de alguna que otra maceta con palmeras. Desde donde estaban veían los ascensores, preparados para transportar a los nuevos pasajeros, y las barandillas curvas de la gran escalinata. Al otro lado de la sala, había una pared llena de ventanas desde las que les observaban algunas personas con un plato de comida delante. Era evidente que ya estaban sirviendo la cena.

Un hombre alto destacaba entre la fila de camareros con uniforme blanco. Vestía un elegante traje de tres piezas y tenía un bigote oscuro; se parecía un poco a Jack Astor e iba saludando con amabilidad a todas las personalidades pudientes y famosas que iban entrando. Chess no tardó en descubrir que era el mismísimo J. Bruce Ismay, el director de la naviera White Star. Se rumoreaba que era un hombre un poco distante y que sus modales en ocasiones eran igual de desacertados que los de Astor. Sin embargo, en aquel instante, estaba actuando de forma ejemplar.

Chess sabía lo que les había pasado a los Ryerson, una familia destacada de Cooperstown. Los Ryerson estaban de luto: estaban deseando volver a su casa tras haberse enterado de que su hijo mayor, un estudiante de segundo año en Yale, había muerto en un accidente automovilístico. Se habían montado a bordo con el resto de sus hijos y con varios de sus sirvientes. Ismay no solo les dio el pésame, sino que también les ofreció un camarote adicional contiguo a los que ya se les habían asignado y los servicios de un camarero para atender sus necesidades.

Chess pensó que, en esta ocasión, no había nada que reprocharle al director. Era complicado mirar el rostro afligido de la señora Ryerson y no sentir una oleada de lástima y compasión. Sobre todo al ver cómo se aferraba a sus otros tres hijos.

Un camarero de pelo canoso se acercó a ayudar a Chess y a Karl, y los llevó a la cubierta C. Después, los condujo por un largo pasillo en dirección a la popa de babor del barco. A las dos estrellas del tenis les habían dado un camarote cerca el uno del otro; el de Karl era un camarote interior, pero Chess había pagado por uno que diera al exterior. Nunca le habían gustado los espacios cerrados. Además, tenía que guardar las apariencias; la gente veía raro que una figura como él no se permitiese ese lujo. Es lo que habría hecho cualquier miembro de su familia.

Le echó un breve vistazo a su habitación y salió de nuevo al pasillo para reunirse con Karl. No solían ser muy estrictos con el código de vestimenta en la primera noche a bordo, algo que confirmó al ver el atuendo que llevaba Ismay en la sala de recepción. Así que ninguno de los dos se molestó en cambiarse de ropa. No querían perder el tiempo, y menos aún tras haber olido el delicioso aroma que salía del comedor. Chess estaba bastante seguro de que estaban sirviendo chuletas de lomo de cordero y ya se le estaba empezando a hacer la boca agua.

—Este barco es increíble —habló Karl mientras se mezclaban con la multitud.

—Lo es —coincidió Chess.

—¿Te diste cuenta de que las puertas tienen una especie de mecanismo que las conecta a la luz? El camarero me comentó que los baños funcionan igual. La habitación permanece a oscuras hasta que cierras la puerta, y las luces no se apagan hasta que no vuelves a abrirla. Hay un sensor en la puerta y otro en el cabecero de la cama, así que no tendremos por qué levantarnos para apagar la luz cuando nos vayamos a dormir.

—Una idea brillante, sin duda.

Asintieron e intercambiaron saludos con otros pasajeros que se fueron encontrando por el pasillo; algunos parados en las puertas esperando a sus acompañantes y otros buscando sus respectivos camarotes. Chess era plenamente consciente, como seguramente lo era Karl, de la impresión que causaban en los demás, sobre todo cuando iban los dos juntos. Uno rubio y otro moreno, pero los dos con cuerpos altos y atléticos, y, según les había dicho una admiradora, con el inconveniente de ser demasiado apuestos. Así que no le pilló por sorpresa el revuelo y las miradas, e intentó ignorarlas lo mejor que pudo.

Aunque Karl parecía no darse cuenta, ya que estaba demasiado ocupado pensando en que quería llegar cuanto antes al comedor.

—Me muero de ganas de ver la cara que pone la señorita Newsom cuando me vea aparecer por la puerta —comentó él con alegría.

–¿Y no has pensado en la cara que pondrán la señora y el señor Beckwith?

Karl dejó de sonreír e hizo una mueca.

–Espero que no les moleste demasiado…

–No tendría por qué –respondió Chess, defendiéndolo. La madre y el padrastro de la señorita Newsom deberían darse cuenta de la suerte que tendrían si al final Karl se acababa convirtiendo en su yerno.

–Pero haré todo lo posible para que piensen que ha sido otra mera y agradable coincidencia… –continuó Karl, con un destello de picardía en sus ojos azules.

Chess torció los labios.

–Sí, creo que será lo mejor. –Sospechaba que los Beckwith no se lo tragarían, pero no quería desilusionarlo, así que no insistió más con el tema.

Decidieron no utilizar los ascensores y bajaron corriendo por el único tramo de escaleras que daba al comedor, donde la mayoría de los pasajeros llevaban rato disfrutando de la cena; de hecho, muchos de ellos ya estaban a punto de marcharse. Pero el servicio se las había ingeniado para no dejar a los nuevos pasajeros sin cenar; al final, no era culpa de ellos que el Titanic se hubiese retrasado. Chess se giró para preguntarle a uno de los camareros que estaban más cerca de la puerta si le podía ayudar a encontrar su mesa, mientras que Karl se dedicaba a buscar un par de ojos grandes similares a los de un ciervo. Y los encontró justo cuando estaban caminando hacia su mesa. A la señorita Newsom se le iluminó el rostro cuando vio a Karl, lo que hizo que Chess sintiese una inesperada punzada de celos en el pecho.

¿Alguna mujer lo había mirado alguna vez así? Sí, sabía que era un hombre codiciado que despertaba interés, pero nadie nunca lo había recibido a él con tanta felicidad y dulzura.

Y fue entonces cuando Chess se percató, para su sorpresa, de que envidiaba a su amigo. Muchísimo, de hecho. Y no porque una joven como la señorita Newsom se hubiese enamorado de él, aunque tenía que reconocer que era atractiva, sino por lo felices que parecían hacerse el uno al otro. Por la vida que querían construir juntos. Y darse cuenta de ello le resultó un tanto desconcertante.

Sin olvidar la educación y los modales, Chess saludó a la señorita Newsom y a los Beckwith, aunque lo hizo de manera automática porque seguía sin recuperarse del revoltijo de pensamientos que le había invadido. Por suerte, un conocido de otra mesa se acercó para saludarlo y enseguida sintió una oleada de alivio.

–¿Quigg? –pronunció Chess, sorprendido, a la vez que le estrechaba la mano al joven–. ¿Qué estás haciendo aquí?

Quigg Baxter, jugador de fútbol americano y *hockey*, también era una estrella del deporte que se había ganado con el sudor de su frente cada uno de sus logros. Hasta que le dieron un golpe con un palo de *hockey* y perdió la visión del ojo izquierdo. Ahora era entrenador. Cuando no estaba acompañando a su madre por Europa, claro, que era justo lo que había estado haciendo la última vez que Chess lo vio en Bruselas. O lo que le hacía ver al resto que estaba haciendo.

–*Maman* decidió que ya era hora de regresar a Montreal. –Hizo un gesto con la cabeza hacia la mesa donde estaba sentada una encantadora señora de pelo blanco y su versión más joven–. Mi hermana Zette y yo la estamos acompañando a casa. *Maman* no se encuentra muy bien. *Mal de mer*, supongo. Justo iba a llevarla de vuelta a su camarote. Pero no quería irme sin saludarte. –De pronto, se inclinó hacia delante y, bajando la voz, añadió–: Está aquí.

Chess se distrajo un segundo y se quedó con la vista clavada en el cuello largo y elegante de la mujer que estaba sentada justo detrás de Quigg, y en el mechón de cabello castaño cobrizo que se le arremolinaba en la nuca.

–¿Quién? –respondió él, volviendo a centrarse en su amigo. Aunque, al estudiar la sonrisa ladeada de Quigg, comenzó a sospechar que sabía la respuesta. Sin embargo, una parte de él no quería creer que el musculoso deportista de gran corazón hubiese sido tan estúpido como para dejarse llevar por un impulso y acabar haciendo tal cosa.

–Berthe.

Pues sí que lo había hecho, sí.

–*Maman* y Zette no lo saben, por supuesto. Se está quedando en una cubierta más abajo que la nuestra. –Elevó sin querer la voz por la emoción–. Está registrada con un nombre falso: señora B. de Villiers. Así que, si la ves por ahí, intenta no meter la pata.

Chess asintió.

–Entendido –añadió, aunque tampoco es que quisiese involucrarse en un lío en el que él ni siquiera había participado. Y menos aún cuando la cosa podía acabar mal.

Berthe Mayné era una cantante de cabaré y, casi con total seguridad, una especie de cortesana. Quigg se había enamorado perdidamente de ella en Bruselas y, al parecer, había decidido convertirla en su amante. Chess no sabía cuáles eran las intenciones de madame Mayné y menos aún si sentía algo por Quigg. Pero sí que sabía que su amigo tenía un buen corazón y que era atractivo, a pesar de las innumerables cicatrices que le había dejado su profesión. Y que, además, era rico y estaba enamorado. Ella podría haberse acercado a él por muchos motivos. Aunque poco importaban si al final la madre de Quigg o cualquier otra persona se enteraba de que estaban manteniendo una relación en secreto.

La mujer del cuello elegante se puso rígida de repente, lo que hizo que Chess se diese cuenta de que los había escuchado. Al igual que escuchó la siguiente confesión que le hizo Quigg:

–Pienso casarme con ella una vez que lleguemos a Montreal.

Chess vio en sus ojos que hablaba completamente en serio, así que hizo todo lo posible para que no se le escapase la risa nerviosa que había estado a punto de soltar al escuchar la monumental estupidez que pensaba cometer su amigo.

–¡Qué bien! –soltó él con una sonrisa forzada.

Quigg asintió, evidentemente sin captar su tono cínico. Justo en ese momento, la mujer que había captado la atención de Chess se dio la vuelta para mirarlos. Él se quedó inmóvil, con la vista clavada en esos ojos azules que tenían un color similar al del cardo de mar –una planta que había descubierto mientras caminaba por los Alpes– y que parecían igual de espinosos. Al ver la expresión de desaprobación que le dedicó, lo primero que se le ocurrió a él fue esbozar una sonrisa pícara. La mayoría de las mujeres –más o menos jóvenes– no podían resistirse a su encanto, ni siquiera aquellas que parecían tener más carácter, pero esa dama en concreto…. Se limitó a arquear una sola ceja, un gesto que dijo más de lo que podría haber dicho con palabras, y después se volvió a girar con determinación.

A Chess se le ensanchó la sonrisa y, por absurdo que pareciera, se vio preguntándose qué más cosas se escondían detrás de ese gesto. De hecho, tuvo el presentimiento de que le encantaría descubrirlo.

Capítulo 5

Flora sabía que el caballero que tenía la piel tostada por el sol seguía con los ojos clavados en ella, pero se negó a devolverle la mirada. Era apuesto, eso sí que no se lo iba a negar. Tenía el pelo castaño claro y los ojos de un color cálido, como si fuesen el pasto de una pradera bajo la luz del sol. Era de esa clase de hombres que se acabaría acercando a ella si veía alguna muestra de interés por su parte. De hecho, seguramente no podía quitarle los ojos de encima por eso. Fue la sonrisa descarada lo que le hizo llegar a esa conclusión.

Y, bueno, ella no estaba dispuesta a darle lo que buscaba. Y menos ahora que había escuchado la conversación que había intercambiado con Quigg Baxter.

¿En qué estaba pensando Quigg? ¿No veía que estaba a punto de casarse con una mujer sin comunicárselo primero a su madre o su hermana? Aunque, a juzgar por la reacción que había tenido su amigo Chess, era evidente que su familia no lo aprobaría. Flora no logró sacar nada positivo de aquella situación.

Una noticia como esa destrozaría a la señora Baxter. ¿No veía que su madre ya había sufrido bastante? Pero tal vez Quigg había tenido la mala suerte de parecerse a su padre. Aunque en el fondo, Flora dudaba que el deportista pudiese llegar a utilizar su encanto y su atractivo para convertirse en uno de esos empresarios corruptos y terminar en la cárcel como su progenitor, «Diamond Jim» Baxter, pero eso no quitaba que hubiese heredado la habilidad de tomar malas decisiones. ¿Cómo diantres pensaba guardar un secreto así hasta que llegase a Nueva

York o, peor aún, hasta que llegase a Montreal? ¿Y qué creía que iba a pasar una vez que todo el mundo se enterase?

Evidentemente, ese era el problema. No estaba usando la cabeza. Y su amigo debería de haber hecho que entrase en razón. Quigg le debía respeto a su madre y, como su hijo, tenía la responsabilidad de escuchar su opinión. Ella lo ayudaría a elegir una esposa más apropiada, tal y como sus padres habían hecho con ella y con el resto de sus hermanos.

Desvió la mirada hacia Mabel. Bueno, con la mayoría de sus hermanos. Harrison Driscoll, el músico de *ragtime*, no era precisamente el pretendiente que habrían escogido sus padres para su hija más pequeña.

Mabel se giró y la pilló mirándola. Hizo una mueca con los labios y después se inclinó hacia Flora para hablar en voz baja:

—No puedes seguir enfadada conmigo por haberme ido de la lengua delante de la camarera.

—Claro que puedo –le aseguró Flora, aunque, en ese instante, esa no era su mayor preocupación.

—Tan solo le estaba dando una pequeña recompensa por haberme dado información confidencial –se defendió Mabel después de poner los ojos en blanco.

—Esa pequeña recompensa hará que, antes de medianoche, tus palabras lleguen a oídos de la mayoría de las personas a bordo.

—En ese caso, seré yo la que quede en mal lugar. Además, no dije nada que la mitad de los pasajeros no sepan ya, y, si por casualidad, la otra mitad lo descubre, tampoco pasaría nada –se burló Mabel.

Flora arrugó el gesto, molesta.

—Dejará en mal lugar a toda la familia –siseó ella, aunque sabía que a su hermana le daría igual que acabase pasando tal cosa.

Después, se recostó en la silla, enfadada consigo misma por haber dejado que Mabel la pusiese de mal humor. O más bien ese amigo de Quigg. Ese tal Chess. ¿Qué clase de nombre era ese? En fin. Su reacción la había dejado con un mal sabor de boca y lo había pagado con Mabel. Tomó una bocanada de aire y se concentró en el filete de pescado que tenía delante. Solo había logrado darle dos bocados. Algo que la señora Fortune no pasó por alto.

—¿No es de tu agrado? —le preguntó su madre, preocupada—. ¿O es por la mezcla de emociones que nos ha dejado el primer día? —Por suerte, cuando la señora Fortune se giró para regañar al resto de sus hijos, Quigg Baxter y su amigo ya habían regresado a sus respectivas mesas—. No veis que vuestra hermana ya no es tan joven como vosotros. Tal vez le habría gustado descansar antes de la cena.

«Sí..., ¿quién no se veía con un pie en la tumba a sus veintiocho?», pensó Flora con amargura.

—He hablado con vuestro padre. —La señora Fortune se giró para mirar a su marido—. Coincidimos en que, ahora que estamos a bordo del Titanic, no es necesario que vuestra hermana siga haciéndoos de carabina.

—Estoy totalmente de acuerdo. —A Mabel le brillaron los ojos grises con picardía—. Flora se merece unas vacaciones después de haber tenido que aguantarnos estos últimos meses.

—Eso no quita que no me lo haya pasado bien —protestó Flora mientras los camareros empezaban a retirarles los platos para poder llevarles el siguiente.

—Desde luego —intervino Alice—. Pero sabemos que nuestro itinerario no siempre se ajustó del todo a tus gustos. —Arqueó una ceja—. ¿Recuerdas la excursión en camello?

Flora prefería no hacerlo.

—Y las palomas de la Piazza San Marco —añadió Charlie con una risita.

Flora sabía que ya nunca iba a volver a pensar en Venecia sin acordarse del incidente de las palomas. Aquellos pajarracos le habían acabado destrozando su sombrero favorito. Aquel día no le hizo tanta gracia, pero eso no significaba que ahora no pudiese sonreír al recordarlo. Llevaba un puñado de alpiste en la mano cuando se tropezó por la calle, algo que hizo que la comida de pájaros saliese volando por los aires y acabase en su sombrero.

—Y todos sabemos que para ti no ha debido de ser fácil tener que posponer la boda con Crawford. —Alice suavizó la expresión y la observó con lástima; un gesto que hizo que Flora se sintiese incómoda. Después, desvió la mirada hacia el mantel de lino blanco y añadió—: Creo que ya es hora de que te dediques tiempo a ti misma.

Charlie desvió la vista hacia las portillas que tenían más cerca.

—¿Ya habremos salido de Cherburgo? No oigo el ruido de las máquinas.

Todos se quedaron quietos de repente, aguzando el oído a ver si escuchaban algún zumbido, pero los murmullos de los pasajeros y el tintineo de la vajilla y los cubiertos eclipsaban cualquier otro sonido.

—Dudo que hayamos salido del puerto siquiera —comentó el señor Fortune mientras un camarero le ponía delante un plato de chuletas de lomo con coliflor y patatas fritas.

—Con su permiso, señor —habló el camarero—. Llevamos más de diez minutos navegando.

—¡Nos dirigimos a Irlanda! —dijo Charlie con una sonrisa.

—La señora Hays y la señora Davidson me comentaron que lo más seguro es que se nos acerquen los botes de algún vendedor ambulante mientras estemos en Queenstown —anunció Alice a la vez que se ajustaba la manga de gasa de su vestido largo de color amarillo pálido—. Al parecer es algo muy común. Venden telas de lino y encaje irlandés, y otras baratijas. Dicen que los productos son de buena calidad, y ya conoces a la señora Hays… —añadió, dirigiéndose a su madre—. Ella nunca se atrevería a comprarse un producto que no mereciese la pena.

La señora Hays era la esposa de Charles Hays, el presidente de la compañía ferroviaria Canadian National Railway, y la señora Davidson era su segunda hija.

—¿Podríamos acercarnos a ver las mercancías cuando eso

suceda? –le preguntó Alice a su padre con los ojos muy abiertos por la emoción.

–No veo por qué no –contestó el señor Fortune mientras le daba un mordisco a la chuleta–. Siempre y cuando te acompañe tu hermano o alguna de tus hermanas, claro –añadió después de tragarse el trozo que se había llevado a la boca.

Mabel accedió a acompañarla, y su madre les pidió que mirasen a ver si tenían alguna tela de encaje bonita que le sirviese para hacer una manta de bautizo. Ni su hermana mayor, Clara, ni la esposa de su hermano Robert, Alma, estaban esperando un bebé, pero el resto de la familia confiaba en que recibirían buenas noticias pronto.

Charlie se alegró al enterarse de que los Davidson estaban a bordo, dado que él y Thornton tenían casi la misma edad y a ambos les encantaba el deporte.

–Tendré que pedirle que me acompañe a la pista de *squash*.

El señor Fortune le dio un sorbo largo a su copa.

–Tengo que hablar con Hays sobre el hotel ese que la cadena Grand Turk va a abrir en Ottawa. Me han dicho que estaban pensando construir uno en Winnipeg.

Flora conocía a su padre lo suficientemente bien como para saber que, para él, esa información podría traducirse en una oportunidad de inversión.

–La sala de fumadores es perfecta para abordar un tema así –le recordó la señora Fortune a su marido con una sonrisa cómplice.

El resto de la cena transcurrió con normalidad, y cuando les llegaron las primeras notas de la orquesta a través de las puertas que daban a la sala de recepción, la familia Fortune se levantó y siguió al resto de pasajeros hasta allí. A Flora no le sorprendió que el señor Sloper se acercase a ellos con su característico buen humor y empezase a deshacerse en elogios sobre el barco.

Las damas tomaron asiento mientras los camareros se movían por toda la sala repartiendo tazas de café. Algunos pasajeros se acercaron a saludarlos, entre ellos el señor Beattie y el señor McCaffry, quienes les informaron de que el estado de salud del señor Ross seguía impidiéndole salir de su camarote y que en ese instante se encontraba descansando en la comodidad de su cama. El señor y la señora Fortune no tardaron en marcharse, o bien a su habitación, o bien a otra estancia del barco. Charlie había salido corriendo en cuanto vio a Thornton Davidson, así que el señor Sloper y las hermanas Fortune fueron las únicas personas de su grupo que se quedaron disfrutando de la música en vivo.

A Flora se le empezó a empañar la vista y sintió una sensación cálida en el pecho cuando reconoció la evocadora melodía de la *Cavalleria rusticana*. «Debe ser el cansancio», se dijo a sí misma. El agotamiento a veces hacía que uno estuviese más sensible. Parpadeó varias veces e intentó ignorar la melodía triste para que nadie se diese cuenta de que había estado a punto de echarse a llorar.

—Sloper, ¡qué coincidencia!

El señor Sloper se levantó del sofá, y Flora se puso rígida de repente al reconocer a quién pertenecía la voz.

—¡Chess Kinsey! —lo saludó el señor Sloper con una sonrisa amplia en los labios—. Me dijeron que Behr y tú os subiríais a bordo, pero no sabía si los rumores eran ciertos. —Los dos hombres se estrecharon la mano—. Me alegro de verte. ¿Te veremos ganando otra vez la Copa Davis este año?

—Habrá que esperar para descubrirlo —contestó el señor Kinsey—. ¿Qué te trae por aquí? Veo que estás muy bien acompañado.

El señor Sloper hizo las debidas presentaciones, y el señor Kinsey inclinó la cabeza para saludar a cada una de las hermanas Fortune. Su mirada se enredó con la de Flora y se le dibujó una sonrisa en la cara, algo que de repente hizo que ella sospechase que el encuentro con el señor Sloper no había sido una coincidencia.

—Conocí a los Fortune en enero, cuando estábamos a bordo del Franconia —le explicó el señor Sloper—. Y después la señorita Alice me comentó que tenían pensado volver a casa en el Titanic, así que decidí acompañarlos. No podía dejar escapar una oportunidad como esa.

–Ah, ¿sí? –El tono burlón que empleó el señor Kinsey hizo que a Flora se le erizasen los pelos de la nuca.

–Señoritas, este es Chess Kinsey, un viejo amigo de la universidad.

–El tenista –afirmó Mabel, más como un dato que como una pregunta.

–El mejor del país –añadió el señor Sloper con orgullo.

El señor Kinsey se balanceó un poco sobre los talones sin dejar de sonreír con aire burlón.

–Bueno, eso es discutible. Así que son de Winnipeg… Con razón nunca nos hemos cruzado.

–Tampoco hemos tenido ocasión de visitar Connecticut –respondió Alice con una suave carcajada–. Es usted de allí, ¿no?

–De Nueva York. Aunque, a decir verdad, tampoco paso mucho tiempo allí.

–Ya, entiendo que su trabajo le obliga a alejarse de su hogar.

–Entre otras cosas –dijo él, encogiéndose de hombros.

–Algo me dice que ha pasado usted tiempo en Montreal, señor Kinsey –intervino Flora, incapaz de contenerse–. Tal vez conoce al señor Baxter.

–¿Quigg? –preguntó él, fingiendo desconcierto, algo que hizo que a ella le hirviese la sangre–. Sí, ¿por qué? Creo haberlo visto antes en el comedor.

–Por supuesto que lo vio –murmuró Mabel con sequedad–. Habló con él.

–¿Eso hice? –pronunció el señor Kinsey, siguiendo con el juego–. En ese caso, les ruego que me disculpen. El día ha sido largo; el cansancio habrá hecho que lo olvide.

Mabel se quedó unos segundos observándolo hasta que se le ocurrió una idea y los ojos grises le brillaron traviesos.

–Lo entiendo, yo apenas me acuerdo de lo que hablamos nosotras en la cena –bromeó ella con una sonrisa. Después, miró a Flora y añadió–: Pero… sí que recuerdo que madre mencionó que ya no tienes por qué hacernos de carabina.

Flora le lanzó a su hermana una mirada de advertencia, preguntándose qué estaba tramando.

–Ah –volvió a hablar el señor Kinsey sin apartar los ojos de Flora–. En ese caso, tal vez le apetezca acompañarme mañana por la mañana a dar un paseo por la cubierta.

Flora se quedó sin palabras. Aquella petición la pilló por sorpresa, pero más aún el hecho de que había estado a punto de decirle que sí. Quería pasear por la cubierta con un hombre apuesto y aprovechar la ocasión para echarle en cara su mal comportamiento, al igual que para descubrir si había algo más aparte del tenis que lo alejara de Nueva York.

Pero, por suerte, no tardó en volver a la realidad. Al fin y al cabo, estaba prometida, así que no le convenía rodearse de hombres que apenas conocía.

–Gracias, pero me temo que tendré que rechazar su oferta –decidió responder ella con frialdad antes de ponerse de pie–. Aunque tiene razón en una cosa. El día ha sido largo; será mejor que me retire.

El señor Kinsey no respondió, pero, a juzgar por el brillo de sus ojos, era evidente que se había dado cuenta de la lucha que se había librado en su interior. Flora decidió ignorarlo, alisándose la falda del vestido y girándose para marcharse.

Pero entonces Mabel la sorprendió al decir:

–Sí, creo que ya va siendo hora de que nos marchemos nosotras también.

Flora había asumido que su hermana menor iba a aprovechar su ausencia para quedarse en las zonas comunes hasta que los camareros cerrasen sus puertas por la noche. En realidad, era Alice la que parecía más reacia a marcharse, aunque, aun así, se despidió del señor Sloper y del señor Kinsey, y regresó con sus hermanas al camarote.

Menos de cinco segundos después de que entrasen en la habitación, Mabel decidió que no había tenido suficiente:

—Creo que le interesas —comentó ella, mirando a su hermana Flora.

Flora frunció el ceño.

—¿A quién? ¿Al señor Kinsey?

Mabel puso los ojos en blanco antes de darle la espalda a Alice para que la ayudase a quitarse el corpiño.

—¿A quién si no? Ya sabemos que el señor Sloper está locamente enamorado de Alice.

Alice frunció el ceño.

—No está enamorado de mí —se defendió ella—. Coquetea con todas las mujeres.

—No te lo estaba reprochando —continuó Mabel—. El señor Sloper no está nada mal, y el señor Kinsey tampoco… Y todavía no estáis casadas, así que…

—Estoy enamorada de Holden. Me voy a casar con Holden —replicó Alice—. Y nada ni nadie podrá hacerme cambiar de opinión.

—Y Crawford es un buen hombre —añadió Flora con remilgo mientras se quitaba la pulsera con motivos egipcios y el anillo de ópalo.

—Oh, ¿y eso qué significa exactamente? —indagó Mabel con retintín.

—¿No lo amas? —insistió Alice.

Flora arrugó el gesto y se dio la vuelta.

—Por supuesto. Soy su prometida, ¿no? —añadió ella, aunque en el fondo sabía que no lo hacía, no amaba a Crawford. Pero no podía ir por ahí gritándolo a los cuatro vientos, ni aunque solo estuviesen sus hermanas presentes. Se quitó el colgante de morganita, lo metió con el resto de sus joyas en una de las bolsas verdes que les habían proporcionado para guardar sus objetos de valor y la volvió a colgar en el gancho que había junto a su cama. Después, se puso delante de Mabel para que esta pudiese ir quitándole el vestido de brocado de crepé de color malva mientras Alice seguía ayudándola a ella con el suyo.

–Tan solo es un paseo. No significa nada –volvió a hablar Mabel–. Alice sabe a lo que me refie… ¡Ay! –soltó de repente, sin terminar la frase.

Flora se imaginó que Alice había aprovechado que su hermana no podía moverse para hacerle saber que no le había hecho gracia el comentario. Pero Mabel siguió con las preguntas, a pesar de la advertencia.

–¿Qué hay de malo en disfrutar de la compañía de un hombre? Tal vez el señor Kinsey busca que lo salves de esas odiosas norteamericanas que siempre van con esos perros diminutos y que lo único que quieren es llamar la atención.

–Dudo mucho que el señor Kinsey necesite ayuda con eso –respondió Flora con sequedad. Los hombres como él rara vez la necesitaban.

Cuando Mabel terminó de desabrocharle el vestido y de aflojarle el corsé, Flora se dio la vuelta para ayudar a Alice, que se quedó mirando fijamente la puerta, toqueteándose el collar de perlas que aún le colgaba del cuello.

–¿Alice? –la llamó Flora.

–Estaba pensando que… que quizá podría quedarme un rato en el salón principal o en la sala de lectura y escritura –dijo la aludida con cierta vacilación–. No me apetece irme a la cama todavía.

Esa no era una sugerencia propia de Alice, sobre todo porque normalmente era la primera en dormirse y la primera en despertarse por la mañana.

–¿Ya habrá vuelto Charlie? –preguntó Flora, acercándose a la puerta que comunicaba los camarotes–. Estoy segura de que a él no le importará acompañarte.

Alice alargó el brazo para que su hermana no tocase la puerta.

–No, no será necesario. Solo voy… –Soltó un suspiro de frustración y se dio la vuelta para dejar su bolso bordado con cuentas sobre la cama–. No te preocupes. Creo que será más fácil para todos que me quede aquí.

Flora miró a Mabel, quien le susurró:

–¿Crees que deberíamos ir a buscar a madre?

Flora frunció el ceño y sacudió la cabeza al escuchar aquella idea tan absurda. Alice no estaba enferma, simplemente estaba actuando de manera… atípica. Tal vez estaba más cansada de lo que aparentaba. Cuando era pequeña, Alice a veces caminaba y hablaba mientras dormía. No le sucedía siempre, pero sí cuando la enfermedad que padecía la dejaba agotada. Una vez la pillaron caminando por el césped en dirección a la casa del vecino.

Flora decidió, simplemente por precaución, que se quedaría despierta hasta que su hermana conciliara el sueño y luego buscaría algo que le sirviese para cerrar la puerta y para asegurarse de que Alice no volvía a recuperar uno de los hábitos que habían marcado su infancia.

Capítulo 6

Jueves, 11 de abril de 1912

Alice se fue despertando poco a poco, pero de pronto se sobresaltó y empezó a parpadear, esforzándose por recordar dónde estaba. Los Fortune se habían pasado los últimos meses cambiando constantemente de localización y de alojamiento, por lo que la mayoría de las veces, Alice tenía que pararse a pensar cada mañana en qué país y en qué ciudad se encontraban. La habitación estaba completamente a oscuras, a excepción de la luz que emitía el calefactor eléctrico. Los primeros rayos de sol estaban empezando a iluminar de manera sutil los bordes de la cortina que cubría la portilla que estaba al otro lado del camarote.

La portilla. Eso es. No se encontraban en ninguna ciudad en particular, estaban navegando por el mar en uno de los transatlánticos más grandes del mundo. Seguramente ya estarían acercándose a las islas Sorlingas, cerca de la costa sudoeste de Inglaterra, si su orientación no le fallaba. Se quedó inmóvil, a la espera de sentir algún indicio de balanceo o movimiento, o la vibración de algunas de las máquinas en funcionamiento, pero todo parecía estar en calma, como si no estuviese a bordo de un barco. Era increíble.

Se había despertado varias veces durante la noche, pero era raro el día que Alice no se despertase a primera hora de la mañana. Daba igual dónde estuviese o qué hubiese estado haciendo el día anterior, siempre se le abrían los párpados al sentir el primer destello de luz. Tenía un cuarto para ella sola en su casa de Winnipeg, así que aquella costumbre no le suponía un problema. Sin embargo, durante el viaje no le había quedado más remedio que compartir habitación con sus hermanas, y eso había hecho que descubriese que Flora y Mabel eran de las que preferían quedarse en la cama hasta tarde. Y normalmente se quejaban cuando la sentían moviéndose por la habitación. Mabel tenía el sueño más profundo, pero Flora se despertaba hasta con el más mínimo ruido.

Así que Alice decidió quedarse acurrucada en su acogedora litera bajo el edredón, con los suaves ronquidos de Mabel de fondo y con la vista clavada en los bordes de la cortina. Poco a poco, la luz del sol se fue filtrando en la habitación, tiñendo las paredes blancas de rosa, luego de naranja y, por último, de amarillo. Desvió la mirada hacia la pequeña maleta de cuero que estaba junto a la puerta. Anoche, Alice todavía no había logrado dormirse cuando Flora decidió levantarse de la cama y acercarse al armario para sacar la maleta. Alice supo enseguida por qué lo había hecho y no se lo tomó bien. Sin embargo, el enfado le duró poco; al final, su hermana tan solo la estaba protegiendo.

Alice soltó un suspiro silencioso y se sobresaltó cuando las sábanas de la litera de arriba se movieron, y Mabel asomó la cabeza por el borde de su cama para mirarla. Tenía el pelo tan largo que la trenza casi rozaba el colchón de Alice. No le veía los ojos –el rostro de Mabel no era más que una mancha oscura–, pero podía imaginarse la cara de recién despertada que tendría su hermana.

–¿Desayunamos? –susurró Mabel.

Alice estuvo a punto de soltar una carcajada.

–No creo que nos sirvan la comida hasta las ocho.

–¿Qué hora es? –quiso saber Mabel a la vez que miraba la portilla a lo lejos.

–No más de las seis.

Se quedaron en silencio al ver que Flora se empezó a mover. Una vez que se quedó quieta, Mabel apartó las sábanas y se bajó de la cama como si fuese un gato silencioso acechando a su presa.

—Pero podemos intentarlo. No nos dirán que no a una galleta —la convenció Mabel.

Alice y Mabel no tardaron en llegar al vestíbulo de la cubierta C, que estaba enfrente de los ascensores. Aunque, en teoría, las zonas comunes no abrían sus puertas hasta las 8:00 h, lograron convencer a su camarero para que les trajera una taza de té y una galleta, para así no tener que molestar al resto de su familia.

Después de ponerse el sombrero y el abrigo de piel para entrar en calor, las dos hermanas se dirigieron a la cubierta de paseo y allí descubrieron que no eran las únicas que habían decidido madrugar. El cielo estaba despejado y el mar brillaba con la luz del sol, aunque hacía un poco de fresco. El viento en altamar traía consigo una ligera brisa, una un tanto incómoda para sentarse en la cubierta a descansar, pero agradable para dar un paseo.

Las hermanas caminaron cogidas del brazo y saludaron con un movimiento de cabeza a todos los pasajeros con los que se iban cruzando mientras rodeaban el barco. En la popa, un padre vigilaba a su hijo, que llevaba una gorra de lana con visera y unos pantalones cortos, mientras el pequeño hacía girar una peonza sobre la superficie de la cubierta. Alice y Mabel se detuvieron a observarlo y sonrieron al ver la cara de emoción del niño. Alice divisó a lo lejos al hombre de la cámara sacando fotos y decidió acercarse a él.

—¿Por casualidad no será usted periodista? —le preguntó ella con curiosidad.

El hombre soltó una carcajada.

—Ni mucho menos. Vuelvo a Dublín para continuar mis estudios. Tan solo soy un fotógrafo aficionado.

—¿Se bajará en Queenstown, entonces?

—Así es. —Bajó la cabeza para toquetear los botones de la cámara—. Y es por eso por lo que he querido levantarme temprano hoy. No me queda mucho tiempo para explorar el barco. –Levantó los ojos del aparato un segundo y añadió–: La vi con sus hermanas ayer. ¿Son de Estados Unidos?

–De Canadá, en realidad. –Alice alargó el brazo para que le estrechase la mano–. La señorita Alice Fortune.

Él sonrió y le apretó la mano.

–Encantado de conocerla, señorita Fortune. Soy Francis Browne.

–¿Y qué está estudiando, señor Browne? En Dublín, me refiero.

–Mi intención es convertirme en sacerdote jesuita.

Alice alzó las cejas.

–Vaya, un sacerdote con predilección por la fotografía.

–Eso es. –Le brillaron los ojos–. Sospecho que no encontrará muchos por aquí. –Volvió a bajar la cabeza para ajustar algo–. Quizá… ¿le gustaría que le hiciera una foto con sus hermanas?

–Oh, no sé yo… –contestó ella con timidez. Se llevó una mano al sombrero de terciopelo azul celeste que estaba adornado con rosas para que no se le volara con el viento–. No creo que sea buena idea.

La alivió ver que él no la presionó.

–Lo entiendo. La cámara impone respeto. El señor Futrelle, el escritor, también se mostró reacio al principio. Pero avíseme si cambia de opinión.

Alice observó cómo se inclinaba con cuidado sobre la barandilla para fotografiar la estala que estaba dejando el barco por el lado de estribor.

–Estoy segura de que la prensa se peleará por sus fotografías. ¿Piensa venderlas?

–Pues yo no estoy tan seguro –objetó él–. El puerto de Southampton estaba repleto de periodistas profesionales, así que me imagino que pasará lo mismo en Queenstown y en Nueva York. ¿Por qué querría un periódico pagar por mis fotografías cuando ya tienen las de sus propios reporteros? Aunque sí que me gustaría enviarle algunas copias al capitán y a la tripulación. Y al señor Andrews, claro. Creo que tal vez les hará ilusión tenerlas.

—Yo también lo creo —coincidió ella, y después se alejó para que él pudiese seguir contemplando sin distracciones la cubierta y las barandillas relucientes que se extendían hasta la proa del transatlántico.

Mabel se había quedado de pie, apoyada en la barandilla de popa, con el pelo oscuro rozándole los hombros y con la vista clavada en la cubierta C, donde estaban pasando el rato varios pasajeros de tercera clase. Un grupo de niños corría de un lado a otro, jugando a una especie de juego en el que parecían estar fingiendo ser caballos, mientras que otro grupo más escandaloso se dedicaba a escalar los costados de la grúa de carga y descarga de equipaje para balancearse en el aire. Todos los que saltaban, acababan con las manos negras y llenas de grasa.

—Se van a ensuciar la ropa —habló Alice, sintiendo pena por sus madres o por quienquiera que estuviese a cargo de cuidarlos. Sospechaba que no tendrían mudas de repuesto. La mayoría de ellos se había subido al Titanic con la intención de inmigrar a otro país y tan solo traía lo puesto.

—Oh, qué más dará —replicó Mabel—. Lo importante es que se lo están pasando bien. —Miró a los niños con los ojos entrecerrados—. Puede que este vaya a ser el único momento de sus vidas en el que se sientan libres de hacer lo que les plazca. No pueden trabajar si están aquí, así que el Titanic les está regalando una semana entera sin preocupaciones.

Alice sopesó las palabras de su hermana.

—No había caído en eso —confesó ella al percatarse de que, para aquellos niños, tener un simple día de vacaciones ya suponía todo un privilegio, sobre todo para los que estaban acostumbrados a pasarse día y noche trabajando. Durante una semana podrían volver a comportarse como lo que eran: niños. Además, el servicio les preparaba la comida, así que para ellos aquello tendría que estar siendo una de las mejores experiencias de su vida. Alice se giró para mirar a su hermana, preguntándose qué la había llevado a darse cuenta–. ¿Cómo llegaste a esa conclusión?

Mabel se encogió de hombros.

–Tal vez soy más avispada de lo que pensáis.

Alice volvió a entrelazar el brazo con el de su hermana y doblaron la esquina. Enseguida las atravesó una ráfaga de viento.

–¿Sabes qué es lo que le falta al Titanic? ¡Una grúa justo al lado de la piscina! Como ese columpio de madera que hay en casa de los abuelos McDougald, desde el que podemos tirarnos al estanque. ¿No crees que sería algo que podría gustarles a los pasajeros?

–Oh, bueno. Imagino que más de uno lo probaría. El señor Sloper, por ejemplo. Y ese tal Kinsey. El tenista que no dejaba de sonreírle a Flora…

–Ay, no sigas con eso. Flora y Crawford están comprometidos. –Alice se sujetó el cuello del abrigo de piel con la mano libre para resguardarse del frío–. Y lo sabes.

–Ya, pero… ¿no te has dado cuenta de que nuestra hermana casi nunca menciona a Crawford?

Alice frunció el ceño y se acordó de la conversación que tuvieron por la noche.

–¿Y qué? No veo cuál es el problema. Flora siempre ha sido la más reservada.

–Pues yo diría que su queridísimo Crawfy ni siquiera se ha molestado en enviarle cartas. Creo que solo le ha escrito una en todo el viaje y apuesto lo que quieras a que era tan aburrida como él.

–Crawford nunca ha sido santo de tu devoción –señaló Alice.

–¡Porque no tiene nada de especial! –replicó Mabel con la certeza de que no se equivocaba–. No tiene gracia ninguna –añadió para darle énfasis. Después, miró a su hermana de reojo–. Flora solo quiere casarse con él para complacer a padre y a madre.

Alice vio el comentario de su hermana como un verdadero despropósito.

–¿Cómo puedes decir eso, Mabel? Puede que a ti te parezca un hombre aburrido, pero eso no significa que a Flora también.

Aunque, si echaba la vista atrás, Alice no recordaba haber distinguido ningún indicio de felicidad entre Flora y su prometido. Ni siquiera cuando anunciaron su compromiso. Su hermana no se ruborizó ni se rio, simplemente se limitó a esbozar una sonrisa amable mientras le agradecía al resto con un tono de voz forzado que la felicitaran. Y lo peor de todo era que Crawford tampoco se había emocionado al contarles la noticia. Y darse cuenta de ello hizo que Alice, que casi había estallado de felicidad cuando Holden le pidió matrimonio, empezase a ver la gravedad del asunto.

Se giró para ver el mar, que parecía infinito, y observó cómo el sol empezaba a juguetear con su superficie mientras se alzaba cada vez más alto en el cielo. Flora se merecía un matrimonio feliz, tanto o más que cualquiera de ellos. Pero era su vida, y ellas no tendrían por qué entrometerse. Aunque Mabel parecía estar dispuesta a hacerlo.

Alice alargó el brazo y cubrió la mano enguantada de Mabel con la suya, que la había dejado apoyada en la barandilla.

–No nos vamos a meter donde no nos llaman. Flora es perfectamente capaz de solucionar sus problemas sin nuestra ayuda.

–Desde luego –coincidió Mabel, pero una de las comisuras de los labios se le curvó hacia arriba, y Alice tuvo la ligera sospecha de que su hermana no lo iba a dejar estar.

Capítulo 7

Mabel se sentó con Alice en la mesa del comedor que le habían asignado a su familia a las 8:00 h y desayunó despacio. Podría haberse comido las manzanas asadas, la tortilla francesa con tomates y las salchichas en media hora, pero Charlie no tardó en aparecer, recién bañado después de su partido de *squash* con Thornton Davidson, y las entretuvo con una explicación detallada de la jugada. Mabel intentó prestarle atención a su hermano mientras le daba sorbos al café, pero en realidad estaba más pendiente de las conversaciones que la rodeaban –por si por casualidad identificaba la voz de algún pasajero que se moría de ganas de conocer– que de las hazañas de Charlie. Finalmente, sus padres hicieron acto de presencia, al igual que Flora, que ocupó la silla que había dejado libre su hermano. Mabel no se marchó, se quedó allí sentada. Su familia la consideraba una persona impaciente, pero, en realidad, podía ser bastante persistente si había algo en concreto que le interesaba.

Mabel no le comentó a Flora que hacía apenas diez minutos que había visto al apuesto Chess Kinsey desayunando con un rubio igual de atractivo. Tampoco le dijo a su padre que el comandante Arthur Peuchen lo estaba buscando. Sabía que, a pesar de sus buenas intenciones, a su padre no le hacía mucha gracia el presidente de la Standard Chemical Company. A diferencia del señor Fortune, a ella le caía bien el embaucador y charlatán de Toronto, o al menos mucho mejor que el resto de las figuras destacadas de Canadá que formaban parte del círculo cercano de su familia. El hombre siempre le contaba historias interesantes. Y no medía sus palabras ni era tan estirado como algunos…, algo que Mabel agradecía. De hecho, aquella misma mañana se había acercado a ella y le había contado que se llevó un disgusto cuando descubrió que el capitán a cargo del Titanic era Edward J. Smith. Y esa fue la primera vez que Mabel escuchó a alguien criticando al capitán. Una confesión de lo más curiosa, sobre todo porque había pasajeros que afirmaban que solo se subían en aquellos transatlánticos que estuviesen capitaneados por el señor Smith.

Se había pasado toda la mañana atenta, aguzando el oído a ver si escuchaba el nombre de Helen Churchill Candee. Sabía que la autora y decoradora se había subido a bordo en Cherburgo, así que se moría de ganas de hablar con ella. Pero, por desgracia, no había tenido suerte. Sin embargo, sí que oyó a una señora rubia dirigiéndose a su compañera de pelo oscuro utilizando la palabra «doctora» mientras pasaban por delante de la mesa de los Fortune.

Mabel se disculpó y se levantó de la silla con la intención de seguir a las mujeres mientras caminaban por la sala de recepción y subían varios tramos de escaleras hasta la cubierta A. Las dos señoras llevaban un traje de chaqueta hecho a medida con encaje en los puños y en el cuello alto. Mabel tuvo que aligerar el paso cuando las vio cruzando el vestíbulo hacia el pasillo que conducía a las zonas comunes.

–¡Disculpen! –gritó ella varias veces, antes de que las dos mujeres se diesen la vuelta. Se tomó un momento para ordenar sus pensamientos y para recuperar el aliento. Ya podrían las señoras haber cogido el ascensor… Eso habría dado pie a un inicio de conversación menos forzado–. Perdón por molestarla… –volvió a disculparse Mabel, dirigiéndose a la señora que tenía unos rizos oscuros muy marcados–, pero ¿he oído que es usted doctora?

La mujer clavó los ojos en ella y la estudió un segundo.

–Así es, pero si tiene algún problema, lo mejor será que hable con el cirujano del barco. El doctor O'Loughlin es muy agradable y está altamente cualificado –añadió ella antes de volver a girarse.

–No lo dudo, pero… el motivo de mi pregunta no es ese –respondió Mabel antes de que reanudaran la marcha–. Quería saber si… Bueno, resulta que quiero ir a la universidad y… –balbuceó, con las mejillas sonrojadas. Era la primera vez que se ponía nerviosa al entablar una conversación. Las opiniones de los demás le solían importar bien poco, pero esto… esto era diferente. Esto era importante–. Verá, mi padre… Él… –Volvió a quedarse callada; tampoco quería hablar mal de su padre delante de dos desconocidas.

La señora de cabello oscuro intercambió una mirada con su amiga.

–Y su padre no lo aprueba, ¿verdad?

Mabel asintió.

–¿Cómo convenció al suyo para que la dejara estudiar Medicina?

La mujer esbozó una sonrisa tensa y añadió:

–Venga con nosotras.

Mabel sintió un atisbo de esperanza y acompañó a las señoras hasta la puerta que daba a la sala de lectura y escritura.

La mujer rubia se miró el reloj que llevaba en el corpiño.

–Tal vez estemos más cómodas en el salón principal –le sugirió a su amiga al darse cuenta de que la sala de lectura y escritura era un espacio en el que había que guardar silencio–. Todavía tenemos tiempo para terminar de escribir las cartas. No se llevarán la correspondencia hasta que no lleguemos a Queenstown.

A juzgar por la cantidad de personas que estaban sentadas en los escritorios dispersos por la sala y que tenían en la mano bolígrafos con el logo de la White Star, estas mujeres no eran las únicas que querían aprovechar la última parada que haría el Titanic antes de cruzar el Atlántico en dirección a Nueva York para enviar cartas. De hecho, acababa de salir por la puerta un miembro del personal de servicio con un puñado de sobres y postales para llevarlos a la oficina de información del sobrecargo, donde las lanzarían por una especie de tobogán que llegaba hasta el compartimento de correos que se encontraba cerca de las entrañas del barco. Al fin y al cabo, el buque se llamaba RMS Titanic, es decir, que la Corona británica también le había encomendado la tarea de transportar el correo.

La mujer de cabello oscuro asintió y las guio a las dos hasta el salón principal que estaba justo al lado y que contaba con techos altos y grandes ventanales. Había mesas de nogal con sus correspondientes sillas tapizadas por toda la estancia. El suelo estaba cubierto por una alfombra verde y dorada, y de las paredes colgaban tapices de Aubusson, que estaban revestidos con paneles de roble inglés de la mejor calidad. En los paneles habían grabado al detalle el relieve de algunas conchas, flores y piezas musicales. Un lado de la sala estaba ocupado por una enorme estantería de caoba con un cristal desde el que se veía una amplia selección de libros que los pasajeros podían coger si así lo deseaban. Incluso había una barra en la esquina por si querían tomar algo, pero todavía eran las 10:00 h; demasiado pronto para empezar a beber.

Las mujeres decidieron sentarse en el sofá de terciopelo verde que estaba enfrente de la chimenea eléctrica y dejaron un espacio entre ellas para que Mabel se acomodase en medio. La sala era acogedora y desde allí les llegaba el calorcito que desprendía la chimenea. Las llamas no despedían destellos ni crepitaban como un fuego de verdad, pero aun así lograron que Mabel se tranquilizara. Se fijó en la bonita y pequeña estatua dorada que estaba encima de la repisa de mármol de la chimenea. Parecía una obra hecha a mano de alguna diosa griega o romana. Llegó a la conclusión de que tenía que ser Artemisa o Diana porque la habían representado como una cazadora.

—Cuéntenos —la animó la mujer de pelo oscuro—. ¿Es por eso por lo que quiere ir a la universidad? ¿Para estudiar Medicina?

—Pues verá… En realidad, no sé lo que quiero estudiar —admitió Mabel—. ¿Usted lo supo? ¿Tuvo claro desde el principio que quería estudiar Medicina, doctora…? –Se quedó callada al darse cuenta de que aún no se habían presentado.

–Soy la doctora Alice Leader –respondió ella con una sonrisa antes de hacer un gesto con la cabeza hacia su amiga–. Y ella es la señora Margaret Swift. Y, en cuanto a su pregunta, no. No lo tuve claro desde el principio. –Miró a Mabel con los ojos entrecerrados–. Pero, a su edad, ya lo sabía.

–No me llama mucho la atención la medicina –confesó Mabel, mirándose las manos–. Pero sí tengo claro que quiero ir a la universidad. Quiero estudiar algo. Lo que sea. Tal vez… Derecho. No quiero que mi vida se resuma en casarme y tener hijos. Debería poder vivir más cosas. O al menos tener la oportunidad de hacerlo… –se lamentó, y las dos mujeres volvieron a intercambiar una mirada entre ellas–. Soy Mabel Fortune, por cierto –agregó en voz baja, tras haber soltado sin tapujos todo lo que pensaba.

–Señorita Fortune –pronunció la señora Swift con un tono de voz amable–. Tengo que confesar que admiro su valentía. Me alegro de que se haya acercado a hablar con nosotras. Imagino que no hay mucha gente en su círculo cercano que comparta su visión de futuro. Yo también fui a la universidad. Estudié Derecho. De vez en cuando le doy clases a un grupito de mujeres, pero en realidad nunca he ejercido de abogada. Aun así, comprendo perfectamente el porqué de su afán por aprender. –Alargó el brazo y le tocó la mano a Mabel–. Pero perseguir eso que anhela no será sencillo. Habrá personas que no tendrán reparo en mirarla por encima del hombro, que pensarán que lo único que conseguirá será perder su feminidad. Y que está desafiando los planes de Dios.

–Tonterías –sentenció la doctora Leader, con los puños apretados encima de su regazo–. El Señor también nos dio un cerebro y la voluntad de ayudar a los demás. ¿Por qué iba a juzgarnos si ha sido justo él quien nos ha dado los dones y el anhelo para descubrir lo que hay más allá de las puertas de un hogar? –Inhaló y exhaló con fuerza–. Pero la señora Swift tiene razón.

Tendrá que acostumbrarse a ese tipo de comentarios. Tal vez será algo que la acompañe durante toda su vida. –Alzó la barbilla–. Pero, por suerte, cada vez hay más personas que están entrando en razón.

–Y entre esas personas estaban nuestros queridos esposos, que en paz descansen –añadió la señora Swift con un tono de voz tranquilizador.

De las dos mujeres, la señora Swift parecía ser la más afable, o al menos la más preparada para aceptar la realidad con optimismo. Pero tal vez eso se debía a que nunca había ejercido activamente como abogada.

–Tiene una consulta médica, ¿verdad? –le preguntó Mabel a la doctora Leader.

–Sí, en Nueva York. Antes de abrirla, trabajé con mi esposo en su ciudad natal, en Lewiston, Maine. Él también era doctor. Y antes de eso, en varios psiquiátricos. –Sonrió con sorna–. Aunque allí casi nunca me trataron como una doctora. Se dirigían a mí como si fuera una enfermera o la visita de algún enfermo. Los hospitales no querían arriesgarse a ofender a sus pacientes, y menos aún a los que estaban por encima…

Y fue entonces cuando Mabel comprendió por qué la doctora Leader era más negativa en sus intervenciones: porque hablaba desde la experiencia.

–Así que, como ve, esta no es una decisión que uno pueda tomar a la ligera –volvió a hablar la señora Swift, llevándose una mano a la cabeza y toqueteándose el pelo rubio pomposo.

–Lo entiendo, y aun así estoy dispuesta a correr el riesgo. Si pudiera convencer a padre para que me dejase ir… –Alternó la mirada entre las dos mujeres–. ¿Cómo lo consiguieron ustedes?

–Mi padre tuvo sus dudas al principio, pero… –La doctora Leader soltó un suspiro que denotaba más tristeza que irritación–. También valoraba mucho la educación, tanto la de sus hijas como la de sus hijos. –Sonrió–. En ese sentido, tuve mucha suerte.

–Mi padre no creció en una familia pudiente –habló la señora Swift–. Así que, cuando saboreó lo que era tener dinero, quiso que a sus hijas no les faltase nada. Pensó que así nos estaba haciendo un favor, que nos estaba regalando la oportunidad de no tener que trabajar como se habían visto obligados a hacer nuestros antepasados.

Mabel alzó la vista hacia el reloj de bronce dorado que colgaba de la pared, preguntándose si su padre se negaba por la misma razón. Sabía que estaba orgulloso de haber conseguido cambiar el rumbo de su vida y el de su familia: se arriesgó sin apenas tener nada y acabó convirtiéndose, a sus treinta años, en un hombre pudiente. Así que tal vez para él sería un fracaso tener que ver cómo una de sus hijas se marchaba a la universidad. Quizá hasta pensaría que les había fallado como cabeza de familia.

–¿Y cómo consiguió que cambiase de opinión? –quiso saber Mabel.

–Con tiempo. Y paciencia –respondió la señora Swift.

–He probado con las dos cosas –se lamentó Mabel–. Pero no parece estar más convencido que hace cinco años…

No podía esperar un año más. No quería volver a pasar por lo mismo. Antes prefería casarse con Harrison para ver si a él era más fácil convencerlo. Tal vez él se mostraría más receptivo que su padre.

Sin embargo, por dentro se retorcía solo de pensarlo. Contraer matrimonio con él por interés no sería justo para ninguno de los dos. No quería mentirle. Y tampoco quería casarse con él. Pero no podía seguir viviendo bajo el mismo techo que sus padres. No quería tener que verse obligada a soportar otro año más cómo su madre la convencía para que buscara otros pretendientes y cómo su padre se negaba a darle la oportunidad de cumplir su único deseo. Una vez que Flora y Alice se casasen y Charlie se fuese a la universidad, tendría que quedarse ella sola con sus padres en la enorme casa familiar que tenían en Wellington Crescent. No podía quedarse de brazos cruzados; tenía que idear un plan.

–Tal vez podrían hablar con él –les sugirió ella a las dos mujeres, desesperada–. Y convencerlo para que vea que la idea no es tan terrible como cree.

Las dos mujeres se quedaron sin palabras por un momento. La señora Swift fue la primera en recomponerse.

–Querida, estaremos encantadas de conocer a su familia si nos la presenta. Pero…

–No vamos a entrometernos –finalizó la doctora Leader–. Sería descortés por nuestra parte intervenir en un asunto familiar. –Mabel sintió una punzada de decepción en el pecho–. Sin embargo… –continuó–, si nos presentara a su familia y les contara a qué nos dedicamos… Con discreción, eso sí. Y ellos hiciesen preguntas…, cosa que hacen la mayoría de los curiosos, entonces… intentaríamos hacerlo lo mejor que podemos.

–Bueno, esas cartas no se escribirán solas, así que… –comentó la señora Swift mientras se ponía de pie.

–Por supuesto –pronunció Mabel al ver que tenían que marcharse–. Gracias.

Capítulo 8

Flora encontró a sus hermanas en la cubierta de botes, inclinadas sobre la barandilla de una manera un tanto inapropiada para una dama, pero enseguida se dio cuenta de que no eran las únicas. Y cuando se acercó a ellas, entendió el porqué. Había un pequeño bote auxiliar pegado al costado del Titanic para que un hombre pudiese subirse a bordo.

—El práctico de puerto —le explicó el joven de la cámara a Alice sin dejar de mirar el artilugio negro que tenía en las manos.

—¿Ese es el puerto de Queenstown? —intervino Flora, haciéndose un hueco entre sus hermanas para mirar por encima de la barandilla. Antes había oído a varios pasajeros murmurando que habían avistado la costa irlandesa.

A lo lejos, los empinados acantilados grises se alzaban desde el agua y estaban coronados por las coloridas laderas verdes por las que Irlanda era tan famosa.

A Alice le brillaron los ojos con ilusión.

—El señor Browne nos estaba explicando que el puerto no es lo suficientemente profundo para el Titanic. El práctico de puerto conoce la bahía como la palma de su mano, así que nos guiará el resto del camino. Pero no podemos acercarnos mucho; el Titanic tendrá que echar el ancla a un par de kilómetros de la costa.

Flora miró hacia el mar, hacia el hueco que había entre los dos promontorios rocosos. Al este se alzaba un faro de color blanco, que se encargaba de guiar a los barcos hacia la entrada del puerto, mientras que al oeste lo hacía una construcción enorme de hierba y hormigón.

Alguien por detrás de ellos preguntó por el edificio, haciéndose eco de la curiosidad de Flora. Si entrecerraba los ojos, podía distinguir el emplazamiento de armas que señalaban una base militar.

–La fortificación Fort Templebreedy –respondió el señor Browne.

–Ahí estará Redmond con su cuadrilla… –comentó otra voz grave, lo que provocó un acalorado debate con una tercera persona por haber utilizado un tono despectivo.

Flora había escuchado varias de las muchas conversaciones que habían mantenido sus padres con algunos de sus amigos británicos como para saber que John Redmond era miembro del Partido Parlamentario Irlandés y defensor de la Home Rule, un estatuto que dotaba a Irlanda de cierta autonomía para gobernar, a pesar de seguir formando parte de Reino Unido. Un tema que sin duda provocaba desacuerdos entre la población y del que ella no deseaba opinar y mucho menos participar en una discusión. Por suerte, sus hermanas no intervinieron. Ni siquiera Mabel, que a veces se metía en disputas que no le convenían o hacía de abogada del diablo simplemente porque le divertía echar leña al fuego. Flora la observó; parecía preocupada. Tenía la mirada perdida y unas pequeñas arrugas visibles entre las cejas.

Se alejaron un poco de los pasajeros que estaban discutiendo para ver mejor cómo el bote auxiliar partía y el Titanic lo seguía despacio hacia el puerto. Cuando la puerta que daba a la sala de recepción de primera clase se abrió detrás de ellos, les llegó el sonido de los músicos afinando los instrumentos, y Flora llegó a la conclusión de que la orquesta se estaba preparando para empezar a tocar, seguramente en la esquina del vestíbulo en la que había un piano y un techo precioso.

–¿Cómo está el señor Ross? –le preguntó Alice con suavidad, al recordar que Flora le había hecho una visita a su amigo enfermo por la mañana.

–Igual que siempre –le informó Flora. Estuvo a punto de echarle en cara que ellas también podrían haber ido a alegrarle la mañana al señor Ross, pero decidió morderse la lengua. El señor Ross seguía de mal humor, pero era imposible que se sintiese solo. Los otros dos solteros que formaban parte de los Tres Mosqueteros le habían comentado que varios pasajeros se habían pasado por allí para animarlo; entre ellos, el señor Sloper y el comandante Peuchen, de Toronto.

La ciudad de Queenstown se distinguía a lo lejos. En la parte superior se alzaba una catedral –con su chapitel gris, que destacaba en medio del cielo azul–; mientras que, en la parte inferior, a orillas del puerto, los barcos se llevaban todo el protagonismo. Sin lugar a duda, al menos dos de ellos serían los encargados de traer a los últimos pasajeros que embarcarían a bordo del Titanic, al igual que el correo que se repartiría por Estados Unidos. También estarían entre ellos las embarcaciones de los vendedores ambulantes a los que Alice y Mabel tenían la intención de comprarles mercancía.

Una bandada de gaviotas pululaba alrededor del buque. Flora echó la cabeza hacia atrás para ver cómo revoloteaban sobre su cabeza, y le dio la sensación de que estaban volando sin siquiera mover las alas. Se llevó una mano a la cabeza para evitar que el viento se llevase su sombrero de paja color champán y examinó las imponentes chimeneas doradas y negras del Titanic. De repente, se sobresaltó al ver una cabeza asomándose por la parte superior del cuarto conducto. No fue la única que se sorprendió. De hecho, se oyeron varios gritos ahogados por toda la cubierta.

Alice y Mabel siguieron la mirada de su hermana y descubrieron un rostro cubierto de hollín. Era evidente que la cuarta chimenea estaba allí por razones estéticas y tal vez para poder ventilar algunas zonas del barco. Pero, hasta ese momento, Flora no se dio cuenta.

Soltó una pequeña carcajada, sintiéndose un poco estúpida por haber reaccionado así. El fogonero también tenía derecho a tomar un poco el aire, más aún si era de Irlanda; quizá quería ver cómo el Titanic se aproximaba a su tierra natal.

–¿A qué se debe tanto revuelo? –declaró una voz familiar y profunda.

Flora se giró de mala gana y se le borró la sonrisa cuando vio que el señor Kinsey estaba aún más guapo a la brillante luz del día. Se notaba que no había nada que le quitase el sueño por la noche porque había amanecido como nuevo y de buen humor. Sus ojos parecían estar dispuestos a absorberlo todo –incluida a ella– con una sola mirada. Había decidido no ponerse un sombrero, como si no le importase lo más mínimo que el viento le despeinara el cabello. Y, por un instante, Flora sintió envidia.

No, espera. Esa actitud no era propia de ella. Se ruborizó solo de pensarlo. Más bien… lo envidiaba porque, al igual que él, deseaba quitarse el sombrero y las horquillas que le sujetaban los mechones ondulados. Pero no podía; tenía que cuidar sus modales si no quería dejar en evidencia a su familia. Salvo que ahora no podía pensar en otra cosa. Lo miró con el ceño fruncido; él era el culpable de que hubiese estado a punto de hacer algo inapropiado. O al menos, de haber hecho que se lo plantease.

–¡Señor Kinsey! –exclamó Alice–. ¡Qué alegría volver a verlo!

–Uy, sí. ¡Qué alegría! –añadió Mabel, consiguiendo que Flora se pusiese de peor humor.

–Veo que hoy trae compañía –volvió a hablar Alice.

–Así es. Les presento a Karl Behr y a la señorita Helen Newsom –respondió el señor Kinsey–. Y estas son las hermanas Fortune –añadió, haciendo un ademán ostentoso con la mano mientras pronunciaba sus nombres delante de sus amigos.

–Usted también es tenista, ¿verdad? –quiso saber Mabel, dirigiéndose al rubio que era casi tan alto como el señor Kinsey.

–Lo soy –le confirmó el señor Behr con una sonrisa–. O lo intento, como diría Chess.

El señor Kinsey esbozó una pequeña sonrisa.

–No le hagan caso. Se le da genial –intervino la señorita Newsom mirando al señor Behr con devoción.

Hacían buena pareja: la delicada belleza de la chica morena contrastaba a la perfección con los rasgos marcados del tenista rubio. Y, a juzgar por la forma en la que se miraban el uno al otro, Flora llegó a la conclusión de que seguramente él ya le habría pedido matrimonio. O estaría a punto de hacerlo.

–¿Se acercarán a ver las mercancías de los vendedores ambulantes? Nosotras sí –indagó Alice.

–¿Vendedores ambulantes? –inquirió la señorita Newsom con interés.

Mientras Alice hablaba, Flora notaba los ojos del señor Kinsey clavados en ella. Hizo todo lo posible por ignorarlo, pero la sonrisa que estaba esbozando y la manera en la que la estaba mirando estaban empezando a molestarla, así que no tardó en girarse en su dirección.

–¿Piensa comprar alguna tela de encaje? –le preguntó el señor Kinsey a Flora una vez que Alice y la señorita Newsom dejaron de hablar–. Tal vez para… ¿una ocasión especial?

Flora sabía que su intención era provocarla, así que alzó la barbilla y le dirigió una mirada desafiante.

–No, ya tengo mi vestido de novia. Lo compré en París. Está guardado a buen recaudo en la bodega.

La señorita Newsom aplaudió con alegría.

–¿¡En París!? Tiene que contarnos cómo es.

–Por supuesto; me encantaría –respondió Flora.

–Me temo que tendremos que esperar –anunció el señor Kinsey–. Se quedarán sin ver a los vendedores si no se dan prisa.

Todos se giraron a la vez para ver los botes que se aproximaban a uno de los costados del barco. Se veían diminutos al lado del enorme casco del Titanic, y el mar, que hacía unos minutos estaba tranquilo, estaba empezando a agitarse.

–Uno de los miembros de la tripulación me comentó que los vendedores autorizados para ello solían colocar sus productos en la cubierta de paseo –les dijo Alice, caminando a paso ligero para cruzar cuanto antes la puerta y bajar las escaleras hasta la cubierta de abajo.

La señorita Newsom, el señor Behr y Mabel la siguieron. Y esta última le lanzó una mirada divertida a Flora por encima del hombro al ver que el señor Kinsey la tenía acorralada contra la barandilla.

Bueno, quizá «acorralada» era una descripción un tanto exagerada. Mabel estaba segura de que, si hubiese querido seguir a sus hermanas, el señor Kinsey la habría dejado pasar encantado. Pero ahí estaba él, mirando a Flora con una sonrisa.

—Creo recordar que me debe un paseo. —Él se dio la vuelta y le ofreció el brazo.

—Creo recordar que rechacé su oferta.

—¿Le asusta que la vean caminando conmigo a plena luz del día en una cubierta llena de gente? —Miró a su alrededor—. Sé que la mayoría no puede resistirse a mis encantos… —Se acercó más a ella—. Pero me da la sensación de que con usted me va a costar un poco más.

—No lo haga.

El señor Kinsey se enderezó con brusquedad al oír el tono áspero con el que Flora pronunció las palabras.

—No se burle de mí —añadió ella, enfadada y con la piel erizada—. ¿De verdad cree que soy tan estúpida como para seguirle el juego? No voy a caer tan bajo, señor Kinsey.

—Yo no…

—Y usted tampoco debería.

Él se quedó boquiabierto mientras la miraba.

—¿O es que le gusta que lo primero que piense la gente al verlo sea que es un… —Flora hizo un gesto con la mano, como si estuviese buscando las palabras adecuadas— donjuán sin remedio? —Lo miró a los ojos, esperando a que se defendiese. Cuando vio que no tenía intención de hacerlo, se dio la vuelta para marcharse.

—No lo soy.

Flora giró la cabeza para mirarlo por encima del hombro.

Él tragó saliva y añadió:

–Una forma muy elegante de decirlo, pero le aseguro que soy más que un… donjuán sin remedio.

Flora lo miró y vio en sus ojos que le había costado admitir aquello delante de ella.

–Y entonces… ¿por qué interpreta ese papel?

–Supongo que… porque es lo que se espera de mí –murmuró él, generándole más dudas de las que ya tenía. Pero antes de que Flora pudiese hacerle más preguntas, él dio un paso hacia ella–. Sé que está en todo su derecho de decirme que no, sobre todo después de lo que acaba de pasar, pero… me encantaría pasear con usted. Si usted quiere, claro. Y le prometo que no me comportaré como un donjuán… sin remedio.

Flora no sabía muy bien por qué, pero que hubiese decidido sincerarse con ella hizo que lo viese aún más atractivo. Y, en vez de negarse como había hecho el resto de las veces, se sorprendió a sí misma diciéndole que sí. Sin embargo, decidió no cogerle del brazo y juntó las manos para no caer en la tentación. Después, empezaron a caminar uno al lado del otro por la cubierta de botes con pasos lentos.

–Ayer comentó que era de Nueva York. ¿Vive su familia allí? –le preguntó ella, decidiendo que lo mejor era pisar terreno seguro.

–Sí.

–¿Y proviene de una familia numerosa?

Una media sonrisa tiró de su comisura.

–Tengo un hermano y una hermana, y suficientes primos para llenar un edificio entero. Pero eso es todo. –Juntó las manos detrás de la espalda, lo que hizo que se le abriera el gabán negro de lana y que se le viera el traje de *tweed* gris que llevaba debajo–. ¿Y usted? ¿También tiene muchos primos?

–Cientos. Y una hermana y un hermano mayor en Canadá.

–Entonces, ¿son seis? ¿Por qué no se animaron ellos a acompañarlos en su gran gira?

–Robert y Clara están casados –le explicó ella–. Ya tienen

su vida. No estaban dispuestos a abandonar su hogar durante cuatro meses.

—Imagino que Robert y su cuñado estaban demasiado ocupados con el trabajo. Al igual que su prometido.

—Ah…, sí. Mi prometido —dijo Flora, y después sonrió al adivinar por dónde iban los tiros.

—¿Soy tan predecible? —le preguntó él.

—Qué va… —bromeo ella, arrugando la nariz—. Sabía que en algún momento sacaría el tema. —Respiró hondo y se preparó para hablar del hombre en el que precisamente había intentado no pensar durante los últimos tres meses y medio—. Mi prometido, Crawford Campbell, es banquero. Uno que está a punto de ganarse un ascenso en Toronto. Él es…, bueno, un hombre que goza de buena reputación, pero no tanto como para evadir sus responsabilidades durante meses.

—Un banquero… —reflexionó él mientras llegaban al final del paseo y daban media vuelta para volver sobre sus pasos.

—Supongo que no es algo que le impresione mucho a alguien que juega al tenis.

—La verdad es que no. Pero no solo me dedico al tenis. También soy abogado; trabajo en una de las empresas de mi familia. —Se le ensanchó la sonrisa—. ¿Le sorprende?

—No. Bueno…, sí —admitió ella, avergonzada al ver que a él le había resultado sencillo leer la expresión de perplejidad en su rostro—. Le pido disculpas.

—No es necesario que lo haga. —Giró la cabeza para contemplar la orilla del mar que se extendía a lo lejos—. Por desgracia, no se me da demasiado bien. Hasta mi familia sabe que no debe asignarme tareas importantes.

Flora detectó algo en su tono de voz. ¿Tal vez frustración? ¿Disgusto? ¿Vergüenza? No sabía. Pero, fuera lo que fuese, a pesar de la aparente franqueza con la que le habló, ella sintió que había algo más detrás que había decidido, de manera deliberada, no compartir.

—Pero se le da bien el tenis.

–Sí, eso sí. –Él se giró para mirarla y esbozó una sonrisa sincera.

Y, por primera vez, ella se alegró de ver su sonrisa engreída. Y, por primera vez, ella le devolvió el gesto.

Capítulo 9

En los treinta años de vida de Chess, cientos, si no miles de mujeres le habían sonreído. Mujeres que lo veían atractivo y encantador. Mujeres que querían apretarle los mofletes y despeinarlo. Mujeres que querían meterse en la cama con él o que las llamaran señora Kinsey. Ya estaba más que acostumbrado a ese tipo de reacciones. Pero nunca se había dado cuenta de lo peligrosa que podía llegar a ser una sonrisa hasta que Flora Fortune le dirigió una. Una sonrisa sincera, de verdad.

Porque sabía que no lo estaba haciendo porque fuese guapo o gracioso o porque quisiese algo con él. No. Le estaba sonriendo porque lo estaba viendo a él feliz. Porque desde el momento en el que ella había tenido la valentía de pararle los pies y de hacerle admitir cosas que nunca en su sano juicio habría dicho en voz alta, él se había desestabilizado. Y cuando finalmente logró recomponerse, ella lo supo. Se dio cuenta. Y se alegró por él.

Se volvió a convertir en un torbellino de emociones. Pero esta vez, por unos bonitos labios que se curvaban hacia arriba y por el brillo que desprendían unos ojos azul grisáceos.

—¿Y a usted? —indagó él después de aclararse la garganta—. ¿Qué le gusta hacer en su tiempo libre?

—Bueno, mis hermanas y yo ayudamos siempre que podemos a varias organizaciones benéficas de Winnipeg. Y doy clases de catequesis en la iglesia.

—Sí, sí. Me parece estupendo, pero… —la interrumpió él, fingiendo impaciencia— eso no responde a mi pregunta.

Las mejillas de Flora adoptaron un bonito color rosado.

–Sí, eso es lo que me gusta hacer.

–Y no lo dudo. Pero estoy convencido de que tiene que haber algo más.

–Bueno, me gusta la música –confesó ella–. Toco el piano. Pero no tengo el don que tiene Alice.

–¿Canta?

–Lo intento, pero para hacerlo bien hay que transmitir emoción y… ese no es mi caso.

Chess se giró para observarla; sabía, sin necesidad de que ella se lo dijera, que estaba repitiendo la opinión que otras personas tenían sobre sus habilidades, no la suya.

–¿Lee? –quiso saber él.

Flora lo miró con los ojos abiertos de par en par, como si aquella pregunta la ofendiese.

–Pues claro –le respondió ella, pero enseguida se dio cuenta de que la estaba provocando.

–¿Y qué libros le gustan? –indagó Chess. Ella abrió la boca para responder, pero él se adelantó y añadió–: Si me dice que adora los sermones de John Bunyan o George Whitefield, me temo que no me quedará más remedio que acusarla de mentirosa.

Flora bajó la barbilla y él al principio pensó que su tono burlón la había ofendido, pero pronto descubrió que los hombros no le temblaban porque estuviese llorando, sino porque estaba riéndose.

–No –le contestó ella con una carcajada mientras se deslizaba el dedo por el rabillo del ojo–. No, me gustan los libros de historia y los relatos de exploradores.

–Ah, ¿sí?

–Sí –respondió ella, un poco insegura, algo que a él le pareció entrañable.

–¿Como *El corazón de la Antártida* de sir Ernest Shackleton?

El rostro de Flora se tiñó de interés.

–¡Sí! ¿Lo ha leído? ¿Qué le pareció? ¡A mí me encantó!

Se pasaron varios minutos compartiendo la admiración que sentían por el explorador irlandés y sus aventuras.

–Mi madre y mis hermanas prefieren las novelas de ficción –admitió Flora, esbozando una pequeña sonrisa–. Pero mi padre y mi hermano Charlie tienen los mismos gustos que yo. –Se acercó a él para esquivar a un grupo de hombres que se había reunido en la barandilla y le rozó la pierna a Chess con la falda del vestido–. ¿Y usted? ¿Comparte su amor por la literatura con algún miembro de su familia?

–No solemos hablar mucho de literatura en casa.

Flora debió de percibir algo en su voz, algo que él sin duda no esperaba que descubriera, porque lo miró preocupada.

–Imagino que en una ciudad como Nueva York es difícil aburrirse. –Flora soltó una risa tímida–. Por desgracia, no puedo decir lo mismo de Winnipeg, y menos aún en invierno.

De pronto, Flora frunció el ceño, como si le hubiese venido a la mente un mal recuerdo, y él estuvo a punto de preguntarle a qué se debía su disgusto, pero no tardó en descubrir el porqué de su expresión. Un hombre caminaba hacia ellos con una mujer que llevaba puesto un abrigo largo de lana de color verde y un elegante sombrero con velo que no la hacía pasar desapercibida; de hecho, todo lo contrario. Chess maldijo entre dientes al ver que su querido amigo Quigg había decidido que pasear por allí con su amante a plena luz del día era una buena idea.

La señorita Fortune se giró con brusquedad hacia la barandilla, desviando la mirada hacia el mar. Él supuso que estaba decidiendo cuál era la mejor manera de abordar la situación. A juzgar por la reacción que había tenido ella al escuchar la conversación que había mantenido con Quigg en la cena, Chess había deducido que los Fortune conocían a la familia Baxter. ¿Debían acercarse a saludarlos o tal vez era mejor fingir que no los habían visto? Flora optó por la opción de evitar un encuentro incómodo.

Chess permaneció en silencio a su lado mientras ella esperaba con los hombros en tensión a que Quigg y su amante se alejasen.

–Tendría que haberle dado un consejo al señor Baxter –habló ella con frialdad y con la vista todavía clavada en el agua, que estaba agitada por el movimiento que estaban haciendo las hélices bajo el mar.

Chess se molestó ante su falta de comprensión.

–Lo habría hecho si no hubiéramos estado de pie en medio de un comedor lleno de cientos de personas y si supiese que tenía la más mínima oportunidad de hacer que el cabezota de Baxter entrase en razón. –Chess suspiró–. De todas formas, ya no hay nada que pueda hacer.

–Quigg todavía está a tiempo de decírselo a su madre y a su hermana, y así evitarles el mal sabor de boca y la vergüenza que sentirán cuando se enteren por otra persona. Antes de que lleguen a Montreal y él se case con ella. Conozco a los Baxter, su familia lo adora. Les debe la verdad. –El enfado había hecho que Flora se pusiese colorada, así que inhaló profundamente e intentó serenarse antes de añadir–: Pero tiene razón. No es culpa suya que Quigg no sepa obrar con prudencia. Usted hizo lo que tenía que hacer.

–¿Se está disculpando, señorita Fortune? –bromeó él, sorprendido por la facilidad con la que ella había reconocido su error. La gente de la que se rodeaba normalmente no solía hacerlo.

Flora volvió a ruborizarse, aunque esta vez por una razón completamente diferente. Chess la estudió y descubrió que tenía la piel de la cara salpicada de pecas.

–Sí. Lo estaba haciendo –respondió ella, y a él se le escapó una sonrisa–. ¿Acepta mis disculpas?

–Por supuesto. Aunque… creo que yo también debería disculparme –reconoció él, y Flora ladeó la cabeza con curiosidad–. Por provocarla. Antes. No me estaba burlando de usted, aunque tal vez le cueste creerlo por el tono que usé.

Ella resopló, divertida.

–Tal vez. Creo que sabía que me iba a enfadar. –Lo miró con los ojos entrecerrados–. Pero algo me dice que disfruta provocando a la gente. Puede que sea cosa de abogados…

—Creo que es más bien algo que me viene de familia. De todos modos, me arrepiento de haberlo hecho.

—Ah, ¿sí? —A Flora le brillaron los ojos.

—¿Es que duda de mí? —Chess se puso la mano en el pecho de manera teatral para fingir que estaba ofendido—. Vaya, no la tenía por una dama desconfiada.

—No, solo por una que está acostumbrada a obligar a los niños a que se vacíen los bolsillos antes de entrar en clase para que no se cuele ninguna rana, y a revisar su silla antes de sentarse por si el asiento está cubierto de tiza.

—Hay que ver qué cosas tienen los críos de Winnipeg…

Una risa escapó de los labios de Flora, consiguiendo que varios pasajeros se volviesen hacia ellos. Se tapó la boca con el guante de ante gris para amortiguar el sonido.

—¿Acaso le sorprende? —le preguntó ella.

Chess estaba orgulloso de haber conseguido hacerla reír tanto; de hecho, quería volver a oír su risa, a pesar del interés que estaban empezando a despertar a su alrededor.

—Nunca fui muy bueno atrapando ranas y no aprendí el truco de la tiza hasta que me fui a un internado.

Flora se volvió a tapar la boca con la mano, pero por el movimiento de sus hombros, era evidente que aquello también le había hecho gracia.

—Pues menos mal que no es usted de Winnipeg —atinó a decir ella—. Me hubiese llevado por el mal camino.

—Algo que imagino que no ha hecho su prometido —pronunció él de manera burlona, aunque enseguida se arrepintió cuando vio que Flora había dejado de sonreír y se había enderezado.

—Crawford es… un hombre muy respetado.

Chess llegó a la conclusión de que, si eso era lo primero que se le venía a la cabeza al pensar en su prometido, estar con Crawford tenía que ser un auténtico aburrimiento. Con razón sus hermanas —al menos la de pelo oscuro que tenía la boca ancha y una sonrisa descarada que daba a entender que le gus-

taba meterse en problemas– parecían querer que se produjese un acercamiento entre ellos.

–Entonces… ¿era uno de esos niños que delataban a los que
llevaban ranas en los bolsillos? –probó él, y ella frunció el ceño–.
Seguro que le traía una manzana a su maestra cada semana.

–No hay nada de malo en ser obediente y amable –replicó ella.

–No, a menos que esa obediencia acabe perjudicando a los
demás. O a menos que el mero gesto de la manzana sea por
puro interés y apariencia.

La señorita Fortune se quedó con el gesto arrugado y sin
palabras. Así que, teniendo esto en cuenta, Chess no se sorprendió cuando ella se inventó la excusa de que su madre
requería su ayuda y desapareció por la puerta que daba a la
gran escalinata con la cúpula en el techo. No se giró para verla marchar, aunque notó su ausencia con más intensidad de la
que esperaba.

En su lugar, apoyó los codos en la barandilla y observó cómo
amarraban la embarcación auxiliar al buque mientras se deba-
tía sobre qué hacer. Tenía el gimnasio justo detrás, pero ya se había pasado una hora allí por la mañana dándole a los pedales de
la bicicleta estática y al saco de boxeo. Podría pasarse por la sala
de fumadores, allí seguramente habría algún hombre dispuesto
a echar un buen rato con él, pero tampoco es que le apeteciese
demasiado. Al final, decidió buscar a Karl y a la señorita Newsom, que se habían ido con las otras hermanas Fortune a ver
las mercancías que habían traído los vendedores ambulantes.

Pero Chess se dio cuenta enseguida de que allí sobraba. Las
mujeres estaban absortas con los encajes y el lino, y su amigo
estaba absorto con la señorita Newsom. Hubo un momento en
el que pudo entretenerse hablando con Jack Astor, pero quería regalarle una chaqueta de encaje a su esposa, así que él también estaba más interesado en regatear con la irlandesa vestida con un chal que en conversar con él.

El almuerzo transcurrió con normalidad, excepto por el movimiento de cabeza que le dedicó la señorita Fortune al entrar

en el comedor: lo hizo de manera forzada, sin siquiera mirar-le a los ojos. Chess no sabía a qué se debía su cambio de acti-tud; tal vez seguía molesta con él o quizá le avergonzaba que los hubiesen visto riéndose juntos. Aunque apenas se conocían, la había observado lo suficiente mientras interactuaba con su familia como para saber que su papel era ser la hermana cau-ta y responsable. No había más que ver cómo se comportaba, cómo sus padres se dirigían a ella y cómo el resto de sus her-manos la miraban.

En el fondo, sentía un poco de envidia. Ningún miembro de su familia lo había mirado nunca con tanta admiración. Además, sospechaba que su madre llamaría al médico de familia si algu-na vez él intentase mantener una conversación seria con ellos.

Sin embargo, le dio la sensación de que la señorita Fortune no estaba cómoda con ese rol. Era evidente. Mantenía una pos-tura rígida, como si fuese forzada. Ya apenas quedaba rastro de aquel brillo que antes había visto que desprendían sus ojos.

Sabía que no era asunto suyo. Dentro de seis días desapa-recería de su vida. Ella volvería a Winnipeg y se casaría con el bueno y aburrido de Crawford, y él continuaría con sus cosas. Las temporadas de tenis siempre empezaban en primavera y estaba seguro de que aún le quedaban años para retirarse. So-bre todo porque su otro trabajo tampoco era que le exigiese mucho. Y cuando su carrera deportiva terminase…, bueno, ya vería qué podría hacer. Aunque lo que tenía claro era que na-die esperaba mucho de él.

Y ahora… ¿por qué el cordero con salsa de menta le sabía tan amargo?

Se le quitó el apetito y regresó a la cubierta de paseo de popa justo cuando se estaba marchando el último bote de los vende-dores ambulantes. Alzó la vista cuando oyó el silbato de tres tonos del Titanic y la respuesta de la embarcación auxiliar. La cubierta de primera clase estaba casi vacía –la mayoría de los pasajeros se encontraban en el comedor y los vendedores ha-bían recogido todas sus mercancías antes de irse–, pero en el castillo de popa y en la cubierta destinada a los pasajeros de tercera clase había zonas repletas de gente. Chess alzó la vista cuando le llegó el sonido de una especie de gaita que emitía una melodía melancólica y descubrió a un hombre de pie cerca de la popa, vestido con una falda escocesa e insignias.

A medida que el Titanic cambiaba el rumbo y se alejaba de la costa, la intensidad de la música aumentaba, extendiéndose por todas las cubiertas y envolviéndole a él a su paso y a cualquiera que estuviese oyéndolo. Chess no se emocionaba con facilidad, pero en ese instante se le encogió el corazón.

Solo había visto aquel instrumento una vez, pero, aun así, fue capaz de reconocer que se trataba de una gaita irlandesa. Cuando era pequeño, su niñera lo llevó a un velatorio en el que había varios músicos tocándola. Había arriesgado su puesto de trabajo al hacerlo, pero había fallecido su primo y los padres de Chess se encontraban fuera de la ciudad, así que no le había quedado más remedio que llevárselo con ella. Chess se había quedado anonadado con el ritual y la dulce y triste melodía. Nunca se lo contó a nadie, no había querido arriesgarse a ser el culpable del despido de *nanny* Murphy. Y, menos aún, cuando su niñera había sido la única persona en el mundo que se había dado cuenta de que era mucho más que un chico divertido.

Bueno, *nanny* Murphy y la señorita Fortune.

Chess llegó a la conclusión de que la canción lúgubre era una especie de despedida para el gaitero y para los irlandeses que lo rodeaban. Muchos de los pasajeros de tercera clase se habían subido al Titanic con la intención de comenzar una nueva vida en Estados Unidos o en Canadá. Aquellos que venían del este de Europa y de Palestina hacía tiempo que le habían dicho adiós a la tierra que los había visto nacer, pero esta seguramente iba a ser la última vez que los emigrantes irlandeses viesen las costas de Erín.

Para un hombre que tenía recursos suficientes para navegar de un lado a otro del Atlántico cuando le viniese en gana, darse cuenta de aquello fue abrumador. Una crudeza que hizo que se sintiese incómodo. Sin embargo, se le antojó difícil no empatizar con aquellos que no habían corrido la misma suerte que él.

Capítulo 10

Alice estaba inquieta. Hacía tiempo que habían dejado atrás el puerto de Queenstown y, aunque la costa sudeste de Irlanda azotada por el viento era preciosa, la escena era desoladora y melancólica. El Titanic avanzaba, pero ella seguía con los ojos vidriosos clavados en los acantilados grises y en los asentamientos sobrios e inhóspitos. Una vez que el transatlántico consiguió bordear sin problema el Daunt Rock –la roca que se encontraba cerca del puerto y que suponía un problema para los barcos que navegaban en las cercanías–, la mayoría de los pasajeros se habían aburrido de observar el paisaje y se habían dispersado en busca de nuevas distracciones.

Distracciones que, en líneas generales, no eran del interés de Alice. No le apetecía leer ni escribir cartas ni tocar el piano. Todo eso podía hacerlo en Winnipeg. El gimnasio estaba abierto, pero las mujeres solo podían acudir de 10:00 h a 13:00 h. Lo mismo pasaba con los baños turcos. Antes había intentado convencer a Mabel para que la acompañase a la piscina, pero, para su sorpresa, su hermana pequeña rechazó su oferta, al igual que lo hicieron Charlie y Flora. Al final, había decidido quedarse en el salón principal, viendo cómo los hombres jugaban al *bridge*. Sin embargo, no tardó en marcharse en busca de algo, de cualquier cosa que hiciese que se olvidase de los pensamientos que la estaban carcomiendo por dentro.

Prefería estar en su casa de Winnipeg antes que pasarse los seis próximos días a bordo sintiéndose así. Pero es que no quería que el viaje familiar se acabase. Todavía no.

Se encontraba paseando por el vestíbulo de la cubierta A, en la que se encontraba la gran escalinata de proa, quizá por tercera vez, cuando una voz la llamó desde un sofá que había en un rincón.

–¡Santo cielo, querida! Está consiguiendo que me maree. Acérquese –le dijo una mujer, haciéndole señas–. ¿Está buscando a alguien o es que ha perdido la cabeza?

Alice no sabía exactamente a qué se refería la señora que llevaba un elegante vestido negro de gasa con ribetes de color cereza, aunque enseguida dedujo que no había conseguido ocultar su preocupación tan bien como se había imaginado.

–Perdone –dijo ella, ruborizada por la vergüenza–. Al parecer, hoy me he levantado hecha un manojo de nervios.

La mujer con el pelo alheñado movió la mano.

–No hace falta que se disculpe. Por cierto, soy la señora J. J. Brown.

–La señorita Alice Fortune.

La mujer asintió.

–Conozco a su padre. De Winnipeg, ¿verdad? Yo soy de Denver, Colorado. Y ahora, ¿por qué no se sienta y me cuenta por qué está tan inquieta? –Le dio unas palmaditas al cojín que tenía a su lado–. ¿Navegar la pone nerviosa?

Alice se sentó y se alisó la tela de la falda del vestido de lino rosa.

–No, no es por eso. Si por mí fuese, navegaría todos los días. Bueno, tal vez todos no –se corrigió Alice–. Pero, en realidad, no tengo prisa por llegar a Nueva York.

La señora Brown ladeó la cabeza y la miró con interés.

–¿Le espera algo terrible a su llegada?

–No. No lo describiría así. De hecho…, bueno, después del viaje me esperan cosas maravillosas, pero… –Se le apagó la voz al ver que le estaba costando explicarse.

La señora Brown murmuró algo para sí misma antes de ponerse en pie.

—Necesito tomar un poco el aire. ¿Le apetece salir a la cubierta de paseo?

Alice la siguió; caminó con cierta indecisión, pero enseguida sus pasos se volvieron más seguros.

Pronto descubrió que la intención de la señora Brown no era pasear, sino sentarse bajo el cielo de estribor. Mientras caminaban hacia las tumbonas que la señora Brown había alquilado para su uso, Alice oyó el sonido débil de una risa escandalosa y miró a su alrededor, intentando averiguar de dónde venía.

—De la cubierta de abajo —le explicó la señora Brown al ver su expresión—. Los Cardeza se alojan en una *suite* de lujo de la cubierta B. Tienen un paseo privado y, al parecer, Thomas lo está aprovechando para sus partidas de póquer, entre otras cosas. ¿Conoce a la señora Cardeza?

Alice negó con la cabeza. Aunque sabía que no debía, aquella confesión había despertado su interés. A bordo estaba descubriendo cosas que, cuando regresase a Winnipeg, tendría que olvidar…, cosas como el póquer. Y parecía que se lo estaban pasando en grande. Pero sabía a ciencia cierta que a su padre no le parecería bien que su hija jugase. De hecho, seguramente a Holden tampoco.

—Pues qué suerte —bromeó la señora Brown en voz baja mientras se acomodaban en las tumbonas de madera de haya con asientos de mimbre y respaldos de listones.

No tardó en aparecer un camarero para entregarles unas mantas para que se tapasen el regazo y para ofrecerles un caldo de carne caliente. Las dos declinaron esta última oferta.

—¿Qué le ha llevado a su familia a cruzar el Atlántico? —quiso saber la señora Brown mientras se refugiaba bajo la calidez de la manta.

—Fue un regalo de nuestro padre.

La señora Brown hizo un gesto con la cabeza cuando un conocido que pasaba por delante las saludó quitándose el sombrero.

–¿Cuál fue su destino favorito?

–Oh, no sabría decirle; creo que me sería difícil quedarme con uno solo –respondió Alice–. París y Venecia me parecieron ciudades preciosas. Y el mar Adriático… Nunca había visto un azul tan bonito. Pero Jerusalén también me sorprendió. Y Egipto… –Suspiró–. Los templos y las pirámides… ¡Qué maravilla de lugar!

La señora Brown sonrió.

–Yo acabo de llegar de Egipto y no podría estar más de acuerdo con usted. –Se metió la mano en el bolsillo del abrigo y sacó una figurita, que acabó tendiéndole a Alice.

Alice la examinó de cerca y descubrió que se trataba de una representación de una tumba egipcia.

–Lo compré en un mercado de El Cairo. Se supone que es un talismán para atraer la buena suerte. O al menos eso fue lo que me dijo el hombre que me lo vendió –añadió la señora Brown con un brillo en los ojos–. Me encanta viajar. Descubrir lugares nuevos. Probar cosas nuevas. Es bueno para el alma. Y ahora que ha descubierto lo que se siente al ver mundo, imagino que a usted le pasará lo mismo.

Alice se giró para observar el infinito cielo azul por el que seguían volando las gaviotas.

–Tal vez.

–Estoy segura de que así será. Le ha cogido el gusto –dijo la señora Brown con firmeza–. Lo veo en sus ojos. No se quedará satisfecha hasta que no descubra todo lo que le espera ahí fuera.

Alice jugueteó con el botón de sus guantes blancos de piel. ¿Se estaba engañando a sí misma al pensar que podría llegar a ser feliz en Winnipeg, en un hogar en el que no le faltaría de nada, pero en el que la privarían de su libertad? Se preguntó qué pasaría si le confesase lo que sentía a su prometido y lograse convencerlo para que entendiese lo que ella en realidad quería. Pero Holden buscaba un tipo concreto de esposa y, si ella de repente le soltaba que esa no era la vida que ella quería, seguramente él dejaría de amarla. Además, Holden se mareaba con facilidad. La única vez que había viajado a Europa, se había pasado todo el trayecto acostado en su camarote.

–Por ahora, mi plan es volver a casa –respondió Alice por fin, con voz apagada.

–Quizá esa sea la razón de su inquietud. A mí siempre me pasa cuando estoy a punto de terminar un viaje –comentó la señora Brown con compasión–. Me invade la tristeza al darme cuenta de que está llegando a su fin. Y me veo deseando una y otra vez el poder revivir los momentos que más he disfrutado. Pero también siento que tengo que aprovechar hasta el último segundo que me queda de la aventura.

La señora Brown la entendía. Al menos, hasta cierto punto.

–Entonces, ¿le está pasando a usted lo mismo que a mí? –quiso saber Alice.

–Bueno, este viaje de vuelta está siendo un poco diferente. Me llegó la noticia de que mi nieto está enfermo, así que, en este caso, anhelo más que nunca volver cuanto antes a mi hogar.

–Oh, lo siento mucho.

–Estoy convencida de que la criaturita se recuperará antes de que llegue a Nueva York –declaró la mujer, cruzando las manos en su regazo–. Pero tampoco podía arriesgarme. Así que, como ve, en esta ocasión, estoy más inquieta por la salud de mi nieto que por el final de mi viaje.

Alice se apartó un mechón de pelo de la cara.

–Sí, lo comprendo.

–Si me permite darle un consejo, señorita Fortune: le vendrá bien tomarse el regreso a su vida normal con calma. Dedicarse tiempo a sí misma para recordar todo aquello que le ha marcado en esta aventura y reflexionar qué podría significar eso para usted en el futuro. Tal vez podría hacerse con un diario, si es que todavía no lo tiene. O distraerse con algún pasatiempo nuevo que haya descubierto o aprender cualquier otra cosa que le pueda servir para sus futuros viajes. Un idioma, por ejemplo. Tiene a su disposición un sinfín de posibilidades. –La señora Brown soltó una risita–. Además, estoy segura de que cualquiera de los apuestos jovencitos a bordo estaría más que dispuesto a enseñarle a jugar a los aros o al tejo, si así lo desea. –Alice se retorció bajo la mirada divertida de la señora Brown–. Y si eso no la convence, puede contribuir a alguna buena causa. Siempre hay problemas a los que todavía les falta una solución, cosas que aún podemos mejorar. –Torció los labios con cierta ironía–. Me temo que soy un culo inquieto. Sobre todo cuando sé que hay una y mil cosas que puedo hacer.

A Alice se le escapó una sonrisa. Tan solo había hablado un rato con la señora Brown, pero le había sido suficiente para saber que aquella mujer era como un torbellino que, en el buen sentido, conseguía arrastrar a todo el mundo a su paso.

Hasta este viaje, Alice siempre había optado por adoptar una actitud más calmada. De pequeña se ponía a menudo muy enferma, y cuando creció, su familia sintió que tenía la obligación de seguir protegiéndola. Ahora que la habían dejado volar un poco a sus anchas, se sentía como si fuese una estrella fugaz, una que podía recorrer a su antojo el cielo. Y la idea de volver a la normalidad la alarmaba y la entristecía a partes iguales.

Capítulo 11

Si Mabel hubiese sabido que, al volver al camarote para vestirse para la cena, su hermana le iba a hacer un interrogatorio, habría hecho todo lo posible por retrasar aquel encuentro.

–¿Se puede saber dónde estabas? –exigió saber Flora, dejando de apretarle el corsé a Alice.

Alice se quedó mirándola fijamente, agarrada a la estructura que estaba a los pies de la cama, esperando a que Flora volviese a tirar de las cintas de su corsé.

Mabel cerró la puerta despacio y trató de deducir a qué se debía aquella bienvenida tan fría. No había visto a sus hermanas desde el almuerzo, aunque, ahora que lo pensaba, tal vez ese era el problema… Ambas la seguían tratando como si fuera una niña pequeña.

Se acercó al lavamanos, con la intención de alargar el momento antes de que se produjese lo inevitable.

–Por ahí –respondió ella con alegría antes de echarse agua en la cara, siendo perfectamente consciente de que una respuesta tan vaga haría rabiar a sus hermanas. Cuando abrió los ojos, secándose el rostro con una toalla, vio a Flora frunciendo el ceño en el reflejo del espejo.

–Ah, ¿sí? –Flora intercambió una mirada con Alice–. Qué extraño. No te vimos por ninguna parte cuando fuimos a buscarte.

Mabel dejó caer la toalla sobre el mármol. Después, se volvió hacia sus hermanas y cruzó los brazos.

–Han pasado horas desde la última vez que nos vimos. Es evidente que no me iba a quedar quieta en el mismo sitio toda la tarde. Además, dudo que os esforzarais mucho en buscarme. Estuve sentada un buen rato en el Verandah Café.

–Oh. –Alice soltó un pequeño suspiro–. ¿En la cubierta A, al otro lado de la sala de fumadores? Había olvidado que había una cafetería allí.

–¿Y por qué estabas sentada en el Verandah Café? –insistió Flora mientras seguía ayudando a Alice con el corsé.

Mabel cruzó la habitación.

–La señorita Young me invitó a tomar el té. –Sus hermanas le dirigieron una mirada inexpresiva, así que se vio obligada a seguir hablando–: Es la dama de compañía de la señora White, la mujer que se torció el tobillo cuando se subió a bordo en Cherburgo. –Mabel empezó a rebuscar entre las prendas de ropa que estaban colgadas en el armario–. Es profesora de música. En su día le enseñó a tocar el piano a los hijos del presidente Roosevelt. –Encontró el vestido asimétrico drapeado de color azul intenso que su madre se había mostrado reacia al principio a comprarle y lo dejó sobre la cama de Alice, junto a la prenda de gasa rosa más sofisticada que había elegido ponerse su hermana.

–¿¡Los hijos del presidente!? ¿En serio? –exclamó Alice.

–¿Y cómo os conocisteis?

–En la oficina de información del sobrecargo. –Se había puesto a mirar los avisos que habían colocado en las paredes que había alrededor. En realidad no los había leído, simplemente se había dedicado a observarlos en un intento de hacer que desapareciese la frustración que sentía al no haber podido presentarles a la doctora Leader y a la señora Swift a sus padres durante el almuerzo–. Me apetecía leer el *Atlantic Daily Bulletin*, el periódico de la White Star, y justo cuando estaba cogiendo el número de hoy, oí a una mujer preguntando por unas… ¡aves de corral! ¿Os lo podéis creer?

Mabel les explicó que la señora White había comprado dos preciados gallos franceses y tres gallinas en su viaje por Europa, y que la señorita Young era la encargada de asegurarse de que los estuviesen cuidando bien a bordo, dado que la señora White se había roto el tobillo y el doctor O'Loughlin le había recomendado que hiciese reposo absoluto en su camarote durante todo el viaje. Eso significaba que la señorita Young tenía que ir todos los días, acompañada por un miembro de la tripulación que se llamaba Hutchinson, al lugar en el que estaban las aves. Al descubrir que la señorita Young tenía un sentido del humor muy parecido al suyo, Mabel se acercó a ella con curiosidad y se presentó.

Mabel optó por no mencionarles a sus hermanas que aquel encuentro había hecho que su nueva amiga la invitase a bajar a una de las bodegas de carga, justo donde estaban las aves, porque sabía perfectamente cómo reaccionaría Flora al enterarse. Pero le había parecido alucinante ver aquellas zonas del barco en las que habían remplazado los bonitos paneles blancos y las alfombras por metales y maderas sin florituras. Sin embargo, hubo un instante en el que deseó contárselos y describirles lo inmensa que era la bodega y la cantidad de barriles, sacos, cajas, baúles y armatostes que había en ella, incluido un automóvil. ¿Quién le iba a decir que iba a poder ver algo así a bordo del Titanic?

–Después de que la señorita Young le diese a Hutchinson una moneda de oro por su servicio, algo que al parecer no es muy habitual en el viaje inaugural de un barco… –Mabel soltó una pequeña carcajada–. O al menos eso es lo que me dijo él. En fin, después la señorita Young me preguntó si me apetecía tomar el té con ella.

–Tal vez podríamos ir nosotras mañana –sugirió Alice, tirando de la parte inferior de su blusa camisera antes de coger la enagua–. Tiene unas vistas perfectas al mar.

–Así es. Pero debo advertiros de que estaba plagada de niños pequeños y de cuidadoras… –añadió Mabel.

Había llegado a la conclusión de que había pocos lugares a bordo donde las institutrices y las niñeras pudiesen llevar a los pequeños y no molestar al resto de pasajeros, y a pesar de lo aislada que estaba la cafetería cubierta de espalderas del resto de las zonas comunes del barco, era el lugar perfecto para pasar el rato con ellos. Las enredaderas verdes cubrían las paredes de celosías, mientras que los grandes ventanales con marcos de bronce permitían que la luz del sol se colase en el interior e iluminase las mesas de mimbre blanco y el suelo de baldosas. Parecía un invernadero a orillas del mar, ya que el olor a sal inundaba el espacio cada vez que alguien abría la puerta que daba a la cubierta de paseo de popa.

—Hasta vi a la señora Allison con sus dos hijos y la niñera —agregó ella.

La señora Allison era la esposa de un promotor comercial con el que la familia Fortune mantenía cierta relación. Mabel recordaba cómo la pequeña de los Allison, que no debía tener más de tres años, se había enderezado en la silla con su impecable vestido blanco y un lazo enorme en su cabeza de pelo oscuro. La niña había balanceado los pies mientras observaba sentada a los otros niños jugando. Era evidente que se había estado debatiendo entre el deseo de salir corriendo a divertirse y el deseo de quedarse allí quieta para ganarse la aprobación de su madre. El comportamiento de la pequeña había hecho que Mabel se acordase de su hermana Flora, sobre todo cuando la señora Allison, que apenas le dedicó una mirada a su hija, le puso una mano en la pierna para que se estuviese quieta mientras continuaba hablando con la señora que tenía al lado. La niña obedeció y miró con tristeza el pastel a medio comer que tenía delante.

Mabel había sentido la necesidad de acercarse a la pequeña para animarla a que se levantase de un salto y corriese a jugar, pero, por suerte, la señorita Young había aparecido por la puerta antes de que ella pudiese entrometerse.

Se habían pasado horas hablando de sus vidas, compartiendo un momento agradable. La señorita Young le había contado cómo habían sido sus días en Washington cuando trabajaba de profesora de música para los hijos de varias celebridades; entre ellos, los hijos del expresidente Roosevelt. La señorita Young tenía un humor mordaz y un don para contar historias. Le había descrito con todo lujo de detalles la divertida escena en la que el joven Archie Roosevelt había aporreado las teclas del piano mientras tocaba *Sobre las olas* durante un recital y su padre lo miraba con orgullo.

—Cualquiera que lo hubiese visto, habría pensado que estaba luchando junto a su padre en la batalla de las Lomas de San Juan en vez de tocando el piano —había bromeado ella, refiriéndose a la época en la que el presidente Roosevelt lideró un pequeño regimiento conocido como Rough Riders durante la guerra hispano-estadounidense.

Flora y Alice sonrieron cuando Mabel les contó la anécdota.

Pero la vida de la señorita Young no había sido fácil. Cuando tenía tan solo quince años, su padre —que también había nacido con talento para la música— sufrió una lesión cerebral y nunca volvió a ser el mismo. Entró en depresión, empezó a tener problemas con la bebida y pasó varias veces por el manicomio. Quería suicidarse y acabó con su vida al segundo intento. La señorita Young tuvo que cuidar a su madre durante los momentos más agonizantes de su enfermedad y acabó perdiéndola a ella también dos años más tarde.

Después, conoció a la señora White y se convirtió en su dama de compañía. La señora White la veía más como una amiga que como una empleada, o eso al menos fue lo que le dijo la señorita Young a Mabel. Aunque parecía que la señora White le tenía bastante aprecio, ya que en Francia le había comprado un ajuar como regalo adelantado de boda. Una que al final no iba a poder celebrarse, dado que su prometido había fallecido hacía apenas unas semanas.

A Mabel se le volvió a encoger el corazón al recordar las desgracias que le había tocado vivir a su nueva amiga. Y, pese a todo, la señorita Young seguía conservando el humor y la esperanza. Tenía una sonrisa y una carcajada contagiosas. Y Mabel había sentido la necesidad de hacer todo lo posible para caerle bien y que disfrutase de su compañía. De hecho, había decidido quedarse allí cuando en realidad su intención desde el principio había sido buscar a la autora y decoradora de interiores Helen Churchill Candee. Pocas personas, por no decir ninguna, la habían mirado con tanto cariño o hablado con tanta confianza como lo había hecho la señorita Young, así que tampoco había querido renunciar a aquello.

—Me encantaría conocerla —comentó Alice.

Mabel examinó a su hermana; ni siquiera había terminado de vestirse, pero aun así se la veía perfecta, con ningún mechón fuera de sitio. De pronto, sintió una punzada de arrepentimiento por haber mencionado a la señorita Young. Porque no quería compartir su nueva amistad con Alice ni con Flora.

Mabel soltó un pequeño gruñido evasivo y se giró para buscar en los cajones la ropa interior adecuada para su vestido de noche mientras se devanaba los sesos para buscar otro tema de conversación que sirviese para distraer a sus hermanas.

—Nunca te llegué a preguntar… —pronunció ella con un tono de voz que denotaba inocencia—. ¿Qué tal el paseo con el señor Kinsey?

Flora se sonrojó de inmediato y frunció el ceño.

—Estuvo… bien. —Flora se dio la vuelta para buscar un corsé y una blusa camisera para ponérsela debajo del vestido amarillo limón con encaje—. Aunque al principio pensé que no era buena idea.

Mabel intercambió una mirada con Alice. Era evidente, por el color que teñía las mejillas de Flora, que su hermana encontraba atractivo a la estrella del tenis. Una reacción que Mabel nunca había visto en ella cuando hablaban de su queridísimo Crawfy. Arqueó las cejas para que Alice no pasara por alto aquel detalle.

—Pero la próxima vez agradecería que no fuerais tan indiscretas —dijo Flora, alargando las palabras a la vez que fulminaba a sus hermanas con la mirada.

—No sé de qué estás hablando… —respondió Mabel con tranquilidad, ayudando a Alice con su vestido mientras la giraba para evitar estar bajo la mirada penetrante de su hermana mayor.

–Ya veo… –murmuró Flora, claramente poco convencida.

Por suerte, alguien tocó la puerta que comunicaba con el camarote de sus padres, y eso hizo que se zanjara el tema de conversación.

–Flora, tu madre necesita tu ayuda –pronunció su padre con voz grave tras abrir un poco la puerta.

Mabel esperó a que Flora se fuese antes de pellizcarle el brazo a Alice.

–¡Ay! –protestó Alice.

–¡Ibas a delatarme!

Alice miró a su hermana con el ceño fruncido, sin dejar de frotarse el brazo.

–No iba a hacerlo.

–Estabas a punto. ¿Tanto te cuesta mentir?

A Alice se le pusieron las orejas rojas, algo que a Mabel le resultó curioso.

–Es evidente que no tengo tanta facilidad como tú –replicó Alice–. Pero se me da bien responder con evasivas cuando así lo considero necesario.

–Bueno, este es uno de esos momentos necesarios. ¿Viste cómo reaccionó?

Alice se cruzó de brazos.

–Sí.

–¿Y bien…?

–Y tengo que admitir que tienes razón. Flora no está enamorada de Crawford. Sobre todo si un simple paseo con el señor Kinsey consigue hacer que se ruborice tanto –confesó Alice, un poco preocupada por aquel descubrimiento.

–Ves; te dije que le haríamos un favor si los juntábamos. Pero no podemos tirar la toalla ahora. Se va a acabar convirtiendo en una desgraciada si no conseguimos que deje de interpretar su papel de santurrona.

–¡Mabel! –exclamó Alice, arrugando el gesto.

–Sabes que es verdad. Ya tengo un plan, pero necesito que el señor Sloper nos ayude.

–No –se negó su hermana con rotundidad–. Dijimos que nada de entrometernos –añadió, bajando la voz–. Si Flora descubre que estamos conspirando con William para poner a prueba lo leal que le es a Crawford, la decepcionaremos y le haremos daño.

Mabel soltó un suspiro, molesta, y asintió a regañadientes. Después, desvió la mirada hacia la puerta interior del camarote.

–¿Y si en vez de con el señor Sloper hablamos con Charlie?

–Viene a ser lo mismo –respondió Alice, fulminándola con la mirada.

–Está bien… –cedió Mabel, dejando que su hermana la girase para ajustarle el vestido, pero ocultando que había cruzado los dedos por delante de la falda para pronunciar aquellas palabras.

Capítulo 12

Cuando Flora y Alice bajaron a la cubierta D, ya estaban abiertas las dos puertas dobles que conducían al comedor principal y los pasajeros habían empezado a sentarse en las mesas que se les habían asignado. Flora seguía sintiendo el pecho agitado por lo indignada que estaba por la actitud de su hermana Mabel, pero el enfado dio paso al asombro cuando vio a la multitud que se había reunido para cenar mientras bajaban las escaleras.

Tanto las damas como los caballeros habían elegido atuendos de noche elegantes de satén, gasa, crepé y terciopelo en casi todos los colores que formaban el arcoíris, excepto el morado, que tendía a evitarse porque parecía marrón bajo la tenue luz que emitían las llamas de las lámparas de gas que crepitaban y se extendían por el suelo. La noche anterior, la primera a bordo del Titanic, la mayoría de los pasajeros ni siquiera se habían molestado en cambiarse de ropa. Sin embargo, esa noche, y todas las que vinieron después, nadie se saltó el código de vestimenta. Todas las mujeres llevaban joyas –en el cuello, en las muñecas, en los recogidos– y todas ellas brillaban bajo la luz del salón, incluso más que las propias estrellas. Las plumas se mecían de un lado a otro, los abanicos se agitaban y las voces retumbaban, al igual que el sonido del roce de las sobrefaldas bordadas con cuentas. No había nadie que tuviese un mísero pelo fuera de lugar: las mujeres se habían hecho un peinado *pompadour* y los hombres habían optado por engominarse la cabellera, a excepción del querido y simpático señor Futrelle, que parecía tener una melena indomable, al igual que el protagonista de sus novelas. Flora no pudo evitar sonreír al verlo, y se le aceleró el corazón al saber que ella también formaba parte de aquello.

Había asistido en varias ocasiones a bailes y cenas. De hecho, había compartido mesa con muchos de los pasajeros que se encontraban a bordo. Sin embargo, había algo en ese viaje y en ese barco que lo hacía diferente. Tal vez porque la experiencia les estaba pareciendo toda una novedad; tal vez porque eran los primeros pasajeros que habían embarcado en el transatlántico más grande del mundo, que habían cenado en aquel comedor. O tal vez fuese por las personalidades que la rodeaban, ya que todos los presentes en la sala acumulaban una gran fortuna. Fuera lo que fuese, había conseguido que el ambiente cambiase a su alrededor, un ambiente refinado que intensificó más que nunca la obligación que siempre sentía Flora de no meter la pata. Se agarró a la barandilla de la escalera con fuerza y, con la otra mano, se sujetó la enagua de color amarillo limón. Después, continuó bajando, aunque esta vez lo hizo con más lentitud.

Divisó a lo lejos a varios conocidos antes de posar los ojos en sus padres y en Mabel y Charlie. Estaban hablando con un par de mujeres de unos cuarenta o cincuenta años, aunque estas no tardaron en marcharse. Al llegar al pie de la escalera, Flora le cogió la mano a Alice para que no se perdiera entre la multitud y se mezclaron con el resto de los pasajeros en el comedor. Nadie parecía tener prisa por sentarse en la mesa, pero se respiraba un aire agradable, puede que incluso festivo. Flora intentó no sonreír demasiado, sabía que era un gesto que en exceso podía resultar obsceno, pero se le antojó difícil no hacerlo.

Y entonces su mirada se enredó con unos ojos cálidos de color ámbar. Unos ojos que brillaban con picardía, como si supieran perfectamente la batalla que se estaba librando en su interior. No sabía por qué Chess Kinsey parecía ser el único capaz de leer su expresión y menos aún por qué ella había llegado a la conclusión de que él podía hacerlo. Los separaban más de nueve metros, pero, aun así, ella sabía que no se equivocaba. Al igual que sabía que aquel chaleco blanco y aquel frac negro le quedaban como anillo al dedo. Ya le había parecido irresistible cuando lo había visto con su atuendo de día, pero las prendas que había elegido para la cena acentuaban aún más su estatura y su cuerpo atlético.

La muchedumbre se movió, consiguiendo que Chess desapareciese de su campo visual y que ella volviese a la realidad. Se reprendió a sí misma por dejar que sus pensamientos tomasen el rumbo equivocado. Tan solo era un hombre más. Uno atractivo, sí, pero al final era un hombre como otro cualquiera. Y ella era una mujer que estaba prometida. Una que no debería haberse puesto nerviosa por el simple hecho de que un caballero apuesto le hubiese sonreído.

Cuando por fin se sentaron en la mesa, Flora se sorprendió al ver que su hermana Mabel parecía estar de mal humor. Había sido la última en entrar al camarote y aun así había conseguido terminar de vestirse antes que Alice y ella. De hecho, había preferido irse con sus padres a la sala de recepción con el objetivo de hacer cualquier otra cosa que no fuese ayudar a sus hermanas. Era la más pequeña de las tres, así que siempre se las ingeniaba para hacer lo mínimo. Sabía que sus hermanas la ayudarían, independientemente de que ella casi nunca les devolviese el favor. Flora nunca le había dado muchas vueltas al porqué de su actitud. Mabel era así y ya está. Pero esa noche, después de los comentarios sarcásticos que le había dedicado tras haber sacado el tema del señor Kinsey y de ver lo decidida que estaba a salir cuanto antes del camarote para encontrarse con sus padres, Flora empezó a sospechar que su hermana estaba tramando algo. Algo que, con total seguridad, sabía que no le iba a gustar.

Sin embargo, a juzgar por la expresión taciturna que tenía, era evidente que lo que fuese que hubiese planeado no había salido tal y como ella quería. Flora observó a sus padres en busca de respuestas mientras un camarero movía la silla hacia atrás para que ella pudiese sentarse. Pensaba que tal vez su hermana estaba así porque había discutido con sus padres, pero enseguida descartó esa opción al no ver señales evidentes de ello en sus rostros.

—Mañana por la mañana te verás con el señor Andrews, ¿no? ¿Estás nervioso? —le preguntó Flora a Charlie después de darle un sorbo a su copa.

A su hermano se le iluminó el rostro como si fuese una bombilla incandescente.

—¡Y que lo digas! Espero que me enseñe el puente de mando y la sala de radio en la que está el telégrafo Marconi —respondió él. Seguía teniendo algunos mechones de pelo castaño claro mojados por la zona de las sienes, lo que lo hacía parecer aún más joven, a pesar de la seriedad con la que hablaba.

Flora sonrió.

—¿Esos diarios de navegación que te leíste también incluían información sobre el equipo que lleva a bordo?

—Así es. ¿Sabes que es uno de los...?

—Ay, no, por favor. No hagas que empiece a hablar otra vez —los interrumpió Mabel—. No ha cerrado el pico en toda la noche.

Charlie le dedicó a su hermana pequeña una mirada de suficiencia, como si no le hubiesen afectado sus palabras, y se sirvió unos espárragos en vinagreta.

—Solo he hablado cuando la gente se ha acercado a hacerme preguntas. No es culpa mía que al resto le parezca el barco tan interesante como a mí.

—¡Sacaste el tema sin que te hiciesen preguntas!

La señora Fortune puso la mano sobre el brazo de Mabel antes de dirigirse a Alice:

—El color rosa te sienta de maravilla, querida. Al principio no me convencía, pero Worth tenía razón. Te favorece al tener la tez pálida.

Ni siquiera Mabel fue lo suficientemente insolente como para llevarle la contraria a su madre en la mesa, así que permaneció en silencio mientras el resto de su familia hablaba de las prendas que se habían comprado en París y de los conocidos con los que se habían topado a bordo.

A mitad de la cena, Mabel se inclinó hacia Flora y murmuró:

—Hay alguien que no puede quitarte los ojos de encima…

Flora intentó mantener la compostura cuando Mabel desvió la mirada hacia donde ella sabía que estaba sentado el señor Kinsey. Por el rabillo del ojo, Flora vio cómo su padre también se giraba para mirarlo, algo que ella decidió que no iba a hacer. Le dio otro sorbo al vino para distraerse, pero al final cayó en la tentación y observó con disimulo el atractivo perfil del tenista.

—Quizá seas tú a la que no puede quitarle los ojos de encima —replicó Flora con calma, aunque el pulso empezó a latirle fuerte en los oídos.

—¿De quién estamos hablando? —quiso saber la señora Fortune con interés.

Mabel le sonrió a Flora con los labios apretados, obligando a su hermana a responder.

—De Chess Kinsey.

—¿El tenista? —indagó Charlie con entusiasmo antes de mirar por encima del hombro.

—El señor Sloper nos lo presentó —explicó Alice, lanzándole una mirada de desaprobación a su hermana pequeña; una advertencia que Mabel decidió ignorar.

—Pues tendré que pedirle al señor Sloper que me lo presente. —Charlie sonrió—. Tal vez le pregunte si quiere jugar al *squash* con Thornton y conmigo mañana por la mañana.

—Si quieres que te humille, adelante —dijo Mabel sin cortarse.

—Oh, es evidente que lo hará —le respondió Charlie, como si la idea le pareciese divertida.

El señor Fortune se limpió el bigote con la servilleta y añadió:

—No subestimes a tu hermano. Creo que no hace falta que os recuerde que recibió una mención por su rendimiento atlético y académico.

—Aun así, me será difícil derrotar a alguien como Kinsey. Dicen que su técnica es impecable, sobre todo cuando utiliza el saque cortado.

Flora sabía que el señor Kinsey era una estrella del tenis; el señor Sloper se lo había dejado claro la noche anterior. Pero descubrir que su hermano no solo lo conocía, sino que también lo admiraba, hizo que se diera cuenta de que la gente lo tenía en un pedestal. Con razón casi siempre se salía con la suya con una simple sonrisa y alguna que otra broma.

Sin embargo, cuando él la saludó en la sala de recepción después de la cena, lo hizo sin su característica mirada traviesa, algo que ella fue incapaz de pasar por alto.

La familia Fortune al completo se había reunido con varios amigos y conocidos para disfrutar de la música en directo de la orquesta y para ponerse al día con los cotilleos. La mayoría de los pasajeros había optado por hacer lo mismo. Flora divisó a lo lejos a la elegante condesa de Rothes, sentada con su prima en uno de los sofás que estaban más cerca del piano de cola, justo donde los músicos se encontraban tocando. Tres estadounidenses se habían quedado de pie a su izquierda, debatiendo en voz alta si Roosevelt acabaría desafiando al presidente Taft en las elecciones presidenciales. Observó cómo un caballero de aspecto distinguido con un bigote bien cuidado, que había oído parte de la conversación de los tres hombres, cambiaba de rumbo para evitar que lo incluyesen en el debate.

La mayoría de los hombres que formaban parte del círculo más íntimo de la familia Fortune estaban distraídos con la quiniela. Se había convertido en una costumbre que los caballeros a bordo de los transatlánticos apostaran cuántas millas náuticas pensaban que recorrería el buque desde las 12:00 h hasta el mediodía del día siguiente. Cuanto más rápido era el barco, más altas eran las apuestas. Al parecer, el Titanic estaba navegando demasiado lento como para llevarse el prestigioso premio Blue Riband por ser el transatlántico más rápido en cruzar el Atlántico, pero ni siquiera eso había hecho que los hombres perdiesen el interés por su velocidad. Hasta al señor Fortune se le veía más que dispuesto a seguir alabando los logros y las características del Titanic.

Flora no sabía si aquello la emocionaba o la sacaba de quicio.

—Le ruego que nos disculpe, señorita Fortune. —La voz grave del señor Kinsey retumbó a su derecha cuando se acercó a ella—. Los hombres somos… criaturas simples. Ofrézcanos cualquier tontería por la que apostar y nos lanzaremos como si fuera un oasis en medio del desierto.

—¿Acaso no piensa apostar hoy? —le preguntó ella sin poder ocultar su sorpresa; había llegado a la conclusión de que a una estrella del tenis como él le gustarían esas cosas.

—Oh, por supuesto que lo haré. Pero ¿por qué perder el tiempo haciendo especulaciones cuando sé que a las damas que tengo alrededor les aburre el tema? —bromeó él, girándose para mirarla a los ojos. Las comisuras de los labios se le curvaron hacia arriba, al igual que lo habían hecho por la mañana, pero ya no le brillaban los ojos con tanto descaro; de hecho, parecía una sonrisa sincera.

Flora lo miró con los ojos entrecerrados, divertida.

—O tal vez es usted lo suficientemente inteligente como para ponerse a decir en voz alta cuál es su estrategia.

Las arrugas que se le habían formado a Chess junto a los ojos al sonreír se acentuaron aún más.

—Me ha pillado. —Miró de reojo al grupo de hombres que se había amontonado a su alrededor antes de inclinarse hacia ella y susurrarle—: Espero que no vaya a delatarme.

Flora reprimió una carcajada.

—Puede estar tranquilo; le guardaré el secreto.

Él alzó la barbilla y juntó las manos detrás de la espalda mientras volvía a desviar la mirada hacia el resto de los caballeros.

—Sabía que podía confiar en su discreción.

Flora resopló, y Mabel se giró en su dirección para mirarlos a los dos con el ceño fruncido desde el sofá de enfrente, donde estaba sentada con su madre y la señora Hays.

–¿A su hermana le gusta la música? No estaremos arruinándole su momento de paz, ¿verdad? –murmuró el señor Kinsey, acercándose una vez más a Flora.

–No, simplemente le gusta demasiado husmear –comentó Flora, y Mabel entrecerró aún más los ojos–. Espere y verá. Estoy segura de que no tardará en preguntarnos si estamos hablando de ella.

Y tal y como Flora había predicho, su hermana pequeña se recolocó en el asiento y dijo:

–No me estarás criticando, ¿verdad?

Tanto Flora como el señor Kinsey se echaron a reír.

La señora Fortune mandó a callar a Mabel y esta última se puso de pie, rodeó el sofá y los miró a los dos con los brazos cruzados.

–De nada servirá que te enfades –le informó Flora–. Ni siquiera estábamos hablando de ti. Bueno, no lo estábamos –se corrigió– hasta que empezaste a mirarnos como si nos estuvieses echando un mal de ojo.

Mabel puso los ojos en blanco.

–Y entonces, ¿de qué estabais hablando?

Flora se encogió de hombros.

–Cosas nuestras. –Sabía perfectamente que una respuesta así haría rabiar a su hermana, pero le gustaba la idea de compartir con el señor Kinsey una broma privada.

–¿Cosas vuestras? –insistió Mabel. Después, al ver que Flora no parecía tener la más mínima intención de contestarle, miró al señor Kinsey y añadió–: ¡¡A qué se refiere exactamente!?

–Son solo tonterías –respondió él con un brillo travieso en los ojos.

Flora, que estaba desesperada por cambiar de tema, llamó a Charlie, que se encontraba al otro lado de la sala, y le hizo señas para que se acercase.

–Señor Kinsey, este es nuestro hermano Charlie. Charlie, te presento al señor Chess Kinsey.

A Charlie se le veía tan ilusionado que a Flora le dio la sensación de que iba a empezar a dar saltitos. De hecho, le estrechó la mano al señor Kinsey con tanta fuerza que Flora temió que le rompiese la muñeca.

–¡Madre mía! El mismísimo Chess Kinsey. ¡Un placer poder conocerle por fin!

–Lo mismo digo –habló él, extendiendo la otra mano para apoyarla en la parte superior del brazo de Charlie y hacer que suavizase el agarre–. ¿Usted juega al tenis?

Charlie se ruborizó sin dejar de sonreír.

–Eh, sí. Bueno…, sí. Aunque no se me da tan bien como a usted, claro. He leído en los periódicos que tiene una carrera brillante. Dicen que su saque es más rápido que una bala de cañón.

–Algo así, sí –reconoció el señor Kinsey, divertido, a la vez que movía el hombro derecho, casi de manera inconsciente.

–¡Me encantaría verlo jugar! Sé que no es lo mismo que una pista de tenis, pero… mañana por la mañana estaré en la pista de *squash*, por si le apetece pasarse. Thornton Davidson y yo la tenemos reservada media hora, y estoy seguro de que no nos costará demasiado convencer al monitor para que juegue con nosotros un partido de dobles. A ver, es Chess Kinsey, por el amor de Dios. ¿Quién querría perderse una oportunidad así?

–No veo por qué no –respondió el señor Kinsey antes de mostrarle una sonrisa ladeada a Flora–. Quizá a sus hermanas les apetezca venir a vernos jugar…

–Hay una tribuna para ver las jugadas desde arriba –le contó Charlie, lanzándole una mirada burlona a su hermana mayor–. Pero dudo mucho que consiga hacer que Flora o Mabel se despierten a esa hora.

–Así que sus hermanas son remolonas… –pronunció el señor Kinsey como si Flora no estuviese allí, aunque, aun así, lo dijo con los ojos clavados en ella.

Flora no entendía por qué de repente se le había subido el color a las mejillas con un comentario tan trivial.

–Pensé que era mañana por la mañana cuando el señor Andrews te iba a hacer una visita guiada.

–Y no te equivocas. Pero es a las nueve. –Charlie se volvió hacia el señor Kinsey y añadió–: Si quiere, también puede venirse con nosotros a ver el barco. –Miró por encima del hombro al grupo de caballeros que seguía intercambiando opiniones acerca de la velocidad del Titanic–. Creo que a padre le interesa acompañarme para ver si consigue sacarle al señor Andrews información que le resulte útil para las apuestas –le confesó en voz baja.

–¿Y a quién no le interesaría? –replicó el señor Kinsey–. Oficiales, camareros, ingenieros… Ahora mismo son el blanco fácil de cualquier hombre que anhele algún tipo de ventaja.

De repente, se oyó un jadeo y el roce de las telas del sofisticado vestido de Alice.

–¿La habéis visto?

–¿A quién? –preguntó Mabel.

–A la señora Astor –contestó ella, como si fuese obvio–. Nadie la había visto salir de su camarote desde que llegó, pero antes bajó a cenar y ahora está aquí, escuchando a la orquesta. –Hizo un gesto con la cabeza hacia la mujer que estaba sentada con apatía en una silla, no demasiado lejos de donde se encontraban ellos, y con el coronel Astor de pie justo detrás de ella.

Flora esperaba ver a una mujer deslumbrante –una que irradiase felicidad y triunfo tras haberse casado con el hombre que deseaba–, pero, en su lugar, descubrió a una joven pálida y sombría. La gente decía que Madeleine Astor era una chica despampanante –tendría que serlo si había logrado llamar la atención del hombre más rico de Estados Unidos– y no se equivocaban. Sin embargo, su belleza quedaba en un segundo plano con la tristeza y el desinterés que emanaba. Si el coronel Astor no hubiese estado a su lado, Flora nunca se habría creído que aquella joven era su esposa.

Sintió lástima por la señora Astor. Y también cierta vergüenza al darse cuenta de que, al igual que el resto, se había quedado mirándola boquiabierta como si fuese un mono de feria. Se preguntó si la señora Astor tenía que sufrir aquel tipo de reacciones en cualquier sitio al que fuese.

Al darse la vuelta, Flora vio al señor Kinsey observando a la pareja y se volvió a sonrojar. ¿Qué le parecería a él aquella relación? Al final, él también sabía de primera mano lo que se sentía al acaparar miradas.

—Los famosos no siempre son como uno los imagina —habló él en voz baja—. O, más bien, no son como la sociedad y la prensa quieren hacernos creer que son. —Sonrió con ironía—. Y si parece que no se equivocan, tal vez no los conozcamos lo suficiente.

—Supongo que tiene razón —respondió Flora, con la curiosidad de descubrir en qué se equivocaba la sociedad y la prensa cuando hablaban de él.

Flora desvió la mirada hacia la derecha y vio a su madre observándola. Enseguida se sintió culpable y asintió con la cabeza antes de acercarse a sus hermanas, que seguían discutiendo en voz baja si la señora Astor llevaba o no uno de esos vestidos atrevidos sin corsé. Flora estaba decepcionada consigo misma por haberse sonrojado y por haber disgustado a su madre. Pero es que el mero hecho de hablar con otro hombre que no fuese su prometido tampoco tenía por qué ser motivo de preocupación.

Sus hermanas se quedaron en silencio de repente cuando su madre se unió a la conversación.

—Deduzco que es usted el tenista del que todo el mundo habla, ¿o me equivoco? —preguntó la señora Fortune.

El señor Kinsey inclinó la cabeza para saludarla.

—Así es. Chess Kinsey; un placer. Y permítame decirle que no podría estar mejor acompañado que con sus hijos, señora Fortune.

—Ya veo —respondió ella, examinándolo con astucia—. He oído que es usted de Nueva York. Y que proviene de una familia prestigiosa.

—Ha oído bien.

La señora Fortune asintió, aunque sus ojos seguían analizándolo con la misma intensidad con la que lo hacía cuando compraba un rollo de tela o un trozo de carne. El señor Fortune tenía buen ojo para los bienes raíces y para las inversiones, pero su esposa era capaz de calcular la calidad y el valor de casi cualquier producto con exactitud. Era una habilidad que le había resultado útil desde que era joven y que lo seguía siendo ahora, aunque las personas del servicio se encargasen de hacer la compra y de coser sus vestidos. De hecho, había despedido a más de una criada que no había conseguido pasar su control de calidad.

La señora Fortune se giró hacia Flora y le dedicó una sonrisa que denotaba cansancio.

—Tu padre se quedará un rato en la sala de fumadores. Y a mí me vendrá bien descansar. Acompáñame.

—Por supuesto, madre —cedió Flora, siendo consciente de que no le quedaba más remedio que seguir siendo la hija obediente que su madre esperaba. Abrió la boca para decirle algo a Alice y a Mabel, pero su madre le apretó con suavidad el brazo para detenerla.

—No te preocupes, Flora. Estoy segura de que no tardarán en volver al camarote —añadió la señora Fortune, dejándoles a sus otras hijas cierta libertad, pero a su vez advirtiéndoles de que no se metieran en ningún lío.

A Flora le molestó aquello; no entendía por qué a sus hermanas se les permitía quedarse y a ella no. Frunció el ceño y luego se giró hacia el señor Kinsey cuando su madre la instó a caminar.

—Buenas noches, señor Kinsey.

—Buenas noches —le respondió él con ojos atentos.

A pesar de que sus camarotes estaban una planta más arriba de donde se encontraban, la señora Fortune insistió en coger el ascensor.

—Parece que tiene una vida bien encaminada —le comentó a Flora mientras el ascensorista cerraba la puerta—. Se nota que proviene de una familia adinerada.

A Flora le pareció innecesario darle una respuesta, así que permaneció en silencio, preguntándose a dónde quería llegar su madre con aquel comentario.

–Tal vez logre hacer que Mabel se olvide de una vez por todas de ese músico de *jazz* –volvió a hablar la señora Fortune cuando salieron del ascensor y empezaron a caminar por el pasillo hacia su habitación.

Las palabras de su madre le sentaron como una patada en el estómago.

¿Mabel y el señor Kinsey? El simple hecho de pensarlo hizo que se acalorara y que le entrasen después sudores fríos. Sabía que no tenía derecho a reaccionar así.

Estaba prometida, por el amor de Dios. Con Crawford Campbell. No debería estar buscando consuelo en otro hombre. No debería negarle a Mabel la posibilidad de encontrar un buen marido. Pero, aun así, sintió una opresión en el pecho al imaginárselos juntos y hubo un momento en el que deseó poder aflojarse el corsé.

Era plenamente consciente de que, al anunciar su compromiso, le había hecho una promesa a Crawford. Una que sus padres esperaban que cumpliese. Y no estaba dispuesta a hacer ningún movimiento que pudiese poner su futuro en peligro.

Pero, a su vez, no podía negar que el señor Kinsey la hacía sentir cosas que cuando estaba con Crawford no sentía. Su madre volvió a hablar cuando ella la empezó a ayudar a quitarse la ropa para irse a dormir. Flora la escuchó, pero lo hizo con aire distraído porque seguía dándole vueltas al tema, intentando recordar si Crawford había conseguido hacerla reír alguna vez.

Crawford era un hombre mucho más serio; no había nada de malo en eso. Pero… ¿le había dedicado en algún momento una sonrisa como las del señor Kinsey? Sí que le había visto esbozando un amago de sonrisa, pero sabía que solo lo había hecho para complacerla o para tranquilizarla. Pero ¿le había visto alguna vez riéndose a carcajadas?

Mientras Flora le terminaba de trenzar el pelo a su madre, esta le dio un pequeño apretón en la muñeca. Flora alzó la cabeza y se encontró con la mirada preocupada de su madre en el reflejo del espejo. Y fue entonces cuando se dio cuenta de que hacía rato que había dejado de prestarle atención.

–¿Pasa algo, querida?

–No, todo bien –dijo Flora en un intento de calmar a su madre–. Solo estoy un poco distraída.

La señora Fortune arqueó las cejas; era evidente que no se había tragado las palabras de su hija.

–No estarás así por tus hermanas, ¿no? Sabes que te dijimos que ya no es necesario que sigas vigilándolas de cerca.

Flora desvió la vista hacia la trenza que le había hecho a su madre y se la ató con un lazo.

–Sé que la actitud de Mabel no es la mejor. –Suspiró la señora Fortune a la vez que cogía un bote de crema para hidratarse las manos–. Y sé que estamos siendo muy permisivos con ella. Tu hermana piensa que no me doy cuenta, pero siempre que le pido ayuda, lo hace todo con desgana a propósito para que os llame a Alice o a ti en su lugar. Siempre se sale con la suya. Y eso no es justo para ti. –Hizo una pausa–. Ni para Alice, claro.

–No me gusta hablar mal de mi propia hermana, pero… –Flora dudó por un momento antes de añadir de manera enfática–: es la persona más astuta que conozco.

–Ya, bueno, pero en realidad no es tan espabilada como se cree.

Flora no estaba muy segura de qué decir a continuación y menos aún tras percibir cierta severidad en el tono de voz de su madre.

–Ten un poco de paciencia –volvió a hablar la señora Fortune a la vez que se ponía de pie y se cruzaba de brazos–. En una semana estaremos en Winnipeg y Crawford y tú podréis poneros por fin a planear vuestro futuro juntos.

Flora apretó los labios y esbozó una sonrisa tensa. Casi igual de tensa que el nudo que se le había formado ante la idea y que, en ese instante, le estaba oprimiendo el pecho. Pero no le dijo nada a su madre. En su lugar, decidió volver al camarote que compartía con sus hermanas y se pasó todo el camino castigándose por ser una prometida horrible y preguntándose cómo demonios iba a hacer que aquella angustia que la perseguía desapareciese. Cuando abrió la puerta y se encontró a Mabel dentro, sentada en la cama de Alice para quitarse los zapatos, la invadió una sensación de alivio. Su hermana pequeña estaba allí y no paseando por el barco del brazo del señor Kinsey.

–¿Por qué has vuelto tan pronto? –quiso saber Flora, bastante sorprendida.

–Porque no tenía nada mejor que hacer –se quejó Mabel, dejando caer uno de los zapatos al suelo con un golpe seco–. Todos los hombres se fueron a la sala de fumadores cuando terminó de tocar la orquesta, y la mayoría de las mujeres volvieron a sus camarotes.

Era evidente que a Mabel lo único que le interesaba era el paradero de la señorita Young y fue entonces cuando Flora se dio cuenta de que se había olvidado de pedirle a su hermana que se la presentase.

Flora se acercó a la mesa que estaba en el centro de la habitación para echarle un vistazo a la lista en la que estaban escritos los nombres de todos los pasajeros de primera clase –el personal de servicio a bordo siempre se encargaba de dejar en los camarotes una copia durante la primera noche a bordo para que los pasajeros pudiesen localizar a cualquier amigo o compañero de viaje– y fue mirando las hojas con aire distraído.

–¿Y Alice? –le preguntó a Mabel.

–Fue a dar un paseo con el señor Sloper –dijo su hermana. Después, frunció el ceño y añadió–: O al menos eso fue lo que deduje cuando entró en el camarote para coger su abrigo. Al parecer, tenía demasiada prisa como para responder a mis preguntas...

Flora arrugó el gesto, preocupada, y se preguntó si a la salud de Alice le venía bien el frío nocturno. Dejó la lista de pasajeros en la mesa y se acercó al tocador. Después, se quitó el broche de diamantes y ópalo con forma de flor que llevaba en el corpiño. Alice era lo suficientemente mayor como para cuidarse sola. Ya era hora de que Flora confiara más en ella. De que se convenciera de que no iba a acabar haciendo ninguna tontería.

Sin embargo, cuando Alice abrió la puerta del camarote despacio –más tarde de las 23:00 h y sin los zapatos puestos–, Flora pensó que tal vez no debería haberle dado aquel voto de confianza.

Capítulo 13

No le había resultado fácil levantarse al alba, sobre todo después de haberse animado anoche a probar el exquisito surtido de *whisky* y los puros que ofrecían en la sala de fumadores y de jugar unas cuantas rondas de cartas, pero, aun así, Chess había logrado ponerse en pie. Más o menos. Cuando se dio cuenta de que le costaba más de lo normal moverse y que sentía las piernas y los brazos pesados, se arrepintió al instante de haberse dejado llevar por el vicio. A pesar de todo, cumplió su palabra y acompañó a Charlie Fortune y a su amigo a la pista de *squash*. No le supuso mucho esfuerzo vencerlos. De hecho, podría haberles dado una paliza a los dos sin la ayuda del monitor.

Aunque tenía que reconocer que a Charlie y a Davidson se les daba bien el *squash* y encima tenían buen perder. La mayoría de los hombres que querían jugar contra él siempre pensaban que podrían ganarle y luego se enfadaban y le guardaban rencor al ver que la cosa se les complicaba. En esos casos, Chess siempre se veía obligado a sumir la agotadora tarea de intentar calmar los ánimos de sus contrincantes; quería seguir manteniendo su fachada de tío encantador y despreocupado, así que nunca daba el cien por cien para que así no les supiese la derrota tan amarga. Sin embargo, Charlie parecía la mar de feliz después de haber perdido, y Davidson aceptó el fracaso con una sonrisa.

Hubo un momento durante el partido en que Chess creyó ver a una mujer vestida con prendas de color morado observándolos desde la tribuna, pero cuando volvió a alzar la vista, ya no había nadie. Desde la pista no había podido ver bien quién era; sabía que podría haber sido la esposa de Davidson o cualquier otra mujer curiosa, pero, en el fondo, le gustaba pensar que Flora Fortune se había pasado por allí porque no había podido resistirse a la tentación de verlo jugar. Un pensamiento que hizo que se esforzase un poquito más de lo que solía hacerlo.

Después de darse un chapuzón en la piscina de agua salada para relajar los músculos, Chess pidió el desayuno: una tortilla francesa con tomates y salmón ahumado. Sabía que tenía que empezar a aumentar las sesiones de entrenamiento si quería llegar en forma a su primer torneo, y eso también significaba controlar lo que comía.

—¿Ya no desayunas filetes de solomillo ni salchichas? —indagó Karl mientras se sentaba en la mesa frente a él. Se había dado una ducha y seguía teniendo el pelo rubio mojado—. No me puedo creer que ya hayas empezado con la dieta para ponerte en forma…

—Tú deberías hacer lo mismo si no quieres que te vuelva a dar una paliza como hice el año pasado —bromeó Chess entre sorbos de café.

—¿Eso hiciste? Qué extraño… No lo recuerdo. —Karl sonrió—. Tal vez sea la edad, que ya te está haciendo delirar…

Chess arqueó una ceja y fulminó a su amigo con la mirada; solo era dos años mayor que él. Luego cogió una fresa del plato que les habían puesto en el centro de la mesa y observó la brillante fruta de color rojo antes de llevársela a la boca.

—¿Fresas? ¿En medio del océano en abril?

—Acabo de oír a lady Duff-Gordon haciendo un comentario similar —dijo Karl, alargando la mano para coger una—. ¿Habrá algo que el Titanic no tenga en sus despensas?

Chess esperó a que Karl terminase de decirle al camarero lo que quería desayunar antes de preguntar:

–¿Cómo está tu querida señorita Newsom?

–Genial –respondió él–. Ningún síntoma de *mal de mer*. A diferencia de esa familia suiza que se aloja en la cubierta B. Al parecer, las están pasando canutas.

Chess prefirió no hacer ningún comentario al respecto y optó por cambiar de tema mientras se terminaba la tortilla. Las luces de la sala hacían que la cristalería y el resto de la vajilla brillasen más de lo normal. No se oía tanto murmullo como la noche anterior; en los desayunos nunca había tanto revuelo como en las cenas, dado que los pasajeros comían a la hora que más les convenía. Charlie estaba sentado con su padre en la mesa que le habían asignado a su familia, pero no había ni rastro de las mujeres Fortune.

–¿Y la señorita Fortune? –preguntó Karl, llevándose la taza de café a los labios para intentar ocultar la sonrisa que se le había escapado–. ¿Cómo está?

–Sigue prometida, si es por eso por lo que lo preguntas –contestó Chess con un tono de voz que denotaba frustración mientras le daba otro bocado al salmón.

–Ah… –Karl se apoyó en el respaldo de la silla–. Entonces tus tácticas de seducción no funcionan con ella…

Chess frunció el ceño, molesto.

–No estoy usando «tácticas de seducción», como tú dices…

–Pero lo harás.

Chess no supo qué responder porque, en el fondo, sabía que su amigo tenía razón. A decir verdad, no estaba del todo seguro de lo que sentía por la señorita Fortune. No podía negar que le parecía encantadora. Inteligente. Divertida. Tenía un lado astuto e ingenioso que le resultaba adorable, algo que dudaba que el resto viera en ella. Tampoco era de las que se dejaban manipular con facilidad y eso él lo admiraba. Le gustaba que fuese así.

–Sé que te llama la atención –continuó hablando Karl. Se inclinó hacia delante y añadió en voz baja–: Pero… te pido que no le hagas daño. La señorita Newsom se lleva muy bien con sus hermanas e imagino que también le tiene aprecio a la señorita Fortune.

Chess arrugó el gesto, un poco ofendido al ver que su amigo había sentido la necesidad de lanzarle una advertencia.

—¿En serio piensas que me atrevería a hacerle daño? ¿Por quién me tomas?

—No, no lo pienso. Pero esa chica no es una viuda disgustada ni una debutante neoyorquina que busca consuelo en un hombre —le recordó Karl al saber con qué tipo de mujeres se solía juntar su amigo.

—¿Y crees que no lo sé?

Karl levantó las manos en señal de rendición.

—Solo quería asegurarme.

Chess todavía seguía de mal humor cuando llegó la hora de la visita guiada por el barco. Sin embargo, le resultó difícil no contagiarse de la alegría que desprendía Charlie y de la amplia sonrisa de Thomas Andrews. Cada lugar que descubrían era mejor que el anterior, y Charlie y su padre aprovecharon el momento para hacer preguntas.

Preguntas que Chess enseguida supo que no solo iban a ir dirigidas al diseñador del Titanic. No sabía si el señor Fortune solía hacerle un interrogatorio a todas las personas con las que se topaba o si se trataba de un caso aislado, pero era la primera vez que alguien conseguía hacerle sentirse incómodo en una conversación. Después de la advertencia de Karl, no podía evitar preguntarse si el señor Fortune también había notado el interés que tenía por su hija. Tal vez no estaba siendo tan discreto como pensaba. No sabía qué conclusiones había sacado el señor Fortune con sus respuestas, pero, al contrario de lo que esperaba, le preocupaba lo que pensase de él el astuto canadiense. Al final, el señor Fortune lo invitó a tomarse una copa con él por la noche, y Chess se tomó aquello como una buena señal.

Era evidente que el señor Andrews conocía aquel barco como la palma de su mano y que trabajaba sin descanso para que todo estuviese en orden mientras el resto de los pasajeros disfrutaban del viaje. Se suponía que la empresa de construcción naval había enviado a otros ocho hombres, aparte de Andrews, para solucionar cualquier problema que surgiera a bordo durante el viaje inaugural del Titanic. Sin embargo, a juzgar por lo que Chess había visto, Andrews era la primera persona a la que todos acudían. Durante la visita guiada, tuvo que pararse en numerosas ocasiones para responder preguntas o para dar órdenes. Al parecer, había problemas con la calefacción de algunas zonas de la nave y con los grifos de los lavabos de los camarotes de segunda clase. Además de eso, Andrews se había visto en la obligación de resolver malentendidos entre algunos miembros del personal y de aceptar que varios pasajeros le estrechasen la mano para darle la enhorabuena por sus logros. Chess se preguntó cómo hacía el hombre para no perder la sonrisa; él no hubiese sido capaz de soportar aquello. Su actitud era digna de admiración, al igual que lo era su magnífico barco.

Chess seguía pensando en ello mientras salía del ascensor de la cubierta C y doblaba la esquina hacia su habitación hasta que, de pronto, oyó una voz que venía de uno de los pasillos secundarios que tenía a la derecha. Era una voz de mujer, aguda, como si le estuviese hablando a un niño. Tal vez se trataba de alguna institutriz o de alguna niñera.

Paró en seco cuando vio a una joven arrodillada e inclinada hacia delante. La primera conclusión a la que llegó fue que, por el tejido y la calidad de la ropa que llevaba, no podía tratarse de una criada. Y la segunda conclusión a la que llegó fue que aquella mujer estaba en apuros porque una dama nunca se arrodillaría en el suelo donde la pudiese ver cualquiera. Y menos aún con el trasero en pompa. Un trasero que no estaba nada mal...

Fue avanzando con lentitud hacia ella mientras pensaba en cómo podía acercarse sin avergonzarla.

–Oh, no, no. Por favor. Déjame ayudarte, pequeña –se lamentó la mujer en voz baja–. Tranquila, no pasa nada.

Y a Chess no le hizo falta nada más para saber quién era la chica. Le costó no reírse al ver que se la había encontrado en un aprieto. La señorita Fortune nunca se arriesgaría a perder los modales delante de cualquiera. Aunque ese cualquiera no resultó ser un niño, sino un… gato. El animal emitió un maullido lastimero. Uno al que la señorita Fortune le respondió con unas palabras de consuelo.

Chess se aclaró la garganta.

—Verla así, señorita Fortune, me hace pensar que tal vez necesite ayuda.

—Yo no —respondió ella, echándole una rápida mirada por encima del hombro—. Pero la gata sí. No sé cómo, pero se le ha enganchado la garra con algo que sobresale por los listones del casillero. La pobre no puede moverse.

Era evidente que la señorita Fortune era una amante de los animales o simplemente les tenía demasiado cariño a los gatos, pues no se había avergonzado al ver que la había descubierto agachada en una posición un tanto comprometedora, al ver que la había descubierto él. Parecía que lo único que le preocupaba era rescatar al felino.

—Tal vez pueda ayudarla si me hace un hueco.

Ella se movió un poco hacia la derecha, y él se arrodilló a su lado antes de sacar la navaja que llevaba en el bolsillo y abrirla con un chasquido. La señorita Fortune le agarró con delicadeza la pata a la gata atigrada con una mano e intentó calmarla con la otra. Al ver a Chess, el felino intentó zafarse de su agarre, pero al final entendió que solo estaban intentando ayudarlo. Eso o que la voz de la señorita Fortune lo había dejado hipnotizado. Su tono suave y melódico le dieron a Chess cierta ventaja.

Cuando el animal se calmó, la señorita Fortune miró a Chess a los ojos y le preguntó:

—¿Cree que puede hacer algo?

Al estar tan cerca el uno del otro, Chess pudo fijarse bien en el color de sus ojos: tenía un anillo azul cobalto alrededor de las pupilas y unas pequeñas manchas plateadas en los bordes del iris. Unos ojos sinceros que le estaban mirando con esperanza, que le estaban pidiendo ayuda, y fue entonces cuando él sintió que estaría dispuesto a hacer cualquier cosa con tal de darle lo que necesitaba.

—Intente que la gata no se mueva; no quiero hacerle daño. Voy a cortar esta cuerda para que al menos pueda salir del casillero —dijo Chess antes de inclinarse hacia delante y apretar los dientes mientras deslizaba el cuchillo por las hebras de hilo blanco.

En un momento dado, la gata le arañó la mano, pero aun así él no se apartó y continuó cortando.

Cuando por fin pudo liberarla, la gata dio unos pasos hacia atrás, pero la señorita Fortune siguió acariciándola y tranquilizándola mientras le quitaba los restos de hilo de la garra.

—Muy bien. Tranquila. No pasa nada. ¡Ya está! —Ella sonrió y le rascó las orejas—. Ves. ¿A que ahora estás mejor?

Chess pensaba que la gata iba a salir corriendo desde que la desatasen, pero al parecer el animal era más listo de lo que pensaba. Si la señorita Fortune le hubiese acariciado la espalda y le hubiese estrechado contra su pecho como estaba haciendo con ella, él tampoco se habría movido de allí.

La señorita Fortune se fue levantando poco a poco, sosteniendo a la gata como si fuese un bebé mientras le rascaba la barbilla.

—Gracias —pronunció ella cuando Chess se puso de pie a su lado. Después, alzó la vista hacia él y lo miró con ternura—. Si no hubiese aparecido, no sé qué hubiese hecho.

—Habría encontrado la manera de sacarla de ahí. Estoy seguro de ello. Aunque puede que esta pequeña se lo hubiese puesto un poco difícil. —Chess alargó el brazo para acariciar al animal y se dio cuenta de que le estaba sangrando la mano.

—En ese caso, vuelvo a darle las… ¡Ay, santo cielo! —La señorita Fortune le agarró la mano—. ¡Se ha hecho daño! —añadió, quitándose los guantes.

A él le gustó sentir su piel cálida en contacto con la suya.

–Solo es un rasguño –le aseguró Chess, limpiándose la sangre con un pañuelo.

–Bueno, de todas formas, asegúrese de lavarse bien la herida. Quién sabe en qué más sitios se habrá metido esta señorita. –Desvió la mirada hacia el vientre del animal–. O, mejor dicho, señora. Parece que ha dado a luz hace poco. –Avanzó hasta el pasillo principal y miró a su alrededor antes de volver sobre sus pasos–. Si no me equivoco, hay un compartimento para el personal por aquí… ¡Sí! –Aceleró el paso cuando divisó a lo lejos a una mujer con el característico uniforme blanco saliendo por la puerta de uno de los camarotes–. ¡Disculpe! –gritó–. ¡Señorita Bennett!

La mujer de cabello castaño claro y barbilla afilada se giró para mirarlos y les sonrió.

–Señorita Fortune, ¿qué puedo hacer…? ¡Oh! ¡Ha encontrado a Jenny! Jim, el friegaplatos, lleva días buscándola. Estaba preocupado por si le había pasado algo. No está herida, ¿no? –quiso saber ella, extendiendo el brazo para frotarle las orejitas al animal.

–No, pero se le enredó la pata en el casillero –le explicó la señorita Fortune–. Logramos liberarla. Pero… estoy en lo cierto, ¿verdad? –Miró a Bennett, alarmada–. ¿Hay una camada a bordo?

–Ah, sí. Dio a luz unos días antes de salir de Southampton. Jim se ha encargado de cuidarlos estos días. Pero no se preocupe, Jenny lo adora. Creo que es porque siempre está de buen humor y eso que al pobre lo tienen trabajando como un burro. Parece un tipo duro por su aspecto, pero es una de las personas más amables que conozco.

–Entonces, ¿los gatitos se están quedando cerca de la cocina? –preguntó la señorita Fortune, impaciente por llevar a la gata con sus hijos.

–Ah, sí. Pero Jenny ya se conoce el camino. Se pasa el día deambulando por el barco; se le da genial cazar ratones. –Los ojos le brillaron, divertidos–. Creo que a estas alturas ya se conoce el Titanic mejor que el señor Andrews. Aunque... –Hizo una pausa–. Normalmente no suele pasearse por las zonas en las que están los pasajeros. –Se encogió de hombros–. En fin. Déjela en el suelo y verá que se marcha enseguida.

Pero la señorita Fortune no estaba del todo convencida.

–Oh, bueno, yo... quería asegurarme de que no estuviese herida. Y de que sus gatitos estuviesen bien. –Se mordisqueó el labio inferior con timidez–. Por favor, sé que tal vez es mucho pedir y algo un tanto... inapropiado, pero... me gustaría comprobar con mis propios ojos que los gatos están en perfectas condiciones. Así que... ¿podría llevarnos al lugar en el que está la camada?

Bennett abrió los ojos de par en par. Nadie nunca le había pedido algo así y normalmente a los pasajeros no se les permitía entrar en las zonas exclusivas para el personal a bordo porque... era evidente que no era un lugar en el que las personas de primera clase querrían estar. Pero le caía bien la señorita Fortune y, lo más importante, le caía bien Jenny. Bennett volvió a mirar a la gata antes de girarse para comprobar si estaban solos. Después, asintió.

–Acompáñenme. Pero no puedo llevarlos hasta las zonas en las que están los pasajeros de tercera clase. Me metería en un buen lío si alguien descubriese que estoy saltándome las normas de la cuarentena –añadió ella por encima del hombro mientras avanzaba con rapidez por el pasillo.

–Tranquila –le aseguró la señorita Fortune, que seguía meciendo a Jenny como si fuese un bebé.

Bennett se detuvo cuando llegaron a la mitad del barco; después, miró hacia proa y luego hacia popa antes de conducirlos a una habitación interior que parecía ser una especie de despensa. Dentro había una escalera. Bajaron por ella y descubrieron una sala mucho más grande llena de gente, en concreto, del personal de cocina que ya estaba preparando el almuerzo que se iba a servir ese día. Varios miembros de la tripulación se giraron en su dirección y se quedaron mirándolos con curiosidad, pero la mayoría estaba demasiado ocupada como para prestarles atención. El aire estaba cargado: no solo por el olor a comida, sino también por el vapor que salía de las hileras de fogones. Las paredes estaban repletas de estanterías en las que guardaban la vajilla de porcelana de la fábrica Royal Crown Derby y la cristalería que utilizaban para servirles la cena. Hacía demasiado calor y Chess sintió lástima por los pobres muchachos, que estaban obligados a trabajar allí sin descanso día tras día, comida tras comida.

Doblaron una esquina y atravesaron una puerta que daba a los fregaderos: otra habitación sofocante, aunque al menos el espacio estaba iluminado gracias a las dos portillas que había en las paredes. El querido cuidador de Jenny, Jim, no se encontraba allí, pero aun así la gata saltó de los brazos de la señorita Fortune y se acercó al rincón en el que había unos seis gatitos acurrucados encima de una montaña de mantas. Lloraron y emitieron unos maullidos suaves hasta que vieron que su madre se acostaba a su lado y les dejaba espacio para que pudiesen mamar.

La señorita Fortune se inclinó hacia delante para verlos mejor; tenía las mejillas rojas y los ojos le brillaban con alegría. Se había quedado de pie justo donde el sol se colaba por la portilla, por lo que la luz resaltaba los mechones de color cobre de su cabello castaño. Chess la observó como si fuese la cosa más hermosa que había visto en su vida.

Y justo en ese instante, algo cambió dentro de él: se sentía más ligero y con los pies más en la tierra que nunca. Se parecía a la sensación que lo invadía cada vez que pisaba una pista de tenis justo antes de comenzar un partido. El olor a hierba mojada, la brisa agradable despeinándole el pelo, el tacto del césped bajo sus pies, la tensión en los músculos mientras esperaba a que su adversario sacase. Pero, aun así, no era lo mismo. Lo que estaba sintiendo en ese momento era mucho más fuerte. Notaba el pecho pesado, como si se estuviese quedando sin aire, pero a su vez se sintiese más vivo que nunca. Hasta que llegó un punto en el que empezó a preocuparse.

Flora lo miró con una sonrisa, contagiándole la alegría de una manera que él ni siquiera sabía que necesitaba.

–¿A que son adorables?

–Eh, sí –dijo él con un hilo de voz. Se aclaró la garganta y se acercó más a ella–. Sí, lo son.

Era difícil saber cuántas bolas de pelo gris y marrón había mientras se peleaban por hacerse un hueco para poder alimentarse. Mientras tanto, Jenny seguía allí, acostada como si nada, con los ojos cerrados y emitiendo un suave y retumbante ronroneo.

–Ve, todos están perfectamente –murmuró Bennett a su espalda con un tono de voz que denotaba nerviosismo.

–Ah, sí. Sí, lo están. –Flora se enderezó y se dio la vuelta enseguida, igual de impaciente que la camarera por salir de allí antes de que los pillasen–. Muchas gracias.

–No hace falta que me dé las gracias, señorita –respondió Bennett con una sonrisa tensa.

–¿Volvemos por donde vinimos? –preguntó Chess.

Una vez más, Bennett los guio por el camino. Cuando subieron las escaleras, se encontraron con una joven doncella que se quedó boquiabierta al verlos allí. Cuando salieron al pasillo, la camarera se apresuró a seguir con sus tareas, dejando a Chess y a Flora mirándose el uno al otro. Quizá por primera vez en su vida, él se quedó sin palabras y se reprendió a sí mismo por ver lo absurda que era la situación. Estaba delante de la misma mujer a la que había provocado el día anterior. La misma mujer a la que había ayudado a rescatar a una gata hacía apenas un cuarto de hora. Si no decía algo pronto, la señorita Fortune iba a sospechar que le pasaba algo.

Desvió la mirada al escote cuadrado de su vestido.

–Tiene algo… –Chess hizo un ademán con la mano, y ella bajó la cabeza y soltó una pequeña carcajada.

–Parece que Jenny también me quería dejar un recuerdo a mí –bromeó ella mientras se quitaba los restos de pelo de gato que se le habían quedado en el corpiño.

Y justo en ese instante, Chess se dio cuenta de que la prenda que llevaba la señorita Fortune era de color morado. De inmediato, se le dibujó una sonrisa en los labios y sintió un cosquilleo por todo el cuerpo al confirmar sus sospechas.

Así que sí que había sido ella la mujer que había visto en la tribuna de espectadores durante el partido de *squash* esa mañana… En el fondo, sabía que la señorita Fortune nunca lo admitiría si se lo preguntase directamente. Aunque tampoco es que le importase demasiado. Y menos ahora que ya sabía la verdad.

Su rostro adoptó una expresión de triunfo e intentó disimularla, pero no se le dio demasiado bien porque ella inclinó la cabeza y lo miró con desconfianza.

—¿Qué? —preguntó ella.

Él sacudió la cabeza.

—No, quiero saberlo. ¿Pasa algo? —La señorita Fortune se sonrojó y arrugó la nariz—. Sé que mi comportamiento de hoy ha dejado mucho que desear, pero…

Chess la interrumpió rozándole el brazo.

—Discrepo, señorita Fortune. Creo que ha demostrado valentía.

Ella se ruborizó aún más antes de soltar una carcajada, incrédula.

—¿Valentía?

—No conozco a muchas damas que estarían dispuestas a sacrificar su vestido, y menos aún su dignidad, para salvar a un animal que se ha quedado atrapado. Como mucho, habrían buscado a algún miembro del personal para que se ocupase del asunto. Pero usted fue incapaz de dejar a la criatura sola, ¿verdad? —le preguntó él, y ella negó con la cabeza—. Y creo que eso dice mucho más de usted de lo que cree.

A la señorita Fortune le brillaron los ojos mientras lo estudiaba. Un brillo que casi hizo que él se olvidase de quién era y de dónde estaba, y sintiese el deseo de estrecharla entre sus brazos. Pero luego ella bajó la mirada y enseguida se rompió la burbuja que se había creado entre los dos.

Oyeron el sonido de unas voces que se acercaban y ella giró la cabeza.

–Debo irme –dijo ella, dando un paso hacia atrás–. Mi madre… –Se vio incapaz de terminar la frase, pero en realidad tampoco le hacía falta hacerlo porque Chess ya se imaginaba la razón de su marcha.

–Sí, por supuesto –la interrumpió él.

La señorita Fortune se giró para irse, pero de repente se detuvo y volvió a darse la vuelta.

–Pocos caballeros se hubiesen comportado como usted lo hizo. Y yo… –Apartó la mirada con timidez–. Creo que usted también ha demostrado valentía. –Clavó los ojos en él un segundo y después se alejó a paso ligero por el pasillo.

Capítulo 14

Alice se pasó la mayor parte de la mañana en la cubierta de paseo con la señora Brown y su amiga más menuda pero igual de simpática, la señora René Harris.

—Su marido es el propietario del Hudson Theatre de Nueva York —le explicó la señora Brown, dejando a Alice asombrada e inquieta a partes iguales.

No estaba del todo segura de si su madre aprobaría o no que socializara con personas del mundo del espectáculo, pero tenía que admitir que le ilusionaba saber que estaba teniendo una conversación con una mujer tan interesante.

—No estoy acostumbrada a estar tanto tiempo sentada —volvió a hablar la señora Brown, ajustándose su precioso sombrero de ala ancha con plumas mientras daban vueltas alrededor del barco—. Además, por mi salud no me conviene llevar una vida sedentaria y menos aún con la cantidad de comida que nos ponen aquí.

—Ay, amiga mía, te quejas por gusto —replicó la señora Harris con una carcajada gutural—. Pero te entiendo… —Suspiró—. Ahora mismo haría cualquier cosa por poder dar un paseo a caballo por Central Park. Siempre y cuando pueda volver a subirme a bordo del Titanic, claro está. ¿A que es una preciosidad?

Alice supuso que era una pregunta retórica, pero aun así sintió la necesidad de contestar. Tenía razón; el barco era impresionante.

El mar parecía estar un poco más agitado de lo normal, pero no lo hubiese notado si no se hubiese acercado a la barandilla que había en el costado del barco. No hacía demasiado viento ni demasiado frío, pero estaban empezando a aparecer algunas nubes oscuras por el oeste, y eso hizo que Alice se preguntase si llovería durante el día.

—¿Y qué hay de usted, señorita Fortune? —le preguntó la señora Harris, que también se había puesto un sombrero de ala ancha, aunque el suyo estaba adornado con tul y flores—. May, la señora Futrelle, me comentó, si no recuerdo mal, que su familia era de Canadá.

—Así es. De Winnipeg. Pero me temo que mi vida no es tan interesante como la suya —admitió—. Me encantaría saber más sobre usted y su esposo. Imagino que les es difícil aburrirse teniendo un teatro en la mismísima ciudad de Nueva York.

—Bueno, es cierto que tiene sus ventajas. Pero no es oro todo lo que reluce. —Compartió una mirada cómplice con la señora Brown—. Harry abrió un teatro parecido al Folies Bergère el año pasado en Nueva York… Un lugar inspirado en el cabaré parisino —le explicó a Alice—. Pero la cosa no salió bien. Intentarlo supuso un riesgo y acabamos perdiendo mucho dinero. —Hizo un ademán con la mano—. Pero así es la vida, querida. Por suerte, Harry acaba de firmar un contrato para producir su primera película.

—Esa sí que es una buena inversión —dijo la señora Brown con entusiasmo—. Estoy segura de que dentro de poco habrá un cine en cada ciudad de Estados Unidos. Y de Canadá —añadió mirando a Alice.

—De todas formas, señorita Fortune, dudo mucho que su vida sea aburrida. ¿No acaba de hacer una gran gira con su familia? Harry y yo estuvimos hace poco en Italia, Egipto y Marruecos.

Ese tema sí que le interesaba a Alice, así que volvieron a dar otra vuelta por la cubierta mientras hablaban de la gastronomía de los sitios que había visitado y de la ropa que se había comprado en París.

Alice se detuvo cuando volvieron a pasar por la barandilla que estaba más cerca de la popa y observó la zona de paseo destinada a los pasajeros de segunda clase antes de desviar la mirada hacia la cubierta de tercera clase. En ambos lugares había gente haciendo ejercicio. Alice volvió a fijarse en la zona de segunda clase y vio a dos niñas adorables con unos lazos enormes en la cabeza saltando el tablero en el que se jugaba a los aros como si fuese una especie de rayuela improvisada. Parecían tener más o menos la misma edad que el niño que había visto antes con un juguete en forma de buey en la mano. Seguramente el pequeño se lo habría pasado en grande jugando con las niñas, pero Alice sabía que aquello no podría haber sido posible porque, por desgracia, no viajaban en la misma clase.

En las escaleras de acceso a tercera clase había una mujer con un hombre que había subido para encontrarse con ella en la puerta que separaba las dos zonas. Se notaba que había confianza entre ellos y Alice se preguntó de qué se conocerían. ¿Serían amigos? ¿Vecinos? Tal vez… ¿algo más?

Se quedó observándolos durante un rato mientras la señora Brown y la señora Harris charlaban. De repente, la invadió una oleada de tristeza. Intentó recomponerse y pensó que había disimulado bien hasta que la señora Brown dijo:

—¿Se encuentra bien, querida?

—Creo que ya sé lo que le pasa.

Alice se giró y descubrió que la señora Harris la estaba mirando con empatía.

—Echa de menos a su prometido, ¿a que sí?

Alice esbozó una sonrisa triste.

—Muchísimo.

La señora Harris se acercó a ella.

—Los días se hacen más duros si uno no tiene al lado a la persona a la que ama. Recuerdo a la perfección lo mal que lo pasé cuando trabajaba en un bufete de abogados en Manhattan que me impedía ver a mi Harry todos los días. Ahora que lo pienso; me sorprende que no me despidiesen antes de que renunciara para poder casarme con él. –Soltó una risita–. Me sigue costando estar lejos de él. Por eso me gusta ayudarlo siempre que puedo con su negocio. Voy pegada a él como una lapa. Santa paciencia tiene el pobre.

–Qué tontería –declaró la señora Brown–. Ese hombre sabe que sin ti estaría perdido. ¿Por qué, si no, iba a ir diciendo por ahí que no habría nadie más preparado que tú para coger las riendas de su negocio si a él le pasase algo? Sabe lo que vales, querida. –Asintió con decisión–. Es uno de los buenos.

Alice iba a preguntarle si ella también echaba de menos al señor Brown, pero al final decidió no hacerlo. Si no lo había mencionado en ningún momento, tenía que ser por algo. Al final, sabía que por cada matrimonio como el de los Harris, había otro en el que los miembros de la pareja preferían estar lo más lejos posible del otro.

Alice esperaba que Holden y ella nunca se cansasen el uno del otro. El simple hecho de pensarlo hizo que se le revolviese el estómago.

La señora Brown entrelazó su brazo con el suyo.

–Si me permite darle un consejo, señorita Fortune: déjele claro cuanto antes a su prometido cómo quiere que sea su futuro. Puede que al principio tengan que limar asperezas, pero al menos así sabrán de qué pie cojea cada uno. Además, los hombres se adaptan mejor cuando son jóvenes –concluyó ella, dándole una palmadita en la mano.

¿Dejarle claro a su prometido cómo quería que fuese su futuro? Alice no sabía muy bien qué hacer con ese consejo, sobre todo porque lo que deseaba era seguir viajando, explorando y viviendo aventuras.

Unos minutos más tarde, les llegó el débil sonido de la música. Siguieron la melodía y subieron las escaleras hasta la entrada de acceso a primera clase. Allí, bajo la cúpula de cristal esmerilado, se encontraron a la orquesta alrededor del piano. Alice echó la cabeza hacia atrás y cerró los ojos. Si aguzaba el oído entre los silencios del tema de *ragtime*, podía percibir el suave tintineo de los abalorios de cristal que colgaban de la lámpara central, debido a las vibraciones casi imperceptibles del barco.

Justo en ese momento, William Sloper bajó las escaleras y se sentó en un sofá a su lado.

—Te eché en falta anoche —murmuró él, sin apartar los ojos de los músicos—. Nos lo pasamos bastante bien. No hicimos nada fuera de lo normal, tal y como te aseguré. Aunque el día hubiese terminado mucho mejor si me hubieses acompañado.

Alice se arrepintió al instante de haber rechazado la oferta que le había hecho William: anoche la había invitado a ir a la *suite* de Thomas Cardeza a pasar el rato con algunos amigos y conocidos. Tal y como le había explicado la señora Brown, el señor Cardeza había aprovechado el espacio del paseo privado que tenía en la *suite* de lujo de la cubierta B para organizar partidas de póquer.

—¿Y estaba la madre del señor Cardeza? —susurró ella—. Pensé que una mujer como ella no aprobaría algo así —añadió, sorprendida; sabía que Charlotte Cardeza tenía fama de ser una bruja autoritaria.

—Se fue a la cama temprano y su dormitorio está en el lado opuesto de la *suite*. No habrá oído ni pío. Esta noche va a organizar otra partida.

Alice se giró para mirarlo, indecisa. William le había dicho que no habían hecho nada inapropiado. Bueno, aparte de jugar al póquer, beber *whisky* y fumar tabaco, claro. Así que tal vez… Quería ir. Quería vivir una última aventura antes de que llegaran a Winnipeg.

—Harris también se pasó por allí anoche —comentó William, desviando la mirada hacia la señora Harris, que estaba sentada en una silla cerca de donde ellos se encontraban. Después, en un intento de convencerla, añadió—: Me dijo que iba a pedirle a su esposa que lo acompañara hoy. Al parecer, la señora Harris tiene buena mano para el póquer.

Alice miró de reojo a la mujer, que estaba absorta en la música. Sí, puede que la señora Harris se dedicase al mundo del teatro –algo que su madre seguramente no vería con buenos ojos–, pero al menos, si al final decidía ir, no se sentiría sola. Y lo más importante, no sería la única mujer.

–Me lo pensaré –susurró Alice.

Y cuando la orquesta terminó de tocar y se oyó el silbato de tres tonos que indicaba que ya era mediodía, ella ya había tomado una decisión.

–¿¡Acaso no me ha visto!? –exclamó Mabel, molesta, cuando un joven bajó corriendo la gran escalinata y casi se la llevó a ella por delante.

–¡Disculpe! –gritó él sin siquiera mirarla.

Mabel frunció el ceño y resopló, enfadada, cuando tuvo que esquivar a otros dos caballeros. ¿Qué demonios les pasaba hoy?

Y cuando finalmente llegó a la cubierta C y vio a los hombres amontonados alrededor del tablón de anuncios que había fuera de la oficina de información del sobrecargo, lo entendió todo. Al mediodía siempre pegaban allí la hoja con la distancia que había recorrido el Titanic el día anterior. Así que sí, no había hombre que a esa hora del día no corriese hasta allí para comprobar si había ganado o no la apuesta que había hecho por la noche.

–¡Cuatrocientas ochenta y cuatro millas náuticas! Santo cielo, más que el Olympic en el primer día de su viaje inaugural.

–Lo supera por más de cincuenta millas.

–Increíble, y eso que solo han encendido veinte de las veintinueve calderas que tiene el Titanic.

–Ah, ¿sí? Pues creo recordar que alguien me dijo que tenían pensado encender más.

Mabel puso los ojos en blanco. Si iban a pasarse todo el trayecto hasta Nueva York hablando del mismo tema, iba a tener que plantearse meterse una barrena en los oídos.

Cuando entró en su camarote, ni siquiera se molestó en subirse a la litera; en su lugar, se dejó caer en la cama de Alice y se cubrió los ojos con el brazo. En el fondo sabía que estaba siendo demasiado dramática, pero le daba igual. Porque nada estaba saliendo como ella quería.

La señorita Young se había pasado la mañana con la señora White; justo cuando más necesitaba los consejos de una amiga. Y encima, todavía no había logrado localizar a la señora Candee. Por no mencionar que sus esfuerzos por hacer que sus padres conocieran a la doctora Leader y a la señora Swift habían sido en vano. Anoche, cuando se las presentó, su padre solo se interesó por saber de dónde eran, en vez de por su profesión. Y eso que tenía delante a una doctora. A una doctora que encima era una mujer.

Y lo peor de todo: tras las conversaciones de después de la cena, le dio la sensación de que su madre planeaba emparejarla con el señor Kinsey. ¡Qué estupidez! Cualquiera se daría cuenta de que al tenista le interesaba Flora. Pero su hermana estaba prometida con Crawfy…, así que sus padres ni siquiera contemplaban esa posibilidad.

Mabel arrugó el gesto. Flora nunca sería feliz al lado de Crawfy Campbell. Ya hacía tiempo que había sacado aquella conclusión, pero después de haber visto la forma en la que su hermana y el señor Kinsey se reían la noche anterior…, estaba aún más convencida de su teoría. Ahora solo faltaba que Flora se diese cuenta de que casarse con su prometido era un error.

Y justo en ese momento, como si la hubiese invocado, su hermana mayor entró en el camarote.

—¿Has visto a Alice? —le preguntó Flora con el ceño fruncido.

—No, la última vez que la vi estaba interpretando el papel de la Bella Durmiente —respondió Mabel con alegría a la vez que se sentaba erguida—. ¿Por qué?

—Pero si estabas roncando cuando…

—¡Yo no ronco! —protestó Mabel.

—Ayer volvió al camarote a las once y media, y lo hizo sin hacer ruido y con los zapatos en la mano. De hecho, prefirió pelearse ella sola con el vestido y el corsé en vez de despertarnos para que la ayudásemos a desvestirse.

–¡¿La pillaste y, aun así, no le dijiste nada?! –exclamó Mabel, sorprendida por la picardía de su hermana–. De todas formas, las once y media tampoco es tan tarde…

–¡Sí que lo era para ella! Sobre todo cuando la mayoría de las zonas comunes cierran a las once.

Mabel se puso de pie.

–Ya casi es la hora del almuerzo. Estoy segura de que encontraremos a Alice en el comedor. –Se detuvo junto a su hermana y le quitó del cuello de encaje del vestido algo que parecía un mechón de pelo–. ¿Qué es esto?

Flora se lo quitó de las manos enseguida y se dio la vuelta, pero no lo suficientemente rápido como para que Mabel no se fijase en el color de sus mejillas.

–Solo son restos de pelo de gato.

–¿Aquí hay gatos? –quiso saber Mabel, un poco confundida.

–¿Nos vamos? –dijo Flora, saliendo por la puerta sin esperar una respuesta de su hermana.

Cuando llegaron a la sala de recepción, vieron a Alice de pie justo al lado del tapiz de caza, hablando con el señor Sloper y varios de sus amigos, entre los que se encontraba el señor Kinsey.

–¿Qué tal el partido de *squash* de esta mañana? –le preguntó Mabel a la estrella del tenis.

–Bastante bien –respondió él, moviendo un hombro–. Llevo semanas sin jugar, así que ya tenía ganas de coger la raqueta.

–Nos dejó hechos polvo –intervino Charlie con más alegría de la que se esperaría en alguien que hubiese perdido–. Tendríais que haber venido a vernos.

–Sí, estoy seguro de que se habrían divertido… –dijo el señor Kinsey, arrastrando las palabras y mirando fijamente a Flora. Era evidente que le estaba intentando comunicar algo. Algo que Flora decidió fingir que no entendía.

Flora alzó ligeramente la barbilla y se giró hacia el hombre con el que el señor Kinsey había estado hablando antes de que su hermana y ella se acercasen.

–Señor Cardeza, ¿usted también juega al tenis?

–Oh, no. El tenis no es lo mío –le contestó el aludido.

Mabel examinó al señor Cardeza; era evidente que decía la verdad porque no tenía la piel tostada por el sol. Tenía una estatura media, el pelo castaño repeinado y llevaba unas gafas; un estilo bastante sencillo para ser el hijo de una bruja.

–He oído que se aloja en una de las *suites* –comentó Mabel sin poder contenerse–. En una de las habitaciones más lujosas del barco, de hecho.

–Así es. Creo que le gustaría verla. Si quiere puede…

–¡Flora! ¡Mabel! Os estaba buscando –exclamó Alice de repente, interrumpiendo al señor Cardeza. Luego soltó una risa forzada y añadió–: ¡Esta mañana he sido la última en despertarme! ¡Qué cosas!

Mabel miró a su hermana con recelo. Sabía perfectamente que Alice las había visto entrando en la sala. Era como si no quisiese que el señor Cardeza terminase lo que parecía ser una… invitación. Pero eso no tenía sentido. Seguro que a Alice también le gustaría ver la *suite* por dentro.

Antes de que pudiese indagar más en el asunto, el corneta comenzó a tocar y los camareros abrieron las puertas dobles del comedor de par en par para hacerles saber que la comida estaba lista.

El almuerzo transcurrió sin incidentes, aparte de las habituales bromas que se solían hacer entre los miembros de la familia. Sin embargo, cuando terminaron de comer y Mabel trató de convencer a sus hermanas para que la acompañasen a dar un paseo, ambas parecían tener planes mejores.

–Tenía pensado ir a la sala de lectura y escritura –le informó Flora mientras se dirigía a los ascensores–. Quiero terminar de escribir unas cartas.

Mabel arrugó el gesto, disgustada.

–No seas aguafiestas, Flora. ¡Estamos en el Titanic! Puedes pasarte el resto de tu vida sentada en tu viejo salón que huele a cerrado escribiendo cartas. –Cuando vio que no iba a conseguir convencerla, se giró para probar suerte con Alice, pero no la vio por ninguna parte–. ¡Y hace un día estupendo! –volvió a intentarlo mientras seguía a Flora, que ya había avanzado un par de pasos sin ella–. ¿Por qué quedarse aquí dentro si podemos salir a tomar el aire?

–La última vez que miré, estaba lloviznando.

Mabel subió con su hermana hasta la cubierta A y salió al paseo para comprobar si Flora estaba en lo cierto. Las ventanas estaban salpicadas de gotas. No estaba lloviendo con fuerza, pero la zona que estaba más cerca de la proa no estaba cubierta, así que de nada le iba a servir seguir insistiendo. Además, Flora ya se había marchado a la sala de lectura y escritura sin ella, dando por zanjada la conversación.

Lo último que le apetecía a Mabel era encerrarse en una habitación en la que solo se oyese el sonido de las plumas y el papel. Al final, decidió irse al salón principal y coger un libro de la estantería –algo ligero, pero entretenido–; y después, se acomodó en una de las tumbonas que había en la zona del paseo que estaba cubierta. No tardó en aparecer un camarero para traerle una manta y una taza de caldo caliente. Abrió la novela y se sumergió en el mundo de la Ópera de París y de un fantasma que rondaba por sus salas.

No estaba segura de cuánto tiempo llevaba allí sentada, sin apenas moverse, excepto para pasar las páginas o para darle un sorbo al caldo. Pero, de pronto, un golpe seco a su derecha la devolvió a la realidad.

–Ay, disculpe –dijo la mujer que estaba sentada a su lado, inclinándose para recoger la taza que se le había caído al suelo–. No quería molestarla. –Le sonrió y señaló con la cabeza el libro que tenía Mabel en las manos–. Veo que le está gustando.

Mabel lo giró un poco para que la mujer pudiese ver el título de la novela.

–*El fantasma de la Ópera…* Con razón estaba tan absorta. Yo también soy una gran admiradora de Leroux –confesó la mujer menuda, que llevaba un bonito abrigo de piel de armiño y terciopelo negro, y un sombrero que le daba un toque elegante–. ¿Ya ha llegado a la parte en la que desenmascaran al…?

–¡No! ¡No me lo cuente! –la interrumpió Mabel.

–Oh, no, tranquila –le prometió ella–. Pero me gustaría saber su opinión cuando lo termine. Una historia maravillosa y a su vez escalofriante –le aseguró y se estremeció.

Mabel se echó a reír.

–Eso haré. ¿Y usted qué está leyendo?

La mujer miró a su alrededor para comprobar que nadie podía oírla, un gesto que dejó a Mabel aún más intrigada. Después, apartó el paño de tela que tenía sobre el regazo y le enseñó un libro con una cubierta en la que aparecía el nombre de Elinor Glyn. Glyn era la hermana de lady Duff-Gordon y la autora que escribía novelas subidas de tono.

Mabel jadeó y se incorporó de repente.

–¡Me muero de ganas de leer un libro suyo!

La mujer volvió a cubrir el libro para que nadie lo viese y le brillaron los ojos al ver la reacción de Mabel.

–Bueno, tal vez he exagerado un poco –rectificó Mabel–. Pero sí que me apetece leerlo. –No añadió que no había logrado hacerse con un ejemplar porque habían prohibido su venta en Winnipeg.

–No estoy pasando por un buen momento, así que me ha servido para distraerme –le confió la mujer, y el brillo de sus ojos se fue atenuando–. Mi hijo tuvo un accidente aéreo. Por eso estoy aquí; regreso a casa para estar con él.

–¡Oh, santo cielo! ¿Y está muy mal? –quiso saber Mabel.

¡Un accidente aéreo! Ni siquiera conocía a nadie que hubiese volado en una de esas máquinas y mucho menos en una que se hubiese estrellado.

–Bueno, no entró en muchos detalles en el telegrama que me escribió. Sé que está herido, pero me han asegurado que, gracias a Dios, no corre peligro. Aun así, sé que no me quedaré tranquila hasta que no vea con mis propios ojos que está bien.

–Ya me imagino. Mi madre siempre dice que los jóvenes son

imprudentes por naturaleza, pero que debemos aceptarlos tal y como son. Soy Mabel Fortune, por cierto –añadió ella, tendiéndole la mano a la mujer.

–Un placer, señorita Fortune. Yo soy Helen Churchill Candee.

Mabel estuvo a punto de lanzarse a los brazos de la señora Candee cuando descubrió que por fin la había encontrado.

–¡Pero si usted también es escritora! –exclamó ella.

La señora Candee se ruborizó.

–Lo ha leído, ¿verdad? Bueno, me alegro de haber podido aportar mi granito de arena y haber dado voz a Oklahoma para que le reconocieran la categoría de estado.

Mabel miró a la señora Candee con confusión durante unos segundos antes de darse cuenta de que la autora se refería a *An Oklahoma romance*, la novela de ficción que había escrito:

–Ah, sí. Por supuesto. Pero también publicó *How women may earn a living* –aclaró Mabel.

La señora Candee se llevó una mano al pecho y soltó una pequeña carcajada.

–Así es –respondió ella. Después, un conocido que pasaba por allí se quitó el sombrero para saludarla y ella levantó la mano en respuesta antes de volver a centrar la atención en Mabel y añadir–: Entonces… ¿quiere ir a la universidad?

–Es lo que más deseo –admitió Mabel con franqueza–. Pero aún tengo que convencer a mi padre. Lo he intentado por activa y por pasiva, pero no logro que entre en razón.

La señora Candee la evaluó con una mirada fugaz.

–La prioridad de su padre es que se case –adivinó la escritora.

–¡Sí! Y cree que no encontraré marido si voy a la universidad. –Mabel se recostó en el asiento y esbozó una sonrisa irónica–. Aunque, si le soy sincera, no es algo que me preocupe. Y, además, ahora sé que se equivoca. ¡Mire a la doctora Leader y a la señora Swift! He conocido a varias mujeres que han asistido a la universidad y que, aun así, se han casado con hombres respetables de buena familia.

—Ahí le tengo que dar la razón —admitió la señora Candee—. Pero sus esposos tienen otra forma de pensar. Son hombres sensatos y de mente abierta. —Ante la mirada perdida de Mabel, añadió—: Opciones que seguramente su padre ni siquiera baraja para usted.

Mabel apoyó la cabeza en la tumbona y la miró fijamente.

—No lo había pensado hasta ahora, ¿verdad? —volvió a hablar la señora Candee.

—No —respondió Mabel con un hilo de voz.

—Entiendo cómo se siente, señorita Fortune. De verdad que sí. Es injusto que tengamos que vivir esta situación. Se espera de nosotras que dependamos de un hombre y de ellos, que sean capaces de soportar toda la carga económica sin ayuda.

El tono de voz de la señora Candee desprendía tristeza, incluso puede que un atisbo de dolor y, mirando su perfil, Mabel se preguntó si estaría pensando en su propio matrimonio, dado que se rumoreaba que había sido víctima de malos tratos. De ser así, Mabel no llegaba a entender cómo era capaz de empatizar con su exmarido.

—¿Y no hay nada que podamos hacer? —quiso saber Mabel.

—Claro que sí, señorita Fortune. En nuestra mano está luchar por cambiarlo. De cualquier forma que podamos.

—¿Consiguiendo que nos dejen ejercer nuestro derecho a voto?

—Entre otras cosas. —Miró fijamente a Mabel—. Debe entender, señorita Fortune, que labrarse su propio futuro la obligará a enfrentarse a diferentes obstáculos. De hecho, convencer a su padre será tan solo el primero de muchos. ¿Está dispuesta a dar el paso? ¿Está preparada para afrontar el fracaso? Porque el fracaso no llega cuando uno se equivoca eligiendo una disciplina ni cuando carece de talento para dedicarse a algo. El fracaso llega cuando uno ni siquiera lo intenta, cuando pierde la fuerza de voluntad.

Mabel sopesó sus palabras y sintió un cosquilleo en el estómago. Las dudas revolotearon en su interior como si fuesen mariposas; unas que ansiaban que las liberasen, pero que a su vez temían no ser capaces de volar.

–¿Asume el riesgo? –insistió la señora Candee.

¿Quería hacerlo? Tenía que pensar bien la respuesta. Si convencer a su padre ya le estaba resultando una tarea tediosa, ¿tendría el suficiente coraje como para enfrentarse a más desafíos? ¿Deseaba tanto aquello como para arriesgarse?

Algo se avivó dentro de ella, algo que hizo que respondiera:

–Sí. Sí, lo asumo.

Los labios de la señora Candee se curvaron en una sonrisa. Después, se miró el reloj que llevaba en el abrigo y empezó a recoger sus cosas antes de decir:

–Ahora debo marcharme, pero me encantaría volver a verla. Después iré con unas amigas al Café Parisien; hemos quedado para tomar el té. ¿Le apetece acompañarnos?

Mabel aceptó su oferta sin dudar y abrazó el libro contra su pecho cuando vio a la señora Candee alejándose. Puede que el Titanic estuviese yendo más rápido de lo esperado, pero aún le quedaban cuatro días para planear cómo cambiar su futuro.

Capítulo 15

Viernes, 12 de abril de 1912
19:00 h

—**S**eñorita Fortune, qué agradable sorpresa.

Al oír la voz del señor Andrews, Flora se detuvo en la gran escalinata y se giró para saludar al hombre con una sonrisa.

Los ojos amables del señor Andrews se posaron en su vestido acanalado de seda cubierto de gasa y encaje dorado.

—Está preciosa con ese vestido —declaró él, ajustándose el puño de su abrigo de noche oscuro.

—Gracias —respondió ella, alzando ligeramente la voz por encima del bullicio que llenaba la sala de recepción—. También quería agradecerle que se ofreciese a hacerle una visita guiada a mi padre y a mi hermano. Charlie no habla de otra cosa. Le admira mucho.

El señor Andrews le ofreció su brazo y añadió:

—No hay de qué. Ese muchacho llegará lejos. Estoy convencido de que logrará todo lo que se proponga.

—Tommy —lo saludó un hombre al pie de las escaleras, cerca del candelabro, antes de girarse para mirarla a ella—. Y creo que usted es una de las señoritas Fortune.

Flora lo reconoció de inmediato: era el cirujano del barco, el distinguido doctor O'Loughlin. Tenía algo de barriga, el pelo canoso y un bigote impresionante. Parecía que tanto los pasajeros como el personal a bordo le tenían cariño. Había estado hablando con una camarera de cabello oscuro a la que el señor Andrews saludó con el nombre de señorita Sloan.

–Sí, soy la mayor. Flora, un placer –le dijo al doctor, estirando el brazo para que le estrechara la mano.

–La mayor y la más bella, sin duda. –Le guiñó el ojo.

–¿Por qué sospecho que les diría lo mismo a mis hermanas? –bromeó Flora.

–Lo ha calado rápido, doctor –comentó la señorita Sloan con una sonrisa.

–Pues sí –asintió el aludido con el mismo acento irlandés que el de sus otros dos compañeros de viaje, algo que hizo que Flora empezase a pensar que el de los canadienses era bastante plano en comparación con el de ellos.

–Todos los miembros del personal seguimos preguntándonos cómo es posible que nuestro querido doctor siga soltero –volvió a hablar la señorita Sloan.

–Y yo sigo diciéndoles que no es por falta de intentos. Tengo las rodillas hechas polvo de todas las veces que le he pedido matrimonio a una mujer y me ha rechazado.

Era evidente que se trataba de una broma recurrente entre ellos y Flora les sonrió con aprecio. No era la primera vez que el señor Andrews escuchaba aquella historia, pero aun así también se le dibujó una sonrisa, aunque se percibía cierta tristeza en el gesto. Y Flora no fue la única que se dio cuenta.

–Bueno, Tommy, creo que te has coronado con el diseño del Titanic –cambió de tema el doctor O'Loughlin–. No he oído más que elogios por parte de los pasajeros y de la tripulación.

–Sí –coincidió la señorita Sloan–. Es una auténtica preciosidad. Nos han venido genial los cambios que hizo en los camarotes del personal.

–Me alegra oír eso –respondió el señor Andrews, pero luego suspiró–. Aunque estar aquí significa estar cada vez más lejos de casa. Le he estado escribiendo a mi esposa dos veces al día desde que partimos, pero hasta que no lleguemos a Nueva York, no podré enviarle las cartas. –Volvió a tirar de las mangas de su camisa y abrigo; un gesto involuntario que solía hacer cuando se ponía nervioso–. Mi esposa no se encontraba muy bien cuando me fui. Y mi hija Elizabeth tampoco. Mi padre también está bastante enfermo. –Volvió a suspirar–. Aunque sé que quedarme con ellos no iba a hacer que mejorasen.

–Así es –lo tranquilizó el doctor O'Loughlin–. Además, me comentaste que tienen a un médico a su disposición. Así que no tienes de qué preocuparte; están en buenas manos.

El señor Andrews miró con aire distraído a la multitud que ya empezaba a entrar en el comedor.

–Solo espero que entiendan el porqué de mi marcha. Me hubiese quedado allí con ellos si hubiese podido.

Flora le apretó con suavidad el antebrazo, conmovida con sus palabras.

–Lo entienden –le aseguró ella.

Los ojos del señor Andrews se encontraron con los de Flora y asintió antes de mirar a la camarera con una sonrisa cargada de cariño.

–Ya se puede marchar, señorita Sloan. Y transmítale al resto del personal mi más sincera enhorabuena por el trabajo excepcional que están haciendo.

A la joven se le calentaron las mejillas, como si sus palabras le hubiesen hecho el mismo efecto que un rayo de sol.

–Eso haré, señor Andrews –le respondió ella. Después, se despidió con un pequeño movimiento de cabeza y se alejó a paso ligero.

Los dos hombres acompañaron a Flora hasta el comedor y le dieron conversación, lo que hizo que ella pudiese relajarse y olvidarse por un momento de sus preocupaciones. Pero en el instante en el que alzó la mirada y se encontró con los ojos color ámbar de Chess Kinsey al otro lado de la sala, se le aceleró el corazón y le volvieron a asaltar las dudas. Había hecho todo lo posible por evitarlo durante toda la tarde, con la esperanza de que la distancia atenuara lo que sentía al estar cerca de él. Sin embargo, allí estaba ella, sin poder entender todavía cómo una simple mirada podía hacer que se le agitase tanto el pecho.

Algo había cambiado entre ellos esa mañana, lo cual era un problema. Se había portado tan bien con ella... No se había burlado al descubrir lo decidida que estaba a rescatar al pobre animal y tampoco cuando mencionó que no se quedaría tranquila hasta que no viese a Jenny con sus gatitos. Y encima él la había ayudado e instigado. Sabía perfectamente que Crawford no hubiese reaccionado así; de hecho, ni siquiera se hubiese esforzado por entenderla. Además, si se la hubiese encontrado arrodillada en el suelo en una posición un tanto comprometedora, probablemente no solo la habría regañado, sino que también la habría acusado de haber perdido la cabeza.

Pero Chess se había... reído. Y lo más extraño de todo: la había tratado como si la situación le hubiese parecido completamente normal e incluso entrañable.

Comparar a Crawford con otro hombre y darse cuenta de que su prometido nunca daría la talla ante sus expectativas la hizo sentirse incómoda. Y no se refería a que no reuniese las cualidades más superficiales y efímeras, como la buena apariencia o el encanto. No. Se refería a aquellas que a ella le parecían esenciales a la hora de elegir a la persona con la que quería compartir el resto de su vida: compasión, tolerancia y paciencia.

Así que supuso que no era de extrañar que sus sentimientos por el señor Kinsey hubiesen cambiado: la frialdad con la que lo había tratado al principio había dado paso al afecto y a algo mucho más complicado.

Solo quedaba una silla libre en la mesa de su familia y, por suerte para ella, pudo sentarse de espaldas al señor Kinsey y a su amigo, el señor Behr. Al menos así no caería en la tentación de mirarlo durante la velada.

El señor Andrews y el cirujano intercambiaron algunas palabras con sus padres antes de marcharse a sus respectivos asientos en la mesa del sobrecargo. Su familia se deshizo de elogios para con la comida que les sirvieron para cenar: sopa Consommé Sévigné, langosta Newburg, volován de champiñones y capón de Surrey. Sin embargo, Flora se encontraba demasiado inquieta como para darle más de dos bocados a los platos. De hecho, ni siquiera se terminó la *mousse* de piña.

—Estás muy callada —comentó el señor Fortune mientras ella empujaba el postre con la cuchara—. No tendrás *mal de mer*, ¿no?

—No, padre. Solo estoy un poco cansada.

Los ojos oscuros de su padre parecieron captar más cosas en Flora de lo que ella deseaba. El señor Fortune se limpió la boca y el bigote con la servilleta y añadió:

—Tienes ganas de volver a casa, ¿verdad? Aunque creo que este viaje te ha venido bien para replantearte algunas cosas. Hemos hecho y visto mucho... —Se recostó en la silla y giró la cabeza para observar al resto de los comensales de primera clase antes de volver a mirarla a ella—. Pero espero que eso no haya hecho que te distraigas, y menos aún que te olvides de lo que verdaderamente importa.

Flora tragó saliva con fuerza; sabía perfectamente que detrás de sus palabras se escondía una advertencia. Su padre no tenía ni un pelo de tonto.

—Sí, padre.

El señor Fortune extendió el brazo para darle una palmadita a Flora en la mano en señal de aprobación.

—Así me gusta. Tu madre y yo sabemos que siempre podemos confiar en tu buen juicio.

La culpa la atravesó, pero se obligó a sonreír. En el pasado, se habría quedado satisfecha al recibir sus elogios, pero ahora le habían sentado como un jarro de agua fría.

Después de la cena, la familia Fortune se dirigió a la sala de recepción para oír a la orquesta, algo que ya se había convertido en costumbre. Flora intentó volver a interpretar su papel de hija obediente. Decidió sentarse entre su madre y la señora Hays, que siempre estaban al acecho por si tenían que ponerle fin a cualquier discusión trivial. Sin embargo, sus hermanas tenían otros planes para ella.

—Flora, el señor Sloper y el señor Kinsey nos acaban de invitar a todas a dar un paseo por la cubierta –le informó Mabel, después de haberse acercado al sofá corriendo mientras tiraba del brazo de Alice. Las pupilas le brillaban y tenía las mejillas enrojecidas por la emoción–. Venga, por favor. Acompáñanos. Nos lo pasaremos bien –concluyó, sonriéndole a los dos caballeros.

A Flora se le empezó a acelerar el corazón cuando sus ojos se encontraron con los del señor Kinsey. Se le veía igual de afable y sereno que siempre, pero creyó distinguir cierta cautela en su expresión. Tal vez porque ella estaba sentada entre dos mujeres con mucho carácter.

–¿No crees que lo mejor sería que Flora nos acompañase, madre? –intentó Mabel–. Nos vendrá bien tenerla de carabina –añadió, sonriéndole a su hermana mayor.

–Pues sí. Flora, ve con tus hermanas –respondió la señora Fortune.

Flora sintió una punzada de rabia en su interior al ver que Mabel se había vuelto a salir con la suya.

–Id primero a por un abrigo –gritó su madre a sus espaldas.

–Nos vemos ahora en los ascensores de la cubierta C –les dijo Alice a los hombres mientras subían las escaleras.

Después de haberse pasado por el camarote para coger sus respectivos abrigos y sombreros, se dirigieron juntas a los ascensores, donde el señor Kinsey ya las estaba esperando. Flora se toqueteó el cuello del abrigo de piel y se recolocó el sombrero verde de terciopelo en un intento de evitar su mirada mientras esperaban a que llegase el ascensor que los llevaría hasta la cubierta A. Habían decidido ir directamente a donde estaba el camarote del señor Sloper y el paseo para que así él no tuviese que bajar.

Todos se hicieron un hueco en el ascensor, junto con otra pareja, y Flora acabó de pie justo delante del señor Kinsey. A pesar de las capas de seda y lana que los separaban, Flora juró que hubo un momento en el que sintió el calor que desprendía su figura atlética. Todavía recordaba a la perfección cómo había reaccionado al verlo jugar con su hermano al *squash* por la mañana, cuando se había colado en la tribuna de espectadores con la intención de mirarlo a escondidas. Cómo se movía de un lado a otro –estirándose, agachándose, balanceándose– y cómo se le marcaban los músculos bajo las prendas nuevas de algodón blanco. Se había ruborizado al verlo y había sentido un cosquilleo en la tripa.

Un cosquilleo que se parecía mucho al que estaba notando justo ahora y que estaba consiguiendo que se le acelerase el pulso y que se le antojase complicado respirar. El aroma de la colonia de Chess parecía haberse quedado suspendido en el aire. Su cuerpo –o tal vez el de ella– se tambaleó hacia delante, acercándolos casi de manera imperceptible, y ella cerró los ojos y luchó contra el impulso de recostarse contra él. Si alguien le hubiese dicho algo en ese preciso instante, ella ni siquiera habría sido capaz de oírlo, porque todo su ser parecía estar empeñado en concentrarse en el hombre que tenía justo detrás.

Cuando el ascensor llegó a la cubierta A y las puertas se abrieron con un estruendo, Flora tuvo que obligarse a mover los pies; no quería que nadie se percatase de lo aturdida que estaba y, menos aún, quedar en evidencia delante del señor Kinsey. Sin embargo, sus esfuerzos fueron en vano porque él enseguida se dio cuenta y alargó el brazo para sostenerla por el codo. El roce le quemó la piel y antes de que ella pudiese reaccionar, él ya había entrelazado su brazo con el suyo y había decidido por los dos seguir al señor Sloper y a sus hermanas por el paseo.

El aire frío le heló las mejillas y le llenó los pulmones. Las nubes que los habían acompañado durante el día habían dado paso a un cielo cubierto de estrellas. Más allá del cristal del paseo, centelleando como gemas brillantes esparcidas por una capa de terciopelo oscura.

Ni Flora ni el señor Kinsey hablaron mientras paseaban por la sofisticada cubierta y giraban en dirección a la proa del barco. Pero el silencio empezó a prolongarse demasiado, y a Flora le preocupó no acertar con el tema de conversación. Le habría resultado todo más sencillo si Alice y el señor Sloper no se hubiesen alejado tanto: si hubiesen adoptado un ritmo más pausado, ella podría haber soportado mejor el silencio con el ruido de sus murmullos alegres de fondo. Pero Alice y el señor Sloper parecían no darse cuenta de que la distancia entre las dos parejas era cada vez mayor.

Mabel, por su parte, parecía inquieta. Iba deteniéndose de vez en cuando para mirar el mar o para examinar algo por el costado del barco que le había llamado la atención y que había conseguido hacer que se quedase atrás. Entre la holgazanería de Mabel y la prisa que llevaban Alice y el señor Sloper, Flora prácticamente se había quedado a solas con el señor Kinsey. Bueno, lo más a solas que una pareja podía estar en una cubierta en la que de vez en cuando se cruzaban con otros pasajeros.

—Sus padres tienen muchas esperanzas puestas en usted.

Flora dejó de analizar a Mabel por encima del hombro y giró la cabeza para mirar al señor Kinsey, aunque él tenía los ojos clavados en un punto en el horizonte.

—En su futuro —aclaró él.

—Ah, sí —dijo ella a la vez que sacudía la cabeza, un poco confundida—. ¿A usted no le pasa lo mismo con su familia?

El señor Kinsey torció el gesto.

—La verdad es que no. No esperan nada de mí, tan solo que siga como hasta ahora, es decir, sin hacer nada.

A pesar de su tono burlón, Flora percibió cierto dolor en sus palabras, al igual que en su expresión, como si deseara no haber confesado aquello delante de ella.

—¿Nada? Pero… ¿usted no trabajaba como abogado en una de las empresas de su familia?

—Así es. Pero solo me dieron ese puesto para guardar las apariencias. —Apretó los labios durante un breve momento antes de añadir—: No confían en mí lo suficiente como para asignarme tareas importantes. —Era difícil distinguir bien lo que transmitían sus ojos bajo las luces y sombras de las tenues lámparas que adornaban el techo—. Soy el segundo hijo varón de los

Kinsey; todo el mundo me ve como un granuja inútil, incluso mis propios padres. Así que, sí, usted estaba en lo cierto. Al no ser el primogénito, lo único que esperan de mí es que les haga más amenas las cenas familiares.

Flora frunció el ceño, sin entender muy bien por qué el señor Kinsey había decidido confesarle aquello.

—Pero ahora sé que me equivoqué.

—¿Usted cree? —le respondió él con firmeza y la dureza de su tono la pilló a ella por sorpresa.

—Es una estrella del tenis —le recordó Flora—. Y, según la prensa, uno de los mejores jugadores de América, por no decir del mundo.

—Eso no cuenta; al final es algo innato.

—¿Y piensa que voy a creerme que porque haya nacido con ese talento no entrena ni practica, que no se deja la piel cada vez que tiene un partido, aunque le haga creer al resto lo contrario?

El señor Kinsey no lo negó, pero sí que intentó redirigir la conversación hacia donde él quería.

—Bueno, pero el tenis es relativamente inútil. No voy a poder vivir de ello durante toda mi vida. Habrá un momento en el que mi cuerpo me pida que pare.

Pero de nada le sirvió, porque Flora ya se había dado cuenta de que aquella era tan solo otra inseguridad más que él había decidido llevar en silencio.

—Aun así, imagino que ya habrá empezado a pensar en lo que hará cuando se retire —insistió ella, suavizando su tono de voz—. De hecho, estoy convencida de que lleva tiempo pensándolo, aunque le cueste admitirlo.

Llegaron al final del paseo, y él se detuvo y la giró para poder mirarla a los ojos.

—¿Cómo es posible que me conozca tan bien? —quiso saber él con la voz desgarrada, como si fuese un hilo a punto de romperse.

Ella vio en sus ojos el reflejo de las estrellas y el destello de algo más. Un signo de calidez y vulnerabilidad mezclado con determinación, como lo estaba el aire frío a llenar sus pulmones. No era la primera vez que la miraba así; lo había hecho antes, en la sala en la que estaban los fregaderos, cuando habían dejado a Jenny con sus bebés. Pero esta vez lo estaba haciendo con más intensidad. Durante varios segundos, Flora se quedó sin palabras, se olvidó de su sentido común y se vio anhelando cosas que sabía que entre ellos no iban a poder ser.

Sabía lo que él estaba a punto de hacer. Al igual que sabía que ella no se habría apartado si no hubiese aparecido de repente otra pareja. El hechizo se rompió y él se limitó a girarla para que pudiesen reanudar el paseo.

Con el corazón aún acelerado, Flora miró a su alrededor y se dio cuenta de que sus hermanas se habían ido. En algún momento, habían desaparecido: Alice del brazo del señor Sloper y Mabel en busca de algo que solo ella sabía. Había resultado ser una carabina nefasta.

Estaba empezando a pensar que era a ella a la que necesitaban vigilar. Porque había estado a punto de besar a un hombre que no era su prometido. Y lo que es peor: ahora se arrepentía de no haberlo hecho.

Capítulo 16

Chess supo reconocer en qué momento Flora se dio cuenta de que sus hermanas ya no estaban en la cubierta de paseo.

Él sí que se había percatado de su ausencia; de hecho, las había visto yéndose unos minutos antes, cada una por un sitio diferente. Al igual que se había percatado de que ambas tramaban algo. Aunque no tenía del todo claro si la decisión la habían tomado porque les beneficiaba a ellas o porque le estaban intentando hacer un favor a su hermana. Tal vez una combinación de ambas cosas. Era evidente que Alice y Sloper estaban orquestando algo, y Mabel…, bueno, tenía la misma mirada pícara de siempre.

Chess decidió no decirle nada a Flora. Al final, sus hermanas le habían servido en bandeja justo lo que él buscaba: compartir un momento a solas con la mayor de las Fortune.

Y después no se le había ocurrido nada mejor que empezar a hablar sobre las expectativas y lo inútil que se sentía. Una estupidez, teniendo en cuenta que lo último que quería era espantarla.

Pero, para su sorpresa, no lo hizo. Flora no lo miró con desaprobación. No salió corriendo. De hecho, se había quedado allí para contrarrestar sus argumentos y había intentado tranquilizarlo; reconocer su mérito, incluso. Había sabido leer entre líneas, hasta por encima y alrededor de ellas, de una manera que nadie nunca se había molestado en hacer.

Había hecho que a él le entrasen ganas de hablarle de sus inversiones, esas que había preferido ocultarles a sus padres. Tenía suficiente dinero como para no necesitar depender nunca más de su familia y rechazar el generoso salario que le correspondía por ser el segundo hijo varón de una familia pudiente. Había hecho que a él le entrasen ganas de confesarle que sí que había pensado en cómo quería que fuese su futuro una vez que dejase de jugar al tenis. Que todavía no había tomado una decisión, pero que le gustaría montar su propio negocio: algo que estuviese relacionado con la fábrica y venta de artículos deportivos, y que fuese más accesible y asequible que las marcas que ya existían.

Había pasado por varios barrios en los que había visto a los niños jugando al béisbol en las calles con poco más que algunos palos y piedras. Se había fijado en las pelotas estropeadas y desinfladas, y en las raquetas rotas a las que les faltaba la mitad del cordaje. Se había asegurado de que a los pequeños les llegase material nuevo, aunque la donación la había hecho de manera anónima. Hasta ahora solo había podido ayudar a esas personas que había visto con sus propios ojos que lo necesitaban, pero sabía que había muchas más ahí fuera. Tal vez, si los productos fuesen más baratos y el proceso de compra fuese más sencillo, la mayoría podría permitirse renovar el equipo deportivo de sus hijos. Desde un punto de vista altruista, parecía una buena idea. Al igual que desde un punto de vista comercial.

Sin embargo, nunca había compartido nada de esto con nadie más que con su abogado y asesor financiero porque sabía lo que diría su familia si se enterase. Se echaría a reír, se burlaría de él o simplemente se limitaría a negar con la cabeza. Incluso la mayoría de sus amigos le preguntarían por qué querría perder el tiempo haciendo algo así cuando podía seguir viviendo como un rey sin tener que preocuparse por los problemas de los demás.

Flora parecía ser la única que esperaba más de él, y eso le gustaba. Le gustaba pensar que ella sabía de lo que era capaz y que había descubierto lo que escondía debajo de ese estúpido disfraz de hijo desobediente que su familia le había obligado a ponerse. Sus ojos azul grisáceos brillaban con confianza y esperanza, y a él le resultó imposible romper el contacto visual. Tanto que pensó que estaría dispuesto a hacer cualquier cosa con tal de que lo siguiera mirando así.

Sin embargo, cuando ella bajó la cabeza y empezó a aligerar el paso, él se quedó con un mal sabor de boca y con la sensación de que tal vez había metido la pata.

—Deberíamos… deberíamos entrar ya —tartamudeó ella—. Tengo que buscar a mis hermanas.

—Estoy seguro de que saben cuidarse solas. —Cuando se dio cuenta de que ella no tenía la intención de decir nada más, agregó—: Sloper es un buen hombre, si eso es lo que le preocupa.

—Lo sé. Pero se supone que tenía que hacerles de carabina y está claro que no he hecho un buen trabajo porque ni siquiera sé dónde están. —Le dedicó una mirada fugaz, pero aun así a él le dio tiempo a descubrir que tenía las mejillas sonrojadas y que le seguían brillando los ojos—. Si les pasara algo… —Negó con la cabeza—. No puedo decepcionar a mis padres.

Y fue entonces cuando él descubrió qué era lo que a Flora realmente le inquietaba. No estaba así por sus hermanas, sino porque se sentía atraída por él. Se esforzaba por ocultarlo, pero la conexión que había entre ellos era indiscutible. Lo notaba en el aire y bajo la piel.

Él aminoró sus pasos.

—No les va a pasar nada a sus hermanas. Al menos no en el Titanic. Pero no sé si puedo decir lo mismo de usted. —Sus ojos se volvieron a encontrar con los suyos—. Porque no sé si permitirá que ocurra.

—No… no sé a qué se refiere.

Las pupilas de Flora parecían dos grandes charcos de agua bajo la luz tenue. Se humedeció los labios y Chess tuvo que contenerse para no estrecharla entre sus brazos. Porque sabía que, si lo hacía, corría el riesgo de que Flora lo abofeteara y lo obligase a olvidarse de ella. Y eso era lo último que quería. Sobre todo ahora que por fin había descubierto qué era lo que más anhelaba.

A ella. Con sus cosas buenas y sus cosas malas. Para siempre. Ese tal Crawford Campbell era un necio.

¿Quién en su sano juicio dejaría marchar a una mujer así? Chess no sabía cómo, pero encontraría la manera de hacerse un hueco en el corazón de Flora. Si ella hubiese estado casada, las cosas habrían sido diferentes. Pero no lo estaba; todavía no. Así que para él eso significaba que no estaba todo perdido.

Era evidente que la atracción era mutua. Si jugaba bien sus cartas, podría hacer que Flora entrase en razón. Y si lo conseguía, se pasaría el resto de su vida demostrándole que no se equivocó al tomar la decisión de quedarse con él.

Pero por ahora no le convenía precipitarse. Así que se alejó medio paso de ella y añadió:

—Ya. Me habré equivocado; le pido disculpas.

Flora se puso aún más nerviosa, si es que eso era posible, mientras intentaba buscar una respuesta. Al final optó por asentir con la cabeza.

Él dobló el brazo y se lo ofreció.

—Busquemos a sus hermanas.

Se despidió de Flora cerca de la gran escalinata de proa, dado que le insistió en que quería continuar buscando a sus hermanas por su cuenta, y avanzó por el pasillo hacia la sala de fumadores. Seguramente ya habrían hecho las mejores apuestas para el recorrido que haría el Titanic al día siguiente, pero aun así confiaba en que todavía pudiese pujar por una cifra decente. En cualquier caso, había quedado con el señor Fortune para tomarse una copa y sospechaba que al hombre no le gustaba la impuntualidad.

Cuando pasó por delante del salón principal, se quitó el abrigo y se lo colgó del brazo. Después, alzó la mano y se peinó el pelo castaño claro. Empujó la puerta de la sala de fumadores e inmediatamente se vio rodeado por una neblina de humo y por el murmullo de las voces masculinas. Las paredes estaban revestidas con paneles de madera de caoba y nacaradas, así que cualquiera habría esperado encontrarse una habitación oscura y melancólica. Sin embargo, al contar con vidrieras retroiluminadas pintadas a mano por toda la sala, daba la sensación de que seguía siendo de día. Además, había una chimenea, por lo que las llamas del fuego también le daban un toque acogedor.

Chess barrió con la mirada el lugar, analizando las caras de los pasajeros que estaban sentados en las butacas orejeras de cuero oscuro. Enseguida distinguió a su presa, que se encontraba mirando el cuadro que estaba colgado sobre la repisa de la chimenea. Había oído al artista Frank Millet y a Archie Butt, el ayudante de campo del presidente, hablando sobre la obra de Norman Wilkinson anoche. Así que, gracias a ellos, ahora sabía que la pintura se llamaba *Plymouth Harbour*; bueno, no estaba del todo seguro de que se llamase así, pero sí de que era una representación del puerto de Plymouth. De todas formas, el arte nunca había sido su punto fuerte. Se preguntó si sería el del señor Fortune. Aunque su ceño ligeramente fruncido le hizo sospechar que no.

El señor Fortune se giró cuando Chess se acercó y le ofreció la mano para que se la estrechara.

—Veo que ya ha terminado de pasear con mis hijas. Estaba empezando a pensar que el encanto de las mujeres Fortune había acabado distrayéndolo.

—Bueno, le mentiría si le dijera que no me parecen encantadoras —habló él, colocando el abrigo en una de las butacas vacías antes de sentarse en otra—. Pero le aseguro que eso no ha hecho que me olvide de su invitación. —Levantó la mano para llamar la atención del camarero que pasaba. No hizo falta decirle lo que quería tomar; era bastante generoso con las propinas, así que estaba seguro de que se acordaba perfectamente de sus gustos.

El señor Fortune le dio un buen trago a su cerveza negra antes de volver a dejarla en la mesa, que estaba cubierta por una bayeta verde. Se le quedó el bigote manchado de espuma.

–En ese caso, supongo que dice mucho de usted que haya preferido retrasar nuestro encuentro para no ofender a mis hijas.

–A ningún hombre le conviene enfadar a una mujer –le confió Chess, inclinándose ligeramente hacia delante.

El señor Fortune se echó a reír.

–Ahí tengo que darle la razón. No hay persona más rencorosa y feroz que una jovencita. Tengo cuatro hijas; sé de lo que hablo. –Le señaló con el dedo para darle énfasis a su argumento–. Así que hace usted bien.

–Ya.

–Mi Mabel… –Se cruzó de brazos–. Mi Mabel es una mujer inteligente. Y está llena de vitalidad. –Negó con la cabeza y Chess percibió un destello de cariño en sus ojos oscuros–. Más terca que una mula, eso sí. Pero es directa y franca. Siempre sabrá en qué punto está con ella. –Suspiró–. Supongo que se podría decir que es la que más se parece a mí. Si hubiese nacido varón, estoy seguro de que se habría convertido en una persona con mucho peso dentro de la sociedad.

Chess levantó el vaso de *whisky* que le había traído el camarero y le dio un pequeño sorbo, disfrutando de la sensación de ardor en la garganta. También aprovechó el momento para intentar deducir a dónde quería llegar el señor Fortune con esas palabras. Porque no creía que hubiese hecho ni dicho nada para que el hombre pensase que estaba interesado en su hija más pequeña.

–A mi parecer, las tres son ingeniosas y audaces. Alice, por ejemplo, parece una joven bastante ambiciosa.

–¿Alice? –dijo el señor Fortune, sorprendido–. Oh, no. Ahí se equivoca. Ha tenido problemas de salud desde que era una niña. Problemas respiratorios. Y aunque no nos hemos llevado ningún susto durante la gira, sabemos que siempre será la más frágil de las tres. Su prometido, Holden Allen, sabe que debe cuidarla. Eso sí, es la chica más dulce y dócil que conocerá jamás.

A Chess le costó no fruncir el ceño; esa no era la impresión que había tenido al conocer a Alice Fortune. Sí, era cierto que proyectaba una imagen dulce y dócil, pero en el fondo parecía tan decidida como Mabel. Sabía que Alice le había preguntado a Sloper por las partidas de póquer que Thomas Cardeza organizaba en su *suite* de lujo. De hecho, estaba bastante seguro de que era allí a donde se había ido la pareja mientras él distraía a Flora.

La convicción en la expresión del señor Fortune hizo que Chess se preguntase si el hombre realmente conocía a alguna de sus hijas.

—¿Y Flora?

La mirada del señor Fortune se agudizó, dejándole claro que sabía que su hija mayor había despertado interés en él.

—Flora es una mujer sensata y responsable. Nunca nos ha dado problemas. Sabe cuál es su deber y lo sigue al pie de la letra. —No añadió nada más, pero Chess estaba seguro de que se refería al deber de honrar a sus padres. El señor Fortune esbozó una sonrisa cargada de orgullo—. Crawford Campbell es el marido que Flora necesita. Y estoy convencido de que tendrán una vida estable.

Pero eso no significaba que su hija fuese a ser feliz. Chess se vio obligado a morderse la lengua para no soltar algo de lo que sabía que después podría arrepentirse. La descripción que le había hecho el señor Fortune de Flora la hacía parecer una mujer aburrida —un peón al que su padre manejaba a su antojo, de la misma manera que lo haría su futuro marido—, pero Chess sabía que Flora era mucho más que eso. Era ingeniosa y sabia, sensible y compasiva, y tenía un corazón que no le cabía en el pecho.

A decir verdad, no hacía nada que no fuese de corazón. Su imagen elegante y sobria no era más que una fachada que utilizaba para ocultar cómo era en realidad. Porque por dentro estaba llena de ocurrencias, de sentimientos y de amor. Necesitaba un marido que entendiera eso, que lo apreciara.

Pero ese no era el momento ni el lugar para llevarle la contraria al señor Fortune. Chess era famoso por la potencia de sus saques, pero también conocía los beneficios estratégicos que podía conseguir con un buen golpe de volea. Sabía cómo cansar a sus adversarios para que así les resultase más difícil llegar a la esquina de la pista o cómo controlar el ángulo y la fuerza del impacto para lograr sorprenderlos. Sabía que, en la mayoría de las ocasiones, era la astucia la que podía darle la victoria. Porque, después de todo, para ser un buen tenista se necesitaba más que un buen saque.

Chess volvió a darle otro sorbo al *whisky* y decidió que lo mejor era cambiar de tema.

–Bueno, cuénteme; ¿cómo es que acabó siendo el propietario del terreno en el que ahora está la vía principal de Winnipeg? Me han dicho que llegó a Manitoba con tan solo dos centavos en el bolsillo.

–Ah, sí. Aunque en realidad fueron veinticinco centavos –le corrigió el señor Fortune con falsa modestia mientras se preparaba para contarle su historia.

Capítulo 17

Mabel hizo un gesto con la cabeza para darle las gracias al camarero que le había traído una taza de café. Se había acercado a la sala de recepción de la cubierta D. Sabía que todavía era temprano, pero estaba demasiado emocionada como para ponerse a hacer otra cosa. Sobre todo cuando cabía la posibilidad de que la señorita Young –o Marie, como le había pedido a Mabel que la llamase– llegase antes de lo acordado.

Se habían visto por la mañana y Marie había insistido en que le contase qué se traía entre manos. De hecho, le había acabado dando su opinión y le había comentado que no iba a conseguir persuadir a su padre si no encontraba argumentos sólidos que respaldasen su idea y si no le dejaba claro que había sopesado muy bien su decisión de ir a la universidad. Marie le había recordado que su padre, como la mayoría de los hombres, era más propenso a dejarse llevar por la razón y la lógica, así que Mabel decidió que seguiría sus consejos. Es más, Marie se había ofrecido a ayudarla a elaborar una propuesta.

Había estado a punto de tirar la toalla en varias ocasiones, pero ahora por fin parecía haber recuperado un atisbo de esperanza. En tan solo unas horas, reuniría todos los argumentos que necesitaba para hacer que su padre cambiase de opinión. Y para asegurarse de que el plan no tenía ninguna fisura, le había pedido a la señora Candee y a la doctora Leader que también la ayudasen. Después de todo, cuatro cabezas pensaban mejor que dos, y más aún si pertenecían a mujeres inteligentes y triunfantes.

Mabel se tapó la sonrisa con la taza de café y volvió a ordenar los artículos de papelería de la White Star que se había traído y que había dejado en la mesa. Cada vez que alguien abría y cerraba las puertas del comedor, le llegaban los murmullos de los pasajeros que aún seguían disfrutando del almuerzo. Sintió un cosquilleo por la anticipación y los nervios. Se había sentado en una mesa a babor, cerca de la proa, y desde allí se respiraba un aire tranquilo. Aprovechó el momento a solas para reflexionar sobre la sugerencia que le había hecho la señora Candee; le había mencionado que tal vez podía optar por el Derecho. Al parecer, necesitaban más figuras femeninas con formación jurídica para así tener dentro del sistema personas que reivindicasen el papel de la mujer en la sociedad. Mabel sabía que ese argumento no funcionaría con su padre, pero, aun así, la recomendación de la señora Candee había hecho que barajase la posibilidad de convertirse en abogada.

Siguió con la cabeza en las nubes hasta que la voz de un hombre hizo que volviese a la realidad. Se esforzó por poner buena cara cuando dos caballeros decidieron sentarse a tan solo dos mesas de donde se encontraba ella. Por dentro estaba molesta; la sala era enorme y estaba casi vacía. ¿No podrían haberse sentado en otro sitio?

Pero luego se dio cuenta de que los conocía. El hombre de uniforme con barba blanca era el capitán del barco, y el tipo alto, delgado y parlanchín era el señor Ismay, el director de la naviera White Star Line. Parecían estar hablando sobre el recorrido diario del barco, el tema del momento entre los caballeros… Mabel ya había tenido que soportar ese tipo de conversaciones en el almuerzo, así que se concentró en su taza de café e intentó ignorarlos. Pero Ismay estaba demasiado emocionado con los logros del Titanic y prácticamente estaba gritando:

—¡Quinientas diecinueve millas náuticas! —exclamó el director—. Una velocidad media de 20,91 nudos. ¡Caramba! Mejor que el Olympic en su viaje inaugural. –Soltó un suspiro, satisfecho–. Hemos mejorado los números de ayer. ¿Crees que mañana nos pasará algo similar?

Ante la pregunta, o bien el capitán se limitó a asentir con la cabeza o Ismay ni siquiera le dejó tiempo para responder, dado que continuó hablando. A juzgar por lo que había visto, a Mabel le dio la sensación de que al director de la naviera le gustaba llevar el peso de la conversación.

–Todo va viento en popa. La maquinaria está pasando con creces las pruebas. Las calderas están reaccionando bastante bien a la presión y ya han empezado a encender más. Acabarás ordenando que enciendan las veintinueve, ¿no? Los motores alternativos están funcionando a una velocidad mayor. A este ritmo, venceremos al Olympic y llegaremos a Nueva York el martes.

A estas alturas, Mabel ya había dejado de esforzarse por ignorarlos. Hubiese sido imposible seguir haciéndolo. Además, así podía tener algo interesante que aportar en la próxima conversación aburrida que se diese sobre la velocidad del Titanic. Pero no podía negar que las últimas palabras de Ismay habían hecho que se sobresaltase. Si el barco llegaba a Nueva York el martes, eso significaba que el viaje duraría un día menos. Un día menos para que le diesen consejo y para que pudiese elaborar un plan consistente.

¿Y si el señor Ismay estaba en lo cierto? Parecía estar al corriente de todo lo que pasaba en el barco y, al ser el director de la naviera, no era de extrañar que recibiese información de primera mano. Y, hasta el momento, el capitán no había afirmado ni desmentido las conclusiones de Ismay.

Mabel se movió un poco hacia delante, fingiendo que estaba mirándose el dobladillo de la falda de seda de color morado con ribetes marrones, y observó de reojo la cara del capitán Smith. Por lo que podía ver, había adoptado una postura relajada y se mostraba inexpresivo, a diferencia del evidente entusiasmo que transmitía su compañero. De hecho, Ismay estaba tan emocionado que no parecía darse cuenta de que estaba resultando cansino. Sin embargo, el capitán lo dejó divagar, sin mostrar signos de incomodidad.

Unos minutos más tarde, Ismay dio por zanjada la conversación, o más bien su monólogo, y el capitán se puso de pie.

—Buscaremos a alguien e iremos a la pista de *squash*.

Marie apareció poco después con una sonrisa radiante y le pidió disculpas por el retraso.

La encantadora divorciada, la señora Candee, lo hizo unos minutos más tarde, junto con tres hombres que formaban parte de su círculo de conocidos. El primero era el señor Woolner, un inglés alto y elegante; el segundo, el señor Björnström-Steffansson, un sueco e hijo de una importante figura de la industria de la pulpa de madera; y el tercero, Edward Colley, un irlandés alegre con una risa estruendosa. Los seis consiguieron crear un ambiente animado, uno que hizo que otros pasajeros sintiesen la necesidad de acercarse a saludar.

Era imposible no notar el compañerismo que se respiraba entre ellos. Y a Mabel le resultó difícil no contagiarse del buen humor del grupo y llegó a creer que sus problemas más allá de lo que estaba viviendo en el barco no existían. Pero cuando los músicos comenzaron a amontonarse en la esquina opuesta de la sala antes de la hora del té y la señora Candee se marchó con los hombres, Mabel se dio cuenta, muy a su pesar, de que se le había ido toda la tarde y casi no había hecho ningún progreso en sus planes para persuadir a su padre.

—Ven a mi camarote mañana por la mañana. Te prometo que pensaremos algo —le aseguró Marie. Después, le dio un pequeño apretón a Mabel en el hombro y caminó a paso ligero hacia la gran escalinata de proa, sin ver cómo Alice ocupaba el lugar que había dejado libre.

—¿Quién era? —le preguntó su hermana con cierta brusquedad.

—La señorita Young —le respondió Mabel, estudiando la expresión de Alice—. ¿Qué mosca te ha picado? ¿Flora te acaba de echar la bronca por haber vuelto al camarote tan tarde anoche?

Alice frunció el ceño.

–No. Está demasiado ocupada tomando el té con el señor Kinsey, el señor Behr y la señorita Newsom en el Café Parisien.

–¿En serio? –indagó Mabel con regocijo.

–No entiendo qué le está pasando a Flora. Ella no es así –se quejó Alice.

–¿De qué diantres estás hablando?

–Solo conoce al señor Kinsey desde hace tres días y ya parece haberse olvidado por completo del señor Campbell. Pensé que le tenía más respeto a su prometido.

–Pero si esto es justo lo que queríamos que pasase.

–No, era lo que tú querías que pasase –la acusó Alice–. Me resulta imposible no sentir pena por el pobre Crawford.

–Ay, sí, el pobre Crawfy..., que solo le ha escrito una mísera carta a nuestra hermana en los más de tres meses que llevamos fuera –replicó Mabel–. Que nunca ha conseguido hacerla sonreír. Seguro que le duele más que le hieran el orgullo que que le rompan el corazón...

–Nunca te ha caído bien –murmuró ella.

–Eso es cierto, pero tengo mis razones. –Mabel observó a su hermana, que normalmente era todo alegría y bondad, con el ceño fruncido–. No sé qué es lo que te pasa, pero es evidente que estás confundiendo lo que tienes con Holden con la relación que Flora tiene con Crawford. Y no estáis en la misma situación.

Mabel esperó a que Alice respondiera, pero esta se quedó con la vista clavada en la esquina más alejada de la sala. Mabel sacudió la cabeza, se levantó de la silla y decidió ir en busca de una compañía más agradable.

–La señorita Newsom es encantadora –comentó Flora al salir del Café Parisien.

–No sé por qué, pero... diría que Karl piensa lo mismo –bromeó Chess.

Ella lo miró, riéndose. Sabía perfectamente que estaba feliz por su amigo, incluso aunque se mostrase impasible. Su atuendo de hoy era un poco más atrevido de lo normal –se había puesto un traje de sarga azul y una corbata con un estampado llamativo–, pero aun así seguía respetando el código de vestimenta, dado el toque continental que habían conseguido plasmar en la cafetería que habían construido a lo largo del lado de estribor del restaurante À la Carte. El café que servían era fuerte, los sándwiches diminutos y los pasteles estaban colocados en un soporte circular de varios pisos. Los camareros solo hablaban francés y se respiraba un ambiente sofisticado.

–¿Cree que le pedirá matrimonio? –indagó Flora, tomándose más tiempo del estrictamente necesario para ponerse los guantes grises de ante al ver que, para su sorpresa, aquella mera pregunta había hecho que se le removiese el estómago.

–Primero tendrá que reunir el coraje para hacerlo.

Ella entrelazó el brazo con el suyo y dejó que él la guiase hacia la gran escalinata de popa. Aunque no era tan impresionante como la que había en proa, los detalles estaban igual de cuidados, o al menos eso parecía desde el reflejo de los espejos circulares que recubrían las paredes de la sala de recepción fuera del restaurante.

–¿Tanto valor se necesita? –bromeó ella; siempre había imaginado que a los hombres les resultaría sencillo el proceso de elegir esposa. Al final, no estaban obligados a quedarse sentados hasta que apareciese alguien que se fijara en ellos.

–Diría que sí –respondió Chess–. Uno nunca puede confiarse, incluso aunque en el fondo crea que le dirán que sí. Porque cuando un hombre se arrodilla, sabe que la última palabra la tiene la mujer.

Flora fue incapaz de reprimir una carcajada.

Él la miró, sorprendido.

–¿No está de acuerdo? ¿Acaso cree que a los hombres no se les rechaza?

–Oh, por supuesto que sí. Pero son ellos los que eligen si quieren pedírselo o no. Si una joven le pidiese matrimonio a un hombre, la gente la tacharía de vulgar e insolente. A veces, incluso una sonrisa demasiado coqueta puede considerarse que está fuera de lugar.

Al llegar a la cubierta A, Chess la guio hacia las puertas que daban al paseo, donde la mayoría de los pasajeros solían pasar la hora anterior al toque de corneta que les indicaba que tenían que prepararse para la cena. Era el mejor lugar al que uno podía ir si quería ver y ser visto –aparte del comedor, claro–, sobre todo porque a la gente le gustaba disfrutar del atardecer y pasear bajo el cielo de diferentes tonos morados y naranjas. Se mezclaron con la multitud y Flora reconoció de inmediato a la pareja que tenían delante, dado que había pocos caballeros que fuesen tan altos y delgados como el coronel Astor. El hombre sujetaba una correa con la que habían atado a un perro de aspecto descuidado y la señora Astor caminaba a su lado, con un bonito gorro de piel de armiño en la cabeza.

–Incluso aunque parezca que es la mujer la que marca el destino de un caballero… Incluso entonces, tiene menos poder del que usted cree. Porque la sociedad tiene unas expectativas y a los padres les gusta que sus hijas las cumplan –murmuró Flora en voz baja para que solo él pudiese escucharla.

Sentía los ojos oscuros de Chess clavados en ella, pero no se atrevió a mirarlo. De repente, sintió el peso de su confesión en el pecho y en las mejillas, a pesar del aire fresco de las últimas horas de la tarde.

–Pues entonces el mundo está lleno de insensatos –añadió él con firmeza.

Sorprendida por la intensidad de su voz, Flora se giró y se encontró con un par de ojos ámbar llenos de convicción.

–Porque, como mínimo, le corresponde a ella decidir con quién quiere pasar el resto de su vida. Asegurarse primero de que los sentimientos que hay entre ellos son mutuos y sinceros. –Su voz se convirtió en un susurro y estudió cada facción de su rostro–. Porque… porque es extraordinaria y se merece tener a alguien al lado que se lo recuerde todos los días.

Flora sintió un hormigueo en la piel, sobre todo en aquellas zonas en las que él se detenía a mirar. De pronto, la atravesó una oleada de calor y tuvo que recordarse que debía respirar. Se obligó a seguir moviendo los pies mientras buscaba una respuesta.

Y entonces oyó el característico acento del coronel Gracie y ella perdió la oportunidad de sincerarse con Chess.

–¡Señorita Fortune! –exclamó el hombre a lo lejos, y Flora parpadeó mientras él se acercaba–. Qué alegría volver a verla. –Miró por encima del hombro–. Justo les estaba comentando a los Straus lo simpáticas que son sus hermanas. Y usted, por supuesto. Hoy he tenido el placer de disfrutar durante una hora de la compañía de la señorita Alice.

A Flora le costó no hacer una mueca al oír esto último. Sabía que el coronel Gracie tenía buenas intenciones, pero escucharlo hablar durante una hora sobre la batalla de Chickamauga, entre otras cosas, tendría que haber sido una tortura. Flora se giró para saludar a los Straus, que también se tenían el cielo ganado por tener que aguantar al coronel. No era la primera vez que los veía a los tres juntos. De hecho, era raro ver al coronel sin el amable copropietario de los grandes almacenes Macy's, el señor Straus.

Pero había coincidido en más ocasiones con la pareja mayor, que se dedicaba a pasear del brazo por las cubiertas del Titanic, con las cabezas muy juntas. A decir verdad, parecían inseparables. Se les veía tan felices que entendía perfectamente por qué la gente decía que tenían un matrimonio idílico. Siempre se le escapaba una sonrisa al verlos y aquel día no fue la excepción, a pesar del torbellino de emociones que seguía sintiendo en su interior por las palabras de Chess.

–¿Cómo se encuentra hoy? –le preguntó Flora a la señora Straus. En su segundo día a bordo, se había encontrado con la mujer elegante y robusta en las escaleras. Le había dado la sensación de que le costaba subirlas, sobre todo, al ver que se había llevado una mano al pecho, así que la había acompañado hasta su camarote y allí su doncella se había hecho cargo de la situación–. Espero que haya podido adaptarse bien y que esté mejor.

–Oh, sí, querida. Ya estoy mucho mejor –le aseguró ella. Su rostro alegre estaba coronado por una nube de cabello oscuro con mechones grises–. Los nervios de los primeros días. –Se volvió hacia su marido, que llevaba una barba blanca bien cuidada, y le dio unas palmaditas en el brazo que tenía unido al de ella–. No hay nada de qué preocuparse.

Pero Flora se dio cuenta de que, pese a las palabras de su esposa, el señor Straus sí que parecía preocupado. Se reflejaba en sus ojos oscuros y en su postura aparentemente tranquila.

–¿Y quién es su pretendiente? –intervino el coronel Gracie–. Diría que no nos han presentado.

Chess la miró fijamente, como si la estuviese desafiando a negarlo, y los labios se le curvaron en una sonrisa.

–Este es el señor Chess Kinsey –respondió ella–. Es posible que lo conozca…

–¡El tenista! –la interrumpió el coronel Gracie, ofreciéndole la mano a Chess–. Había oído que había varios jugadores a bordo. ¿Vuelve a casa para el inicio de la temporada?

–Sí, entre otros motivos.

–¡Qué bien! ¿Nos volverá a dar una alegría? Me han comentado que hay un muchacho de California que podría hacerle competencia. Al parecer, le augura un futuro prometedor.

Flora sintió unos dedos rozándole el codo y dejó que la señora Straus la apartara un poco de los hombres.

–Vi a su hermana antes. Al parecer, le dolía la cabeza –dijo ella en voz baja–. Espero que no haya cogido frío en cubierta. –El brillo en los ojos de la mujer dejó a Flora más desconcertada de lo que estaba–. Si ve que no mejora, tengo unos polvos medicinales que estoy segura de que harán que se sienta mejor. Avíseme y me encargaré de que se los hagan llegar.

–Gracias. Muy amable –contestó Flora, a la vez que se preguntaba si debía ir a buscar a Alice para asegurarse de que estuviese bien. No la había visto desde el almuerzo porque su hermana se había marchado a quién sabe dónde.

Una parte de ella pensaba que el dolor de cabeza era tan solo el castigo que le había tocado por haber vuelto al camarote tan tarde. Flora no sabía qué se traía entre manos, pero lo que sí sabía era que la ropa y el cabello de su hermana olían a cigarro. Y si se había ido a un sitio en el que había tabaco, eso significaba que también había habido alcohol. Eran dos cosas que tendían a ir de la mano.

Pero Alice seguía siendo su hermana pequeña y su estado de salud era delicado. O al menos, lo había sido en su día. A Flora le preocupaba que su hermana llevase dos noches sin respetar su rutina; volvía al camarote más tarde de lo habitual y ya no era la primera en levantarse. De hecho, lo que más temía era que el frágil cuerpo de su hermana no encajase bien los cambios.

–Es usted la que se encarga de cuidarlos, ¿verdad? –comentó la señora Straus antes de añadir–: A sus hermanas y a su hermano, me refiero. Y a sus padres.

–Sí, supongo que sí –admitió ella.

–Pues bien hecho. Hay momentos en los que todos necesitamos que nos cuiden. Les pasa incluso a los que son padres. –Miró con cariño al señor Straus–. Y a los maridos.

–¿Cuánto tiempo llevan casados? –quiso saber Flora, agarrándose el sombrero de terciopelo malva con plumas de avestruz para que el viento no tirase de los alfileres que lo mantenían en su lugar.

–Cuarenta años. ¿Y sabe qué? –Se tapó la garganta con la estola de chinchilla que le cubría los hombros y se inclinó hacia Flora como si le estuviese contando un secreto–. Nunca hemos pasado un día entero separados. A donde él va, voy yo –añadió con orgullo–. ¿Y sus padres? ¿Cuánto tiempo llevan juntos?

Flora echó la cabeza hacia atrás a la vez que hacía cálculos.

–Creo que unos… treinta y seis años, más o menos.

La señora Straus asintió, como si eso confirmara algo.

–Si me permite darle un consejo, señorita Fortune: búsquese a un hombre que sea amable. A uno que haga que se derrita cada vez que la mire. –Se giró hacia su esposo y este le dedicó una mirada llena de cariño mientras el coronel Gracie continuaba dándoles su habitual sermón–. A un hombre del que le sea imposible separarse. Y cuando lo encuentre, no lo deje escapar –concluyó, cerrando la mano en un puño para darle énfasis a sus palabras.

La mirada de Flora se desvió hacia Chess y descubrió que sus ojos ya estaban sobre ella. Él le dedicó una pequeña sonrisa –tal vez con la intención de confirmarle lo que ella ya sospechaba sobre el coronel Gracie: que hablaba por los codos– y ella sintió un vuelco en el pecho, uno que hizo que se le calentase todo el cuerpo.

Flora parpadeó, desconcertada, cuando la señora Straus le dio unas palmaditas en el brazo para recuperar su atención.

–No se arrepentirá –le dijo la mujer antes de volver a ponerse al lado de su marido.

Flora se quedó con la mirada perdida en el espacio en el que hacía unos instantes había estado la señora Straus y trató de digerir sus palabras. Los Straus llevaban cuarenta años casados. Sus padres, treinta y seis. ¿Dónde estaría ella dentro de treinta y cinco o cuarenta años? ¿Quién estaría a su lado?

Intentó imaginarse cómo sería su matrimonio si se casase con Crawford, pero le resultó difícil evocar el recuerdo de su rostro y, más aún, la idea de compartir un futuro juntos. Los Straus no habían pasado ni un solo día separados, pero Crawford había dejado que ella se marchase sin él durante más de cien días. Sí, sabía que aún no estaban casados, pero… si no hubiese sido por este viaje, lo habrían estado. ¿Se acordaba de ella todos los días? Las pocas cartas que le había enviado la hacían pensar que no. Y puede que la hubiese mirado alguna vez con afecto, pero no había conseguido hacer que se derritie- se. Tan solo había llegado a sentir por él un atisbo de aprecio.

Pero con Chess... Nunca sabía qué iba a sentir al mirarlo a los ojos. Porque el brillo que desprendían lograba que se le removieran todo tipo de cosas en la tripa. Siempre que se despedían, ella se preguntaba cuándo volverían a verse. Y, a pesar de todo eso, no eran nada el uno para el otro. Tan solo dos personas que estaban compartiendo un trayecto en barco por el Atlántico. Pero el mero hecho de pensar que dentro de cinco días tendrían que separarse, hizo que le entrasen sudores fríos y que se sintiese desolada. Prefería arrojarse al mar helado antes que tener que enfrentarse a ello.

—Coronel —habló la señora Straus, interrumpiendo su discurso con una sonrisa cargada de arrepentimiento—. ¿Por qué no dejamos que los jóvenes sigan con su paseo?

—¡Oh! Sí, claro. Por supuesto —coincidió el coronel Gracie, quitándose el sombrero para despedirse de Flora—. Nos vemos.

Retomaron sus respectivos paseos en direcciones opuestas, pero Flora seguía dándoles vueltas a las palabras de la señora Straus.

—¿En qué está pensando? —se atrevió a preguntar Chess tras un momento de silencio—. ¿Le ha comido la lengua el gato? ¿O ha sido el coronel Gracie?

Ella soltó una pequeña carcajada.

—Es que... ¿Sabe que los Straus llevan cuarenta años casados?

—Todo un logro, sin duda —comentó él, girando la cabeza en la dirección en la que se había ido la pareja—. Parece que siguen igual de enamorados que el primer día. O tal vez incluso más. Se les ve felices —añadió cuando vio que ella no lograba verbalizar sus pensamientos.

—Sí, eso parece. Aunque supongo que es algo que se trabaja día a día —dijo ella por fin, curiosa por saber la opinión de Chess—. Seguramente habrá momentos en la vida en los que uno piense que lo más fácil es tirar la toalla, que deje de apreciar la perla que tiene en las manos porque ve algo más brillante.

Él se quedó con la vista clavada en el suelo durante varios minutos mientras seguían caminando. Ella estaba empezando a pensar que Chess no iba a decir nada cuando finalmente habló:

—Mis abuelos estuvieron casados durante cuarenta y ocho años. Y hasta el último día que vivió mi abuelo, los dos se miraron con el mismo amor con el que lo hicieron el primero. Mi abuela me dijo una vez que el matrimonio es un paso importante para una pareja, pero que lo es más el millón de decisiones que ambos deben tomar juntos a lo largo de la vida. —Se giró para mirarla—. Que de todos los errores que puede cometer el ser humano, el peor es el de descuidar el amor y la felicidad. Porque para mantenerlos vivos, hace falta prestarles la atención que merecen.

—Parece una mujer sabia —dijo Flora en voz baja.

Chess tensó la mandíbula.

—Lo era. —Tragó saliva—. Falleció el año pasado.

Flora extendió la mano para entrelazar el brazo con el suyo, acercándose todo lo posible a él, pero sin llegar a llamar la atención del resto de los pasajeros.

Permanecieron el resto del paseo en silencio mientras ella seguía reflexionando sobre lo que se habían dicho.

De hecho, todavía seguía pensando en ello cuando regresó a su camarote para prepararse para la cena y se encontró a Alice allí, desplomada en el borde de su cama.

—¿Y Mabel? —preguntó Flora.

Alice movió la mano con desgana y señaló la puerta interior.

—Madre le ha pedido ayuda con el vestido.

—Ah. Pues entonces será mejor que comprobemos que lleva los botones bien abrochados antes de irnos a cenar.

Alice le dedicó una pequeña sonrisa.

Flora se sentó a su lado y le puso la mano en la frente.

—¿Te encuentras bien?

—Sí.

—¿Estás segura? Porque la señora Straus me dijo que…

–Te he dicho que estoy bien –soltó Alice, mirándola con los ojos entrecerrados–. Además, estoy segura de que crees que me merezco estar así.

Flora sintió una punzada de culpabilidad al haber pensado justo eso.

Alice le dio la espalda.

–¿Me podrías desabrochar el vestido, por favor?

Flora hizo lo que le pidió y le fue quitando los pequeños botones de nácar uno a uno. Sabía perfectamente que Alice estaba de mal humor y que le seguía doliendo la cabeza –aunque le hubiese asegurado lo contrario–, así que debería haberlo dejado estar, pero la curiosidad pudo con ella:

–Por cierto, ¿qué estás haciendo por las noches?

Alice no contestó y Flora tuvo que contenerse para no echarle la bronca.

–Estoy preocupada, Alice. No es propio de ti ocultarnos las cosas y, menos aún, irte a dormir tan tarde. Y encima ahora te encuentras mal y…

–¡Te acabo de decir que estoy bien! –Se apartó de Flora, tirando del corpiño hacia abajo, aunque sabía que aún le quedaban botones sin desabrochar. De hecho, se oyó el sonido de la tela rasgándose–. ¡Y no os estoy ocultando nada!

–Entonces, ¿por qué no me dices dónde estabas?

–Porque no necesito una niñera, Flora. Y madre te dijo que ya no hacía falta que nos hicieras de carabina.

–Pues tal vez lo reconsidere si le cuento que has estado entrando a escondidas en el camarote después de medianoche, apestando a tabaco.

Alice la fulminó con la mirada.

–No te atreverías.

Flora se puso de pie de un salto, avanzando varios pasos hacia la puerta que daba a la habitación de sus padres, pero antes siquiera de que pudiese tocarla, esta se abrió y apareció Mabel.

Mabel cerró la puerta con rapidez y apoyó la espalda en ella.

–Padre os va a oír como no bajéis la voz.

—Pues tal vez deberíamos dejar que se entere —amenazó Flora, aunque lo hizo con un tono de voz más moderado.

—Tal vez deberíamos, sí. ¡Porque aquí la que se está callando las cosas eres tú! —Alice alzó la barbilla, desafiándola.

—¿Yo?

—¿Te crees que no nos hemos dado cuenta de que te pasas el día con Chess Kinsey? Tomando el té. Paseando… —apuntó Alice, y a Flora le ardieron las mejillas—. Por lo que sabemos, le gusta mucho quedarse a solas contigo.

—No sé lo que estás insinuando, pero solo somos amigos.

—Ah, ¿sí? —Alice se acercó más a su hermana.

—Alice —le advirtió Mabel.

—¡Sí! ¡No ves que estoy prometida con Crawford!

Alice soltó una carcajada.

—Pues por cómo actúas, parece que se te ha olvidado.

Flora sintió las palabras de su hermana como una bofetada.

—Se supone que le tienes que ser leal a él —insistió Alice—. No a un hombre al que acabas de conocer. ¿Acaso crees que conoces al señor Kinsey? Por favor, si te lo presentaron hace tan solo unos días.

Tenía razón. Apenas lo conocía. Pero ¿qué sabía de Crawford? Nada. Y eso que casi había pasado un año desde que la cortejó para poder pedirle que se casase con él. Nunca compartía nada con ella; hasta ahora, solo habían hablado de cosas triviales. Todo lo contrario a lo que le pasaba con Chess. De hecho, en el fondo sospechaba que el tenista le había revelado más cosas sobre sí mismo en tres días que lo que lo haría Crawford en toda su vida.

—¡Alice, no sigas! —ladró Mabel.

Alice se acercó a ella.

—No. Sé que no te gusta Crawfy, pero fue Flora la que accedió a casarse con él.

—Pero no ves que no es feliz con ese hombre. Ni siquiera se ha molestado en ponerse en contacto con ella.

A Flora se le encogió el corazón; Mabel no solo se había

dado cuenta de su situación, sino que encima ahora también sentía lástima por ella.

–Y Chess la hace sonreír, Alice. La hace reír. Y lo ha conseguido sin necesidad de llevársela a un rincón para besarla hasta dejarla sin aliento. –Mabel se giró para estudiar a Flora–. No lo ha hecho, ¿verdad?

–¡Claro que no!

–Pues qué lástima… –respondió Mabel con una sonrisa ladeada.

–¡Mabel!

–¿Qué? Al menos ahora sabemos que no es un canalla –concluyó la aludida.

–Sigue siendo deslealtad –la acusó Alice, tirando de las cintas de su corsé–. Padre y madre se horrorizarían si descubriesen que estás abusando de su confianza.

Cada palabra le dolía más que la anterior, sobre todo, porque Flora ya las había utilizado para castigarse a sí misma. Lo que le sirvió para darse cuenta de que su hermana también debía aplicarse el cuento.

–¿No estarás pagando tus frustraciones conmigo?

Alice levantó la cabeza para poder mirarla a los ojos, lo que llevó a Flora a pensar que había dado en el clavo.

Alguien le dio un fuerte golpe a la puerta y las tres se sobresaltaron.

–¡Chicas! –gritó su padre.

Las hermanas se miraron entre ellas con los ojos abiertos de par en par.

–¡Se acabaron las peleas! –ordenó el señor Fortune–. Vuestra madre y yo no vamos a llegar tarde a la cena por vuestra culpa. Terminad de vestiros. Nos vemos allí.

Las tres soltaron un suspiro de alivio. A juzgar por su respuesta, su padre no había llegado a oír nada importante. Aun así, se mordieron la lengua y fruncieron el ceño, desahogándose con las tiras del vestido en vez de con las palabras.

Capítulo 18

El día amaneció despejado y soleado; una mañana idílica en muchos aspectos, excepto por el viento. Aunque Chess agradeció el aire fresco cuando se apoyó en la barandilla de la cubierta de botes con el pelo alborotado y el sudor corriéndole por la frente. Seguía con la ropa blanca de deporte puesta y aprovechó el momento a solas para observar los colores del cielo que brillaban sobre la superficie del mar.

Después de haberle dado el gusto al coronel Gracie –que al final le dio más a la lengua que a la pelota– de jugar con él un partido en la pista de *squash*, Chess se había pasado una hora practicando el saque y la devolución. Cuando terminó de entrenar, se planteó ir a la piscina, pero enseguida se acordó de que Gracie le había dicho que se quedaría allí un rato y a él ya se le había agotado la paciencia como para seguir escuchándolo hablar de la guerra civil o respondiéndole preguntas sobre la señorita Fortune.

La noche anterior había visto a Flora en la cena; no había llegado a ignorarlo del todo, pero se había dado cuenta de que le pasaba algo. Seguramente alguien le habría dicho algo que la había molestado. Lo más probable es que fuese alguien de su familia. Tal vez su padre. Chess pensaba que su relación con el señor Fortune había mejorado después de haberse tomado unas copas con él el viernes por la noche, pero tampoco podía fiarse; el hombre era un hueso duro de roer. Le llevaría tiempo conseguir llevárselo a su terreno, sobre todo cuando el señor Fortune parecía tener las ideas muy claras. Pero tiempo era justo lo que Chess no tenía.

Y el Titanic estaba aumentando su velocidad. Le habían llegado rumores de que podrían llegar a Nueva York el martes por la noche en lugar del miércoles. Y a diferencia del resto de los caballeros, a él aquella noticia no le había hecho ni pizca de gracia. Si seguían encendiendo más calderas y el mar seguía igual de calmado, el barco lograría recorrer más millas náuticas que el día anterior. Además, dudaba mucho que el capitán disminuyese la velocidad a menos que se enfrentasen a un temporal. Sobre todo cuando era más que evidente que las cosas le estaban yendo de maravilla.

Y, como era de esperar, ese había sido el tema de conversación en la sala de fumadores después de la cena de la noche anterior. Flora se había retirado a su camarote poco después de terminar de comer, asegurándole que se sentía un poco mareada, así que él había optado por irse al fuerte de los hombres. Sin embargo, se cansó pronto de tanta fanfarronería y de tanta especulación. Tampoco ayudó que Quigg Baxter lo hubiese acorralado para seguir alabando las virtudes de su amante, que seguía escondida a bordo. Chess había intentado cambiar de tema y desviar la conversación hacia el *hockey*, pero sus esfuerzos fueron en vano. Cuando por fin se quedó a solas, se debatió entre irse a su camarote o ir a buscar a Karl, pero su amigo seguramente estaba haciéndole compañía a la encantadora señorita Newsom y tampoco quería estropearles el momento.

Y entonces recordó que Thomas Cardeza organizaba por las noches partidas privadas de póquer. Esas a las que Sloper había intentado convencer a Alice Fortune para que asistiera. Chess se había preguntado si la vería allí y si podría sacarle algo de información que le aclarase por qué vio tanta tristeza en los ojos de Flora cuando habló con ella después de la cena. Pero lo único que consiguió al llegar a la *suite* de lujo de la cubierta B fue hacer que Alice saliese corriendo por la puerta y que él se quedase sin saber qué le pasaba a Flora.

Cuando por fin se le secó el sudor de la piel gracias a la brisa fría de la mañana, se dispuso a marcharse, pero de pronto oyó unas voces que captaron su atención. Se alejó de la barandilla y divisó a lo lejos a dos oficiales, aunque los botes salvavidas que tenía delante le impedían verlos bien. Parecían estar compartiendo información mientras se intercambiaban los relojes.

—¿Sabes si ya arreglaron el problema que tenían con el telégrafo?

—Sí, poco antes de las cinco —respondió el segundo hombre—. Pero estuvo inoperativo durante casi seis horas. Van a vérselas y deseárselas para ponerse al día con todos los mensajes, por no hablar de que no han pegado ojo en toda la noche.

El primer hombre gruñó, compasivo.

—En ese caso, lo mejor será que no los molestemos. Avisa al resto.

Chess se había planteado la opción de enviarle un marconigrama a su equipo de Nueva York para comentarles que tal vez podría llegar un día antes de lo esperado, pero al oír la conversación de los oficiales, decidió no hacerlo.

Se dirigió a la entrada de acceso a primera clase justo cuando salía otro hombre, que se estaba levantando el cuello del abrigo para protegerse del frío. Chess lo reconoció al instante por el pelo —bien repeinado hacia atrás— y el mentón pronunciado; era Harry Widener, el bibliófilo e hijo del empresario de Filadelfia George Widener. Su colección personal incluía un infolio de William Shakespeare y la Biblia de Gutenberg, entre otras cosas. Hace unas noches, Chess se enteró de que Harry llevaba a bordo una segunda edición de *Ensayos* de Francis Bacon. De hecho, hablaba de ella con tanto entusiasmo que Chess llegó a preguntarse si se dormiría con el ejemplar en la mano cada noche.

—¡Kinsey! —pronunció Harry al verlo—. Justo te estaba buscando.

Chess alzó las cejas. Le tenía aprecio a Harry, pero tampoco lo consideraba un amigo. Al fin y al cabo, él era un hombre de Yale y Harry había ido a Harvard.

—Mis padres van a organizar una cena esta noche en el restaurante À la Carte —le informó él—. En honor al capitán. Vendrán varias personalidades importantes. Pero ni siquiera han invitado a su propio hijo… En fin; tampoco me importa. Cenaré en otra mesa con unos amigos. ¿Te apetece venir? Ya hablé con Behr, pero me dijo que tenía planes.

A Chess tampoco es que le apeteciese mucho, pero, dado lo incómodo que había sido el último encuentro con Flora, pensó que tal vez no era tan mala idea. Así, al menos no tenía que verse obligado a sentarse a tan solo nueve metros de una mujer que parecía tener la intención de ignorarlo. Además, todavía no había tenido la oportunidad de cenar en el aclamado restaurante del Titanic, y qué mejor día para ir que un domingo.

—Me encantaría —dijo él por fin.

—Estupendo. Te veo allí a las siete.

Chess asintió y se despidió de él antes de que empezase a temblar por el frío.

Capítulo 19

Alice normalmente disfrutaba de la misa de los domingos; le parecía un momento apacible para reflexionar, pero aquella mañana fue diferente. Sobre todo porque Flora y ella no se habían dirigido la palabra desde su amarga discusión de la noche anterior. Su hermana mayor había decidido sentarse en el extremo opuesto de la fila de sillas que le correspondía a su familia. Y en ese instante se encontraba mirando un himnario mientras el capitán llevaba la voz cantante de la interpretación lenta y pesada de *O God, Our Help in Ages Past*.

El capitán llevaba su característico uniforme azul con ribetes dorados, pero se notaba que se había arreglado más de lo normal, al igual que la mayoría de los presentes, incluido Charlie. Los zapatos de su hermano brillaban tanto que Alice estaba segura de que, si se acercase, podría verse reflejada en ellos. No podía dejar de mirarlos, al igual que le pasaba con el aparador de roble labrado al detalle y el piano que estaba justo detrás del capitán, en el centro del comedor de primera clase. Aunque sabía que tan solo estaba intentando distraerse para no fijarse en Flora o en el señor Kinsey, que se encontraba justo en la fila contigua.

Porque el señor Kinsey había descubierto su secreto. La había visto en la *suite* del señor Cardeza la noche anterior. Parecía que aún no se lo había contado a nadie, pero a Alice le preocupaba que tarde o temprano lo hiciese. Sobre todo cuando terminó la misa y el señor Kinsey se dirigió directamente hacia donde estaba su familia.

—Buenos días, Kinsey. —Charlie fue el primero en saludarlo—. ¿Vas a entrenar hoy en la pista de *squash*?

—Fui esta mañana —respondió el señor Kinsey, estrechándole la mano a su hermano. Intercambió algún que otro comentario con él antes de girarse hacia ella y añadir—: Señorita Alice.

Alice vio algo en sus ojos que la llevó a la conclusión de que estaba pensando en la partida de póquer, pero aun así él no sacó el tema.

Aunque eso no hizo que ella se sintiese menos culpable.

Enseguida se disculpó y se acercó al hermoso piano vertical, intercambiando algún que otro saludo con aquellos pasajeros con los que se cruzaba. El pianista dejó libre el banco y le hizo un gesto con la cabeza antes de marcharse. Alice alargó el brazo para deslizar los dedos por las teclas de marfil, echándole una mirada fugaz al señor Kinsey por encima del hombro mientras este le estrechaba la mano a su padre y se giraba para hablar con su madre.

Después, saludó a Mabel y esta le dedicó una sonrisa amplia. Su madre torció los labios de repente, lo que llevó a Alice a pensar que seguramente su hermana le había hecho alguna pregunta indiscreta al señor Kinsey. Y después le llegó el turno a Flora. Alice nunca había visto a su hermana tan abatida. Flora era incapaz de mirarlo a los ojos, pero cuando por fin lo hizo, transmitía tanta tristeza que a Alice se le encogió el corazón. Se giró hacia el piano, se dejó caer en el banco y se quitó los guantes antes de empezar a tocar una serie de escalas y, después, una progresión de acordes. Dejó que sus dedos vagaran a su antojo. Cualquier cosa le venía bien con tal de no mirar lo que estaba sucediendo a sus espaldas.

Porque Flora estaba enamorada del señor Kinsey. Era evidente, incluso aunque ella misma aún no se diera cuenta o, mejor dicho, aún no quisiese reconocerlo. Alice lo sabía porque en el rostro de su hermana se reflejaban unas emociones similares a las que ella sentía cuando estaba cerca de Holden.

Alice cerró los ojos, intentando olvidar lo mucho que echaba de menos a su prometido, y empezó a tocar una pieza de Mozart mientras el resto de los pasajeros se marchaba y los camareros comenzaban a recolocar las sillas para preparar las mesas para el almuerzo. Pero sus esfuerzos por distraerse fueron en vano porque era incapaz de quitarse de la cabeza las palabras que le había dicho anoche a su hermana. Había sido tan cruel e injusta con ella… Estaba tan preocupada y decepcionada consigo misma que había acabado utilizando a su hermana como saco de boxeo. Flora le había echado en cara que se estaba comportando de forma extraña, pero aun así se lo había dicho de buenas maneras. Todo lo contrario a lo que había hecho ella.

Alice habría entendido perfectamente que Flora hubiese decidido ignorarla. Pero al despertarse por la mañana, se había encontrado la pequeña maleta de cuero apoyada en la puerta del camarote, al igual que su escritorio portátil. Su hermana mayor había vuelto a colocar los objetos para asegurarse de que a ella no le pasase nada si volvía a tener un episodio de sonambulismo en medio de la noche. Flora había regresado al camarote antes que ella y, aun así, se había levantado para protegerla. No todo el mundo hubiese hecho algo así, sobre todo después de que la persona a la que quieres cuidar te tratase tan mal.

Alice suspiró. Sabía que Flora se merecía una disculpa. Y, aunque el señor Kinsey no parecía tener la intención de contar su secreto, su hermana también se merecía saber lo de las partidas de póquer.

Aunque eso último podía esperar. Todavía tenía que asistir a la partida que se celebraría por la tarde y a la que la señora Harris –la esposa del director de teatro que había conocido gracias a la señora Brown– la había invitado.

La señora Harris le había asegurado que, en esta ocasión, no habría tanta gente en la *suite*, así que ya no tendría por qué preocuparse por el comportamiento cuestionable de algunos caballeros. Además, necesitaban a otro jugador y no querían pedirle el favor a ninguno de los pasajeros profesionales que se encontraban a bordo. Ya no podía echarse atrás. O, al menos, eso fue lo que se dijo a sí misma.

El eco de los últimos acordes se desvaneció y pronto volvieron a oírse los golpes, los chirridos y los tintineos de la vajilla y de los camareros. Levantó los dedos de las teclas y dejó escapar el aliento que había estado conteniendo, sabiendo que ya no podía seguir retrasando lo inevitable. Tenía que buscar a Flora y aclarar las cosas con ella.

Se giró y, cuando estaba a punto de levantarse, se encontró a su hermana allí de pie, apoyada en la pared.

—Ha sido precioso —le dijo Flora, acercándose a ella. Se frotó las manos, nerviosa—. La *Sonata para piano n.º 8*, ¿verdad?

—Sí, el segundo movimiento —respondió ella, poniéndose en pie.

Flora miró hacia la puerta.

—Han cancelado el simulacro de emergencia. Al parecer, hace demasiado viento.

Alice asintió, sin saber muy bien qué decir. Avanzaron juntas en silencio hasta la salida y dejaron a los camareros haciendo su trabajo. La sala de recepción estaba casi vacía y, cuando la puerta se cerró tras ellas, Flora carraspeó, como si se estuviese preparando para iniciar una conversación.

Alice alargó el brazo y le cogió las manos para detenerla.

—Lo siento muchísimo, Flora. No debería haberte dicho las cosas que te dije. Me equivoqué y te pido perdón.

—No. Soy yo la que te debe una disculpa —replicó Flora—. Hiciste bien en recordarme cuáles son mis obligaciones.

Alice negó con la cabeza.

—No, estaba de mal humor y lo pagué contigo. Hemos visto tantas cosas maravillosas durante estos meses… Pero echo de menos a Holden. Y no sé cómo reaccionará al verme. —Miró con tristeza sus manos unidas—. ¿Y si este viaje me ha hecho cambiar? Me da miedo que no me reconozca.

—Oh, cariño —susurró Flora, estrechándola entre sus brazos—. Holden te adora. ¿Acaso no te lo ha dejado claro en sus cartas? —Se echó hacia atrás para poder mirarla a la cara–. Sí que has cambiado, Alice, y entiendo tu miedo. Porque todos lo hemos hecho. Es imposible no hacerlo después de todo lo que hemos vivido. –Flora sonrió para animarla–. Pero Holden lo entenderá.

Ojalá fuese tan sencillo. Pero su hermana mayor no había leído todas las cartas que le había enviado Holden. Esas en las que le contaba con ilusión el futuro que había planeado para ellos. Un futuro que Alice ya no estaba tan segura de querer. Pero ¿cómo iba a explicarle algo así a su prometido?

–De todas formas –habló Alice, con la intención de hacer que la conversación dejase de girar en torno a ella–, no debería haberte usado para intentar sentirme mejor con el tema de Holden. Porque no le has sido desleal a Crawford.

–¿No? –Flora la miró, angustiada, y sus ojos grisáceos desprendieron vulnerabilidad.

–Te conozco, Flora. Eres la mujer más resuelta y sensata del mundo. Si hubiese habido un hueco en tu corazón para Crawford, si alguna vez lo hubiera habido, sé que no habrías sucumbido a los encantos de otro hombre. –Hizo una pausa, no sabía si continuar hablando o no, pero enseguida se dio cuenta de que lo que más necesitaba su hermana en ese momento era que alguien le quitase la venda de los ojos–. Y no te habrías enamorado de él.

Flora abrió los ojos como platos, alarmada.

–No estoy…

–Sí que lo estás –la interrumpió Alice; no iba a permitir que se siguiese engañando–. Lo estás –repitió con más suavidad mientras Flora abría y cerraba la boca, tratando de formular una respuesta–. Y eso es algo que nunca te pasó con Crawford.

Flora bajó la cabeza, como si estuviese avergonzada.

–Y nadie puede reprocharte nada. No le mentiste a Crawford; ni siquiera fingiste para hacer que pensara que estabas enamorada de él. Te pidió matrimonio porque él quiso, tú no lo obligaste. –Alice inclinó la cabeza–. Ni siquiera te dijo que te quería antes de que nos marcháramos, ¿verdad?

Flora torció el gesto.

–No, no lo hizo.

Alice asintió. En el fondo se lo esperaba. Nunca había visto a Crawford mirando a su hermana como si estuviese enamorado.

–Y tú aceptaste porque era un hombre respetable con el que sabías que podrías llegar a tener una vida estable, pero, sobre todo, porque era lo que padre y madre querían. Pero ahora tu situación ha cambiado. –Alice arqueó las cejas, desafiándola a contradecirla–. Madre debería haberte dado a ti el mismo discurso que me dio a mí en su día. Tendría que haberte recordado que antes de la boda una debe aprovechar para conocer mejor a su prometido. Y que es ahí donde realmente decides si quieres pasar o no el resto de tu vida con él –añadió; y Flora la miró, un poco desconcertada–. Así que, sí. –Alargó el brazo para alisar el bordado de la manga del vestido de su hermana–. Todavía estás a tiempo de echarte atrás. Porque, Flora, no estáis casados.

–Pero ¿qué le voy a decir a Crawford? ¿Y a padre y a madre?

Alice entrelazó su brazo con el de Flora y la guio hacia las escaleras.

–Puede que a Crawford le cueste encajarlo. Y que le hieras un poco el ego. Pero ¿en serio crees que querría casarse con una mujer que está enamorada de otro hombre? –le preguntó Alice, y Flora no supo qué contestar–. Además, ¿no crees que él también se merece la oportunidad de encontrar el amor o de, al menos, estar satisfecho con su matrimonio? –Alice hizo una pausa para que su hermana pudiese digerir bien sus palabras antes de seguir hablando–. Y en cuanto a padre y madre… –Suspiró con pesar–. Sé que prefieres ser obediente y hacer siempre lo correcto antes que decepcionarlos. Pero ¿qué pasa si para hacer lo correcto tienes que desobedecer?

–¿Y qué pasa si no estoy segura de qué es lo correcto? –preguntó Flora sin apenas voz por la angustia.

Alice la miró fijamente.

–Creo que sí que lo estás.

Flora dejó de caminar y cerró los ojos antes de añadir:

–Me da miedo equivocarme. Me da miedo que padre y madre… –Se le atascaron las palabras en la garganta.

–No harían nada que supiesen que te haría daño. Lo sabes. Y no van a dejar de hablarte por algo así. A menos que tu intención sea escaparte y casarte con el señor Kinsey sin pedirles permiso primero, claro. Entonces sí que tendríamos un problema.

Flora la miró con el ceño fruncido.

Alice sabía que ese tipo de ideas solía sugerirlas Mabel, no ella; así que entendía por qué su hermana estaba tan desconcertada.

–Puede que al principio no estén muy conformes con tu decisión… –volvió a hablar Alice, y algo cambió en el rostro de Flora–. Es eso, ¿no? Es eso lo que te preocupa. Pero ¿por qué? –Ahora la que estaba desconcertada era ella–. Puede que viváis un momento incómodo, pero estoy segura de que no será para tanto. Tampoco van a dejar de quererte por eso.

Pero Flora palideció, y eso hizo que Alice se diese cuenta de que no la creía. No creía que sus padres la fuesen a seguir amando si al final los decepcionaba. Tal vez no creía que el resto lo hiciera.

Alice sintió la necesidad de abrazarla y así lo hizo. No sabía cuándo había empezado Flora a castigarse tanto. Alice no recordaba mucho cómo había sido su infancia antes de caer enferma, pero podía decir que nunca había visto a su hermana interpretando otro papel que no fuese el de cuidar a los demás. Le leía cuentos cuando sus padres no podían o cuidaba de Mabel y Charlie, para que así su madre pudiese atenderla a ella. Habían tenido diferentes enfermeras e institutrices, pero, aun así, Flora siempre parecía cargar con la responsabilidad de cuidar a sus hermanos. O tal vez había aceptado su papel sin pensárselo dos veces porque tenía miedo de quedarse sola y de que el resto la ignorase.

Flora se puso rígida, al principio se mostró un poco reacia, pero enseguida soltó un suspiro y le devolvió el abrazo.

–Sé que estás intentando hacer que me sienta mejor –dijo ella, malinterpretando el motivo de su abrazo–. Pero si Crawford hubiese estado aquí, tal vez ahora las cosas serían más fáciles. O si estuviese segura de cuáles son las intenciones de Chess. –Sacudió la cabeza y se apartó–. Pero ya basta de hablar de mí. ¿Cómo estás tú? ¿Hay algo que pueda hacer por ti? –La examinó más de cerca–. Últimamente hablas mucho con el señor Sloper. ¿Es por eso por lo que estás preocupada, porque tienes miedo de lo que pueda opinar Holden?

Alice no quería que la conversación fuese por ese camino, pero su hermana le había lanzado la pregunta y ya no tenía escapatoria. Y tampoco quería hacer que creyese lo que no era.

–No. Hablar con él me ayuda a distraerme. Me ha venido bien mantener la mente ocupada.

–No seguirás preocupada por lo que te dijo aquel adivino en El Cairo, ¿verdad? –indagó Flora, cogiendo a Alice por sorpresa.

–Bueno, tal vez un poco –contestó ella, aunque, a decir verdad, ya casi se le había olvidado–. Pero se me pasará cuando lleguemos por fin a Nueva York –concluyó antes de mirar a su alrededor–. Pero no sé si puedo decir lo mismo de Mabel.

–¿Por qué lo dices? –preguntó Flora, mordiendo el anzuelo.

–Pues porque sé que está tramando algo, pero creo que se le están desbaratando los planes.

Flora se quedó pensativa unos instantes antes de añadir:

–¿Y sabes qué puede ser ese algo?

–No. Pero sí que sé que no quiere que nos enteremos.

A Flora se le formaron unas pequeñas arrugas en el entrecejo. Unas que Alice casi se arrepintió de haberle causado. Pero si su hermana estaba ocupada vigilando a Mabel…, eso significaba que no estaría tan pendiente de ella. Si no estaban en el mismo lugar, claro. Aunque dudaba mucho que los planes de Mabel tuviesen algo que ver con el póquer.

Capítulo 20

—¿Tienes planes para esta tarde? –habló Flora.

Mabel se quedó quieta, con el trozo de pato asado a unos centímetros de la boca.

—Por ahora no… –contestó ella, mirándola a los ojos.

Desde que Mabel se había sentado en la mesa para almorzar, Flora se había comportado de una manera un tanto extraña. Había insistido en ponerse a su lado y la había acribillado a preguntas cada vez que se producía un silencio en la mesa. Aunque, por suerte, no había habido muchos.

Como todos los demás hombres de la sala, Charlie seguía empeñado en hablar de lo impresionado que estaba por la velocidad que había alcanzado el Titanic desde el mediodía del día anterior hasta el de hoy. Mabel le había prestado atención cuando había mencionado las estadísticas –quinientas cuarenta y seis millas náuticas, con una velocidad media de unos 22,06 nudos–, pero había preferido ignorar el resto de los datos.

—Estaba pensando en ir al salón principal. Me apetece leer un libro mientras me tomo una taza de té junto a la chimenea –anunció Flora, sin dirigirse a nadie en particular. Después, se giró hacia Mabel y añadió–: ¿Quieres acompañarme?

—Hablando del salón –comentó el señor Fortune de repente, ahorrándole a Mabel el tener que responder–. Esta mañana estuve por allí y pude conocer a Isidor Straus y a su esposa. El copropietario de los grandes almacenes Macy's.

–Son una pareja encantadora –replicó Flora–. Se nota lo mucho que se quieren. –Se volvió hacia su madre y dijo–: Madre, creo que le caerían bien. Padre debería presentárselos.

–Mmm, sí –murmuró el señor Fortune, volviendo a tomar las riendas de la conversación–. Ellos también tenían que enviar marconigramas, así que fuimos juntos a la oficina del sobrecargo. Al parecer, uno de sus hijos se encuentra ahora mismo a bordo del Amerika. Se va a Europa con su familia, así que querían saber cómo estaba.

–Ay, ¡qué bien! –exclamó la señora Fortune–. ¿Y tú, con quién querías hablar?

El señor Fortune se ajustó el abrigo por la parte del pecho.

–Quería ponerme en contacto con el Hotel Belmont de Nueva York para reservar las habitaciones para el miércoles.

–A este ritmo, el Titanic debería llegar a Nueva York el martes –intervino Charlie.

–Hijo, aunque estuvieses en lo cierto, no llegaríamos al muelle hasta bien entrada la noche. Nos dejarán quedarnos a bordo y harán que desembarquemos después del desayuno. Es parte de la política de la empresa.

Charlie desconocía esa información, al igual que Mabel, pero tenía sentido lo que decía su padre.

–Bueno, como decía… –volvió a hablar el señor Fortune, arrugando la nariz al ver que no paraban de interrumpirlo–. Estaba charlando con los Straus tranquilamente hasta que mencionaron que te conocieron ayer, Flora. –Se giró hacia ella y la miró fijamente–. A ti y al señor Kinsey –aclaró, pronunciando la última palabra con énfasis.

Flora se quedó pálida e intentó disimular su nerviosismo dándole un sorbo al vino.

–Sí, padre. La señorita Newsom me invitó a tomar el té con el señor Behr y el señor Kinsey. Y luego decidimos salir a dar un paseo.

–La señora Straus no mencionó a la señorita Newsom ni al señor Behr.

–¿En serio? Pues qué extraño –declaró Alice, con los ojos fijos en el plato mientras cogía un poco de puré de patatas con guisantes–. Porque yo los vi a los cuatro entrando en el Café Parisien.

Lo que era extraño era que estuviese cubriendo a Flora después de haber criticado a Mabel por haberse ido a tomar el té con sus nuevas amigas el día anterior. La única explicación lógica era que las hermanas por fin habían resuelto sus diferencias.

–Ay, pues yo ayer conocí a la madre y al padrastro de la señorita Newsom –dijo la señora Fortune–. El señor y la señora Beckwith, de Ohio. –Se llevó una mano al cuello y jugueteó con las perlas del collar–. La señorita Newsom es una chica de lo más agradable. Aunque me dio la sensación de que a sus padres no les entusiasmaba tanto como a ella la relación que mantiene con el señor Behr.

–¿Y eso por qué? –indagó Flora, sorprendida.

La señora Fortune se encogió de hombros.

–No sé. No quise entrometerme. Pero parece que una de las razones por las que viajaron a Europa fue para separarlos. –Sus ojos se clavaron un segundo en Mabel, tal vez porque la situación de los Beckwith se asemejaba mucho a la que ellos estaban viviendo con Harrison Driscoll–. Pero el señor Behr los ha estado siguiendo.

Flora frunció el ceño.

–Pensé que había viajado a Europa por trabajo.

–Solo os estoy repitiendo lo que escuché –concluyó la señora Fortune antes de coger el tenedor.

–Seguro que te sentiste aliviada al ver que Harrison no me siguió a mí –señaló Mabel, sin poder contenerse.

–Oh, eso nunca nos preocupó, querida. Sabíamos que no podía permitírselo.

Mabel sintió aquellas palabras como si fuesen la picadura de una avispa. Puede que delante de sus padres fingiese que estaba enamorada de Harrison, pero aun así le molestó ese último comentario. Aunque sabía que su madre no se equivocaba. Apenas tenía dinero para pagarse un billete de tren a Winnipeg, y mucho menos para hacer una gira por Europa.

—Padre tampoco podía permitírselo cuando tenía la edad de Harrison —replicó ella, recordándoles a sus padres que ninguno de los dos había crecido en una familia adinerada. Sabía que eso a su padre le enorgullecía. Le encantaba hablar de cómo había conseguido hacerse millonario con tan solo unos pocos centavos en el bolsillo, mucho trabajo duro y un poco de suerte.

—No es la primera vez que hablamos de esto, Mabel —le recordó el señor Fortune con brusquedad—. Cuando el señor Driscoll gane su primer millón, podrá cortejarte. Hasta entonces, no permitiré que se aproveche de ti ni de tu herencia.

—Chicas, tal vez podríais hacerle una visita al señor Ross —sugirió la señora Fortune, cambiando de tema mientras el camarero les retiraba los platos para poder servirles el siguiente—. Creo que se siente un poco solo.

—Entonces dejaré lo del salón principal para más tarde, para que así podamos ir a visitarlo después del almuerzo —respondió Flora.

Mabel quería decirle que no la incluyese en el plan, pero, a diferencia de lo que creía el resto, ella sí que sabía cuándo había que mantener la boca cerrada. Sobre todo ahora, que necesitaba más que nunca tener a su padre de su lado, aunque era consciente de que había empeorado la situación al nombrar a Harrison.

Además, sabía que se estaba quedando sin tiempo y que una vez que llegasen a Nueva York, le sería más difícil convencerlo, sobre todo porque ya no estaría distraído con la inmensidad y el lujo del Titanic. Así que, si de verdad quería ir a la universidad, tenía que hacer algo ya.

Cuando terminaron de comer y se levantaron de la mesa, Mabel se recolocó su falda trabada azul de sarga y se acercó a su padre.

–Padre –dijo ella con amabilidad, ignorando el nudo que se le había formado en la garganta–. ¿Podríamos hablar un momento en privado?

Él la miró de reojo, sin dejar de caminar mientras cruzaban las puertas que daban a la sala de recepción.

–Después.

–Pero...

–He dicho que después –replicó él con brusquedad.

Mabel se detuvo y dejó caer los brazos, cerrando las manos en un puño, pero el señor Fortune siguió caminando. Todos los pasajeros que venían detrás la esquivaron y ella se sintió como una roca en medio de un arroyo; atrapada para siempre en el mismo lugar mientras veía cómo el resto avanzaba. Flora fue la única que se molestó en esperarla.

–No hace falta que me acompañes si no quieres –habló Flora, dirigiéndole a su hermana una mirada amable. La estudió con cautela, pero no logró descubrir por qué parecía tan molesta–. Le trasladaré tus disculpas.

–No, tranquila –respondió Mabel cuando se dio cuenta de que su hermana se refería a la visita del señor Ross. Al menos así se ganaría la aprobación de Flora–. No deberías ir sola. –Pronunció las palabras con cierta indiferencia, pero, aun así, logró contentar a su hermana.

Flora se giró para ver dónde estaban el resto de sus hermanos, y se le formó un pequeño surco en la frente.

–Pensé que Alice nos iba a acompañar.

–Al parecer, tiene otros planes... –dijo Mabel.

Y el surco se hizo aún más grande.

A pesar de que a Mabel no le apetecía demasiado ir con Flora a visitar al señor Ross, al final le resultó divertido animar al enfermo con sus ocurrencias. Flora estaba de pie junto a la puerta del camarote, sonriendo, mientras Mabel le contaba al hombre el incidente que había ocurrido durante la cena de la noche anterior. Su hermana era propensa a la exageración, algo que a menudo la sacaba de quicio, pero, en este caso, tenía que admitir que les había venido bien que lo fuera.

La salud del señor Ross había mejorado desde su última visita. Se había puesto una bata gruesa y se había sentado erguido en el sofá con una taza de té en la mano. Ya no estaba tan pálido; de hecho, tenía las mejillas de un bonito color rosado. O tal vez simplemente se había ruborizado al escuchar las divertidas anécdotas de Mabel. Fuera cual fuese la razón, Flora estaba feliz por él.

—Es un poco teatrera, ¿no crees? —bromeó el señor Beattie a su lado.

—Y que lo digas —dijo Flora con una suave risita—. Me alegra ver que el señor Ross ha recuperado el color, aunque tenga que seguir confinado en su camarote. —Se giró para estudiar a su amigo de aspecto pulcro y elegante—. ¿Y qué hay de ti y del señor McCaffry?

—Bueno, nos hemos ido turnando para no dejar al señor Ross solo, aunque también hemos tenido tiempo para pasarnos por la sala de fumadores y por el salón principal. —Le dedicó una sonrisa amable—. Puedes estar tranquila; nosotros también hemos disfrutado a bordo.

Volvieron a centrar su atención en Mabel, que seguía haciendo de las suyas. Flora no había oído toda la conversación que estaba teniendo con el señor Ross, pero estaba bastante segura de que no había un mono a bordo del Titanic, independientemente de lo que Mabel pudiera estar insinuando. El señor Ross echó la cabeza hacia atrás y empezó a reírse; un sonido profundo y alegre que llenó el pequeño espacio. Al ser un camarote interior, no había ventanas. Sin embargo, el señor Sloper se estaba quedando en la habitación de al lado, así que, de vez en cuando, invitaba al señor Ross para que él también pudiese disfrutar de la luz del sol que entraba por los grandes ventanales de la cubierta A.

—He oído que tienes un admirador.

Flora se giró para mirarlo, y el señor Beattie alzó las cejas y una media sonrisa tiró de sus comisuras.

–Veo que al señor Sloper le gusta hablar demasiado…

–Y tanto. Es más ruin que una mujer. –Levantó las manos en señal de rendición y soltó una carcajada–. Que la mayoría de las mujeres –se corrigió.

–Eso está mejor –contestó Flora con remilgo, girándose hacia Mabel, pero el señor Beattie no parecía dispuesto a zanjar la conversación.

–Así que… ¿es verdad?

Ella se cruzó de brazos, negándose a mirarlo. Pero la respuesta de su amigo que vino a continuación la obligó a hacerlo.

–¡Menos mal! Ya era hora de que alguien se diese cuenta de lo que vales. A mi parecer, Crawford Campbell se ganó tu mano sin siquiera esforzarse –confesó él, y ella se sonrojó–. Sé que tu padre te presionó para que aceptases casarte con él. –Inclinó la cabeza hacia ella–. Y me atrevería a decir que lo hizo porque le venía bien a él. Y porque sabía que no le ibas a desobedecer. Pero esto hará que Campbell despierte de una vez por todas. –Su voz se tornó irónica–. Tal vez así te dedique por fin la atención que te mereces.

–¿Y si no lo hace?

Los ojos del señor Beattie le respondieron antes que su boca.

–Entonces ponle punto final a lo que sea que tengáis. –La miró con los ojos entrecerrados–. Aunque diría que ya has tomado una decisión.

–No, no lo he hecho –se defendió ella, aunque tampoco quería mentirle, así que añadió–: Pero debo admitir que el señor Kinsey ha conseguido que me plantee… un par de cosas.

–Te conozco, Flora. No malgastarías tu tiempo pensando en algo que no consideras importante.

Ella guardó silencio, sopesando sus palabras.

Horas más tarde, Flora seguía dándole vueltas al asunto. Se había quedado parada junto a la gran escalinata de proa, perdida en sus pensamientos. No estaba segura de cuánto tiempo llevaba allí, pero cuando por fin alzó la mirada hacia el rellano, vio a Chess bajando las escaleras. Los mechones de pelo que se le habían aclarado por el sol parecían aún más rubios bajo la luz que se filtraba a través de la cúpula de cristal esmerilado, y sus ojos de color ámbar, más brillantes. Pero fue la pequeña sonrisa que le dedicó la que consiguió atravesarle la piel y hacer que el corazón le martillease en el pecho.

Alice tenía razón. Estaba enamorada de él. O al menos, mucho más cerca de ello de lo que nunca había estado con Crawford. O con cualquier otro hombre. Darse cuenta de ello la dejó un poco desconcertada. De hecho, ni siquiera se vio capaz de hacer otra cosa que no fuese quedarse allí quieta mirándolo mientras él avanzaba hacia ella.

–¿Puedo acercarme? –le preguntó él a unos pasos de distancia.

Flora asintió, todavía con un nudo en la garganta.

–Claro –pronunció ella por fin.

Chess inclinó la cabeza, estudiándola.

–Diría que no lo tiene tan claro –añadió él.

Flora sabía que lo decía por cómo se había comportado con él anoche. Este viaje había hecho que notase en su interior un mar de emociones confusas; había hecho que se sintiese insegura de sí misma y de sus sentimientos. Y todo por la lealtad que creía deberle a Crawford y por no decepcionar a sus padres. Había intentado ignorar lo que le pedía su corazón, pero de nada había servido. Porque, pese a sus esfuerzos, se había enamorado de Chess.

–¿Le apetece dar un paseo? –sugirió él, a pesar de que ella no había hablado.

Flora asintió.

Cada uno fue a buscar a su camarote un abrigo y un sombrero, y se volvieron a encontrar en la sala de recepción de la cubierta A. Mientras Chess se ponía los guantes, Flora divisó, no muy lejos del lugar en el que se encontraban ellos, al señor Ismay hablando con dos hombres que parecían ser un padre y un hijo.

–No hay nada de qué preocuparse –les aseguró el director de la naviera mientras los tres examinaban con detenimiento un papel–. Estamos en el Atlántico Norte. Lo extraño sería que no hubiese hielo. Pero dudo mucho que veamos algo hasta las nueve de la noche.

El padre le devolvió la misiva –que ella supuso que sería un telegrama– a Ismay, y este se la guardó en el bolsillo.

–¿Cree que se verán obligados a disminuir la velocidad del buque?

–Lo dudo. Acaban de encender dos calderas más y el objetivo es tenerlas todas en funcionamiento mañana. Si el tiempo nos lo permite, claro. Andrews está bastante seguro de que así será.

Con los guantes puestos, Chess la guio hasta las puertas que daban a la cubierta de paseo.

–Ahora tiene información privilegiada para la apuesta de esta noche –bromeó Flora.

–Si es que participo –respondió él–. Ayer no lo hice.

Flora se estremeció al sentir el aire fresco en la piel y se ajustó el sombrero de terciopelo verde.

–Veo que no es usted adicto a los juegos de azar.

–No. –Chess soltó una risa forzada–. Los Kinsey no somos mucho de apostar. Seguramente sea por eso por lo que hasta ahora no hemos tenido ningún susto económico.

Una fuerte ráfaga de viento los azotó de repente y Flora se acercó un poco más a Chess.

–Hace más frío de lo normal, ¿no cree? –comentó él–. Ahora entiendo la preocupación de los Thayer por el hielo. Podemos pasear por la parte que está cubierta. Al menos así podremos resguardarnos un poco del viento.

Ella aceptó de inmediato, pero vaciló un poco cuando vio que un marinero dejaba caer un sedal al mar por el lado abierto de la cubierta.

–Solo está revisando la temperatura del agua –la tranquilizó Chess.

A pesar del frío, había varios pasajeros paseando por la zona cerrada del paseo. Pasaron por delante de la bella actriz Dorothy Gibson. Por suerte para Flora, la mujer no se giró para mirar a Chess, como sí que hizo con otros muchos caballeros que estaban cerca. Unos pasos por delante de ellos, los Straus caminaban del brazo, como siempre hacían. Flora se preguntó si estarían hablando de su hijo, a quien le habían enviado un marconigrama por la mañana.

Fuera cual fuese el tema de conversación, seguían desprendiendo felicidad; algo que Flora no pasó por alto. Cada uno había inclinado la cabeza hacia el otro, como si estuviesen buscando un apoyo para poder mantenerse erguidos. O tal vez se trataba de una especie de atracción gravitatoria que los obligaba a estar cerca. Ella quería un matrimonio como el que tenían los Straus. O como el que tenían sus padres. Uno en el que el amor, el cuidado y la confianza se percibiesen en cada mirada, en cada interacción. Algo que no fuese excesivo ni superficial, sino íntimo y sincero.

—La veo muy pensativa hoy —puntualizó Chess. La invitó con una mirada a que le contase lo que le pasaba, pero no la presionó.

—Estoy sintiendo cosas… —admitió ella, sabiendo que le debía una explicación por su comportamiento de ayer—. Cosas que me desconciertan. Cosas con las que no contaba.

—La comprendo —respondió Chess, levantando la mano para frotarse la nuca; una muestra de inseguridad no muy habitual en él—. Si le soy sincero, a mí me está pasando algo parecido. El desconcierto. El cambio de planes. Mi intención era regresar a Nueva York a mediados de abril. Volver a la oficina y empezar a prepararme para el primer torneo de tenis que se celebrará en poco más de un mes. Tal y como he hecho durante los últimos seis años de mi vida. —Hizo una pausa, como si necesitase recomponerse para poder seguir hablando—. Pero entonces apareció usted. —Giró la cabeza y se encontró con su mirada.

A Flora se le empezó a acelerar el corazón. Y en ese momento pensó que, si le hubiesen dado la oportunidad de capturar el brillo que vio en sus ojos y de guardarlo en un bote como si fuese un elixir, lo habría hecho sin dudar. Porque no habría necesitado nada más para ser feliz.

—Supongo que esto no ha debido ser fácil para ninguno de los dos… —dijo Flora. Su objetivo era acabar con la tensión que se palpaba en el ambiente, pero cuando sus miradas se volvieron a encontrar, tan solo vio sinceridad en sus ojos.

—Todo lo contrario. Conocerla, pasar tiempo con usted… Ha sido lo más fácil del mundo.

Flora le agarró el brazo con más fuerza, estaba tan feliz que temió flotar en el aire con la ayuda del viento. Ya no tenía por qué esconderle a Chess lo que sentía por él. No le preocupaba que el corazón estuviese a punto de estallarle porque en lo único en lo que podía pensar era en el cosquilleo que le recorría todo el cuerpo y que la hacía burbujear como si fuese champán. Y en que él había leído algo en su expresión que le había hecho sonreír tanto como a ella.

Capítulo 21

Domingo, 14 de abril de 1912
16:00 h

Aunque sabía que la haría parecer una niña pequeña, Alice fue incapaz de reprimir una risita mientras se inclinaba hacia delante para recoger el montón de fichas. Hasta ese momento no se había dado cuenta de lo divertido que era ganar. Y entendió por qué los hombres se quedaban todas las noches en la sala de fumadores para probar suerte en los juegos de azar.

De los ocho jugadores que estaban sentados en la mesa, tan solo dos eran mujeres. René Harris estaba a su derecha, fumándose un cigarrillo. Harry, el marido de René y el propietario de uno de los teatros de Nueva York, se había colocado al lado de su esposa. Era un hombre simpático y de voz suave. No era tan descarado como su mujer, que no tenía reparo en llamarle «mi chico» en público, pero se notaba que la adoraba. El resto de la mesa estaba ocupada por el anfitrión, Thomas Cardeza; Jacques Futrelle, el escritor de misterio; y por otros tres hombres a los que Alice acababa de conocer.

El señor Cardeza habló muy poco durante la partida; estaba demasiado concentrado en sus cartas, que las miraba con interés a través de sus gafas redondas con montura dorada. Pero el resto estaba más animado, hablando y haciendo bromas entre mano y mano. Muchos de ellos parecían haberse quedado cautivados con Alice. Algo que ella no dudó en utilizar a su favor. René se dio cuenta de sus intenciones desde el principio y le dedicó una pequeña sonrisa. Ella también había salido beneficiada con la estrategia de Alice, dado que tampoco le estaba yendo nada mal.

Como era de esperar, los hombres no tardaron en mencionar la velocidad del Titanic. Todos ellos habían participado en las apuestas diarias y la de esa noche la esperaban con ansias. Después de haber saboreado por primera vez lo que se sentía al jugar, Alice no pudo evitar pensar que aquello seguramente también le resultaría divertido.

—Es una lástima que las mujeres no podamos apostar… —habló ella, escudriñando la última mano de cartas que le habían repartido.

Estaban sentados en una mesa de mimbre que había en el paseo privado de los Cardeza; hacía un poco de frío, así que Alice se alegró de haberse traído su abrigo forrado de piel. Se tapó el cuello con él cuando una corriente de aire le erizó la nuca. Dentro podrían haber estado más cómodos, pero sabía que allí le hubiese molestado aún más la neblina del humo de los cigarrillos.

—Sí, lo es —coincidió René antes de esbozar una sonrisa pícara—. Aunque estoy segura de que a más de una señora le daría un infarto si viesen a una mujer jugando.

—Estaría encantado de hacer una apuesta en su nombre, señorita Fortune —declaró el señor Futrelle con su característico acento.

—Justo iba a ofrecerle lo mismo —se quejó un joven caballero, un poco malhumorado al ver que otro hombre se le había adelantado.

Alice le sonrió al joven, agradecida, antes de volverse hacia el señor Futrelle.

—Aceptaré su oferta y, con suerte, ganaré lo suficiente para recompensarle por su amabilidad.

Pero a medida que avanzaba la tarde, el montón de fichas que había ganado al principio empezó a disminuir. Era evidente que se había confiado demasiado, algo que no debería haber hecho, dadas las advertencias de la señora Harris y el señor Sloper. Había olvidado que el póquer no solo era un juego en el que se requería suerte, sino también destreza. Y, en lugar de ser prudente, se había dejado llevar por la emoción, algo de lo que se arrepintió enseguida. Sobre todo cuando vio que no iba a poder recuperar el dinero que había apostado al principio. Y, lo peor de todo, que no tendría cómo devolverle a Flora los billetes que le había cogido sin permiso.

Alice se había convencido a sí misma de que tan solo lo estaba tomando prestado. Y que, de todos modos, su hermana no se daría cuenta porque no lo utilizaría a bordo del Titanic. A menos que quisiese llevarse un recuerdo y se pasase por el salón de peluquería de primera clase para comprarse alguna baratija sin sentido. Además, para no sentirse tan culpable, se había prometido que le devolvería más dinero del que ella había cogido. Que, en realidad, le estaba haciendo un favor a su hermana. Pero, a medida que sus fichas iban desapareciendo, el pecho le subía y le bajaba más rápido. Y sabía que no era por el humo de los cigarrillos.

Pensó en aprovechar las pequeñas pausas que hacían entre mano y mano para ir corriendo al camarote a buscar más billetes, pero ya los había utilizado todos. Se habría llevado también lo que tenía Mabel cuando cogió el dinero de Flora, pero intuía que su hermana pequeña ya se lo había gastado todo. Y en cuanto a Charlie..., ni siquiera sabía dónde guardaba lo que tenía ahorrado. Y entrar en el camarote de sus padres sabía que no era una opción.

Llegó a la conclusión de que lo único que podía salvarla de perderlo todo era el toque de corneta que les indicaba cada noche que tenían que prepararse para la cena. Sobre todo porque sus posibilidades de formar una mano ganadora eran nulas y no había sido lo suficientemente inteligente como para retirarse a tiempo.

Se mordió el labio inferior mientras recogía la miseria con la que había terminado la partida, pensando cómo podía salir del lío en el que se había metido.

Durante unos segundos, pensó en cargarle el muerto a Mabel. Era la solución más práctica. Toda su familia sabía que su hermana se gastaba la paga incluso antes de recibirla. De hecho, se pasaba el día pidiéndoles a sus hermanos que le prestaran dinero. Así que, teniendo en cuenta su historial, ella sería la primera sospechosa del robo.

Pero Alice descartó rápidamente la idea. Eso solo le serviría para empeorar las cosas. Todavía podía probar suerte con la apuesta del barco. Si ganaba, podría devolverle a Flora el dinero sin que se enterase.

Pero si no ganaba… Se le revolvió el estómago. Lo perdería todo.

—Señorita Fortune —murmuró el señor Futrelle, rodeando la mesa para colocarse a su lado—. ¿Sigue queriendo que apueste por usted esta noche?

Alice tenía el «no» en la punta de la lengua, pero… no quería que su familia descubriese lo que había estado haciendo, no quería darle explicaciones a su hermana mayor, no quería que la tachasen de irresponsable. Y el señor Futrelle le estaba dando la oportunidad, por minúscula que fuese, de intentar evitar un escándalo familiar.

—Sí —pronunció ella, poniéndose de pie para entregarle el dinero que le quedaba—. Quinientas setenta y cinco millas náuticas. Esa es mi apuesta. Intente acercarse a ella todo lo posible.

Él asintió, metiéndose el dinero en el bolsillo de su traje, que parecía estar siempre arrugado.

—Haré lo que pueda.

Mabel estaba a punto de hacer una estupidez. Sabía que estaba dejándose llevar por la impaciencia, pero, aun así, no pudo contenerse.

Bajó los escalones hacia la cubierta D, donde la banda tocaba siempre a la hora del té. La sala estaba más abarrotada de lo habitual. Todas las zonas comunes lo estaban, dado que hacía mucho frío como para estar fuera en cubierta. Sin embargo, le fue fácil identificar la cabeza calva de su padre entre la multitud, de pie cerca del tapiz.

A medida que avanzaba hacia él, se dio cuenta de que no se estaba moviendo con la gracia femenina que su madre esperaba de sus hijas. Pero necesitaba hablar con él y lo iba a hacer sí o sí porque se negaba a seguir retrasando la conversación. Cuando se detuvo frente a él, respiró hondo y juntó las manos para calmarse mientras esperaba a que su padre terminara de hablar con el caballero que tenía al lado y se percatase de su presencia. La alivió ver que parecía estar de mejor humor que en el almuerzo. De hecho, antes de girarse hacia ella, soltó una risita.

–Padre, ¿podemos hablar?

El señor Fortune frunció el ceño, pero asintió y la guio hasta la puerta del comedor, manteniéndola abierta para que ella pasase primero. Uno de los camareros se giró en su dirección y los miró con los ojos entrecerrados antes de seguir preparando las mesas para la cena.

–Bien, Mabel –dijo él, cruzando los brazos por encima de su pecho fuerte–. ¿Qué quieres?

Mabel tomó una bocanada de aire y justo cuando estaba a punto de hablar, su padre la interrumpió con brusquedad:

–Espero que no tenga nada que ver con el señor Driscoll. Porque creo que ya te he dejado bastante claro lo que opino de él.

–No, no he venido aquí a hablarte de Harrison –respondió ella, incapaz de resistirse a usar el nombre de pila de Driscoll para molestar a su padre, a pesar de que lo último que quería era echarle más leña al fuego–. Sino de mi futuro. Quiero que me dejes ir a la universidad –añadió, haciendo todo lo posible por no subir la voz–. Porque quiero estudiar Derecho.

–No te hace falta estudiar nada. Porque cuando te cases, tu deber será quedarte en casa.

Mabel apretó los puños para no perder los papeles. No podía rendirse tan rápido.

–Hay muchas mujeres y niños que necesitan asesoramiento legal. Y yo podría ayudarlos.

—También podrías ayudar en casa. Además, ya hay hombres que se encargan de eso.

—Sí, pero quizá se sientan más cómodas con una mujer. Y sé que son pocos los hombres que deciden hacerse cargo de sus casos.

El señor Fortune frunció el ceño y ella se arrepintió enseguida de haberle dado tanta información. Conocía a su padre, sabía lo que pensaba de las sufragistas y del divorcio. Decidió que lo mejor era seguir hablando antes de que él la interrumpiese:

—Hay varias mujeres a bordo que han ido a la universidad y que ahora tienen una carrera profesional exitosa. Doctoras, abogadas, escritoras… Y la mayoría de ellas se han casado con hombres honrados. Así que puedes estar tranquilo; no me convertiré en una solterona si estudio.

—Mabel… —El señor Fortune giró la cabeza y soltó un suspiro que denotaba que se le estaba empezando a agotar la paciencia—. Ya te he presentado a bastantes hombres honrados. Así que lo veo innecesario cuando simplemente puedes casarte con uno de ellos.

Mabel estuvo a punto de darle una patada a la mesa.

—No me estás escuchando.

—Claro que sí –dijo él con firmeza–. De hecho, creo que ya te he escuchado lo suficiente –soltó–. Tu deber es estar en casa. No en una universidad o en una oficina… Ni en nada que tenga que ver con las sufragistas –escupió, desafiándola–. Y no quiero escuchar ni una palabra más sobre este asunto.

Mabel lo miró, desolada y con el corazón encogido. ¿Y ahora qué? Su padre nunca cedería. Y ella se vería obligada a quedarse con sus padres hasta que encontrase un marido. Hasta que fuese igual de obediente que Flora y acabase casándose con un hombre igual de aburrido que Crawford. De repente, sintió una punzada de ira; una rápida y violenta. Una que hizo que se le empañara la visión.

—Entonces no me queda más remedio que casarme con Harrison —le informó ella con dureza, por culpa del fuego que ardía en su interior.

El señor Fortune se puso rojo y le empezó a palpitar la vena de la sien.

—No os daré mi consentimiento. Y sin mi consentimiento, ninguno de los dos verá un centavo. Ni de tu dote ni de tu herencia.

—No me importa. Al menos Harrison sí que me dejará ir a la universidad.

—¡No puede permitírselo, Mabel!

—Nos las apañaremos sin ti —replicó ella, orgullosa, al ver que, a diferencia de su padre, ella había conseguido no alzar la voz.

—Ah, ¿sí? ¿Y cómo lo haréis? El dinero no cae del cielo, muchacha.

—Tranquilo. Cuando me case con él, no tendrás que preocuparte por mí.

—Tendré que hacerlo cuando tus críos no tengan nada que llevarse a la boca.

Mabel se giró, dispuesta a salir por la puerta.

—No te preocupes, padre. No vendremos a pedirte dinero. Guarda la limosna para los hijos a los que vayas a seguir dejando entrar en tu casa —espetó ella, satisfecha, sabiendo que su padre conectaría sus últimas palabras con el versículo que solía citar muy a menudo de la *Primera epístola a Timoteo*. Después, salió del comedor.

La furia la acompañó por la sala de recepción y por las escaleras, pero cuando estaba a tan solo unos pasos de la puerta de su camarote, se quedó sola, con nada más que un dolor insoportable en el pecho. Abrió la puerta y suspiró, aliviada, al ver que no había nadie dentro. Se dejó caer en una de las sillas y se quedó con la vista clavada en el arreglo floral que había en la mesa.

—¿Qué he hecho? —le preguntó a las margaritas y a los crisantemos.

La única respuesta que obtuvo fue la caída de un pétalo blanco; uno que se pareció mucho a la lágrima que se le acabó derramando por la mejilla. Y que se convirtió en la primera de muchas.

A pesar del frío glacial de la tarde, Flora y Chess decidieron quedarse en la cubierta, paseando o sentados en las tumbonas con las mantas sobre el regazo. En realidad, Flora apenas notaba el frío; el simple hecho de estar al lado de Chess conseguía hacerla entrar en calor. Aunque sabía que, al igual que él, tenía las mejillas y la punta de la nariz rojas, pero no le importaba.

El sol enseguida comenzó a ocultarse en el horizonte y la mayoría de los pasajeros decidieron refugiarse dentro. Sabían que el corneta no tardaría en anunciarles que era hora de vestirse para la cena, pero, aun así, siguieron caminando con la intención de aprovechar hasta el último momento que les quedaba juntos. Un momento que Flora deseaba que no se acabase nunca.

Cuando se acercaron a la entrada que daba a la gran escalinata de popa, vieron a dos mujeres sentadas en las tumbonas. Flora no sabía quiénes eran, pero Chess sí.

—La mujer de la izquierda es la señora Thayer —susurró él, inclinándose hacia ella—. Y la mujer de negro de la derecha es la señora Ryerson. Por desgracia, hace poco perdió a su hijo en un accidente automovilístico. Vuelve a casa con su esposo y el resto de sus hijos para organizar el funeral.

—¡Pobre mujer! —jadeó Flora—. Con razón no la había visto antes. Ahora entiendo que no tenga ganas de salir del camarote.

De pronto, vieron que el señor Ismay se acercaba a ellas. El director de la White Star apareció casi de la nada y se dejó caer a su lado en una de las tumbonas, ajustándose las solapas de su traje azul marino.

—Espero que estén cómodas.

La señora Ryerson lo miró, un poco desconcertada, y necesitó un momento para recomponerse antes de responder:

—Sí. Me gustaría volver a darle las gracias por ofrecernos un camarote adicional y un camarero personal. Nos ha sido de gran ayuda.

–No hace falta que me dé las gracias. Si hay algo más que pueda hacer…

La señora Ryerson le volvió a dar las gracias, pero era evidente que lo que más deseaba era que la dejasen a solas con su amiga. Pero, por desgracia, el director de la naviera tenía fama de no ser muy bueno captando indirectas.

Después de avanzar unos pasos más, Chess guio a Flora hasta la barandilla para que pudiesen asomarse a ver el mar. El sol se reflejaba en el agua, dejando un rastro brillante mientras se escondía por el oeste. Era como si hubiese diamantes pequeños en el mar que animaban al barco a seguir su rumbo.

El señor Ismay le hizo varias preguntas más a la señora Ryerson y a la señora Thayer. Las mujeres le respondieron con educación, pero era evidente que estaban incómodas. A Flora le dio la sensación de que el señor Ismay tenía buenas intenciones: se le notaba que estaba bastante afectado por la pérdida de la señora Ryerson y que tan solo quería ayudar. Sin embargo, parecía que le costaba buscar las palabras adecuadas para hacérselo saber.

–Bueno, estamos entre icebergs… –dijo el señor Ismay, cambiando de tema.

Flora hizo una mueca de dolor. Le fue difícil fijarse en otra cosa que no fuese en Ismay, pero podía imaginarse qué cara habrían puesto las mujeres al escuchar sus palabras. El hombre se toqueteó los bolsillos y sacó un papel con una sonrisa triunfante. Extendió el brazo para que pudiesen leer el documento, pero no dejó que lo tocasen. Flora se preguntó si sería el mismo telegrama que le había mostrado al señor Thayer y a su hijo antes.

–No estamos yendo muy rápido. A unos veinte o veintiún nudos –declaró Ismay–. Pero nuestra intención es encender alguna que otra caldera más esta noche.

Chess frunció el ceño y Flora se identificó con su gesto de desaprobación. Asegurarles a dos pasajeras que estaban rodeados de icebergs y que, aun así, querían aumentar la velocidad, no parecía apropiado y, menos aún, tranquilizador.

Por suerte para todos, Ismay vio a dos caballeros acercándose a ellos desde el paseo de popa y se puso en pie. Se despidió con rapidez y desapareció por la puerta por la que había salido antes de que los maridos de las dos mujeres lo viesen.

—Ese hombre es un peligro —comentó Chess en voz baja después de que los Thayer y los Ryerson se marchasen, aunque lo dijo con más lástima que desprecio—. ¿En serio pensaba que la mención de los icebergs iba a animar a una madre que acaba de perder a su hijo y que encima tiene a bordo a otros tres más?

Flora examinó el mar con el ceño fruncido. No se veía nada desde donde estaban —ni icebergs ni barcos—, pero eso no significaba que no los hubiera más allá del horizonte. Además, una embarcación no le enviaría una advertencia a otra si no hubiese motivos para hacerlo.

—¿Deberíamos preocuparnos?

—Imagino que el capitán y la tripulación ya estarán al tanto. Hacen esta ruta unas dos veces al mes. Se conocen mejor que nadie estas aguas, así que tenemos que confiar en ellos.

—Sí, supongo.

Puede que Ismay fuese el director de la naviera, pero no era marinero ni formaba parte de la tripulación. Aunque Flora no pudo evitar preguntarse por qué seguía estando el telegrama en sus manos. ¿No debería dárselo al capitán?

Chess la rodeó con el brazo, acercándola más.

—Además, Charlie se pasa el día hablando de estadísticas. —Sus ojos oscuros la miraron—. El Titanic cuenta con compartimentos estancos. Y el propio Andrews nos dijo que el barco podría romperse en tres y, aun así, cada parte se mantendría a flote. Si dicen que es insumergible, será por algo.

Ella exhaló, un poco más tranquila.

—Sí, tiene razón. La mayoría de las veces se me olvida que estamos en medio del Atlántico. El barco apenas se mueve. —Flora se giró para contemplar la combinación de colores cada vez más intensa que se estaba formando en el cielo en comparación con el mar–. Excepto en momentos como el de ahora. Las vistas son preciosas.

–Sí –respondió Chess; pero cuando Flora giró la cabeza, se dio cuenta de que no estaba mirando el atardecer, sino que la estaba mirando a ella–. Sí, sí que lo son –murmuró él.

A Flora se le empezó a acelerar el corazón y sintió un hormigueo en la piel. Sabía a qué se debía –al deseo–, pero era la primera vez que lo sentía con tanta intensidad. Porque nunca había venido acompañado de la admiración y el afecto; una mezcla de emociones que le resultó embriagadora.

Estaban a solas en la cubierta de paseo, pero a la vista de cualquiera que doblase la esquina o que saliese por la puerta de la gran escalinata de popa. Y, por primera vez, a ella le dio igual; se acercó más a él. Se había preguntado varias veces cómo sería estar entre sus brazos, y al final había descubierto que era agradable. Se había preguntado varias veces cómo sería estar a tan solo unos centímetros de él, y al final había descubierto que era excitante. Y, en ese momento, se preguntó qué sentiría si lo besase.

Él dio un paso hacia delante y ella se quedó con los ojos clavados en su boca, pero enseguida los cerró porque él posó los labios sobre los suyos. Flora sentía el pulso latiéndole en los oídos y notaba el leve aroma de la colonia de sándalo de Chess, pero en el fondo solo podía concentrarse en el tacto de su boca –cálida y segura– moviéndose contra la suya, y en el sabor a té y menta mientras él profundizaba el beso. Le estaba empezando a crecer el pelo de la barba oscura, lo que hizo que ella sintiese un leve cosquilleo en la piel sensible. Una sensación que le pareció mucho más placentera de lo que jamás se hubiese imaginado.

Se aferró a las solapas del abrigo de Chess; estaba hecha un flan y le preocupaba no ser capaz de mantenerse en pie. Él le agarró la cintura con más fuerza, acercándola más para que pudiese sentir la firmeza de sus músculos, incluso a través de las capas de ropa que llevaban encima.

Se pasaron minutos –o puede que tan solo unos segundos– refugiándose en los brazos del otro y sintiendo sus bocas como si fueran una sola. Hasta que oyeron una voz que los devolvió a la realidad e hizo que la alegría, la revelación y el fervor desapareciesen por completo.

–¡Flora Ethel Fortune, te diera vergüenza! –gritó la señora Fortune.

Capítulo 22

Flora soltó un grito ahogado, poniendo fin a lo que había sido, sin lugar a duda, el mejor beso que le habían dado a Chess en su vida. Sobre todo por lo mucho que lo había deseado, por lo mucho que la deseaba a ella y todo lo que tuviese que ver con ella: su cuerpo, su forma de ser y su corazón. Era la primera vez que sentía algo así. Una sensación embriagadora que lo desconcertaba, pero que a su vez le resultaba maravillosa.

Hasta que vio la cara que se le había quedado a Flora. Como si todo su mundo acabase de hacerse pedazos y no hubiese nada que pudiera hacer para solucionarlo. Una imagen que le hirió el corazón y el orgullo. Sin embargo, también sintió la necesidad de volver a apretarla contra su pecho y protegerla de lo que se le venía encima, aunque fuese él el que acabase saliendo perjudicado.

—Suéltala —exigió la señora Fortune, hecha una furia.

Aun así, él no se apartó de inmediato, sino que esperó a que Flora lo mirase para comprobar que lo tenía todo bajo control. Ella retrocedió varios pasos y a él se le partió el corazón.

—Ven conmigo, Flora. Ahora —volvió a hablar la señora Fortune. Los pendientes brillantes que llevaba se mecieron de un lado a otro por la vehemencia con la que pronunció sus palabras.

Chess no la detuvo. No podía. Sabía que había metido la pata. No debería haberla besado. Y menos aún en un sitio en el que podría haberlos visto cualquiera. Pero no se arrepentía de haberlo hecho. Y se aseguró de que ella lo supiese; la miró a los ojos con seguridad e hizo todo lo posible para intentar aliviar su angustia. A partir de ahora haría las cosas bien. Buscaría al señor Fortune y se lo explicaría todo. De todos modos, sabía que tarde o temprano iba a tener que hacerlo, aunque ahora la situación se le había complicado.

–Hablaré con el señor Fortune en privado –les informó él.

–Inténtalo si quieres –le espetó la señora Fortune, mirándolo de arriba abajo como si fuese una porquería que se le había quedado pegada en la suela del zapato–. Pero de nada te servirá. Mi hija está prometida con otro hombre. ¡Nos vamos, Flora!

Flora obedeció, pero antes de marcharse, volvió a mirar a Chess por encima del hombro, y sus ojos hablaron por sí solos.

Él apretó los puños. Hablaría con el señor Fortune, así descubriría cuáles eran sus posibilidades y a qué obstáculos debía enfrentarse. Pero casi era la hora de cenar. Seguramente el señor Fortune ya se estaría preparando para ir al comedor y a él le resultaría difícil conseguir que le concediera un momento. Además, sabía que el hombre no estaría dispuesto a dejar que su familia cenase sin él, y menos aún a entablar una conversación así en un lugar lleno de gente.

Chess maldijo en voz baja.

Acababa de recordar que le había dicho a Harry Widener que iría a cenar con él y sus amigos. Ahora Flora seguro que pensaba que se había echado atrás en el último momento. Desvió la mirada hacia el sol que estaba a punto de desaparecer en el horizonte, haciendo que las sombras empezasen a cubrir las cubiertas del Titanic. Después, caminó hacia la puerta. Tenía que encontrar la manera de hacer que Flora no malinterpretase su ausencia.

Capítulo 23

La señora Fortune permaneció en silencio. Flora sabía que no hablaría hasta que no llegasen al camarote. Y así fue porque, una vez dentro y con la puerta cerrada, su madre estalló como si fuese un volcán. Antes de que su madre se plantase delante de ella, Flora se dio cuenta de que Mabel estaba allí y de que tenía los ojos rojos, como si hubiese estado llorando.

—¡Qué vergüenza, Flora! Nunca pensé que una de mis hijas me decepcionaría tanto. Y menos aún que esa hija fueras tú. No me esperaba esto de ti. —Señaló con el dedo a su hija menor—. Podría haber esperado algo así de Mabel. Pero no de ti, Flora. —Se dio la vuelta y levantó una mano—. Santo cielo, no puedo ni mirarte —añadió con un ligero acento escocés, algo que le solía pasar a menudo cuando tenía las emociones a flor de piel.

—Lo siento, madre —comenzó a decir Flora, ignorando la mirada inquisitiva de Mabel.

—¿Eres consciente de lo que acabas de hacer? —le preguntó la señora Fortune—. Podría haberte visto cualquiera. ¿Qué habría dicho la gente de ti? —Volvió a señalar a Mabel—. ¿No ves que algo así también destruiría la reputación de tus hermanas?

—Eh, no me metáis a mí en esto —espetó Mabel.

—¡Silencio! —ordenó la señora Fortune—. No quiero escucharte decir ni una palabra más. —Miró a Mabel con los ojos entrecerrados—. Sé que amenazaste a tu padre. Que le hiciste chantaje, más bien. Y no voy a seguir tolerando estas faltas de respeto. ¡Por parte de ninguna! No deberíamos haber sido tan permisivos. Os habéis convertido en unas malcriadas. ¿En serio pensabais que podíais hacer lo que os viniese en gana, que podíais casaros con quien quisierais, que podíais desobedecernos? ¡Pues no! ¡Se acabó! Nos debéis respeto a vuestro padre y a mí, así que ocuparéis el lugar que se espera de vosotras, como nuestro querido Señor así lo exige.

La puerta se abrió de repente y apareció Alice. Abrió los ojos de par en par y se ruborizó al verlas allí. Desprendía tanto arrepentimiento que Flora tuvo que preguntarse qué habría estado haciendo su hermana. Al parecer, todas guardaban secretos.

La señora Fortune desvió la mirada hacia Alice. Se le ensancharon las fosas nasales al captar el mismo olor que le había llegado a Flora y después puso cara de asco.

–¿Se puede saber de dónde vienes? ¡Hueles como si hubieses estado en un burdel!

Flora se estremeció. Tal vez su madre se había pasado un poco con su hermana, pero sí que era verdad que olía como si hubiese estado en una sala de fumadores. Sin embargo, sabía que nunca hubiesen dejado que una mujer entrase en la que había en el barco.

Alice se quedó mirando a su madre con el rostro pálido, pero no dijo nada. La señora Fortune se acercó más a ella y la olfateó con desdén.

–¿A esto es a lo que se dedica el señor Sloper?

Alice abrió los labios, como si quisiese decir algo, pero las palabras se le quedaron atascadas en la garganta.

La señora Fortune se alejó, masajeándose las sienes.

–Sabía que este viaje no nos traería más que problemas. Se lo dije. Se lo repetí mil veces. Pero ¿vuestro padre me hizo caso? Por supuesto que no. –Se giró para fulminarlas a las tres con la mirada–. Será mejor que os empecéis a preparar para la cena, pero ya os digo yo que esto no acaba aquí. Para ninguna de las tres. –Alzó la barbilla y volvió a observar a sus hijas con frialdad–. Poneos los nuevos vestidos que compramos en Worth. Es domingo. Todos los pasajeros se pondrán sus mejores galas. Bajaremos al comedor los seis juntos. –Clavó los ojos en Flora–. Y te mantendrás alejada de ese hombre, ¿entendido?

–Pero, madre, yo… –intentó defenderse Flora, pero la señora Fortune levantó una mano, negándose a escucharla mientras caminaba hacia la puerta interior que daba a su dormitorio.

–Mabel, ven a ayudarme –ordenó ella sin mirar atrás.

Mabel miró a sus hermanas con impotencia antes de seguir a su madre.

Flora quería darle patadas al suelo y gritar para desahogarse. ¿Tanto le costaba a su madre escucharla?

La puerta se cerró con un chasquido, y Flora y Alice se miraron. Era evidente que Alice había preferido no compartir toda la información acerca de sus aventuras nocturnas con ella, pero Flora tampoco podía culparla. No era la más indicada para echarle en cara nada. Así que, en su lugar, la instó a darse la vuelta.

–Te ayudaré a quitarte el vestido para que puedas asearte antes de irnos. Y no te vendría mal echarte un poco de *spray* de lavanda en el pelo.

La señora Fortune tenía razón. Parecía que todas las damas habían decidido rebuscar en sus armarios y baúles para sacar los vestidos nuevos que se habían comprado en París y ponerse las joyas más llamativas que tenían y que guardaban en la caja fuerte del sobrecargo. Tal vez fuese por los diamantes y rubíes que rodeaban los cuellos y las muñecas de las mujeres y que se reflejaban en el cristal y en la vajilla de plata, o quizá fuese por el espíritu de camaradería que se respiraba en el ambiente. Fuera lo que fuese, a Alice le dio la sensación de que el comedor brillaba aún más que las noches anteriores. La mayoría sonreía, feliz, o al menos había adoptado una expresión de satisfacción.

Excepto los Fortune. Pero hasta a ellos acabó resultándoles difícil no dejarse llevar por el entusiasmo que los rodeaba.

Esa noche, a diferencia de las otras, los pasajeros se tomaron su tiempo para ir hasta sus correspondientes mesas; hablaron entre ellos e incluso hubo gente que cruzó el comedor para saludar a un conocido. Las mujeres se reían a carcajadas, animadas, y los hombres observaban a las personalidades que tenían alrededor con aprobación. Los peinados eran más elaborados, las sonrisas más amplias y la emoción más perceptible que nunca. Alice casi podía sentirla bajo sus pies.

O tal vez simplemente estaba notando más de lo normal el movimiento del barco porque habían encendido más calderas. Fuera lo que fuese, había hecho que sus padres se tranquilizasen y que ella pudiese respirar, un poco más aliviada. Sabía que no podía ser la única; sus hermanas también tendrían que estar sintiendo algo parecido. Sus padres seguían enfadados, pero al menos no parecían estarlo tanto como antes.

Aunque eso podría estar a punto de cambiar si Flora no dejaba de lanzarle miradas furtivas a la mesa vacía en la que debería haber estado el señor Kinsey.

Alice se acercó a su hermana mayor, rodeándole la cintura con un brazo para darle ánimos y para hacerla volver a la realidad.

—¿Has visto alguna vez tantos diamantes juntos? —murmuró ella para distraerla.

—Deben haber saqueado la mitad de las joyerías de Europa —bromeó Mabel al otro lado de Flora—. Y eso que muchos de los pasajeros más ricos ni siquiera están aquí. Seguro que están cenando en el restaurante… —se burló—. Por ahí viene Zette Douglas.

La mujer en cuestión había entrado del brazo de su hermano Quigg Baxter y este la estaba acompañando hasta su mesa. Flora se puso un poco rígida; quizá por la decisión desacertada que había tomado la joven, pues se había puesto una tiara de diamantes en el cabello. Hacía uno o dos años era el accesorio de moda entre las mujeres, pero ahora se consideraba vulgar que cualquier persona que no fuera de la realeza lo usara.

—Puede que no lo sepa —sugirió Alice, concediéndole el beneficio de la duda.

–Pues debería –replicó Mabel.

–Señorita Fortune –saludó una voz profunda.

Los músculos de Flora se tensaron hasta casi convertirse en piedra. Dejó de mirar a Alice y se giró para encontrarse con el rostro sonriente del señor Behr; el amigo, el rival y el compañero de mesa del señor Kinsey.

–Señorita Alice. Señorita Mabel –volvió a hablar el hombre mientras las dos hermanas también se giraban en su dirección–. Están preciosas.

–Gracias –respondió Flora de manera poco expresiva–. Espero que la señorita Newsom se encuentre bien.

–Ah, sí. Está estupenda. –El señor Behr asintió en dirección a la mesa de la familia de la aludida–. Nos aguarda una gran noche. Aunque hoy no me quedará más remedio que cenar solo. Harry Widener invitó esta mañana al señor Kinsey a cenar en el restaurante. Qué suerte tienen algunos, ¿eh?

Ah, pues al final sí que encontró una manera. Era evidente que el señor Kinsey le había pedido a su amigo que se acercara a Flora para asegurarle que no la estaba evitando a ella ni a su padre. Y puede que quizá el señor Behr hubiese aprovechado la ocasión para recordarle al señor Fortune –que sabía perfectamente que los estaba escuchando– que Chess Kinsey no era un don nadie. Los Widener eran una familia destacada y pudiente, y el hecho de que su hijo y heredero hubiese invitado al señor Kinsey a cenar tenía que significar algo.

Alice reprimió una sonrisa, descubriendo que le había cogido más cariño al señor Kinsey de lo que pensaba.

El señor Behr le echó un vistazo a las mesas que tenía alrededor y añadió:

–Pero parece que no seré el único.

Estaba en lo cierto. Había varias mesas con sillas vacías. Incluida la del sobrecargo, donde estaba sentado Thomas Andrews, aunque faltaban algunos miembros; entre ellos, el doctor O'Loughlin, que seguramente debía estar atendiendo a la señora Harris. Alice esperaba que la mujer se encontrase un poco mejor ahora que el doctor había ido a verla.

Alice había estado al lado de René Harris cuando esta se había resbalado al bajar la gran escalinata, cuyo suelo estaba un poco mojado, después de la partida de póquer en la *suite* del señor Cardeza. La caída había hecho que se rompiese el brazo. La señora Harris le había asegurado que estaba bien, haciendo alarde de su valentía; pero en el fondo ella sabía que se había hecho mucho daño, aunque estaba segura de que el doctor O'Loughlin ya le habría dado algo para aliviarle el dolor.

Una mujer que estaba sentada en la mesa del sobrecargo llevaba un bonito vestido de encaje blanco con una estola de armiño alrededor de los hombros. No era la única dama que había optado por un atuendo similar. La brisa gélida del exterior se había colado en el interior del barco y muchas mujeres habían decidido ponerse un abrigo por encima de los vestidos de noche. Los Fortune ya estaban más que acostumbrados al invierno de Winnipeg, así que no les afectaban tanto las corrientes de aire frío. Aun así, hubo un momento en el que Alice se arrepintió de no haberse puesto un chal fino sobre el vestido de color rosa palo.

—Uno de los oficiales me comentó que se espera que las temperaturas desciendan hasta menos un grado —dijo Charlie mientras probaba los huevos con caviar. Se tragó lo que tenía en la boca antes de continuar—: Además, el propio avance del barco ya genera corrientes de aire, así que la tripulación prevé una noche incómoda en cubierta. No solo para ellos, sino también para los pasajeros.

—Pobres —habló Flora, apartando los huevos a un lado y cogiendo una ostra.

—Tal vez deberías prestarles tu abrigo de piel de búfalo, padre —bromeó Charlie.

El señor Fortune emitió un sonido que era una mezcla entre un carraspeo y una risita, incluso cuando su esposa protestó.

—Oh, por favor, no saques esa cosa vieja y raída del baúl.

–Te dije que ese abrigo me acabaría resultando útil –declaró él, ignorándola–. Siempre lo hace.

–Si tú lo dices… –le respondió su mujer–. Además, tú no eres el que tiene que estar ahí fuera pasando frío. Y puede que la tripulación agradezca el gesto, pero dudo mucho que se les permita llevar encima algo que no forme parte del uniforme.

–La verdad es que no entiendo qué te ha hecho mi abrigo –replicó el señor Fortune, y una de las comisuras de la boca se le curvó hacia arriba.

Alice no pudo evitar sonreír ante la complicidad de sus padres. Pero Flora fue la única que se atrevió a comentarla:

–Siempre he admirado vuestra relación –confesó ella–. La facilidad con la que os entendéis. Que, aunque os busquéis las cosquillas el uno al otro, siempre lo hagáis con cariño. Me consolaba miraros de pequeña y, a medida que crecía, tenía cada vez más claro que yo también quería compartir con alguien algo así.

La mesa se quedó en silencio, dado que todos sabían la razón que se escondía tras esa afirmación.

–Es algo en lo que hay que trabajar, querida –le advirtió su padre–. No hay nada en esta vida que valga la pena y que no le suponga a uno un esfuerzo.

–Y no lo dudo –respondió Flora con cautela y con la vista clavada en el jarrón de narcisos que había en el centro de la mesa–. Pero si lo que tienes es algo frío, algo que solo está ahí por obligación… ¿por qué debería uno siquiera hacer un esfuerzo?

Ninguno de sus hermanos dijo nada, pero todos se tensaron, anticipando la respuesta de sus padres.

Por desgracia, la conversación se vio interrumpida por la llegada del camarero, quien les sirvió la sopa –Consommé Olga o sopa cremosa de cebada– y les preguntó qué deseaban tomar después: filete miñón, pollo a la lionesa o calabacín relleno. Y cuando el camarero por fin se fue, apareció otra distracción.

La señora Allison, de Montreal, se había traído a su hija Lorraine al comedor para que viese lo bonito que era y tal vez para presumir de lo adorable que era su pequeña. La niña saludó a los

Fortune antes de hacer lo mismo con las personas que ocupaban la mesa de sus padres. Algunos pasajeros, incluido el señor Andrews, se acercaron para hablar con ella cuando esta se dirigía a la salida para así poder volver a la sala de recepción con su niñera.

–Su hija tiene más o menos la misma edad –comentó Flora en voz baja mientras observaban cómo el diseñador del Titanic se inclinaba hacia la pequeña–. La echa mucho de menos –añadió con un tono de voz que denotaba tristeza.

Volvieron a centrarse en la comida que tenían delante, que tenía una pinta exquisita. Todos los platos que les habían servido a bordo venían en cantidades generosas y estaban para chuparse los dedos, pero la cena del domingo estaba siendo la mejor hasta la fecha. Salmón hervido con una salsa muselina; cordero, pato y solomillo con guisantes y puré de patatas con romero; ponche a la romana para limpiarse el paladar; pichón asado; espárragos a la vinagreta; paté de *foie gras*; y una amplia selección de postres para su décimo y último plato, que incluía: pudin Waldorf, melocotones en gelatina de Chartreuse, *éclairs* de crema y chocolate, y helado de origen francés. Alice se limitó a probar un pequeño bocado de cada uno de ellos porque sabía que, si comía de más, correría el riesgo de que se le desatara el corsé.

Y fue esa la excusa que utilizó cuando, al final de la cena, se dirigieron a la sala de recepción con los acordes de la ópera *Madama Butterfly* de Puccini de fondo y Alice le agarró ligeramente el codo a su madre.

–¿Podemos ir un momento al camarote? –le preguntó ella, con la esperanza de que su madre entendiese el motivo de su petición sin darle más información.

–Por supuesto –respondió la señora Fortune, distraída, mientras volvía a retomar la conversación con la señora Hays.

Alice no perdió el tiempo; entrelazó los brazos con los de sus hermanas y las arrastró hacia la escalera.

–Tenemos que ir todas al camarote –insistió ella cuando su hermana Mabel comenzó a protestar. Aunque sabía que solo se negaba porque le gustaba llevarle la contraria.

Capítulo 24

Para muchos, cenar en el restaurante À la Carte podría haber sido el mejor momento de su viaje a bordo del Titanic, pero para Chess fue todo un ejercicio de contención. No quería estar sentado en el elegante establecimiento que estaba cerca de la gran escalinata de popa. Y, menos aún, cuando sabía que Flora estaba en el comedor. Pero uno nunca debía dejar plantado a un Widener, algo que esperaba que Karl le hubiese dejado claro a los Fortune.

Por suerte, Harry tenía más labia de la que Chess recordaba. No entró en detalles sobre su colección de libros raros; de hecho, se centró en las curiosidades de sus invitados. Chess fue incapaz de mostrarse indiferente al ver la cantidad de figuras destacadas que tenía alrededor.

Figuras que encajaban a la perfección con las paredes y las columnas estriadas revestidas con paneles de madera de nogal; por no hablar de las molduras y las decoraciones talladas en dorado. Había varias sillas Luis XVI alrededor de las mesas, que eran de diferentes tamaños y tenían encima jarrones con rosas –que desprendían un aroma dulce– y unas pequeñas lámparas que proyectaban una luz cálida sobre el mantel. A Chess no le hacía mucha gracia la alfombra rosa que habían elegido para cubrir el suelo, pero no podía negar que parecía de buena calidad. A diferencia del comedor, que tan solo contaba con portillas, el restaurante estaba iluminado por unos ventanales enormes desde los que se podía ver perfectamente el cielo estrellado.

Harry, que estaba más al tanto que Chess, señaló con el dedo a los Duff-Gordon. Chess sabía que lady Duff-Gordon era la diseñadora de moda de la marca Lucile y que sus creaciones habían despertado el interés de su madre y de sus amigas de Nueva York, pero él en realidad estaba más interesado en sir Cosmo. El hombre era un deportista reconocido en su disciplina: la esgrima. De hecho, había participado en los Juegos Olímpicos de 1906 y se había hecho con la medalla de plata en la prueba de espada. Harry también hizo un gesto con la cabeza hacia una mesa cercana, donde Edgar Meyer estaba sentado con su esposa Leila. Ambos vestían prendas negras, dado que estaban de luto por Andrew Saks, el padre de Leila y el fundador de los grandes almacenes de Manhattan que llevaban su nombre.

Aunque, sin duda, la mesa más interesante era en la que estaban cenando los padres de Harry. Se habían sentado en un reservado cerca de la puerta para tener más privacidad, pero, aun así, desde donde se encontraba Chess, se veía a las personalidades que se habían sentado en el extremo. Tal y como Harry había insinuado, la lista de invitados era bastante selecta y entre ellos se encontraban: el capitán Smith, dado que la cena se estaba celebrando en su honor; los Thayer; William y Lucille Carter; y el mayor Archibald Butt. Formaban un grupo bullicioso, tanto que apenas se oían los acordes de la pieza de Chaikovski que estaba tocando el trío de músicos en la pequeña sala de recepción que se encontraba fuera del restaurante.

Chess se fijó en el señor Ismay –que estaba cenando con el doctor O'Loughlin en el centro de la sala– y le dio la sensación de que estaba observando la mesa de los Widener con anhelo. Seguramente habría más comensales que se estarían sintiendo de la misma manera. Sobre todo porque era difícil ignorarlos.

Sin embargo, Chess ya estaba contando los minutos que le faltaban para poder levantarse de la mesa sin ofender a Harry e ir en busca de Flora o del señor Fortune. La cena estaba exquisita: la langosta, el caviar, las uvas, los melocotones…; pero él apenas probó bocado.

Aunque se animó un poco cuando apareció Henry B. Harris, el productor de Broadway, y su esposa.

—Oí que se había caído por las escaleras –le explicó Harry cuando la gente empezó a aplaudirle a la señora Harris, que llevaba el brazo en cabestrillo.

Era evidente que Harry no había sido el único en enterarse del incidente, pero Chess ni siquiera se sorprendió. A bordo de un barco, los rumores corrían como la pólvora.

Ismay y el doctor O'Loughlin se pusieron de pie para saludar a los Harris y Chess se quedó pálido de repente. Si alguien los hubiese visto besándose… –aparte de la señora Fortune, claro–, la noticia ya habría empezado a circular por el barco y, en el fondo, sabía que Flora sería la que se llevaría la peor parte.

Volvió a sentir la necesidad de levantarse para arreglar las cosas. Cuanto antes lo solucionase, mejor.

Como si al pensar en ella la hubiese invocado, Chess oyó la palabra «Fortune» y se enderezó, con los ojos abiertos de par en par.

—Sí, menos mal que estaba la señorita Fortune –dijo la señora Harris–. Se quedó conmigo cuando Harry fue a buscarlo, doctor O'Loughlin. Oh, pero no se preocupe, el doctor Frauenthal también es todo un profesional. ¡Qué suerte poder contar con varios especialistas a bordo!

Harry Widener miró a Chess con interés.

—También me han llegado rumores de que pasas mucho tiempo con una de las hermanas Fortune, pero no sabía si era cierto. –Le dio un sorbo al coñac–. ¿Lo es?

Chess observó con trivialidad cómo los Harris se sentaban en la mesa en la que estaban el autor Jacques Futrelle y su esposa, tratando de disimular la ansiedad que le había causado una pregunta tan ambigua.

—Supongo que dependerá de los rumores que te hayan llegado.

—Que tu intención es sentar cabeza. –Harry lo miró con los ojos entrecerrados–. Que tal vez te retires del tenis.

–Estoy en el mejor momento de mi carrera. ¿Por qué iba a hacer eso?

Harry se encogió de hombros.

–Solo te digo lo que he oído. –Hizo una pausa, esperando a que Chess respondiera, pero como no lo hizo, añadió–: Y… ¿qué hay de la señorita Fortune?

Chess desvió la mirada hacia la noche oscura salpicada de estrellas.

–Es una persona bastante especial para mí, no te voy a mentir. Muy especial, de hecho.

Capítulo 25

—Venga, empezad a hablar –les exigió Alice mientras cerraba la puerta tras ellas con la intención de que sus hermanas le contaran lo que estaban tramando.

Mabel se cruzó de brazos y se apoyó en el armario. Escucharía las confidencias que se hicieran e incluso les daría su opinión si así lo deseaban, pero tenía claro que no iba a compartir absolutamente nada de lo que le había pasado a ella. No quería, sobre todo porque recordarlo le traería más dolor.

Cuando ni ella ni Flora hablaron, Alice examinó la expresión malhumorada de Mabel antes de desviar la mirada hacia su hermana mayor.

—¿Se puede saber qué es lo que ha pasado, Flora? ¿No te habrá pillado madre con el señor…? –Alice se quedó callada cuando vio el rubor en las mejillas de su hermana.

—Nos vio abrazándonos. –Flora hizo una pausa, nerviosa, y se toqueteó la cadena del collar–. En la cubierta de paseo.

Alice jadeó y Mabel sonrió.

—Pues te tuvo que haber dado un buen beso antes –comentó Mabel, y sus dos hermanas se giraron para mirarla–. ¿Qué? Es evidente; Flora nunca se olvidaría de quién es y de dónde está –aclaró–. Siempre está al acecho, como si fuese un gato.

—Bueno, pues esta vez está claro que no lo estuve –respondió Flora con una risa irónica.

—Estoy segura de que valió la pena.

Flora no contestó, sino que se acercó a la portilla, apartó las cortinas y contempló la noche gélida.

Alice frunció el ceño.

–¿Piensa pedirte matrimonio?

–Prometió que hablaría con padre.

–Bueno, entonces no hay de qué preocuparse; todo saldrá bien –dijo Alice con una alegría un tanto forzada, algo que Mabel no pasó por alto–. Puede que ahora madre y padre estén enfadados, pero se les pasará el disgusto una vez que te cases.

Flora apretó la mano contra el frío cristal de la portilla. Sabía que se quedaría la marca –algo que odiaba–, pero aun así lo hizo.

–Madre le dijo que de nada serviría. Porque ya estoy prometida.

A Mabel se le agotó la paciencia. Sus padres ya le habían negado a ella el futuro que tanto anhelaba. No podían hacer lo mismo con Flora.

–Vete con él –sugirió ella.

Flora se giró para mirarla con los ojos abiertos de par en par.

–Fúgate con él, Flora –insistió Mabel–. Acabas de decir que quiere casarse contigo. Y sé que tú quieres casarte con él. Así que, cuando lleguemos a Nueva York, tienes que bajarte del barco con él. Su familia tiene dinero, ¿no?

–Sí, bastante, por lo que tengo entendido –respondió Flora alargando las palabras.

–Pues ya está; no necesitas el dinero de padre. Y, conociéndote, estoy segura de que todavía te sigue quedando la mitad del dinero que padre nos dio a cada una antes de empezar el viaje. –Extendió el brazo hacia el cajón del tocador, donde sabía que Flora lo había guardado el primer día.

Alice dio un paso hacia delante, nerviosa, y añadió:

–Esperad un momento. No nos precipitemos. No puedes escaparte con él; causaríais un escándalo. Uno terrible. ¿No bastaría con amenazar un poquitín a padre si al final no le da permiso para pedir tu mano?

–Quizá –concedió Flora–. Aunque espero que no tenga que llegar a eso. No quiero verme obligada a recurrir a medidas tan… extremas. ¡Yo solo quiero que me escuchen!

–Pues ya somos dos… –murmuró Mabel con amargura, pero enseguida se arrepintió cuando vio que la atención de sus hermanas ahora estaba puesta en ella.

–Sé que no nos queda mucho tiempo –comentó Flora–, pero ¿a qué se refería madre exactamente cuando dijo que habías amenazado a padre?

Era el turno de Mabel de esquivar las miradas penetrantes de sus hermanas, así que se giró hacia el espejo y se ajustó la peineta de perlas que llevaba en el pelo.

–No es asunto tuyo –respondió por fin.

–No será por Harrison Driscoll, ¿verdad? –indagó Alice–. Mabel, sabes que a ese hombre solo le interesa tu dote.

–No, no es por Driscoll –dijo Flora con una seguridad que inquietó a Mabel y que la obligó a levantar la mirada para encontrarse con los brillantes ojos azul grisáceos de su hermana en el reflejo del espejo–. De hecho, diría que ni siquiera estás enamorada de él. Pero sé que quieres algo de él. Algo que padre se ha negado a darte.

Mabel se puso rígida, luchando contra el impulso de hacer lo que se había prometido a sí misma que no haría.

–Lo que no llego a entender del todo es por qué no nos lo cuentas –añadió Flora con un tono de voz que no solo denotaba desconcierto, sino también dolor–. Quizá podamos ayudarte.

–No podéis –dijo Mabel con brusquedad–. Al menos… todavía no.

Si Flora al final se casaba con el señor Kinsey, entonces tal vez el tenista se ofrecería a pagar por su educación. Mabel no sabía si era uno de esos hombres que tenían una mentalidad abierta, pero sí que sabía que Crawfy y Holden no la tenían. Eran demasiado tradicionales y estaban completamente a merced de su padre. Pero el señor Kinsey no le parecía el tipo de hombre que se dejaba controlar por su suegro. Tal vez ese era justo el problema.

–Deberíamos volver –las interrumpió Alice–. Antes de que madre venga a buscarnos y nos encierre en nuestra habitación durante el resto de la noche.

–No hemos acabado. –Flora la rodeó, cerrando la puerta que su hermana había abierto ligeramente. Alice la miró, sorprendida–. Todavía no nos has dicho qué es lo que te pasa a ti. ¿Por qué la ropa te huele a tabaco? ¿Por qué siempre vuelves al camarote tan tarde?

–Madre va a sospechar… –protestó Alice, presa del pánico.

Pero Flora no quitó la mano que había puesto en la puerta sobre la cabeza de Alice.

–Entonces será mejor que nos lo cuentes cuanto antes.

Alice arrugó el gesto y se cruzó de brazos.

–Pues… he estado en… algunas fiestas privadas. Con el señor Sloper. Y con otra… gente.

–¿Con la señora Harris?

–Pero no hacen nada… inapropiado –balbuceó Alice–. Aunque sí que fuman. ¡Pero yo no lo he hecho! Y… puede que también beban alcohol.

–¿Y dónde se celebran esas fiestas?

–En una *suite* privada –respondió Alice, sin entrar en más detalles.

Aunque Flora no siguió con el interrogatorio.

–Bueno, madre y padre se acabarán enterando, así que te aconsejo que seas tú la que se lo cuentes.

Alice hizo una mueca, disgustada.

–Yo no pienso decirles nada –añadió Flora, molesta, antes de lanzarle una mirada a Mabel–. Aunque no sé si Mabel lo hará.

–No se lo contarás, ¿verdad? –suplicó Alice.

–No –refunfuñó Mabel–. Pero Flora tiene razón. De una forma u otra, lo descubrirán. Y se enfadarán menos si se enteran por ti.

Alice asintió, aunque en el fondo Mabel dudaba de que acabase siguiendo su consejo. Si ella estuviese en la situación de su hermana, no lo haría. De hecho, habría esperado hasta que llegase el momento de que saliese a la luz su pecado. Al fin y al cabo, ¿de qué le había servido a ella decirle la verdad a su padre? De nada. Solo para que le dieran con la puerta en las narices y le quitasen la poca esperanza que le quedaba.

La señora Fortune miró con los ojos entrecerrados a sus hijas cuando estas regresaron a la sala de recepción, pero no tardó en volver a reanudar la conversación con la señora que tenía al lado. Eso debería haber hecho que Alice se tranquilizase, pero no lo hizo, porque seguía teniendo miedo. De que la aventura llegase a su fin. De que sus padres descubrieran que había asistido a varias partidas privadas de póquer en la *suite* de los Cardeza. De que Flora se diera cuenta de que le había robado todo el dinero que le quedaba.

Alice escudriñó la sala mientras el violinista y el pianista tocaban los primeros compases de una de las *Humorescas* de Dvořák, y se percató de que el señor Futrelle no estaba allí y de que su padre tampoco. Con un poco de suerte, el señor Futrelle estaría en la sala de fumadores, asegurándose de hacer la apuesta que más se ajustara a lo que ella le había pedido, y su padre se mostraría receptivo con el señor Kinsey. Porque seguramente el tenista también estaba allí.

Flora aceptó la taza de café caliente que le ofreció uno de los camareros y se sentó junto a su madre, tal vez para intentar recuperar su confianza, y Mabel se acercó a la señora Candee y a su alegre grupo de caballeros. Alice, por su parte, estaba demasiado nerviosa como para quedarse sentada. Al igual que la bella Dorothy Gibson, la estrella de cine, que no dejaba de sugerirle a la banda que tocasen algo más bailable mientras movía los pies y los brazos al ritmo de la música. Aunque Alice tan solo se limitó a deambular de un lado a otro, intercambiando algún que otro saludo con los pasajeros con los que se cruzaba.

Se había quedado quieta para escuchar una de las óperas animadas del compositor Franz Lehár: *La viuda alegre*. Hasta que, de pronto, se distrajo con las carcajadas de dos parejas que estaban mirando un pequeño libro. Parecía pertenecer a la mujer del abrigo de piel de ardilla, a la que Alice reconoció, con un sobresalto, como lady Duff-Gordon, la diseñadora de moda. El hombre apuesto que estaba a su lado y llevaba el bigote bien recortado debía de ser su esposo.

La otra pareja no era mucho mayor que Alice; y aunque la mujer se mostró más cautelosa con sus respuestas a las preguntas de lo que parecía un libro de confesiones, el hombre decidió hablar sin tapujos:

–¿Qué es lo que más me gusta…? –murmuró él–. Pues… la cerveza negra, una buena pista de esquí y mi preciosa esposa. –La aludida sonrió–. Y, en cuanto a las cosas que odio…: los retrasos por lluvias, los sándwiches pasados y las carreteras llenas de baches.

–Edgar… –lo regañó su mujer mientras sir Cosmo se reía.

–¿Qué más? ¿Alguna locura…? –Soltó una carcajada–. Bueno, solo se me ocurre una…: ¡vivir! –declaró él con un ademán ostentoso.

Alice sintió una brisa fría recorriéndole la nuca, erizándole los pelos de la zona, y se volvió para descubrir de dónde venía la corriente. Hacía frío dentro del barco, cortesía de la noche gélida que les esperaba fuera, pero a nadie parecía afectarle el cambio de temperatura. Y menos aún a las dos parejas, que seguían bromeando.

Y fue entonces cuando vio a la señora Margaret Brown sentada en una de las esquinas, envuelta en un abrigo de piel.

–Diría que el frío le está calando los huesos, querida –habló la señora Brown cuando Alice se acercó–. Siéntese, aquí se está bien.

Alice hizo lo que le pidió y enseguida le llegó el leve aroma a perfume francés que desprendía la dama de la alta sociedad de Denver. A su lado, se sentía como si fuese un pajarillo copetudo que se había parado a descansar en las ramas que había robado para hacerse un nido. Pero entonces la idea de robar hizo que se estremeciese.

–¿Se encuentra bien, señorita Fortune? –indagó la señora Brown, preocupada, a la vez que le ponía una mano en la frente a Alice–. Tiene mala cara, pero no tiene fiebre. De hecho, tiene la piel helada. Estos vestidos… Puede que sean bonitos, pero no sirven para proteger a las jóvenes del frío.

–Creo que es el cansancio –contestó Alice de manera dócil–. Ha sido un día largo.

La señora Brown no parecía muy convencida con su respuesta.

–Tiene el aspecto de una mujer que guarda un secreto oscuro.

Alice se tensó.

–¿Por qué dice eso?

–Es simplemente una observación, querida. Pero si necesita desahogarse... –Se dio unos golpecitos en la oreja–. Se me da bien escuchar.

Puede que tuviese razón, pero Alice sabía que lo que mejor se le daba era hablar. Aunque al final llegó a la conclusión de que eso no significaba que no pudiese contar con la discreción de la señora Brown. Al menos no parecía ser una de esas mujeres con malas intenciones.

–¿Alguna vez ha hecho algo...? –Alice vaciló–. ¿Alguna vez ha hecho algo que ni siquiera se esperaba de sí misma... algo que realmente no quería hacer...? –Se quedó callada y negó con la cabeza. Después, decidió reformular la pregunta–: ¿Es la sinceridad siempre la mejor opción?

La señora Brown sopesó sus palabras.

–Bueno, depende. Si cree que su hermana parece una gárgola con su nuevo vestido... Un vestido que sabe que adora... Entonces no. Decirle algo así sería cruel. Pero si ocultar la verdad le provoca malestar y hace que se le revuelva el estómago, que se le acelere el corazón, que le suden las manos...

Alice había sentido todas esas cosas. De hecho, las estaba sintiendo en ese preciso instante.

–Entonces sí. La sinceridad será su mejor opción. Por su bien y por el del resto –añadió la señora Brown, mirándola a los ojos–. Nunca tenga miedo de decir la verdad, señorita Fortune. Y, menos aún, cuando hay gente que necesita escucharla.

Con el corazón latiéndole con fuerza en los oídos, Alice decidió que lo haría. Hablaría con sus padres, con Flora y con Holden. Aunque sabía que en ninguno de los casos sería coser y cantar. Sobre todo con su prometido.

Cuando la orquesta comenzó a tocar la última pieza de la noche –*Los cuentos de Hoffmann* de Offenbach–, la señora Fortune les hizo señas a sus hijas para que se acercasen. Al parecer, ahora estaban bajo estricta supervisión y no podían permitirse el lujo de vagar a su antojo. A Alice en realidad no le afectaba demasiado, pero a la pobre Flora sí. Su hermana mayor giró la cabeza con lentitud hacia la izquierda y luego hacia la derecha; era evidente que estaba buscando al señor Kinsey. Todas sabían que esa noche hablaría con su padre. Quizá lo estuviese haciendo en ese preciso instante. Sin embargo, Flora se vio obligada a volver al camarote antes siquiera de saber qué le tenía preparado el destino.

Alice empatizó con su hermana; si ella hubiese estado en el lugar de Flora, también hubiese estado muerta de preocupación. Aunque Flora era mucho más fuerte que ella, pero ¿quién podría soportar algo así? Alice iba a hacer todo lo que estuviese en su mano para ayudar a su hermana.

Capítulo 26

Chess no se sorprendió al ver que había llegado a la sala de fumadores antes que el señor Fortune. En el fondo, sabía que cabía la posibilidad de que no apareciese. Así que se sentó en una mesa lejos de la chimenea, donde sabía que se llevaría a cabo la apuesta para el día siguiente, y le pidió al camarero un cóctel Rob Roy mientras se entretenía con el periódico. Le preguntaron si quería jugar al *bridge*, pero él se negó. Después, varios conocidos se acercaron a hablar con él, pero les dejó claro desde el principio que no buscaba compañía. A ninguno le costó captar la indirecta y enseguida se marcharon.

Con todo el derecho del mundo, el señor Fortune podría haber hecho esperar a Chess durante horas para castigarlo por lo que había hecho, pero, aun así, el padre de Flora entró en la sala a las 20:30 h con cara de pocos amigos. Si hubiese llevado encima una espada, como sus antepasados, el señor Fortune no hubiese dudado en sacarla, aunque tan solo fuese para amenazarlo. Localizó rápido a Chess entre la multitud y se acercó a él. Después, se sentó en la silla que estaba a su lado y le dijo sin andarse con rodeos:

—Te escucharé, Kinsey, pero solo porque le tengo respeto a tu familia. Ya estás en la cuerda floja, así que piensa bien lo que quieres decir antes de hablar.

—Gracias, señor.

El señor Fortune se llevó a la boca el puro que se había sacado del bolsillo y giró la cabeza para que el camarero que se había acercado se lo encendiese antes de pedirle un *whisky*.

Y fue entonces cuando Chess se dio cuenta de que otros dos hombres se aproximaban hacia ellos con expresiones serias en el rostro. Después, sacaron las otras sillas de la mesa y se sentaron a su lado sin preámbulos. Así que el señor Fortune había traído refuerzos por si la conversación se complicaba…, genial. Aunque, a decir verdad, ninguno de los dos parecía el tipo de hombre al que Chess le pediría que lo cubriese en una pelea. Llegó a la conclusión de que tenían que ser banqueros u hombres de negocios, y puede que incluso hermanos, porque tenían la misma cabeza calva y el mismo bigote.

–¿Y bien…? –volvió a hablar el señor Fortune, mirando a Chess a través de la neblina del humo del cigarro. Ni siquiera se molestó en presentarle a los recién llegados.

–Gracias por aceptar hablar conmigo –empezó a decir Chess con cautela–. Sé que lo que he hecho esta tarde ha estado fuera de lugar. –Extendió las manos con las palmas hacia arriba–. Sé que actué por impulso y que antepuse lo que sentía por la señorita Fortune a la razón. –No era fácil admitir algo así, y menos aún en una mesa llena de gente a la que apenas conocía, pero al menos uno de los hombres relajó la expresión al escuchar su confesión–. Quiero hacer las cosas bien –continuó–. Y no solo porque las decisiones que he tomado hasta ahora hayan sido poco acertadas, sino porque me he enamorado de su hija, señor. Y ahora mismo lo que más deseo es que me conceda el honor de convertirme en su esposo.

El señor Fortune no quiso ponérselo fácil. Le dio otra calada al puro, sopesando las palabras de Chess, y después exhaló lentamente.

–Sabes que está prometida, ¿no?

–Sí, lo sé.

–Y, aun así, decidiste acercarte a ella.

–Así es.

–¿Por qué? –El señor Fortune se inclinó hacia delante y lo miró fijamente–. Un hombre honrado nunca tocaría lo que es de otro.

A Chess no le hicieron mucha gracia las palabras que utilizó el señor Fortune, pero entendió lo que quería decirle.

–Porque la señorita Fortune es… una mujer extraordinaria.

El señor Fortune se volvió a apoyar en el respaldo de la silla, y Chess se dio cuenta de que el segundo hombre también había suavizado el gesto.

–Y todavía no ha contraído matrimonio con el señor Campbell –señaló Chess–. Si hubiese estado casada, nunca habría ido tras ella. De hecho, cuando nos presentaron, ni siquiera pensé que podría acabar surgiendo algo entre nosotros. Pero luego la conocí, y ya me fue difícil ignorarla. Y sí, podría haber intentado olvidarme de ella, pero sé que no hubiese podido.

El camarero le trajo la bebida al señor Fortune, y este último le dio un trago, desviando la mirada hacia el bullicioso grupo de caballeros que había empezado a hacer las apuestas.

–Puede que me estés diciendo la verdad –dijo el hombre por fin, contemplando de arriba abajo a Chess con cierto desprecio–. Pero ¿por qué demonios debería darte permiso a ti para pedir su mano cuando ya lo ha hecho Campbell?

A pesar de que apenas habían compartido tiempo juntos, Chess ya había calado a Mark Fortune. Había crecido en una familia sin recursos y eso había hecho que se asegurase de que a sus hijos nunca les faltase de nada. Y, aun así, él seguía poniendo en valor el trabajo y el esfuerzo. Por eso, a pesar de la gran herencia que recibiría, había enviado a su hijo mayor a Columbia Británica para que se labrara su propio camino. Por eso, quería que sus hijas se casasen con hombres que no solo fuesen respetables y de buena familia, sino que también se hubiesen dejado la piel para conseguir la fortuna que ahora tenían.

En muchos sentidos, eso era justo lo contrario a lo que predicaban los Kinsey; para ellos, el trabajo era una cosa abominable, algo que debía evitarse a toda costa. Sobre todo si eras el segundo hijo varón. Chess sabía que tenía que cargar con el apellido de su familia, pero eso no significaba que tuviese que seguir sus pasos e interpretar un papel que no iba con él. Al señor Fortune en realidad no le interesaba el dinero de su familia. Pero sí le interesaba el que tenía él.

Chess se enderezó.

—Porque no soy solo una estrella del tenis a la que le han concedido una infinidad de premios. Trabajo duro para conseguirlos. No solo ejerzo como abogado en la empresa de mi familia, sino que fui el segundo mejor estudiante de mi promoción en Yale. Y no vivo exclusivamente del dinero de mis padres, sino también de las inversiones que me dedico a hacer por mi cuenta. —Cuando le dio los detalles y le mencionó el rendimiento, se quedó bastante satisfecho al ver las cejas alzadas del señor Fortune, aunque el hombre no tardó en volver a fruncir el ceño—. Puedo demostrárselo —añadió Chess antes de que pudiese cuestionarlo—. Algo que sé que querrá hacer desde que pisemos Nueva York. Le pediré a mis asesores que hablen con usted sin tapujos y que le resuelvan cualquier duda que pueda tener.

El señor Fortune se recolocó en el asiento, con el puro todavía en la mano. Chess lo había sorprendido para bien y, con suerte, también había conseguido que cambiase la opinión que tenía sobre él. Puede que proviniese de una familia acomodada, pero eso no significaba que él se hubiese dormido en los laureles.

—¿Y qué piensas hacer en el futuro? —indagó el señor Fortune—. No vas a poder vivir del tenis durante toda tu vida. ¿Qué harás cuando te retires?

Chess sabía que tarde o temprano le haría esa pregunta, pero aun así le fastidió que considerase que ejercer de abogado y administrar sus acciones no fuese suficiente.

—Tengo en mente una idea de negocio; quiero abrir una empresa de fabricación de equipos deportivos —le explicó—. Sé que hay muchas familias que no pueden permitirse comprarlos y quiero ofrecerles una opción más asequible.

Eso último llamó la atención del señor Fortune y Chess sintió un pequeño cosquilleo de alegría al ver que ahora sí que lo había conseguido impresionar.

–¿Y cómo piensas hacerlo? –le preguntó el señor Fortune, inclinándose hacia delante y apretando el puro entre los dientes.

Capítulo 27

Flora se levantó de la cama, tiró del cinturón con borlas de la bata y lo arrojó a un lado para revelar el vestido de seda y gasa de color rosa coral que llevaba debajo.

–Me cubriréis, ¿verdad? –les preguntó a sus hermanas, preocupada, mientras se ponía el pesado abrigo de lana con ribetes de piel de armiño.

–Sí –le aseguró Alice. Los ojos le brillaron de la emoción cuando se apresuró a cruzar la habitación para comenzar a meter objetos debajo de las sábanas de Flora para que así pareciera que estaba dormida.

Mabel se acercó a ayudarla.

–Ten cuidado –dijo esta última, y después le agarró el brazo a Flora para detenerla antes de que se marchase–. Y que no te pillen. Como lo hagan, nos cortarán la cabeza a nosotras también.

Flora asintió. Era evidente que su padre no pensaba venir a informarle de la decisión que había tomado con respecto a su futuro –aunque había esperado lo que le había parecido una eternidad desde que lo había oído entrar en el camarote contiguo–, pero aun así seguía quedando un cabo suelto: su hermano Charlie. Sabía que todavía no había vuelto a su habitación, así que tenía que ir con cuidado, por el bien de las tres.

Flora se acercó a la puerta, pero enseguida volvió al lugar en el que estaban sus hermanas para darle un beso rápido a cada una en la mejilla.

–Gracias.

–Venga. Va. ¡Vete! –le ordenó Alice, y un brillo inusual le iluminó las pupilas.

Flora abrió la puerta poco a poco y, antes de salir, se aseguró de que no hubiese nadie en el pasillo. Cuando llegó al cruce que daba al pasillo principal, miró a la izquierda y luego a la derecha antes de correr hacia la escalera y los ascensores, rezando para que Charlie no apareciese justo en ese preciso instante en la cubierta C porque, si lo hacía, no tendría dónde esconderse.

Flora llegó a la conclusión de que, si Chess seguía despierto, tendría que estar en algún lugar de la cubierta A. Y si ya había regresado a su camarote…, bueno, era mejor no adelantarse a los acontecimientos. Ya pensaría en eso más tarde. Solo de pensar en la idea de llamar a la puerta de su camarote hizo que se ruborizara. Si es que daba con la puerta que era.

Se apresuró a subir las escaleras y rezó para no cruzarse con algún rostro conocido; sobre todo, con el de alguna dama a la que su madre podría haberle contado los líos en los que se habían metido sus hijas. Por suerte, aunque todavía había bastante gente despierta, no se encontró con nadie que pudiese delatarla. Se detuvo un instante en la puerta de la sala de lectura y escritura, aunque en el fondo sabía que Chess no estaría dentro. Después, fue directa al salón principal. Era el lugar en el que era más probable que la estuviese esperando. Si es que la estaba esperando, claro. Respiró hondo e intentó tranquilizarse antes de que el miedo la paralizase. Después, abrió la puerta.

Lo vio casi de inmediato, sentado en una esquina, lejos de la multitud que se había agrupado alrededor del calor de la chimenea. Estaba leyendo un libro, pero levantó la vista enseguida cuando la sintió acercándose. Le brillaban tanto los ojos que Flora casi se tropezó al mirarlo.

–Sabía que vendrías –se limitó a decir Chess, cerrando el libro, cuando ella se plantó delante de él.

Flora bajó la vista y se fijó en el ejemplar que tenía en la mano. Era *El corazón de la Antártida* de Ernest Shackleton; el libro del que habían hablado hacía apenas unos días.

–Y yo sabía que me estarías esperando. –Se dejó caer a su lado en el sofá de terciopelo verde–. ¿Estás en busca de icebergs? –bromeó, nerviosa, sin tener la menor idea de qué decir en una situación así.

–Me venía bien cualquier cosa con tal de no mirar la puerta.

Flora quería tocarlo, entrelazar sus manos con las de él, pero estaban en una zona común llena de gente.

Chess se puso de pie de repente, como si él también hubiese estado pensando lo mismo.

–Ven conmigo.

Chess le devolvió el libro al miembro del personal que se encargaba de administrar los ejemplares de la biblioteca antes de guiar a Flora hasta la puerta que daba a popa. Ella divisó a lo lejos la cabeza rubia del señor Sloper, que estaba sentado en una mesa con otro hombre y la actriz Dorothy Gibson y su madre. Estaban jugando a las cartas mientras la señorita Gibson y el señor Sloper coqueteaban. Flora sonrió y negó con la cabeza. Lo del señor Sloper ya no tenía remedio.

Chess empezó a abotonarse el abrigo de lana mientras avanzaban a paso ligero por el pasillo, dejándole a Flora claro a dónde la llevaba. Ella se tapó el cuello con el abrigo, pero, aun así, el frío glacial que hacía en cubierta la pilló por sorpresa. Sin embargo, no hacía demasiado viento –la única brisa era la que generaba el barco al avanzar– y el mar estaba tranquilo, como si fuese el claro de una montaña. Si tirase una piedra al agua, Flora estaba segura de que las ondas que se formarían en la superficie se expandirían hacia el horizonte sin interrupción.

¡Y las estrellas! Flora nunca las había visto brillar con tanta intensidad. No había luna ni luz que pudiese competir con su resplandor. Y allí estaban, justo al otro lado del agua, tocando el horizonte. Desde allí, le dio la sensación de que las estrellas parecían tener textura; una que las hacía destacar en el firmamento, como lo hacían las joyas en un corpiño.

A Flora se le encogió el corazón ante tanta belleza, consiguiendo olvidarse por un momento de todo menos del puro placer de estar allí presenciando semejante espectáculo de la naturaleza. Suspiró, maravillada, y le salió vaho de la boca. Chess le apretó la mano y compartieron juntos aquel momento de pura alegría.

A Flora le recorrió un escalofrío por el cuerpo y él la apartó de la barandilla y la llevó a la zona cubierta. Después, la estrechó entre sus brazos para darle calor. Se oía de fondo la música que provenía de algún lugar de las cubiertas de abajo.

–¿Qué te dijo? –se atrevió a preguntar Flora por fin.

No le veía los ojos a Chess –estaba demasiado oscuro–, pero sí que sintió el retumbar de su pecho bajo su mano y el aire cálido que le erizó la piel de debajo de la oreja cuando suspiró.

–Que cuando compruebe que mi situación económica se corresponde con lo que le he afirmado y que tú has arreglado las cosas con Campbell como es debido, entonces... me dará permiso para pedir tu mano.

Flora soltó un grito ahogado y el corazón le latió desbocado.

–¿¡De verdad!? –Lo agarró por los hombros–. ¿¡Me lo dices en serio!?

Chess soltó una risita; irradiaba la misma felicidad que ella.

–Sí. Sí, te lo digo en serio.

–Oh, Chess. –Suspiró Flora, justo antes de que él estrellase los labios contra los suyos.

Flora sintió un cosquilleo por todo el cuerpo; uno que era completamente diferente a lo que estaba acostumbrada. Chess dejó de besarla y apoyó la frente sobre la suya.

–¿Lo harías? –le preguntó él, con la respiración agitada–. ¿Te casarías conmigo, Flora? Sé que no debería hacerte la pregunta ya, pero no puedo esperar. Necesito saberlo. ¿Estarías dispuesta a hacerme el hombre más feliz del mundo?

—Sí, Chess. ¡Claro que sí!

Él la volvió a besar, apretándola contra la pared y haciéndole cosas maravillosas con la lengua, los labios y los dientes. Cuando él al final se apartó, lo hizo maldiciendo en voz baja. Ambos sabían que no podían cruzar esa línea, por mucho que lo anhelaran. Dio un paso hacia atrás, dejando que el aire frío los envolviera. Algo que a ella le decepcionó que hiciera, aunque en el fondo sabía que lo estaba haciendo por su bien.

—Yo… debería volver al camarote antes de que alguien se dé cuenta de que no estoy —balbuceó Flora, aferrándose a la pared que tenía a su espalda. Una parte de ella sospechaba que esa era la única razón por la que no se había vuelto a abalanzar sobre él.

—Sí, por supuesto —contestó Chess, girándose para mirar un punto por detrás de ellos—. Quizá podríamos ir por el paseo de proa…, aunque haga frío…

—Sí, por allí será más difícil que nos vean —lo interrumpió ella.

—Sí. —Se percibía cierta timidez en su voz.

—Dentro de poco ya no tendremos que preocuparnos por eso —le aseguró Flora, entrelazando su brazo con el suyo.

—Dentro de poco no tendremos que preocuparnos por muchas cosas —añadió Chess—. Y ya no tendremos por qué contenernos…

Flora se sonrojó al oír el tono de su voz, sabiendo perfectamente a qué se refería.

Pasearon en silencio y, aunque ella no podía leer sus pensamientos, le gustó pensar que se parecían a los suyos. Que se habían encontrado. Que iban a tener la oportunidad de compartir una vida juntos. Que ya no había nada ni nadie que pudiese separarlos. Se sentía tan feliz que no le sorprendería acabar el día pegando saltitos. Y la sonrisa que Chess le dedicó cuando se acercaron a las puertas que daban a la gran escalinata de proa hizo que se confirmaran sus sospechas.

Chess le dio un beso rápido en los labios antes de pedirle que se fuera:

–¡Vete, corre! Antes de que me niegue a soltarte y acabemos causando un escándalo. Uno peor que el de esta tarde.

Flora se rio.

–¡Buenas noches! –exclamó ella.

Chess levantó la mano para despedirse antes de que ella desapareciera en el interior.

Capítulo 28

Chess estaba bastante seguro de que sus labios estaban dibujando la sonrisa más amplia y ridícula que había esbozado jamás, pero no le importaba. Ahora tenía a Flora. Y lo había conseguido convenciendo a su padre de que merecía la oportunidad sin siquiera causar un escándalo. Se casarían con la aprobación de todos los miembros de la familia de Flora. Y de la suya. Aunque tampoco le hacía falta pedírsela. Sabía que se quedarían más que satisfechos al ver que había elegido a una mujer de buena familia. Lo demás les importaría un comino.

Sí, Flora tenía la desagradable tarea de darle la noticia a Crawford Campbell. Pero, una vez que lo hiciera, ya no tendrían que enfrentarse a más obstáculos. No habría nada ni nadie que los separase.

Chess se dio la vuelta para volver a caminar por el paseo; estaba tan eufórico que apenas sentía el frío. Echó la cabeza hacia atrás y cerró los ojos. O puede que fuese el recuerdo del beso que se acababan de dar y de los pequeños gemidos que se le habían escapado a Flora lo que le habían hecho entrar en calor. Soltó un quejido, siendo consciente de que, si se hubiesen besado en otro momento y en otro lugar, tal vez le hubiese resultado más complicado detenerse. Sobre todo porque ella parecía querer más. De aquí en adelante tendrían que ser más cautelosos.

Chess respiró hondo con la esperanza de despejarse y percibió un leve olor penetrante, como de algo que estaba mojado, pero no supo identificarlo al principio. No era del todo agradable. De hecho, olía a humedad.

Y fue entonces cuando se dio cuenta de lo que era. Algo que hasta ahora solo había visto en los libros. Decían que los icebergs tenían un olor y estaba seguro de que debía ser ese.

Se acercó a la barandilla y contempló el mar iluminado por las estrellas. Se le volvió a encoger el corazón ante tanta belleza. Sin embargo, no había icebergs a la vista, y eso que el cielo estaba despejado y le permitía ver más de lo normal. O eso al menos era lo que suponía. Cuando alzó la vista hacia las luces que había a lo largo del techo del paseo, vio unas pequeñas volutas de niebla a su alrededor que creaban un efecto visual similar al de un prisma de colores, aunque apenas duró unos segundos.

Se apartó de la barandilla y siguió caminando. Se metió las manos en el bolsillo y se encogió de hombros para protegerse del frío mientras se preguntaba si la claridad de la noche y la calma del mar ayudaban o dificultaban la labor del vigía.

Cruzó la puerta que daba a la gran escalinata de popa y se sacudió, como si así pudiese entrar en calor, antes de dirigirse a la sala de fumadores. Estaba igual de abarrotada que siempre, con casi todas las mesas ocupadas, aunque ya debían ser más de las 23:00 h. Vio a William Carter, al mayor Butt, a Harry Widener, al señor Thayer y a Frank Millet, entre otros.

Uno de los hombres que había sido partícipe del interrogatorio que le había hecho el señor Fortune hacía tan solo unas horas lo saludó desde el otro lado de la sala, y Chess decidió acercarse a él.

–Siéntate con nosotros ahora que sabes que dentro de poco serás uno de los nuestros –declaró el hombre, sonriendo, antes de extender la mano para que se la estrechase–. Soy Beattie, por cierto. Y este tipo con cara de pocos amigos es McCaffry.

Chess le estrechó la mano al segundo hombre.

–Pensé que eran parientes.

–No –respondió McCaffry con una sonrisa–. Nos lo preguntan mucho. Pero lo único que tenemos en común es que somos de Winnipeg y que les tenemos un cariño especial a las hermanas Fortune.

–Sobre todo a Flora –añadió Beattie, levantando el dedo índice–. La mujer más asombrosa que conocerás jamás. Más te vale no olvidarlo.

Chess levantó las manos en señal de rendición.

–No lo haré.

–Estupendo. ¿Quieres tomar algo?

El comandante Peuchen –un hombre de Toronto un tanto charlatán– se sentó con ellos un rato, pero a las 23:30 h se marchó. A esas horas de la noche, ya todos deberían haber regresado a sus camarotes, pero muchos parecían decididos a disfrutar de otro puro, otra copa u otra partida de cartas hasta la medianoche, cuando por fin se apagarían las luces.

A eso de las 23:40 h, cuando el propio Chess estaba pensando en irse, una sacudida repentina los sobresaltó. No parecía que se hubiesen chocado con algo; era más bien como si hubiesen disminuido la velocidad de forma repentina. Las lámparas de araña que había en lo alto temblaron. Sin embargo, lo que realmente hizo que él y todos los demás se levantasen fue el movimiento brusco que vino después y que se sintió por toda la sala.

–¿Qué diablos está pasando? –exclamó alguien, y entonces todos empezaron a hablar a la vez.

Chess no malgastó saliva e hizo lo que le pidió su instinto, al igual que hicieron varios hombres. Se dio la vuelta y cruzó corriendo las puertas giratorias que conducían al Verandah Café. Bordearon las mesas y las sillas de mimbre blanco y salieron a través de la puerta corredera de cristal a la cubierta de paseo. Al principio no sabía exactamente qué se suponía que estaban buscando.

Hasta que alguien gritó:

–¡Acabo de ver un iceberg cerca de la popa!

–Sí, por el costado de estribor –añadió otro hombre–. Nada de lo que debamos preocuparnos.

Justo cuando estaba pronunciando las últimas palabras, se produjo un silencio desconcertante y todos se miraron. Chess llegó a la conclusión de que tenían que ser las máquinas y sintió una extraña sensación en el pecho. Las habían parado.

–Tan solo estarán siguiendo el protocolo, caballeros –dijo un hombre mayor–. Por el amor de Dios, es el Titanic. No nos va a pasar nada.

Los demás asintieron y se encogieron de hombros antes de regresar a la sala de fumadores y continuar con sus bebidas. Chess, en cambio, se quedó allí inmóvil; estaba inquieto. Sabía que el Titanic era uno de los barcos más seguros. A lo sumo, el iceberg tan solo le habría abollado el casco. Sin embargo, le resultó complicado ignorar la preocupación que sentía por dentro.

Siguió a los demás hasta el interior y descubrió que estaban igual de animados que siempre. Aunque hubo alguna que otra queja sobre la disminución de velocidad, dado que eso podría perjudicarles en la apuesta que habían hecho hoy y que se resolvería al día siguiente.

–Oh, por favor, cierra el pico de una vez –gruñó un hombre; era evidente que se había cansado de escuchar las quejas constantes de su amigo–. El capitán no tardará en acelerar la marcha de nuevo.

–Sí que era un iceberg. –Un hombre irrumpió de pronto por la puerta para informarles–. Hay hielo en la cubierta de proa de tercera clase.

Un hombre que iba vestido con prendas elegantes se levantó las gafas y dijo:

–¡Pues corre y tráeme un bloque! Lo pondré en la bebida.

La mayoría de los presentes se rieron a carcajadas. Y después aplaudieron cuando se dieron cuenta de que habían vuelto a encender las máquinas.

–Ves, te lo dije –comentó el hombre malhumorado–. Seguro que el iceberg raspó parte de la pintura del barco y el capitán se negó a encenderlas hasta que lo dejasen como nuevo –bromeó, y el resto volvió a reírse.

Pero cuando Chess se sentó de nuevo en la mesa con Beattie y McCaffry, sintió que las vibraciones no eran tan intensas como antes. Puede que estuviesen avanzando, pero lo estaban haciendo a un ritmo mucho más lento.

Capítulo 29

Domingo, 14 de abril de 1912
23:40 h

Mabel y sus hermanas se habían ido a dormir hacía apenas unos minutos, después de que Flora las hubiese puesto al día con lo que había pasado. Las luces se habían apagado y los ojos de Mabel ya se habían adaptado a la oscuridad, así que ahora podía distinguir la moldura en el borde del techo que había sobre su litera. Oyó el crujido de las sábanas mientras Flora se removía en la cama al otro lado de la habitación y los suaves suspiros de Alice debajo. Era evidente que ambas estaban pensando en sus prometidos o, en el caso de Flora, en su futuro prometido. Si Mabel hubiese encontrado a una persona que le hiciese sentir lo mismo que sentían sus hermanas por Holden y Chess, ella probablemente también se pasaría las noches en vela.

Sin embargo, ella estaba inquieta por una razón totalmente diferente. No podía dejar de pensar en la discusión que había tenido con su padre. No podía quitarse de la cabeza las palabras que se habían dicho el uno al otro, a pesar del profundo dolor que le causaba hacerlo. Se repetían en su mente una y otra vez. Y, si cerraba los ojos, era capaz de ver la mirada de desprecio que le había dirigido su padre.

Aunque prefería morir antes que admitirlo en voz alta. El desdén con el que la había tratado cuando le había contado cómo quería que fuese su futuro la había dejado destrozada. Su familia la tachaba a menudo de egoísta y malcriada, pero siempre había pensado que no lo decían en serio. Que, en el fondo, la conocían lo suficiente como para saber que ella era mucho más que eso. Pero la reacción de su padre le había dejado claro que se equivocaba. Él nunca mostraba interés por las cosas que hacía ella o por las cosas que quería hacer. Como mucho, le hacía saber que no le hacían ni pizca de gracia.

Quería creer que sus hermanas eran diferentes, que ellas sí que la entenderían, pero les costaba llevarle la contraria a su padre, así que temía que tan solo se tratase de una mera ilusión.

Metió los brazos debajo de las mantas que le llegaban hasta la barbilla e intentó frenar las lágrimas que estaba a punto de derramar. Una batalla que ya estaba dando por perdida cuando de repente notó una fuerte sacudida. Parpadeó varias veces, preguntándose si tal vez se lo había imaginado, pero luego le llegó un sonido débil, como si hubiesen raspado algo metálico, seguido de una vibración.

Las tres hermanas se incorporaron en la cama.

–¿Qué demonios…? –murmuró Alice mientras todas permanecían inmóviles, aguzando el oído a ver si lograban averiguar de dónde venía el sonido.

Flora se inclinó hacia delante y apartó las cortinas que cubrían la portilla justo a tiempo para ver pasar la sombra de algo que se había quedado atrás.

–¿Qué ha sido eso? –quiso saber Mabel mientras echaba las mantas hacia un lado para poder bajarse de la litera.

Flora se había pegado a la pared, con la cara apoyada en el cristal para poder ver mejor lo que había en el exterior.

–No lo sé. Tal vez algún barco o… puede que un iceberg. Tiene que ser eso.

–¿Nos hemos chocado con él? –preguntó Alice, preocupada.

La puerta que daba al cuarto de Charlie se abrió de repente y vieron la figura de su hermano iluminada a contraluz por alguna fuente de luz que provenía de su habitación.

–¿Habéis oído eso?

–Sí –contestó Mabel–. Creemos que ha sido un iceberg.

–¿En serio? –Charlie se acercó a la cama de Flora, donde ella seguía mirando por la portilla.

Flora se apartó para que él pudiese mirar, aunque desde donde estaban ya apenas se veía nada.

–¿Padre y madre están despiertos?

–Les toqué la puerta –comentó Charlie, distraído–. Pero padre me dijo que no era nada y que volviese a la cama.

–Bueno…, está claro que nada no es –balbuceó Alice.

–Ya, pero ya conoces a padre. –Charlie ladeó la cabeza todo lo que pudo para ver si lograba distinguir algo y luego se alejó de la portilla–. Voy a subir a cubierta para ver si averiguo qué es lo que ha pasado.

–Voy contigo –dijo Alice mientras él caminaba hacia la puerta.

–Iremos todas –anunció Flora, mirando a Mabel.

–Vale –concedió Charlie–. Pero tenemos que darnos prisa.

Se pusieron los abrigos encima de la ropa de dormir y, justo cuando Alice se estaba poniendo las pantuflas, preguntó:

–¿Oís eso?

–¿El qué? –inquirió Mabel, y en ese preciso instante se dio cuenta de a qué se refería su hermana. No se oía absolutamente nada. Ya no notaban la vibración de las máquinas a la que estaban más que acostumbrados. De pronto, el corazón le dio un vuelco; mucho más fuerte que cuando había notado la pequeña sacudida de antes.

–Seguramente sea solo por precaución –comentó Flora mientras se abotonaba el abrigo–. Por muy pequeño que sea el daño, tendrán que repararlo.

Su hermana mayor no parecía para nada preocupada, y Mabel empezó a preguntarse si la razón por la que quería subir a cubierta era en realidad para ver al señor Kinsey y no por mera curiosidad por saber lo que había pasado.

Charlie volvió de su camarote para meterles prisa y los cuatro no tardaron en salir tambaleándose por la puerta. Era imposible no sentir cierta adrenalina mientras corrían juntos por el pasillo como si estuviesen haciendo algo ilegal.

Justo en ese instante, Mabel se acordó de la Nochevieja de hace unos años; se habían quedado despiertos hasta las 00:00 h para ver cómo el reloj daba comienzo al año nuevo. Y después, a eso de las 00:30 h, uno de ellos había sugerido, a modo de broma, salir a hacer un muñeco de nieve. Sus padres se habían ido a dormir temprano, así que al final decidieron que era buena idea. Después del muñeco, llegó la pelea de bolas de nieve y la bajada en trineo. Habían hecho mucho ruido y no habían conseguido secar los abrigos con el calor de la chimenea, así que Mabel estaba bastante segura de que sus padres se habían enterado de su pequeña aventura. Pero nunca les dijeron nada. Ni siquiera cuando todos se estaban quedando dormidos en la iglesia, esforzándose por mantener los ojos abiertos.

Dudaba mucho que sus padres fuesen tan benévolos con ellos si descubriesen lo que estaban a punto de hacer, pero eso no los frenó. Además, no eran, ni por asomo, los únicos pasajeros que habían decidido subir a cubierta. Empezaron a abrirse varias puertas a lo largo del pasillo y la gente salió a hablar con sus vecinos de camarote y con sus respectivos camareros. Aunque, en realidad, nadie parecía demasiado preocupado. Más bien estaban de mal humor.

–Habrán tenido algún problema con las hélices –refunfuñó un hombre antes de decirle a su esposa que volviese a la cama.

Mabel oyó a un camarero especulando que tal vez el barco había cortado a una ballena por la mitad. Pensó en rebatirle el argumento, pero al final optó por seguir a sus hermanos. Tal vez la sombra que había visto Flora por la portilla había sido la de una ballena. O la mitad de una.

Pero cuando llegaron a la cubierta de paseo de proa, comprobaron que Flora había estado en lo cierto. La cubierta destinada a los pasajeros de tercera clase estaba cubierta de pequeños trozos de hielo que seguramente se habrían desprendido del iceberg durante la colisión. También había restos en el suelo de la cubierta en la que se encontraban ellos y Charlie se agachó para cogerlos, apretándolos hasta convertirlos en una bola.

Hacía demasiado frío, tanto que Mabel sintió que se le estaban calando los huesos, pero al menos parecía que seguían avanzando. Seguramente ya habrían vuelto a encender las máquinas, porque notaba el movimiento bajo sus pies. Un hecho que calmó los nervios de la mayoría. Eso y la aparición del señor Andrews, que se detuvo junto a los Fortune para contemplar la cubierta de abajo.

—¿Va todo bien? —le preguntó una mujer—. ¿O deberíamos preocuparnos?

—Tranquilos. Pronto volveremos a la normalidad —les aseguró a todos, levantando la mano para que le prestasen atención—. Estamos a salvo. Y la tripulación lo tiene todo bajo control.

Varios pasajeros se acercaron para hacerle más preguntas y él las contestó todas con educación, pero sin entrar en detalles. Después, se marchó.

Flora se refugió en su abrigo y se sacudió los pies.

—Bueno, sabían que podía pasar. Ya les habían avisado de la presencia de icebergs. Aunque ya podrían haber hecho algo para evitar el choque… —Flora miró a su alrededor—. Pero supongo que esquivar algo tan… enorme puede ser complicado, ¿no?

—¿Sabían que estábamos rodeados de icebergs? —preguntó Alice, perpleja.

Flora asintió.

—Sí. Creo que no os lo dije, pero oí al señor Ismay comentándoselo a algunos pasajeros.

Mabel se quedó a cuadros.

—¿Y aun así decidieron aumentar la velocidad?

Flora se encogió de hombros.

—Supongo que pensaron que podrían maniobrar sin problema, aunque estuviésemos entre icebergs.

Mabel no entendía por qué habían llegado a esa conclusión si era evidente que hacer algo así era arriesgado, pero luego recordó que todos los hombres a bordo estaban obsesionados con la velocidad. Incluido su propio hermano.

–Hay muchos que pensarán que cuanto más rápido vayamos, más pronto nos desharemos del peligro –señaló Charlie.

–Sí, a menos que golpees algo por el camino… –replicó Mabel.

Alice entrelazó el brazo con el de su hermana.

–No seas tan negativa, Mabel –dijo ella con una sonrisa, ya recuperada del susto inicial. Arrugó la nariz y los ojos le brillaron con picardía–. ¿Y si hacemos una pelea de bolas de nieve?

–Solo si me dejáis participar.

A Flora se le aceleró el pulso al oír la voz de Chess. No sabía si lo vería en cubierta, aunque tenía esperanzas de hacerlo. Pero sabía que cabía la posibilidad de que se hubiese ido ya a su camarote, que tendría que estar en algún lugar a babor cerca de la popa, lejos del lado de estribor por el que se habían chocado con el iceberg. Ella apenas había percibido el ruido y ni siquiera le había dado tiempo a ver el iceberg por la portilla.

A Flora se le escapó una sonrisa amplia cuando se giró para saludarlo, y sintió un cosquilleo cuando vio que él le devolvía el gesto. Aunque la sonrisa de Chess flaqueó un poco cuando descubrió que había restos de hielo en la cubierta de abajo.

Se acercó a ella para mirar por encima de la barandilla.

–Sabía que había sido un iceberg –comentó él–. Estaba en la sala de fumadores cuando noté la sacudida. Pero parece que el costado de estribor más cercano a la proa se ha llevado la peor parte.

–Andrews nos ha asegurado que no hay de qué preocuparse –le informó Charlie con alegría.

–Diría eso aunque hubiese motivos suficientes para hacerlo –contestó Chess.

Flora se giró para mirarlo a los ojos, pero parecía igual de sereno que siempre.

–Al menos ellos sí que no parecen preocupados –añadió Chess, haciendo un gesto con la cabeza hacia los pasajeros de tercera clase que estaban jugando a darle patadas al hielo.

Alguien desde la cubierta de paseo les gritó y les pidió que les lanzasen un trozo de hielo. Varios hombres empezaron a hacer bolas de nieve y se las tiraron como si fuesen proyectiles a los pasajeros de primera clase, que parecían tener las mismas ganas de divertirse que ellos.

Al ver que todo el mundo estaba concentrado en las travesuras que se estaban haciendo abajo, Chess alargó el brazo y entrelazó los dedos de Flora con los suyos. Después le dio un pequeño apretón en la mano. Flora no sabía si lo había hecho para tranquilizarla o porque le apetecía, pero aun así le gustó que lo hiciese. Cuando el señor Behr y la señorita Newsom aparecieron, Chess se vio obligado a soltarla y Flora sintió enseguida los dedos fríos por la pérdida de contacto.

—¿Entonces es verdad? —preguntó el señor Behr—. ¿Nos acabamos de chocar con un iceberg?

—Eso parece —respondió Chess.

—Pero el señor Andrews nos dijo que lo tenían todo bajo control —intervino Alice al ver que la señorita Newsom palidecía. Algo que Flora tampoco pasó por alto—. Así que podemos estar tranquilos.

Sin embargo, en el preciso instante en el que esas palabras salieron de la boca de Alice, el viento empezó a disiparse y dejaron de sentir las vibraciones bajo sus pies. Al principio, nadie se atrevió a hablar, como si estuviesen fingiendo que no pasaba nada para así no alarmar al que tenían al lado. La gente se limitó a mirar la pelea de bolas de nieve, con los gritos y las risas de los jugadores de fondo bajo la noche estrellada.

Como de costumbre, Mabel fue la primera en romper el silencio:

—¿Por qué habrán vuelto a parar las máquinas?

—Para hacer alguna reparación, seguramente —dijo Charlie.

Chess asintió.

—Así es. Todo depende de dónde esté el daño. A veces les es más fácil arreglarlo si el barco no está en movimiento.

A Flora le pareció que su respuesta tenía bastante lógica,

pero enseguida le volvieron a asaltar las dudas. No sabía por qué, pero tenía la ligera sospecha de que tan solo estaban intentando tranquilizarlas.

–¿Soy… –empezó a decir el señor Behr, un poco vacilante, con la vista clavada en un punto a lo lejos– soy yo o el barco se está inclinando hacia estribor?

Aunque lo dijo sin alterar la voz, Flora percibió cierta tensión en su expresión cuando se giró para mirar a Chess. Puede que el señor Behr tan solo quisiese comprobar si sus sospechas eran ciertas, pero ella se alegró de que sus hermanas no estuviesen lo suficientemente cerca como para oírlos.

–Puede que un poco –coincidió Chess.

Flora miró al frente y se concentró, tratando de percibir lo que fuera que ellos estaban notando.

Justo en ese instante, un ruido ensordecedor retumbó en el aire, haciendo que todos se sobresaltasen y se tapasen los oídos.

–¡¡Qué diablos es eso!? –gritó Flora, aunque no sabía si se le oiría por encima del pitido, que parecía resonar dentro de su cabeza.

–El vapor saliendo de las chimeneas. –Chess se inclinó para gritarle al oído–. El vapor ya no está alimentando las máquinas, así que la presión de las calderas tiene que salir por alguna parte. Han activado las válvulas de seguridad para que el humo salga por los conductos de las chimeneas.

Flora miró hacia arriba con los ojos entrecerrados, pero el techo del paseo le tapaba la visión.

–¿Cuánto tiempo va a durar esto? –volvió a gritar ella.

–Tenían encendidas veinticuatro calderas o puede que incluso más. Así que supongo que les llevará un buen rato.

Flora señaló la puerta de entrada, instando a los demás a que la siguiesen.

No fueron los únicos que decidieron escapar del jaleo y el frío. La mayoría de los pasajeros que habían salido a cubierta para averiguar qué había pasado también se estaban empezando a meter en el interior del barco. Una vez dentro, el ruido disminuyó, pero no llegó a desaparecer del todo. Era tan fuerte que Flora sospechó que se oiría desde cualquier punto del barco.

La gente se estaba empezando a amontonar en la sala de recepción de la cubierta A, bajo la magnífica cúpula de hierro forjado y cristal esmerilado, y en la entrada que daba a la cubierta de botes. Los miembros del personal a bordo se movían de un lado a otro, mezclándose entre la multitud para tranquilizar a los pasajeros y para pedirles que volviesen a sus respectivos camarotes.

—¿Cómo se supone que voy a dormir con este maldito ruido de fondo? —exigió saber un caballero que llevaba una bata morada brillante y unos pantalones de pijama de cuadros—. Es como si estuviesen avanzando mil trenes a la vez por un túnel.

A Flora le hizo gracia ver cómo iban vestidos los pasajeros. Estaba acostumbrada a verlos arreglados y con la ropa planchada; y a las mujeres, apretadas en corsés, siguiendo las tendencias parisinas. Pero ahora apenas tenían ropa encima y habían salido del camarote con camisones, abrigos de piel, pantuflas, y con el pelo suelto cayéndoles por la espalda.

Pero la sonrisa se le borró de la cara de inmediato cuando vio al señor Sloper acercándose a ellos con el rostro teñido de preocupación.

—Os habéis enterado, ¿verdad? De lo del iceberg, digo. Lo vi con mis propios ojos. Estaba en la cubierta de paseo cuando nos chocamos. Era enorme. ¿Siguen pidiéndole a la gente que regrese a los camarotes?

—Sí. ¿Por qué? ¿Qué pasa? —exigió saber Flora.

Nunca había visto al señor Sloper serio y ahora estaba muy pero que muy serio.

—Porque están quitando las lonas que cubren los botes salvavidas —contestó él, mirando a Alice.

Alice sabía perfectamente por qué William había clavado los ojos en ella. Lo sabía, pero no quería pensar en ello, no quería considerar esa posibilidad. El simple recuerdo la dejó helada.

–Estoy seguro de que tan solo lo están haciendo por precaución –insistió el señor Kinsey, pero la forma en la que estaba mirando a Flora hizo que Alice llegase a la conclusión de que estaba más preocupado de lo que le hacía ver al resto.

–Sí –añadió el señor Behr, mirando de reojo a la señorita Newsom; seguramente con la intención de tranquilizar a la mujer de la que estaba enamorado–. Tan solo estarán siguiendo el protocolo que se les exige cuando hay algún incidente a bordo. Alguna orden que les habrá llegado de la sede central que les obliga a hacerlo por seguridad.

La señorita Newsom asintió, como si las palabras del señor Behr tuviesen sentido, y Alice supuso que las tenían. Pero en el fondo no estaba del todo convencida.

–Deberíamos asegurarnos de que tus padres están al tanto de lo que está pasando –sugirió el señor Behr, y la pareja se dirigió de inmediato hacia la escalera.

–Quizá nosotros también deberíamos ir a buscar a padre y madre –aventuró Alice, aferrándose con fuerza a su abrigo. Quería ponerse algo más abrigado y recogerse el pelo, aunque no lo dijo en voz alta, ya que muchas de las personas que tenía alrededor no parecían estar tomándose la situación con seriedad. Se reían, bromeaban y les pedían a los camareros que les trajesen bebidas.

Lo que hizo que el ceño fruncido del hombre que de repente apareció detrás de ellos la dejase aún más nerviosa.

–¿Qué pasa, Dodge? –preguntó William, que al parecer lo conocía.

–Fogoneros. He visto a dos fogoneros en cubierta. –Sus ojos oscuros, bajo unas tupidas cejas negras, se clavaron en Alice. Después, alejó un poco a William del grupo y le murmuró algo al oído.

William se enderezó de repente y levantó la cabeza como si fuese una presa olfateando el peligro.

–¿Qué? ¿Qué pasa? –quiso saber Alice cuando Dodge se alejó.

El hombre había visto a dos fogoneros. Dos fogoneros que deberían haber salido de las salas de calderas que se encontraban en las profundidades del barco. Miembros del personal a los que normalmente no se les dejaba pisar las zonas destinadas a los pasajeros. Así que sí, su presencia en cubierta era motivo suficiente para alarmarse. Pero Dodge tenía que haberle dicho algo más a William para que ahora él estuviese tan inquieto.

Él decidió ignorarla, algo que a ella le molestó, y le agarró el brazo al señor Kinsey y le susurró algo al oído. Alice miró a los hombres con los ojos entrecerrados e intentó leer en la expresión del señor Kinsey lo que William podría estar diciéndole. Sin embargo, el señor Kinsey se mostró inexpresivo. Alice estaba a punto de darle una patada al suelo para exigirles que le contasen lo que estaba pasando cuando una mujer con un kimono brillante se acercó corriendo hacia su hermana Mabel.

—Señorita Fortune, cuánto me alegro de haberla encontrado —jadeó ella—. ¿Le han dicho algo más? Sé que nos hemos chocado con un iceberg. —Miró por encima del hombro—. O eso es lo que he oído. ¿Sabe si estamos en peligro?

A Mabel se le había tensado el cuerpo al verla, pero ahora parecía haberse relajado un poco tras escuchar a la mujer.

—No sabría decirle, señorita Young. Por ahora solo nos han pedido que mantengamos la calma y que regresemos a nuestros camarotes.

Los ojos de la señorita Young buscaron los de Mabel.

—Pero cree que sí lo estamos.

—Yo… no estoy segura —admitió Mabel.

Eso le bastó a la señorita Young para confirmar sus sospechas.

—Acabo de ver al señor Andrews abajo. Nos dijo que no nos preocupásemos, pero luego subió las escaleras demasiado rápido, como si tuviese que ir a hacer algo.

—Tan solo estaría inspeccionando el barco en busca de daños —intervino Charlie—. Es el arquitecto naval del buque. Se conoce el Titanic mejor que nadie.

La señorita Young se inclinó hacia delante, bajando la voz para que apenas se le pudiese oír por encima del ruido de los murmullos de los pasajeros y del vapor que aún seguía saliendo de las chimeneas.

–Oí… oí a un hombre diciendo que la pista de *squash*… se estaba inundando.

Alice abrió los ojos de par en par; la pista tan solo estaba unas cubiertas por debajo de su camarote y, si se estaba inundando…, eso significaba que los daños habían sido considerables. Sin embargo, una simple brecha en el casco no era nada para un transatlántico como el Titanic. Aunque sí que podría impedirles seguir navegando hasta Nueva York. Tal vez tendrían que subirse en otro barco o esperar a que viniese un remolcador para que los ayudase a llegar a puerto. Quizá era eso lo que le había dicho ese tal Dodge a William.

–Le prometí a la señorita Gibson que la mantendría informada –habló William antes de marcharse corriendo por donde había venido, dejando a Alice sin respuestas y con el ceño fruncido.

El comentario de William hizo que la señorita Young recordase cuáles eran sus obligaciones.

–Yo debería volver con la señora White. Debe estar muy preocupada. Tengo que volver al camarote antes de que se levante de la cama y se haga más daño en el tobillo. –Le agarró la mano a Mabel y le dio un pequeño apretón–. Gracias.

–No hay de qué –dijo Mabel mientras su amiga se alejaba a paso ligero.

Alice se giró para observar al señor Kinsey, preguntándose si podría llegar a convencerlo para que le contase lo que le había dicho William al oído, pero sus ojos oscuros reflejaban decisión y ella pensó que era mejor no intentarlo.

–Creo que todos deberíamos ir a coger algo más abrigado –sugirió él.

–¿Por qué? –le preguntó Flora–. El señor Andrews y la tripulación saben lo que hacen. ¿No deberíamos simplemente seguir sus recomendaciones y volver a la cama?

Alice arrugó el gesto, incapaz de decidir si su hermana mayor era tan ilusa o simplemente se estaba haciendo la valiente.

El señor Kinsey le sujetó las manos a Flora.

—Creo que nos vendrá bien estar preparados. Solo por si acaso.

Flora lo miró con atención; al igual que Alice, sentía que no le estaban contando toda la verdad.

—Además, sé que quieres ir a ver cómo están tus padres. ¿Por qué no dejas que sean ellos los que decidan qué hacer? —añadió él, apretándole los dedos con suavidad.

Le habló con demasiada cautela, algo que hizo que Flora volviese a sospechar, pero acabó haciéndole caso a regañadientes.

—Si padre nos deja regresar, ¿nos volveremos a ver aquí? —le preguntó ella.

—Sí —le prometió él.

Flora se giró para guiar a sus hermanas hasta el camarote, pero de pronto se detuvo.

—¿Y qué pasa con el señor Ross? —Miró a sus hermanos—. Deberíamos avisarle de lo que ha pasado. Y al señor Beattie y al señor McCaffry.

Alice ni siquiera había pensado en sus compañeros de viaje de Winnipeg hasta ahora, pero Flora tenía razón. El señor Ross estaba enfermo, así que tal vez no se habría dado cuenta de que habían tenido un incidente.

—Yo hablaré con ellos —se ofreció el señor Kinsey—. Conozco a Beattie y a McCaffry. Les preguntaré dónde está el camarote del señor Ross.

—A-10 —dijo Flora, aunque, al igual que Alice, quería preguntarle de qué los conocía.

Tal vez era una tontería hacerlo, dado que todos los hombres se reunían siempre que podían en la sala de fumadores. La señora Harris le había dicho a Alice que esa era su forma de evitar que las mujeres estuviesen tanto tiempo quejándose por estar rodeadas de humo. Una broma que había hecho reír al señor Harris, pero que había hecho que el resto de los hombres que estaban presentes en aquel momento frunciesen el ceño.

–¡La señora Harris! –jadeó Alice de repente, sobresaltando a los demás–. Oh, espero que alguien la haya avisado de lo que está pasando. Es la mujer que se cayó por las escaleras y se rompió el brazo –les recordó. Le había pasado aquella misma tarde, justo cuando se habían marchado de la *suite* del señor Cardeza.

Y fue entonces cuando Alice se dio cuenta de que sus posibilidades de ganar la apuesta del día eran casi nulas. Aunque el barco pudiese seguir navegando hasta Nueva York, le llevaría horas e incluso días recuperar la velocidad y el impulso. Deseó con todas sus fuerzas que anulasen la apuesta y que se les devolviese todo el dinero a los participantes. Así, al menos podría devolverle a Flora una cuarta parte de lo que le debía.

–Charlie –lo llamó el señor Kinsey–. Espera.

Alice los miró por encima del hombro; intuía que estaba a punto de contarle a su hermano lo que William le había confiado a él para que pudiese informar a su padre. Estaba segura de que no podía ser nada bueno y una sensación amarga le asaltó el estómago.

Capítulo 30

Charlie se apresuró a seguir a sus hermanas, y Chess notó una extraña sensación en el pecho al verlos girar para bajar las escaleras. Una parte de él entró en pánico al pensar que se estaba separando de ellos –de Flora–, pero tenía cosas que hacer y podía hacerlas mucho más rápido si no estaba pendiente de ellos. Se dirigió hacia proa con la intención de encontrar el camarote del señor Ross. Beattie y McCaffry ya estaban al tanto del iceberg, así que seguramente ya habrían alertado a su amigo, pero aun así iría a comprobarlo para que Flora se quedase tranquila.

Chess sabía que el señor Ross estaba enfermo, por lo que podría llevarle más tiempo que al resto vestirse y salir a cubierta. Y si al final ocurría lo peor…, al menos se merecía la oportunidad de salvarse.

Chess no era experto en navegación, pero se había subido a suficientes barcos como para darse cuenta de que los comentarios que le habían llegado y lo que él mismo había visto hasta ahora con sus propios ojos no auguraban nada bueno. Tanto él como Karl habían notado la ligera escora del buque hacia la proa de estribor. Eso, junto con la noticia de que la pista de *squash* se estaba llenando de agua, podría no haber sido motivo suficiente de preocupación, pero el testimonio del doctor Dodge sí que lo era, porque el agua estaba entrando a raudales en las salas de calderas.

No sabía exactamente cuánto peligro corrían, pero sospechaba que no tardarían en enterarse. El capitán ya le habría ordenado a uno de los oficiales que sondara el barco y el señor Andrews estaría investigando los daños por su cuenta. No tardarían en determinar la gravedad del asunto y en dar indicaciones al resto de los pasajeros a bordo.

Con un poco de suerte, otro barco se acercaría a ayudarlos antes de que fuera necesario hacer uso de los botes. Y si podían permanecer a salvo en el Titanic hasta que se hiciese de día, mucho mejor. Porque tener que subirse en un bote pequeño que estaba colgado sobre el costado de un buque enorme ya de por sí imponía respeto, como para encima tener que hacerlo bajo la oscuridad de la noche. Aunque al menos el mar parecía estar en calma. Solo esperaba que lo siguiese estando cuando llegase el momento.

Encontró el camarote A-10 a babor con relativa facilidad y descubrió a su ocupante de pie, o más bien apoyado en la puerta, con un pijama de cuadros. Si no fuese por el aspecto enfermizo, estaba seguro de que sería un hombre atractivo.

—¿Sabe qué es lo que está pasando? —le preguntó el señor Ross.

—Usted debe ser Ross —contestó Chess—. Vengo de parte de la señorita Fortune. Nos acabamos de chocar con un iceberg. Le recomiendo que se ponga algo más abrigado y que suba a la cubierta de botes.

—¿Un iceberg? ¿En serio? —se burló Ross, girándose para volver a meterse en la cama—. Estoy enfermo. Hará falta algo más que un iceberg para que me saquen de este camarote.

—Puede que no le quede otra opción —le advirtió Chess.

Ross le hizo un gesto con la mano en señal de despedida.

Chess vaciló un instante. Sabía que no podía obligarlo a vestirse y menos aún a que lo acompañase. Si Ross quería quedarse en el camarote, tenía que respetar su decisión. Puede que incluso fuese lo mejor. Seguramente el barco tardaría horas en hundirse —si es que se hundía— y estar de pie o sentado en una cubierta muerto de frío no le haría ningún bien al hombre.

–Si eso es lo que quiere, adelante –concluyó él.

Ya había cumplido su deber, así que asintió con la cabeza y se dio la vuelta para irse. Si veía a Beattie o a McCaffry, les diría que su amigo seguía en el camarote. Ellos se encargarían de él. Chess no podía perder el tiempo; necesitaba volver con Flora y su familia.

Regresó por donde había venido, intercambiando alguna que otra información con los pasajeros con los que se cruzaba. Nadie parecía asustado, y mucho menos los miembros del personal a bordo, aunque estos últimos sí que estaban saturados de llamadas de pasajeros que querían saber lo que estaba pasando. Y, mientras tanto, en lo alto, las chimeneas seguían expulsando vapor, y los pasajeros pensaban y se movían al compás del sonido estridente.

A medida que Chess se iba acercando a la sala de recepción, el silbido se iba haciendo cada vez más fuerte, sobre todo, en el gran espacio abierto en el que estaba la cúpula. Había una cola de personas esperando para subirse en los ascensores, así que decidió usar las escaleras. Un grupo de caballeros, entre los que estaba el coronel Gracie, se había amontonado a un lado del pie de la escalera. Parecían estar examinando un trozo de hielo redondo y fino, y bromeando con que alguien debería llevárselo a casa como recuerdo.

–¡Kinsey, mire esto! –dijo Gracie con una risita mientras Chess pasaba por delante.

–Sí –respondió él sin detenerse–. El suelo de la cubierta de tercera clase está lleno de trozos como ese.

Siguió bajando los escalones con rapidez y casi se tropezó. Se agarró de la barandilla para no caerse, y una vez que recuperó el equilibrio, continuó caminando más despacio. Lo último que le faltaba era romperse alguna parte del cuerpo.

El panorama en la cubierta B y C era bastante similar al de la A: filas de personas esperando a los ascensores y aún más alrededor sin saber muy bien qué hacer, pero tranquilos. Más abajo en la nave, el ruido de las chimeneas apenas se notaba, lo que le dio a él un respiro y una ligera sensación de seguridad. A este nivel, uno podría haber seguido durmiendo sin enterarse de la colisión y del estrépito que vino después, a menos que fuese capaz de notar la ausencia de las vibraciones de las máquinas. Le dio un escalofrío solo de pensarlo, pero enseguida llegó a la conclusión de que, si corrían peligro, los miembros de la tripulación se encargarían de llamar a todas las puertas para despertar a sus ocupantes. Todavía había tiempo suficiente para eso.

Con la certeza de que el señor Fortune ya estaría al tanto de la situación, Chess avanzó por el largo pasillo y entró en su camarote. Allí se puso otro par de calcetines de lana por encima de los que ya llevaba y se quitó el abrigo para poder ponerse un jersey grueso del mismo material. Se metió unos cuantos billetes en el bolsillo del abrigo y después cogió el reloj que había heredado de su abuelo y dos manzanas. Antes de irse, le echó un último vistazo a la lujosa habitación con la esperanza de que su intuición le fallara y de que, en tan solo unas horas, pudiese volver para recuperar las horas de sueño perdidas.

Avanzó unos pocos metros por el pasillo y se encontró con un tipo que estaba golpeando la puerta de uno de los camarotes.

—¡Henry, ábreme! —gritó el hombre lo suficientemente alto como para despertar a todos los pasajeros de los camarotes vecinos—. ¡Por favor, hazme caso! Oí al capitán decirle al coronel Astor que despertara a su esposa. Que tal vez tengamos que subirnos a los botes. —Levantó la vista cuando Chess pasó a su lado y le dedicó una sonrisa forzada antes de volver a darle otro golpe a la puerta—. ¡Hermano, por favor! Estamos hablando de algo serio.

Chess sintió un atisbo de alivio al descubrir que él no era el único que estaba preocupado, pero si lo que había dicho ese tipo era cierto…, si el capitán había advertido al coronel Astor, eso significaba que la situación era aún más crítica de lo que él había supuesto. Frunció el ceño. De todas formas, estaría preparado para lo que fuese y se aseguraría de que Flora y su familia también.

Al pie de la escalera de proa, vaciló un instante. No sabía si debía ir o no al camarote de los Fortune para ayudarlos. Pero tal vez ya estaban en la cubierta A, esperando por él. Optó por seguir su plan inicial y continuó caminando hasta que se dio cuenta de que ahora sí que se percibía la escora hacia estribor. Se le revolvió el estómago. No se notaba tanto en el pasillo, pero en las escaleras era imposible pasarlo por alto. No era buena señal que la inclinación del barco hubiese aumentado tanto en tan poco tiempo.

Chess se agarró con fuerza a la barandilla y subió la escalera lo más rápido que pudo, agradecido por estar en buena forma física gracias al tenis. Tenía que encontrar a Flora.

Capítulo 31

Mabel no sabía exactamente lo que su hermano le había dicho a su padre, pero sí que se había dado cuenta de que todos los hombres parecían querer ocultarles a las mujeres la gravedad de la situación, como si ellas fuesen incapaces de afrontar la realidad. Fuera lo que fuese, había hecho que su padre las obligase a ponerse las prendas más abrigadas que tenían en el armario para poder subir a cubierta.

–¿Qué se supone que estamos haciendo? –refunfuñó Flora mientras revisaba la ropa que había esparcido por la cama antes de sentarse en ella para poder ponerse unas medias más gruesas–. Todo el mundo sabe que el Titanic es insumergible. ¿Cuál es el plan? ¿Pasarnos toda la noche cogiendo frío cuando ni siquiera hay una razón de peso?

–¿Que no hay una razón de peso? –Alice hizo una pausa mientras se ponía un cárdigan de lana antes de protestar–: ¡Flora, nos acabamos de chocar con un iceberg!

Su hermana mayor se encogió de hombros como si se tratase de algo completamente normal. Alice respiró hondo para calmarse y Mabel la agarró del brazo para que no siguiesen discutiendo. Alice negó con la cabeza.

Era evidente que Flora conocía cuál era la gravedad del asunto. Simplemente había optado por la opción de ignorarla y esa actitud tan solo era su forma de sobrellevar la situación. Y Mabel no entendía por qué Alice no se daba cuenta de ello.

Por su parte, Mabel ya no sabía ni qué pensar. Hacía apenas media hora había estado tumbada en su cama, lamentándose por el futuro que le esperaba, y ahora se estaba vistiendo para subir a cubierta bajo el frío de la noche con su familia por si tenían que abandonar el barco. La situación que estaban viviendo parecía de película, sobre todo, cuando tuvo que verse obligada a decidir qué vestido y qué sombrero coger para un posible naufragio. ¿Y qué hacía con las joyas? ¿Se las llevaba también? ¿Las dejaba en el camarote?

Alice le aclaró las dudas cuando la vio guardándoselas todas en los bolsillos del abrigo. Mabel la imitó. De pronto, oyeron golpes en la puerta y su padre les gritó que se dieran prisa.

Tal y como Mabel había predicho, Flora fue la última en terminar y su padre la tuvo que sacar a rastras del camarote. Se había puesto su viejo abrigo de piel de búfalo con el que siempre su familia se burlaba de él. Mabel podía imaginarse que su padre, después de todo, estaba más que contento de poder demostrarles que la prenda al final le había resultado útil.

Aun así, su madre no perdió la oportunidad de mirarlo con desaprobación. O tal vez simplemente había adoptado esa expresión porque no le había hecho mucha gracia que la sacasen de la cama a las tantas de la noche. Todos sabían que detestaba que le metiesen prisa y, más aún, que le alterasen la rutina. Mabel se fijó en ella: desprendía la misma elegancia de siempre, envuelta en su abrigo oscuro de piel de topo y su sombrero; pero, aun así, se notaba que estaba bastante cansada.

A pesar de que había que esperar, la señora Fortune insistió en utilizar el ascensor y se quedó allí quejándose y compadeciéndose de los otros pasajeros que, al igual que ella, habían tenido que levantarse en medio de la noche por una tontería. Sus comentarios tan solo sirvieron para irritar aún más a su marido, pero era él el que había decidido no compartir con ella lo que sabía.

Una vez en la cubierta A, descubrieron que la sala de recepción estaba aún más abarrotada que antes. Algunos habían seguido su ejemplo y habían bajado a sus camarotes para hacerse con algo más abrigado. Sin embargo, había otros pasajeros que seguían teniendo debajo del abrigo el pijama y, en algunos casos, el kimono.

–¿Dónde narices está Kinsey? –exigió saber el señor Fortune.

–No lo sé, padre –respondió Flora con calma–. Se fue a hablar con el señor Ross y después imagino que habrá ido a su camarote a coger ropa de abrigo. Pero me prometió que nos volveríamos a ver aquí y estoy segura de que cumplirá su palabra.

El señor Fortune emitió un sonido quejumbroso que podría haber significado un sinfín de cosas, pero Mabel no estaba de humor para averiguarlo. Y menos cuando estaba ocupada buscando a sus amigas entre la multitud; sobre todo a Marie Young y a su compañera herida, la señora White, aunque también quería comprobar si la señora Candee y su grupo estaban bien. Creyó ver a la doctora Leader y a la señora Swift al otro lado de la sala. Les llegaron desde el pasillo que conducía a popa los primeros acordes de la banda, que seguramente se habían puesto a tocar en el salón principal con la intención de tranquilizar a los pasajeros. Sin embargo, lo único que estaban consiguiendo con las notas alegres de la melodía de *Pleasant moments* de Joplin era crear un ambiente como de otro mundo, uno más extraño del que ya había. Mabel estuvo a punto de pellizcarse el brazo para asegurarse de que realmente estaba despierta.

La puerta que daba a la cubierta de paseo se abrió a su espalda cuando entraron algunas damas y caballeros, y el sonido ensordecedor se volvió a colar en el interior.

–¡Señor Beattie! –exclamó Alice, reconociéndolo entre la multitud.

El hombre se acercó a ellos a paso ligero.

–¿Se encuentra bien? Tiene mala cara –añadió ella.

El señor Beattie clavó los ojos en cada uno de ellos, incluso en el comandante Peuchen, que en algún momento se había unido al grupo.

–Nos han ordenado que nos pongamos el chaleco salvavidas. Vamos a tener que usar los botes.

Mabel sospechaba que no era la única que se había quedado aturdida, porque nadie dijo nada. A pesar de que habían decidido ser precavidos, nunca había llegado a creer de verdad que tendrían que usar los botes salvavidas.

El comandante Peuchen, todavía con el traje de noche puesto, fue el primero en romper el silencio:

–Tenemos que avisar al señor Ross.

–El señor Kinsey ya lo ha hecho –les informó Flora–. Aunque no sabe lo de los chalecos y los botes.

El señor Beattie asintió y añadió:

–Iré a ver a Ross; solo para asegurarme de que le ha llegado la noticia. –Hizo una mueca–. No le va a hacer ninguna gracia tener que acatar la orden.

Beattie y Peuchen salieron corriendo hacia el camarote del señor Ross, y la familia Fortune se quedó allí de pie.

–Tenemos que ir al camarote a buscar los chalecos –comentó el señor Fortune–. O al menos tiene que ir uno de nosotros.

–Iré yo –se ofreció Charlie.

–Te acompaño –intervino Flora, ajustándose los guantes–. No puedes cargar tú solo con los seis.

Los dos se dieron prisa y el señor Fortune alzó la vista hacia la gran escalinata que conducía a la cubierta de botes. Mabel reconoció esa mirada. No era la primera vez que la veía; era la misma que le había dedicado a ella el día anterior. Una mirada tenaz cargada de determinación.

–Venga, vamos –les instó él–. Quiero ver cómo están las cosas arriba.

–Pero le dijimos al señor Kinsey que nos reuniríamos aquí con él –protestó Alice.

–Volveremos después –respondió el señor Fortune con indiferencia–. O Kinsey nos vendrá a buscar.

Aunque sabía que estaba mal hacerlo, a Alice le resultó difícil no echar pestes contra su padre, al menos en su mente. Le habían prometido al señor Kinsey que lo esperarían en la sala de recepción, a estribor de la cubierta A. Además, era allí a donde volverían Flora y Charlie una vez que cogiesen los chalecos. ¿Por qué había elegido su padre precisamente ese momento para ir a la cubierta de botes?

A medida que subían, Alice fue descubriendo que había tanta gente en el vestíbulo de entrada de la cubierta de botes –en la parte superior de la escalera, debajo de la cúpula esmerilada que tenía características propias del modernismo– como abajo. La mayoría estaba sentada en los sofás y amontonada en grupos para poder entrar en calor. Cuando atravesaron las puertas y salieron a la oscuridad de la noche, Alice sintió dos cosas con mucha intensidad: el frío punzante que le atravesó la piel del rostro y el silbido de las chimeneas. Sin ninguna pared que se interpusiera entre ellos y el sonido del vapor, era casi imposible mantener una conversación.

Los miembros de la tripulación se movían con calma por la cubierta mientras descubrían y preparaban los botes salvavidas que se encontraban en la parte delantera del barco, siguiendo las órdenes de un oficial de rostro serio. No había muchos pasajeros fuera, pero seguramente se debía a que los habían enviado abajo para que buscasen los chalecos salvavidas. Estaban preparando los pescantes, que se alzaban sobre sus cabezas, para la puesta a flote de los botes que se encontraban más cerca de ellos.

Alice contempló la modesta embarcación; era diminuta en comparación con la imponente estructura del Titanic. De repente, recordó las palabras del adivino egipcio: «La veo en un bote a la deriva en medio del océano». Empezó a entrar en pánico.

Como si hubiese notado su angustia, Mabel le dio un pequeño apretón en la mano y se inclinó para gritarle al oído:

–Tranquila, respira. Inhala; exhala.

Alice cerró los ojos cuando empezó a ver un poco borroso y le hizo caso a Mabel.

–Solo los están preparando por precaución –continuó su hermana–. Están siguiendo el protocolo, ¿recuerdas?

Pero ¿era solo por precaución? Había dudado de las palabras del señor Kinsey antes y le estaba volviendo a pasar lo mismo con las de Mabel ahora.

Su padre les gritó algo, pero ella no entendió muy bien lo que les dijo. Mabel le agarró la mano con más fuerza y la arrastró con ella. Alice abrió los ojos y se quedó con la mirada clavada en la espalda de su padre. Atravesaron una puerta y entraron en el gimnasio para resguardarse del frío.

Alice inhaló; podía respirar mejor ahora que se había aliviado el pitido de las chimeneas que le resonaba en los oídos. Había varios pasajeros en el interior, entreteniéndose con el equipo. Y recordó que hacía apenas unos días ella había estado haciendo lo mismo con sus hermanos. Un par de hombres se acercó a la máquina de remo y una mujer se montó en una de las bicicletas estáticas. Había otra sentada en el camello mecánico. En el mapa grande que había en la pared aparecía el Titanic en medio del Atlántico, con nada más que un vasto océano azul a su alrededor. Alice giró la cabeza para no tener que seguir mirándolo.

–Tal vez deberíamos volver a la sala de recepción… y esperar a que nos den más indicaciones –sugirió la señora Fortune con el rostro pálido.

El señor Fortune se acercó a uno de los ventanales con arcos para ver cómo seguían las cosas en cubierta. Se tocó el bigote con los dedos.

–Sí, tienes razón –murmuró él por fin–. Al menos allí no hará tanto frío.

Las tres mujeres siguieron al señor Fortune, pero, en lugar de pararse en la sala de recepción, se desvió hacia el largo pasillo que conducía al salón principal, donde estaba tocando la banda. Mabel tiró de las mangas del abrigo de su padre para detenerlo.

–¿No deberíamos esperar a que vuelvan Flora y Charlie? –preguntó ella.

–Tu madre necesita sentarse –le espetó él–. No les será muy difícil encontrarnos.

Mabel frunció el ceño mientras sus padres seguían avanzando.

–Una de nosotras podría… esperarlos aquí –sugirió Alice con vacilación.

Las hermanas se giraron para examinar la creciente multitud. Algunos pasajeros ya se habían atado el chaleco salvavidas, pero había gente que tan solo lo llevaba colgado del cuello o en las manos. Se hacían bromas con lo extraños que se veían. Alice se fijó en las mujeres: muchas seguían con sus brillantes vestidos de noche, mientras que otras ni siquiera se habían molestado en cambiarse la ropa que se ponían para dormir. Era evidente que no todos los pasajeros habían decidido seguir las recomendaciones de los camareros y de los oficiales, y los que sí, parecían haberlo hecho a regañadientes.

–Vamos –dijo Mabel, arrastrando a Alice para seguir a sus padres, que ya habían recorrido la mitad del camino hacia el salón principal sin ellas.

Capítulo 32

—¡Charlie, vete más despacio! –gritó Flora y su hermano se detuvo en el rellano de la escalera–. No camino tan rápido como tú –le dijo, enfadada, mientras se aferraba a la barandilla para que pudiese pasar un trío de mujeres que subían una al lado de otra en vez de ir en fila.

Las señoras miraron a Flora como si fuese ella la que las estaba molestando. Una vez que alcanzó a Charlie, lo agarró del brazo.

—Correr como un loco solo empeorará las cosas –le regañó Flora.

Sin embargo, a Charlie no le molestó su comentario.

—No estoy corriendo –replicó él–. ¡El problema es que tú eres demasiado lenta! –Bajó la mirada hacia la falda del vestido de Flora–. O que el vestido ese fue una pésima elección.

Ella arqueó las cejas.

—Ah, ¿sí? ¡Me gustaría verte a ti corriendo por las escaleras con uno igual! ¡Y sin tropezarte!

Charlie le dedicó una sonrisa.

—Preferiría no hacerlo –comentó él.

Al doblar la esquina para bajar a la cubierta C, se encontraron con un hombre que estaba subiendo los escalones de tres en tres y que casi se chocó con ellos. No fue hasta que pasó justo a su lado cuando Flora se dio cuenta de que era el señor Andrews. Pero cuando lo llamó, él no se detuvo, ni siquiera la reconoció, y desapareció en la curva hacia el siguiente tramo. Flora se quedó a cuadros; no se esperaba algo así de un hombre que siempre se mostraba amable y cortés, y que siempre tenía una sonrisa para todo el mundo.

Flora se giró para mirar a Charlie. Él parecía igual de desconcertado que ella.

—Se le veía preocupado —dijo su hermano.

El señor Andrews se conocía el barco mejor que nadie. Y si él estaba preocupado… La idea la dejó con una sensación horrible e indescriptible en la boca del estómago.

Cuando finalmente llegaron a la cubierta C, se encontraron a cientos de hombres y mujeres apiñados alrededor de la ventana de la oficina de información del sobrecargo, insistiendo para que se les devolvieran cuanto antes los objetos de valor que habían dejado allí para que se los guardasen en las cajas fuertes. Junto al tablón de anuncios, una señora lloraba mientras un hombre intentaba calmarla asegurándole que el Titanic no iba a hundirse, pero que, si lo hacía, podía estar tranquila porque habían avistado otros siete barcos alrededor ese día. El señor señaló los comunicados que habían pegado en el tablón para que la mujer los mirase. Uno de ellos vendría a ayudarlos. Flora no los reconoció al principio, pero cuando Charlie y ella pasaron por su lado, se dio cuenta de que eran los Futrelle.

En el pasillo, vieron a su camarero —el irlandés que tenía las paletas separadas— aporreando las puertas de los camarotes para despertar a los que aún seguían durmiendo.

—¡Abríguense, cojan los chalecos salvavidas y suban a la cubierta de botes! ¡Son órdenes del capitán! —les gritó Ryan cuando los vio. Después, examinó su atuendo—. Veo que, al menos, ya van abrigados.

—Hemos venido a buscar los chalecos —le informó Flora.

Él asintió.

—Avísenme si necesitan ayuda para cogerlos de la parte superior del armario.

Justo en ese momento, Flora recordó que Mabel se había reído delante de Ryan al ver los chalecos salvavidas porque se suponía que el Titanic era insumergible. Tragó saliva.

Al final, aunque ella era alta, tuvo que pedirle a Charlie que la ayudase a cogerlos. No tuvieron problemas para encontrar los seis; de hecho, había uno más, así que Flora decidió llevárselo también para dárselo a Chess, por si él no había podido ir a buscar el suyo. Justo antes de irse, se acercó al grifo y llenó una taza con agua. Después, se la bebió entera al recordar que Shackleton y otros exploradores habían hablado en sus libros de lo mal que podía llegar a pasarlo uno cuando tenía sed.

—Deberías beber tú también —le dijo a Charlie, presa del pánico al pensar que tal vez no volverían a ver un vaso de agua en mucho tiempo.

Charlie cogió unas mantas para llevárselas y salieron al pasillo con los siete chalecos salvavidas. Allí se encontraron a un caballero en albornoz discutiendo con Ryan.

—¡Me parece absurdo! —protestó el señor—. No voy a dejar que mi esposa se congele ahí arriba.

—Entiendo su enfado, señor. Pero el Departamento de Comercio y Exportación nos exige…

—¡Me da absolutamente igual! Este barco es insumergible. No importa con qué nos hayamos chocado. Estoy seguro de que podemos seguir aquí unas ocho o diez horas como mínimo. Así que esperaremos a que salga el sol —concluyó él, y le cerró la puerta en la cara a Ryan.

Flora observó cómo el camarero apretaba y aflojaba el puño para tranquilizarse.

—Ah, estupendo. Ya tienen los chalecos —habló él cuando los vio—. ¿Saben cómo se atan? —Le quitó la manta de la mano a Flora y se la puso bajo el brazo antes de pasarle uno de los chalecos salvavidas de color blanco por la cabeza y empezar a atárselo alrededor del torso.

A pesar de su expresión alegre y valiente, Flora se dio cuenta de que en los ojos de Ryan no había ni un destello de optimismo.

—Por favor, necesito saberlo —le pidió ella—. ¿Cómo de crítica es la situación? ¿De verdad estamos en peligro?

–¿En peligro? Señorita, tan solo estamos siguiendo las regulaciones de seguridad marítima que nos exige el Departamento de Comercio y Exportación –respondió él, retomando el mismo discurso que había estado a punto de pronunciar delante del otro hombre, como si estuviese leyendo un guion–. Aunque tan solo sea una falsa alarma, debemos asegurarnos de que todos los pasajeros llevan puesto el chaleco. No creo que el barco vaya a hundirse. Es insumergible, ¿recuerda? Todo el mundo lo sabe. –Desvió la mirada de las correas para observarla a ella–. Pero en el caso hipotético de que lo haga; estoy seguro de que tendremos un margen de cuarenta y ocho horas para ponernos a salvo. Ya está –concluyó con un último tirón–. Ahora que sabe cómo se ata, podrá ayudar a su familia. –Le agarró el brazo a Flora, llevado por un impulso, y clavó los ojos en ella–. Asegúrese de que se los ponen, señorita. Y sigan las órdenes del capitán.

Flora asintió y se le formó un nudo en la garganta.

–Lo haré. Pero ¿y usted…?

–Oh, no se preocupe por mí. Puedo cuidarme solo.

Charlie la agarró por el codo, instándola a avanzar.

El chaleco salvavidas era voluminoso e incómodo, y su hermano siguió caminando sin tenerlo en cuenta. Flora sintió las gotas de sudor bajo el pesado abrigo de piel y lana que llevaba puesto mientras intentaba seguirle el ritmo a Charlie. Parecía haber tanta gente bajando como subiendo, y la mitad de los que subían ni siquiera llevaban los chalecos salvavidas en la mano.

Al pasar junto a una mujer en la cubierta B, Flora oyó un quejido y un llanto. Se dio la vuelta, pensando que era un bebé, pero enseguida descubrió que era un perrito. Un *pomeranian*, o al menos eso creía. Se respiraba tanto caos que seguramente los animales tenían que estar igual de aterrorizados que los niños.

En ese instante, se acordó de Jenny y se le encogió el corazón. ¿Qué sería de la gata y sus pequeños? ¿No le había dicho la camarera que alguien del personal se encargaba de cuidarlos? Un tipo grande y callado a quien Jenny adoraba. Esperaba que él los sacara de allí.

De repente, se detuvo en medio de la escalera y se giró para mirar por encima de la barandilla hacia las cubiertas de abajo.

–Permiso –protestó alguien detrás de ella, empujándola y obligándola a seguir subiendo.

A estas alturas, lo único que podía hacer era rezar por los felinos y su cuidador.

–¿Dónde estarán? –dijo Flora, desconcertada, cuando llegaron a la cubierta A y no vieron a Chess ni a ningún miembro de su familia.

–Quizá subieron a la cubierta de botes, tal y como ordenó el capitán.

–¿Y no nos esperaron? –preguntó ella con el ceño fruncido.

Flora se puso de mal humor cuando vio que no le quedaba más remedio que seguir subiendo más escaleras, cargada como una burra y con el aparatoso chaleco puesto.

Cuando atravesaron las puertas que daban a la cubierta de botes, agradeció sentir el aire frío. Con el ruido de las chimeneas de fondo, era prácticamente imposible oír más de una o dos palabras. Se fijó en los oficiales: se comunicaban entre ellos con las manos o dándose golpecitos en el hombro mientras preparaban los botes que estaban justo enfrente de la entrada que daba a la gran escalinata de proa. Se movían con rapidez y parecía que lo tenían casi todo listo para comenzar a cargarlos de pasajeros. De hecho, ya había una multitud reunida alrededor, esperando la orden.

Flora y Charlie sabían que corrían el riesgo de verse arrastrados hacia proa por la masa de gente, así que decidieron dirigirse a popa en busca de sus padres, de sus hermanas y de Chess. Charlie asomó la cabeza por la puerta del gimnasio, pero enseguida miró a Flora y negó con la cabeza.

¿Dónde se habían metido? Estaba demasiado oscuro, así que apenas se veía nada a lo lejos. ¿Pensarían que se habían perdido y habrían ido a buscarlos? ¿O tal vez se habían ido a babor?

Estaban a punto de regresar al vestíbulo para cruzar las puertas que daban a babor cuando Flora divisó a Chess a lo lejos, justo detrás de la muchedumbre. Estaba de puntillas, escudriñando los rostros de los pasajeros que tenía delante. Flora abrió la boca para gritar su nombre, pero luego se dio cuenta de que el pitido de las chimeneas ahogaría su grito. Así que decidió ir hacia él.

Capítulo 33

Chess se había quedado esperando en la sala de recepción de la cubierta A, pero, a medida que los minutos pasaban y no aparecían, comenzó a sospechar que el señor Fortune había decidido salir con su familia a cubierta. Si algo había aprendido en estos últimos días, era que su futuro suegro no era el hombre más paciente del mundo.

Y a él no se le había ocurrido hacer otra cosa que seguir los pasos del cabezota del señor Fortune. Salió a la cubierta de paseo y perdió el tiempo buscándolos allí hasta que llegó a la conclusión de que lo más probable era que hubiesen subido a la cubierta de botes. Ahora que sabía que el compartimento de correos estaba inundado y que, según lo que había oído, el agua se estaba colando en las salas adyacentes a una velocidad aterradora, estaba aún más preocupado por si no encontraba a Flora. Tenía que asegurarle un sitio a ella y a su familia en alguno de los botes salvavidas; solo por si –Dios no lo quisiera– acababa sucediendo lo que tanto temía.

Al llegar a la cubierta de botes, se encontró a uno de los oficiales –un escocés fanfarrón– intentando embarcar a los primeros pasajeros.

–Es solo por precaución –repetía con una sonrisa para darles ánimo–. Además, son completamente seguros –añadió–. Y el mar está en calma. Estoy convencido de que no tardarán en volver a traerlas al barco.

Las mujeres se empezaron a acercar al bote, pero la mayoría se echaba atrás cuando les llegaba el turno, reacias a cambiar la seguridad del Titanic por un bote diminuto en el que se tambalearían en medio del océano.

Al final, el oficial logró convencer a varias y después se subió alguna que otra persona más, hombres incluidos, dado que muchas de las mujeres no querían irse sin ellos.

La estrella de cine, Dorothy Gibson, se subió, aferrándose a la mano de William Sloper y lamentándose por algo sobre un pequeño automóvil gris. Después, ayudaron a una mujer que solo llevaba puesto un albornoz, unas pantuflas y un gorro de satén para el pelo. Una vez que se sentaron todas las mujeres y niños que estaban dispuestos a subirse, el oficial dejó que algunos hombres embarcasen, incluso aunque sus amigos les gritasen en tono jocoso que no se marchasen.

—¡Chess!

Cuando él se giró y vio a Flora, pudo por fin respirar tranquilo. La estrechó entre sus brazos, sin importarle el chaleco salvavidas que los separaba ni que Charlie estuviese delante.

Flora formó bocina con las manos para gritarle al oído:

—¿¡Sabes dónde está el resto de mi familia!?

—A lo mejor están dentro —respondió él, señalando la puerta—. En el salón principal. Pero todavía hay hueco en este bote. ¿Por qué no te subes? Charlie y yo buscaremos a tus padres y a tus hermanas.

Flora dio un paso hacia atrás con el ceño fruncido, casi como si él la hubiese mordido.

—No estarás sola. Acabo de ver a Sloper subiéndose en él.

Flora desvió la mirada hacia el bote que colgaba sobre el costado del barco y que todavía estaba medio vacío. Después, negó con la cabeza varias veces.

—No me iré sin mi familia.

Chess reprimió un suspiro, pues sabía que diría algo así. En cualquier caso, ya era demasiado tarde. Murdoch, el primer oficial, ya le estaba dando órdenes a los marineros a los que se les había asignado el bote para que se alejaran del barco una vez que tocasen el agua y se parasen junto a la pasarela. Después, les pidió a los tripulantes que manejaban los pescantes que comenzaran el descenso. Chess se preguntó si Murdoch les había dado la orden de remar hasta la pasarela porque tenían la intención de cargar el resto del bote con pasajeros de las escotillas de abajo. Al menos eso explicaría por qué la embarcación no iba llena. Así, los pescantes no tendrían que soportar tanto peso y los pasajeros de tercera clase no tendrían que subir hasta la cubierta de botes.

Chess, Charlie y Flora se quedaron allí mirando hasta que perdieron de vista la embarcación, que colgaba a más de dieciocho metros de altura sobre el nivel del mar. Después, se dirigieron al vestíbulo de entrada. Chess se detuvo al ver a Karl de pie con la señorita Newsom y sus padres. Charlie siguió avanzando hacia el salón, pero Chess se acercó a su amigo y le dio un pequeño apretón en el hombro.

—¿Vas a intentar subirte en el siguiente? —le gritó al oído a Karl.

Karl asintió.

—¿Tú?

—Primero tenemos que encontrar a su familia.

La mirada de Karl se desvió hacia Flora.

—Son ellas las que tienen que pedir que te dejen subir —le informó Chess.

Karl se limitó a asentir y luego alargó el brazo hacia su amigo. Los dos se estrecharon la mano con firmeza, un movimiento trivial que quizá ya habían hecho cientos de veces, incluso en la pista de tenis como rivales, pero que nunca les había parecido tan importante como en ese momento.

Karl instó a la señorita Newsom y a su familia a acercarse al siguiente bote, aunque ni siquiera tuvo que seguir los consejos de Chess. El propio señor Ismay, con su bata y sus pantuflas, les aseguró que podían subirse los cuatro juntos. El señor Andrews también estaba allí, echando una mano en todo lo que podía y tratando de convencer a las mujeres de que la pequeña embarcación era segura.

Las indicaciones no estaban del todo claras, ya que a algunos hombres se les estaba dejando embarcar sin problema, mientras que a otros se les decía: «¡Solo mujeres y niños!». Al oír eso último, lady Duff-Gordon se negó a subir y se alejó a grandes zancadas con un resoplido, algo que Chess supuso que había soltado para ocultar que en realidad lo que sentía era temor. Aunque, al parecer, si hubiese esperado unos minutos más, a su marido se le habría permitido acompañarla.

Se estaba armando un escándalo en el costado de la nave y Chess se giró a tiempo para ver a dos hombres saltando la barandilla con la intención de subirse en el bote en el que estaba sentado Karl y que justo había comenzado a descender. Los pasajeros que estaban alrededor se sobresaltaron y jadearon, horrorizados. Chess esperaba que los hombres no se hubiesen hecho daño, pero, sobre todo, que no hubiesen volcado el bote. Pero el primer oficial que estaba dirigiendo el proceso de descenso parecía más enfadado que preocupado.

—¡Se acabó! —vociferó él lo suficientemente alto como para que se le oyese por encima del vapor de las chimeneas—. ¡Bajaré a buscar mi arma!

Era un claro recordatorio de que, en situaciones extremas, los oficiales estaban obligados a mantener el orden y que para ello utilizarían los medios que considerasen necesarios.

Chess oyó un estallido, como si alguien hubiese disparado con una pistola, y luego vio una raya blanca arqueándose sobre su cabeza. Una bengala estalló en el aire a unos doscientos trece metros de donde se encontraban ellos y la explosión hizo que la cubierta se iluminase por un momento, como si fuese el *flash* de una cámara, y que el cielo oscuro se llenase de estrellas blancas.

Gracias a la luz blanca azulada, Chess vio bien por primera vez el rostro de Flora desde que se habían encontrado en la cubierta: tenía el ceño fruncido por la tensión y los ojos teñidos de miedo. Todo el mundo sabía lo que significaba que un barco lanzase una bengala. Era una llamada de auxilio. Una señal de que estaban en peligro.

Cuando la lluvia de luz empezó a disiparse, Chess se acercó por un impulso a Flora y posó los labios sobre los de ella. El aliento de Flora era cálido en comparación con el aire y la piel de su nariz y sus mejillas, y ella le devolvió el beso con la misma intensidad con la que él lo había hecho. Cuando Chess se apartó, la oscuridad volvió a envolverlos, dejando tan solo el tenue resplandor de las luces de la cubierta.

—Vamos a buscar a tu familia.

Capítulo 34

Mabel sabía que ella era la primera en hacer cosas absurdas, pero la escena que se estaba desarrollando delante de ella rozaba lo surrealista.

La orquesta –algunos con abrigos azules y otros con chaquetas blancas por encima del uniforme– estaba tocando en una esquina del salón principal melodías propias del *ragtime* y del vals que tuviesen un ritmo animado. En ese momento, las notas de *Oh, you beautiful doll* flotaban en el aire mientras los camareros se movían por toda la sala sirviendo coñac, chocolate caliente y café. Cualquiera que los viese pensaría que estaban en una especie de fiesta; posiblemente en un baile de máscaras extraño en el que los que vestían batas de seda y kimonos se mezclaban con los que llevaban prendas de vestir de gala o con amigos que parecían estar a punto de irse a una partida de caza.

Pero debajo de la charla, las risas y la falsa cortesía, se podía palpar el miedo. Y, poco a poco, la gente empezó a perder la paciencia y a mostrarse irascible.

Cuando un pasajero llegó con su perro en brazos como si fuese un bebé y comenzó a darle órdenes a diestro y siniestro, ya nadie estaba de humor para hacerle un hueco en el sofá. Una mujer con un voluminoso abrigo de piel de foca, que ya estaba fuera de sí, se puso a gritar, asegurándoles que todo era una farsa. De hecho, llegó a decirle al hombre del perro que se largase, lo que hizo que se llevase el aplauso de algunos de los presentes.

Mabel se quedó de pie detrás del sofá en el que estaban sentados sus padres y Alice, cerca de la chimenea eléctrica. Su madre estaba encorvada, pero transmitía la misma frialdad de siempre. Habían escogido ese sitio porque tenían la puerta justo enfrente y desde allí verían a Charlie y a Flora si pasaban por delante.

Alice se animó un poco cuando entró una mujer con dos chalecos salvavidas que llevaba puesto un elegante traje de chaqueta negro de terciopelo y solapas de seda blanca, además de una prenda de piel de marta cebellina sobre los hombros. Alice le hizo señas para que se acercase e hizo las debidas presentaciones de manera rápida.

–¡Qué nochecita llevamos! –exclamó la señora Brown, dejando caer su prenda de piel–. Mi camarero me dijo que me vistiese y subiera a cubierta. Desde el principio creí que era una broma y mira ahora: tanta prisa para nada.

Una mujer envuelta en un abrigo de chinchilla se acercó sigilosamente y se inclinó hacia la señora Brown, mirándola fijamente.

–Te lo dije; sabía que nos iba a pasar algo malo –exclamó la mujer, casi como si fuese un triunfo, antes de alejarse con su doncella detrás.

–Sí, Emma. Sí que me lo dijiste… –respondió la señora Brown, poniendo los ojos en blanco–. Me lo recordaba cada vez que me veía. Aunque supongo que al final me metió tanto la idea en la cabeza que me acabé comprando esto para que me diese suerte. –Se sacó un pequeño objeto turquesa del bolsillo y abrió la mano para que los Fortune lo viesen.

Mabel se dio cuenta enseguida de que era una pequeña figura de una tumba egipcia. Un comerciante había intentado venderle una a ella en El Cairo, asegurándole que le traería buena suerte.

–Señora Brown, debería confiar antes en el Señor que en un objeto –replicó el señor Fortune con severidad.

Pero la señora Brown permaneció imperturbable.

–Sí, lo sé. A decir verdad, solo quería llevarme un recuerdo y este me pareció bonito.

Mabel observó a Alice y se percató de que tenía las manos apretadas en un puño encima del regazo. Se le veían los nudillos blancos y Mabel llegó a la conclusión de que las palabras de la señora Brown habían hecho que se acordase del adivino que le leyó la mano. Ninguno de ellos les había dado muchas vueltas a las palabras del hombre, pero ahora era imposible no sentirse al menos un poco inquieto al recordarlas.

–Buenas noches, señoras. ¿O debería decir buenos días? –dijo el camarero que se había acercado a ellos con una sonrisa forzada–. Todos deberían tener ya puesto el chaleco salvavidas. Son órdenes del capitán. Veo que usted ya tiene el suyo –añadió mirando a la señora Brown, antes de coger uno de los chalecos que llevaba en el brazo y pasárselo por la cabeza a Mabel–. Pruébese este a ver si le queda bien. –Soltó una risita cuando empezó a atárselo–. Me han dicho que es tendencia. Ahora toda la gente con estilo los usa.

–Oh, pero mis hermanos nos van a traer los que están en nuestro camarote –protestó Mabel.

–No se preocupe. Son todos iguales. Pueden dejar los que traigan en el sofá para que otros pasajeros lo usen. –Terminó con un último tirón y se dirigió a la señora Brown–. ¿Quiere que le ayude a atarse el suyo, señora?

Mabel bajó la mirada hacia la prenda blanca y sin gracia, sintiéndose más expuesta y vulnerable que nunca. Hasta ahora había conseguido mantener la calma, pero estaba empezando a preocuparse. Incluso la música parecía haber adquirido cierta vacilación, como si los instrumentos no estuviesen bien afinados. Se agarró al respaldo del sofá para no caerse.

Y, justo en ese instante, apareció Charlie por la puerta.

–¡Aquí estáis! –declaró él, apresurándose hacia ellos–. ¡No os encontrábamos! –Le dejó un chaleco salvavidas a cada uno de sus padres y otro a Alice. Y, después, al descubrir que Mabel ya tenía uno, decidió ponerse él el último que le quedaba–. También hemos traído mantas. Pensamos que tal vez las necesitaríamos.

Su madre aceptó la manta con más brío.

–Gracias, querido. Bien pensado. Pero ¿dónde está tu hermana?

Charlie giró la cabeza hacia la puerta, como si le sorprendiese que Flora no hubiese llegado detrás de él.

–Se habrá quedado atrás, en la cubierta. Ya están cargando y bajando los botes.

A Mabel se le revolvió el estómago.

–¿Al agua? –preguntó Alice con un hilo de voz.

–Es solo por precaución. Les están pidiendo a las mujeres y a los niños, y a algunos hombres, que se suban hasta que se evalúen los daños. Cuando vean que no corremos peligro, los traerán de vuelta a bordo. Normas del Departamento de Comercio y Exportación, o algo así. Oí a un caballero diciendo que un oficial le había comentado que los operadores de Marconi ya habían intercambiado mensajes con varias embarcaciones cercanas y que estaban dispuestas a ayudarnos en caso de que fuese necesario.

Al menos esa noticia los tranquilizó. Si el Titanic se estuviese hundiendo, ya se habrían acercado a rescatarlos.

–Entonces, ¿Flora nos está esperando en cubierta? –quiso saber la señora Fortune con un tono de voz que denotaba que ese era el último lugar al que deseaba ir.

–No, venía detrás con Kinsey. –Charlie volvió a girarse hacia la puerta–. Tienen que estar al llegar.

De repente, la banda dejó de tocar y los pasajeros se mandaron a callar los unos a los otros cuando vieron que un camarero daba un paso hacia delante para captar la atención de todos.

–Agradeceríamos que las mujeres y los niños se dirigiesen a la cubierta de botes –pronunció el hombre con voz retumbante antes de reiterar–: Solo las mujeres y los niños, por favor. –Hizo un gesto con la cabeza hacia los músicos, y después se dio la vuelta para irse.

Antes siquiera de que a la orquesta le diese tiempo a poner el arco en las cuerdas de los instrumentos, Mabel notó el repentino silencio.

–¿Oís eso?

Los demás se quedaron quietos y Alice abrió los ojos de par en par.

–Las chimeneas ya no están haciendo ruido.

–¡Por fin! –soltó el señor Fortune–. El pitido me estaba volviendo loco.

En ese momento, Flora y el señor Kinsey entraron a trompicones por la puerta.

–Ya han puesto a flote dos botes –les informó ella–. Y ya están cargando el tercero. Vi cómo empujaban a la señora Hays y a su hija Orian para que se subiesen. También a Vera Dick y a otras mujeres más. –Desvió la mirada hacia Alice–. El señor Sloper se fue en el primer bote.

–Sí, y están lanzando bengalas –dijo el señor Kinsey con seriedad, con los ojos clavados en el señor Fortune.

Eso parecía contradecir lo que Charlie acababa de decirles. Mabel se giró para mirar a su hermano pequeño con desconfianza. ¿Les había mentido para intentar tranquilizarlos? De ser así, no parecía arrepentido, porque ni siquiera se sonrojó ante su escrutinio.

–Las acompañaremos a cubierta –decidió el señor Fortune, poniéndose de pie.

–No me voy a subir en un bote sin ti –protestó su esposa, agarrándolo del brazo mientras se levantaba ella también. Tenía la cara igual de blanca que una sábana.

El señor Fortune le dio unas palmaditas en la mano y añadió:

–Quizá podamos irnos juntos. Si al señor Sloper le permitieron embarcar, eso significa que están dejando que algunos caballeros suban a bordo.

Pero Mabel conocía ese tono de voz. Y sabía que su madre también. Su padre quería que mantuviese la calma. Así que su madre le agarró el brazo con firmeza e intentó hacerse la fuerte.

Avanzaron todos juntos por el pasillo, atravesaron la sala de recepción y subieron la gran escalinata hasta la entrada que daba a la cubierta de botes, donde un miembro de la tripulación estaba dando indicaciones. Las mujeres debían ir a babor y los hombres a estribor, pero el señor Fortune, Charlie y el señor Kinsey hicieron caso omiso y siguieron avanzando con ellas. Se abrieron paso entre la multitud y, al salir a la cubierta, descubrieron que el bote que tenían justo delante estaba prácticamente lleno.

Salía un punto de luz del bote y Mabel al principio pensó que se trataba de un farolillo, pero era demasiado pequeño y se balanceaba con demasiada frecuencia como para ser tal cosa. Se quedó un poco desconcertada hasta que se dio cuenta de lo que era: una luz eléctrica que estaba fijada en el mango de un bastón. Era el bastón de la señora White. Marie le había contado que tenía uno así.

Se puso de puntillas para comprobarlo y vio a la mujer autoritaria sentada en la proa del bote, moviendo el bastón como si le estuviese dando órdenes a los tripulantes. Un hecho que al menos a uno de los oficiales no le hizo ni pizca de gracia. El hombre giró la cabeza hacia un lado, parpadeando como si se le hubiera metido algo en el ojo.

–Por el amor de Dios, pídele que lo apague o acabaré tirándolo por la borda –le espetó él a otro miembro de la tripulación.

Sin el rugido del vapor que escapaba de las chimeneas, Mabel oía las voces de los oficiales con bastante claridad, al igual que los sutiles crujidos del bote bajo el frío. Echó la cabeza hacia atrás y observó las estrellas que se alzaban en lo alto. Le sorprendió que, ante una situación crítica, no se le ocurriese otra cosa mejor que ponerse a mirar el cielo. Bajó la vista y, allí quieta en el costado de babor, le dio la sensación de que el barco se estaba inclinando hacia la proa. Sentía que el pie derecho estaba soportando un poco más de peso que el izquierdo. Pero la gente que tenía alrededor no parecía notarlo.

Varias mujeres se acercaron para subirse al bote y, cuando les llegó el turno, se negaron a dejar a sus maridos atrás. Las primeras en echarse atrás fueron dos señoritas que parecían estar recién casadas; después, le pasó lo mismo a una señora mayor, aunque esta última sí que llegó a pisar la borda, pero no tardó en volver a bajarse, aunque lo hizo después de dejarle su abrigo de piel a una de las mujeres que estaba en el bote. Mabel la reconoció al instante; era la señora Straus. La mujer se aferró a su marido mientras este le exigía saber por qué no se había subido.

—Porque llevo toda la vida contigo —le explicó ella—. ¡Y a dónde vayas tú, iré yo!

Un oficial trató de convencerla para que lo reconsiderara, pero ella negó con la cabeza.

—No me separaré de mi esposo. No lo he hecho nunca y no lo voy a hacer ahora. Si tenemos que morir, moriremos los dos juntos.

Mabel se estremeció y desvió la mirada hacia su madre, que seguía agarrada del brazo de su padre.

El oficial a cargo dio un paso hacia atrás y dio la orden de que se bajara el bote. Mabel vio varios rostros conocidos a bordo, entre ellos los de la condesa Rothes y su prima, y el de una bonita mujer española que lloraba abatida por su esposo, que se había quedado en cubierta. Entre los pasajeros también se encontraban la doctora Leader, la señora Swift y Marie Young, que estaba sentada junto a la señora White. Mabel sintió un poco de ansiedad al verlas, pero también cierto alivio al saber que habían logrado hacerse un hueco en una de las embarcaciones.

El bote empezó a descender poco a poco y el propio capitán Smith les entregó una cesta con lo que parecía pan.

—Verás una luz a lo lejos —le dijo él al tripulante que estaba a cargo del bote—. Llévalas hasta allí y después regresa lo más rápido que puedas.

Mabel sintió un atisbo de esperanza cuando, al igual que el resto, giró la cabeza en la dirección que el capitán había señalado. Era cierto, se veía una luz, tenue, pero perceptible. Seguramente de algún otro barco. Charlie les había dicho la verdad; los operadores ya se habían puesto en contacto con ellos. Mabel se volvió hacia su hermano y, llevada por un impulso, lo abrazó.

Volvieron a lanzar otra bengala y todos miraron hacia arriba para observar las estrellas blancas que caían del cielo. Mabel rezó; rezó para que todos pudiesen ponerse a salvo, para que a nadie le pasase nada. E hizo una promesa: si salían vivos de esto, ella no volvería a desafiar nunca más a su padre y encontraría la manera de llegar a un acuerdo con él.

Porque ahora ir a la universidad era el menor de sus problemas.

Alice abrió los ojos como platos cuando descubrió qué era lo que había causado de repente tanto alboroto. Un grupo de hombres había subido a la cubierta de botes. Todos tenían el rostro manchado de mugre y hollín, y los ojos rojos. Y cada uno llevaba una bolsa de estiba.

Fogoneros.

Alice nunca los había visto de cerca, pero estaba bastante segura de que eso era lo que eran y que su presencia en cubierta no solo era inusual, sino que también era preocupante.

Uno de los oficiales se interpuso en su camino, gritándoles y ordenándoles que volviesen abajo. Todos se dieron la vuelta y obedecieron en silencio.

Alice intentó sacar conclusiones de lo que aquello significaba. ¿Se estarían inundando las salas de calderas? ¿Les dejarían volver a cubierta para subirse a uno de los botes? ¿Habría suficientes embarcaciones para salvar a todos los pasajeros y a todos los trabajadores? No tenía ni la más remota idea.

Se dejó arrastrar por la multitud que se agolpaba a su alrededor para poder sentarse en el siguiente bote salvavidas mientras los oficiales empezaban a cargarlo. El señor Woolner ayudó a la señora Candee a subirse y esta se tropezó al tocar el suelo de la pequeña embarcación. Varias de las esposas que hacía unos instantes se habían negado a subirse en el bote an-

terior decidieron embarcar en este y un miembro de la tripulación les dio la mano para que pudiesen hacerlo por el costado. Una de ella tan solo se subió porque su esposo le recordó
que tenía una hija de un año esperándola en casa.

Alice sabía que su madre estaba nerviosa y también sabía
que ninguna de sus hermanas se subiría a un bote hasta que su
madre lo hiciese. Su padre esperaba que cuidasen de su madre. Pero ¿y si se echaba atrás en el último momento como lo
había hecho la señora Straus?

–Permiso, por favor –dijo una voz a su espalda–. *Excusez-moi,
s'il vous plaît.*

Alice se movió para dejar pasar a un joven con una mujer de
pelo blanco. Era Quigg Baxter de Montreal, que agarraba a su
madre mientras su hermana Zette los seguía de cerca. Los oficiales ayudaron a las mujeres Baxter con mucho cuidado y se
aseguraron de que estuviesen cómodas en el bote.

Quigg volvió sobre sus pasos, pero no tardó en aparecer con
otra mujer. Era preciosa y solo llevaba puesto un abrigo largo y
grueso de lana y unas pantuflas. Quigg intentó arrastrarla hasta el bote, pero la joven no paraba de protestar.

–No me iré sin ti –suplicó ella en francés, y cuando vio que
eso no logró hacer que él cambiase de opinión, añadió–: ¡Mis
joyas! Tengo que ir al camarote a buscarlas.

La señora Brown, que estaba cerca de la escena, dio un paso
hacia delante.

–No hay tiempo, querida. Tiene que subir a bordo. Es solo
una medida de precaución.

Entre Quigg y ella lograron hacer que entrase en razón. Quigg la ayudó a subirse al bote y después miró a su madre y a su
hermana, que parecían igual de desconcertadas que la joven.

–Cuida de ella –le dijo a su madre, como si fuese la cosa más
normal del mundo. Luego metió la mano en el abrigo, sacó
una petaca plateada y bebió un largo trago antes de dársela a
su madre–. Lo necesitaréis cuando estéis allí abajo. Os vendrá
bien para entrar en calor.

–¿Qué es esto? ¿Coñac? –preguntó su madre, enfadada–. ¿¡Qué te tengo dicho sobre el alcohol!?

Pero Quigg la interrumpió sin inmutarse.

–¿Estás cómoda, *maman*? –Le lanzó un beso–. Adiós. Cuídate y cuídalas.

–¡Quíteme las manos de encima!

Alice se giró al reconocer la voz y vio que un marinero estaba cargando en brazos a la señora Brown. Y, muy a su pesar, el hombre consiguió dejarla en el bote. Alice miró a su madre y la poca esperanza que le quedaba se desvaneció; su madre no se subiría en el bote, ni siquiera a la fuerza. Alice maldijo en voz baja. El oficial dio la orden y Alice se acercó a la barandilla para ver cómo descendía el bote. Y pronto se dio cuenta de que había sido una mala idea porque su madre y sus hermanas la imitaron.

No se veía nada a lo lejos, tan solo lo poco que alcanzaban a iluminar las luces del Titanic. De hecho, desde donde se encontraban, ni siquiera se veía el agua que tenían justo debajo, por lo que el pequeño bote parecía estar a punto de caer al vacío. A Alice se le revolvió el estómago y entró en pánico.

Tampoco ayudó que la tripulación pareciese tener problemas con el proceso de descenso. Los propios ocupantes tuvieron que extender el brazo para empujar y alejarse del casco del Titanic. De pronto, el bote se quedó inclinado, con un extremo más arriba que el otro, y los pasajeros tuvieron que agarrarse para no caerse al mar helado. Por suerte, los oficiales no tardaron en enderezar la embarcación, pero el tripulante a cargo del bote gritó que no habían dejado subir a bordo a ningún marinero para que lo ayudase a remar.

–¿Hay algún marinero en cubierta? –vociferó uno de los oficiales, mirando a su alrededor.

Cuando nadie respondió, el comandante Peuchen dio un paso al frente.

–¿Puedo ayudarles en algo? –preguntó él.

–¿Es usted marinero? –El oficial lo examinó.

–Tengo un yate. Sé cómo manejar un bote. Ayudaré si así lo desean.

–Será mejor que baje y rompa una de las ventanas para poder subirse al bote –sugirió el capitán Smith, que estaba cerca.

Pero al otro oficial no pareció convencerle la idea.

–Si cree que es tan buen marinero…, no le supondrá un problema bajar por las cuerdas.

A pesar de que el comandante Peuchen no era un hombre joven, se agarró con valentía a una cuerda suelta que colgaba del brazo del pescante y se balanceó sobre el bote. Todos contuvieron la respiración cuando lo vieron arrastrándose por los más de nueve metros de cuerda. Cuando se dejó caer en la pequeña embarcación, Alice sonrió y se giró para compartir la alegría con sus hermanas, pero se le cambió la cara cuando descubrió que su madre se había apartado de la barandilla.

–No me pienso ir sin ti. No me pienso ir sin ti –le repetía una y otra vez la señora Fortune a su marido, a pesar de sus protestas.

El señor Fortune le puso un brazo por encima y la llevó hasta la puerta.

–Dadnos un momento –les pidió a sus hijos.

Cuando desaparecieron en el interior, Alice volvió a oír la música, pero como si estuviese más cerca. Estaba segura de que venía justo de la entrada de acceso a primera clase que daba a la cúpula de cristal. Escuchar el vals de Schubert la desconcertó, como si una parte de su cerebro le estuviese intentando decir que no había de qué preocuparse, mientras que la otra le advertía de todo lo contrario.

Los cuatro hermanos Fortune y el señor Kinsey se miraron, sin saber muy bien qué hacer. No podían dejar a su madre atrás. Eso lo tenían claro. Pero ¿y si su padre no lograba convencerla?

Observaron cómo los oficiales del barco y la mayoría de los tripulantes que aún estaban en cubierta se movían hacia popa, en concreto, hacia los botes salvavidas que había allí. Habían bajado el último bote de la zona en la que se encontraban ellos hasta el paseo de la cubierta A y lo habían dejado ahí colgando. Sin embargo, lo habían hecho sin pasajeros a bordo.

–Creo que querían subir a los pasajeros de la cubierta de abajo, pero no se acordaban de que hay una zona del paseo que está cubierta –comentó Charlie mientras se asomaban a la barandilla para ver el bote–. Deben estar teniendo problemas para abrir las ventanas.

Para no perder el tiempo, los oficiales habían optado por empezar a cargar las embarcaciones que estaban en la popa de la cubierta de botes.

–¿Deberíamos esperar aquí o movernos a popa para conseguir asientos para las cuatro antes de que madre regrese? –preguntó Mabel.

–No lo sé –admitió Alice. Después, miró a Flora y al señor Kinsey, que tenían las cabezas muy juntas y se estaban murmurando algo de manera animada–. ¿Qué hacemos, Flora?

Flora alzó la vista e ignoró su pregunta.

–Chess y yo vamos a ir al lado de estribor para ver si hay más posibilidades de que allí nos dejen subirnos a todos juntos en un bote. El oficial que se está encargando de esa zona dejó subirse al señor Sloper y a otros hombres. Si madre no quiere marcharse sin padre, tal vez allí le permitan subirse a bordo. Y a Charlie y a…

Flora no terminó la frase, pero tampoco hizo falta que lo hiciera porque Alice la comprendió. Al igual que no tuvo que dar explicaciones cuando miró al señor Kinsey con una mezcla de esperanza y terror.

–Venga, vete con él –la instó Alice–. ¡Pero date prisa! Nosotros te esperaremos aquí.

El señor Kinsey le agarró la mano a Flora y entraron dentro para poder cruzar hasta el otro costado del barco.

Se oyeron gritos desde popa y Alice giró la cabeza hacia allí. Cada vez había más gente amontonada alrededor de los botes. Hasta ahora la situación se había abordado con relativa calma y orden, pero la gente estaba empezando a ponerse nerviosa; se notaba en sus voces y en sus movimientos. Les pasó otra bengala por encima. A Alice se le formó un nudo en la garganta cuando la luz iluminó la proa; el barco estaba aún más inclinado hacia delante que la última vez que se había fijado.

–Voy… voy a ver cuántos botes de popa han bajado –tartamudeó ella con la intención de alejarse todo lo posible de la proa, que cada vez parecía estar más cerca del agua, aunque eso a su vez significaba que iba a tener que separarse de sus hermanos.

–Iré contigo –se ofreció Charlie.

Mabel asintió.

–Yo esperaré aquí hasta que vengan los demás.

Alice se metió la mano en el bolsillo y tocó con los dedos las joyas que se había guardado allí. Después, miró hacia popa y se dio cuenta de que estaba aún más llena que antes.

–Quédate con esto –le dijo a su hermano, aunque solo le dio las joyas que tenían más valor–. Cuídamelas.

Él las cogió sin rechistar y sin necesidad de que le explicase por qué se las estaba dando a él.

–Llévate las mías también –le pidió Mabel.

Charlie se metió las joyas en el bolsillo y agarró el brazo de Alice para guiarla por la cubierta, donde parecía que habían optado por llenar primero los botes que estaban más cerca de la popa. Había muchísima gente alrededor, sobre todo hombres, que querían conseguir un asiento para sus esposas. Sin embargo, todavía había alguna que otra mujer que seguía mostrándose reacia a subirse sin su marido, justo como le había pasado a su madre. En algunos casos, los hombres tuvieron que pedirle ayuda a los marineros para que sus mujeres se separasen de ellos.

–¡Por el amor de Dios, Lotty! –exclamó un hombre–. Por favor, sé valiente y vete. Yo me subiré en el siguiente.

Era evidente que a los oficiales y al resto de los miembros de la tripulación se les estaba empezando a agotar la paciencia. Les daba igual qué señora se subiese a bordo, tan solo querían cargar los botes cuanto antes para poder ponerlas a salvo. Habían optado por hacer oídos sordos a las protestas y empezar a obligar a las mujeres a subirse a la pequeña embarcación a pesar de sus deseos de quedarse. De hecho, no tuvieron reparo alguno en arrebatarles los niños a sus madres para poder subirlos a bordo y dejarlos en manos de extraños.

—¡Apártense! —ordenaron—. ¡Solo las mujeres!

El bote más alejado de la proa comenzó a bajar, mucho más lleno que los anteriores que habían visto. Y, unos minutos después, ya habían terminado de cargar el siguiente. Uno de los oficiales más jóvenes —un galés que, a pesar de tener un aspecto juvenil, imponía respeto— se estaba encargando de llenar los botes y no dejaba de gritarles a los hombres que, haciendo caso omiso de sus advertencias, conseguían subirse a la pequeña embarcación.

–¡Sal de ahí y sé un hombre! No ves que sigue habiendo mujeres y niños en peligro. —Al ver que no entraban en razón, se sacó el revólver del bolsillo y disparó al aire. La gente que tenía alrededor se sobresaltó, con el corazón a punto de salírsele del pecho–. ¡He dicho que os apartéis! Al próximo hombre que vea que pone un pie en el bote, lo mataré a tiros. ¡Y no me temblará el pulso!

El joven oficial ayudó a varias mujeres más y después se subió él a la pequeña embarcación antes de dar la orden de que la bajasen. Unos segundos después de que los perdiesen de vista, Charlie y Alice oyeron tres disparos más, pero no estaban lo suficientemente cerca de la barandilla como para ver qué había sucedido.

Alice se giró hacia su hermano y lo miró con los ojos abiertos de par en par. Esperaba que Flora y Chess volviesen diciéndoles que la cosa en estribor estaba más tranquila, pero en el fondo Alice sabía que se estaban quedando sin tiempo y sin botes. Antes le había dado la sensación de que había tiempo y embarcaciones de sobra, pero ahora estaba empezando a pensar que, si no se daban prisa, se quedarían sin opciones de salvarse.

–Volvamos con Mabel —sugirió Charlie, rodeándola con un brazo de manera protectora.

Se mantuvieron muy juntos, apretujándose entre la gente que se agolpaba alrededor del siguiente bote que pondrían a flote. La desesperación de algunos pasajeros hizo que comenzasen a haber más empujones que antes. Tanto es así que una camarera acabó chocándose con el borde del barco, pero, por suerte, se cayó encima de un bote salvavidas.

Una vez que salieron de entre la multitud, Alice y Charlie se apresuraron hacia la proa del barco, aunque esta vez sus pasos no fueron tan firmes, dado que la inclinación del transatlántico era cada vez más evidente.

Por su parte, Mabel seguía allí quieta, preguntándose cuánto tardarían los demás en volver.

Capítulo 35

Flora y Chess cruzaron la puerta que daba a estribor, con los alegres acordes de *Alexander's ragtime band* resonando tras ellos, y al descubrir que ya no quedaba ningún bote en la proa, se les contrajo el corazón con una sacudida. Sin embargo, lo peor llegó después: a medida que se acercaban al puente de mando, vieron que el suelo del castillo de proa de la cubierta B se estaba empezando a llenar de agua.

—Padre nuestro que estás en el cielo... —murmuró Flora al verlo, siendo verdaderamente consciente por primera vez de que al Titanic y a todos los que seguían a bordo les esperaba una muerte segura.

Chess le agarró la mano y la guio hacia popa.

A Flora le empezaron a doler las piernas mientras corrían por la cubierta inclinada. Apenas podía respirar y el vaho se le escapaba de la boca y se mezclaba con al aire frío. Los cuatro botes salvavidas de popa ya estaban prácticamente llenos. Sin embargo, habían bajado los tres últimos hasta el paseo de la cubierta A para poder subir a los pasajeros que se arremolinaban allí. Estaban a punto de poner a flote el único bote que quedaba donde ellos se encontraban, así que lo único que podían hacer era probar suerte con los botes de la cubierta de abajo.

Flora le echó un breve vistazo a las personas que habían conseguido un sitio en el bote que tenían delante; en él no solo había mujeres, sino que también había algunos hombres. La señora Futrelle le hizo señas a Flora desde la pequeña embarcación y el oficial escocés se giró para mirarla.

–Súbase, muchacha –la instó él–. Todavía hay hueco.

Flora negó con la cabeza y dio un paso hacia atrás, pero Chess la agarró del brazo.

–Deberías irte con ellos –le dijo él.

Ella lo fulminó con la mirada y con el corazón martilleándole el pecho.

–No me iré sin mi madre y mis hermanas.

Cuando pareció que él iba a seguir protestando, ella se zafó de su agarre y corrió hasta la entrada de acceso a primera clase. Chess la siguió y logró detenerla. Flora temió que la fuese a obligar a subirse al bote, así que intentó escabullirse.

–Flora, para, por favor –suplicó él–. Solo quería decirte que conozco un atajo para volver a babor.

Ella se quedó quieta, con la respiración agitada, y sus ojos se encontraron con los suyos. Chess desprendía tristeza, pero ella agradeció no tener que despedirse todavía de él. Le volvió a agarrar el brazo y la guio hasta un estrecho pasillo que iba desde el techo elevado de la sala de fumadores hasta el de la cúpula en la que estaba la entrada de acceso a primera clase. A medida que se acercaban al final del pasillo, oyeron el estallido de otra bengala en el cielo que iluminó una pila de equipaje que tuvieron que esquivar. Flora oyó a algunos pasajeros de tercera clase suplicándoles a los oficiales que les dejasen subir al bote con sus pertenencias, pero se le negó a cada uno de ellos la posibilidad y el montón de maletas se fue haciendo cada vez más grande.

Algunos hombres se quedaron allí parados, riéndose al ver el revuelo que estaban causando por unas simples maletas, hasta que alguien les gritó que se callasen:

–Es lo único que tienen y no pueden permitirse comprarse cosas nuevas. Si usted hubiese estado en su lugar, también habría suplicado.

La calma y el orden que al principio habían reinado en el lado de estribor habían dado paso a la desesperación y la locura en babor, mientras intentaban poner a flote el siguiente bote, sin siquiera deshacer el nudo que se le había formado al anterior en el cabo.

Flora llegó a la conclusión de que lo mejor que podían hacer era bajar a la cubierta A, donde todavía estaban cargando los tres últimos botes de estribor que había en la popa. Allí al menos podrían pedirle al oficial que su padre, su hermano y Chess se subiesen con ellas. Tenía la intención de decirle eso mismo a su familia, pero cuando llegaron, su padre le hizo saber que tenía otros planes.

—Tu madre, tus hermanas y tú os subiréis a este bote. El número diez. Ya he hablado con el oficial.

El pánico le golpeó de lleno a Flora en el pecho.

—Padre, al otro lado hay tres botes. Podemos…

—Con uno es más que suficiente para las cuatro —la interrumpió él.

—Ya, pero allí están dejando que los hombres se suban.

—¿Están dejando que ocupen el sitio que le corresponde a una mujer? —preguntó el señor Fortune, incrédulo.

—Si no hay mujeres cerca, sí. O si alguna insiste en que su esposo la acompañe.

El señor Fortune hizo un ademán con la mano y añadió:

—Pues entonces deberían enviar a algunas de estas mujeres a estribor.

—Pero no lo están haciendo y hay sitio de sobra para los siete. Al menos deberías intentarlo. —Miró a Charlie y luego a Chess; y se le empezaron a poner los ojos vidriosos—. Deberíais intentarlo.

—Flora, céntrate y escúchame —le exigió su padre—. No voy a quitarle el sitio a una mujer. Me avergonzaría si lo hiciese y no estoy dispuesto a caer tan bajo. Como tampoco lo están tu hermano y el señor Kinsey.

Flora se enderezó y su lado más terco hizo acto de presencia.

—Pues entonces me quedaré con vosotros.

—Flora, te lo pido por favor —empezó a decir el señor Fortune, pero ella ya había dado un paso hacia atrás, negando con el dedo.

–No. No me subiré a ningún bote –concluyó ella antes de darse la vuelta y empezar a correr por la cubierta hacia la entrada de acceso a primera clase.

–¡Flora! –gritó el señor Fortune, al igual que lo hizo una de sus hermanas, pero ella los ignoró a los dos mientras esquivaba a una pareja.

De todas formas, nada tenía sentido. No podían estar viviendo algo así. Tenía que ser una broma. O un sueño. Una pesadilla, más bien. Seguramente una provocada por lo que le había dicho el adivino a su hermana. Pronto se despertaría en la comodidad de la cama de su camarote y se reiría de la tontería que le había hecho imaginarse su subconsciente.

¿Por qué si no iba a estar la orquesta tocando *The Glow-Worm* como si se estuviese burlando de ella mientras corría hacia la puerta y bajaba por la gran escalinata? No habrían elegido una melodía tan animada si la situación fuese tan crítica. Si todo aquello no fuese más que fruto de su imaginación. Incluso la forma en la que sus pies andaban a tientas por las escaleras, como si el ángulo del suelo estuviese desafiando las propias leyes de la física, no hacía más que convencerla de que aquello no era real.

Pero entonces, ¿por qué no podía dejar de correr, aunque oyese de fondo a Chess gritando su nombre? ¿Por qué tenía la piel pegajosa por el sudor, la garganta seca y el estómago revuelto? ¿Por qué le latía el corazón con tanta fuerza y tenía la respiración agitada? ¿Por qué estaba empezando a ver puntitos blancos? No podía parar de correr y no iba a hacerlo. Porque si lo hacía… si lo hacía…

Puede que se diese cuenta de que la pesadilla la estaba viviendo en la vida real.

–¡Flora! –gritó Mabel, pero su hermana ya había salido disparada como un tiro, agarrándose la falda del vestido para no caerse. Mabel se giró para seguirla, pero Chess alargó la mano para detenerla.

—Iré yo —habló él, dando un paso al frente—. Consígales asientos en ese bote —le dijo directamente al señor Fortune. Después, empezó a correr y recorrió la cubierta en un abrir y cerrar de ojos con zancadas largas.

—Ya podría haber elegido otro momento para hacer el tonto —pronunció el señor Fortune con brusquedad, golpeando la barandilla mientras se giraba para observar el agua oscura que se iba acercando cada vez más a ellos—. No entiendo qué le pasa.

—No ves que está aterrorizada —respondió Mabel. Levantó la vista hacia el cielo cuando oyó el estallido de otra bengala. Esperó a que las estrellas blancas cayesen al mar y, después, añadió—: Y no la culpo.

De repente, oyeron la voz del capitán, que venía de proa.

—¿Cuántos miembros de la tripulación van en ese bote? ¡Salid de ahí ya!

Tendría que estar usando un megáfono. Era la única forma de explicar por qué les llegaba su voz cuando ni siquiera lo veían desde el lugar en el que se encontraban.

Mabel se giró hacia donde, hacía un momento, había visto bajando uno de los botes de popa y del que todavía se oía el crujido de los pescantes, pero el oficial que había supervisado la carga ya no estaba allí. Habían asumido que pasaría a cargar el bote número diez cuando terminase con el anterior, pero... ¿dónde se había metido? El otro oficial se había ido hacia el puente para poder comenzar a llenar el bote más pequeño, pero ahora tampoco había ni rastro de él.

—¿Y si vamos hacia proa? —sugirió Mabel, mientras Charlie se alejaba de ellos un poco para poder averiguar cómo estaba la situación por allí.

—No nos servirá de nada ponernos a correr de un lado a otro —dijo su padre con firmeza—. Nos quedaremos aquí. Alguien tendrá que venir a cargar este y, cuando lo haga, nosotros estaremos preparados.

—Señora Allison —jadeó la señora Fortune cuando vio a una

mujer con una niña corriendo por la cubierta y a un hombre siguiéndolas de cerca.

La señora Allison se detuvo a su lado.

–¡Señora Fortune! ¿Ha visto a mi bebé? –le preguntó ella, agarrándole la manga del abrigo con una mano y a su pequeña con la otra–. ¿Ha visto a mi Trevor? Su niñera se fue con él y ahora no sabemos dónde está. ¡Esa mujer es una sinvergüenza!

Estaba histérica. Su hija –la misma niña a la que había llevado al comedor hacía apenas unas horas para enseñarle lo bonita que era la sala– la miraba asustada, con los ojos abiertos de par en par y con su muñeca bajo el brazo.

El señor Allison intentó calmar a su esposa, pero ella lo ignoró.

–Señora Allison, estoy segura de que su doncella ya se habrá subido con él en alguno de los botes –comentó la señora Fortune.

–Pero ¿por qué no nos esperó? ¿Por qué no nos dijo nada?

La mirada de Mabel se posó en la niña aterrorizada, que estaba escuchando toda la conversación. Tendría unos dos o tres años, y dependía por completo de la decisión que tomasen sus padres. Mabel recordaba haberla visto en el Verandah Café. Se había sentado y había balanceado los pies, ansiosa por que la dejasen jugar con los otros niños, pero aún más por ganarse la aprobación de su madre. ¿Sabía la niña nadar siquiera?

–Mi hermana Flora me dijo que vio a la niñera subiéndose con su bebé en uno de los botes de estribor –soltó Mabel de repente, sin pensar en las consecuencias que podría traerle.

–¿En serio? –La señora Allison dejó de agarrarle la manga del abrigo a la señora Fortune para sujetar la de Mabel–. ¿Sabe acaso cómo es la señorita Cheaver? ¿Y mi Trevor? ¿Dónde está? Su hermana, me refiero. –Sus ojos recorrieron a cada uno de los Fortune hasta que finalmente se posaron en Alice.

Alice negó con la cabeza.

–No está aquí –soltó Mabel–. Pero me dijo que vio a la niñera con su bebé.

Era mentira, pero una muy necesaria. No podía quedarse de brazos cruzados; esa mujer estaba a punto de perder los papeles y no iba a dejar que la pobre criatura que tenía al lado saliese perjudicada. Podría haberle dicho a la mujer que había sido ella la que había visto a la niñera con Trevor, pero en el fondo sabía que cabía la posibilidad de que su familia la contradijera. Y Flora, en cambio, había estado por el lado de estribor dos veces sin ningún otro testigo que Chess.

Pero, al parecer, sus palabras no consiguieron tranquilizar a la señora Allison.

–Necesito comprobar que está bien –dijo ella, tirando de su hija.

–Pero ya se habrán marchado –insistió Mabel–. A estas alturas, ya estarán demasiado lejos del barco como para verlos desde aquí.

–Al menos deje que la pequeña se quede con nosotros mientras usted los busca –sugirió la señora Fortune–. Te llamas Lorraine, ¿verdad? –le preguntó a la niña, que la miró con los ojos muy abiertos–. Con nosotros estará a salvo y así usted podrá buscar más rápido.

–Sí, piense en la niña –intervino el señor Fortune, dirigiéndose al señor Allison.

–¡Yo sé lo que es mejor para mi niña! –chilló la señora Allison–. Y lo mejor es que se quede conmigo. –Se alejó antes de que pudiesen detenerla y la niña corrió a su lado.

El señor Allison no tardó en ir tras ellas.

–No podemos dejar que la niña se quede a bordo –protestó Mabel–. Ya casi no quedan botes.

El señor Fortune la rodeó con el brazo, acercándola.

–Hiciste lo que pudiste, Mabes –comentó él.

Mabel se quedó tan desconcertada al oír el apodo cariñoso que giró la cabeza y se apoyó en su pecho, inhalando el aroma que desprendía el viejo abrigo de piel de búfalo de su padre.

–Ahora lo único que podemos hacer es rezar para que encuentren a su hijo y a la niñera lo antes posible –añadió él.

Su padre sabía que había mentido y, aun así, no la había regañado. Seguramente era la primera vez que sucedía algo así. E incluso puede que la última. Mabel estaba al borde del sollozo, pero el sonido de la voz firme del oficial escocés evitó que se viniese abajo.

–Tú y tú –les gritó el hombre a dos marineros–. Preparad este bote. Vamos a ponerlo a flote.

A pesar del esfuerzo y precisión que se requería para hacer el trabajo y la desesperación de los pasajeros que se aglomeraban alrededor, el oficial se mostró tranquilo y su rostro pálido era la viva imagen de la determinación. Y Mabel podría haberse creído su fachada impasible, pero le resultó difícil hacerlo cuando vio que tenía la mano metida en los pliegues del abrigo largo en el que guardaba el revólver.

Una vez que el bote se balanceó y lograron nivelarlo con la cubierta, los pasajeros empezaron a subirse. Pero Flora seguía sin aparecer. Y si la esperaban, cabía la posibilidad de que se quedasen sin oportunidades de salvarse.

Se oyó un silbato que venía de la proa y la voz del capitán volvió a resonar en el aire gracias al megáfono.

–¡Quiero esos botes aquí de nuevo! ¡No veis que van medio vacíos! Remad hasta estribor y quedaos en las puertas de la pasarela.

Y con esas palabras, el señor Fortune tomó una decisión. Agarró a Mabel con una mano y a su mujer con la otra y las arrastró hasta el oficial escocés.

–Aquí tengo a tres mujeres.

Mabel miró por encima del hombro y vio a Alice justo detrás de ellos con Charlie.

El oficial escocés les hizo un gesto a las tres mujeres para que avanzaran, pero no dejó que el señor Fortune y Charlie se acercasen demasiado al bote.

–No me voy a ir sin ti –le dijo la señora Fortune a su esposo con lágrimas en los ojos.

Él la agarró por los hombros.

—Sí que lo harás. Las niñas te necesitan. Te amo, Mary. —Le dio un beso en la sien y luego la giró hacia el bote salvavidas—. Por favor, súbete.

Mientras la señora Fortune se tambaleaba hacia delante, aceptando la ayuda del oficial escocés, el señor Fortune abrazó a Mabel una vez más.

—Mabes, te quiero —le dijo al oído, ofreciéndole una sonrisa y un guiño mientras se apartaba—. No te preocupes, pequeña. Tu madre os cuidará. Encontraré a Flora y nos montaremos todos en el próximo bote que salga.

El oficial le agarró la mano a Mabel y la acercó a la barandilla.

En algún momento de la noche, la inclinación que el señor Kinsey y el señor Behr habían notado poco después de la colisión con el iceberg, había pasado a percibirse a babor. Pero ahora, la escora era tan pronunciada que había unos setenta y seis centímetros de distancia entre el casco del barco y el bote salvavidas. El corazón se le subió a la garganta cuando el oficial le pidió que saltase.

Mabel miró al hombre como si hubiese perdido la cabeza.

—Tiene que hacerlo, muchacha. Su madre pudo y usted también podrá. —Hizo un gesto con la cabeza hacia el marinero que estaba en la proa del bote—. Evans no dejará que se caiga.

—Así es. No le pasará nada —gritó el marinero para animarla.

No le quedaba otra opción, así que saltó. El aire frío le rozó las mejillas cuando se impulsó y cayó con un ruido sordo en la pequeña embarcación. El marinero la agarró con fuerza y ella jadeó de alivio. Estuvo a punto de tropezarse, pero él consiguió enderezarla. Le puso una mano en la espalda y señaló con el dedo al otro marinero que estaba ayudando a su madre a sentarse en el banco.

Puede que la mayoría de los botes que habían visto partir hasta ese momento estuviesen medio vacíos, pero en el que se encontraban ellas apenas cabía un alfiler. Era el último barco que quedaba a babor y los oficiales parecían tener la intención de llenarlos por completo y lo más rápido posible. Un miembro de la tripulación, que estaba completamente vestido con prendas blancas –tal vez uno de los panaderos a bordo–, iba y venía al costado del barco con niños en los brazos para poder lanzárselos a Evans, quien, gracias a Dios, los cogía sin problemas. A Mabel podría haberle impactado la imagen si no fuera por la urgencia que todos sentían por que se salvasen tantas personas como fuese posible. Mabel dejó que Alice se sentase al lado de su madre mientras ella convencía a los niños para que se acurrucasen a su lado. Intentó consolarlos lo mejor que podía y rezó para que sus madres consiguiesen un asiento en alguno de los botes que quedaban.

Una señora con un vestido negro intentó subirse a bordo, pero tuvo la mala suerte de que se le enganchó el zapato de tacón en el borde de la cubierta y se cayó por el hueco. El grito desgarrador de la mujer retumbó en el aire. Mabel se encogió, preparándose para lo peor, pero, gracias a Dios, alguien en la cubierta A la vio y la cogió antes de que sucediese una desgracia. Unos minutos más tarde, volvió a intentarlo y esta vez sí que consiguió subirse.

Ya apenas quedaba espacio en el bote y seguían sin saber dónde se había metido Flora. Mabel se había distraído calmando a las mujeres y a los niños que tenía alrededor, así que miró a Alice con esperanza a ver si había visto a Flora. Su madre se había hecho un ovillo y Alice la estaba intentando consolar entre sus brazos. Y antes siquiera de que Mabel abriese la boca, Alice negó con la cabeza.

Su hermana mayor era la más sensata de las tres, ¿por qué había perdido los papeles en el momento más inoportuno? ¿A dónde se había ido? ¿Habría logrado Chess encontrarla? Flora era mucho más inteligente de lo que la mayoría creía. Si no quería que la encontrasen, nadie lo haría. Pero lo que quería era que se salvase toda la familia, así que... no tenía sentido que se escondiese, ¿no?

No, Flora no era una cobarde. Puede que la situación la hubiese superado por un instante, pero no tardaría en entrar en razón y recuperar la compostura. Se habría ido al lado de estribor con la idea de convencer al oficial para que permitiese que toda la familia se subiese a bordo. Chess ya tendría que haberla encontrado y seguramente en ese instante estaba tratando de convencerla para que se subiese en uno. Sí, tenía su lógica. Muchísima, de hecho.

Aun así, cuando el oficial declaró que el bote estaba lleno y ordenó el descenso, Mabel estuvo a punto de gritarle que se detuviera, que esperara a su hermana. Pero había casi sesenta mujeres y niños apiñados a su alrededor. Y, de todas formas, no había espacio para que se sentase Flora. Además, ¿quién era ella para pedirles a todos ellos que arriesgasen su vida por la de su hermana?

Mabel alzó la vista hacia la barandilla mientras la embarcación comenzaba a descender a trompicones. Su padre y Charlie la miraron con una sonrisa y le dijeron adiós con la mano como si tan solo se fuesen a dar un paseo. Justo por detrás de ellos, divisó al señor Beattie y al señor McCaffry; tenían la misma expresión tranquila y alegre que el resto de los maridos y padres que se habían alineado en la barandilla para ver cómo se alejaban los botes.

A Mabel le entraron ganas de llorar. Su padre y Charlie le habían dicho que se montarían en otro bote, pero cada minuto que pasaba lo veía más imposible. Sobre todo porque el barco hacia el que el capitán había ordenado a los marineros que remasen, aquel cuya luz se veía a lo lejos, no parecía tener la intención de venir a rescatarlos. Y si al final lo hacía, puede que no llegase a tiempo.

Mabel no apartó los ojos de su padre ni de su hermano en ningún momento mientras seguían bajando, y la última vez que la oscuridad de la noche le permitió verlos fue gracias a la luz azul blanquecina de una bengala que estalló en el cielo. Detrás de ella, su madre sollozaba y temblaba, pero aun así ellos no cambiaron su expresión.

Sin embargo, las despedidas no fueron el único problema al que se tuvieron que enfrentar: cuando alcanzaron la cubierta

A, dos hombres saltaron por el costado del barco y aterrizaron en la embarcación, cayendo encima de una mujer. Esta gritó, indignada, y ambos se escondieron donde pudieron –seguramente debajo de alguno de los bancos– para que no los echasen del bote. Pero tan solo había unos pocos marineros a bordo de la pequeña embarcación y estaban demasiado ocupados asegurando la bajada como para darse cuenta de ello. Porque el Titanic se estaba escorando hacia babor y, lo peor de todo, la proa estaba a punto de tocar el mar.

Cuanto más se acercaban al agua –bajo una mezcla de luces y sombras a medida que pasaban por delante de las portillas de los camarotes iluminados de las diferentes cubiertas–, más alarmante les parecía la situación. Y cuando el bote finalmente tocó el mar con un golpe que los hizo temblar, a los marineros se les complicó la tarea de soltar los cabos. Mabel no sabía cuál era el problema –si las cuerdas se habían enredado o si el mecanismo estaba roto–, pero lo que sí que sabía era que muchos pasajeros estaban empezando a saltar al agua helada desde las cubiertas de arriba y que las palabras cargadas de nerviosismo de uno de los tripulantes a bordo no auguraban nada bueno.

–¡Daos prisa! ¡Las calderas pueden explotar en cualquier momento!

Mabel no había llegado a considerar esa posibilidad. Y a juzgar por los repentinos gritos cargados de angustia que emitieron el resto de las mujeres a bordo, ellas tampoco lo habían hecho.

–¡Cállate ya! –le espetó uno de los marineros–. ¡No ves que estamos haciéndolo lo más rápido que podemos!

–¡Pues no lo parece! –les echó en cara el hombre.

Una vez que lograron soltar el bote, los marineros sacaron los remos y se alejaron del Titanic, aunque lo hicieron a un ritmo lento, porque se les había sumado otro problema a la lista: no había suficientes marineros a bordo para manejar los remos y el timón. Dos mujeres no tardaron en ofrecerse voluntarias para ayudar.

—Yo también puedo remar —habló Mabel, alzando la voz—. Cogeré el relevo cuando estén cansadas —les aseguró a las señoras.

Varias mujeres, incluida su hermana Alice, intervinieron para decir lo mismo.

Había otro bote justo delante de ellas, más cerca de la proa del Titanic, y estaba remando de un lado a otro, recogiendo a algunas de las personas que habían decidido saltar del barco y ahora estaban pidiendo auxilio en el agua helada. Pero los miembros de la tripulación del bote salvavidas número diez sabían que ya no cabía nadie más en su embarcación, así que tiraron con fuerza de los remos y les ordenaron a las mujeres que hiciesen lo mismo. De pronto, se volvieron a oír murmullos de preocupación, sobre todo, porque podría llegar a crearse una succión si el transatlántico al final se hundía. Un hecho que, a juzgar por la tensión en los músculos y la palidez de sus rostros, a los marineros también les preocupaba.

Capítulo 36

«Maldita sea –pensó Chess–. Sí que corre».

Flora bajó los escalones y cruzó el vestíbulo, que seguía lleno de gente. ¿Por qué no salían a cubierta e intentaban subirse en uno de los botes? Corrió por el pasillo y pasó por delante de la sala de lectura y escritura hasta que llegó al salón principal. Allí, forcejeó con la puerta, dándole a Chess unos segundos de ventaja. Pero, aun así, se las arregló para entrar y salir de la sala antes de que él pudiese detenerla. En la puerta giratoria que daba al pasillo que conducía a la gran escalinata de popa y a la sala de fumadores, Chess vio su oportunidad.

Flora empujó la puerta y la hizo girar, pero antes de que el cristal que tenía delante llegase al otro lado para que ella pudiese salir, Chess paró uno de los divisores con la planta del pie para que se quedase atrapada. Flora estaba tan decidida a avanzar, que se chocó con el cristal y se tambaleó hacia atrás. Cuando se giró hacia él, lo miró con una tristeza infinita, como si las pupilas se hubiesen adueñado del espacio que le correspondía al iris.

–¡No! –jadeó ella, tropezándose con el cristal que los separaba–. Déjame… Deja que me marche.

Él vio que le costaba respirar, así que, para que no perdiese el conocimiento, soltó el pie y empujó la puerta hacia delante.

Flora se tambaleó y apoyó la mano en el suelo en el último momento para no darse de bruces contra él. Pero antes de que pudiese dar un paso, él la rodeó con un brazo y la acercó a su pecho.

–¡No! –protestó ella de nuevo, jadeando por la falta de aire. Tenía la piel pálida.

–Flora, tienes que intentar respirar más despacio –le dijo Chess con calma mientras le apoyaba la espalda contra la pared–. O te vas a desmayar.

–No puedo –volvió a jadear ella, cerrando los ojos.

–Flora, mírame –le exigió él, acariciándole la nuca con una mano y la cara con la otra. Quería acercarse más, pero el chaleco salvavidas que llevaba ella puesto y el que llevaba él en la mano se lo impedían–. Flora.

Ella abrió los ojos hasta que se convirtieron en dos pequeñas ranuras.

–Abre los labios. Inhala y exhala. Así. Muy bien –la animó él, sin dejar de tocarle la nuca con los dedos–. Vas a estar bien. Y todo va a salir bien.

–No. Nada va a salir bien.

Chess iba a mentirle, pero sabía por el brillo de sus ojos que ella no le creería. Porque no podía negarle lo evidente. El suelo bajo sus pies se sentía extraño. La escora a estribor se había enderezado, pero se había desplazado enseguida a babor. La proa de la cubierta destinada a los pasajeros de tercera clase estaba a punto de inundarse, si es que no lo estaba ya. El Titanic se estaba hundiendo deprisa y no había suficientes botes salvavidas para todos. Ni siquiera estaban cerca de ser suficientes.

Podría ser el último momento que compartiesen a solas, así que optó por decirle la verdad:

–No. Tienes razón. Ya nada puede salir bien.

Se le volvió a agitar la respiración, pero se tranquilizó un poco cuando sus ojos se encontraron con los de él.

–No... no sé qué va a pasar –volvió a hablar él. Cerró los ojos y apoyó la frente en la suya un momento, antes de apartarse para poder contemplar sus hermosos ojos azul grisáceos–. Lo único que sé con total seguridad es que te quiero, Flora. –Se le quebró la voz, pero le acarició las mejillas y siguió hablando–: Te quiero y ahora necesito que no te rindas.

A Flora se le llenaron los ojos de lágrimas.

–Yo también necesito que tú no te rindas.

–Oh, no lo he hecho. Te lo aseguro –le respondió él mientras intentaba memorizar cada curva y línea de su rostro. Cada nota que desprendía su aroma–. Pero no me estás dando la oportunidad de salvarme.

Ella dio un paso atrás al oírlo.

–Yo… estoy intentando salvarte a ti, a padre y a Charlie. Necesito encontrar un bote en el que…

Chess negó con la cabeza.

–No voy… No vamos a subirnos a un bote cuando todavía hay mujeres a bordo. Por favor, no nos pidas que lo hagamos.

A ella se le cambió la cara y él se dio cuenta de que estaba haciendo todo lo posible por no venirse abajo.

–Pero entonces… –balbuceó ella–, ¿cómo… cómo vas a sobrevivir?

–Tendrás que confiar en Dios y en mí. –La miró fijamente–. Te prometo que haré todo lo que esté en mi mano por sobrevivir. Pero no puedo hacerlo si tengo que estar pendiente de ti. Necesito que te subas a ese bote con tu madre y tus hermanas. Necesito saber que estás a salvo.

–¿Y padre y Charlie?

–Haré lo que pueda por ellos. Pero ninguno de nosotros tendrá la oportunidad de sobrevivir si te quedas. Porque nuestra mayor preocupación será salvarte a ti.

Flora empezó a llorar y él le limpió las lágrimas que le recorrían las mejillas, deseando que estuviese en sus manos el poder ahorrarle aquello, el poder ahorrárselo a toda su familia. A menudo le decían que sus saques eran un arma letal para ahorrarle tiempo en un partido, pero ahora el tiempo se le estaba acabando. Lo sentía incluso escapándosele de entre los dedos.

–¿Vas a subirte a ese bote?

Ella asintió con la cabeza.

Chess presionó con urgencia su boca contra la suya, y con

aquel beso fugaz sellaron una promesa. Después, le agarró la mano y la arrastró hasta la gran escalinata de popa.

Pero se había olvidado de que la gran escalinata de popa no llegaba hasta la cubierta de botes. Miró a su alrededor. Tenía que haber alguna otra escalera secundaria para el personal cerca. ¿Tal vez detrás de una puerta? Pero ¿qué puerta? Comenzó a tirar de Flora mientras volvía sobre sus pasos, pero ella se resistió.

–¿Ese es el señor Andrews? –preguntó ella, arrastrándolo hacia la puerta entreabierta de la sala de fumadores.

A Chess le sorprendió ver al arquitecto naval de pie, parado justo enfrente de la chimenea. Las llamas seguían ardiendo con intensidad y las mesas estaban llenas de los restos de aquella misma noche: vasos a los que todavía les quedaba alcohol, cigarros que todavía seguían echando humo en los ceniceros, cartas en las zonas en las que los pasajeros se habían puesto a jugar…

Andrews tenía la vista clavada en el cuadro que colgaba sobre la chimenea y los brazos cruzados sobre el pecho. Tenía la misma expresión en el rostro que un hombre al que le acababan de romper el corazón. Chess se preguntó si Andrews estaría pensando en su esposa y en su hija; había hablado tanto de ellas y con tanto amor, y había manifestado en varias ocasiones que deseaba volver a Belfast cuanto antes para poder estar con ellas… O si tal vez estaría pensando en su barco, en el Titanic, en su mayor triunfo hasta la fecha, y en cómo se acabaría hundiendo de manera inevitable en las aguas gélidas del Atlántico Norte cuando aún quedaban tantas almas a bordo, incluida la suya.

–Pero señor Andrews…

Chess se dio cuenta en ese instante de que el diseñador de la nave no estaba solo en la sala. También había un camarero.

El camarero cogió el chaleco salvavidas que había en una de las mesas cercanas y le preguntó:

–¿Ni siquiera va a intentarlo?

Pero Andrews se limitó a mirar el barco que había en el cuadro que representaba el puerto de Plymouth, como si se hubiese quedado hipnotizado.

El camarero se dio la vuelta y fue entonces cuando se percató de la presencia de Chess y Flora.

–¡Tiene que llevar a la joven a la cubierta de botes! –le gritó a Chess.

–¿Dónde están las escaleras más cercanas? –preguntó Chess.

–Sígame.

Chess agarró la mano de Flora y la arrastró hacia la puerta mientras el camarero corría por el pasillo por el que habían venido. Se detuvo a mitad del camino y abrió una puerta que daba a babor de la cubierta de paseo.

–Justo a la derecha encontrará unas escaleras.

–Gracias –le dijo Chess, saliendo con Flora. Pensó que el hombre los seguiría, pero la puerta se cerró a sus espaldas. Tal vez iba a volver a intentar sacar al señor Andrews de su estupor.

Subieron las escaleras corriendo y llegaron a una zona que estaba bastante cerca del lugar en el que la familia Fortune se había quedado esperando a que cargasen el bote salvavidas número diez. Pero, aunque la gente seguía corriendo de un lado a otro o amontonándose a lo largo de la barandilla para poder observar el mar oscuro, el bote ya no estaba. Chess divisó a lo lejos al señor Fortune y a Charlie casi al mismo tiempo que ellos se percataron de su presencia. Corrieron hasta donde se encontraban y, al llegar, ambos estrecharon a Flora entre sus brazos, reprochándole su comportamiento y consolándola a partes iguales, mientras Chess recorría la cubierta con la mirada. Tenía que haber otro bote. Tenía que haberlo.

¡Allí! Cerca de la proa. Había bastante movimiento.

–¡Vamos! –exclamó Chess, y volvió a agarrarle la mano a Flora. Tiró de ella hacia proa, siendo consciente de la creciente inclinación de la cubierta hacia abajo.

Pasaron justo al lado de un hombre que paseaba por la cubierta descalzo.

–Molson, ¿qué diantres estás haciendo? ¿Y tus zapatos? –gritó el señor Fortune.

–Me los acabo de quitar –contestó el hombre, siguiéndole el ritmo al señor Fortune–. Me estorbarán al nadar. No es mi primer naufragio, ¿sabes? Si no hubiese nadado hasta el golfo de San Lorenzo, no habría sobrevivido. Creo que si nado unos cinco o seis kilómetros podré ponerme a salvo y podré acercarme hasta las luces de aquel barco. Les pediré ayuda y vendrán a rescataros –declaró, dándole una palmada en la espalda al señor Fortune antes de separarse de ellos, seguramente con la intención de saltar por la barandilla.

–Será idiota… –soltó el señor Fortune, y Chess no pudo estar más de acuerdo. Sería todo un milagro que Molson pudiese nadar más de un kilómetro antes de que se le congelasen los músculos.

Cuando se fueron acercando al puente de mando, Chess descubrió que la tripulación estaba atando un bote plegable Engelhardt para poder bajarlo. Estaban volviendo a colocar los pescantes tras haber acabado el descenso de uno de los botes y desplegando el velamen del plegable.

Había un grupo de hombres cerca, entre ellos: el sobrecargo McElroy y el doctor O'Loughlin. Pronto apareció otro miembro de la tripulación, que había subido corriendo por unas escaleras de proa que daban al paseo de la cubierta A, y se inclinó hacia delante para recuperar el aliento.

–¡Hola, Lights! ¿Estás haciendo ejercicio a estas horas de la noche? –bromeó uno de los hombres.

El aludido se miró la ropa y se dio cuenta –muy a su pesar– de que iba hecho un desastre. A pesar de que hacía un frío glacial, él iba sin abrigo y estaba encharcado en sudor. Tan solo le había dado tiempo a ponerse unos pantalones y un suéter, y se le veía el dobladillo y el cuello del pijama por debajo. El oficial soltó una risita simpática antes de estrecharle brevemente la mano a cada uno de sus compañeros y ayudarles a preparar el plegable.

Chess decidió que ese iba a ser el hombre en el que confiaría para alejar a Flora del Titanic. Así que se quedaron allí esperando, incluso aunque el agua se estuviese acercando cada vez más a ellos. Ya se estaban inundando las escaleras que estaban justo detrás del puente de mando y que daban a la cubierta A, y sabía que el agua no tardaría en llegar hasta la cubierta de botes.

Capítulo 37

Alice quería gritarle a su madre que dejase de soltar esos sollozos agudos cargados de angustia. Sabía que tenía frío y que estaba asustada y que tenía el corazón hecho añicos, pero no era la única. Todos estaban pasando por el mismo sufrimiento.

Pero Alice no le dijo nada. No abrió la boca. No se movió. Se limitó a quedarse sentada con el cuerpo rígido y la vista clavada en el abrigo de Mabel, que estaba sentada justo delante de ella. Trató de calmar a su madre, acariciándole la espalda con movimientos circulares, mientras intentaba no pensar en nada, no sentir nada. Lo único que podía hacer era respirar.

Porque cuando pensaba, cuando sentía, recordaba.

Se obligó a dejar la mente en blanco. A ignorar el frío, la oscuridad y el miedo que la estaba consumiendo.

Pero se vio incapaz de cerrar los ojos. No podía porque, cuando lo hacía, veía la sonrisa infantil que Charlie le había dedicado cuando ella le había pedido que cuidara de su padre. Veía a su padre pavoneándose con su viejo abrigo de piel de búfalo. Veía a Flora apartándole el pelo de la frente con una sonrisa amable. Veía al señor Beattie, al señor McCaffry y al señor Ross. Veía a su alegre camarero, al señor Futrelle con su abrigo arrugado y al señor Harris mirando a su esposa con cariño.

No podía cerrar los ojos, pero tampoco podía mirar lo que tenía a su alrededor. Porque cuando desviaba la vista hacia el Titanic, desaparecía otra portilla bajo la superficie vidriosa del agua. Veía a los pasajeros corriendo por las cubiertas como si fueran hormigas encima de un tronco. Veía otro cuerpo lanzándose al mar desde una altura considerable.

También había mirado hacia el otro lado, pero tan solo había oscuridad. Recorrió con la mirada el horizonte en busca del barco que el capitán había señalado hacía un rato. En busca de la luz que le había dicho al marinero de otro bote salvavidas que debía seguir para poder poner a los pasajeros a salvo antes de regresar a por el resto. Pero ya no había luz. No había barco. Solo un vacío negro lleno de estrellas que centelleaban.

Así que, para mantener la cordura, se centró en la espalda de Mabel. Y se quedó mirándola fijamente hasta que se le nubló la vista. Después, parpadeó y volvió a mirarla.

En algún momento, no sabía muy bien cuándo, la música que les llegaba del Titanic cambió. Pasó de las alegres melodías de *ragtime* que tanto le gustaban a Mabel y de los valses que Alice conocía tan bien y que podía tocar con los ojos cerrados, a los himnos que cantaban cada domingo. Versos y estrofas familiares que se repetían en la mente sin siquiera pensarlo demasiado.

Alice se puso a cantar en apenas un susurro, convirtiendo la letra en una especie de oración desesperada que hasta ese momento había sido incapaz de pronunciar. Rezó y suplicó, con el estómago amenazando con expulsar todo lo que había cenado y el pecho encogido por el miedo.

Se reprendió a sí misma; podría haberse puesto a hacer algo más útil, como Mabel, que abrazaba y consolaba a los niños que tenía al lado. Podría haber tranquilizado a la mujer que llevaba en brazos a un bebé y que no paraba de lamentarse porque no sabía dónde estaba su hijo de dos años, dado que lo habían separado de ella. Podría haber preguntado si alguien podría prestarle una manta a la mujer que tiritaba al solo llevar un camisón. O podría haber cogido el relevo y remar para que una de las mujeres que lo estaba haciendo pudiese descansar.

Pero lo único que podía hacer era mirar la espalda de Mabel y rezar. Más pensamientos que declaraciones. Más sentimientos que palabras. Un alma humana frágil que le suplicaba al Señor que tuviese piedad con ellos, porque para sobrevivir les iba a hacer falta más que un milagro.

Y entonces un crujido agudo rompió el silencio bajo la oscuridad de la noche, tan fuerte como el estruendo de un trueno que retumba en la montaña, pero el doble de aterrador.

Flora sabía que había accedido a subirse al bote sin Chess, sin su padre y sin Charlie. De hecho, entendía que era lo mejor para todos. Pero cuando llegó el momento de la verdad y el oficial al que habían llamado «Lights» les pidió a las mujeres y a los niños que dieran un paso al frente, Flora se quedó inmóvil.

—Flora, tienes que irte —insistió su padre, envolviéndola en un último abrazo. Olía a búfalo y a miedo—. Por favor, necesito que cuides de tu madre y de tus hermanas —le murmuró al oído—. Te necesitan más que nunca.

Charlie fue el siguiente en abrazarla.

—No te preocupes, Flora. Nos subiremos en el próximo bote —le aseguró él, pero lo dijo con la voz apagada porque todos sabían que las probabilidades de que lo hiciesen eran pocas, pero, de todas formas, ella le dedicó una sonrisa cargada de tristeza.

Flora vio la mirada que Chess intercambió con su padre. Una que le dejó claro que Chess la obligaría a subirse al bote si ella no lo hacía de manera voluntaria. Le agarró la mano y la acompañó hasta la fila de tripulantes que ahora acordonaba la esquina de la cubierta de botes donde estaba el plegable para evitar que los hombres pasaran. El oficial ya había amenazado con la pistola a un grupo de caballeros que se había intentado colar en la pequeña embarcación hacía tan solo unos minutos.

Cuando llegaron a la fila, Chess la estrechó entre sus brazos y la apretó contra su pecho tan fuerte como se lo permitió el chaleco salvavidas antes de darle un beso en la frente.

—Eres una mujer extraordinaria, Flora Fortune. Y espero que no lo olvides nunca —declaró él con la voz temblorosa antes de empujarla con suavidad hacia los hombres para que la dejasen pasar.

Ella se tambaleó hacia delante y, cuando logró recuperar el equilibrio, Chess ya se estaba alejando, pero seguía con la mirada clavada en ella mientras se abría paso entre la multitud. El oficial le agarró la mano temblorosa y la guio hasta el bote para poder ayudarla a subirse. Y hasta que no tocó con las rodillas el banco y se dejó caer en el asiento, Flora no se dio cuenta de que estaba llorando.

—¡Por favor, agarre a mi esposa! —oyó que gritaba una voz—. Tenga cuidado. Tiene el brazo roto.

Flora alzó la vista cuando una mujer se sentó a su lado con un brazo en cabestrillo. Al ver la expresión de dolor de la señora, Flora volvió en sí con un sobresalto y extendió la mano para ayudarla a acomodarse en el asiento. Se subieron varias mujeres más al bote mientras los gritos de los tripulantes se elevaban por encima del alboroto.

—¿¡Quedan mujeres a bordo!? ¿¡Quedan mujeres a bordo!?

En ese instante, Flora sintió una oleada de esperanza; si ya estaban todas las mujeres a salvo, los hombres podrían embarcar sin deshonrar a nadie. Sin embargo, siguieron llegando más mujeres. Y, peor aún, la escora a babor era tan inquietante que Flora temió que el barco se volcara sobre su costado.

—¡Por favor, que todos los hombres se dirijan a estribor para poder equilibrar el peso del barco! —ordenó el oficial a cargo.

Flora necesitó hacer un esfuerzo sobrehumano para no gritar un «¡No!» en ese preciso instante. Las mujeres seguían llenando los asientos que quedaban a su alrededor y algunas de ellas iban con niños en brazos. Un padre de segunda clase le entregó al oficial a sus dos hijos. Los dos niños estaban envueltos en una manta, pero el más pequeño se estaba aferrando tanto a ella que parecía una oruga. Al padre no le había quedado más remedio que dejar a sus hijos en un bote lleno de extraños y a Flora se le encogió el corazón cuando los vio despedirse. De hecho, se olvidó por un momento de su propio dolor cuando ella y varias mujeres se hicieron cargo de los pequeños.

Y de repente oyó una voz en cubierta que pensó que nunca más volvería a oír.

–Señoras, tienen que subirse ya. No hay tiempo que perder –exigió el señor Andrews con severidad, después de haberse despertado del trance en la sala de fumadores–. No pueden elegir en qué bote subirse. Es en este o en ninguno. ¡Así que dense prisa!

A Flora se le formó un nudo en la garganta cuando lo vio recuperado y decidido a salvar a los demás, después de haber vivido un momento de debilidad. Ayudaron a la última mujer a subirse por el costado del bote mientras la situación en cubierta se descontrolaba aún más. Los tripulantes tuvieron que detener a varios pasajeros –en su mayoría hombres– mientras dos oficiales superiores deliberaban qué hacer. El primer oficial le ordenó a Lights que se subiese al bote, pero este último decidió hacer caso omiso a sus indicaciones y volvió a plantar los pies en la cubierta del Titanic. Al final, uno de los camareros ocupó su lugar y comenzaron el descenso.

–¡Harry! –gritó la mujer con el brazo roto mientras su esposo le lanzaba una manta.

–¡Adiós, amor mío!

A su lado había varios caballeros apoyados en la barandilla, entre ellos: Archie Butt, el ayudante de campo del presidente, y el artista Frank Millet. A Flora le llamó mucho la atención la calma que desprendían.

Justo al final de la fila de hombres estaban los Straus, y Flora se dio cuenta en ese instante que la señora Straus no había cambiado de opinión. No se iría sin su marido. Y allí estaban los dos, abrazados mientras se despedían de ellos con la mano.

–¡Dios bendiga a todos! –exclamó la señora Straus.

Al llegar al nivel de la cubierta A, se detuvieron de repente y los marineros tuvieron que pelearse con uno de los cabos. Dos hombres que estaban sentados encima de la barandilla que daba a la zona abierta del paseo decidieron aprovechar el momento para saltar hacia el bote. La distancia era considerable, dado que la escora había hecho que el plegable se balanceara a más de un metro del costado de la nave. El primer hombre logró aterrizar en la proa del bote con una voltereta. Sin embargo, el segundo no tuvo tanta suerte. Cayó directamente en la borda. El chaleco salvavidas amortiguó el golpe, pero le hizo rebotar. Se quedó con los pies colgando del costado y casi acabó en el agua. Pero, en el último momento, se recuperó y lo ayudaron a subirse a bordo.

Flora se sorprendió al descubrir que la proa del Titanic se había hundido tanto que el descenso desde la cubierta de botes hasta el mar fue de menos de cinco metros. En ese instante, se acordó de la tarde en la que había visto cómo habían bajado al guardacostas con esos mismos pescantes. Aquel día el agua le había parecido que estaba a kilómetros y kilómetros de distancia. Ahora, en la oscuridad, todavía veía a la gente que se había quedado en la cubierta superior. Aunque ella no logró localizar a Chess ni a su padre ni a Charlie. Seguramente habrían acatado las órdenes que les habían dado a los hombres y se habían ido al otro lado del barco.

El plegable tocó el mar y comenzaron a remar para alejarse cuanto antes del Titanic, justo cuando el agua estaba empezando a rozar el techo del paseo de proa de la cubierta A. Mientras tanto, a su alrededor, caían tumbonas; seguramente las estaban arrojando al mar para que las personas que no habían logrado subirse a ningún bote tuvieran algo a lo que aferrarse. Pero el problema era que las estaban lanzando muy cerca de donde estaba el plegable, por lo que les estaba resultando aún más complicado separarse del transatlántico. Cuando los marineros consiguieron girar el bote, uno de ellos gritó al notar algo moviéndose en el agua. Era una persona nadando hacia ellos y, cuando estuvo lo suficientemente cerca, lo ayudaron a subirse a bordo.

El hombre temblaba de pies a cabeza y una mujer que estaba sentada detrás de Flora le echó una manta por encima.

—¡Jane! —gritó él.

La aludida jadeó.

–¡Dios mío; es mi marido! ¡Frederick!

En ese instante, a Flora la atravesó una fuerte punzada de celos. Habría hecho lo que fuese con tal de poder estar en la misma situación que ellos. Con tal de que, en vez de ese tal Frederick, hubiese aparecido Chess, su padre o Charlie.

El hombre le agarró la mano a su esposa y se sentó a su lado antes de dirigirse a la tripulación.

–Déjenme un remo. Me ayudará a entrar en calor.

Y eso hicieron. Todos remaron con decisión, ansiosos por alejarse del barco lo más rápido posible. Flora no apartó en ningún momento la vista del Titanic. A lo largo de la línea de flotación, el agua entraba a raudales por las portillas y las ventanas abiertas, llenando los camarotes aún iluminados por las luces eléctricas, que hacían que el mar que rodeaba el barco brillase con un resplandor sobrenatural. Como si el océano, o incluso las mismísimas puertas del inframundo, se estuviesen abriendo para devorar la nave.

Capítulo 38

Chess notó una extraña sensación de alivio repentina. Flora estaba a salvo. El miedo que le había atravesado el pecho, robándole el aire de los pulmones, parecía haberse ido con ella. Ahora se sentía como si hubiese entrado en una especie de trance y fuese capaz de salir de su propio cuerpo para ver cómo se desarrollaba una obra de teatro, aunque una un tanto surrealista.

Había obedecido al oficial y se había ido a estribor junto con el señor Fortune y Charlie. La zona seguía abarrotada de gente, la mayoría hombres, pero también quedaba alguna que otra mujer.

Ya no quedaban botes en estribor, por lo que ahora los pasajeros trepaban hacia la popa por la cubierta inclinada, con la esperanza de poner la mayor distancia posible entre ellos y el agua que estaba a punto de alcanzarlos. Los músicos habían salido a la cubierta por la gran escalinata de proa y ahora se encontraban cerca de la puerta, con los instrumentos en la mano mientras rozaban las cuerdas con los arcos para tocar los acordes de un himno; *Jerusalem* o *Land of hope and glory*, o eso fue al menos lo que Chess pensó.

Desde donde estaban, se veían las luces de algunos de los botes salvavidas. La mayoría había logrado alejarse bastante del *Titanic* y se había convertido en un pequeño punto de luz en el horizonte, mientras que en lo alto un sinfín de estrellas seguían brillando en el cielo.

Le costaba creer que hacía apenas unas horas había estado allí con Flora entre sus brazos y se habían quedado fascinados con la belleza de la naturaleza. Haría cualquier cosa por volver a ese momento, por capturarlo y guardárselo en la retina para siempre.

–¿No deberíamos movernos nosotros también hacia popa? –preguntó Charlie, acercándose a la borda–. ¿No deberíamos seguirlos?

Chess notaba el nerviosismo que desprendía el joven, la inquietud de la incertidumbre. Aparentemente, esa parecía la opción más lógica, pero Chess no lo tenía del todo claro. Puede que pareciese que permanecer a bordo del barco y alejarse del agua helada era lo mejor que podían hacer para sobrevivir, pero Chess sabía que la última embestida siempre era la más peligrosa.

De repente, vieron una tumbona volando a su izquierda, rompiendo la tranquila superficie del agua que brillaba con fosforescencia. Chess miró hacia popa y vio a un hombre vestido de blanco lanzando otra por encima de la barandilla, con una pila más esperando a su lado. Flotaban en el mar, así que Chess llegó a la conclusión de que les podría servir como salvavidas improvisado, sobre todo a aquellos a los que no les había dado tiempo a ponerse un chaleco.

Y fue entonces cuando se dio cuenta de que seguía teniendo el suyo en la mano. Inmediatamente metió la cabeza por el hueco y se lo ajustó al pecho. Si esos iban a ser sus últimos momentos con vida, entonces prefería hacer algo útil que quedarse allí de pie enfurruñado y furioso.

–Vamos –les dijo a Charlie y al señor Fortune, antes de abrirse paso entre los pasajeros que corrían hacia las pilas de tumbonas que había en la pared del fondo para poder arrastrarlas hasta la barandilla y tirarlas al mar.

Chess estuvo a punto de tropezarse con varios perros que ladraban y bajaban en estampida hacia proa. Seguramente alguien había decidido sacarlos de la perrera para que ellos también pudiesen tener al menos una oportunidad de sobrevivir. Un acto de compasión, sin duda. El último del grupo era un *bulldog*, que se detuvo para ladrar y girar en círculos, como si la situación que estaban viviendo tan solo se tratase de un juego. Después, siguió al resto como si nada. Chess no sabía por qué una escena así, entre un millón de ellas, podía hacer que de repente se viniese abajo, pero lo consiguió.

Miró a su alrededor, sin saber muy bien qué hacer, y vio a algunos hombres subiéndose al tejado del camarote de los oficiales. Estaban preparando otro plegable, aunque tal vez eran dos.

Chess cambió de planes y les hizo un gesto a Charlie y al señor Fortune para que lo siguieran.

Trepó hasta el techo con la intención de ayudar a los oficiales y a la tripulación, dado que parecían estar teniendo problemas para sacar las embarcaciones del lugar en el que las tenían guardadas.

—¿¡A quién diablos se le ocurrió poner botes salvavidas aquí arriba!? —maldijo uno de los hombres.

No sabían cuál era la mejor manera de bajarlos del techo y engancharlos en los pescantes para cargarlos. Los del lado de estribor estaban intentando asegurar los remos para poder deslizar el plegable hacia abajo, mientras que los del lado de babor habían optado por levantarlo directamente. Al ver que estos últimos necesitaban más hombres, Chess corrió hacia el lado de babor, y por el rabillo del ojo vio al señor Beattie y al señor McCaffry ayudando a los oficiales de estribor.

No podían perder el tiempo, sobre todo porque cada vez estaban más cerca del agua. Las luces parpadeaban y se atenuaban, pero enseguida volvían a brillar otra vez, aunque cada vez lo hacían con menos intensidad. El oficial al que llamaban «Lights» era el que estaba dando las órdenes a babor, dirigiéndolos con calma mientras acercaban despacio la pesada y tediosa embarcación hacia el borde del techo.

De repente, Lights se sorprendió al ver a uno de los tripulantes allí:

—Hemming, ¿por qué sigues aquí?

—Oh, todavía tenemos tiempo de sobra, señor —le respondió el tipo con alegría.

Chess esbozó una sonrisa divertida, pero a su vez cargada de tristeza. Tiempo era justo lo que les faltaba.

Cuando estaban a punto de llegar al borde, Chess levantó la vista y vio al señor Andrews dirigiéndose hacia el puente de mando con un chaleco en la mano. Se alegró al descubrir que el arquitecto naval no se había rendido y no había terminado solo y desesperado en la sala de fumadores. Observó cómo Andrews se detenía para hablar con el capitán, quien, poco después, se llevó el megáfono a la boca y gritó:

–¡Abandonen el barco! ¡Sálvese quien pueda!

Chess no sabía si había sido por las palabras cargadas de angustia del capitán o por la cantidad de gente que de repente apareció en la cubierta tras salir por la puerta que daba a la gran escalinata –algunos de ellos mujeres y niños– o por el inesperado bandazo que dio el barco, pero el agua subió por encima de la barandilla y llegó a la cubierta por el lado de babor. Se le escapó el plegable de las manos, al igual que al resto de los hombres que estaban a su lado, y la pequeña embarcación acabó volcada en el suelo de la cubierta de abajo. El mar cubrió la escotilla de proa y se empezaron a crear olas por toda la cubierta.

En medio del caos, Chess perdió de vista al señor Fortune y a Charlie, pero en lo único en lo que podía pensar en ese momento era en que tenía que ayudar a los oficiales a enderezar el plegable para que las mujeres y los niños pudiesen salvarse. Saltó desde el techo y el agua helada le cubrió la mitad de las piernas y le dejó los zapatos empapados. Y cuando estaba a punto de llegar al bote, la proa del Titanic se empezó a zambullir por completo en el mar.

El agua lo desestabilizó y una ola lo arrastró hacia un lado. Por suerte, pudo agarrarse a uno de los pescantes y volver a ponerse en pie. En ese instante, le dio la sensación de que la proa se inclinaba hacia arriba y que el barco estaba consiguiendo enderezarse. Chess se aferró a la barandilla. Le caían gotas frías del pelo y se le metían en los ojos mientras intentaba recomponerse.

Por un instante, uno en el que sintió un atisbo de esperanza, pensó que el Titanic podría mantenerse a flote tal como estaba. Pero enseguida descubrió que no, porque nada más dar un paso hacia el plegable, que seguía aún volcado, el barco se hundió un poco más. Una ola barrió la cubierta de botes, arrojándolo a él al mar.

Capítulo 39

Mabel vio cómo la popa del Titanic se levantaba y la proa se hundía bajo las olas. Se seguían viendo las luces encendidas a lo largo de las cubiertas y a través de las ventanas y las portillas, mientras que las notas de un himno familiar resonaban en el aire y se le clavaban en el corazón como si fuesen astillas.

De repente, una serie de estruendos rompieron el silencio de la noche.

–Las calderas –susurró alguien a su lado–. Acaban de explotar.

La nave continuó emitiendo crujidos a medida que la proa seguía descendiendo. De repente, se hundió varios metros, pero luego se detuvo, como si hubiese conseguido equilibrar el peso. La vida de los pasajeros que aún seguían a bordo pendía de un hilo y Mabel contuvo la respiración. Se le escapó una exhalación temblorosa y su cálido aliento se convirtió en vaho bajo el aire frío de la noche cuando, por desgracia, la popa del Titanic se elevó aún más y la proa continuó hundiéndose, pero, esta vez, con mucha más rapidez.

La música se detuvo de manera brusca a mitad del verso y fue sustituida por los gritos y los llantos de los pasajeros que no habían conseguido subirse a los botes salvavidas. Abrazó con más fuerza a los niños que tenía a su alrededor y les acunó las cabezas cerca del pecho con la esperanza de que así pudiese amortiguar aquellos sonidos escalofriantes. Sus cuerpecitos temblaban por el frío, pero ninguno lloró. Tal vez la situación los había superado tanto que eran incapaces de procesar lo que estaba pasando. O eso era al menos lo que ella esperaba.

Con un crujido desgarrador, la primera chimenea se fue derrumbando poco a poco hasta que cayó al mar, justo donde Mabel se imaginó que habría gente nadando. Se estremeció cuando vio que empezaron a saltar chispas y apareció un rastro de humo negro.

El barco parecía brillar alrededor de una neblina roja opaca mientras la popa continuaba elevándose, consiguiendo que las hélices comenzasen a verse por encima del agua. Las luces parpadeaban sin parar y, de repente, un ruido ensordecedor que venía desde algún lugar muy profundo retumbó en el aire. El sonido parecía aumentar cada vez más, como si todos los objetos que había en el interior del Titanic –desde la porcelana de la Royal Crown Derby hasta las máquinas– se hubiesen caído de las estanterías y se hubiesen desprendido de las sujeciones para caer en picado hacia la proa.

Las luces parpadearon una vez más y el barco se quedó completamente a oscuras. La única luz que continuó brillando fue la que había en una especie de mástil. Pero eso no sirvió para sofocar el terror que de repente les golpeó a todos de lleno en el pecho cuando oyeron el grito que parecían haber emitido al unísono todos aquellos pasajeros que aún seguían a bordo del Titanic. Un grito que Mabel sintió hasta en lo más profundo de su ser.

Sin las luces, era más difícil saber lo que estaba sucediendo, pero era evidente que la popa seguía elevándose. Hasta que, con un rugido atronador –lo suficientemente fuerte como para rasgar el cielo–, el Titanic pareció partirse por la mitad y la sección de proa desapareció bajo el agua. La popa cayó hacia atrás, pero consiguió estabilizarse en la superficie del mar. La fuerza del descenso hizo que se rompiesen la tercera y la cuarta chimenea y estas cayeron directamente en el agua, una hacia delante y la otra hacia atrás.

Hubo un momento en el que Mabel pensó que era verdad eso que decían de que el Titanic podía hacerse pedazos y, aun así, permanecer a flote. Porque la popa no se había hundido y eso significaba que la gente que aún estaba a bordo seguía a salvo. Si Mabel hubiese podido, habría hecho todo lo posible por conseguir que se mantuviese sobre la superficie del mar.

Pero la popa volvió a elevarse hacia arriba y empezó a retorcerse como si fuese la presa de una enorme criatura marina que vivía bajo las olas y que quería golpearla como lo haría un bate de beisbol. Las hélices parecían centellear junto a las estrellas cuando la popa se quedó en una posición casi vertical y comenzó a hundirse, cada vez más rápido, sin apenas agitar el mar.

La gente que seguía aferrada a las barandillas de las cubiertas estaba indefensa y los que los observaban desde los botes salvavidas ya no podían hacer otra cosa que no fuese presenciar el horror. Lo que quedaba del Titanic se deslizó bajo las olas y a Mabel le recorrió un escalofrío por todo el cuerpo.

Capítulo 40

El lamento de una francesa rompió el silencio, y Alice se dio cuenta en ese instante de que ella era incapaz de emitir sonido alguno. Había expulsado todo el aire que le quedaba en los pulmones en el momento en el que el Titanic desapareció de su campo visual; estaba completamente segura de que el nudo que tenía en la garganta no volvería a dejarla hablar.

Y entonces le llegó un sonido que nunca, ni siquiera hasta el día de su muerte, sería capaz de olvidar. Le retorció y le desgarró el alma, y se cernió sobre todos ellos como si fuese un tiburón que había decidido aparecer para devorar todo lo que tenía a la vista. Toda la luz. Toda la paz. Toda la esperanza.

Dios mío. Se estaban muriendo. Toda esa gente que se había caído al mar se estaba muriendo. Y Charlie, Flora, su padre o el señor Kinsey podrían estar entre ellos.

—Tenemos que volver —gritó ella, descubriendo que sí que podía hablar—. ¡Tenemos que volver! —repitió, elevando la voz aún más.

—¡Estoy de acuerdo! —intervino una mujer.

—Pero pondremos nuestra vida en peligro —protestó alguien.

—Tenemos que intentarlo —replicó otra mujer.

—Señoras, no cabe nadie más en el bote —dijo uno de los marineros—. Ni siquiera podrían subirse en él. Pero hay embarcaciones a las que sí que les queda espacio —les aseguró—. Se acercarán ellos.

Pero ¿lo harían? Alice aguzó el oído a ver si lograba captar el sonido de los remos moviéndose hacia el lugar del accidente, pero lo único que oía eran los gritos desesperados de los pasajeros que luchaban por su vida en el agua. Una mujer que estaba cerca de la proa del bote comenzó a cantar y otras se unieron a ella, murmurando la letra de *O God, our help in ages past*, pero apenas se oían sus voces, y, aunque Alice lo intentó, no pudo reunir la fuerza suficiente para acompañarlas. Sobre todo porque en realidad lo único que quería era que se callasen para poder comprobar si había botes cerca.

–Deberíamos gritar –sugirió uno de los miembros de la tripulación–. Nos mantendrá en calor y nos ayudará a orientarnos.

Era evidente que aquello era mentira. Una estrategia, por bien intencionada que fuese, para que dejasen de oír los gemidos y los gritos desgarradores de las personas que seguían en el agua. Aunque algunos lo intentaron, la mayoría no logró siquiera abrir la boca. Era su castigo; la penitencia que les había tocado al haber conseguido un asiento en uno de los botes salvavidas cuando muchos otros no lo habían hecho.

Alice cerró los ojos e inclinó la cabeza hacia atrás mientras las lágrimas le recorrían las mejillas. Ella gritó una y otra vez, pero lo hizo en silencio, desesperada porque Dios tuviese piedad con sus seres queridos.

Pero enseguida entendió que dejarse llevar por la angustia no le haría ningún bien a nadie, y menos a sí misma. La situación en la que se encontraban seguía siendo crítica. Puede que el mar estuviese en calma, pero si empezaba a agitarse o el viento cobraba fuerza, volverían a correr peligro.

Habían avistado un barco a lo lejos, pero ya no había ni rastro de él. Lo que la llevó a preguntarse si serían ciertas o no las afirmaciones de que los telegrafistas del Titanic habían enviado una llamada de socorro y alguna embarcación que se encontrase cerca vendría a ayudarlos. Y si lo eran, ¿a qué distancia estaban los barcos? ¿Tendrían que esperar horas, puede que incluso días, para que los rescatasen?

Cuando abrió los ojos, se quedó con la vista clavada en el cielo nocturno bañado de estrellas. Dos polos opuestos: un cielo brillante e inofensivo, y un mar frío y despiadado en el que tantos luchaban por su vida.

De repente, una estrella fugaz cruzó el cielo, y después llegó otra y otra… Cuando estuvieron en Egipto, uno de los guías le dijo que, si veía una estrella fugaz, eso quería decir que el alma fallecida de alguien a quien amaba estaba tratando de enviarle un mensaje. Su abuela le había dicho algo similar: para ella, era una indicación de que un alma había encontrado su hogar en el cielo y que ahora estaba con el Señor. Con tanto sufrimiento a su alrededor, era imposible no preguntarse si sería verdad.

Alice se giró para cubrir a su madre, que seguía temblando, con las mantas.

—Puede que hayan conseguido subirse a un bote –la tranquilizó ella–. No pierdas la esperanza todavía.

Su madre no respondió y Alice no pudo hacer mucho más por ella. Así que miró a los miembros de la tripulación, que seguían debatiéndose qué hacer.

—Si trasladamos a algunos de nuestros pasajeros a otras embarcaciones, podríamos volver a por más –decía uno de los hombres.

El otro asintió.

—Antes vi una luz verde en esa dirección –dijo, señalando con el dedo–. Uno de los oficiales debe haber subido a bordo con una caja de bengalas. Pero no tenemos suficientes remeros para alcanzarlos.

No habían tardado mucho en descubrir que el bombero al que habían dejado subirse a bordo no tenía fuerza suficiente para tirar del remo, y el camarero tampoco. Los dos marineros a cargo le habían pedido al camarero que se encargase del timón para que ellos pudiesen remar, pero aun así se les estaba antojando difícil avanzar, incluso con la ayuda de las mujeres que antes se habían ofrecido voluntarias.

—Yo puedo remar –les recordó Alice–. Nuestro padre nos enseñó. A mi hermana y a mí –añadió, y le resultó extraño pensar que aquella, entre otras tantas cosas, podría convertirse en la lección más útil que su padre les había enseñado–. Se nos da incluso mejor que a nuestros hermanos.

–Está bien –convino el tripulante–. Veamos si es cierto.

Flora se mecía de un lado a otro con el pequeño acurrucado en su regazo y le susurraba una canción para calmarlo, aunque el niño ni siquiera se quejaba. Se limitó a mirarla a ella y al resto de personas que había en el bote, como si le llamase la atención la situación en la que se encontraba. Aun así, ella siguió tarareando y meciéndolo; parecía que lo estaba haciendo para tranquilizarlo a él, pero en el fondo era ella la que lo necesitaba. Para calmar el miedo que le recorría el cuerpo cada vez que pensaba en Chess, en su padre y en Charlie. Para amortiguar los gritos desgarradores de aquellos que intentaban sobrevivir en el agua helada. Y luego, para distraerse del espeluznante silencio que empezó a envolverlos poco a poco a medida que esas mismas voces se iban apagando.

Todos hacían lo que podían por ayudarse entre ellos, sobre todo, los tripulantes y los voluntarios que se estaban dejando la piel remando. Parecía que la embarcación plegable no era tan fácil de manejar como un bote normal. O tal vez simplemente le daba esa sensación porque tan solo contaban con un marinero a bordo. El resto de los hombres no tenían experiencia, a excepción de un camarero del Titanic y un caballero que afirmaba que diseñaba yates y que había remado en el bote de Yale. Seguían bastante cerca de la zona en la que se había hundido el barco, así que habían intentado regresar al lugar del accidente para rescatar a aquellos que habían sobrevivido al impacto, pero al ver que les costaba demasiado avanzar, optaron por tirar la toalla.

Durante un breve instante, después de que el Titanic desapareciese bajo la superficie del mar, Flora juró haber visto a su hermano Charlie. Agitaba los brazos y la llamaba a gritos, y se mantenía a flote gracias al chaleco salvavidas. Pero ella parpadeó y todo rastro que había de él desapareció.

Sabía que era imposible que lo hubiese visto. Estaba demasiado oscuro y ni siquiera podía distinguir los rasgos de la persona que estaba sentada a su lado, así que mucho menos los de alguien que estaba en el mar a cientos de metros de distancia. Pero aun así se le había quedado mal cuerpo.

No fue la única que juró haber visto a uno de sus seres queridos entre los restos de sillas, cojines y corcho. Y tampoco era la única que estaba intentando distraerse cantando o hablando en voz alta. Una mujer parloteaba sin parar sobre todo y nada a la vez, sin dirigirse a nadie en particular.

Flora no sabía qué sería de ellos, pero prefirió no darle más vueltas al asunto. Sobre todo porque tenía encima a un pequeño de pelo rizado al que consolar. Y porque ya de por sí se sentía como si estuviese de pie en el borde de un muelle, mirando hacia abajo…, observando un mar agitado, lleno de desesperación y oscuridad. Un pequeño empujón y acabaría hundiéndose en él.

—¡Ey! —De repente, una voz rompió el silencio de la noche—. ¡¿Hay algún bote cerca?!

—¡Sí! —exclamó el marinero a cargo del plegable.

—¿Quién eres?

—Intendente Bright, señor —respondió él al reconocer que la otra voz pertenecía a uno de sus superiores.

—De acuerdo, Bright. Soy Lowe. Ahora estás bajo mis órdenes. Rema hacia mí.

Lo hicieron lo mejor que pudieron mientras se corría la voz por todo el bote de que el hombre que los había encontrado era el quinto oficial Lowe. Él los llevaría a un lugar seguro. Lo oyeron llamar a otros botes, dándoles las mismas indicaciones que a ellos, y pronto descubrieron que su intención era crear su propia flotilla.

—Si atamos todos los botes, pareceremos un objeto más grande y será más fácil que nos vea de lejos un buque —les explicó mientras se lanzaban cuerdas para asegurar los botes que tenía alrededor—. ¿Con cuántos marineros contamos?

Los miembros de la tripulación respondieron desde cada una de las embarcaciones. Por lo que Flora podía deducir, había cuatro botes salvavidas en total, además del del oficial Lowe. También descubrió que ella estaba en el bote al que llamaban «Plegable D».

–De acuerdo –declaró Lowe–. Vamos a distribuir a los pasajeros de mi bote en los vuestros. Una vez que hayamos terminado, los marineros se subirán en mi embarcación para poder remar juntos hasta el lugar del accidente y recoger a todo aquel que siga vivo, ¿entendido?

Esto les llevó un tiempo, dado que tuvieron que transferir a treinta y tres pasajeros. Mientras esperaban, algunos de los ocupantes de los otros botes comenzaron a llamarse entre sí, tratando de localizar a sus seres queridos. Flora no sabía en qué barco se habían subido su madre y sus hermanas. Y si se lo habían llegado a decir, ahora no lo recordaba.

Pero cuando una voz suave habló de repente para preguntar si había algún Fortune entre ellos, a Flora le dio un vuelco el corazón.

–Alice, ¿¡eres tú!? –gritó ella–. ¡Soy Flora!

–¡Flora! ¡Oh, gracias a Dios! –respondió Alice–. ¡Madre, es Flora! Flora está en uno de los botes.

–¿Está Mabel contigo? –quiso saber Flora.

–Sí. Te estás perdiendo la fiesta que tenemos las tres aquí montada… –bromeó Mabel.

Flora se rio del comentario y se relajó un poco al saber que, al menos, sus hermanas y su madre estaban bien.

–¿Es usted la hija mayor de los Fortune? –le preguntó la mujer que estaba a su lado con el brazo roto–. ¿La hermana de la señorita Alice?

–Así es –respondió Flora, sorprendida.

–Oh, pues dígale que la señora Harris está con usted. Le gustará saberlo –insistió la mujer antes de gritar–: ¡Alice! ¡Señorita Fortune! Soy René Harris. Yo también estoy aquí.

–¡Qué alegría, señora Harris! –exclamó Alice.

–Justo al lado de su hermana y ni siquiera lo sabía.

–¿¡En serio!? ¡Qué coincidencia!

Había algo extraño en la voz de Alice, pero Flora no pudo darle demasiadas vueltas al asunto porque pronto se distrajo con el lenguaje soez del señor Lowe. Daba órdenes y maldecía mientras intentaba redistribuir a todos los pasajeros lo más rápido posible para poder regresar cuanto antes al lugar del hundimiento. Flora no podía culparlo, sobre todo porque ya apenas se oían voces en el agua y, con cada minuto que pasaba, se reducían sus posibilidades de salvar a alguien.

–¡Salte de una puñetera vez! –le exigió el oficial a una mujer que vaciló.

Al final, terminó prácticamente lanzándola a la otra embarcación, pero el marinero que estaba allí la sujetó. Después, se giró hacia una mujer que llevaba un chal que le cubría la cara y que, con las prisas, se tropezó antes de cruzar al otro bote. Flora atribuyó el desacierto a que la señora no quería que la zarandeasen a ella también, pero Lowe era más desconfiado. Le arrancó el chal de la cabeza y pronto descubrieron que el pasajero en realidad era un hombre que estaba intentando hacerse pasar por una mujer. Lowe emitió un gruñido cargado de disgusto antes de agarrarlo y empujarlo al otro bote.

En el bote de Flora se subieron doce nuevos ocupantes, mientras que las otras veintiuna personas se dividieron entre los otros tres. Luego, los marineros subieron a bordo del bote de Lowe y partieron en busca de supervivientes después de que el oficial les ordenara a los pasajeros de los botes restantes de la flotilla que permanecieran juntos y que no se moviesen de allí.

Habían tardado tanto en irse que Flora temía que ya fuese demasiado tarde, pero tal vez algunos supervivientes habían conseguido subirse a algún escombro o habían seguido nadando para entrar en calor. Puede que tuviesen suerte.

Una niña pequeña se había separado de su madre durante los traslados y Flora tuvo que consolarla. Cuando por fin la pequeña se calmó lo suficiente como para que los demás pudiesen comunicarse entre ellos por encima de los llantos, Alice se atrevió a hacer la pregunta que Flora sabía que tarde o temprano haría.

–Padre y Charlie… –Alice hizo una pausa–. Y Chess –añadió como una ocurrencia tardía. Flora no la culpó, aunque oír su nombre hizo que sintiese una punzada en el corazón–. ¿Están… están contigo?

–No. –Esa fue la única respuesta que pudo ofrecerle; ni siquiera le quedaban fuerzas para prometerle que los encontrarían.

Mabel sintió el pecho algo menos pesado cuando oyó el sonido de la voz de Flora. Al menos su hermana mayor había logrado subirse a un bote. Al menos estaba viva.

En cuanto a los demás… No quería ser pesimista. Sobre todo porque aún cabía la posibilidad de que regresasen con Lowe, después de que el oficial los hubiese sacado del agua helada y les hubiese ordenado, entre palabrota y palabrota, que no se muriesen ahora que estaban bajo su cuidado.

Una de las comisuras de los labios se le curvó ligeramente hacia arriba al pensarlo. Le gustaba que el oficial no midiese sus palabras porque, al final, no estaba diciendo nada que ella no pensase. Y, en las circunstancias en las que se encontraban, les venía bien tener al mando a alguien que fuese directo y honesto.

Su bote había sido el primero que había localizado Lowe, por lo que Mabel había tenido que ser testigo desde el principio de lo mal que se le daba al oficial consolar a las mujeres que se habían puesto a sollozar. Lo había oído suplicar un «Por favor, no llore». Pero enseguida habían llegado las amenazas: «Señoras, tendrán que hacer algo más que llorar. Algunas tendrán que ponerse a remar». Y, por último, las protestas: «Por el amor de Dios, paren ya. Qué necesidad tengo yo de esto. Antes preferiría volarme la cabeza». Pero el momento favorito de Mabel había sido cuando había sugerido: «¿Y si todas se echan una siesta?». Ese comentario había hecho que le entrasen ganas de reírse. Lo que demostraba lo chiflada que se había vuelto.

Aunque, por lo menos, las maldiciones del oficial Lowe los habían distraído temporalmente de la desgracia que estaban viviendo. El frío, la oscuridad y el silencio inquietante la estaban poniendo nerviosa, sobre todo ahora que le habían ordenado que no remase y los niños a los que había estado cuidando antes estaban con otras mujeres. Lo único que podía hacer era esperar. Pero ¿esperar a qué? ¿Y durante cuánto tiempo?

A la mujer a la que había aplastado uno de los hombres que había saltado al bote desde la cubierta A le estaba doliendo la pierna y el tobillo. Su hija la atendió lo mejor que pudo mientras se quejaba sobre las condiciones de la pequeña embarcación y del hombre que había acabado hiriendo a su madre. Mabel entendía su enfado, pero también se alegraba de que hubiese a bordo un hombre corpulento. Andaban cortos de remeros y ahora que los marineros Buley y Evans se habían ido con Lowe, cabía la posibilidad de que no regresasen y acabasen siendo dos menos. Así que les podría ser de gran utilidad la fuerza del hombre.

Comenzó a levantarse una suave brisa; una que al principio solo le alborotó los pelos que asomaban por debajo del sombrero. Pero entonces el mar, antes en calma, empezó a agitarse y los cascos de los botes comenzaron a golpearse entre sí. Como consecuencia del movimiento, las cuerdas acabaron aflojándose y la flotilla empezó a separarse. Mabel, Alice y los otros pasajeros de su bote bajaron los remos, tratando de mantenerse lo más cerca posible de los demás, pero no les resultó sencillo. De vez en cuando veían a lo lejos la luz de las bengalas verdes que, según habían entendido, las estaba encendiendo un oficial que estaba a cargo de uno de los otros botes para llamar la atención de cualquier buque que se encontrase cerca y que pudiese acudir a su rescate. Pero estaban demasiado lejos y a ellos apenas les quedaba fuerza para remar.

Mabel entrecerró los ojos y miró el horizonte oscuro. Había algo a su izquierda; no era más que una mancha gris a lo lejos, pero poco a poco fue volviéndose anaranjada. Una luz tenue que le hizo más ilusión que el amanecer. Una que no era una estrella ni una bengala verde ni el sol saliendo. No fue la única que se dio cuenta. Muchos abrieron los ojos de par en par, pero unos momentos después les invadió la decepción al ver que desaparecía. Pero enseguida volvió, brillando cada vez más, y se encendió una segunda luz, seguida de otra verde en un lateral.

Algunos pasajeros aplaudieron. Otros sollozaron. Y Mabel agarró el remo con más fuerza e instó a los demás a remar.

Capítulo 41

Flora se hizo con un remo después de haber dejado al niño pequeño de cabello rizado con otra mujer. Se había sentado junto al constructor de yates llamado Hoyt –a quien habían sacado del agua antes– para poder ayudarlo a tirar del remo mientras el intendente Bright y su compañero movían el otro. No estaban logrando coordinarse con ellos y los temblores de Hoyt le estaban poniendo las cosas aún más difíciles, pero ella hizo todo lo posible para compensar el esfuerzo e ignorar el castañeo de sus dientes. De todas formas, ya desde el principio les había costado avanzar. Esperaba que al menos sus hermanas estuviesen en mejores manos mientras la flotilla se iba separando cada vez más.

Cuando Flora vio las primeras luces del amanecer, sintió algo parecido al alivio. Al final, les sería más fácil conseguir ayuda a la luz del día que en medio de la oscuridad de la noche. Sobre todo si ya se podían ver los otros botes salvavidas y no solo la bengala verde de uno de los oficiales supervivientes.

Flora lo achacó al agotamiento, porque pasaron varios minutos antes de que alguien se diese cuenta de lo que significaban las luces que se veían en el horizonte. ¡Estaban viendo un barco! Uno grande, con suerte. Uno que podría acudir a su rescate. Aun así, seguían estando demasiado lejos y tendrían que seguir remando si querían que los vieran.

Pero a medida que el cielo continuaba aclarándose y el viento se levantaba, se dio cuenta de que tenían otro bote salvavidas mucho más cerca. Este estaba aparejado con su vela y navegaba a gran velocidad. De pronto, se desvió hacia ellos al ver que les estaba costando avanzar.

–¡Bote a la vista! ¿Quién está al mando? –Era el oficial Lowe el que se había acercado a ayudarles.

–Intendente Bright, señor.

–Genial. ¿Solo tenéis un marinero? Os daremos remolque.

Flora suspiró, aliviada, pero le duró poco. Acababa de recordar que el oficial Lowe había utilizado su bote para volver al lugar del hundimiento en busca de supervivientes. Y al examinar la cantidad de pasajeros a bordo de su embarcación, no parecía que hubiera muchos. Por no hablar de los rostros de la tripulación, que eran un reflejo del horror que habían presenciado. Algunos tenían los ojos cargados de tristeza y enrojecidos, y todos estaban pálidos. Ninguno dijo nada, tan solo soltaban algún que otro monosílabo mientras preparaban la maroma de remolque.

No tardó mucho en comprobar que Chess, Charlie y su padre no estaban entre los ocupantes. A Flora se le rompió el corazón. Agradeció no tener que seguir remando porque, en ese instante, lo único que quería hacer era desplomarse en el bote y echarse a llorar.

De pronto, vieron una bengala saliendo del barco que habían visto a lo lejos y el débil sonido del estallido les llegó a través del viento mientras Lowe volvía a soltar las velas de su barco y les remolcaba. Pero Flora ni siquiera levantó la vista para mirarla; se limitó a darle las gracias al niño mayor de pelo rizado que le estaba ofreciendo una de las galletas que el señor Woolner le había dado. Lo había visto devorándolas hacía apenas unos minutos, así que el hecho de que quisiera compartir una con ella era todo un acto de bondad. Uno que no podía rechazar, así que se llevó la galleta a los labios y esperó a que el niño se diese la vuelta para dejar de mordisquearla porque sabía a cenizas. El señor Woolner le dedicó una mueca de comprensión, pero ella no le devolvió el gesto porque seguía enfadada. Porque él había sobrevivido y aquellos a los que ella amaba no lo habían hecho.

El cielo empezó a brillar cada vez más y fue entonces cuando se dieron cuenta de que estaban rodeados de icebergs; unos más pequeños y otros mucho más grandes. Flora se quedó boquiabierta cuando vio la enorme masa de hielo con dos picos que parecía medir más de sesenta metros. ¿Ese era el iceberg con el que se había chocado el Titanic? No lo sabía. Había tantos. Podría haber sido cualquiera de ellos.

Un grito repentino hizo que todos girasen la cabeza hacia un grupo de personas que parecían estar de pie sobre el agua, como si fuera un milagro.

—¿Están encima de una capa de hielo? —preguntó un hombre.

A medida que se acercaban, Flora vio que había unos doce supervivientes intentando mantener el equilibrio encima de un bote plegable muy parecido al suyo, pero los extremos de la embarcación estaban rotos y el interior estaba inundado de agua. Lowe maniobró con cuidado, pero cuando estaban a tan solo treinta metros de distancia, los asustó a todos disparando unos cuatro o cinco tiros al agua. Los niños del plegable D comenzaron a sollozar.

—Ahora que ya tengo su atención, escúchenme bien —les gritó Lowe a los pasajeros que se aferraban como podían al plegable tambaleante—. No hagan ningún movimiento brusco. Irán subiéndose de uno en uno en mi bote y seguirán en todo momento mis indicaciones.

Después de acortar la distancia entre las dos embarcaciones, comenzaron el proceso de manera lenta para que los ocupantes del plegable inundado no corrieran peligro. La primera persona que se subió fue una mujer menuda —la única que había, de hecho— que tenía el pelo de color negro e iba vestida con prendas de color marrón. La mujer se dejó caer en uno de los asientos de popa del bote salvavidas número catorce y los marineros la cubrieron rápidamente con mantas para intentar hacer que entrase en calor. El agua les llegaba prácticamente hasta las rodillas, así que los marineros tuvieron que ayudar a algunos supervivientes a subirse porque tenían las piernas congeladas. Había hasta un hombre inconsciente.

Los supervivientes le explicaron al oficial que se habían caído al mar cuando el transatlántico estaba a punto de hundirse, pero que habían logrado nadar hasta el plegable en el que en ese instante se encontraban. Al parecer, era uno de los dos botes que los oficiales que quedaban a bordo del Titanic habían intentado poner a flote antes de que sucediera la tragedia. De pronto, Flora sintió un atisbo de esperanza. Su embarcación no había sido la última en abandonar el buque. Había dos más. Si estas personas habían conseguido llegar hasta el plegable, entonces tal vez Chess, Charlie y su padre habían logrado subirse en el otro.

—¿Quiénes son? —quiso saber Lowe, señalando los cuerpos que había en el fondo del bote hundido.

—No sobrevivieron la noche, señor —respondió un hombre por todos.

—¿Está seguro?

Todos asintieron con la cabeza, pero aun así el oficial Lowe se inclinó sobre el bote para examinar con detenimiento los cuerpos. Flora se asomó un poco y vio que uno de ellos llevaba el uniforme de la tripulación, mientras que los otros dos eran hombres en traje de noche. Jadeó y luego se dio la vuelta al reconocer la cara del tercero. Era Thomson Beattie.

Flora cerró los ojos, afligida por la pérdida de su amigo, y rezó por su alma. Por todas las almas. Las que se perdieron en las profundidades del océano y las que tuvieron la oportunidad de sobrevivir.

Cuando Lowe cubrió la cara del señor Beattie y la de los otros dos hombres con unos chalecos salvavidas y se alejó, dejando el plegable inundado a la deriva, Flora abrió la boca para protestar, pero enseguida se dio cuenta de que no le serviría de nada hacerlo. Ya estaban muertos y ya no cabía nadie más en los dos botes en los que estaban repartidos los vivos. Podrían volver a recuperar los cuerpos más tarde.

El sol había irrumpido por fin en el horizonte, tiñendo el hielo a su alrededor con tonos malva y coral. En otra vida, aquella

escena podría haberle parecido espectacular, pero ahora Flora solo veía armas letales. Pensó en el libro de Shackleton y en
cómo Chess y ella habían admirado las hazañas del explorador. Y en cómo, apenas siete u ocho horas antes, lo había pillado estudiando las imágenes de los icebergs en el salón principal. Santo cielo, qué tonta había sido al pensar que el peligro
y la belleza no podían ir de la mano.

Un niño que se había quedado dormido durante la mayor
parte de la noche se despertó de repente, revolviéndose entre
los brazos de su niñera. Se frotó los ojos y miró a su alrededor
con asombro.

—¡El Polo Norte! ¿Y dónde está Papá Noel?

Varios pasajeros se rieron, pero a Flora se le rompió aún más
el corazón al pensar que muchos niños perderían la inocencia
tras haber presenciado el desastre. Pero al menos habían tenido la suerte de sobrevivir.

«Ya casi estamos. Ya casi estamos», se repetía Alice a sí
misma una y otra vez mientras remaba. Se habían pasado horas
remando mientras el sol se alzaba en lo alto y los botes salvavidas
iban llegando uno a uno al buque que tenían delante. Parecía
que no avanzaban, que nunca lo alcanzarían. Pero poco a
poco, la nave se fue haciendo cada vez más grande en su campo
visual y ahora tenían que echar la cabeza hacia atrás para poder
observarla. No era tan grande como el Titanic, pero al menos
seguía a flote. Y eso en realidad era lo único que importaba.

El barco tenía cuatro mástiles, pero una sola chimenea. Y
ahora que estaban lo suficientemente cerca, Alice pudo leer
la palabra «Carpathia» pintada en la proa. No le interesaba el
nombre del barco, tan solo que los rescatasen y que, al menos,
pudiesen ponerle fin a esa parte de la pesadilla.

Tenía las manos llenas de ampollas y, justo en ese momento,
se dio cuenta de que le estaban sangrando los labios. El aire
frío y salado por el agua del mar había hecho que se le agrieta-
sen tanto que se le habían acabado formando heridas. Se pasó

la lengua por encima y notó el escozor, pero fue incapaz de parar. Al menos el dolor le recordaba que estaba viva.

Miró a su alrededor y se percató de que su bote no era el último en llegar. Se estaba acercando otra embarcación y, justo detrás, había otro bote cargado de personas. Si se habían puesto a flote más botes antes del hundimiento, eso significaba que habían acabado a la deriva, mucho más allá de los restos de escombros. Y, a juzgar por lo agitado que estaba el mar, aquella no le pareció una idea descabellada.

O tal vez estaban escondidos detrás de uno de los icebergs que tenían alrededor. Una de las mujeres de su bote, que no estaba ocupada remando, había comentado que había visto al menos unos veinte icebergs por el camino; algunos pequeños y otros que parecían montañas. Sin embargo, Alice había estado demasiado preocupada por llegar cuanto antes al buque como para prestarles atención, aunque sí que había llegado a pensar que parecían ópalos gigantes.

El hombre corpulento que estaba a su lado –el mismo que había saltado a su bote mientras descendían al mar y que después supo que se llamaba Neshan– parecía opinar lo mismo que ella. Gruñía cada vez que alguien sacaba el tema y aunque apenas hablaba inglés –tan solo sabía decir que era armenio–, tenía claro lo que significaba la palabra «iceberg». Mabel se había puesto a remar en el extremo opuesto con el otro hombre que había saltado y que se había escondido en el bote –un caballero japonés–, mientras que el camarero –un tipo que había tenido la mala suerte de tener el mismo nombre que el famoso criminal escocés William Burke– controlaba el timón.

Cuando por fin se acercaron lo suficiente, varios marineros del Carpathia bajaron por una escalera hasta el bote para poder asegurarlos al barco, justo debajo de una pasarela abierta. Luego, se fueron subiendo al buque uno por uno con su ayuda. Primero colocaron a los niños en una especie de capazo de lona para garantizar su seguridad en el trasbordo y después se subió la señora que había salido perjudicada tras el salto de Neshan.

El resto de las mujeres la siguieron. Muchas tenían demasiado frío y estaban bastante afectadas como para subir por la pequeña escalera, así que tuvieron que sentarse en una guindola.

Alice y Mabel pudieron subir por su propio pie, aunque sí que les dolían los brazos tras haber remado durante horas y estaban empezando a notar el cansancio. De hecho, Mabel trepó por las escaleras antes que Alice para que así al menos una de ellas pudiese estar a bordo cuando su madre llegase en la guindola.

Una vez en cubierta, Alice dio dos pasos hacia delante y casi se cayó de rodillas al sentir la solidez bajo sus pies después de haberse pasado una noche entera en el mar. Dos tripulantes la agarraron de los brazos y la ayudaron a avanzar hasta que volvió a recuperar el equilibrio. Los camareros les pusieron mantas por encima y les sirvieron coñac mientras anotaban sus nombres y la clase en la que viajaban, y les preguntaban si alguno necesitaba atención médica inmediata. Después, los guiaron por un pasillo y entraron en el interior de la nave.

Se respiraba una sensación de calma en el ambiente, algo que a Alice le resultó inquietante después de lo que había vivido. Después de las cosas que habían pasado, de las cosas que había visto… No sabía cómo encajarlo. Y al ver que su madre y Mabel no decían nada, asumió que a ellas les estaba pasando algo similar.

Cuando doblaron una esquina, Alice sintió de repente que un par de brazos la envolvían, pero estaba demasiado aturdida para reaccionar. Hasta que se dio cuenta de que era Flora. Le devolvió el abrazo casi de manera inconsciente y Flora no tardó en apartarse para hacer lo mismo con Mabel. Por último, se aferró a su madre, pero esta vez el abrazo fue mucho más largo.

Cuando por fin su madre soltó a Flora, su rostro era la viva imagen de la desesperación y la tristeza.

–¿Y Charlie? ¿Y tu padre?

Flora negó con la cabeza.

–Pero todavía faltan botes por llegar. Recogimos a más de una docena de personas que lograron sobrevivir al hundimiento. Tal vez los oficiales de los otros botes hicieron lo mismo.

Por el brillo apagado que desprendían los ojos de Flora, Alice se dio cuenta de que las probabilidades de que hubiesen logrado salvarse eran mínimas. Y de que tan solo estaba tratando de convencerse a sí misma mientras intentaba hacer lo mismo con ellas. Pero al ver lo frágil que estaba su madre, lo frágil que estaba ella, Alice agradeció poder saborear al menos ese momento de esperanza.

El camarero las condujo al abarrotado comedor del barco y allí les sirvieron café, sopa caliente y sándwiches. La señora Fortune le agarró la mano a su hija mayor, negándose a soltarla incluso cuando esta le dijo que iba a buscarle algo de comer. Alice se encargó de hacerlo en su lugar y cuando regresó, Flora les contó cómo habían conseguido llegar ellos hasta al Carpathia.

–Si el oficial Lowe no nos hubiese llevado a remolque, estoy bastante segura de que aún seguiríamos allí. Llegamos hace apenas una hora.

–Ha demostrado ser un gran profesional, ¿no crees? –comentó Mabel.

–Sí –coincidió Flora.

–Aunque podría haber cuidado un poco sus modales… –intervino la señora Fortune, con la vista clavada en la sopa mientras movía la cuchara de un lado a otro.

Flora se acercó para ponerle un sándwich en el plato a su madre, instándola a comer.

–Creo que cualquiera los habría perdido si hubiese estado en su lugar. –Flora bajó la cabeza, como si hubiese vuelto a adoptar su papel de hija obediente–. Deberías haberle oído animándonos, sobre todo al final. –Se acurrucó con la manta que le cubría los hombros–. Sin él, muchos de nosotros habríamos acabado hundiéndonos por completo en la miseria. –Desvió la vista hacia Alice–. La señora Harris me comentó que, en otra vida, se hubiese enamorado de él.

–Es bastante atractivo –dijo Mabel–. Alto, delgado y fuerte. Llevaba el sombrero un poco ladeado, y eso solo puede significar que tiene una vena pícara.

La señora Fortune levantó la vista de la sopa para mirarla con el ceño fruncido.

–No creo que este sea un tema de discusión apropiado, dadas las circunstancias en las que nos encontramos.

Puede que tuviese razón, pero había hecho que Alice se sintiese un poco mejor y que su madre dejase de pensar, por un momento, en el paradero de su padre y de Charlie. Hasta que todos los botes no se acercasen al Carpathia y comprobasen si habían recogido a algún superviviente más, no sabrían con certeza qué les había pasado.

Alice miró a Flora.

O el paradero de Chess.

Si seguían pensando en ello, se acabarían enfermando.

Mabel se encogió de hombros y cogió la humeante taza de café antes de añadir:

–Pues a mí no me molesta que los hombres pierdan los modales…

A Alice le costó reprimir una carcajada al oírla, siendo muy consciente de lo que pretendía conseguir su hermana con aquel comentario. Y funcionó. Porque su madre resopló, molesta, antes de llevarse por fin una cucharada de sopa a la boca. Alice le dedicó a Mabel una sonrisa de agradecimiento y ella bajó la cabeza ligeramente.

–Hablando de la señora Harris… –Flora se giró para escudriñar los rostros de las personas que tenían alrededor–. ¿Dónde se habrá metido?

–A lo mejor subió a cubierta para ver llegar los botes –sugirió Mabel, al pensar que seguramente querría comprobar si entre los ocupantes estaba su chico, el señor Harris.

–Ahí estaba yo cuando os vi tirando de los remos –dijo Flora, asintiendo con la cabeza. Después, se fijó en las manos de sus hermanas–. Deberíais ir a ver al doctor McGee –añadió, levantando las manos para que viesen el vendaje que le habían puesto a ella.

Su padre había insistido en que todas aprendiesen a remar, algo que había acabado resultándoles más útil de lo que él podría haberse imaginado.

Alice hizo una mueca mientras se tomaba otra cucharada de sopa.

—Tal vez pueda darme algo para los labios.

Cuando terminaron de comer, se acercaron directamente al doctor, que estaba apostado en un rincón del comedor con su material médico. Con suerte, el hombre convencería a su madre para que le permitiese echarle un vistazo a ella también. Algo que le resultó casi imposible, y enseguida comprendió el porqué de su negativa, aunque al final logró persuadirla para que al menos le permitiese comprobar sus constantes vitales y descartar la congelación.

—¿Son familia? —les preguntó él mientras examinaba una de las manos de la señora Fortune antes de pasar a la otra.

—Sí —contestó Flora.

—¿Y… están al completo?

Tuvo que volver a ser Flora la que diese una respuesta. El nudo que se le había formado a Alice en la garganta la había dejado sin voz.

—Todavía estamos esperando noticias de nuestro padre y de nuestro hermano menor y… —A Flora se le quebró la voz; se vio incapaz de decir en voz alta el nombre de Chess. Además, no sabía muy bien cómo se lo tomaría su madre.

El doctor la miró fijamente durante un instante antes de desviar la vista hacia Alice y Mabel. Después, se fijó en su madre y la estudió con cierta preocupación.

—Pediré que les den un camarote en el que puedan descansar las cuatro.

—Muy amable —dijo Flora—. Soy consciente de que no tienen espacio para todos nosotros, así que se lo agradezco.

Él asintió y volvió a mirar a la señora Fortune.

–Discúlpenme un segundo.

–Oí a alguien diciendo que no hay suficientes camarotes, ni siquiera suficientes literas para todos los supervivientes –les explicó Flora mientras el doctor McGee hablaba con uno de los camareros–. Algunos de los pasajeros y tripulantes del Carpathia han tenido la amabilidad de ofrecernos sus camarotes y se han reinstalado en uno compartido. De hecho, me han llegado rumores de que el capitán le ha ofrecido el suyo a la señora Astor y a algunas damas más. Pero, aun así, a muchos no les quedará más remedio que dormir en las zonas comunes o en los pasillos, en cualquier sitio que encuentren. Que nos hayan ofrecido un camarote para las cuatro es todo un privilegio.

Acababan de llegar del barco más lujoso del mundo, en el que su familia no solo tenía un camarote privado con baño, sino tres, pero ahora lo único que les importaba era que estaban vivas.

–Me necesitan en cubierta –les informó el doctor McGee antes de darle una palmada en la espalda al camarero que estaba a su lado–. Este es Burnley. Él las guiará hasta el camarote. Iré a verlas esta tarde.

Flora guio a su madre por el pasillo por el que se había metido el camarero, pero ella seguía con los ojos clavados en el cirujano, preguntándose –al igual que Alice– por qué lo necesitaban en cubierta. ¿Habría llegado otro bote? ¿Uno con pasajeros en una situación mucho más crítica que los que ya estaban a bordo?

Alice no quería ir al camarote. Quería subir a cubierta, y Flora también. Se le veía en la cara. Pero sería de mala educación por su parte irse ahora, sobre todo después de que les hubiesen ofrecido una habitación para ellas solas. Se fijó en su madre; parecía estar al borde del colapso. Era evidente que no se encontraba bien y seguramente esa había sido la razón por la que el doctor McGee les había pedido un camarote. Primero tenían que esperar a que se recompusiese un poco antes de ir a cubierta.

El camarote que les mostraron era bastante pequeño, pero tampoco necesitaban mucho más. Convencieron a su madre para que se acostara un rato a descansar y le quitaron los zapatos, el abrigo y le acariciaron la frente. Pero cuando Flora mencionó que iba a salir a preguntar si había alguna novedad sobre los supervivientes, se puso de pie y les dirigió a sus hijas una mirada cargada de miedo. Y solo cuando Flora le prometió que no se separaría de ella, accedió a acostarse de nuevo.

Alice sentía la inquietud de Flora. Estaba desesperada por saber si los habían encontrado. Pero después de haberse pasado toda la noche sin su hija mayor, su madre necesitaba estar cerca de ella.

—Iremos nosotras —se ofreció Alice.

Flora apretó los labios con fuerza por la frustración y la preocupación, pero aun así asintió.

—Os contaremos todo lo que hayamos averiguado cuando volvamos —añadió Alice; sabía que era innecesario, pero los ojos de Flora transmitían tanto miedo que le resultó imposible quedarse callada. Ya la había visto entrando en pánico una vez, y eso había hecho que acabase huyendo cuando se suponía que tenían que subirse en el mismo bote todas juntas—. No dejes a madre sola.

—No lo haré.

Capítulo 42

Mabel estaba completamente segura de que mientras viviese –aunque llegase a los cien años– nunca viviría un día más cargado de tristeza que ese.

Alice y ella llegaron a cubierta y se encontraron a los supervivientes apoyados en las barandillas, observando con atención el horizonte en busca de más botes salvavidas. Los pasajeros de las dos embarcaciones que venían detrás de la de ellas ya habían subido a bordo del Carpathia y ahora en el mar tan solo se veían los icebergs y los restos del naufragio. Tumbonas, chalecos salvavidas, cojines y almohadas con fundas de seda, astillas de madera, la parte delantera de un piano, un poste de barbero e incluso un sombrero de piel de mujer encima de un listón de madera blanca. El agua parecía una alfombra amarilla con restos de corcho granulado de color marrón rojizo. Pero no había cuerpos.

Mabel no sabía qué creer ni cómo sentirse. ¿Significaba eso que los botes habían recogido a más pasajeros con vida de lo que habían pensado en un principio? ¿O es que el viento y la corriente habían acabado arrastrando los cuerpos de los fallecidos? Tal vez los chalecos salvavidas no habían hecho su función y se habían hundido en el fondo del océano. Quería gritar por la frustración, pero también se alegraba de que no estuviesen navegando alrededor de un cementerio flotante porque a muchos, incluida ella, les habría resultado imposible recuperarse tras presenciar una escena así.

Su hermana y ella escudriñaron los rostros de los supervivientes. Algunos amigos de la familia habían sobrevivido, entre ellos: la doctora Leader, la señora Swift, la señora Margaret Brown, el señor Sloper, la señora Candee, el señor Woolner y Marie Young, que abrazó a Mabel con fuerza. También estaban la señora Futrelle y la señora Harris, pero no había ni rastro de sus maridos. Al igual que no lo había del señor Beattie, el señor McCaffry, el señor Ross, de los Straus, de los Allison, de la pequeña Lorraine y del señor Andrews. Y lo peor de todo: ninguno sabía nada del paradero de Chess, de Charlie o del señor Fortune.

Mabel empezó a sacar conclusiones y sintió cómo el corazón empezaba a rompérsele en mil pedazos. Y después se confirmaron sus sospechas. El segundo oficial Lightoller seguía a bordo del Titanic cuando el barco se hundió. Sin embargo, había logrado subirse en uno de los botes plegables y había sobrevivido. Sabía exactamente cuántas embarcaciones llevaba el Titanic y cuántas se habían puesto a flote. Y también había sido la última persona en subirse al Carpathia, tras llegar hacía apenas unos minutos en el último bote salvavidas que quedaba.

Las palabras del oficial llegaron a oídos de todos los pasajeros y hubo quienes se negaron a creerlo, todavía aferrados a la falsa esperanza de que sus seres queridos podrían haber sobrevivido al agua helada tras haber sido rescatados por otro barco. Casi todas las personas que habían rescatado habían ido directamente a la enfermería que había a bordo del Carpathia para que el doctor pudiese evaluar la gravedad de las heridas y si había signos de congelación, así que Mabel sabía que, si no estaban allí, es que no los habían encontrado.

—Deberíamos… deberíamos decírselo a madre y a Flora —murmuró Alice con un hilo de voz y con las lágrimas cayéndole por las mejillas.

A su alrededor, la gente se lamentaba en silencio, rota de dolor. No gritaban ni lloraban a mares, tan solo emitían sollozos atónitos y pequeños gemidos roncos.

—Ve tú —dijo Mabel, asintiendo con la cabeza. Alice la miró con el ceño fruncido, así que añadió—: Quiero… quiero com-

probar si están en el salón principal o en la enfermería. Solo…
solo por si acaso…

–Vale, sí –respondió Alice en voz baja, frotándose las mejillas.
Después, le agarró el brazo a su hermana–. No tardes mucho.

Mabel se dio la vuelta enseguida; no quería que Alice viese la
única lágrima que se le había escapado. No podía venirse abajo ahora. Y se prometió a sí misma que no lo haría.

Soltó un suspiro largo y tembloroso, y estuvo a punto de romper su promesa. Después de recuperarse un poco, se mezcló
entre la tripulación del Carpathia, que estaba terminando de
asegurar los últimos botes del Titanic en su castillo de proa, y
se alejó a grandes zancadas con el objetivo de encontrar el salón
principal. Al final, solo tuvo que seguir a los pasajeros de primera clase a los que estaban llevando en manada hacia allí por
un motivo que ella desconocía, pero que no tardó en descubrir.

Dio vueltas por toda la sala y su mirada se detuvo en cada
uno de los rostros de los pasajeros que estaban presentes, con
la esperanza de encontrar uno que tuviese los rasgos familiares
de su padre y Charlie, o del atractivo Chess. De pronto, oyó la
voz de la señora Harris.

–¡Por favor, no! –exclamó la mujer al ver que los músicos se
habían agrupado alrededor del piano.

Mabel tardó unos segundos en comprender por qué la señora Harris no quería que tocasen. Pero cuando un clérigo de
la Iglesia episcopal comenzó a leer uno de los pasajes del *Libro de oración común*, se dio cuenta de que iban a orar por los
difuntos.

Mabel se quedó allí inmóvil cuando se dio de bruces con
la realidad. Sabía que tan solo lo hacían para brindarle consuelo a aquellos que estaban pasando por el duelo, pero muchos de ellos seguían sin asimilar lo que había pasado, así que
ni siquiera lo habían aceptado. El gesto le pareció cruel. Porque ella tampoco estaba preparada. Para nada. Si hubiera podido salir de allí, lo habría hecho, pero la gente se había agol-
pado a su alrededor, dejándola a ella acorralada. El ambiente

que se creó le resultó asfixiante y hubo un momento en el que pensó en abrirse paso a empujones para poder volver a respirar con normalidad.

Un pastor de Baltimore terminó la misa improvisada con una oración por los vivos y eso Mabel al menos pudo soportarlo. Estaba agradecida por estar viva. Estaba agradecida de que su madre y sus hermanas también lo estuviesen. Pero... su padre... y Charlie...

Lloró con la respiración entrecortada. Su padre siempre había entendido la necesidad que tenía ella de cuestionarlo todo. De hecho, parecía que le gustaba que fuese así, hasta que esa curiosidad la llevó a querer ir a la universidad. Pero ahora él ya no estaba y ella no podría volver a sacarle de quicio. Ya no podría hacerle más preguntas. Él ya no la estrecharía fuerte entre sus brazos. Ya no se irían los dos solos a pasear en trineo en invierno, ya que el resto se negaba siempre a acompañarlos porque hacía demasiado frío. Ya no la volvería a llamar «Mabes».

Y el pobre Charlie...: un chico ambicioso, noble, ingenuo y, en ocasiones, un poco irritante, pero que siempre actuaba de corazón. ¡Era tan joven! Solo tenía diecinueve años. ¿Habría llegado a besar a alguna chica? ¿Se habría fumado ya su primer cigarro? Le quedaba toda una vida por delante.

Ahora que se había puesto a llorar, era incapaz de parar. Pero al menos no era la única. Muchos gimoteaban en silencio; sus sollozos eran apenas un susurro. Estaban demasiado agotados y tenían la voz ronca por la larga y fría noche que habían pasado a la intemperie, así que no podían hacer nada más.

Cuando la misa terminó y pudo por fin salir de allí sin montar una escena, Mabel lo hizo. Pensó en volver al camarote que le habían asignado. Lo único que quería era acostarse a dormir. Además, su madre y sus hermanas seguramente se estarían preguntando dónde estaba. Pero todavía le quedaba un atisbo de esperanza y un lugar al que ir.

La enfermería.

Cuando Mabel entró tambaleándose por la puerta del camarote, tanto Flora como Alice le hicieron un gesto con la cabeza para que no hiciese ruido. Acababan de conseguir que su madre se durmiese. Se había quedado destrozada con la noticia de la muerte de su esposo y su hijo Charlie. Aunque con la ayuda de una pequeña dosis de coñac, habían podido calmarla lo suficiente como para convencerla de que se acostara un rato, hasta que finalmente encontró algo de consuelo en el sueño.

Flora había estado tan preocupada por ella que ni siquiera le había dado tiempo a enfrentarse a su propia angustia. Hasta ahora no había sido capaz de lidiar con la pérdida, el dolor punzante y el enorme vacío que sentía en su interior.

Pero de pronto se fijó en los ojos de Mabel: brillaban de felicidad, algo que hizo que a ella se le helase la sangre. ¿Cómo podía siquiera sonreír en un momento así? ¿Y por qué ellas no le decían nada? ¿En dónde se había metido? Siempre evadía sus responsabilidades y les dejaba a ellas la parte más amarga.

Flora sintió una oleada de ira e indignación por todo el cuerpo; una que se intensificó por culpa del profundo dolor que sentía en su interior. Justo cuando estaba a punto de hablar, Mabel consiguió que se le detuviese el corazón:

—¡Chess está aquí! ¡Está vivo!

Flora se quedó como una estatua. Lo único que pudo hacer fue quedarse allí sentada, mirando a su hermana, como si el tiempo se hubiese parado y ella estuviese esperando a que su corazón decidiese volver a latir.

—¿Dónde? —preguntó Alice por ella.

—En la enfermería. Está herido. Pero no sé si es grave.

—Tuvo que haberse caído al mar cuando se hundió el barco, como les pasó a varios pasajeros. —Alice se tapó la boca con las manos al imaginárselo y después se giró hacia su hermana mayor, que seguía sin poder pronunciar palabra.

Las dos se acercaron a Flora, preocupadas, y le pusieron una mano en el hombro.

—Respira, Flora —le exigió Mabel.

Después de tragar saliva varias veces, su hermana mayor habló por fin:

—¿En… en serio?

Mabel se arrodilló para mirarla y le cogió una de las manos.

—Sí, Flora. Lo vi con mis propios ojos.

A Flora se le llenaron los ojos de lágrimas y se le dibujó una sonrisa temblorosa en los labios. ¿Era posible? ¡Chess estaba vivo! Cerró los ojos, dejando que las lágrimas le cayesen más rápido. «¡Gracias a Dios!», pensó.

Pero luego volvió a abrirlos de golpe cuando se acordó de su padre y de Charlie, cuyos cuerpos se habrían acabado perdiendo en las profundidades del océano. Se le encogió el corazón. ¿Cómo podía sentir siquiera felicidad después de eso?

Alice se arrodilló para agarrarle la otra mano.

—No pasa nada, Flora. También puedes permitirte sentirte feliz. —Alice le dedicó una sonrisa con las mejillas mojadas por las lágrimas—. Yo lo estoy. Por ti. Podemos sentir alegría y tristeza a la vez.

Su hermana tenía razón. Una parte de ella quería caer de rodillas y no levantarse nunca más, pero la otra quería saltar, bailar y girar sin parar. Y puede que sus hermanas la entendiesen, pero ¿lo haría su madre?

Miró a la señora Fortune, que se había quedado dormida en la litera de abajo: tan solo le veía la espalda y el cabello blanco sobre la almohada. Su madre tenía los ánimos por los suelos y su padre habría querido que cuidara de ella.

Alice le apretó la mano.

—Ve a verlo. Nosotras cuidaremos de madre.

—Está herido, Flora —le recordó Mabel—. Él también te necesita.

Las palabras de su hermana la sacaron de sus pensamientos. Se puso en pie de un salto, arrastrando a sus hermanas con ella. Le dio un abrazo a cada una y les susurró palabras de afecto con los labios pegados en el pelo que les caía en cascada hasta la cintura. Olían a hielo y a mar.

Flora tardó un rato en encontrar la enfermería. Tuvo que pararse y retroceder sobre sus pasos varias veces, dado que se le había olvidado preguntarle a Mabel cómo llegar antes de salir por la puerta. Cuando finalmente la encontró, soltó un grito ahogado al ver el estado en el que estaban los pasajeros de la habitación.

—¿Necesita ayuda, señorita? —le preguntó un miembro del personal que llevaba un uniforme blanco.

—No. Yo… estaba buscando a alguien. —Se llevó una mano al pecho e intentó recuperar un poco la compostura—. Me… me dijeron que estaba aquí.

El hombre asintió y le lanzó una mirada de comprensión. Seguramente no era la primera mujer que había llegado allí corriendo con la desesperación grabada en el rostro.

—¿Cómo se llama el pasajero?

—Chess…, bueno, Chester Kinsey.

—Espere un momento.

El hombre cruzó la habitación y se metió detrás de una cortina blanca. Flora se inclinó hacia un lado y se puso de puntillas, pero no consiguió ver nada. Unos minutos más tarde, otro hombre salió y se acercó a ella con grandes zancadas.

—Me han dicho que está buscando al señor Kinsey —comentó él en voz baja.

—Sí. ¿Está aquí?

—Estaba —le aclaró él—. Me imagino que habrá subido a cubierta para hacer los ejercicios que le mandé.

—Gracias —dijo ella, y se dio la vuelta para marcharse.

—El señor Kinsey necesita moverse todo lo que pueda, señorita —la llamó el hombre—. Es la única forma de salvarlas.

Flora no sabía a qué se refería el doctor, pero tampoco se paró a preguntar porque necesitaba encontrar a Chess.

Una vez en cubierta, se abrió paso entre la multitud y se puso a buscar la figura de piernas largas que tan bien conocía. Se distrajo un momento al ver el enorme campo de hielo que se extendía en el horizonte. Los icebergs salpicaban el agua como si fuesen torres altas o yates a toda vela, pero las capas de hielo eran tan gruesas que le dio la sensación de que podría caminar por encima como si estuviese en tierra. Brillaban con la luz del sol y Flora tuvo que parpadear varias veces mientras el Carpathia rodeaba el perímetro.

Caminó por las cubiertas reservadas para los pasajeros de tercera clase, algo que en circunstancias normales no habría podido hacer debido a las restricciones de la cuarentena. Pero todas las clases se habían mezclado en los botes salvavidas, así que la tripulación no estaba siendo tan estricta con las normas de seguridad.

Todos los rostros de los supervivientes –sin importar la clase– estaban teñidos de dolor. Muchos ni siquiera llevaban puesta ropa de abrigo, dado que se habían subido en los botes con poco más que el pijama o con la primera prenda que habían encontrado. Algunos se habían quedado sin zapatos. Y lo único que impedía que se congelasen eran las mantas que llevaban sobre los hombros.

Dio dos vueltas alrededor de la nave, poniéndose cada vez más nerviosa. Se detuvo en medio de la cubierta de botes, girando sobre sí misma mientras sus ojos escudriñaban los rostros de todas las personas que estaban a la vista. Empezó a pensar que tal vez había vuelto a la enfermería. ¿Y si Mabel se había confundido? ¿Y si ella estaba alucinando?

Y entonces lo vio saliendo por una de las puertas. El corazón le empezó a martillear en el pecho –como si fuese un pájaro enjaulado con ganas de volar– cuando lo vio avanzando a trompicones con las piernas rígidas. Tenía la ropa arrugada y el rostro sin afeitar, pero estaba vivo.

Flora dio un paso hacia él, temblando, y luego dio otro. Y después empezó a correr en su dirección. Chess alzó la vista y la vio. Flora se abalanzó sobre él justo cuando él estaba intentando mantener el equilibrio. Se tambalearon y se chocaron con la pared que tenían detrás mientras él le devolvía el abrazo y hundía la nariz en su cuello.

Flora sollozó en voz alta, añadiendo la sal de sus lágrimas a la del océano que se le había quedado pegada a Chess en el abrigo.

–Pensé que te había perdido –repitió ella una y otra vez hasta que él le agarró la cara y la besó, haciéndole cosquillas en la piel con los pelos que le habían comenzado a salir alrededor de la boca.

Chess le pasó la mano por el pelo, apartándole los mechones enredados de la cara, y se separó para poder mirarla a los ojos.

Flora sabía que iba hecha un desastre y que tenía el rostro manchado y lleno de lágrimas, pero por el brillo que vio en sus ojos, supo que a él no le importaba. Chess tenía el rostro lleno de marcas, unas que hicieron que ella recordase la historia desgarradora que les había tocado vivir. Le acarició la piel que ahora se tensaba sobre sus huesos y parecía sobresalir, haciendo que los ojos se le viesen hundidos y sombríos. Chess hizo una mueca.

Estallaron aplausos a su alrededor y Flora se sonrojó cuando se apartó de Chess y algunos pasajeros se acercaron para darles la enhorabuena. El resto se limitó a sonreír. Pero Flora también percibió la tristeza que había detrás del gesto. Ellos también querían tener su propio final feliz.

–Mabel te vio en la enfermería –comentó Flora cuando vio que Chess apretaba los dientes mientras se separaba de la pared–. ¿Necesitas sentarte?

Chess la agarró con firmeza de la mano.

–En realidad…, necesito caminar –le explicó él, levantándole la mano para poder examinarle las vendas.

–Ampollas –respondió ella antes de que él preguntase.

Chess avanzó unos pasos cojeando hasta que pudo enderezarse un poco, y, justo en ese momento, Flora recordó lo que le había dicho el médico. Que Chess necesitaba moverse todo lo que fuese posible. Aunque ella seguía sin entender el porqué.

–Pero si te duelen las piernas al caminar, ¿no deberías estar descansando? –añadió ella.

–Lo mío es congelación –pronunció él–. El doctor Blackmarr me ha dicho que puede que tengan que amputármelas.

Capítulo 43

Chess nunca había sentido tanto dolor en su vida. Cada paso que daba hacía que le entrasen ganas de apretar la mandíbula. Se imaginó que sentiría algo parecido si le estuviesen clavando en la piel cientos de palillos de dientes de metal. Sin embargo, entre todo ese dolor también notaba las piernas dormidas, como si hubiese zonas en las que sentía una molestia punzante y otras en las que no sentía nada porque parecían estar totalmente muertas. Y quedarse quieto era peor. Al menos, mientras se movía, el dolor no era en vano.

Cuando llegó al Carpathia, logró subir por la escalera de cuerda hasta el barco, a pesar de que sentía casi todas las partes del cuerpo entumecidas, sobre todo las piernas. Se había bebido el vaso de coñac que le había ofrecido el camarero y había preguntado por Flora y los Fortune. Una vez que supo que las cuatro mujeres estaban a salvo a bordo, se dirigió a una de las cocinas del barco y se comió un plato de sopa y un poco de pan recién hecho antes de moverse hasta un espacio más cálido detrás de una de las estufas. Se había acurrucado con varias mantas antes de que le llegase de golpe el cansancio de la noche. Mientras tanto, el cocinero había echado su ropa empapada en un horno para que se secase.

Había pensado que estaba lo suficientemente bien como para no preocuparse, pero cuando se despertó una hora más tarde, el dolor y el entumecimiento habían aumentado. Así que se fue a la enfermería, donde el doctor Blackmarr –un pasajero que estaba ayudando a los cirujanos del barco– le había diagnosticado congelación. Aquello lo pilló por sorpresa, pero más aún que le dijese que tal vez tendrían que amputarle las piernas y que la intervención podría hacerse a bordo.

Le horrorizaba pensar que podría perderlas. Nunca volvería a caminar ni a correr ni a jugar al tenis. Nunca bailaría con Flora. Entre otras muchas cosas más que le impedirían continuar con su vida como hasta ahora. No. No podía.

El doctor le había dicho que todavía no estaba todo perdido. Que, si ejercitaba las piernas de manera constante, tal vez podría incluso recuperar la movilidad. Chess había decidido aferrarse a esta alternativa y se prometió a sí mismo que subiría y bajaría por las cubiertas y los pasillos del barco día y noche hasta que llegaran a puerto. Pero primero necesitaba un baño caliente.

Después de avivarse un poco, se había vestido de nuevo con las prendas secas, aunque seguían manchadas de sal, y había subido directamente a cubierta para comenzar a caminar de un lado a otro. Había intentado averiguar dónde estaban Flora y su familia, y un camarero le había prometido que las buscaría por él, pero ella lo había encontrado antes.

Cuando alzó la vista y la vio corriendo hacia él, con el viento azotándole el pelo castaño con reflejos cobrizos, se sintió como si hubiese visto salir el sol después de haberse pasado semanas —semanas no, años— bajo el interminable y gris invierno. Si hubiera podido, él también habría corrido hacia ella, pero apenas pudo mantenerse erguido cuando ella lo estrechó entre sus brazos. Gracias a Dios, tenía una pared a su espalda.

Después de que el agua lo hubiese arrastrado desde la cubierta del Titanic, se había pasado horas sumido en la desesperación al notar que el agotamiento y el frío extremo estaban empezando a hacer mella en su cuerpo. Incluso había llegado a pensar que no aguantaría ni un minuto más si no lo rescataban ya. Nunca había tenido tantas ganas de llorar como en el momento en el que se aferró a Flora. Se acordó del horror que había vivido hacía apenas unas horas; del miedo que había pasado al no saber si ella estaría bien. Porque puede que hubiesen conseguido subirla a uno de los botes, pero eso no significaba que no pudiese estar en peligro. Se había imaginado cientos de escenarios posibles… ¿y si el bote en el que iba se había volcado?

Pero allí estaba ella, entre sus brazos. Con el corazón latiéndole junto al suyo. Desprendiendo el mismo aroma de siempre. Y buscando sus labios con desesperación. Si no hubiesen estado en cubierta, rodeados de testigos, y si el dolor de las piernas no le hubiese estado matando, estaba bastante seguro de que su reencuentro no hubiese acabado en un simple abrazo.

Ahora que se habían puesto a pasear por la cubierta —o más bien a cojear de la mano—, se advirtió a sí mismo que debía medir muy bien sus palabras cuando Flora le pidiese que le contase lo que había vivido, pero pronto descubrió que le iba a ser imposible. Puede que fuese porque seguía demasiado cansado o porque la tragedia compartida había derribado cualquier muro que quedaba entre ellos. Aunque sospechaba que tenía más que ver con la confianza que habían conseguido crear entre los dos. Los ojos azul grisáceos de Flora desprendían compasión y comprensión mientras le agarraba el brazo y apoyaba la cabeza en su hombro, un gesto cargado de naturalidad.

—Entonces…, ¿estuviste mucho tiempo en el agua? —le preguntó ella cuando él terminó de explicarle lo que le había dicho el doctor Blackmarr—. ¿Qué pasó, Chess?

Él soltó un suspiro largo, con la intención de guardarse los detalles más crudos. Pero al final acabó soltando toda la verdad antes siquiera de que se diera cuenta de que lo estaba haciendo.

Había estado intentando ayudar a los hombres a enderezar el plegable después de que se hubiese caído del techo del camarote de los oficiales y hubiese acabado en la cubierta boca abajo con un estruendo, cuando una ola lo arrastró por el costado de la nave. El agua helada lo había dejado sin aire en los pulmones y fue la necesidad de volver a respirar lo que le dio la fuerza que necesitaba para poder salir a la superficie. Gracias a Dios, llevaba puesto el chaleco salvavidas porque, sin él, estaba bastante seguro de que no habría sobrevivido.

Emergió frente al barco con la respiración entrecortada mientras el agua que tenía debajo retumbaba y tronaba con erupciones sordas. Y entonces, la primera chimenea cayó, haciendo un ruido aterrador y aplastando a la gente a su paso. La ola que creó hizo que Chess girase sobre la superficie, pero la estela del segundo embudo lo arrastró hacia abajo una vez más con los trozos de escombro que le provocaron muchos de los cortes y moretones que tenía por todo el cuerpo.

Apenas le quedaban fuerzas cuando tuvo que luchar por salir a la superficie por segunda vez, pero, gracias al Señor, emergió junto al plegable volcado. Varios hombres ya se habían subido a la parte superior del bote, incluido el segundo oficial Lightoller, que se había lanzado de cabeza al mar desde el puente de mando mientras este se hundía. Chess había intentado subirse a la pequeña embarcación, pero lo único que pudo hacer fue tocar con el torso el casco de corcho y aferrarse a él mientras temblaba y trataba de recuperar el aliento.

La popa del Titanic continuó elevándose en el aire con lentitud a unos cuarenta o cincuenta metros del lugar en el que se encontraba él, mientras la gente que seguía a bordo se agarraba a lo que podía con desesperación. El mar alrededor del barco ya estaba lleno de escombros y de pasajeros que intentaban nadar para salvarse. Chess vio cómo se formaba una grieta enorme justo delante de la tercera chimenea y el barco se partía en dos. La popa volvió a recuperar su posición natural, pero no tardó en volver a subir y quedarse casi en un ángulo de noventa grados. Se balanceó durante unos segundos antes de hundirse con un fuerte silbido y desaparecer bajo el agua.

Las imágenes que había visto y los sonidos que había oído justo después del hundimiento lo perseguirían por el resto de su vida. Sin saber muy bien cómo, se las arregló para subirse un poco más al plegable B, algo que agradeció enseguida porque el bote no tardó en llenarse y los más rezagados tan solo pudieron aferrarse a los bordes, con la mayor parte del cuerpo bajo el mar, lo que provocó que se fuesen congelando poco a poco y acabasen muriendo en el agua. Otros tuvieron que agarrarse a tumbonas y a otros restos flotantes, entre los que había un armario. Sin embargo, a la mayoría no le quedó más remedio que seguir flotando en el agua helada, algo que no tardó en pasarles factura.

Chess se apretujó con los demás en el bote y se encorvó sobre sí mismo todo lo que pudo, tratando de conservar el calor corporal. Empezó a perder la sensibilidad en los pies, pero en ese momento no supo si era porque estaba soportando el peso del hombre que tenía delante o porque el agua seguía empapándole los pies. Bride, un tipo que se había sentado a su lado y que no tardó en descubrir que era uno de los operadores de Marconi, se encontraba en la misma situación que él. Al otro lado tenía a Jack Thayer, un joven de diecisiete años que demostró tener la misma valentía que los fogoneros y otros miembros del personal del Titanic.

Hubo un momento en el que pensaron que tan solo necesitaban esperar a que regresasen a por ellos los botes salvavidas que se habían puesto a flote antes del hundimiento. Chess sabía que muchos de ellos habían abandonado el Titanic sin apenas pasajeros a bordo. Pero después de un rato esperando, se dieron cuenta de que ninguno iba a volver a por ellos. Estaban rodeados de gente que gritaba desesperada en el agua —gritos que sabían perfectamente que tendrían que haber llegado a oídos de los oficiales de las otras embarcaciones—, así que no entendían por qué eso no les parecía motivo suficiente para acercarse.

Y entonces ya fue demasiado tarde. Al menos para aquellos que no habían podido llegar al plegable. Y el silencio que los envolvió cuando, poco a poco, los nadadores que tenían alre-

dedor tomaron su última bocanada de aire fue casi más insoportable que sus lamentos. Pero pronto descubrieron que tenían cosas más importantes de las que preocuparse.

La mayoría de los ocupantes del plegable B habían decidido
ponerse de pie para mantener la mayor parte posible del cuerpo fuera del agua fría y para hacerle espacio a los demás. Cuando ya eran treinta y un pasajeros a bordo, alcanzaron la capacidad máxima del bote, aunque, aun así, la gente que seguía en
el agua les rogaba sin parar que los subiesen a bordo. Cuando
alguien moría y se caía de la embarcación, otro superviviente
se subía al bote para ocupar su lugar. Chess tuvo que ver ese intercambio tantas veces que al final le dio la horrible sensación
de que se estaba empezando a acostumbrar a ello.

E igual de horrible le pareció ver cómo el bote se iba hundiendo cada vez más por el peso. Para evitar que otros nadadores subiesen a bordo, algunos de los hombres usaban los remos y los tablones para volver a arrojarlos al mar y alejarlos del
plegable. De hecho, a uno acabaron golpeándole en la cabeza
con un remo. Lo único que pudo hacer Chess fue agarrar con
más fuerza a Jack Thayer, que estaba arrodillado en el casco y
luchaba por no caerse, mientras otro ocupante lo agarraba a él.
Apenas podían mantener el equilibrio. Pero la peor parte se la
estaban llevando los que estaban de pie.

Alguien cerca de la proa juró haber visto al capitán Smith
en el agua, pero fueron pocos los que le prestaron atención.
El oficial Lightoller no lo hizo, dado que estaba ocupado haciéndole un interrogatorio a Bride; desde que se enteró de
que el operador de Marconi estaba entre ellos, se puso a hacerle preguntas sobre los mensajes de auxilio que les habían
enviado a las embarcaciones que se encontraban navegando
en las proximidades. Bride le explicó que les habían respon-
dido varios barcos, pero que el Carpathia era el que más cerca se encontraba del lugar del desastre. Su comentario animó
a muchos de los supervivientes y enseguida parecieron recuperar la energía que necesitaban para reorganizarse en el bote

siguiendo las indicaciones de Lightoller. Formaron dos filas y se pusieron de pie con la mirada clavada al frente y aferrándose a los chalecos salvavidas del que tenían al lado. Luego les ordenó que se fuesen inclinando según la dirección de las olas que habían comenzado a formarse, consiguiendo así mantener el plegable a flote. No fue una tarea fácil, pero hasta aquellos que no podían ponerse de pie hicieron todo lo posible por ayudar.

Lightoller también los convenció para que se pusieran a gritar al unísono por si había algún bote cerca. Pero los «¡Barco a la vista!» a viva voz no surtieron el efecto que deseaban y pronto se rindieron para no malgastar la poca fuerza que les quedaba. Además, el mar se estaba revolviendo cada vez más y eso estaba haciendo que se filtrase más aire por debajo del plegable, así que tuvieron que concentrarse para poder trabajar en equipo y mantenerse a flote.

Cuando la situación ya casi parecía imposible, un miembro de la tripulación preguntó:

—¿Y si oramos?

Cada uno dijo la religión a la que pertenecía y al final se decidió que lo mejor era optar por el padrenuestro. El hombre comenzó a orar y el resto lo siguió.

Aunque Chess era creyente y miembro de la Iglesia de la Trinidad en Manhattan, nunca se había considerado una persona particularmente devota. Pero en la oscuridad de aquella noche sombría e interminable, descubrió que tenía mucha más fe de la que se había imaginado. Rezó con fervor mientras se esforzaba por mantener la vista clavada en la cabeza de Bride en vez de en las olas, conectando hasta con la parte más profunda de su ser. Cuando se quedaron en silencio, sintió una paz en su interior que parecía provenir de una fuente divina. No sabía qué pasaría a continuación, pero sí que estaba preparado para enfrentarse a ello.

Se había acabado poniendo de cuclillas y apenas veía nada en el horizonte, así que ni siquiera podía examinar el mar en

busca de la luz de algún barco. Habían visto varias bengalas verdes y Lightoller les había dicho que creía que serían
de algún oficial que estaba a cargo de alguna de las embarcaciones. Pero cuando el amanecer empezó a aclarar el cielo, alguien vio un grupo de botes cerca. Lightoller cogió de
inmediato su silbato y lo sopló dos veces, emitiendo un sonido largo y agudo.

–¡Venid a ayudarnos, por favor! –gritó él.

Dos de esos botes acudieron a su rescate, aunque casi los
vuelcan en el proceso. Cada vez que un hombre saltaba en una
de las otras embarcaciones, ponía en riesgo la vida de los que
seguían de pie en el plegable. Chess finalmente se subió a bordo del bote salvavidas número doce y se sintió como si le estuviesen clavando agujas en las piernas. Allí se acurrucaron bajo
las mantas, desesperados por entrar en calor, mientras Lightoller tomaba el mando del bote y manejaba el timón. La embarcación estaba abarrotada, pero al menos no se hundió como el
plegable, que se había quedado a la deriva. Fueron los últimos
en llegar al Carpathia.

Chess y Flora se quedaron un buen rato en silencio después
de que él le terminase de contar lo que había vivido. Sin embargo, sabía perfectamente en qué estaba pensando Flora.

–Siento mucho lo de tu padre y tu hermano –susurró él–. Estaban justo detrás de mí, en el techo del camarote de los oficiales. Estábamos intentando poner a flote los últimos plegables,
pero… cuando la ola me tiró por la borda, yo…

Flora le puso un dedo en los labios para que no siguiese hablando.

–No –murmuró ella, con los ojos llenos de lágrimas–. Sé que
no los abandonaste. El simple hecho de que tú hayas sobrevivido… –Se le quebró la voz–. Bueno, ya me parece un milagro. Y sé que mi padre y Charlie nunca te culparían por haberte salvado, aunque ellos no lo lograron. –Negó con la cabeza–.
Y yo tampoco lo hago.

–Pero tu madre… Yo… ¿Cómo está?

—Está rota de dolor. Mis hermanas y yo creemos que lo mejor es que esté siempre acompañada por alguna de nosotras. Al menos… al menos hasta que esté más serena.

Chess sintió una punzada en el pecho al oír la situación en la que se encontraba la señora Fortune. Pobre mujer. Se giró para mirar el hielo que brillaba con la luz del sol.

—No quiero que te sientas culpable —añadió Flora.

No estaba preparado para esta conversación ni para la forma en la que le hacía sentir, pero, como siempre, los brillantes ojos de Flora vieron más en él de lo que esperaba. Tal vez «culpable» era un adjetivo demasiado fuerte para lo que sentía, pero no podía negar que algo se removía en su interior cada vez que se acordaba de ellos.

Las comisuras de los labios de Flora se curvaron en una sonrisa triste.

—Supongo que todo esto será una carga que tendremos que llevar con nosotros durante el resto de nuestra vida. El hecho de haber sobrevivido cuando muchos otros no lo hicieron.

Chess se sobresaltó con sus palabras.

—Pero tú eres una mujer.

—¿Y se supone que por eso merezco más vivir que cualquier otra persona? —replicó ella, enfadada—. ¿Más que mi padre, Charlie, el señor Andrews, el señor Futrelle o que cualquiera de los otros hombres que perecieron? —Chess le agarró las manos, pero ella no había terminado, así que añadió—: Esto no tiene nada que ver con la dignidad o el derecho, aunque sé que todos los que estamos aquí nos haremos esa pregunta una y otra vez, al menos durante un tiempo. Pero en la mayoría de los casos no encontraremos una respuesta. Porque ninguna razón justificará por qué esta persona se ha salvado y esta otra no. —Se liberó de su agarre para hacer un ademán con la mano—. ¡De nada sirve que nos preguntemos el porqué, Chess! —Cerró los ojos con fuerza—. Porque ya no van a volver. —Giró las manos y volvió a entrelazar los dedos con los suyos—. Y me duele que mi padre y Charlie estén muertos

–continuó en voz baja, con un tono que denotaba tristeza–. Me dolerá durante mucho tiempo y me pasaré toda la vida echándolos de menos, pero… –Sollozó–. Pero también me alegro de que tú sigas aquí.

Chess se llevó las manos de Flora a los labios y se las besó, preguntándose qué había hecho para merecerse a esa mujer. Y supo que esa sería otra pregunta para la que nunca tendría respuesta.

Capítulo 44

Martes, 16 de abril de 1912

El tiempo parecía no avanzar a bordo del Carpathia. La mayoría de los supervivientes del Titanic desprendían tanto dolor y sufrimiento que cualquiera podría haber pensado que estaban en un barco fúnebre. Cuando no estaba ahogada en su propio duelo, Alice guardaba algo de lástima para los pasajeros y la tripulación del Carpathia que, sin quererlo, habían acabado contagiándose de su tristeza. Aunque todos se mostraban amables y, dentro de lo que cabía, intentaban hacer que se sintiesen cómodos.

Alice pasaba la mayor parte del tiempo encerrada en el camarote con su madre, consolándola lo mejor que podía y animándola a hacer esas cosas que su estado de ánimo le impedían hacer, pero que, aun así, eran necesarias para que el cuerpo se fuese recuperando. Como comer, beber agua y dormir. Alice había elegido asumir por voluntad propia la mayor parte de la carga, aunque Flora y Mabel la ayudaban siempre que podían. Pero sabía que Chess necesitaba a su hermana mayor y ella también tenía que asegurarse de que comiese y descansase, ya que, cada dos horas, caminaba de un lado a otro para no perder la movilidad de las piernas e intentar evitar la amputación.

Mabel, por su parte, había decidido hacerles compañía a las mujeres viudas y a los niños que se habían separado de sus padres en el momento en el que se habían subido en los botes salvavidas.

–Nunca olvidaré la imagen de esas madres desesperadas buscando a sus hijos –les confió Alice a sus hermanas una noche en el camarote cuando su madre se había quedado dormida gracias a una pequeña dosis de bromuro–. Una de ellas estaba tan angustiada que le dijo a otra viuda que el bebé que tenía en sus brazos era suyo.

–¿Y cómo supieron quién de las dos decía la verdad? –preguntó Flora con un jadeo.

–La madre real del bebé lo reconoció de inmediato por su llanto, entre otras cosas. Y luego lo demostró diciéndole que sabía que el niño tenía una pequeña marca de nacimiento en el pecho.

–Solo hay dos niños que se han quedado sin madre. Dos chicos de pelo rizado –añadió Mabel, suspirando con fuerza.

–Creo que sé quiénes son –habló Flora–. Iban en mi bote salvavidas. Vi cómo su padre se los entregaba al oficial. No hablaban inglés, solo francés.

–Sí, son esos –le confirmó Mabel–. ¿Y no viste a su madre?

–No, solo al padre.

Mabel frunció el ceño y añadió:

–Por ahora se está haciendo cargo de ellos la señorita Margaret Hays porque sabe francés, pero tal vez la madre no estaba a bordo del Titanic. Aunque si no lo estaba…, puede que los niños ya fuesen huérfanos de madre antes de zarpar. Pobres criaturas…

–¿Se sabe algo de los Allison? –quiso saber Alice–. La última vez que los vimos, estaban buscando a Trevor y a la niñera. ¿Se salvó alguno de ellos?

La expresión de Mabel se tornó pensativa.

–El bebé sí. Y la niñera. Pero no se sabe nada del señor y la señora Allison. Y tampoco de la pequeña Lorraine.

Al enterarse de la noticia, Alice cerró los ojos y rezó en silencio por todas sus almas.

–Hicimos todo lo que pudimos –le recordó Mabel, con la voz quebrada por la emoción.

Pero Alice se dio cuenta de que, a pesar de eso, la pérdida de Lorraine Allison había dejado a su hermana más tocada de lo que les hacía creer. Tal vez porque había intentado hacer todo lo posible para salvar a la pequeña. O tal vez porque ahora, al estar tanto tiempo con ellos, conocía de primera mano lo dura que estaba siendo la situación para los niños.

Fuera cual fuese el motivo, Alice estaba orgullosa y feliz al ver que Mabel estaba aprovechando su encanto y su energía para ayudar a los demás. Y no solo se pasaba el día con los más pequeños y sus madres.

Mabel también se había juntado con varias mujeres, incluida la condesa de Rothes, para buscarles ropa a aquellos supervivientes que se habían visto obligados a abandonar el Titanic sin apenas nada encima. Habían enviado marconigramas a varias tiendas de Nueva York y habían hecho pedidos de ropa que se les entregarían una vez que llegasen a puerto. Mientras tanto, se las apañaban como podían: muchos de los niños de tercera clase llevaban camisones demasiado finos, por lo que estaban trabajando juntas para hacerles prendas con cualquier tela que encontrasen o que el contramaestre del Carpathia les diese. Al menos Alice sí que podía ayudarlas con esa tarea mientras se quedaba sentada en el camarote cuidando de su madre. Convertía las mantas en camisetas y vestidos, sobre todo, en aquellos momentos en los que necesitaba mantener la mente ocupada y no podía dormir.

A todas las mujeres Fortune les estaba costando conciliar el sueño, pero las hermanas se negaron a tomar el bromuro que les había ofrecido el cirujano del barco. Aunque tal vez deberían haberlo hecho. Flora tenía pesadillas y se negaba a compartirlas con ella. Mabel no podía quedarse quieta ni un mísero segundo. Quizá porque pensaba que así podía encontrar el perdón que les aliviase la angustia que las estaba atormentando.

Alice también pensaba mucho en el perdón. Se castigaba a sí misma por no haber pasado más tiempo en el Titanic con su padre y Charlie. Por robar y por jugar con el dinero de Flora, a pesar de que ahora todas sus posesiones estaban en el fondo del Atlántico. Por no haberle hecho caso al adivino de El Cairo. Todo eso le remordía la conciencia.

El lunes por la tarde había visto a Chess en cubierta haciendo los ejercicios que le había mandado el doctor. Se habían parado a observar cómo tiraban al mar los cuerpos de cuatro hombres que habían muerto en los botes salvavidas, cada uno de ellos metidos dentro de un saco grande de lona cosido. Los tres primeros cayeron al agua sin apenas salpicar y se sumergieron hasta que encontraron su lecho de muerte en el fondo del mar. Sin embargo, el cuarto aterrizó con un golpe seco y con un extraño chapoteo.

Una escena que sin duda no habían llegado a ver sir Cosmo y lady Duff-Gordon. De lo contrario, no habrían tenido el mal gusto el martes por la mañana de insistir en hacerse una foto allí mismo con los pasajeros con los que habían viajado en el bote salvavidas número uno.

—Creo que querían que todo el mundo se enterase de que les habían prometido a los tripulantes de su bote que le darían cinco libras a cada uno para que pudiesen comprarse ropa nueva —les había explicado Flora después de ver el espectáculo que habían montado—. Así que les pidieron a todos los pasajeros con los que compartieron bote que subiesen a cubierta con el chaleco salvavidas. Como si no lo estuviésemos pasando todos lo suficientemente mal como para que ahora tengamos que recordar que el Carpathia también podría hundirse. —Los ojos de Flora desprendían ira—. Se subieron doce personas en el bote número uno. ¡Solo doce! ¿En serio quería inmortalizar algo así? Ella con su abrigo de piel de topo y su kimono de seda morado… Y encima les pidió que le firmasen el chaleco salvavidas, como si fuese un recuerdo bonito…

—Oí a alguien decir que las cinco libras no eran solo para reemplazar las prendas, sino también un soborno para que la tripulación no regresase al lugar del desastre para rescatar a los supervivientes —susurró Mabel para que su madre no la oyera.

–No sé si eso es cierto –comentó Flora–. Pero si lo es, no entiendo por qué alguien sería tan cruel e inconsciente.

–No se reirán tanto cuando vean que se ha corrido el rumor –proclamó Mabel. Según había oído, iban a empezar a investigar el hundimiento y estaba bastante segura de que saldrían a la luz muchas de las preguntas que se estaban empezando a hacer los supervivientes del naufragio.

Había rumores de que el capitán Smith, el jefe de oficiales Wilde y el primer oficial Murdoch se habían pegado un tiro en la cabeza y se habían suicidado. Que el capitán se había empeñado en convertir al Titanic en el transatlántico más rápido en cruzar el Atlántico para así poder conseguir el Blue Riband, cuando sabía perfectamente que no se había construido el barco con ese propósito. Que todos los tripulantes se habían emborrachado y se habían divertido demasiado la noche del accidente. Que había más botes salvavidas, pero que se habían volcado. Y lo más inquietante: que habían recibido advertencias de que estaban rodeados de icebergs y que, aun así, habían decidido ignorarlas.

Y las hermanas Fortune sabían que eso último era cierto, dado que habían oído conversaciones en las que hablaban de ello. La señora Ryerson le contó a Mahala Douglas que había hablado con el señor Ismay tan solo unas horas antes de la colisión –una interacción que Flora había presenciado– y que le había mostrado a la señora Thayer y a ella un telegrama en el que les advertían de la presencia de icebergs. Y ahora todos los pasajeros a bordo lo sabían y criticaban la actitud que había tenido el señor Ismay. Pero Ismay estaba recluido en el camarote del doctor McGee y rechazaba casi todas las visitas, lo que hacía que le fuese imposible defenderse.

Con tanto dolor, cualquier cosa ya les sentaba como un trago amargo.

Chess pudo desmentir algunas de las especulaciones, ya que había estado en el barco durante sus últimos momentos. Había visto al capitán Smith, al señor Andrews y a muchos de los oficiales trabajando hasta el final para poder salvar al mayor número posible de pasajeros. Si alguien se hubiera quitado la vida, tendría que haber sido tan solo unos segundos antes de que el agua los arrastrase a todos.

Alice se encontró con la señora Brown en cubierta el martes por la noche, cuando una de sus hermanas cogió el relevo y se hizo cargo de su madre para que ella pudiese descansar. La mujer le habló de los comités que se habían formado esa misma tarde para recaudar fondos para los más necesitados, así como para agradecerle al capitán Rostron y a la tripulación del Carpathia lo que habían hecho por ellos. También se había reconocido el trabajo de los oficiales y la tripulación del Titanic. Alice le prometió que su familia contribuiría en lo que pudiese.

La señora Brown le pasó un brazo por los hombros mientras paseaban y añadió:

—Lo siento mucho por su pérdida, querida. ¿Cómo se encuentra su madre?

—No muy bien, la verdad.

—Es normal… Acaba de perder a su esposo y a su hijo pequeño a la vez. —Sacudió la cabeza con tristeza.

—Ya, pero nosotras también hemos perdido a nuestro padre y a nuestro hermano —le respondió Alice con brusquedad, pero, desde que pronunció las palabras, se avergonzó y deseó con todas sus fuerzas poder retirarlas.

La señora Brown no la reprendió, sino que se limitó a darle un apretón en el hombro.

—Así es. Y pronto se dará cuenta de ello. Pero le llevará tiempo. Al menos tiene usted la suerte de contar con dos hermanas que pueden consolarla.

Sí, daba gracias por no haberlas perdido a ellas también. Muchos de los supervivientes no tenían a nadie, excepto un hombro de un extraño comprensivo en el que llorar. Extraños que podrían no tener buenas intenciones. No era la primera vez que oían que había un reportero a bordo del Carpathia que se dirigía hacia el Mediterráneo cuando el barco se desvió para ayudar a los pasajeros del Titanic. Un reportero que, junto con su esposa, estaba recopilando testimonios.

–¿Y usted cómo está? –le preguntó Alice a la señora Brown–. ¿Comparte camarote con alguien?

Muchas de las mujeres de primera clase se habían dividido en grupos para compartir habitación.

–No, estoy durmiendo en la sala de escritura con otras damas. Estamos como sardinas en lata y como el queso fundido. Pero no me puedo quejar. –Se estremeció, y Alice no supo si era para quitarle hierro al asunto o porque tenía frío–. Después de esa noche que pasamos a la intemperie…, valoro mucho más el poder tener un techo bajo el que dormir.

Capítulo 45

Flora se despertó de golpe y se sentó erguida en la litera. Tardó unos instantes en recordar que estaba a bordo del Carpathia. Que el Titanic se había hundido. Que su padre y Charlie ya no estaban.

¡Pum!

Estuvo a punto de saltar de la cama al oír el estruendo. Lo primero que pensó fue que se habían vuelto a chocar con otro iceberg. Pero entonces vio un destello de luz en la pared, justo en el borde de las cortinas, y unos segundos después oyó el ruido de los truenos. Se bajó de la litera y apartó las cortinas para ver cómo el viento empujaba las gotas de lluvia contra la portilla.

Se llevó una mano al pecho. Tan solo era una tormenta.

Cuando llegó el siguiente relámpago, seguido de un trueno, no se asustó. Se quedó allí de pie durante varios minutos, observando el cielo. Una brisa fría le erizó la piel de los hombros, pero seguía sintiendo los pies calientes gracias a los botines que llevaba puestos. No se los había quitado desde su llegada, excepto cuando pudo por fin cambiarse las medias, dado que una de las mujeres le había prestado un par limpio.

Sabía que era absurdo, pero no podía dormirse sin ellos, sin saber que estaba lista para abandonar el camarote en cualquier momento. Había dejado el abrigo, el sombrero y los guantes a los pies de la cama. Era lo único que se había permitido quitarse para poder estar más cómoda.

De todas formas, le estaba costando mucho conciliar el sueño. Cuando cerraba los ojos, veía a Charlie pidiéndole ayuda desde el agua, gritando su nombre. Ella extendía las manos hacia él, pero por mucho que lo intentaba, nunca podía alcanzarlo. Otras veces tenía pesadillas en las que oía susurros fantasmales, olas rugiendo, barcos que se hundían y cadáveres congelados con los ojos abiertos. Esos ya eran motivos suficientes para no querer acostarse a dormir, pero al final el cansancio siempre acababa ganando la batalla.

Se pasó la lengua por los dientes y se estremeció al notar la boca pastosa. No habían podido hacerse con un cepillo de dientes. El barbero del barco guardaba algunos en la tienda, pero se agotaron enseguida; y pocos pasajeros del Carpathia habían traído de repuesto, así que a la mayoría de los supervivientes del Titanic no les había quedado más remedio que cepillarse los dientes con el dedo.

Flora intuyó que tendrían que ser las 00:00 h. Habían pasado dos días desde que se habían chocado con el iceberg. Dos días desde que su padre y Charlie las habían dejado. Trataba de consolarse con la idea de que estarían en el cielo, lejos de la necesidad, el miedo, el frío y el dolor. Sin embargo, le era difícil olvidar que se habían pasado sus últimos momentos con vida sufriendo.

Un trueno sacudió la ventana y ella se acordó de las bengalas de socorro. Se alegró de que sus hermanas y su madre pudieran dormir a pesar del ruido. Las cuatro estaban inquietas y agotadas. Ninguna de ellas lograría asentarse y comenzar a sanar hasta que no tocasen tierra firme.

Flora sintió una oleada de ansiedad al pensar en la llegada a Nueva York. En el Carpathia estaban aisladas del resto de la sociedad, pero una vez que atracaran, una vez que se bajaran del barco, tendrían que enfrentarse al mundo de los teléfonos, los telegramas y los periódicos. Acababan de vivir algo inmensamente trágico… No habría escapatoria. Acabarían colándose hasta en el más insignificante rincón de sus vidas si se lo permitían.

Si se comparaban con supervivientes como Madeleine Astor y Dorothy Gibson, ellas atraerían poco interés fuera de Winnipeg, sobre todo si decidían mantener silencio. Aunque Flora sabía que eso podría cambiar en un abrir y cerrar de ojos si la prensa se enteraba de su relación con Chess Kinsey, una estrella del tenis y el soltero de oro del momento.

Se preguntó si estaría despierto. Si a él tampoco le estarían dejando dormir los truenos. Una repentina ráfaga de viento golpeó la lluvia con más fuerza contra la portilla. Esperaba que no hubiese subido a cubierta para hacer los ejercicios que le había mandado el doctor a pesar del temporal.

Antes de que pudiera arrepentirse, cogió el abrigo y salió sin hacer ruido del camarote. Los pasillos estaban oscuros y tranquilos, al igual que las zonas comunes en las que descansaban la mayoría de los supervivientes. Se detuvo en la puerta para mirar el salón principal y oyó los suaves ronquidos y las voces de aquellos que murmuraban en sueños. Se dirigió a la entrada que daba a la cubierta de proa y miró por la ventana cómo caía la lluvia en el exterior gracias al resplandor de los relámpagos.

–¿Buscabas a alguien?

Flora se sobresaltó al oír la voz de Chess y se dio la vuelta. Lo buscó en la penumbra y lo encontró de pie, apoyado en la pared del fondo.

–Espero que no pensaras que estoy tan tarado como para salir a cubierta cuando hay una tormenta.

–No –contestó ella, aunque enseguida añadió–: Bueno, al menos esperaba que no lo estuvieses.

–Ven aquí –dijo él en voz baja.

Cuando Flora se acercó lo suficiente como para distinguir los rasgos de su rostro gracias al siguiente relámpago, él le dio la mano y dejó que ella apoyase la cabeza en su hombro. Flora sintió de inmediato la tensión que emanaba su cuerpo y enseguida se dio cuenta de por qué no se había acercado a las ventanas. La tormenta lo inquietaba aún más que a ella. Por razones evidentes.

Flora se acurrucó a su lado y se relajó al notar su calor. Suspiró cuando le llegó el olor que desprendía su piel y la preocupación que le presionaba el pecho se fue disipando poco a poco. Unos minutos después, se alegró al descubrir que a él también se le habían relajado los músculos. Aun así, no dijeron nada, se limitaron a abrazarse mientras sus respiraciones se acompasaban. Cuando Chess bajó la cabeza para posar los labios sobre los suyos, no lo hizo con pasión, sino más bien como si buscase consuelo.

–Tendremos que ir con cuidado… Cuando lleguemos a Nueva York, digo –comentó él cuando se separaron, y ella volvió a hundir la nariz en la curvatura de su cuello.

Flora sabía perfectamente a qué se refería.

–Ya. Estoy segura de que tú tampoco quieres tener a los periodistas detrás todo el día. Más de lo que ya de por sí lo estarán –respondió ella, al llegar a la conclusión de que lo presionarían para hacer entrevistas–. Y… quiero hablar primero con Crawford. Siento que al menos le debo una explicación. A nadie le gustaría enterarse por la prensa de que su prometida lo ha abandonado para irse con otro hombre.

–No seas tan dura contigo misma –protestó Chess.

–Pero es la verdad –afirmó ella sin rodeos–. Por mucho que le explique mis razones, yo seguiré siendo la mala de la película. Y eso es precisamente lo que dirán los periódicos si se enteran. Y sabes que tengo razón.

Chess soltó un suspiro cansado.

–Por desgracia, sí. Pero no mereces que hablen de ti así.

–Y Crawford tampoco. –Flora hizo una mueca–. Tengo que hablar con él cuando llegue a Nueva York. Si es que a Robert le llega el telegrama que le envié a tiempo…

Aunque el capitán del Carpathia era bastante estricto con la cantidad de mensajes que mandaban los pasajeros, había dejado que cada superviviente enviara un telegrama a sus familiares para informarles de su situación. Flora había decidido mandarle un mensaje a su hermano Robert en nombre de las cuatro mujeres Fortune para contarle que ellas estaban bien, pero que no sabían nada de Charlie y su padre. No había sido capaz de escribirle que habían muerto, ni siquiera de darle a entender que lo estaban.

—Nos las apañaremos —murmuró Chess, acariciándole con los dedos el pelo que le caía suelto por la espalda.

Ella asintió contra su pecho.

—¿Cómo tienes las piernas? ¿Has podido dormir algo?

—Diría que están un poco mejor. Al menos, no están peor. — Chess dejó escapar un suspiro—. Y no. Apenas duermo. Pero creo que estamos todos igual…. A no ser que se lo hayan comentado al doctor o se hayan bebido un buen trago de coñac antes de irse a la cama… Supongo que tú no has hecho ninguna de las dos cosas.

—No. —Flora vaciló antes de añadir—: Haría cualquier cosa por no tener que volver a cerrar los ojos.

Chess le levantó la barbilla con el dedo para mirarla a los ojos.

—¿Estás teniendo pesadillas?

—Sí.

—Yo también —admitió él.

Ella le rodeó el torso con los brazos.

—Vaya pareja hacemos…

Chess la apretó más contra su pecho y los dos se relajaron al sentir la presencia del otro, con el sonido de la lluvia de fondo y el estruendo de los truenos.

—¿Hay algún lugar en el que puedas caminar que no sea en cubierta? —quiso saber ella—. Aparte de deambular por los pasillos, claro.

—Debería haberle preguntado antes a algún miembro de la tripulación. —Su voz desprendió un deje de humor—. Tu hermano estaría decepcionado conmigo si se enterase de que todavía no he inspeccionado todas las salas del barco.

A Flora se le escapó una pequeña sonrisa.

—Sí, Charlie ya habría logrado convencer a la tripulación para que le enseñase todos los recovecos del buque. Desde el aparejo hasta las calderas... –comentó ella, y se le ensanchó la sonrisa, aunque no tardó en desaparecer.

Charlie se había ido. Nunca volvería a navegar. Nunca les volvería a soltar un sermón sobre barcos o sobre algún otro armatroste. Nunca volvería a usar su ingenio para absolutamente nada.

Y su padre... Nunca los volvería a avergonzar con su abrigo de búfalo. Nunca la llevaría al altar el día de su boda. Nunca conocería a sus nietos.

Flora empezó a llorar, empapándole el abrigo a Chess con las lágrimas mientras él la abrazaba.

Chess le ofreció un pañuelo y esperó a que ella se limpiara la cara.

–Necesitas tiempo –susurró él–. Para llorar. Para cuidar de tu familia.

–Madre nos necesita más que nunca –admitió ella con un hilo de voz–. Nunca la había visto así. Estoy segura de que, si no fuese por nosotras, ya habría tirado la toalla.

Flora no se había atrevido a mencionarle a su madre que Chess estaba vivo por miedo a cómo reaccionaría. Quería que su madre estuviese feliz por ella, porque la persona a la que su hija amaba había sobrevivido, pero en el fondo sospechaba que la noticia no le sentaría tan bien como a ella le gustaría. Que cualquier comentario que hiciese sobre Chess, ella lo vería como una traición a su padre y a Charlie.

–Y estoy bastante preocupada por Alice. Apenas habla con nosotras y tengo la sensación de que, de alguna manera, se culpa a sí misma por todo lo que ha pasado. Aunque no entiendo por qué.

Flora incluso había llegado a pensar que el cambio de actitud de su hermana se debía a las palabras que le había dicho el adivino en El Cairo. Al fin y al cabo, a cualquiera le inquietaría saber que el egipcio no se había equivocado. Pero puede que tan solo fuese una mera coincidencia.

–¿Te conté que Karl me dijo que, en la primera noche a bordo, la señorita Newsom tuvo una pesadilla en la que sucedía algo similar? Ahora no puede dejar de pensar en ello.

–No, pero ya he oído a más de seis personas diciendo que les ha pasado algo parecido. Es como si una cuarta parte de los pasajeros del Titanic supiesen lo que iba a pasar y aun así… se subieron al barco –murmuró ella con sarcasmo.

–Puede que incluso la mitad del barco. Por la mañana hablé con un tipo que tenía un *bulldog* francés y me dijo que había tenido un «mal presentimiento».

–¿Sobrevivió el *bulldog*? –Flora sabía que, como mínimo, se habían salvado unos tres perros; una noticia que había molestado a algunos de los supervivientes, dado que había animales que seguían vivos y sus seres queridos no. Incluso ella, que adoraba a los animales, llegó a sentir una punzada de rencor cuando se enteró de que el pequinés del señor Harper había logrado mantenerse con vida y su hermano Charlie no.

–No.

En ese instante, Flora pensó en Jenny, la gata del Titanic, y en sus pequeños. Seguramente ni siquiera habían tenido oportunidad de salvarse.

–Sé que debería entristecerme al saber que ha muerto otra criatura, pero es que ya apenas tengo fuerzas para hacerlo –confesó ella, e inclinó la cabeza para que la nariz y la frente le quedaran justo debajo de la mandíbula de Chess que, en algún momento de las últimas horas, había decidido afeitarse.

Se tranquilizó al sentir su piel –el calor y el sudor– y el pulso bombeándole el cuello.

Capítulo 46

Jueves, 18 de abril de 1912

Los días en el Carpathia estaban siendo los más tristes y dolorosos de la vida de Mabel, pero también los más fructíferos. Nunca se había sentido tan útil y productiva como lo hizo en aquellas horas en las que, junto a Margaret Brown, escuchó las dificultades y las necesidades de los pasajeros de tercera clase e intentó ayudarlos como pudo. O en las que cortó y cosió telas junto a Noëlle, la condesa de Rothes, para hacerles prendas nuevas a aquellos que apenas tenían abrigo. Ambas mujeres tenían un gran corazón, un maravilloso sentido del humor y una actitud humilde. Noëlle incluso se había reído cuando le había contado a Mabel que un marinero le había dicho que se notaba que era una dama porque hablaba por los codos.

Tampoco estaban dispuestas a que los hombres les dictaran lo que podían o no podían hacer cuando era evidente que podían ser útiles a bordo. De hecho, estos mismos hombres terminaron tachándolas de entrometidas e indiscretas a pesar de la buena labor que estaban haciendo. O, mejor dicho: tacharon a Margaret de ello. Nadie se habría atrevido a criticar a la mismísima Noëlle, aunque Mabel tenía que reconocer que la mujer lo hacía todo con más tacto y deferencia –ya fuera fingida o real– que Margaret. Mabel sospechaba que, en su caso, era más bien lo primero. La señora Brown, por otro lado, había admitido sin pelos en la lengua que en general tenía poca paciencia –excepto para la costura–, sobre todo con cualquier cosa que tuviese que ver con los hombres. Mabel había aprendido mucho de las dos.

El miércoles por la mañana, una niebla espesa cubrió el barco y obligó al capitán a reducir la velocidad. La mayoría de los pasajeros se refugiaron en el interior, lejos del frío y la sirena de niebla, que resonaba a intervalos regulares, consiguiendo que la gente se desanimara y perdiese los nervios. El mal tiempo los acompañó durante casi todo el viaje a Nueva York y eso no hizo más que aumentar la sensación de que el Carpathia parecía un barco fúnebre.

Sin embargo, a pesar del cambio de temperaturas, todo lo demás seguía como el primer día. Todavía había que seguir consolando a los que estaban más abatidos, dándoles de comer a los que se morían de hambre, cosiéndoles prendas a los que seguían pasando frío y atendiendo a los heridos en la enfermería y a lo largo de las cubiertas. Mabel había conocido a una mujer que prefería acostarse boca arriba en la cubierta que en un sofá o en una cama de hospital con almohadas. Le había dicho que para el dolor de espalda le venía mejor descansar sobre la madera dura.

Mabel sintió una oleada de alivio cuando descubrieron que William Sloper había sobrevivido, aunque también le molestó un poco que pareciese estar evitando a todas las mujeres Fortune, en especial a Alice, con la que mantenía una relación más estrecha. Sin embargo, el hombre terminó pasándose por su camarote el jueves por la tarde. Con el sombrero en la mano, tocó la puerta y preguntó por Alice. Ya no quedaba ni rastro del William dicharachero que ellas conocían, aunque sus ojos desprendían empatía.

—Lo siento mucho –le dijo William a Alice en voz baja mientras Mabel y Flora los escuchaban a escondidas, algo que no les resultó complicado, dado que la habitación era minúscula.

Alice asintió y sorbió por la nariz al sentir de nuevo una oleada de dolor.

–No quiero molestaros, pero quería que supieses que estoy dispuesto a ayudaros en lo que necesitéis. A buscar transporte, a encontrar alojamiento una vez que lleguemos a Nueva York…

–Gracias –lo interrumpió Alice–. En principio, vendrá nuestro hermano a recogernos. Y padre envió el domingo un telegrama al Hotel Belmont para reservar las habitaciones.

–Entonces estaréis en buenas manos. –Inclinó la cabeza para despedirse–. Mi más sentido pésame a toda tu familia.

Cuando él se dio la vuelta para marcharse, ella le preguntó:

–¿Te acuerdas de lo que pasó en El Cairo?

William tardó un momento en responder y, cuando lo hizo, su respuesta fue escueta:

–Sí.

Ella asintió y él cerró la puerta al salir.

Su madre se había vuelto a quedar dormida, de no haber sido así, Flora nunca se habría atrevido a sacar el tema:

–¿Es por eso por lo que últimamente estás tan callada? –Volvió a colocar en su sitio la almohada que había estado ahuecando y enderezó la esquina de la manta de su litera para dejarlo todo como se lo habían encontrado antes de que abandonasen el barco dentro de unas horas–. ¿Por lo que te dijo ese adivino? –Negó con la cabeza y se puso las manos en las calderas–. Por favor, Alice, tan solo ha sido una mera coincidencia.

–No, no es por eso –concedió Alice–. Sé que tenía las mismas probabilidades de acertar que de no hacerlo. –Sonrió con tristeza y con las lágrimas aún en los ojos mientras alargaba el brazo para cogerle la mano a sus hermanas–. Además, se equivocó en una cosa: no lo he perdido todo. Os sigo teniendo a vosotras.

Flora frunció el ceño.

–Entonces, ¿qué es lo que te pasa?

Alice bajó la cabeza.

–¿No son las muertes de padre y Charlie razón suficiente?

Sí que lo eran, pero Flora no parecía del todo convencida y Mabel también empezó a sospechar que le inquietaba algo más.

Mientras Flora y Alice ayudaban a su madre a prepararse para desembarcar, Mabel subió a cubierta para averiguar cuántas horas más tendrían que esperar. Salió por la puerta y se fijó en los pasajeros del Titanic; la mayoría parecía estar nerviosa, pues poco antes habían pasado por delante del buque faro Ambrose, un indicador de que estaban acercándose al puerto de Nueva York. La niebla había desaparecido por fin, pero había dado paso a otra tormenta en la que no solo había lluvia, sino también truenos y relámpagos. Eso complicaría el desembarque, pero ¿qué más daba tener que pasar por otro disgusto más después de todo lo que habían vivido ya?

A pesar de la tormenta, muchos de los supervivientes del Titanic y los pasajeros del Carpathia se apoyaron en las barandillas y clavaron la vista en el horizonte, mirando con ansias tierra firme. Mabel se acercó a ellos y descubrió que estaban rodeados de remolcadores y de pequeñas embarcaciones, como si fuesen una armada. Al principio pensó que eran los propios familiares de los supervivientes, pero no tardó en darse cuenta de que eran periodistas. Levantaban pancartas con preguntas como: «¿Está a bordo la señora Astor?» y utilizaban megáfonos para hacerles preguntas despiadadas y difíciles de ignorar. Lanzaban bengalas al aire en un intento de iluminar mejor las cubiertas para que los fotógrafos pudiesen hacer su trabajo. Llegaron incluso a agitar billetes en lo alto para tentar a los supervivientes a abandonar el Carpathia y subirse en las embarcaciones en las que iban ellos para que les contasen sus desgarradoras historias. Pero lo que no sabían era que, después de haberse enfrentado a un naufragio, nada –y menos aún cincuenta dólares– podría convencerlos para revivir la experiencia.

Mabel se apresuró a bajar las escaleras para decirle a Flora que no dejase que su madre subiese a cubierta hasta que atracaran –todavía tendrían que esperar unas horas para hacerlo–, antes de volver a hacerse un hueco en la barandilla. Como si la lluvia no les molestase, miles de curiosos se arremolinaban a lo largo del Battery Park, al sur de Manhattan. Y una muchedumbre aún mayor se había reunido en el muelle operado por la naviera Cunard Line. Pero pasaron de largo, navegando más allá del río Hudson hacia el muelle de la White Star. Allí, arriaron los botes salvavidas del Titanic; lo único que había quedado del magnífico transatlántico.

Mabel se los había advertido. Les había dicho que se preparasen para el caos que se respiraría en el muelle de la Cunard. Pero, aun así, Alice se quedó boquiabierta al ver la multitud que se había reunido allí. A juzgar por la cantidad de gente que había detrás de los cordones policiales y de las filas de ambulancias y automóviles, puede que incluso llegasen a ser decenas de miles de curiosos. Por no hablar de la prensa. Había dejado de llover, aunque aún caían gotas de los aleros y se formaban charcos por todo el suelo en los que se reflejaban las luces del barco y las bengalas de los periodistas.

Alice pensaba que se alegraría al ver tierra firme, al escapar por fin del mar y de todo el horror que habían vivido. Sin embargo, se sintió como si estuviese en un precipicio. Por fin podía huir, pero tenía que saltar a lo oscuro y lo desconocido para hacerlo.

La señora Fortune tenía el rostro pálido y sombrío, como el resto de los días que siguieron al rescate. Si se sentía incómoda con el espectáculo que tenían delante, por suerte, no mostró señales de ello. Aunque necesitaba apoyarse en Alice y Flora para mantenerse en pie.

Por el contrario, las facciones de Flora denotaban cansancio y tensión. No dejaba de mirar de reojo la cubierta –en concreto, a varios metros a su derecha–, donde Alice vio a Chess, intentando, sin mucho éxito, no devolverle la mirada a su hermana mayor. Sabía que habían decidido mantener las distancias, al menos hasta que se calmasen las aguas. Pero eso no significaba que fuese a ser fácil.

Mabel permanecía tranquila y callada al otro lado de Alice. Alice esperaba que soltara algún comentario sarcástico o irrelevante, pero su hermana no abrió la boca. Colocaron las pasarelas y se llevaron a los pasajeros heridos que necesitaban atención hospitalaria a las ambulancias que los esperaban. Después, llegó el turno de los pasajeros de primera clase. A medida que avanzaban por la pasarela, Mabel demostró ser la más serena de las cuatro.

Los supervivientes canadienses se habían agrupado y el comandante Peuchen y el señor Dick –los únicos hombres canadienses que consiguieron salvarse– las escoltaron hacia el exterior. Pero cuando Peuchen se detuvo a hablar con uno de los reporteros que no paraba de alzar la voz para hacerles preguntas, Mabel arrastró a las mujeres Fortune lejos de los periodistas y los fotógrafos, y entraron directamente en el cobertizo del muelle 54.

En el interior, se encontraron con los familiares y los amigos de los supervivientes. Cada uno de ellos se había situado detrás del cartel con la inicial del apellido del pasajero al que habían venido a buscar. Mabel guio a su madre y a sus hermanas hasta el que tenía escrito una «F», pero incluso antes de que se acercasen, a Alice le fallaron las rodillas al ver el rostro familiar de la persona a la que tanto amaba. Empezó a sollozar y enseguida Holden la estrechó entre sus brazos.

Su prometido olía a lana mojada, a menta y a hogar, y ella se convirtió en un mar de lágrimas al sentirlo a su lado. Pasaron algunos minutos hasta que pudo recomponerse lo suficiente como para darse cuenta de que habían venido más personas a buscarlas. Su hermana mayor, Clara, le dio un abrazo y Herbert, su esposo, también. Segundos después, salieron del cobertizo y Holden le pasó un brazo por encima de los hombros de forma protectora.

Pasaron por delante de varios oficiales que llevaban el uniforme del Ejército de Salvación, y de doctores y enfermeras vestidas de blanco. Había varias filas de camillas apoyadas a lo largo de la pared, listas para su uso. La calle estaba llena de limusinas y de otros automóviles, y la familia Fortune se subió en dos de ellos que pertenecían al Hotel Belmont. La señora Fortune, Clara y Herbert se montaron en el primero, junto con el doctor Gibbons; mientras que Alice, Holden, Mabel y Flora ocuparon los asientos del segundo. Y hasta que no se alejaron de la acera, Alice no se percató de que su hermano Robert y Crawford no habían venido.

Abrió la boca para decirle algo a Flora, que se había sentado en el lado opuesto del vehículo y en ese instante se encontraba mirando por la ventana, pero enseguida la cerró.

Holden se giró para hablarles desde el asiento del copiloto.

—Vuestro hermano Robert no sabía si iba a llegar a tiempo a Nueva York desde Vancouver, así que nos pidió que viniésemos nosotros. —Sus ojos se posaron en Flora, que seguía mirando por la ventana—. Y Campbell me dijo que tenía que ocuparse de algunos asuntos urgentes… No podía retrasarlos, pero me pidió que te transmitiera sus disculpas, Flora. Y que habría venido si hubiese podido.

—Gracias, Holden —respondió Flora con calma, con los ojos todavía fijos en las calles empapadas que iba viendo por la ventana.

—¡Será cretino! —exclamó Mabel, expresando la misma rabia que Alice sentía, pero que ella no se atrevía a pronunciar en voz alta.

Habría venido si hubiese podido, ¿en serio? ¡Por el amor de Dios! ¡Su prometida acababa de sobrevivir a un naufragio! Uno en el que habían muerto más de mil quinientas personas. ¡Y entre ellas estaban su futuro suegro y su cuñado! Y, aun así, tenía más «asuntos urgentes» que ese de los que ocuparse… Sin duda, Flora había hecho lo correcto al ponerle fin a su compromiso.

Si Flora estaba enfadada, no lo demostró. De hecho, lo único que hizo fue poner una mano en el brazo de Mabel para que lo dejase estar. Mabel frunció el ceño con la intención de decir algo más, pero entonces desvió la mirada hacia el espejo retrovisor y se dio cuenta de que el conductor no dejaba de observarlas de reojo. No estaban hablando de lo que había pasado en el Titanic, pero estaba bastante segura de que los periodistas le pagarían bien por cualquier chisme sensacionalista que les contase sobre los supervivientes y sus disputas familiares.

Pasaron el resto del trayecto prácticamente en silencio. Y solo cuando se instalaron en la *suite* del hotel, después de que el personal les mostrase toda clase de cortesías, se atrevieron a reanudar la conversación:

—El doctor Gibbons ha sedado a madre —comentó Clara después de haber dejado a la señora Fortune en una de las habitaciones contiguas al salón de la *suite*.

—¿Cómo es posible que haya ocurrido algo así? —preguntó Herbert—. ¡¿No se suponía que el Titanic era insumergible!?

—Pues es evidente que no lo era… —respondió Flora con desgana—. Nos chocamos con un iceberg. Impactó con el costado. Lo vimos desde la portilla de nuestro camarote. Nos subimos a los botes salvavidas, pero no había suficientes para todos los pasajeros. No… no había suficientes —repitió y vaciló un instante antes de recuperar la compostura—. Aunque si los hubiera habido, tampoco les habría dado tiempo a ponerlos todos a flote.

Holden se sentó en el brazo de la silla en la que Alice se había desplomado y le apoyó una mano en el hombro. Cuando Herbert siguió presionándolas con más preguntas, intervino:

—Acaban de vivir algo horrible. Tal vez deberíamos dejarlas descansar.

—Pero ¿y ahora qué va a pasar? ¿Han encontrado los cuerpos de los fallecidos?

Alice hizo una mueca.

—Creo que esa pregunta deberías hacérsela a la White Star, no a tus cuñadas —pronunció Holden con brusquedad.

Herbert examinó los rostros desdichados de las cuatro hermanas Fortune y asintió con la cabeza, mordiéndose la lengua.

Poco a poco, cada una se fue marchando a su correspondiente dormitorio, sin pensar siquiera que estaban dejando a

Alice a solas con Holden en el salón, algo que nunca habrían hecho en circunstancias normales.

Holden llevó a Alice hasta el sofá y la rodeó con el brazo para acercarla más. Le dio un pequeño beso en los labios antes de acariciárselos con el dedo al notar que los tenía agrietados.

–El frío y la sal del mar –le explicó ella.

Él le cogió la mano; ya no las llevaba vendadas, pero seguía teniendo la piel áspera y seca.

–De los remos.

–¿No había suficientes tripulantes o pasajeros hombres en tu bote?

Alice negó con la cabeza y él se acercó más a ella, apoyándose en su pelo; pelo que llevaba días sin lavarse y peinarse.

–Cuando me enteré… –volvió a hablar él, pero se vio incapaz de terminar la frase. Después, tragó saliva con fuerza y añadió–: Gracias a Dios que estás viva.

Alice quería contarle tantas cosas… Necesitaba tener una conversación con él. Pero, por ahora, estar allí juntos era más que suficiente.

Capítulo 47

Viernes, 19 de abril de 1912

El mundo parecía haberse parado por culpa del Titanic. Habían bajado las banderas a media asta, habían cerrado las tiendas –entre ellas, los grandes almacenes Macy's, debido a la pérdida del señor y la señora Straus– y habían apagado las luces de los teatros, al menos, los de aquellos que habían pertenecido al difunto Henry Harris. Los periódicos solo hablaban de las últimas noticias que se sabían del condenado buque de vapor; ocupaban todas las portadas con titulares impactantes y entre sus páginas se hallaban las historias desgarradoras de sus supervivientes. Flora reconoció algunos de los nombres, pero no todos.

Holden y Herbert habían salido a buscar toda la información que pudiesen acerca de la White Star, la recuperación de los cuerpos y las reclamaciones sobre los derechos de propiedad. Regresaron al hotel con una enorme pila de periódicos, que dejaron caer sobre la mesa del salón de la *suite*, y les contaron que los periodistas los habían acosado en el vestíbulo porque querían hablar con las mujeres Fortune.

–Pillé a un tipo merodeando por el pasillo que da a nuestra *suite* –comentó Herbert–. No pueden ir más allá del vestíbulo, así que no sé cómo logró subir… Seguramente sobornó a algún empleado para que le dejase pasar.

No eran los únicos supervivientes que se estaban alojando en el Hotel Belmont. Y, a diferencia de ellos, a muchos no les importaba hablar con la prensa y que sus historias se publicasen en periódicos de todo el país y del mundo. Al reportero que viajaba a bordo del Carpathia cuando les llegó la llamada de socorro del Titanic le recompensaron por su exclusiva con una estancia en el Belmont, cortesía de su periódico: el *New York World*. Tal vez tan solo los habían alojado a su esposa y a él en el hotel porque era uno de los mejores de la ciudad, pero su presencia incomodaba a las Fortune.

Flora se ajustó el cinturón de la bata de color azul pizarra que Clara le había traído de Winnipeg.

—Sabía que los periodistas iban a ir detrás de los supervivientes —dijo ella, llevándose las manos a la frente—. Pero está siendo mucho peor de lo que imaginaba.

Flora no podía ignorar las miradas que Alice y Mabel le dedicaban cada vez que leían el nombre de Chess en uno de los periódicos. A pesar de que no había compartido prácticamente nada con los periodistas, lo consideraban un héroe, al igual que a Jack Thayer y a otros hombres que se habían hundido con el barco, y que aun así habían conseguido sobrevivir. Y las declaraciones de algunos de los supervivientes en las que aseguraban que Chess les había ayudado a escapar no habían hecho más que aumentar su popularidad.

A Flora se le llenaba el pecho de orgullo cada vez que leía uno de esos relatos, pero le preocupaba que cuanto mayor fuese su fama, más difícil les resultase mantener una relación en secreto.

Flora se moría de ganas de hablar con él para, al menos, saber cómo se encontraba. Si sus piernas seguían mejorando o habían empeorado. Pero ya habían hablado del riesgo al que se expondrían si ella le enviaba una carta, sobre todo durante los primeros días en Nueva York. Flora no llegaba a entender cómo la prensa podía siquiera interferir en el correo o en los telégrafos o incluso si mandaba a un mensajero privado, pero Chess los conocía mejor que ella y ya sabía de lo que eran capaces. Así que se abstuvo de enviar cualquier tipo de correspondencia, ni siquiera intentó ponerse en contacto con Crawford.

En el fondo, no le sorprendió la ausencia de Crawford a su llegada, pero aun así le dolió que no hubiese venido a recogerla. Sobre todo cuando vio a Holden con Alice.

—Creo que lo mejor será que no salgáis de la *suite* hasta que vuestra madre se encuentre lo suficientemente bien como para viajar y podamos regresar todos a Winnipeg —les dijo Holden a las hermanas.

—Eso también va por ti, Clara —añadió Herbert—. Podrían ir detrás de ti también, aunque no hayas viajado en el Titanic.

—Pero tengo que ir a comprar —protestó la aludida—. No tenemos ropa de luto.

—Pues tendrás que pedirles a las tiendas que vengan al hotel. —Herbert examinó a sus cuñadas, que seguían llevando una mezcolanza de atuendos. La bata de Mabel era demasiado pequeña, apenas se le ceñía a la cintura, y el dobladillo de la de Alice estaba descocido—. Estoy seguro de que no te costará mucho convencerlos si les dices que necesitas ropa para las supervivientes del Titanic. —Herbert se ajustó las solapas del abrigo—. Le he pedido al gerente del hotel que le comunique a la prensa que el doctor os ha diagnosticado fatiga mental y que aún os estáis recuperando de la conmoción y que debéis hacer reposo absoluto. Con suerte, eso hará que os dejen tranquilas.

—Creo que con esa información solo lograremos que aparezcan más… —replicó Mabel con ironía.

—Tonterías. Ahora estarán más pendientes de la comisión de investigación que abrirá hoy el Senado sobre el naufragio en el Waldorf Astoria.

Estaba claro que a los estadounidenses no les gustaba perder el tiempo. Los supervivientes acababan de pisar Nueva York y ya querían empezar con las investigaciones. Al parecer, necesitaban interrogar al señor Ismay y a la tripulación del Titanic antes de que navegaran de regreso a Gran Bretaña y les resultase más difícil hablar con ellos, o puede que incluso imposible.

A Flora le interesaba poco lo que descubriesen. La investigación no traería de vuelta a su padre ni a Charlie ni recuperaría ninguna de las otras mil quinientas vidas que ahora descansaban en las profundidades del océano.

Sin embargo, sí que había un rumor que le preocupaba.

–¿Habéis leído el artículo en el que hablan del señor Sloper? –les preguntó a Alice y a Mabel, después de que Clara y Herbert se fuesen a comprobar cómo estaba su madre.

–Sí. ¡De todas las estupideces que se les podrían haber ocurrido, van y escriben eso! –replicó Alice con rabia–. William nunca se habría atrevido a hacer algo así.

–¿Qué ponía? –quiso saber Mabel.

–Que cogió un camisón de mujer y se hizo pasar por una para poder ponerse a salvo. Pero tú lo viste subiéndose a uno de los botes, ¿no? –le preguntó Alice a Flora.

–Fue Chess quien lo vio. –Flora miró a Holden, preguntándose si él, al igual que todos, sabría quién era el tenista–. Dijo que William se había subido con Dorothy Gibson y su madre. Y que los oficiales le dejaron sentarse sin armar ningún escándalo.

Mabel hizo una mueca.

–Pobre William. Ahora que todo el mundo habrá leído esto, le será difícil convencer a la gente de lo contrario.

–Y eso es justo lo que más temo –soltó Flora de repente. Todos se giraron para mirarla y ella se vio en la obligación de seguir hablando–: Si nos negamos a hablar con los periodistas, si no les ofrecemos algo… ¿Qué pasa si acaban inventándose alguna historia sobre nosotras también? –añadió, y enseguida se dio cuenta de que la idea les preocupaba tanto como a ella.

–Tal vez deberíamos esperar a ver si, tal y como dice Herbert, las palabras del doctor consiguen hacer que os dejen tranquilas –sugirió Holden.

Las hermanas se miraron y Flora llegó a la conclusión de que ninguna creía que esa estrategia fuese a funcionar. Pero, por el momento, lo único que podían hacer era seguir el consejo de Holden.

Capítulo 48

Domingo, 21 de abril de 1912

El domingo por la mañana –casi una semana después del naufragio–, la familia Fortune se reunió en el salón de la *suite*. Hasta la señora Fortune salió de su habitación, con la cabeza gacha y los hombros hundidos. Todos iban vestidos con prendas negras y parecían una bandada de cuervos. Al igual que hicieron cuando hacía mal tiempo, los hombres leyeron la Biblia y rezaron juntos, mientras que Alice cantaba un par de himnos.

A medida que sus voces se desvanecían con la estrofa final, se sentaron en silencio. El ruido de las calles de abajo se filtraba a través de las ventanas; un sonido de fondo para acompañar los pensamientos que les rondaban por la cabeza.

Herbert fue el primero en romper el silencio:

–Tengo noticias de Robert –comentó él, refiriéndose al hermano mayor de las Fortune, que vivía en Vancouver y que ahora había pasado a ser el cabeza de familia–. Me ha dicho que irá directamente a Halifax en lugar de venir aquí. Ahí es donde la White Star llevará los cuerpos que logren recuperar para poder identificarlos y dejarlos en manos de sus seres queridos.

Herbert ya había informado a las hermanas de que la White Star Line había contratado varios buques cableros para llevar a cabo esta ardua tarea, pero Mabel no estaba segura de que se lo hubiese dicho a su madre. Aun así, apenas se inmutó cuando oyó las palabras de Herbert.

–Robert siempre ha sido un buen chico. –Esa fue la única respuesta que dio la señora Fortune.

A Mabel no le hubiese gustado estar en el lugar de su hermano. No debía ser fácil tener que identificar el cadáver de dos personas a las que querías. Sobre todo después de haber pasado tanto tiempo sin ver a tu familia. Tuvo que obligarse a no pensar en el estado en el que podrían estar los cuerpos.

Herbert y Holden intercambiaron una mirada antes de que el primero continuase hablando:

–Hemos conseguido billetes de tren para irnos de Nueva York el martes.

Si Mabel no hubiera estado sentada al lado de Flora, tal vez no habría sentido la tensión que de repente se apoderó del cuerpo de su hermana mayor. Era evidente que pensaba que no se irían tan pronto de la ciudad.

–Han llamado al comandante Peuchen, de Toronto, para que declare como testigo en la investigación. Y lo hará ese mismo martes, así que hemos decidido que lo mejor es que nos vayamos de la ciudad. Viajaremos primero a Montreal y luego iremos a Winnipeg.

Sin embargo, Mabel y sus hermanas sabían que con su marcha no conseguirían deshacerse de los reporteros. Esperaron a que su madre volviese al dormitorio con Clara y que Herbert saliese para fumarse uno de sus nocivos puros para comentar el asunto con Holden.

El favor que le había pedido Herbert al gerente del hotel y el comunicado que le había enviado directamente al *New York Times* para que respetasen su privacidad mientras se recuperaban de la conmoción y la fatiga no habían hecho más que empeorar la situación. Seguía habiendo cientos de reporteros esperándolas en el vestíbulo del hotel. La señora Brown les había hecho una visita el día anterior para pedirles que participasen en la recaudación de fondos para los más necesitados. Y eso había hecho que acabasen apareciendo aún más periodistas, aunque en el fondo ellas sabían que su silencio también los había animado a acercarse al hotel. Sobre todo porque el resto de los supervivientes que se alojaban allí ya habían hablado con la prensa, así que ahora parecía que el foco estaba exclusivamente puesto en ellas.

Alice se inclinó hacia delante en el sillón.

–Holden, por poco que nos guste, tenemos que darles algo más o nunca nos dejarán en paz. Ni aquí ni en Montreal ni en Winnipeg.

–Y no me extrañaría que en Winnipeg se dedicasen a perseguir también a nuestros amigos –señaló Mabel.

Habían recibido un telegrama de Crawford en el que les contaba que los periodistas se habían acercado a él para sacarle información. A Flora le había molestado que solo le interesase que le contestasen cuanto antes para así poder enterarse de lo que había pasado. Así que les había prohibido a todos que le respondieran. Sabía que su familia respetaría su decisión, aunque no estaba tan segura de que Herbert lo hiciera.

–Supongo que tenéis razón –respondió Holden, lanzándole una mirada cargada de preocupación a Alice–. Herbert y yo podríamos…

–No, Herbert no –lo interrumpió Flora con brusquedad–. Solo tú.

Era evidente que a Holden no le hacía mucha gracia la idea de dejar al margen a Herbert, pero entendía el porqué. Temía tanto por la seguridad de la familia de su prometida que al final dio su brazo a torcer. Sobre todo cuando le recordaron que no solo había reporteros hombres, sino también mujeres que podían entrar en lugares en los que él no podía y tenderles a ellas una emboscada. Aunque al principio se mostró reacio, al descubrir qué querían que le dijese exactamente a la prensa en su nombre:

–Diles que has decidido no hacernos demasiadas preguntas sobre el naufragio porque cada vez que lo haces nos ponemos histéricas –sugirió Flora.

–Sí, bien pensado –coincidió Mabel, sabiendo que los periodistas se lo creerían y se aferrarían a esa teoría como un perro hambriento a un hueso–. Diles que estamos… destrozadas física y mentalmente. Y que por eso necesitamos que hables tú por nosotras.

–Y después simplemente comparte algún que otro dato insignificante –continuó Flora, apretando la mandíbula. Al igual que Mabel, no le hacía gracia tener que servirle en bandeja a los periodistas hasta la más mínima parte de su tragedia familiar, sobre todo, porque sabían que lo harían público–. No entres en detalles. Tan solo cuéntales lo suficiente como para convencerlos de que hemos decidido ponerle fin a nuestro silencio. Con suerte, nos dejarán en paz.

Holden parpadeó, perplejo.

–¿Queréis que les diga que estáis… histéricas?

–Puede que parezca que es una mala idea… –intervino Alice con la misma expresión de tristeza en el rostro que sus hermanas–. Pero necesitamos darles algo que les resulte lo suficientemente impactante como para engañarlos.

Flora arrugó la nariz con desdén y hundió los hombros por el cansancio.

–Puede que estemos exagerando, pero tampoco estamos mintiendo. Estamos rotas de dolor y agotadas. Y si tenemos que hacerles creer que ahora mismo nos encontramos demasiado frágiles para hacer entrevistas, lo haremos.

Holden les comentó que escribiría en un papel lo que iba a decir y se los enseñaría antes de bajar a hablar con los periodistas. Después, salió de la *suite* y se puso manos a la obra.

–Cree que nos arrepentiremos de esto –dijo Flora una vez que la puerta se cerró tras él.

–Entiendo que lo piense. En circunstancias normales, no le habríamos pedido que hiciese una tontería así –contestó Mabel antes de fruncir el ceño–. No entiendo por qué la sociedad ve a las mujeres como si fuesen una flor frágil. Una que no puede siquiera enfrentarse a una brisa fuerte. Y si una de nosotras se sale del jarrón, siempre tiene que haber un hombre que se ofenda y nos recuerde cuál es nuestro papel.

–No todos son así –protestó Flora.

–Lo sé –accedió Mabel–. Pero la mayoría sí. Desde que ven a una mujer que no se desmorona bajo presión y que intenta revertir la situación para hacerle frente a las adversidades, ya la están tachando de insensata. De hecho, hay algunos que no tienen reparo en utilizar adjetivos más hirientes.

–Una mujer como la señora Brown –adivinó Alice.

–¡Exacto! –Mabel se enderezó en la silla, con la intención de dejarles claro qué opinaba sobre el tema–. La señora Brown y lady Rothes vieron que había gente que necesitaba ayuda y no dudaron en hacer algo al respecto, pero, en lugar de apreciar el gesto, algunos hombres tuvieron el valor de echarles en cara que eso no era algo que les correspondía hacer a ellas. ¿Cuántas veces habrán tenido las mujeres que ocultar lo que hacen para que los hombres no las critiquen? ¿A cuánta gente podríamos ayudar si los hombres dejasen de decirnos lo que tenemos que hacer?

–No dices todo esto solo por lo que le ocurrió a la señora Brown y a lady Rothes en el Carpathia, ¿verdad? –adivinó Flora con su habitual perspicacia. Ladeó la cabeza para estudiar a su hermana–. ¿No tendrá esto algo que ver con la razón por la que desaparecías a bordo del Titanic? ¿O con el motivo por el que padre y tú os peleasteis?

Mabel cruzó los brazos y se dio la vuelta, sin saber si contarles o no la verdad.

–Pensé que habíais discutido por Harrison Driscoll –intervino Alice.

–Lo dudo mucho –respondió Flora.

Pero si algo había aprendido Mabel durante su estancia a bordo del Titanic y el Carpathia, era que tenía que dejar de ocultar quién era y qué quería. ¿Y con quién mejor que con sus hermanas para empezar a ponerlo en práctica?

–Quería convencer a padre de que me dejase ir a la universidad –soltó Mabel, y cuando sus hermanas no dijeron nada, añadió–: Pero no lo logré. No era la primera vez que lo intentaba. De hecho, discutimos por mi futuro en bastantes ocasiones. Pero aquella última tarde… fue la vez que más se enfadó.

–Siempre pensé que padre estaba orgulloso de lo inteligentes que eran sus hijas –susurró Alice.

–Me dijo que mi sitio estaba en casa. Con un marido.

Flora negó con la cabeza como si no la creyera.

–Te juro que me lo dijo –se defendió Mabel.

Su hermana mayor extendió la mano para tocarle el brazo.

–No era por ti. Era por padre. –Flora suspiró y cerró los ojos por un momento–. Las dos sabéis lo orgulloso que estaba padre de haberse labrado un buen futuro sin apenas nada en los bolsillos.

–Como para no saberlo; lo repetía a cada rato… –Mabel torció los labios–. Por eso se aseguró de que Robert supiese lo que era trabajar duro en vez de esperar a que le dieran directamente la herencia.

Flora asintió.

–Cuando era pequeño, todos los miembros de su familia se vieron obligados a trabajar para poder salir adelante. Incluso su propia madre, hermanas y abuela. –Flora hizo una mueca y las miró con tristeza–. Día y noche. Y perdió a su madre demasiado pronto por ello. Así que lo único que quería padre era conseguir una buena vida para que las mujeres de su familia no tuviesen que pasar por lo mismo. Porque eso era justo lo que le habría gustado hacer por su madre. Para quitarle ese enorme peso de encima. Para asegurarse de que no les dejara tan pronto.

La señora Swift le había contado a Mabel algo parecido, pero esto iba más allá.

–Así que cuando le dije que quería ir a la universidad, que quería hacer algo más con mi vida aparte de casarme… –volvió a hablar Mabel.

–Recordó por lo que había tenido que pasar su madre y se ofendió –concluyó Flora–. Porque lo interpretó como si le estuvieses diciendo que todo lo que había hecho por nosotras no había sido suficiente.

Mabel se golpeó la pierna con el puño.

—¡Pero yo no quería que pensase eso! No quería. ¿Por qué no me contó todo esto?

—Porque a padre le gustaba hacer las cosas a su manera —respondió Alice en voz baja.

Mabel soltó un gruñido. Ojalá lo hubiese sabido, ojalá se lo hubiese contado. Podrían haberse ahorrado todo el dolor que aquella discusión acabó causándoles.

—¿Y qué vas a hacer ahora? —quiso saber Alice—. ¿Sigues queriendo ir a la universidad?

—No sé si podré. —Mabel estudió a sus hermanas y se preguntó si alguna de ellas sabía lo que había escrito su padre en el testamento. Si Robert se quedaría con la parte de la herencia que les correspondía a ellas hasta que se casasen.

Pero el tiempo que pasó a bordo del Carpathia le había servido para darse cuenta de que ya tenía la capacidad, la determinación y la astucia que necesitaba para hacer todo lo que se propusiese sin siquiera haber ido a la universidad. Que era ella la responsable de su propia felicidad y de encontrar la manera de abrazar la vida que anhelaba.

—Te apoyaremos hagas lo que hagas. —A Flora se le dibujó una pequeña sonrisa en el rostro—. Incluso aunque eso signifique que eres sufragista.

Mabel frunció el ceño.

—No deberías creerte lo que dicen los periódicos sobre ellas.

—Oh, lo sé. —Flora intercambió una mirada con Alice—. Los artículos los escriben los hombres.

—Y las caricaturas también son obra de ellos… —añadió Alice.

—Somos discretas, pero eso no quiere decir que no tengamos criterio propio. Y puede que te sorprendas al saber qué es lo que pensamos.

Y fue entonces cuando Mabel se percató de que había sido injusta con sus hermanas. Durante todo este tiempo, podría haberles contado la verdad en lugar de ocultársela. Todo habría sido más fácil. Podrían haberla ayudado.

Aun así, no pudo evitar mostrarse molesta por su actitud.

–Bueno, os agradecería que a partir de ahora dejaseis vuestra opinión más clara. Al menos en privado. Porque no estáis siendo discretas, estáis fingiendo.

Flora alzó las manos en señal de rendición.

–Tienes toda la razón. Creo que todas deberíamos aprender a comunicarnos mejor entre nosotras –añadió Flora, mirando directamente a Alice.

–No sé a qué te refieres. –Alice se ruborizó.

Pero Flora no se dejó engañar, aunque sí que suavizó el tono:

–Espero que algún día te sientas preparada para compartir con nosotras lo que estuviste haciendo a escondidas en el Titanic. –Levantó las cejas–. Y por qué ahora te sientes tan culpable.

–Bueno, al menos nosotras sí que sabemos a qué te dedicabas tú... –se defendió Alice, alzando la barbilla.

Flora no le siguió el juego, pero sí que adoptó una expresión melancólica. Y Mabel sabía perfectamente por qué.

–No has podido hablar con él, ¿verdad? –le preguntó Mabel.

Flora negó con la cabeza.

–No podemos arriesgarnos. –Hizo un gesto con la cabeza hacia la puerta que daba al exterior de la *suite*–. Y menos ahora que esos reporteros nos tienen como rehenes. Harían cualquier cosa por conseguir información sobre nosotras.

–Pero... nos vamos el martes –murmuró Alice.

–Eso parece.

Era el turno de consolar a Flora, así que las dos se acercaron a ella y la abrazaron.

Alice odiaba que Flora tuviese razón.

Ya no podía seguir guardándose el secreto. «Déjele claro cuanto antes a su prometido cómo quiere que sea su futuro». No podía quitarse de la cabeza el sabio consejo que le había dado la señora Brown. Así que esa misma noche, cuando cada miembro de su familia se había metido en su habitación, Alice decidió que ya era hora de tener una conversación con Holden.

Le cogió la mano a su prometido, lo condujo hasta el sofá que estaba más lejos de las puertas que daban a los dormitorios y más cerca de las ventanas, desde las que se oía el ruido del tráfico que pasaba por la Cuarta Avenida. No quería que nadie de su familia la oyese. Entrelazó los dedos con los de Holden y reunió el valor que necesitaba para empezar a hablar.

Le contó lo viva que se había sentido durante el viaje. Que cada país, cada experiencia la dejaban con ganas de más. Que al principio había pensado que se cansaría –de hecho, hubo un momento en el que deseó que así fuera–, pero que al final le había acabado sucediendo todo lo contrario. Le dijo que lo había echado mucho de menos, pero que a medida que iban pasando los días, más triste se sentía porque no quería que se acabase.

–Bueno, supongo que es normal sentirse así después de haber hecho una gran gira –comentó él, frunciendo el ceño mientras se esforzaba por procesar sus palabras. Después, alargó el brazo y le pasó un mechón de pelo por detrás de la oreja–. Sobre todo cuando te toca volver a la realidad.

Ella sorbió por la nariz y se limpió las lágrimas que le caían por la mejilla antes de volver a cogerle la mano.

–Ya, pero… hubo un momento en el que empecé a agobiarme. Porque me daba miedo volver a casa. No quería que empezáramos a crear juntos la vida que habías planeado para nosotros y que tanta ilusión te hacía.

Holden se puso rígido, aturdido y herido a partes iguales.

–Oh.

–No te tenía miedo a ti –se apresuró a explicar ella, moviendo la otra mano para agarrarle el codo, por si acaso decidía marcharse sin terminar de escucharla–. Yo nunca… –Hizo una pausa cuando sintió que se le atascaban las palabras en la garganta–. Te amo, Holden –exclamó con los ojos llenos de lágrimas–. Te quiero muchísimo. Pero… no quiero una vida entre algodones en la que no pueda volver a poner un pie fuera de Toronto. –Le lanzó una mirada suplicante e intentó adivinar qué estaba pensando, aunque tenía la esperanza de que la comprendiera.

–Entonces…, ¿lo que me estás intentando decir es que quieres seguir viajando? –le preguntó Holden, un poco desconcertado.

Ella sorbió por la nariz.

–Sí.

–¿Incluso después de todo lo que ha pasado? –Él arqueó las cejas–. Después de que el barco en el que ibas se haya hundido. Y después de que hayas perdido a tu padre y a tu hermano.

Alice vaciló un instante. Tras haber vivido algo así, debería haber cambiado de parecer, ¿no? Pero no, no lo había hecho. Y lo más curioso de todo era que había tenido justo el efecto contrario; ahora necesitaba más que nunca volar. Porque tenía claro que pensaba aprovechar cada día como si fuese el último.

–¿Piensas que estoy siendo egoísta? ¿Egoísta e… ingenua? –le preguntó ella, preocupada.

–¿Crees que tu padre y Charlie querrían que dejaras de vivir tu vida porque ellos perdieron la suya?

–No.

Holden se encogió de hombros como si le estuviese diciendo: «Pues ahí tienes la respuesta».

–Pero… te mareas con facilidad –le recordó ella–. Sé que no te gusta viajar en barco.

–No te preocupes, me las apañaré como pueda. O puedes viajar con alguna amiga o con una de tus hermanas.

–¿Harías eso por mí?

–Alice, haría cualquier cosa por ti. ¿No te he dejado claro ya que lo único que quiero es que seas feliz? Te escribí todas esas cosas en las cartas que te envié porque pensé que eso era lo que tú querías. Lo que pensé que necesitabas leer.

–¿En serio?

–Sé que te enfermabas a menudo cuando eras pequeña y que tu familia siempre ha sido muy sobreprotectora contigo. Pensé que necesitabas asegurarte de que yo también cuidaría de ti –le aclaró él, y ella se ruborizó por la vergüenza que sintió–. No sabía que te sentías agobiada con tanta protección. ¿Por qué no me lo dijiste? –quiso saber–. Sé que no te gusta llevarle la contraria a nadie. Pero debes decirme qué es lo que quieres y qué es lo que necesitas. —Esbozó una sonrisa tímida—. Y te prometo que a partir de ahora te preguntaré para así no acabar sacando conclusiones erróneas.

Alice presionó con delicadeza la mano sobre el pecho de Holden para tranquilizarlo.

—No me agobia. Bueno…, al menos no demasiado. Pero tienes razón. Me cuesta dar mi opinión —añadió ella, jugueteando con la solapa de su abrigo—. Pero si soy lo suficientemente valiente como para montar en camello y explorar unas ruinas, entonces también debería serlo para decir en voz alta lo que pienso.

En lugar de reírse por la comparación, Holden le cogió la barbilla.

—Quiero que confíes en mí, Alice. Que no tengas miedo de decirme la verdad. No puedo prometerte que no me enfadaré, pero sí que siempre te escucharé.

—Lo sé —susurró ella con seriedad—. Eres un buen hombre. —Las lágrimas volvieron a nublarle la vista—. Quizá demasiado bueno para alguien como yo.

—No digas tonterías —se quejó él, pero luego hizo una pausa y la miró a los ojos—. Aunque me da la sensación de que quieres contarme algo más.

Ella se apartó un poco y él la soltó, aunque lo hizo a regañadientes, mientras ella reunía el valor para confesarle el otro asunto que le preocupaba.

—No sabía si se me iba a volver a presentar otra oportunidad de viajar después de la gira…, así que decidí que iba a vivir la experiencia como si fuese la última. Pero… se me fue de las manos. —Se atrevió a mirarlo a la cara, pero enseguida bajó la cabeza y se quedó con la vista clavada en sus dedos—. Jugué al póquer —confesó por fin, cerrando los ojos antes de continuar—. Y aposté con el dinero que tenía Flora ahorrado sin que ella lo supiera. —Negó con la cabeza—. Supongo que me junté con la persona equivocada.

—¿Besaste a ese tal Sloper?

Alice lo miró, alarmada.

–¡No! ¡Por supuesto que no! –exclamó ella, pero Holden seguía serio–. ¿Por qué piensas…?

–¿Y le diste a entender que podía hacerlo?

Alice notó que se le calentaban las mejillas.

–Yo… Sí que es verdad que a veces coqueteaba conmigo y yo no le pedí en ninguna ocasión que dejara de hacerlo… Pero era así con todas las mujeres. Y yo nunca olvidé que te debía lealtad a ti. Porque eres mi prometido.

–¿Solo por eso?

Alice notó la vulnerabilidad que había detrás de su pregunta y le cogió las manos.

–No. Porque te has ganado un hueco en mi corazón. Desde el principio, de hecho. Y no hay nadie que no sepa ya lo mucho que te quiero. Y no hay día que no hable de ti.

Él no la contradijo, pero tampoco suavizó la expresión. En su lugar, le estudió el rostro y buscó algo en sus ojos que Alice no estaba segura de cómo darle.

–Sé que te he decepcionado –añadió ella, a punto de echarse a llorar otra vez–. Y eso es lo último que quería hacer. Lo siento. Lo siento muchísimo.

Y entonces él la abrazó y le apoyó la cabeza en el hombro.

–Oh, Alice. No estoy decepcionado. ¿Sorprendido? Sí. Pero decepcionado no. Así que… jugaste al póquer, ¿eh? Y al parecer descubriste que se te daba fatal –bromeó él, y ella hizo un ruido que era una mezcla entre una risa y un sollozo–. Y supongo que ya no querrás volver a jugar –añadió, y ella negó con la cabeza–. En cuanto al dinero de Flora…, bueno, creo que eso deberías hablarlo con ella. –Suspiró, como si necesitase recuperarse para poder continuar–: Y creo que nosotros deberíamos hablar de… de si todavía deseas casarte conmigo.

Alice lo miró con el ceño fruncido.

–¡Pues claro que quiero, Holden! –exclamó ella y, de pronto, entró en pánico–. ¿Por qué? ¿Tú no quieres casarte conmigo?

–Por supuesto que sí –la tranquilizó él–. Pero después de

esta conversación, no estaba seguro de si estabas tratando de decirme que habías cambiado de opinión sobre lo nuestro.

Alice le rodeó el cuello con los brazos y le estudió el rostro. Desde el pico de viuda de la frente y la forma recta de su nariz hasta la mandíbula afilada y la hendidura de la barbilla.

—Te amo, Holden. Y siempre lo haré. Y claro que quiero casarme contigo. Cuanto antes, mejor.

—¿Por qué no adelantamos la boda? —sugirió él con los ojos grises brillantes.

—¿En serio?

—Que sea este verano.

—¡Sí! —Alice sintió que el corazón se le iba a salir del pecho por la emoción.

—Primero tendré que hablar con tu hermano. Lo haré cuando regrese de Halifax, aunque no creo que nos ponga pegas.

Ella tampoco lo creía. Porque Robert lo vería como una preocupación menos.

Alice sonrió de felicidad y Holden posó los labios sobre los suyos, como si así estuviesen sellando la promesa. Lo había añorado tanto; se había pasado noches y noches pensando en él, sobre todo, cuando no encontraba nada que la distrajese. Ahora se sentía tan tonta… Se había preocupado tanto por cómo reaccionaría que no se había dado cuenta de que lo único que necesitaban era sincerarse.

Holden se apartó; tampoco quería abusar de la confianza de Clara, dado que había sido ella la que les había permitido estar a solas. Se acomodaron en los cojines del sofá, contentos de estar sentados el uno al lado del otro, con la cabeza de ella apoyada en el hombro de él. Pero la alegría que desprendían no hizo más que recordarle a Alice que sus hermanas no habían tenido tanta suerte como ella.

—Cariño, necesito tu ayuda —soltó Alice de repente.

—Claro —respondió Holden sin pensárselo dos veces—. ¿Qué necesitas?

—Es por Flora.

Capítulo 49

Lunes, 22 de abril de 1912

Chess no podía estarse quieto; caminaba de un lado a otro por delante de la chimenea y daba vueltas por la habitación. Agradecía el poder sentir la punzada de dolor cada vez que daba un paso. Porque eso significaba que sus piernas seguían ahí, unidas a su cuerpo, y que no se las habían amputado como tanto temía. Su médico de cabecera y el especialista que lo habían visto se habían mostrado optimistas. De hecho, le habían comentado que tal vez podría volver a recuperar la movilidad de las dos piernas si seguía haciendo los ejercicios que le habían mandado. Sin embargo, tendría que esperar semanas o incluso meses para asegurarse de que fuese así. De todas formas, Chess les había prometido que seguiría sus indicaciones al pie de la letra. Y si al final ocurría lo peor y le amputaban las piernas…, al menos no sería porque no hubiera hecho todo lo que estaba en sus manos para evitarlo.

Pero ahora no caminaba por la bonita habitación del Hotel Belmont porque estuviese haciendo ejercicio, sino porque estaba nervioso. Le preocupaba que algún reportero lo hubiese visto cuando Holden Allen lo había metido a escondidas en el hotel desde una entrada lateral. Y también le preocupaba que Flora hubiese cambiado de opinión.

En el fondo, sabía que eso último no tenía mucho sentido. Lo habían arrastrado hasta allí, ¿no? Para verla. Pero también sabía que Flora era una persona honrada. Nunca le pondría punto final a una relación por carta para después poder escabullirse. Lo haría cara a cara, tal y como pensaba hacerlo con Crawford Campbell. O al menos eso es lo que le había dicho la última vez que hablaron, hace cuatro días.

Solo de pensarlo, se le secó la boca y le empezaron a sudar las manos. Esperaba que ella recordase que la amaba. Esperaba que entendiese por qué no había venido a verla hasta que el prometido de Alice se había puesto en contacto con él para comunicarle que las mujeres Fortune partirían hacia Winnipeg el martes.

Chess no se esperaba que el fatídico desenlace del Titanic fuese a causar tanto revuelo. Sabía que lo perseguirían durante uno o dos días, pero ya había pasado una semana del naufragio y seguían pendientes de él. Sobre todo después de enterarse de la congelación que sufría en las piernas y en los pies. Además, no sabía cómo, pero habían llegado a descubrir que corría el riesgo de perder dos dedos del pie, algo que no había compartido con nadie. Estaba bastante seguro de que la enfermera o el camillero que hubiese vendido la información había recibido una cantidad generosa a cambio.

Jugueteó con el ala del sombrero salpicado de gotas por la lluvia y giró de manera brusca sobre sus talones y se encontró con su reflejo en el espejo que estaba en la pared del fondo. Tenía el pelo alborotado hacia arriba y se lo peinó con los dedos lo mejor que pudo. Se encogió de hombros y examinó los pliegues del abrigo desgastado y ancho que se había puesto para disimular su figura. Decidió quitárselo; lo dejó sobre la silla y dejó caer el sombrero encima antes de recolocarse la corbata. Estaba tan nervioso por ver a Flora que parecía un joven inexperto de dieciséis años.

De repente, la puerta se abrió y Chess se dio la vuelta a tiempo para ver entrar a Holden Allen y después a Flora. Estaba pálida y se le notaba que estaba cansada, pero para él seguía siendo la mujer más bonita del mundo. La seda negra del vestido de luto le resaltaba la figura y hacía que le brillasen aún más los mechones cobrizos.

Se miraron el uno al otro, ambos reacios a hablar mientras Holden estuviese delante. Chess sintió un cosquilleo en la yema de los dedos al descubrir que necesitaba tocarla.

–Os daré unos minutos –les informó Holden antes de dirigirse a Flora–. Herbert siempre suele dar un paseo a esta hora, pero hoy salió antes de lo que esperaba, así que podría regresar en cualquier momento.

Flora asintió mientras él se giraba para irse, pero le puso una mano en el brazo para detenerlo.

–Gracias –le dijo ella.

Holden le dedicó una sonrisa cargada de cariño.

–Cierra la puerta con llave cuando salga. Solo por si acaso –le sugirió él. Lanzó a Chess una mirada de advertencia antes de irse, cerrando la puerta con un fuerte clic.

Flora giró la llave antes de acercarse a Chess con las manos entrelazadas por delante de la cintura.

–Entiendo que Campbell no vino a buscarte a Nueva York… –comentó Chess.

–No. Solo Holden, mi hermana Clara y su marido Herbert –respondió ella en voz baja.

Chess no pudo evitar ofenderse en su nombre.

–Será idiota –soltó él.

La expresión de Flora parecía tranquila, pero sus ojos desprendían un destello de dolor.

–Nunca te mereció, Flora –añadió él.

Ella desvió la mirada hacia sus piernas.

–¿Estás mejor? Yo… –Se le atascaron las palabras en la garganta–. Leí tu… tu pronóstico.

Y entonces Chess se dio cuenta de que parecía cohibida. ¿Tal vez por miedo? ¿Por preocupación? ¿Por pena? Fuera por lo que fuese, odiaba verla así. Mostrándose insegura, como el día en el que se conocieron. Distante, rígida, midiendo las palabras. Como si le diese miedo meter la pata.

Bueno, pues a Chess le daba miedo que volviese a encerrarse en sí misma.

Acortó la distancia entre ellos, la estrechó entre sus brazos y la besó. La besó como si su vida y la de ella dependieran de ello. La besó como si nunca más fuese a volver a verla. Después de un momento de vacilación, Flora reaccionó y le devolvió el beso con la misma urgencia mientras le hundía los dedos en el pelo y se quedaban sin aliento.

Al final, fue él el que tuvo que apartarse, recordando la advertencia que le había lanzado su futuro cuñado antes de irse. Aun así, Chess no pudo resistirse a recorrerle la mandíbula a besos hasta llegar a su oreja derecha. Necesitaba volver a oír el ruido que sabía que le saldría del fondo de la garganta. Tuvo que obligarse a parar después de eso, pero lo consiguió al volver a pensar en sus piernas y en la punzada de dolor que sentía incluso ahora, inmóvil.

—Estoy mucho mejor —respondió él por fin—. Y no sé si perderé o no los dedos de los pies, pero… tampoco es algo que me preocupe demasiado.

Ella soltó un suspiro entrecortado.

—No sabes cuánto me alegra oír eso. No podía hablar contigo y…

—Lo sé —la interrumpió Chess. Para él también había sido un infierno no poder saber cómo estaba ella—. Y mañana te vas.

—Sí. Creemos que es lo mejor para madre. Lo mejor… para todos —le aclaró Flora. Sabía que necesitaban volver a casa. Pasar allí el luto. Aprender a vivir con la pérdida. Hablar con Crawford.

—No tienes por qué darme explicaciones. No me entusiasma la idea, pero sé que ahora mismo tu lugar está en Winnipeg. Y que yo necesito quedarme aquí para recuperarme.

—¿Durante cuánto tiempo? —murmuró ella, dolida.

—No lo sé —admitió él—. El suficiente para llorar la pérdida de tu padre y tu hermano. Para hablar con Crawford. Y el suficiente para yo poder recuperarme.

Flora escudriñó cada uno de sus rasgos, tal vez para memorizarlos, al igual que estaba haciendo él con los suyos.

–¿Podré escribirte?

–Yo tenía pensado hacerlo.

Su respuesta hizo que a Flora le temblasen los labios y se le curvasen en una pequeña sonrisa. Una sonrisa que tuvo que volver a besar por última vez.

Flora se apartó cuando llamaron suavemente a la puerta y los ojos se le empañaron por las lágrimas.

–Tienes que irte –la instó él con dulzura, aunque en realidad lo que quería era abrazarla fuerte y no soltarla nunca. Forzó una sonrisa–. Nos veremos pronto; te lo prometo.

Flora desapareció por la puerta, llevándose el corazón de Chess con ella.

Capítulo 50

A la mañana siguiente, cuando los Fortune salieron del Hotel Belmont para dirigirse a la estación de tren, se encontraron con la prensa esperándolos. Los periodistas y los fotógrafos se agolparon en la entrada y les hicieron preguntas mientras el personal los guiaba hasta los automóviles. Sin embargo, cuando ya estaban en el tren que los alejaría de Nueva York, los dos periódicos a los que Holden les había concedido una entrevista publicaron la noticia y miles –por no decir decenas de miles– de personas leyeron su testimonio. Con suerte, eso daría tregua a los Fortune. De todas formas, no había lugar al que fuesen en el que no se encontrasen un periodista que buscaba sacarles información, pero al menos no eran tantos como los que se habían arremolinado en el hotel de Nueva York.

Después de una breve parada en Montreal, la familia continuó su viaje y llegó a Winnipeg el 1 de mayo. Un acontecimiento que no pasó desapercibido. No hubo nadie en la ciudad que no se acercase a darles el pésame y se organizaron actos en honor a Mark y Charlie Fortune, además de a otros cuatro ciudadanos que habían perecido cuando el Titanic se hundió. Cuando las mujeres Fortune volvieron a poner por fin un pie en Wellington Crescent –en la casa familiar que su padre les había construido hacía poco–, a Flora le preocupó que su madre sufriese un colapso. Al final decidieron llamar al doctor y este le ordenó que hiciese reposo absoluto.

También les pidió a las hermanas que descansasen, pero ellas ya estaban hartas de pasarse el día sentadas o acostadas en una habitación. Ahora estaban en su casa, podían pasear por el jardín de paredes altas, lejos de las miradas indiscretas, y respirar el aire fresco y el olor de las flores de primavera. Podían volver a recordar todo lo que habían vivido con su padre y con Charlie. Podían comenzar a sanar.

Unos días más tarde, Robert regresó de Halifax. No habían conseguido encontrar el cuerpo de su padre ni el de Charlie, y después de haberse pasado dos semanas en Nueva Escocia examinando los restos de aquellos cuerpos que no habían logrado identificar por el estado en el que se encontraban, el cabeza de familia tiró la toalla. El corazón de Flora se había hecho añicos al enterarse. Sobre todo porque su hermano Robert no era de los que se rendían y, si en esta ocasión lo había hecho, eso significaba que lo que había tenido que ver había sido horrible.

Les fue difícil aceptar que no podrían enterrar a su padre y a Charlie como era debido. No tendrían una tumba en la que descansar en paz y ellas no tendrían un lugar al que ir a llorarles. Iban a colocar una placa conmemorativa en el ayuntamiento, pero sabían que no sería lo mismo. Tendrían que conformarse con la misa que se celebraría en su honor en la iglesia, porque ni siquiera iban a poder hacerles un funeral.

Aunque Robert también les había dado una buena noticia. Al parecer, su padre había contratado una póliza de seguros justo una semana antes de que se subiesen a bordo del Titanic. Y no tardaron en descubrir que la póliza que le había ofrecido la compañía de seguros Great-West Life Assurance de Winnipeg a su padre era una de las más generosas de la época. ¿Había previsto el señor Fortune el trágico final del Titanic? ¿O simplemente lo había hecho por prevención?

Fuera cual fuese la razón, hizo que a Flora se le llenasen los ojos de lágrimas. Incluso tras morir, seguía cuidando de su familia.

Y de Mabel. Fiel a sus principios, su hermana había tratado de convencer a Robert de que la dejase ir a la universidad, pero este se había negado en rotundo. Eso no había hecho que dejara de hacer todo lo que estaba en su mano para ayudar en todas aquellas causas en las que creía. Sin embargo, aun así, hubo gente que la criticó. Se dejaba la piel en la iglesia, ayudando a las viudas, a los huérfanos y a los pobres; pero también iba a manifestaciones con otras sufragistas para luchar por el derecho a la educación de las mujeres. Flora sabía que su hermana tan solo quería un mundo más justo e igualitario, así que estaba orgullosa de ella.

Alice y Holden se casaron el 8 de junio, después de haber convencido a Robert y a su madre de que sería una ceremonia sencilla y que les vendría bien para animarse. Alice fue la novia más hermosa y, aunque los ojos se le llenaron de lágrimas mientras Robert la acompañaba hasta el altar en lugar de hacerlo su padre, Flora nunca había visto a nadie tan feliz. El sol brilló más que nunca aquel día y a Flora le gustó pensar que había sido gracias a su padre, que tal vez le había dicho a Dios que su Alice necesitaba un poco de alegría en un día tan especial. A Flora también le gustó pensar que el zorro que había aparecido detrás del púlpito y había corrido por el pasillo justo antes de que comenzara la ceremonia era Charlie haciendo de las suyas.

A pesar de que Flora se había pasado semanas inquieta y angustiada, ponerle fin a su compromiso con Crawford resultó mucho más sencillo de lo que se esperaba. Cuando les hizo una visita la tarde siguiente a su llegada a Winnipeg, habló en privado con él y le comunicó la decisión que había tomado. Crawford no le puso pegas. Ni siquiera le pidió explicaciones. Se limitó a desearle lo mejor y enseguida se marchó.

Durante un tiempo, Flora se preguntó si debía sentirse ofendida por su actitud, pero al final llegó a la conclusión de que había conseguido justo lo que quería y dejó de darle vueltas al asunto. Estaba agradecida de que Crawford no se hubiese negado en rotundo a dejarla marchar y feliz de que su padre hubiera tenido al menos la oportunidad de darle el visto bueno a Chess antes de fallecer. Lo que hizo que convencer a Robert fuese mucho más fácil, aunque su madre seguía mostrándose reacia; le seguía doliendo saber que Chess se había salvado y su marido y su hijo no. Flora esperaba que, con el tiempo, su madre se alegrara por ella y entendiese que Chess no era el culpable de sus muertes.

El duelo fue un proceso lento. Pero, a medida que la primavera daba paso a los largos días de verano y llegaba por fin el otoño, Flora se fue dando cuenta de que tenía que continuar con su vida. Estaba preparada. Y así se lo había hecho saber a Chess en la última carta que le había escrito, aunque todavía no había recibido respuesta.

Habían intercambiado cientos de cartas, pero no era lo mismo que hablar con él cara a cara. Porque no podía darle la mano o mirarlo a los ojos.

Flora sintió una oleada de alivio al saber que había recuperado por completo la movilidad de las piernas y que, a pesar de haber perdido un dedo del pie, había podido competir en su primer torneo de tenis después del hundimiento del Titanic. De hecho, había quedado cuarto en la clasificación final. Chess también había dado los primeros pasos para darle vida a su negocio de artículos deportivos. Una decisión que, según él, había dejado un poco desconcertada a su familia al principio, pero ya algunos de ellos estaban empezando a darse cuenta de que no era tan holgazán como se pensaban.

En las últimas semanas, su madre había comenzado a depender menos de ella, así que a finales de septiembre –el día del vigésimo noveno cumpleaños de Flora–, Flora decidió dar un largo paseo en solitario. Caminó más allá del cementerio y recorrió las avenidas donde se alzaban algunas de las casas más bonitas de la ciudad, fantaseando con cómo sería su vida con Chess dentro de un año. No se veía en Winnipeg, pero sí en Nueva York o en alguna otra ciudad en la que se celebrasen los torneos de tenis. Puede que incluso estuviesen esperando a su primer hijo.

Tan vívidas eran sus imaginaciones que, por un momento, no reaccionó cuando dobló la esquina y divisó una figura que le resultaba familiar sentada en el porche delantero de su casa. Y solo cuando lo vio bajando los escalones y trotando hacia ella, se dio cuenta de que no era fruto de su imaginación, sino que era un ser humano de carne y hueso. Flora empezó a caminar tan rápido como pudo y, después, corrió hacia él, olvidándose de los modales y de lo que pensaría el resto al verla. Él la estrechó entre sus brazos y la levantó para hacerla girar.

—¿¡Qué estás haciendo aquí!? —jadeó ella entre risas.

—Sabía que hoy era tu cumpleaños —respondió él, dejándola en el suelo—. Necesitaba verte, sobre todo después de haber leído la última carta que me mandaste. —Los ojos le brillaban con deseo y ella se ruborizó por la alegría—. No estás enfadada, ¿verdad?

—¿Enfadada? ¡Cielos, no! Hubiese cambiado todos mis regalos de cumpleaños por poder verte la cara.

Chess esbozó una sonrisa y los dientes blancos resaltaron en contraste con su rostro bronceado. Era evidente que había pasado mucho tiempo al aire libre. Hasta el cabello se le veía más claro que la última vez que lo había visto.

—Bueno, espero que al menos quieras quedarte con este —replicó él antes de sacarse algo del bolsillo.

Flora soltó un grito ahogado.

—Y espero que no hayas cambiado de opinión —volvió a hablar él, con un tono de voz que denotaba inseguridad, y ella se enamoró un poquito más de él—. Porque ya he hablado con tu hermano Robert.

—¿¡En serio!?

—Fui a verlo a Vancouver antes de venir aquí.

Flora parpadeó para contener las lágrimas.

—¿¡De veras!?

Chess esbozó una pequeña sonrisa.

—Y me dio permiso, en nombre de tu padre, para pedirte matrimonio. —Se arrodilló en la acera delantera para que todos los vecinos lo vieran—. Así que…, Flora Fortune, ¿quieres casarte conmigo y hacerme el hombre más feliz del mundo?

–¡Sí! –exclamó ella, asintiendo con vehemencia–. ¡Sí, quiero!

Chess le deslizó el anillo de diamantes por el dedo y la volvió a abrazar. Solo que esta vez, cuando la bajó al suelo, sus labios buscaron los suyos. Fue un beso breve. Al fin y al cabo, estaban de pie en la acera a la vista de cualquiera. Pero, aun así, ella sintió un cosquilleo por dentro.

Después, le agarró la mano a Chess y se giró para caminar con él hacia el futuro. Hacia fuera lo que fuese que les tuviese preparado.

Nota de la autora

Las hermanas del destino es una novela que está inspirada en la vida de la familia Fortune de Winnipeg y en su fatídico viaje a bordo del RMS Titanic. Cuando mi editora me sugirió la idea de escribir un libro que estuviese ambientado en el Titanic, supe desde el principio que el éxito de la historia dependería de los personajes principales que escogiese. Así que ahondé en la lista de pasajeros con la intención de encontrar a alguien que me inspirara y despertara mi imaginación. Y, al final, no encontré a uno, sino a tres: Ethel, Alice y Mabel Fortune. Nadie de mi círculo cercano había oído hablar de ellas o de su familia –ni siquiera aquellos amigos que sé que son entusiastas del Titanic–, pero indagué un poco y me acabó intrigando tanto su historia que no dudé en dar el paso y centrar esta novela en ellas.

Sin embargo, una vez que comencé a profundizar en la investigación, descubrí que en realidad se sabe muy poco sobre las hermanas Fortune, sobre todo del periodo que estuvieron a bordo del Titanic. No compartieron información de aquellos días, ni siquiera con los miembros de su familia. Así que eso hizo que me quedara con muchas cuestiones sin resolver, sobre todo, en cuanto a vivencias, rasgos de la personalidad y motivaciones. Leí los rumores que circulaban acerca del desastre –algunos los descarté enseguida, dado que no podía corroborarlos y en ocasiones eran contradictorios con otras pruebas– y revisé todas las fuentes de primera y segunda mano que conseguí encontrar. Y, aun así, seguía con muchas incógnitas.

Puede que pareciese una maldición, pero también lo vi como una bendición, al menos desde el punto de vista de un escritor. Fue frustrante no poder entrar en detalles y hacer una representación precisa de cada una de las hermanas, pero a su vez eso hizo que tuviese mayor libertad a la hora de escribir su historia.

Por esa misma razón, quiero dejar claro que, aunque la vida de los Fortune y las anécdotas interesantes que descubrí sobre ellos son el núcleo principal de esta novela, la mayor parte del resto de la narración es pura ficción. Es por eso por lo que quiero recalcar que los personajes están inspirados en la familia, pero no son una representación exacta de ella. Me he desviado a propósito de algunos hechos históricos que se conocen por varias razones:

La primera y la más evidente es porque alteré bastante la historia de la hija mayor. Debido a esto, decidí utilizar el segundo nombre de Ethel –Flora– para resaltar la diferencia.

La verdadera Ethel Fortune sí que pospuso su boda con Crawford Gordon –cuyo apellido también cambié, por motivos obvios– para poder acompañar a sus padres y a sus hermanos pequeños en una gran gira y hacerles de carabina. Según las fuentes que he consultado, se negó en un primer momento a subirse a los botes salvavidas, pero al final lograron convencerla y embarcó en el bote salvavidas número diez con su madre y sus hermanas. Hay rumores de que las mujeres Fortune abandonaron el Titanic en un número de embarcación diferente, pero la mayoría afirma que fue en el diez. Ethel no tuvo un romance a bordo y se casó con Crawford Gordon en 1913. Según todos los informes, tuvieron un matrimonio feliz.

Así que…, ¿por qué elegí alterar tanto la historia de Ethel? No puedo negar que me atraía la idea de incluir un romance, pero en realidad simplemente lo hice porque la historia de Ethel se parecía mucho a la de su hermana menor, Alice. Alice estaba prometida con Charles Holden Allen cuando la familia Fortune comenzó su gran gira y se casó con él el 8 de junio de 1912. Debido a que su boda se celebró antes que la de

Ethel y el hecho de que Allen sí que viajó a Nueva York –junto con Clara, la hija mayor de los Fortune, y H. C. Hutton, su esposo– para ver llegar al Carpathia y acompañar a las mujeres Fortune de vuelta a su hogar, decidí dejar la relación de Alice y Holden, y modificar la de Ethel en su lugar.

Por muy sorprendente que parezca, es cierto que un adivino le leyó la mano a Alice en Egipto y le advirtió del peligro que corría. Y así lo confirmó en la vida real William Sloper, que estaba con ella en la terraza del Hotel Shepheard cuando sucedió. La mayoría de los detalles sobre los viajes de los Fortune, los Tres Mosqueteros de Winnipeg, la enfermedad del señor Ross, el abrigo de piel de búfalo de Mark Fortune y el indeseable apego de Mabel al músico Harrison Driscoll, entre otras anécdotas, también son ciertos. También se sabe que Mabel se casó con Driscoll en 1913 y tuvieron un hijo, aunque el matrimonio no duró mucho. Mabel se mudó a Columbia Británica y vivió el resto de su vida con otra mujer.

Mi otro personaje principal, Chess Kinsey, es el único pasajero completamente ficticio que hay en el libro. Sin embargo, se basa en dos supervivientes reales, ambos estrellas del tenis: Karl Behr y Richard Norris Williams II. Al final, elegí utilizar a Behr como amigo de Chess; en parte porque la historia de amor real que surgió a bordo entre Behr y Helen Newsom era un reflejo del romance entre Chess y Flora. Sin embargo, Williams no aparece en mi novela. Esto se debe principalmente a que elegí utilizar algunos datos de su historia para darle vida al personaje de Chess, en concreto, la congelación que sufrió en las piernas después de haber logrado sobrevivir al hundimiento del Titanic en el plegable A volcado. Os alegrará saber que Williams también conservó las piernas y siguió jugando al tenis durante muchos años; de hecho, lo acabaron incluyendo en el Salón de la Fama.

Como cualquier otra persona que haya escrito un libro sobre un acontecimiento tan famoso e investigado como el Titanic, corría el riesgo de meter la pata. He llevado a cabo una búsqueda exhaustiva y me he esforzado por cuidar los detalles, pero, aun así, sé que cualquier experto con ojo de halcón podría detectar errores. Si es así, pido disculpas. Pero, por favor, no me envíes mensajes. Una vez que el libro se ha impreso, ya no hay nada que pueda hacer para arreglarlo.

He intentado incluir todos los eventos, anécdotas y conversaciones documentadas que he podido, pero he ajustado ligeramente el momento en el que en realidad se produjeron para que así mis personajes pudiesen ser testigos de ello. Muchos de estos incidentes los saqué de los testimonios grabados y de las memorias de los supervivientes del Titanic. Puedes encontrar las transcripciones de las investigaciones británicas y estadounidenses en internet, y también me gustaría recomendarte la página web https://www.encyclopedia-titanica.org/, dado que ofrece una gran cantidad de información sobre el tema.

El Titanic dejó muchas incógnitas y muchos temas sin resolver para los que es posible que nunca obtengamos respuestas. ¿Se suicidó un oficial antes de que la proa se hundiese? ¿La banda realmente tocó Nearer my God to thee durante los últimos minutos? ¿Cuándo se puso a flote el bote salvavidas número diez? Hay cientos, si no miles, de detalles sobre los que no se llega a un acuerdo unánime y yo tampoco sé las respuestas. En la mayoría de los casos, he optado por describir lo que creo que podría haber sido el escenario más probable, basándome en mi investigación. En otras ocasiones, me he decantado por dejarlo un poco en el aire. Me he dejado llevar, sobre todo, por lo que he leído en el libro On a sea of glass: the life and loss of the RMS Titanic, de Tad Fitch, J. Kent Layton y Bill Wormstedt: un análisis bastante completo que detalla todo lo relacionado con el transatlántico y que te recomiendo encarecidamente. Los diagramas del barco también me sirvieron de gran ayuda.

He mencionado de pasada algunos datos de la historia, pero no he podido profundizar más en ellos debido al limitado círculo en el que se movían mis personajes.

El verdadero Francis Browne abordó el Titanic en Southampton y desembarcó en Queenstown. Las fotografías que hizo durante su breve estancia son algunas de las más conocidas de la época. La más famosa es la que le hizo a Douglas Spedden, un niño de seis años que jugaba con una peonza en la cubierta de paseo. Una escena que James Cameron también recreó en su película Titanic. Browne era un personaje interesante y, sin lugar a duda, quería que apareciera en mi historia de alguna manera.

También es cierto que Ella White se subió a bordo del Titanic en Cherburgo con varias gallinas y un gallo. También lo hizo su dama de compañía, Marie Young; de hecho, el tripulante Hutchinson la acompañaba todos los días para que viese cómo estaban. Sin embargo, no pude sacar conclusiones claras de dónde tenían guardadas las aves. Según una de las fuentes, estaban cerca de la perrera en la cubierta de botes; no obstante, hay otras que dicen que podrían haberlas dejado en una bodega de carga. Dada esta discrepancia, elegí la segunda opción para así poder darle a uno de mis personajes una excusa para visitar esa zona del barco.

Los niños que se quedaron huérfanos tras el hundimiento del Titanic se llamaban Edmond y Michel Navratil júnior. Se habían quedado con su padre, Michel Navratil, durante el fin de semana de Pascua, pero este al final decidió no devolvérselos a su madre –mujer de la que se había divorciado– y, en su lugar, se subieron a bordo del Titanic con documentación falsa bajo el apellido Hoffman con la intención de viajar a Norteamérica. En la noche de la colisión, Navratil logró salvar a sus hijos tras subirlos al plegable D, pero él falleció en el hundimiento. Ninguno de los pequeños hablaba inglés y el hecho de que viajasen con un nombre falso complicó la situación. Cuando llegaron a Nueva York, la también superviviente Margaret Hays se hizo cargo de los niños mientras se buscaba a su familia. Como era de esperar, la historia cautivó a la prensa. Y, gracias a esto, la noticia llegó a Francia y su madre vio una fotografía de ellos en el periódico y no dudó en cruzar el Atlántico para ir en busca de sus hijos. El cuerpo de Michel Navratil padre fue uno de los que consiguieron recuperar. Sin embargo, debido a que tenía documentación falsa, nadie reclamó su cuerpo. Al haber elegido el apellido Hoffman, se creía que era judío, así que lo enterraron en el cementerio judío de Halifax.

Si quieres saber más sobre el Titanic y la vida de sus pasajeros, aquí te dejo algunas de las fuentes que consulté durante mi investigación y que te recomiendo: *Titanic: the Canadian Story*, de Alan Hustak; *The Ship of Dreams*, de Gareth Russell; *Titanic: El final de unas vidas doradas*, de Hugh Brewster; *The Band That Played On*, de Steve Turner; *Titanic: Women and Children First*, de Judith B. Geller; *The Story of the Titanic As Told by Its Survivors*, de Lawrence Beesley, Archibald Gracie, el comandante Lightoller y Harold Bride, y editado por Jack Winocour; *On board RMS Titanic*, de George Behe; y *Voices from the Carpathia*, de George Behe.

Agradecimientos

No podría haber acabado ninguno de mis libros sin la colaboración de una gran cantidad de personas. Esta novela en particular fue todo un desafío y nunca habría sido capaz de terminarla sin toda la ayuda y el apoyo que recibí.

Antes que nada, me gustaría darle las gracias a mi marido, no solo por animarme a aceptar este reto, sino también por creer en mí cuando yo no lo hice y por asumir la carga de la mayoría de las tareas domésticas para que así yo pudiese terminar de escribir esta historia. No podría haber hecho nada de esto sin ti.

Gracias a mis hijas por sus increíbles abrazos y sonrisas, y por recordarme cada día por qué hago lo que hago.

Gracias a mi prima, Jackie Musser –una editora maravillosa que ha llegado hasta donde está gracias a su trabajo y dedicación–, por animarme y darme los mejores consejos. Me alegro de que seas mi persona de confianza y mi amiga. Y también quiero darle las gracias a mi otra prima, Kim Ladouceur, por proporcionarme dos recursos que me han servido de gran ayuda, y por el amor y el apoyo incondicional.

Les estaré eternamente agradecida a mis padres por estar ahí siempre, ya sea con los niños o ayudándome a limpiar el sótano inundado. ¡Sois mis salvavidas!

También quiero agradecerle al resto de mi familia y amigos el cariño y el apoyo infinito, en especial a las mujeres de mi grupo de madres y a las chicas de mi agencia The Lyonesses.

Muchas gracias a Kevan Lyon, mi fantástico agente, por darme siempre los mejores consejos y por estar siempre a mi lado.

Gracias a Wendy McCurdy, mi editora, por confiar en mí para este proyecto y por ayudarme a hacerlo realidad. También quiero darle las gracias a todo el equipo de Kensington por el buen trabajo que hacen siempre.

Muchas gracias a Rachel McMillan, que leyó uno de los primeros manuscritos y revisó que no pusiese ningún americanismo en boca de alguno de mis protagonistas canadienses. (Quiero dejar claro que cualquier error que haya quedado en el libro seguirá siendo mío). Rachel, gracias por contagiarme tu entusiasmo y por apoyar mis historias, al igual que han hecho tantas otras personas que forman parte de mi comunidad de escritoras.

También quiero agradecer la labor de todos los investigadores del Titanic. Muchos de vosotros habéis trabajado de manera incansable para poder arrojar luz sobre el tema. Gracias por vuestra dedicación.

Gracias de corazón a todos mis lectores. No me darían oportunidades ni luz verde en proyectos como este si no fuera por vosotros.

Y, por último, gracias a Dios por todas las bendiciones que me concede día tras día. Me diste la fuerza que necesitaba para salir adelante y la gracia para reunir coraje.

Índice